ROBIN COOK

Gottspieler
Fieber

Robin Cook ist Absolvent der medizinischen Fakultät der Columbia-Universität, New York, und war am Massachusetts Eye and Ear Infirmary tätig. Schon sein erster Roman eroberte die Bestsellerlisten im Sturm. Der Autor lebt heute in Florida.

Die Romane dieses Bandes
sind auch als einzeln erhältliche
Goldmann-Taschenbücher erschienen:

Gottspieler. Roman (42447)
Fieber. Roman (42448)

Ferner liegen von Robin Cook
als Goldmann-Taschenbücher vor:

Blindwütig. Roman (42944)
Das Experiment. Roman (43447)
Das Labor. Roman (43312)
Narkosemord. Roman (42325)
Todesengel. Roman (43136)

ROBIN COOK

Gottspieler
Fieber

Zwei Bestseller in einem Band

GOLDMANN

Ungekürzte Ausgaben

Titel der Originalausgaben:
»Godplayer« (»Gottspieler«) und »Fever« (»Fieber«)

Umwelthinweis:
Alle bedruckten Materialien dieses Taschenbuches
sind chlorfrei und umweltschonend.
Das Papier enthält Recycling-Anteile.

Der Goldmann Verlag
ist ein Unternehmen der Verlagsgruppe Bertelsmann

Genehmigte Taschenbuchausgabe 8/96

Umschlagentwurf: Design Team München
Druck: Elsnerdruck, Berlin
Verlagsnummer: 13166
NB · Herstellung: Heidrun Nawrot
Made in Germany
ISBN 3-442-13166-9

3 5 7 9 10 8 6 4

Gottspieler

Aus dem Amerikanischen
von Claus Fischer

Für Barbara und Fluffy,
meine ständigen Begleiter
und
stets willigen Zuhörer

Prolog

Bruce Wilkinson erwachte so plötzlich aus tiefstem Schlaf, daß er ein Gefühl überwältigender Angst empfand, ähnlich einem Kind, das aus einem Alptraum hochschreckt. Er wußte nicht, was ihn geweckt hatte, nahm aber an, daß es sich um ein Geräusch oder eine Bewegung gehandelt haben mußte. Er überlegte, ob ihn etwas berührt haben konnte. Reglos lag er im Bett, hielt den Atem an, starrte in die Dunkelheit rings umher und lauschte. Zuerst fiel es ihm schwer, sich zu orientieren, denn sein Gesichtsfeld war begrenzt, und er vermochte nur Schemen wahrzunehmen. Doch dann erinnerte er sich, daß er im Boston Memorial war, genauer gesagt, auf Zimmer 1832. Ungefähr im gleichen Moment begriff er auch, daß es mitten in der Nacht sein mußte. Im ganzen Krankenhaus herrschte Totenstille.

Er hielt sich nicht zum erstenmal im Boston Memorial auf. Vor gut einem Monat hatte er nach einer völlig unerwarteten Herzattacke drei Wochen einige Stockwerke weiter unten gelegen, und jetzt verbrachte er bereits über eine Woche hier oben damit, sich von einer *by-pass*-Operation zu erholen. Er war also durchaus an den Krankenhausalltag gewöhnt. Manche Einzelheiten wie das Quietschen des Medikamentenwagens der Schwester auf dem Gang, der ferne Signalton einer näherkommenden Ambulanz, selbst die metallisch verzerrte Lautsprecherstimme, die einen der Ärzte ausrief, übten auf ihn eine geradezu beruhigende Wirkung aus. Tatsächlich gelang es ihm nicht selten, anhand dieser Geräusche die genaue Tageszeit festzustellen, ohne auf die Uhr zu schauen. Jedes von ihnen bedeutete, daß man im Notfall auf sofortige medizinische Betreuung zählen konnte.

Bruce Wilkinson hatte sich nie viele Gedanken über seine Gesundheit gemacht, obwohl er an Multipler Sklerose litt. Vor fünf Jahren, als sein Sehvermögen schlechter geworden war, hatte er zum erstenmal in seinem Leben einen Arzt aufgesucht, die Diagnose aber gleich anschließend wieder vergessen, denn Ärzte und Krankenhäuser jagten ihm Angst ein, und seine Augen waren von selbst wieder besser geworden. Dann war aus heiterem Himmel die Herzattacke gekommen, die anschließende Einlieferung in die Klinik und der nicht unerhebliche chirurgische Eingriff, dem er sich soeben unterzogen hatte. Wenn er den Ärzten glauben durfte, bestand keine Verbindung zwischen seinen Schwierigkeiten mit dem Herzen und der Multiplen Sklerose, aber er konnte diese Auskunft kaum als sonderlich trostreich oder ermutigend bezeichnen.

Jetzt, da er mitten in der Nacht erwacht war und keine der üblicherweise so beruhigend wirkenden Krankenhausgeräusche vernahm, kam ihm die Klinik als bedrohlicher Ort der Einsamkeit vor, der eher Furcht als Hoffnung erweckte. Die Stille ängstigte ihn, zumal sie keine unmittelbare Erklärung für sein plötzliches Erwachen bot. Er fühlte sich wie gelähmt, niedergedrückt von namenlosem Entsetzen.

Die Sekunden verstrichen, und sein Mund wurde trocken, genau wie fünf Tage zuvor infolge der Medikamente, mit denen man ihn auf die Operation vorbereitet hatte. Diesmal aber lag es an seiner Angst, die immer stärker wurde, während er sich nicht zu rühren wagte und alle Sinne strapazierte, um das Beunruhigende zu orten. Als kleiner Junge hatte er sich genauso verhalten, wenn er aus einem bösen Traum aufgewacht war. *Beweg dich nicht, dann übersehen die Ungeheuer dich vielleicht...* Auf dem Rücken liegend, konnte er nicht viel vom Zimmer sehen, da die einzige Beleuchtung aus einem kleinen Nachtlicht in Bodenhöhe hinter dem Bett bestand. Alles, was er zu erkennen vermochte, war der undeutliche Übergang von den Wänden zur Decke, auf der sich als vergrößerter Schatten die Silhouette des Infusionsgerätes mit Flasche und Schlauch abzeichnete. Die Flasche schien leicht hin und her zu schwingen.

In einem Versuch, seiner Angst Herr zu werden, begann Bruce, die Botschaften seines Körpers zu entziffern. Zuerst die wichtigste Frage, die sich drohend vor ihm auftat: Ist alles in Ordnung mit mir? Nachdem sein Organismus ihm mit der Herzattacke bereits einen derart üblen Streich gespielt hatte, lag der Gedanke natürlich nicht fern, daß er von einer neuerlichen inneren Katastrophe geweckt worden war. Sollten sich die Nähte geöffnet haben? Das war eine seiner größten Ängste direkt nach der Operation gewesen. Ob sich der *by-pass* gelokkert hatte?

An den Schläfen hämmerte der Puls, und trotz eines schwachen Feuchtigkeitsfilms auf der Haut und eines etwas unangenehmen Drucks hinter der Stirn, den Bruce auf leichtes Fieber zurückführte, fühlte er sich gut. Wenigstens verspürte er keine Schmerzen, vor allem nicht diese unerbittlich stampfenden Schläge, mit denen sein Herz während des Anfalls verrückt gespielt hatte.

Zögernd holte er Luft. Obwohl ihm dies schwerer zu fallen schien als sonst, gab es nicht diesen stechenden Schmerz, als hätte man ihm ein Messer in die Brust gestoßen.

Ein kehliges, schleimfeuchtes Husten zerriß das Schweigen des halbdunklen Raums. Eine Sekunde lang wurde Bruce von neuem Entsetzen gepackt; dann fiel ihm ein, daß er ja nicht allein lag. Wahrscheinlich war es auch der Husten von seinem Zimmergenossen, Mr. Hauptmann, gewesen, der ihn geweckt hatte, dachte Bruce und fühlte sich etwas erleichtert. Der alte Mann hustete noch einmal, dann drehte er sich geräuschvoll im Schlaf um.

Bruce spielte mit dem Gedanken, die Nachtschwester zu rufen, um nach Mr. Hauptmann zu sehen – mehr um der Gelegenheit willen, ein paar Worte mit ihr zu wechseln, als weil er wirklich an ein Problem geglaubt hätte. Mr. Hauptmann hustete nämlich immer so.

Das unangenehme fiebrige Gefühl wurde stärker und begann sich auszubreiten. Bruce konnte es wie eine heiße Flüssigkeit in seiner Brust spüren. Die Sorge, daß »da drinnen« etwas schiefgelaufen sein könnte, kehrte zurück.

Bruce versuchte den Knopf für die Nachtschwester zu finden. Seine Augen bewegten sich, aber sein Kopf war schwer. Aus den Augenwinkeln nahm er ein rhythmisches Glitzern wahr und blickte zu der Infusionsflasche hoch. Die Infusionsflüssigkeit tropfte in rascher Folge aus der Mikroporkammer, und die Nachtbeleuchtung verlieh Tropfen und Luftbläschen ein explosives Funkeln.

Eigenartig! Bruce wußte, daß seine Infusionsflasche nur für den Notfall dort hing und sich normalerweise ganz langsam leerte. Auf keinen Fall durfte die Flüssigkeit so schnell durch den Schlauch laufen wie im Moment. Er konnte sich erinnern, das Gerät wie jeden Abend überprüft zu haben, bevor er die Leselampe ausgeschaltet hatte.

Wieder versuchte er, den Knopf für die Nachtschwester zu erreichen. Aber er konnte sich nicht bewegen. Es war, als hätte sein rechter Arm den Auftrag gar nicht erhalten. Ein weiterer Versuch endete mit demselben Ergebnis.

Er spürte, wie seine Angst sich in Panik verwandelte. Jetzt war er sicher, daß etwas Schreckliches mit ihm vorging! Um ihn herum gab es die bestmögliche medizinische Fürsorge, aber er war unfähig, sich bemerkbar zu machen. Er brauchte Hilfe, und zwar sofort! Es war wie ein Alptraum, aus dem er nicht zu erwachen vermochte.

Bruce riß den Kopf vom Kissen hoch und schrie nach einer Schwester. Überrascht stellte er fest, wie schwach seine Stimme war. Er hatte beabsichtigt zu brüllen, doch es war nur ein Flüstern geworden. Gleichzeitig merkte er, daß sein Kopf sich unsäglich schwer anfühlte und daß es ihn seine ganze Kraft kostete, nicht wieder ins Kissen zurückzusinken. Die Anstrengung ließ ihn so heftig zittern, daß sein ganzes Bett zu rattern begann.

Mit einem kaum hörbaren Seufzer ließ er sich wieder zurückfallen. Als er noch einmal zu schreien versuchte, vernahm er lediglich ein unverständliches Zischen, das praktisch keinerlei stimmlichen Laut mehr enthielt. Was immer mit ihm nicht stimmte, es verstärkte sich zusehends. Er hatte ein Gefühl, als breitete jemand eine unsichtbare Decke aus Blei über seinen Körper, so daß er flach gegen die Matratze gepreßt wurde. Seine Versuche, Luft zu schnappen, führten zu einem erbarmungsheischenden unkontrollierbaren Wogen seiner Brust. Ihn packte das Grauen bei der Überzeugung, ersticken zu müssen.

Irgendwie gelang es ihm, seine Panik so weit in den Griff zu bekommen, daß er sich wieder des Knopfes für die Nachtschwester entsann. Es kostete ihn eine übermenschliche Anstrengung, den rechten Arm vom Bett zu heben und unter beinahe spastischem Zucken über seinen Bauch zu zerren. Es war, als hätte man ihn in eine klebrige Flüssigkeit versenkt. Seine Finger streiften über das Bettgestänge, und er tastete nach dem Knopf. Vergebens, der Knopf war nicht da. Unter letzter Kraftaufbietung rollte Bruce sich auf die linke Seite und prallte gegen das Gitter. Einer der kalten Eisenstäbe drückte auf seinen rechten Augapfel, so daß er halbseitig blind war. Mit dem linken Auge erspähte er den Notknopf. Er lag auf dem Boden, darunter die wie eine Schlange zusammengerollte Schnur.

Hoffnungslosigkeit breitete sich in ihm aus, während das niederdrückende Gewicht auf seinem Körper weiter zunahm und jegliche Bewegung verhinderte. Er hatte jetzt die entsetzliche Gewißheit, daß etwas mit seinem Herzen passierte; möglicherweise waren alle Nähte auf einmal geplatzt. Das Gefühl des Erstickens wuchs; jede Zelle seines Gehirns schrie nach Sauerstoff, doch seinem vom Todeskampf gelähmten Mund entfuhr nur ein röchelndes Seufzen, während er verzweifelt zu atmen versuchte. Seine Sinne indes waren schärfer denn je, sein Verstand erfüllt von schmerzlicher Klarheit. Er wußte, daß er starb. In seinen Ohren hallte ein Klingeln nach, er hatte den Eindruck, sich zu drehen, Übelkeit stieg in ihm auf. Dann wurde ihm schwarz vor Augen...

Über ein Jahr lang hatte Pamela Breckenridge von elf Uhr abends bis sieben Uhr morgens gearbeitet. Es war keine besonders beliebte Schicht, aber ihr gefiel sie. Sie gab ihr das Gefühl, mehr Freiheit zu haben. Im Sommer ging sie tagsüber an den Strand und schlief am Abend, im Winter blieb sie bis zum späten Nachmittag im Bett. Ihrem Körper bereitete die Umstellung keine Probleme, solange sie regelmäßig ihre sieben Stunden Schlaf bekam. Und was ihre Arbeit anging, so zog sie Nachtdienst ohnehin vor. Man mußte sich einfach nicht soviel herumärgern. Tagsüber kam sich eine Schwester manchmal wie ein Verkehrspolizist vor zwischen all den Ärzten, Pflegern, Besuchern und Patienten, die sich auf dem Weg zu oder von den zahlreichen Röntgenuntersuchungen, EKGs, Labortests und Operationen befanden. Davon abgesehen gefiel Pamela die Verantwortung, die sie als alleinige Schwester auf der Station hatte.

Als sie in dieser Nacht den verwaisten, abgedunkelten Korridor hinunterging, hörte sie nichts anderes als hier und dort ein unterdrücktes Murmeln, das Zischen eines Respirators und ihre eigenen Schritte. Es war drei Uhr fünfundvierzig. Um diese Zeit hielt sich kein Arzt in unmittelbarer Nähe auf. Pamela arbeitete mit zwei praktischen Schwestern, beides ausgesprochen fähige Veteranen der Station. Alle drei hatten sie gelernt, mit jeder nur möglichen Katastrophe fertig zu werden.

Als sie an Zimmer 1832 vorbeikam, blieb sie stehen. In ihrem Rapport zum Schichtwechsel hatte die Tagesschwester erwähnt, der Pegel in Bruce Wilkinsons Infusionsflasche sei so weit gesunken, daß wahrscheinlich noch vor Morgengrauen eine neue Flasche aufgehängt werden mußte. Pamela zögerte. Eigentlich hätte sie diese Aufgabe an jemand anderen delegieren können, aber da sie schon mal direkt vor dem Zimmer stand und außerdem keine Kleinigkeitskrämerin war, beschloß sie, es selbst zu tun.

Als sie den schwach erleuchteten Raum betrat, wurde ihr mit einem feuchten Husten ein rasselnder Gruß entboten, der den Wunsch in ihr weckte, sich zu räuspern. Leise trat sie an Wilkinsons Bett. Der Pegelstand der Flasche war tatsächlich sehr niedrig, und Pamela fiel auf, daß die Flüssigkeit viel zu schnell durch den Schlauch rann. Auf dem Nachttisch stand eine frische Flasche. Als sie die alte gegen die neue austauschte und die Geschwindigkeit regulierte, spürte sie plötzlich etwas Hartes unter ihrem rechten Fuß. Sie blickte hinunter und entdeckte den Klingelknopf. Erst als sie sich bückte, um ihn wieder an seinen Platz zu hängen, nahm sie den Patienten genauer in Augenschein und bemerkte das gegen die Gitterstäbe gepreßte Gesicht. Irgend etwas stimmte nicht. Sanft drehte sie Bruce Wilkinson wieder auf den Rücken. Statt des erwarteten Widerstands kippte der Körper herum wie eine Stoffpuppe. Die rechte Hand blieb in einer völlig unnatürlichen Haltung liegen. Pamela beugte sich über sein Gesicht. Der Patient atmete nicht.

Sofort drückte Pamela auf den Klingelknopf, knipste die Nachttischlampe an und zog das Bett von der Wand fort. In dem grellen, fluoreszierenden Licht sah sie, daß die Haut des Patienten ein tiefes, grau angehauchtes Blau zeigte, den Farbton kostbaren chinesischen Porzellans. Sie schloß daraus, daß Wilkinson etwas verschluckt hatte und daran erstickt war. Pamela neigte sich zu ihm hinab, drückte ihm mit der linken

Hand das Kinn nach unten, bedeckte seine Nase mit der rechten Hand und blies ihm dann mit aller Kraft in den Mund. Sie hatte ein Hindernis in der Luftröhre erwartet und war daher erstaunt, als sich die Brust des Patienten anstandslos aufblähte. Sollte er an etwas erstickt sein, dann befand es sich offenbar nicht mehr in seiner Trachea.

Sie tastete nach seinem Handgelenk, um den Puls zu fühlen: nichts. Sie versuchte es an der Halsschlagader: ebenfalls nichts. Sie zog das Kissen unter seinem Kopf hervor und versetzte ihm einen Schlag mit der flachen Hand auf die Brust. Dann probierte sie es noch einmal mit Mund-zu-Mund-Beatmung.

Die beiden anderen Schwestern stürzten fast gleichzeitig in den Raum. Pamela sagte nur ein Wort: »Atemstillstand«, und sie legten los, als befänden sie sich auf dem Exerzierplatz. Rose gab den Notfall rasch über Lautsprecher durch, während Trudy das massive, siebzig mal neunzig Zentimeter große Brett besorgte, das während einer Herzmassage unter den Patienten gelegt wurde. Kaum daß Bruce auf dem Brett lag, stieg Rose zu ihm aufs Bett und begann seine Brust zusammenzupressen. Nach jeder vierten Kompression blies Pamela dem Patienten Luft in die Lungen. In der Zwischenzeit lief Trudy los, um die fahrbare Patientenüberwachungseinheit samt EKG-Gerät zu holen.

Als vier Minuten später der diensthabende Arzt, Jerry Donovan, eintraf, hatten Pamela, Rose und Trudy die EKG-Einheit installiert und in Betrieb genommen. Unglücklicherweise zeichnete sie nur eine gerade, einförmige Linie auf. Andererseits hatte sich die Farbe des Patienten gebessert und ein wenig von ihrem vorherigen bläulichen Grau verloren.

Jerry bemerkte die durchgehende gerade Linie, die erkennen ließ, daß in Bruce Wilkinson keinerlei elektrische Aktivitäten mehr vorgingen, und versetzte dem Patienten einen Schlag auf die Brust, genau wie Pamela vorher. Keine Reaktion. Er überprüfte die Pupillen; übermäßig geweitet und starr. Der Assistenzarzt hinter ihm, ein Mann namens Peter Matheson, kletterte aufs Bett und löste Rose ab. In der Tür stand ein verstörter Medizinstudent mit langem Haar.

»Wie lange ist er schon in diesem Zustand?« fragte Jerry.

»Ich habe ihn erst vor fünf Minuten gefunden«, antwortete Pamela. »Aber wann der Stillstand eingetreten ist, weiß der Himmel. Er war nicht an den Monitor angeschlossen. Seine Haut war dunkelblau.«

Jerry nickte. Einen Sekundenbruchteil lang überlegte er, ob sie überhaupt mit der Wiederbelebung fortfahren sollten. Er vermutete, daß der Gehirntod des Patienten schon eingetreten war. Aber er hatte sich noch nicht daran gewöhnt, die Behandlung in einem solchen Moment abzubrechen; es war einfacher, weiterzumachen.

»Ich brauche zwei Ampullen Bikarbonat und eine Ampulle Epinephrin«, bellte er, während er einen Endotrachealtubus von dem Überwachungswagen nahm. Er trat hinter das Bett und ließ Pamela noch einmal Luft in die Lungen des Patienten blasen. Dann führte er das Laryngoskop ein und anschließend den Endotrachealschlauch, an dem er eine Gummimanschette befestigte, die er wiederum mit dem Sauerstoffspender in der Wand verband. Er legte sein Stethoskop an die Brust des Patienten und bat Peter, einen Augenblick innezuhalten, während er die blasebalgähnliche Manschette zusammendrückte. Sofort hob sich die Brust des Patienten.

»Wenigstens steckt nichts in der Luftröhre«, meinte er sowohl zu sich selbst als auch zu den anderen.

Er injizierte erst das Bikarbonat und dann das Epinephrin.

»Vielleicht sollten wir ihm noch etwas Calciumchlorid geben«, meinte er, während er zusah, wie das Gesicht des Patienten langsam wieder zu einem normalen Rosaton zurückkehrte.

»Wieviel?« fragte Trudy.

»Fünf Kubikzentimeter in einer zehnprozentigen Lösung.« An Pamela gewandt, fragte er: »Weswegen ist er hier?«

»Er hat sich einen *by-pass* legen lassen«, gab Pamela Auskunft. Rose hatte ihr das Krankenblatt gebracht, das sie jetzt aufschlug. »Die Operation war vor vier Tagen. Er hatte alles gut überstanden.«

»Bis jetzt«, korrigierte Jerry. Bruce Wilkinsons Farbe war beinahe wieder normal, aber die Pupillen blieben übermäßig geweitet, und der Schreiber des EKG-Geräts zeichnete weiterhin eine Linie ohne Kurven oder Zacken.

»Muß eine schwere Herzattacke gehabt haben«, sagte Jerry. »Vielleicht eine Lungenembolie. Er war blau, als Sie ihn gefunden haben, sagten Sie?«

»Dunkelblau«, bestätigte Pamela.

Jerry schüttelte den Kopf. Keine seiner beiden Diagnosen hätte eine so starke Zyanose erklärt. Das Eintreffen des diensthabenden Chirurgen, der noch benommen vom Schlaf war, unterbrach seinen Gedankengang.

Jerry erklärte dem Chirurgen, wie er vorging. Während er sprach, hielt er eine Spritze mit Epinephrin hoch, um die Luftbläschen herauszudrücken, dann stieß er sie Bruce in die Brust, senkrecht zur Haut. Es gab ein hörbares Schnappen, als die Nadel eine Muskelhülle durchbrach. Das einzige andere Geräusch verursachte das EKG-Gerät, das den Papierstreifen mit der geraden Linie abspulte. Jerry zog den Kolben zurück, Blut stieg in die Spritze. Nun wußte er, daß er sich im Herzen befand, und injizierte die Lösung. Mit einem Kopfnicken bedeutete er Peter, dem Patienten wieder die Brust zusammenzupressen, und Pamela, ihm weiter Luft in die Lungen zu blasen.

Noch immer keine Herzaktivität. Während Jerry die äußere Hülle eines sterilen Päckchens öffnete, in dem sich eine Elektrode für den transvenösen Schrittmacher befand, wünschte er sich, gar nicht erst mit alledem angefangen zu haben. Intuitiv wußte er, daß der Patient schon viel zu weit weg war. Aber nun, da er A gesagt hatte, mußte er auch B sagen.

»Ich brauche einen vierzehner Intubationskatheter«, sagte er. Mit einem in Pethedin getauchten Baumwollschwamm begann er, die Eintrittsstelle links am Hals des Patienten zu präparieren.

»Wollen Sie, daß ich das mache?« meldete sich der diensthabende Chirurg zum erstenmal zu Wort.

»Ich glaube, wir haben alles unter Kontrolle«, sagte Jerry und versuchte, mehr Sicherheit auszustrahlen, als er tatsächlich empfand.

Pamela half ihm in ein Paar Operationshandschuhe. Sie standen gerade im Begriff, den Patienten zuzudecken, als eine weitere Gestalt im Türrahmen erschien und sich an dem langhaarigen Studenten vorbeischob. Jerrys Aufmerksamkeit wurde von der Reaktion des diensthabenden Chirurgen abgelenkt: der Arschkriecher überschlug sich geradezu, fast hätte er salutiert. Sogar die Schwestern zeigten auf einmal sichtlich mehr Haltung, seit Thomas Kingsley, der angesehenste Herzchirurg des Krankenhauses, den Raum betreten hatte.

Er trug einen grünen Kittel, eine Papierkappe und um den Hals die Gesichtsmaske; offenbar kam er direkt aus dem OP. Er trat an das Bett und legte Bruce sanft die Hand auf den Unterarm, als könnte er das Problem allein durch diese göttliche Geste lösen.

»Was haben Sie vor?« fragte er Jerry.

»Ich hänge ihn an einen transvenösen Schrittmacher«, sagte dieser, von Dr. Kingsleys Anwesenheit gleichzeitig erschreckt und beeindruckt. Ärzte in seiner Position tauchten für gewöhnlich nicht bei einem Herzstillstand auf, schon gar nicht mitten in der Nacht.

»Sieht aus, als hätten die Eigenimpulse völlig aufgehört«, sagte Dr. Kingsley und ließ einen Abschnitt des EKG-Papiers durch die Hand laufen. »Nicht die geringsten Anzeichen für irgendwelche AV-Blöcke. Die Wahrscheinlichkeit, daß Sie da mit einem transvenösen Schrittmacher etwas ausrichten können, ist unendlich gering. Ich glaube, Sie verschwenden nur Ihre Zeit.« Dann tastete er nach dem Puls in der Leistengegend des Patienten. Er warf Peter, der inzwischen zu schwitzen begonnen hatte, einen Blick zu und sagte: »Der Puls ist deutlich spürbar. Sie haben hervorragende Arbeit geleistet.« An Pamela gewandt, sagte er: »Größe acht, bitte.«

Pamela reichte ihm die Handschuhe, ohne auch nur eine Sekunde zu zögern. Dr. Kingsley streifte sie über und bat um ein Skalpell aus dem Instrumentenkorb des Überwachungswagens.

»Würden Sie bitte den Verband abnehmen«, bat Dr. Kingsley Peter. An Pamela gewandt, erklärte er, daß er eine große sterile Verbandsschere benötigte.

Peter streifte Jerry mit einem fragenden Seitenblick, dann hörte er mit seiner Massage auf und begann das Durcheinander aus Adhäsionsverbänden und Gaze vom Brustbein des Patienten zu zerren. Dr. Kingsley trat näher ans Bett, das Skalpell in der rechten Hand. Ohne Zeit zu verlieren, grub er die Spitze der Messerklinge ins obere Ende der Wunde und zog sie entschlossen bis zum unteren Ende hinunter. Als er die transparenten blauen Nylonfäden durchtrennte, gab es jedesmal ein deutlich hörbares Schnappen. Peter rutschte vom Bett, um nicht im Weg zu sein.

»Schere«, sagte Dr. Kingsley ruhig, während sein Publikum in erschrockenem Schweigen zusah. Jeder unter ihnen hatte irgendwann von einer solchen Szene gelesen; gesehen hatte sie noch keiner.

Dr. Kingsley zerschnitt die Drähte, die das geöffnete Brustbein zusammenhielten. Dann stieß er mit beiden Händen in die Wunde und zog das Brustbein gewaltsam auseinander. Ein scharfes Knacken hing in der Luft. Jerry Donovan versuchte, einen Blick in die Brust des Patienten zu werfen, aber Dr.

Kingsley verdeckte ihm die Sicht. Das einzige, was er erkennen konnte, war, daß es praktisch kein Blut gab.

Dr. Kingsley schob seine rechte Hand vorsichtig in Bruce Wilkinsons Brust und bedeckte die Herzspitze mit den Fingern. Vorsichtig begann er sie rhythmisch zusammenzudrükken, wobei er Pamela immer mit einem Nicken bedeutete, wann sie dem Patienten Luft in die Lunge blasen sollte. »Überprüfen Sie den Puls noch einmal«, sagte er.

Peter trat gehorsam vor. »Kräftig«, sagte er.

»Geben Sie mir etwas Epinephrin«, verlangte Dr. Kingsley. »Es sieht noch immer nicht gut aus. Ich glaube, der Stillstand ist schon vor einiger Zeit eingetreten.«

Jerry Donovan überlegte, ob er sagen sollte, daß er denselben Eindruck hatte, entschied sich dann aber dagegen.

»Rufen Sie das EEG-Labor an«, sagte Dr. Kingsley, ohne mit der Herzmassage aufzuhören. »Mal sehen, ob er überhaupt noch irgendwelche Gehirnaktivitäten aufweist.«

Trudy ging zum Telefon.

Dr. Kingsley injizierte das Epinephrin, stellte aber fest, daß es nicht den geringsten Einfluß auf das EKG hatte. »Wessen Patient ist er eigentlich?« erkundigte er sich dann.

»Dr. Ballantines«, antwortete Pamela.

Dr. Kingsley beugte sich vor und spähte in die Wunde. Jerry nahm an, daß er die chirurgische Nachversorgung taxierte. Jeder in der Klinik wußte, daß auf einer Skala von eins bis zehn, soweit es Operationstechnik anging, Kingsley die Zehn darstellte, während Ballantine – trotz der Tatsache, daß er der Leiter der Herzchirurgie war – allenfalls eine Drei darstellte.

Dr. Kingsley blickte abrupt auf und starrte den Medizinstudenten an, als sähe er ihn zum erstenmal. »Woran kann man auf der Stelle erkennen, daß es sich hierbei nicht um einen AV-Block handelt, Doktor?«

Alle Farbe wich aus dem Gesicht des Studenten. »Ich weiß nicht«, brachte er schließlich hervor.

»Unverfängliche Antwort«, kommentierte Dr. Kingsley mit einem Lächeln. »Ich wünschte, ich hätte als Medizinstudent den Mut gehabt, zuzugeben, daß ich etwas nicht wußte.« Er wandte sich an Jerry und fragte: »Wie steht's mit seinen Pupillen?«

Jerry hob das linke Augenlid des Patienten an. »Unverändert.«

»Geben Sie ihm noch eine Ampulle Bikarbonat«, ordnete Dr. Kingsley an. »Ich nehme an, Sie haben bereits Calcium injiziert?«

Jerry nickte.

Ein paar Minuten lang herrschte Schweigen, während Dr. Kingsley mit seiner Herzmassage fortfuhr. Dann erschien ein Labortechniker mit einem altmodischen EEG-Gerät in der Tür.

»Ich möchte lediglich wissen, ob es in seinem Kopf irgendwelche elektrischen Aktivitäten gibt«, sagte Dr. Kingsley. Der Techniker brachte die Kopfschwarten-Elektroden an und nahm das Gerät in Betrieb. Die Gehirnstromkurve verlief flach, genau wie das EKG.

»Ich fürchte, das wär's«, meinte Dr. Kingsley, zog seine Hand aus dem Brustkorb des Patienten zurück und streifte die Handschuhe ab. »Meiner Meinung nach sollte langsam jemand Dr. Ballantinc anrufen. Ich danke Ihnen für Ihre Hilfe.« Er verließ den Raum.

Einen Moment lang bewegte sich niemand, kein Wort fiel. Der EEG-Techniker brach den Bann. Verlegen verkündete er, daß er wohl besser wieder ins Labor ginge. Er sammelte seinen Krimskrams ein und verschwand.

»So was habe ich noch nie gesehen«, sagte Peter und starrte auf Bruce Wilkinsons klaffende Brust.

»Ich auch nicht«, pflichtete Jerry ihm bei. »Irgendwie bleibt einem die Luft weg.«

Beide Männer traten dicht ans Bett heran und blickten in die Wunde.

Jerry räusperte sich. »Ich weiß nicht, was man mehr braucht, wenn man jemand auf solche Weise aufschneidet – Qualifikation oder Selbstvertrauen.«

»Beides«, sagte Pamela und zog den Stöpsel des EKG-Geräts heraus. »Wie wär's, wenn ihr zwei Knaben uns ein bißchen Platz machen würdet, damit wir den Raum wieder in Ordnung bringen können? Ach übrigens, ich habe noch etwas vergessen. Als ich Mr. Wilkinson fand, lief seine Infusion viel zu schnell. Die Flasche war fast leer, obwohl sie eigentlich noch kaum angebrochen sein durfte.« Sie zuckte mit den Schultern. »Ich weiß nicht, ob das irgendeine Bedeutung hat, aber ich wollte es Ihnen wenigstens gesagt haben.«

»Danke«, sagte Jerry geistesabwesend. Er hatte kaum hingehört. Zögernd steckte er seinen Zeigefinger in die Wunde und berührte Bruce Wilkinsons Herz. »Manche Leute behaupten, Dr. Kingsley sei ein arroganter Hundesohn, aber eins ist mal sicher, wenn ich mich morgen einer *by-pass*-Operation unterziehen müßte, würde ich zu Dr. Kingsley gehen.«

»Amen«, sagte Pamela und schob sich zwischen Jerry und das Bett, um sich der Leiche anzunehmen.

Mr. Hauptmann hatte sich während der ganzen Zeit nicht einmal gerührt.

1

»Letzte Nacht hatten wir nur einen Neuzugang«, sagte Cassandra Kingsley und konsultierte ihr vorläufiges Aufnahmeblatt. Es war ihr ganz offensichtlich nicht geheuer, so plötzlich in den Mittelpunkt der frühmorgendlichen Belegschaftskonferenz der Psychiatrischen Station, Clarkson Zwei, gerückt zu sein. »Sein Name ist Colonel William Bentworth. Er ist achtundvierzig Jahre alt, weiß, männlichen Geschlechts, dreimal geschieden, und wurde nach einer Meinungsverschiedenheit in einer Schwulenbar in die Notaufnahme eingeliefert. Er war vollkommen betrunken und dem Personal der Notaufnahme gegenüber außergewöhnlich beleidigend.«

»Mein Gott!« lachte Jacob Levine, der Oberarzt der Psychiatrie. Er riß sich die Brille mit ihren runden, metallgerahmten Gläsern von der Nase und rieb sich heftig die Augen. »Das erstemal haben Sie nachts Bereitschaftsdienst, und schon geraten Sie an Bentworth!«

»Feuerprobe bestanden«, verkündete Roxanne Jefferson, die schwarze Oberschwester von Clarkson Zwei, mit der nicht zu spaßen war. »Niemand kann sagen, die Psychiatrie im Boston Memorial sei ein Hort der Langeweile.«

»Den vollkommenen Patienten habe ich mir jedenfalls anders vorgestellt«, gab Cassi mit einem schwachen Lächeln zu. Die Kommentare von Jacob und Roxanne hatten sie etwas erleichtert und ihr das Gefühl gegeben, daß sie auf Verständnis stoßen würde, wenn sie sich hier vor versammelter Mannschaft zum Narren machte. Bentworth war auf Clarkson Zwei offenbar kein Unbekannter.

Cassi gehörte noch nicht einmal eine Woche zum Ärzteteam der Psychiatrie. Normalerweise war November nicht gerade der Monat, in dem man in einer neuen Station anfing, aber Cassi hatte erst einige Zeit nach Beginn des medizinischen Jahres im Juli beschlossen, von der Pathologie auf die Psychiatrie umzusatteln, und es war ihr auch nur deswegen möglich gewesen, weil einer der Ärzte nach seinem ersten Jahr hier ebenfalls in eine neue Abteilung wollte. Damals hatte Cassi geglaubt, ungeheures Schwein gehabt zu haben. Jetzt war sie sich dessen nicht mehr so sicher. Der einzige Anfänger unter lauter erfahrenen Kollegen zu sein, war schwieriger, als sie es sich vorgestellt hatte. Die anderen, die hier ebenfalls ihr erstes Jahr Dienst taten, waren schon fast fünf Monate weiter.

»Ich wette, Bentworth hatte einige ausgesucht höfliche Worte für Sie parat, als Sie aufgetaucht sind«, meinte Joan Widiker, die bereits seit drei Jahren ihren Dienst im Boston Memorial versah und den psychiatrischen Beratungsdienst leitete, voller Anteilnahme.

»Ich könnte sie nicht wiederholen, ohne rot zu werden«, gab Cassi nickend zu. »Tatsächlich hat er sich geweigert, überhaupt mit mir zu reden, außer um mich seine höchstpersönliche Meinung über Psychiatrie und Psychiater wissen zu lassen. Er bat um eine Zigarette, die ich ihm auch gegeben habe, weil ich dachte, es würde ihm helfen, sich zu entspannen, aber statt sie zu rauchen, hat er sich das glühende Ende immer wieder in den Unterarm gedrückt. Bevor ich jemand zu Hilfe rufen konnte, hatte er sich bereits an sechs verschiedenen Stellen Verbrennungen zugefügt.«

»Ja, er ist wirklich ein ganz besonderes Früchtchen«, sagte Jacob. »Sie hätten mich rufen lassen sollen, Cassi. Um wieviel Uhr wurde er eingeliefert?«

»Um halb drei«, antwortete Cassi.

»Ach so, dann nehme ich alles zurück. Sie haben absolut richtig gehandelt.«

Alle lachten, einschließlich Cassi. Zum erstenmal schlug ihr nicht mehr jenes feindselige Konkurrenzdenken entgegen, das sie während all der Jahre ihrer Ausbildung begleitet hatte. Und auch die halb respektvollen, halb neidischen Kommentare, die seit ihrer Heirat mit Thomas Kingsley für sie zum täglichen Brot im Boston Memorial gehört hatten, waren verstummt. Cassi hoffte, daß sie eines Tages in der Lage sein würde, sich für diese Unterstützung zu revanchieren.

»Wie auch immer«, sagte sie und versuchte, sich wieder zu konzentrieren. »Mr. Bentworth, oder vielleicht sollte ich besser sagen: Colonel Bentworth, US Army, eingeliefert mit akuter Alkoholvergiftung, Angstanfällen, die sich mit Depressionen abwechselten, Wutausbrüchen, einer Tendenz zur Selbstverstümmelung und einer acht Pfund schweren Krankengeschichte.«

Wieder brach die ganze Gruppe in Gelächter aus.

»Eins muß man Colonel Bentworth zugute halten«, meinte Jacob, »er hat einer ganzen Generation von Psychiatern in der Ausbildung als Fallstudie gedient.«

»Das Gefühl hatte ich auch«, gab Cassi zu. »Ich habe versucht, mich durch die wichtigsten Teile dieser Krankengeschichte zu arbeiten. Ich glaube, sie ist mindestens so lang wie *Krieg und Frieden*. Wenigstens hat sie mich davor bewahrt, mich zum Narren zu machen, indem ich auf gut Glück eine Diagnose stelle. In der Akte steht, er befinde sich an der Grenze zur Persönlichkeitsspaltung und erleide gelegentlich psychotische Schübe.

Die physische Untersuchung ergab zahlreiche Quetschungen im Gesicht und einen leichten Riß in der Oberlippe. Ansonsten erbrachte die Untersuchung – mit Ausnahme der selbst zugefügten Brandwunden – keinerlei Anomalien. Beide Handgelenke wiesen dünne Narben auf. Er weigerte sich, einer kompletten neurologischen Untersuchung zuzustimmen, wußte aber genau, wer er war und wo er sich befand, selbst die

Uhrzeit. Da die gegenwärtige Aufnahme, was die Symptome angeht, fast identisch mit der letzten war und da die Behandlung mit Amylnatrium bei der vorangegangenen Gelegenheit so gut angeschlagen hatte, wurde er auch diesmal intravenös langsam mit einem halben Gramm versorgt.«

Fast im selben Moment, in dem sie ihren Bericht beendet hatte, erklang Cassis Name aus dem Kliniklautsprecher. Ganz automatisch wollte sie aufstehen, aber Joan hielt sie zurück; im Schwesternzimmer würde man den Anruf für sie entgegennehmen.

»Hatten Sie den Eindruck, Colonel Bentworth könnte eventuell dazu neigen, sich umzubringen?« fragte Jacob.

»Nicht wirklich«, sagte Cassi in dem Bewußtsein, auszuweichen. Sie war sich genau im klaren darüber, daß ihre Fähigkeit, ein mögliches Selbstmordrisiko richtig einzuschätzen, ungefähr genauso groß war wie die eines x-beliebigen Mannes auf der Straße. »Daß er sich mit der Zigarette verbrannt hat, schien mir mehr auf eine Tendenz zur Selbstverstümmelung als zur Selbstzerstörung zu deuten.«

Jacob spielte mit einer Locke seines gekräuselten Haars und blickte zu Roxanne hinüber, die länger als jeder andere auf Clarkson Zwei ihren Dienst versah und daher als unbestrittene Autorität galt. Das war ein weiterer Grund, weshalb Cassi die Arbeit hier genoß. Die steife, hierarchische Struktur, an deren Spitze die Ärzte standen und die überall sonst im Krankenhaus herrschte, hatte hier keine Gültigkeit. Ärzte, Schwestern, Pfleger, alle gehörten zum Clarkson-Zwei-Team und wurden als solche respektiert.

»Ich habe bisher immer dazu geneigt, auf eine Unterscheidung zwischen beiden Begriffen zu verzichten«, sagte Roxanne, »obwohl es vermutlich Verschiedenheiten gibt. Trotzdem sollten wir im Fall Bentworth vorsichtig sein. Er ist ein außergewöhnlich komplizierter Mensch.«

»Was man noch als Untertreibung bezeichnen kann«, sagte

Jacob. »Der militärische Aufstieg des Burschen war kometenhaft, besonders während seiner Dienstzeit in Vietnam. Er ist mehrmals ausgezeichnet worden. Als ich mir seine Armeeakte angesehen habe, wollte mir allerdings scheinen, als wäre eine unverhältnismäßig große Anzahl seiner Männer gefallen. Seine psychiatrischen Probleme zeigten sich erst, als er seinen derzeitigen Rang erhielt. Es war, als hätte der Erfolg ihn ruiniert.«

»Um auf die Selbstmordgefahr zurückzukommen«, sagte Roxanne an Cassi gewandt, »so glaube ich, daß der wichtigste Punkt im Grad der Depression liegt.«

»Es handelte sich nicht um eine typische Depression«, sagte Cassi und wußte, daß sie sich auf dünnes Eis begab. »Er sagte, er fühle sich eher leer als traurig. In der einen Minute wirkte er deprimiert, in der nächsten schäumte er vor Wut und benutzte beleidigende Worte. Er war absolut unbeständig.«

»Da haben wir's«, sagte Jacob. Es war eine seiner Lieblingsbemerkungen, und ihre Bedeutung lag darin, wie er die Worte betonte. In diesem Fall schien er erfreut zu sein. »Wenn man sich für ein Wort entscheiden müßte, um einen solchen Grenzfall zu kennzeichnen, so wäre, glaube ich, der Begriff ›Unbeständigkeit‹ der zutreffendste.«

Cassi nahm das Lob erfreut entgegen. In der vorangegangenen Woche hatte ihr Ego nicht allzuviel Nahrung erhalten.

»Nun gut«, fuhr Jacob fort, »wie sehen Ihre Pläne bezüglich Colonel Bentworth aus?«

Cassis Euphorie ließ nach.

Einer der anderen Ärzte sagte: »Ich glaube, Cassi sollte ihm erst mal das Rauchen abgewöhnen.«

Das erneute Gelächter schwemmte ihre Nervosität hinweg.

»Meine Pläne für Colonel Bentworth«, sagte Cassi, »sind...«, sie hielt inne, »daß ich übers Wochenende eine Menge zu lesen habe.«

»Klingt vernünftig«, sagte Jacob. »In der Zwischenzeit

würde ich ihn vorübergehend auf ein starkes Beruhigungsmittel setzen. Grenzfälle eignen sich nicht für eine langfristige medikamentöse Behandlung, oft kann man ihnen damit aber über einen momentanen psychotischen Zustand hinweghelfen. Gut, was ist letzte Nacht sonst noch vorgefallen?«

Susan Cheaver, eine der Schwestern, fuhr fort. Mit der ihr eigenen Tüchtigkeit faßte Susan alle signifikanten Ereignisse zusammen, die sich seit dem späten Nachmittag des vergangenen Tages abgespielt hatten. Das einzige darunter, das von der Routine abwich, war ein Fall von körperlicher Mißhandlung, begangen an einer Patientin namens Maureen Kavenaugh. Ihr Mann war zu einem seiner unregelmäßigen Besuche aufgetaucht, und eine Zeitlang schien alles friedlich verlaufen zu sein, bis es zu einem wütenden Wortwechsel kam, gefolgt von einer Reihe heftiger Ohrfeigen, die Mr. Kavenaugh seiner Frau verpaßt hatte. Die Szene spielte sich mitten im Aufenthaltsraum der Patienten ab und hatte einige der anderen Anwesenden sehr erregt. Mr. Kavenaugh hatte überwältigt und aus der Station eskortiert werden müssen. Seine Frau war mit einem Sedativum behandelt worden.

»Ich habe mehrmals versucht, mich mit dem Mann zu unterhalten«, sagte Roxanne. »Er ist Lastwagenfahrer und hat wenig, um nicht zu sagen, gar kein Verständnis für die Verfassung seiner Frau.«

»Und was schlagen Sie vor?« fragte Jacob.

Roxanne sagte: »Ich meine, man sollte Mr. Kavenaugh ermutigen, seine Frau weiterhin zu besuchen, aber nur wenn jemand dabei ist. Ich glaube nicht, daß Maureens inneres Gleichgewicht wiederhergestellt werden kann, ohne daß er auf die eine oder andere Weise an der Therapie teilnimmt, und es wird nicht einfach werden, ihn dazu zu bringen.«

Cassi beobachtete und hörte zu, genau wie jedes andere Mitglied der Belegschaft. Nachdem Susan fertig war, erhielten nach und nach auch die anderen Ärzte Gelegenheit, über ihre

Patienten zu sprechen. Anschließend meldeten sich noch der Beschäftigungstherapeut und der für die Wiedereingliederung der Patienten in die Gesellschaft zuständige Sozialarbeiter zu Wort. Schließlich fragte Dr. Levine, ob es noch irgendwelche anderen Probleme gebe. Niemand reagierte.

»Okay«, sagte Dr. Levine, »wir sehen uns auf der Nachmittagskonferenz.«

Cassi erhob sich nicht sofort. Sie schloß die Augen und holte tief Luft. Die Angst vor der Belegschaftskonferenz hatte ihre Erschöpfung verdrängt, aber jetzt, wo alles vorüber war, kehrte sie stärker als zuvor zurück. Sie hatte nur knapp drei Stunden geschlafen. Und Cassi brauchte ihre Nachtruhe. Wie schön wäre es jetzt, einfach den Kopf auf ihren rechten Arm sinken zu lassen und gleich hier am Konferenztisch einzuschlafen.

»Ich möchte wetten, Sie sind hundemüde«, sagte Joan Widiker und legte Cassi die Hand auf den Arm.

Cassi brachte ein schwaches Lächeln zustande. Joans Interesse an ihren Mitmenschen kam von Herzen. Mehr als jeder andere hatte sie sich für Cassi Zeit genommen und ihr damit die erste Woche in der Psychiatrie soweit wie möglich erleichtert.

»Ich schaff's schon«, sagte Cassi. Dann fügte sie hinzu: »Hoffe ich.«

»Sie schaffen es bestimmt«, versicherte Joan ihr. »Sie haben sich heute morgen großartig gehalten.«

»Finden Sie?« Cassis braune Augen leuchteten.

»Absolut. Sie haben Jacob sogar eine Art Kompliment entlockt. Es hat ihm gefallen, daß Sie Colonel Bentworth als unbeständig bezeichnet haben.«

»Erinnern Sie mich nicht daran«, sagte Cassi verloren. »In Wahrheit würde ich einen Schizophrenen wie ihn nicht einmal erkennen, wenn ich mit ihm zum Essen verabredet wäre.«

»Wahrscheinlich nicht«, pflichtete Joan ihr bei. »Den meisten Menschen würde es ebenso ergehen, vorausgesetzt der Patient erleidet nicht gerade einen psychotischen Schub. Solche Grenzfälle können sich außerordentlich gut unter Kontrolle halten. Sehen Sie sich Bentworth doch an. Er hat es bis zum Colonel gebracht.«

»Darüber habe ich mir ja auch den Kopf zerbrochen«, sagte Cassi. »Es läßt sich irgendwie nicht miteinander in Einklang bringen.«

»Bentworth kann jedem Kopfzerbrechen bereiten«, sagte Joan und drückte Cassis Arm. »Kommen Sie, ich spendiere Ihnen einen Kaffee in der Cafeteria. Sie sehen aus, als könnten Sie einen gebrauchen.«

»Gebrauchen kann ich ihn, weiß Gott«, meinte Cassi. »Aber ich weiß nicht, ob ich mir die Zeit nehmen soll.«

»Auf Anordnung des Arztes«, verfügte Joan und stand auf. Während sie über den Korridor gingen, setzte sie hinzu: »Ich hatte auch mit Bentworth zu tun, als ich hier anfing, und ich habe die gleichen Erfahrungen gemacht wie Sie. Ich weiß also, wie Sie sich fühlen.«

»Ehrlich?« fragte Cassi ermutigt. »In der Konferenz wollte ich es nicht zugeben, aber der Colonel hat mir regelrecht Angst eingejagt.«

Joan nickte. »Bentworth bedeutet immer Ärger. Er ist bösartig und gerissen. Irgendwie gelingt es ihm sofort, die Achillesferse eines Menschen zu finden. Diese Gabe, kombiniert mit der aufgestauten Wut und seiner Feindseligkeit, kann sich verheerend auswirken.«

»Er hat mir das Gefühl gegeben, nicht einen Pfifferling wert zu sein«, sagte Cassi.

»Als Psychiater«, korrigierte Joan.

»Als Psychiater«, stimmte Cassi zu. »Aber das ist immerhin mein Beruf. Vielleicht finde ich irgendwo einen ähnlich gelagerten Fall, in den ich mich einlesen kann.«

»Darüber gibt es jede Menge Literatur«, sagte Joan. »Viel zuviel. Aber es ist im Grunde dasselbe wie mit dem Radfahren. Man kann jahrelang alles über Fahrräder lesen, aber wenn man dann eines Tages eins davon besteigt und zu fahren versucht, schafft man es doch nicht. Psychiatrie ist sowohl Prozeß als auch Wissenschaft, zu gleichen Teilen. Kommen Sie, jetzt genehmigen wir uns erst mal den Kaffee.«

Cassi zögerte. »Vielleicht sollte ich doch lieber an meine Arbeit gehen.«

»Sie haben doch jetzt nicht gleich Sprechstunde, oder?« fragte Joan.

»Nein, aber...«

»Dann kommen Sie mit.« Joan ergriff sie am Arm, und sie gingen weiter.

Cassi ließ sich mitziehen. Sie wollte sich ein wenig mit Joan unterhalten. Es war mindestens so aufbauend wie lehrreich. Vielleicht würde Bentworth jetzt zu einem normalen Gespräch bereit sein, nachdem er eine ruhige Nacht verbracht hatte.

»Ich will Ihnen mal was über Bentworth sagen«, begann Joan, als hätte sie Cassis Gedanken gelesen. »Jeder, den ich kenne und der sich um ihn gekümmert hat, war überzeugt, ihn heilen zu können, inklusive meiner Person. Aber Grenzfälle im allgemeinen und Colonel Bentworth im besonderen lassen sich nicht heilen. Sie lernen vielleicht, immer besser zu kompensieren, aber sie werden nicht geheilt.«

Als sie das Schwesternzimmer passierten, legte Cassi das Aufnahmeblatt des Colonels in einen Korb und erkundigte sich, warum man sie ausgerufen hatte. »Es war Dr. Robert Seibert«, sagte die Helferin. »Er bat Sie, so schnell wie möglich zurückzurufen.«

»Wer ist Dr. Seibert?« fragte Joan.

»Ein Kollege aus der Pathologie«, antwortete Cassi.

»So schnell wie möglich – hört sich an, als sollten Sie ihn jetzt gleich anrufen.«

»Würde es Ihnen was ausmachen?«

Joan schüttelte den Kopf, und Cassi trat um das Wandpult herum ans Telefon. Roxanne gesellte sich zu Joan und sagte: »Sie ist ein nettes Mädchen. Ich glaube, sie wird uns hier eine echte Hilfe sein.« Joan nickte. Sie waren sich beide darin einig, daß Cassis Unsicherheit und Nervosität eine Folge ihrer Hingabe und des Eifers waren, mit dem sie sich der neuen Aufgabe widmete.

»Etwas macht mir allerdings etwas Kopfzerbrechen«, fügte Roxanne hinzu. »Sie scheint sehr verletzlich zu sein.«

»Ich glaube, sie wird ihren Weg gehen«, sagte Joan. »Und ganz so schwach kann sie ja kaum sein, wenn sie mit Thomas Kingsley verheiratet ist.«

Roxanne grinste, dann verschwand sie den Gang hinunter. Sie war eine große, elegante schwarze Frau, deren Intellekt und Sinn für Stil Respekt verlangten. Sie hatte ihr Haar in Rastazöpfen getragen, lange bevor es Mode geworden war.

Während Cassi den Hörer wieder zurück auf die Gabel legte, unterzog Joan sie einer genauen Musterung. Roxanne hatte recht: Cassi wirkte tatsächlich empfindsam und zerbrechlich. Vielleicht lag es an ihrer blassen, beinahe durchscheinenden Haut. Sie war schlank, grazil und nur wenig größer als ein Meter siebzig. Ihr feines Haar wechselte in der Farbe zwischen glänzendem Walnußbraun und blond, je nach Beleuchtung und Blickwinkel. Bei der Arbeit trug sie es lässig hochgesteckt, gehalten von kleinen Kämmen und Nadeln. Wegen ihrer zarten Beschaffenheit fanden aber einige Strähnen immer wieder ihren Weg aus der Frisur und umspielten das Gesicht wie Sommerfäden im Wind. Cassis Gesichtszüge waren sanft und schmal und die Augen an den äußeren Winkeln leicht nach oben gezogen, so daß sie ihr einen etwas exotischen Anflug verliehen. Sie benutzte kaum Make-up und wirkte daher jünger als ihre achtundzwanzig Jahre. Ihre Kleidung war stets sauber und gepflegt, selbst wenn sie den größten Teil der Nacht darin verbracht hatte; heute trug sie eine ihrer vielen hochgeschlossenen weißen Blusen. Auf Joan wirkte Cassi immer wie eine junge Frau auf einer alten viktorianischen Daguerreotypie.

»Was halten Sie davon, mich auf einige Minuten in die Pathologie zu begleiten?« fragte sie jetzt voller Begeisterung.

»Pathologie?« wiederholte Joan mit leisem Mißbehagen.

»Ich bin sicher, dort kriegen wir auch einen Kaffee«, meinte Cassi, als wäre das der Grund für Joans Zögern gewesen. »Geben Sie sich einen Ruck, vielleicht finden Sie's ja sogar ganz interessant.«

Joan ließ zu, daß Cassi sie ins Schlepptau nahm. Sie gingen hinunter auf den Hauptkorridor und zu der massiven Feuertür, die zum eigentlichen Krankenhaus führte. In Clarkson Zwei gab es keine verschlossenen Türen. Es war eine »offene« Station. Vielen der Patienten war es nicht gestattet, das Stockwerk zu verlassen, aber es lag an ihnen, ob sie gehorchten oder nicht. Sie wußten, daß sie damit rechnen mußten, ins State Hospital verlegt zu werden, wenn sie die Anweisungen mißachteten. Dort herrschte ein weit weniger angenehmes Klima.

Als die Tür hinter ihr ins Schloß fiel, verspürte Cassi eine Welle der Erleichterung. Im Gegensatz zur Psychiatrie bereitete es hier keine Schwierigkeiten, Ärzte und Schwestern von den Patienten zu unterscheiden. Die Ärzte hatten entweder Anzugjacketts oder ihre weißen Kittel an, die Schwestern ihre weißen Uniformen und die Patienten ihre Morgenröcke und Schlafanzüge. In Clarkson Zwei trug jeder ganz normale Alltagskleidung.

Während sie auf die Fahrstühle zumarschierten, fragte Joan: »Hat es Ihnen eigentlich in der Pathologie gefallen?«

»Es war wunderbar«, antwortete Cassi.

»Ich hoffe, Sie fühlen sich jetzt nicht beleidigt«, sagte Joan lachend, »aber ich finde, Sie sehen nicht gerade wie eine Pathologin aus.«

»Da haben Sie die Geschichte meines Lebens«, sagte Cassi.

»Zuerst wollte niemand glauben, daß ich Medizin studiere, dann sagten sie, ich sähe zu jung aus für eine Ärztin, und letzte Nacht hatte Colonel Bentworth die Freundlichkeit, mir zu erklären, daß ich nicht im geringsten seiner Vorstellung von einem Psychiater entspräche. Wie sehe ich Ihrer Meinung nach denn aus?«

Joan antwortete nicht. Die Wahrheit wäre gewesen, daß Cassi eher wie eine Tänzerin oder wie ein Fotomodell aussah als wie eine Ärztin.

Sie gesellten sich zu der Menschenmenge, die bereits vor den Fahrstuhlschächten wartete. Es gab nur sechs Aufzüge für den ganzen Haupttrakt – eine architektonische Fehlkalkulation, die dazu führte, daß man manchmal bis zu zehn Minuten auf eine Kabine warten mußte, die dann noch fast auf jedem Stockwerk dazwischen haltmachte.

»Warum haben Sie denn dann die Abteilungen gewechselt?« erkundigte sich Joan, bereute die Frage aber, kaum daß sie ihr über die Lippen gekommen war. »Sie brauchen mir nicht zu antworten, wenn Sie nicht wollen. Ich will meine Nase nicht in Ihre Angelegenheiten stecken. Wahrscheinlich war das wieder mal der Psychiater in mir.«

»Sie brauchen sich nicht zu entschuldigen«, antwortete Cassi gleichmütig. »Tatsächlich gibt es eine ganz einfache Erklärung. Ich leide seit frühester Jugend an Diabetes. Als ich mich für mein medizinisches Spezialgebiet entschied, mußte ich mich dieser Realität stellen. Ich habe versucht, es zu ignorieren, aber es ist und bleibt ein Handicap.«

Joans Verlegenheit wurde durch Cassis Offenheit noch gesteigert. Dennoch, so unwohl ihr auch zumute war, es wäre falsch gewesen, Cassis Ehrlichkeit unbeantwortet zu lassen. »Ich hätte gedacht, unter diesen Umständen wäre Pathologie eine gute Wahl gewesen.«

»Das habe ich zuerst auch geglaubt«, sagte Cassi. »Unglückseligerweise habe ich im letzten Jahr Schwierigkeiten mit den

Augen bekommen. Tatsächlich kann ich mit meinem linken Auge momentan sogar nur Hell und Dunkel unterscheiden. Ich bin sicher, Sie haben schon von Retinopathie diabetica gehört. Ich bin nicht gerade ein Pessimist, aber wenn alle Stricke reißen, könnte ich meinen Beruf als Psychiater sogar vollkommen blind ausüben. Ganz im Gegensatz zur Pathologie. Kommen Sie, wir nehmen gleich den ersten Aufzug.«

Cassi und Joan wurden in den Fahrstuhl gedrängt. Die Tür ging zu, der Lift setzte sich in Bewegung.

Joan hatte sich schon seit Jahren nicht mehr so unwohl gefühlt, aber sie hatte den Drang, nachhaken zu müssen. »Wann genau hat Ihre Diabetes angefangen?«

Die einfache Frage versetzte Cassi zurück in das Jahr, als sie acht wurde und ihr ganzes Leben sich zu ändern begann. Bis zu jenem Zeitpunkt hatte ihr die Schule immer Spaß gemacht. Sie war ein folgsames, begeisterungsfähiges Kind gewesen, das immer nach neuen Horizonten Ausschau zu halten schien. Aber mitten in der dritten Klasse wurde alles anders. Früher war sie immer pünktlich für den Schulweg fertig gewesen; nun mußte sie angetrieben und gebeten werden. Ihre Konzentration ließ nach, und Cassis Mutter erhielt besorgte Briefe von ihrer Klassenlehrerin. Immer öfter mußte sie auf die Toilette, was anfangs nicht einmal ihr selbst klar wurde. Nach einiger Zeit verbot die Lehrerin, Miss Rossi, ihr das häufige Austreten, weil sie vermutete, daß die Gänge zur Toilette nur ein Vorwand waren, um nicht arbeiten zu müssen. Damals wurde Cassi von der grauenhaften Angst heimgesucht, sie könnte die Kontrolle über ihre Blase verlieren. Vor ihrem geistigen Auge entstand das Bild eines »Unfalls« – Urin, der von ihrem Stuhl tropfte und sich unter dem Pult zu einer gelblichen Pfütze sammelte. Aus der Angst wurde Wut, die Wut wiederum führte zu Aufsässigkeit, die mit Strafen geahndet wurde. Die anderen Kinder begannen, sich über Cassi lustig zu machen.

Als sie zu Hause einmal ihr Bett naß machte, waren sowohl

sie selbst als auch ihre Mutter entsetzt. Mrs. Cassidy verlangte eine Erklärung, aber Cassi hatte keine. Als Mr. Cassidy vorschlug, den Hausarzt zu Rate zu ziehen, lehnte Mrs. Cassidy diese Demütigung rundweg ab – überzeugt wie sie war, daß es sich bei der Bettnässerei um etwas durch und durch Unanständiges handelte.

Die verschiedensten Strafen blieben erfolglos. Wenn überhaupt, dann verschlimmerten sie das Problem noch. Cassi begann, plötzlich Wutanfälle zu bekommen, verlor die wenigen noch verbliebenen Freundinnen und hielt sich die meiste Zeit in ihrem Zimmer auf.

Anfang Frühling kulminierten die Ereignisse. Cassi konnte sich noch lebhaft an den Tag erinnern. Nur eine halbe Stunde nach der Pause verspürte sie gleichzeitig das dringende Bedürfnis, ihre Blase zu entleeren, und heftigen Durst. Da sie sich vorstellen konnte, wie Miss Rossi reagieren würde, wenn sie so kurz nach der Pause schon wieder zur Toilette wollte, versuchte sie vergebens, bis zum Ende der Stunde durchzuhalten. Sie rutschte auf ihrem Stuhl hin und her und ballte die Hände zu Fäusten. Ihr Mund wurde so trocken, daß sie kaum zu schlucken vermochte, und all ihren Bemühungen zum Trotz spürte sie, wie sie einige Tropfen Urin verlor.

Entsetzt schlich sie auf Zehenspitzen zu Miss Rossi und bat, austreten zu dürfen. Ohne aufzublicken, schickte Miss Rossi sie an ihren Platz zurück. Cassi drehte sich um und ging direkt zur Tür. Miss Rossi hörte, wie die Klinke hinuntergedrückt wurde, und hob den Kopf.

Cassi rannte zur Toilette, dicht gefolgt von Miss Rossi. Ehe die Lehrerin sie einholen konnte, hatte sie ihr Höschen heruntergezerrt und den Rock in ihren Armen zusammengerafft. Voller Erleichterung sank sie auf die Toilettenbrille. Miss Rossi baute sich vor ihr auf, stemmte die Fäuste in die Taille und wartete, während ihre Miene verkündete: *Gnade dir Gott, wenn ich jetzt nicht was zu sehen kriege…*

Sie bekam etwas zu sehen. Cassi begann zu urinieren und hörte eine Ewigkeit lang nicht wieder auf. Miss Rossis finstere Miene erhellte sich ein wenig. »Warum bist du denn nicht in der Pause gegangen?« fragte sie.

»Bin ich doch«, antwortete Cassi kläglich.

»Das glaube ich nicht«, sagte Miss Rossi. »Und weil ich dir nicht glaube, werden wir beide heute nachmittag nach der Schule in Mr. Jankowskis Büro marschieren.«

Wieder im Klassenzimmer, setzte Miss Rossi Cassi in eine Bank für sich allein. Noch heute konnte sie die Benommenheit spüren, die plötzlich über sie gekommen war. Es begann damit, daß sie die Tafel nicht mehr erkennen konnte. Dann wurde ihr ganz komisch zumute, und sie glaubte, sich übergeben zu müssen. Aber statt sich zu übergeben, wurde sie ohnmächtig. Das nächste, was Cassi wußte, war, daß sie sich in einem Krankenhaus befand. Ihre Mutter beugte sich über sie und erklärte ihr, daß sie zuckerkrank sei.

Cassi blickte Joan an und versuchte, sich wieder auf die Gegenwart zu konzentrieren. »Mit neun kam ich ins Krankenhaus«, sagte sie hastig und hoffte, daß Joan ihren kurzen Tagtraum nicht bemerkt hatte. »Damals wurde die Diagnose gestellt.«

»Das war bestimmt keine leichte Zeit für Sie«, sagte Joan.

»Es hielt sich in Grenzen«, sagte Cassi. »In mancher Hinsicht war es eine Erleichterung, zu wissen, daß die Symptome, die ich aufwies, eine physische Basis hatten. Und als die Ärzte erst meinen Insulinbedarf stabilisiert hatten, ging es mir bald wieder besser. Ein paar Jahre später hatte ich mich dann sogar schon daran gewöhnt, mir selbst zweimal am Tag meine Insulinspritze zu geben. Ah, wir sind da.«

Sie verließen den Fahrstuhl. »Ich bin beeindruckt«, sagte Joan. »Ich bezweifle, daß ich in der Lage gewesen wäre, mit dem Medizinstudium fertig zu werden, wenn ich Diabetes gehabt hätte.«

»Natürlich hätten Sie das geschafft«, sagte Cassi. »Wir alle können mehr einstecken, als wir gemeinhin für möglich halten.«

Joan war nicht unbedingt derselben Meinung, äußerte sich aber nicht dazu. »Und Ihr Ehemann? Ich habe in meinem Leben den einen oder anderen Chirurgen kennengelernt und kann nur hoffen, daß er Verständnis hat und Ihnen eine Stütze ist.«

»O ja, das ist er«, sagte Cassi, aber die Antwort kam Joans analytischem Verstand etwas zu schnell.

Die Pathologie war eine eigene Welt, vom Rest des Krankenhauses isoliert. Joan war bereits über drei Jahre im Boston Memorial und hatte der Abteilung bisher noch nicht einen einzigen Besuch abgestattet. Innerlich hatte sie sich auf etwas Ähnliches wie die düstere, scheinbar noch aus dem 19. Jahrhundert stammende pathologische Abteilung der medizinischen Fakultät ihrer Studentenzeit eingestellt, komplett mit schäbigen Glastürschränken voller Einmachgläser, die entsetzliche Dinge in gelbem Formalin enthielten. Statt dessen fand sie sich in einer weißen, futuristischen Welt aus Kacheln, Kunststoff, rostfreiem Stahl und Glas wieder. Es gab keine Einmachgläser, kein Durcheinander und keine merkwürdigen, abstoßenden Gerüche. Am Eingang saßen mehrere Sekretärinnen mit Kopfhörern an Bildschirmen und tippten. Linkerhand befanden sich Büros, und in der Mitte des riesigen Raums stand ein langer weißer Kunststofftisch mit einer Reihe eindrucksvoller Forschungsmikroskope.

Cassi führte Joan in das erste Büro, wo ein elegant gekleideter junger Mann bei ihrem Eintritt von seinem Schreibtisch aufsprang und Cassi mit einer herzlichen, gänzlich unprofessionellen Umarmung begrüßte. Dann schob er sie ein Stück von sich weg, um sie ansehen zu können.

»Gott, siehst du gut aus«, sagte er. »Sag mal, du hast dir doch nicht etwa die Haare gefärbt?«

»Ich wußte, daß es dir auffallen würde«, lachte Cassi. »Von den anderen hat's keiner gemerkt.«

»Natürlich fällt mir so was auf. Die Bluse ist auch neu, oder nicht?«

»Doch.«

»Sehr schön.« Er betastete das Material. »Ganz aus Baumwolle. Steht dir ausgezeichnet.«

»Ach, du meine Güte«, entfuhr es Cassi, als ihr Joan wieder einfiel. Rasch holte sie die Vorstellung nach. »Joan Widiker, Robert Seibert.«

Joan ergriff Roberts ausgestreckte Hand. Sein aufrichtiges, gewinnendes Lächeln gefiel ihr. Seine Augen funkelten, und Joan konnte sich des Gefühls nicht erwehren, daß sie einer genauen Musterung unterzogen wurde.

»Robert und ich haben zusammen studiert«, erklärte Cassi, während Robert ihr wieder den Arm um die Hüfte legte. »Und dann sind wir beide rein zufällig hier in der Pathologie des Boston Memorial gelandet.«

»Wenn man euch so ansieht, könnte man euch für Bruder und Schwester halten«, sagte Joan.

»Das sagt fast jeder«, meinte Robert sichtlich geschmeichelt. »Wir haben uns auch auf Anhieb gemocht, nicht zuletzt wegen der Tatsache, daß wir beide ernste Kinderkrankheiten hatten. Cassi hatte Diabetes und ich Gelenkrheumatismus.«

»Und wir haben beide Angst vor Operationen«, ergänzte Cassi, worauf Robert und sie in Gelächter ausbrachen.

»Eigentlich ist es gar nicht so komisch«, sagte Cassi. »Anstatt uns gegenseitig aufzubauen, haben wir uns noch mehr Angst eingejagt. Robert sollte sich eigentlich seine Weisheitszähne ziehen lassen, und bei mir müßte endlich mal was mit der Blutung in meinem linken Auge geschehen.«

»Ich habe beschlossen, bald zum Zahnarzt zu gehen – jetzt, wo du mir nicht mehr im Pelz sitzt«, sagte Robert mit geschwellter Brust.

»Das glaube ich erst, wenn's soweit ist«, lachte Cassi.

»Wart's nur ab«, sagte Robert. »Aber in der Zwischenzeit möchte ich, daß du mir bei einer Autopsie Gesellschaft leistest. Ich habe extra gewartet, bis deine Konferenz vorbei war. Ich muß nur noch den Kollegen rufen, der die Wiederbelebungsversuche unternommen hat.«

Robert ging zu seinem Schreibtisch, um zu telefonieren.

»Eine Autopsie!« entfuhr es Joan entsetzt. »Das war nicht abgemacht. Ich bezweifle, ob ich dem gewachsen bin.«

»Es könnte ganz interessant werden«, sagte Cassi unschuldig, als sei die Teilnahme an einer Autopsie ein amüsanter Zeitvertreib. »Während meiner Zeit in der Pathologie sind Robert und ich auf eine Reihe von Fällen gestoßen, denen wir die Bezeichnung PPT gegeben haben, für Plötzlicher Postoperativer Tod. Es handelte sich ausschließlich um Herzpatienten, die weniger als eine Woche nach ihren Operationen gestorben sind, obwohl die meisten von ihnen sich gut erholten und bei der Autopsie keine anatomischen Ursachen für ihren Tod feststellbar waren. Wären es nur wenige gewesen, hätte man es noch hingehen lassen können, aber nach unseren Unterlagen waren es siebzehn in den letzten zehn Jahren. Der Fall, den Robert jetzt untersuchen möchte, könnte Nummer achtzehn werden.«

Robert legte den Hörer auf, erklärte, daß Jerry Donovan jeden Augenblick da sein müsse, und bot seinen Gästen Kaffee an. Bevor sie auch nur einen Schluck trinken konnten, war Jerry bereits in den Raum gestürzt. Als erstes riß er Cassi in die Arme. Dann schlug er Robert auf die Schulter und sagte: »Prima, Mann, danke für den Anruf.«

Robert zuckte unter der Wucht des Schlags zusammen und zwang sich zu einem Lächeln. Jerry war gekleidet wie ein durchschnittlicher Anstaltsarzt. Sein weißes Sakko, schmutzig und zerknittert, hatte jegliche Form verloren und wurde zusätzlich noch von einem prallen schwarzen Notizbuch in der rechten Tasche ausgebeult. Seine Hose war in Schenkelhöhe mit Blutflecken übersät. Neben Robert wirkte er, als arbeitete er in einem Schlachthof.

»Jerry hat mit Robert und mir zusammen studiert«, erklärte Cassi.

»Gehen wir an die Arbeit«, sagte Robert. »Ich habe eine der Autopsiekammern für uns freihalten lassen.«

Er ging voran, gefolgt von Joan. Jerry trat beiseite, um Cassi vorbeizulassen, dann holte er wieder auf und sagte: »Du kommst nie darauf, wen ich gestern nacht bei seiner großen Nummer beobachten durfte!«

»Ich würd's nicht mal versuchen«, antwortete Cassi, da sie mit einem von Jerrys seltsamen Scherzen rechnete.

»Deinen Mann! Dr. Thomas Kingsley.«

»Wirklich?« fragte Cassi. »Was hat ein Medizinmann wie du im OP zu suchen?«

»Nichts«, sagte Jerry. »Ich war auf der Krankenstation und habe versucht, den Patienten wiederzubeleben, den Robert gleich untersucht. Dein Mann ist auf unseren Notruf hin gekommen. Ich war mehr als beeindruckt. Ich glaube, eine solche Entschlossenheit habe ich noch nie in meinem Leben gesehen. Er hat dem Burschen praktisch die Brust aufgerissen und ihm gleich auf dem Bett eine Herzmassage verpaßt. Es war einfach sagenhaft. Ist er zu Hause eigentlich auch so beeindrukkend?«

Cassi bedachte Jerry mit einem scharfen Seitenblick. Hätte jemand anderer diese Bemerkung gemacht, wäre ihr wahrscheinlich eine scharfe Antwort entfahren. Aber schließlich hatte sie ja mit einem von Jerrys seltsamen Scherzen gerechnet, und das war wieder so einer. Warum also aus einer Mücke einen Elefanten machen? Sie beschloß, die Sache auf sich beruhen zu lassen.

Ohne sich um Cassis alles andere als positive Reaktion zu kümmern, fuhr Jerry fort: »Was mich am meisten beeindruckt hat, war nicht, wie er Wilkinsons Brust aufgeschnitten hat, sondern in erster Linie die Entscheidung, es überhaupt zu tun. Eine solche Entscheidung wird mir immer unbegreiflich bleiben. Ich gerate schon in Panik, wenn ich nur überlege, ob man einen Patienten auf Antibiotika setzen soll oder nicht.«

»Chirurgen sind an solche Sachen gewöhnt«, meinte Cassi. »Für sie haben derartige Entscheidungen manchmal schon den Charakter eines Tonikums. In gewisser Weise genießen sie das.«

»Genießen?« fragte Jerry ungläubig. »Klingt fast unvorstellbar, aber vermutlich hast du recht; sonst gäbe es wohl keine Chirurgen. Der größte Unterschied zwischen einem Internisten und einem Chirurgen ist wahrscheinlich die Fähigkeit, unwiderrufliche Entscheidungen zu treffen.«

In der Autopsiekammer schnürte Robert sich eine schwarze Gummischürze um und schlüpfte in ebenfalls schwarze Gummihandschuhe. Die anderen gruppierten sich um den bleichen Körper, dessen Brust noch immer offenstand. Die Wundränder waren dunkler geworden und getrocknet. Abgesehen von dem Endotrachealschlauch, der aus seinem Mund ragte, wirkte das Gesicht des Patienten friedlich. Die Augen waren erfreulicherweise geschlossen.

»Zehn zu eins, daß es eine Lungenembolie war«, sagte Jerry überzeugt.

»Ich setze einen Dollar dagegen«, antwortete Robert und brachte das Mikrophon, das von der Decke hing, mittels eines Fußpedals in die richtige Höhe. »Du hast mir selbst gesagt, daß der Patient anfangs stark zyanotisch war. Ich glaube nicht, daß wir auf eine Embolie stoßen werden. Wenn ich mich nicht sehr irre, wird es sogar so aussehen, daß wir überhaupt nichts finden.«

Während Robert die Untersuchung vornahm, diktierte er seine Beobachtungen gleich ins Mikrophon. »Wir haben es mit einem gut entwickelten, wohlgenährten männlichen Weißen zu tun, Gewicht etwa hundertsechsundfünfzig Pfund, Größe etwa hundertfünfundsiebzig Zentimeter, vermutliches Alter zweiundvierzig...«

Joan blickte zu Cassi hinüber, die in aller Gemütsruhe ihren Kaffee trank. Dann warf sie einen Blick in ihre eigene Tasse. Bei dem Gedanken, sie an den Mund zu setzen, drehte sich ihr der Magen um.

»Waren denn all diese PPT-Fälle gleich gelagert?« fragte sie. Auf dem Autopsietisch legte Robert Skalpelle, Scheren und Knochenzangen bereit, um alles zur Hand zu haben, wenn er den Körper öffnete und auszuweiden begann.

Cassi schüttelte den Kopf. »Nein. Einige waren zyanotisch wie dieser Patient, ein paar sahen aus, als wären sie an Herzstillstand gestorben, andere schienen erstickt zu sein, und wieder andere wurden das Opfer von Krampfanfällen.«

Robert legte den bei Autopsien üblichen Y-Schnitt an, begann oben bei den Schultern und stellte dann die Verbindung zu der klaffenden Brustwunde her. Joan konnte hören, wie die Klinge über die Knochen kratzte.

»Und welcher Art waren die vorangegangenen Operationen?« fragte Joan. Sie hörte Rippen brechen und schloß die Augen.

»Sie waren alle am offenen Herzen operiert worden, allerdings nicht alle aus den gleichen Gründen. Wir haben nicht die geringsten Verbindungen zwischen ihnen gefunden, obwohl wir allem nachgegangen sind – Narkose, Dauer der künstlichen Beatmung, ob Hypothermie angewandt wurde oder nicht und so weiter. Es war ausgesprochen frustrierend.«

»Ja, aber warum wolltet ihr sie denn überhaupt miteinander in Verbindung bringen?«

»Gute Frage«, meinte Cassi. »Wahrscheinlich liegt das im Wesen eines Pathologen begraben. Es ist außerordentlich unbefriedigend, auch nach einer Autopsie noch immer keine genaue Todesursache zu haben. Und wenn es sich dann nicht mehr um einen Einzelfall handelt, sondern um eine ganze Serie, dann wird es demoralisierend. In der Pathologie ist nicht das Rätsel der Preis, sondern die Lösung.«

Widerstrebend streifte Joan den Tisch mit einem raschen Blick. Bruce Wilkinson sah aus, als hätte man einen Reißverschluß in seiner Brust aufgezogen. Die Haut und das darunterliegende Geflecht aus Muskeln und Sehnen waren wie die Blätter eines riesigen Buches auseinandergeschlagen. Joan hatte das Gefühl zu schwanken.

»Es zählt nur, was man weiß«, fuhr Cassi fort, ohne auf Joan und ihre Schwierigkeiten zu achten. »Schließlich können zukünftige Patienten davon profitieren, wenn wir feststellen, daß eine Todesursache vermeidbar gewesen wäre. In unserem Fall haben wir darüber hinaus noch einen alarmierenden Trend festgestellt. Die ersten PPT-Patienten waren älter und sehr viel schwerer erkrankt als die nachfolgenden. Die meisten von ihnen lagen im Koma, und es bestand wenig Hoffnung, daß sie noch einmal erwachen würden. Später jedoch starben schon Patienten, die unter fünfzig und rundum gesünder waren, wie etwa Mr. Wilkinson hier. Joan, was haben Sie denn?«

Cassi hatte sich umgedreht und endlich bemerkt, daß ihre Kollegin im Begriff stand, in Ohnmacht zu fallen.

»Ich denke, ich werde draußen warten«, sagte Joan und wandte sich zur Tür.

Cassi hielt sie am Arm fest. »Ist alles in Ordnung mit Ihnen?«

»Keine Sorge«, sagte Joan. »Ich muß mich nur einen Augenblick hinsetzen.« Im nächsten Moment war sie durch die Tür aus rostfreiem Stahl verschwunden.

Cassi wollte ihr gerade nachgehen, als Robert nach ihr rief. Er deutete auf eine kleine Quetschung auf der Herzoberfläche.

»Was hältst du davon?« fragte er.

»Wahrscheinlich eine Folge der Wiederbelebungsversuche«, sagte Cassi.

»Der Meinung bin ich auch«, sagte er, während er seine Aufmerksamkeit wieder Atmungssystem und Kehlkopf widmete. Geschickt legte er die Atemwege frei. »Keinerlei Hindernis weit und breit. Somit haben wir auch keine Erklärung für die tiefe Blaufärbung.«

Jerry grunzte und sagte: »Ich sag ja, es läuft auf eine Lungenembolie hinaus.«

»Darauf würde ich nach wie vor nicht wetten«, antwortete Robert mit einem Kopfschütteln.

Er drang tiefer ein und begann, die Lungengefäße und das Herz selbst genauer zu untersuchen. »Hier könnt ihr die Nähte der künstlichen Gefäße sehen.« Er lehnte sich zurück, damit Cassi und Jerry freie Sicht hatten.

Dann hob er sein Skalpell und sagte: »Okay, Mr. Donovan, legen Sie schon mal Ihr Geld auf den Tisch.« Er beugte sich vor und öffnete die Lungenarterien. Keine Klümpchen, kein Gerinnsel weit und breit. Als nächstes öffnete er die rechte Herzkammer. Auch hier war das Blut flüssig. Endlich wandte er sich der Hohlvene zu. Das Gewebe leistete ein wenig Widerstand, aber auch hier gab es keine Spur einer Embolie.

»Mist!« sagte Jerry verärgert.

»Womit du mir zehn Dollar schuldig wärst«, sagte Robert selbstzufrieden.

»Woran, zum Teufel, ist dieser Bursche denn dann eingegangen?« wollte Jerry wissen.

»Ich glaube, das werden wir nie herausfinden«, bekannte Robert.

»Sieht ganz so aus, als hätten wir es hier mit Fall Nummer achtzehn zu tun.«

»Wenn wir überhaupt etwas finden«, schaltete Cassi sich ein, »dann nur in seinem Kopf.«

»Wie meinst du das?« fragte Jerry.

»Wenn der Patient tatsächlich zyanotisch war«, antwortete Cassi, »und wir im Gebiet der Sauerstoffzirkulation nichts gefunden haben, dann muß das Problem im Gehirn liegen. Der

Patient hat aufgehört zu atmen, aber das Herz hat weiterhin Blut gepumpt, es war nur kein Sauerstoff darin. Das könnte die Zyanose erklären.«

»Wie heißt doch der alte Spruch?« meinte Jerry. »Pathologen wissen alles und können alles, sie kommen nur immer zu spät.«

»Den ersten Teil hast du leider vergessen«, sagte Cassi. »Chirurgen wissen nichts und tun alles, Internisten wissen alles und tun nichts. Dann erst kommt der Satz über die Pathologen.«

»Und was ist mit den Psychiatern?« fragte Robert.

»Das ist leicht«, lachte Jerry. »Psychiater wissen nichts und tun auch nichts!«

Rasch führte Robert die Autopsie zu Ende. Das Gehirn schien auch bei genauem Hinsehen normal. Kein Anzeichen für ein Gerinnsel oder ein anderes Trauma.

»Nun?« fragte Jerry und starrte auf die glitzernden Windungen des Gehirns. »Fällt euch beiden Intelligenzbestien nicht noch was anderes ein?«

»Im Moment nicht«, sagte Cassi. »Vielleicht entdeckt Robert Anzeichen für eine Herzattacke.«

»Selbst wenn«, meinte Robert, »dann hätten wir noch immer keine Erklärung für die Zyanose.«

»Stimmt«, sagte Jerry und kratzte sich am Kopf. »Vielleicht hat die Schwester sich geirrt. Vielleicht war der Bursche bloß aschfarben.«

»Diese Schwestern da oben in der Herzchirurgie sind verdammt fähig«, wandte Cassi ein. »Wenn sie gesagt hat, der Patient war dunkelblau, dann war er auch dunkelblau.«

»Also muß ich mich wohl geschlagen geben«, bekannte Jerry, zückte eine Zehndollarnote und schob sie Robert in die Brusttasche seines weißen Jacketts.

»Behalt dein Geld«, sagte Robert. »Ich habe doch bloß einen Witz gemacht.«

»Quatsch«, gab Jerry zurück. »Wenn es eine Lungenembolie gewesen wäre, hätte ich dein Geld ja auch eingesteckt.« Er nahm sein Sakko vom Haken und schlüpfte hinein.

»Herzlichen Glückwunsch, Robert«, sagte Cassi. »Sieht so aus, als hättest du Fall Nummer achtzehn. Verglichen mit der Gesamtzahl der Operationen am offenen Herzen im Lauf der letzten zehn Jahre gewinnt das schon fast statistische Bedeutung. Bald kannst du eine Abhandlung daraus machen.«

»Was soll das heißen, ›ich‹?« fragte Robert. »Du meinst doch ›wir‹, oder nicht?«

Cassi schüttelte den Kopf. »Nein, Robert. Die ganze Geschichte war von Anfang an deine Idee. Davon abgesehen kann ich jetzt, wo ich in der Psychiatrie arbeite, meinen Teil der Arbeit ohnehin nicht mehr leisten.«

Robert nickte niedergeschlagen.

»Na, komm«, sagte Cassi. »Wenn die Abhandlung erst erscheint, wirst du froh sein, dich in die Urheberschaft nicht mit einem Psychiater teilen zu müssen.«

»Ich hatte gehofft, diese Untersuchung könnte dich dazu verleiten, häufiger hier heraufzukommen.«

»Sei doch nicht albern«, meinte Cassi. »Ich komme dich auch so besuchen, besonders, wenn du einen neuen PPT-Fall hast.«

»Gehen wir, Cassi?« rief Jerry ungeduldig und hielt die Tür mit dem Fuß offen.

Cassi gab Robert einen flüchtigen Kuß auf die Wange und lief aus dem Raum. Jerry versuchte ihr einen spielerischen Schlag auf den Allerwertesten zu versetzen, als sie an ihm vorbeihuschte, aber sie war schneller. Lachend zog sie kurz, aber kräftig an seinem Schlips.

»Wo ist denn deine Freundin geblieben?« fragte Jerry, als sie den Hauptraum der Pathologie durchquerten. Er nestelte noch immer an seiner verrutschten Krawatte.

»Wahrscheinlich in Roberts Büro. Sie sagte, sie müßte sich

dringend hinsetzen. Ich glaube, die Autopsie war etwas viel für sie.«

Joan hatte sich mit geschlossenen Augen ausgeruht. Als sie Cassi hörte, kam sie unsicher auf die Füße. »Nun, was habt ihr herausgefunden?«

»Nicht viel«, antwortete Cassi. »Alles in Ordnung mit Ihnen, Joan?«

»Mein Stolz ist tödlich verletzt, sonst geht's mir bestens. Was mußte ich mir auch eine Autopsie ansehen!«

»Es tut mir schrecklich leid...«, begann Cassi.

»Seien Sie nicht albern«, unterbrach Joan sie. »Schließlich bin ich freiwillig mitgekommen. Aber ich würde genauso gern wieder gehen, wenn Sie soweit sind.«

Sie marschierten zu den Fahrstühlen, wo Jerry beschloß, die Treppe zu nehmen, da es nur vier Stockwerke bis zu den Krankenstationen waren. Er winkte ihnen zu und verschwand dann im Treppenhaus.

»Joan, es tut mir wirklich leid, daß ich Sie dazu gezwungen habe, mich hierher zu begleiten«, sagte Cassi noch einmal. »Ich habe mich während meiner Zeit in der Pathologie so an Autopsien gewöhnt, daß ich ganz vergessen hatte, wie schrecklich sie sein können. Ich hoffe, es hat Ihnen nicht allzuviel ausgemacht.«

»Sie haben mich nicht gezwungen«, sagte Joan. »Davon abgesehen ist meine Zimperlichkeit allein mein Problem, nicht Ihres. Die Sache ist mir schlicht und einfach peinlich. Man sollte doch annehmen, daß ich im Laufe meiner Karriere gelernt hätte, sie zu überwinden. Wie auch immer, am besten hätte ich es von vornherein zugegeben und in Roberts Büro auf euch gewartet, statt mich wie ein Idiot zu benehmen. Ich weiß selbst nicht, was ich eigentlich beweisen wollte.«

»Am Anfang waren Autopsien für mich auch nicht immer einfach«, sagte Cassi, »aber mit der Zeit ging's dann. Es ist erstaunlich, an was man sich alles gewöhnen kann, wenn man es lang genug tut, vor allem, wenn man es intellektuell erst verarbeitet hat.«

»Sicherlich«, sagte Joan, darauf erpicht, das Thema zu wechseln. »Übrigens, Ihre männlichen Bekannten scheinen ja ein beträchtliches Spektrum zu umfassen. Dieser Jerry Donovan, ist der eigentlich noch zu haben?«

»Ich glaub schon«, sagte Cassi und drückte noch einmal auf den Fahrstuhlknopf. »Während des Physikums war er noch verheiratet, aber später hat er sich dann scheiden lassen.«

»Davon habe ich gehört«, sagte Joan.

»Ich habe keine Ahnung, ob er ein festes Verhältnis hat«, sagte Cassi, »aber ich kann's gern herausfinden. Wären Sie interessiert?«

»Wenn man ihn dazu bringen könnte, sein Macho-Medizinmann-Gehabe abzulegen, hätte ich nichts dagegen, mal mit ihm essen zu gehen.«

Cassi lachte. »Ich verstehe, was Sie meinen.«

»Und Robert?« Joan dämpfte ihre Stimme, als sie in den Aufzug traten. »Ist er schwul?«

»Ich nehme es an«, sagte Cassi. »Allerdings haben wir nie darüber gesprochen. Wir waren von Anfang an so gute Freunde, daß es nie eine Rolle gespielt hat. Während des Physikums hat er jeden meiner männlichen Freunde einer genauen Prüfung unterworfen, und bis ich meinen Mann kennenlernte, habe ich auch immer auf ihn gehört, weil er sich nie irrte. Er muß ziemlich eifersüchtig auf Thomas gewesen sein, weil er ihn nie leiden konnte.«

»Ist das jetzt immer noch so?« wollte Joan wissen.

»Keine Ahnung«, sagte Cassi. »Darüber haben wir uns nämlich auch nie unterhalten.«

2

»Der Patient wartet auf Sie in Herzkatheterraum drei«, sagte die Röntgenassistentin. Sie kam gar nicht erst ins Büro, sondern streckte nur ihren Kopf durch die Tür. Als sich Dr. Joseph Riggin umdrehte, war sie bereits wieder verschwunden.

Seufzend nahm er die Füße vom Schreibtisch, warf die Zeitung, in der er gelesen hatte, aufs Bücherregal und trank einen letzten Schluck aus seiner Kaffeetasse. Er nahm seine Bleischürze von einem Haken hinter der Tür und legte sie an.

Um halb elf Uhr morgens erinnerte die Röntgenstation Joseph immer an ein großes Kaufhaus zur Ausverkaufszeit. Es wimmelte von Leuten, die in Rollstühlen, auf Bänken und Bahren warteten, bis sie an der Reihe waren. Ihre Gesichter wirkten gleichzeitig leer und erwartungsvoll. Ein Gefühl von Langeweile überfiel Joseph. Er arbeitete jetzt bereits seit vierzehn Jahren als Röntgenologe und mußte sich eingestehen, daß es ihn längst nicht mehr so reizte wie am Anfang. Ein Tag war wie der andere. Wenn nicht vor ein paar Jahren mit der Einführung der Computer-Tomographie eine umwälzende Entwicklung stattgefunden hätte, wäre er vielleicht längst in einem anderen Beruf tätig geworden. Als er die Tür zu Nummer drei aufstieß, fragte er sich, was er wohl tun könnte, wenn er nicht mehr als Röntgenologe arbeitete. Unglücklicherweise hatte er keine einzige brauchbare Idee.

Raum drei war der größte der fünf für Herzkatheterisierung geeigneten Räume. Er verfügte über die neuesten technischen Errungenschaften und hatte seine eigene Leuchtwand. Joseph fiel sofort auf, daß an der Wand noch die Röntgenbilder von jemand anderem hingen. Er hatte seinen Mitarbeitern tausendmal gesagt, daß er keine alten Filme mehr in seinem Raum herumliegen haben wollte, wenn er eine Untersuchung vornahm. Und dann merkte er, daß keine Assistentin da war.

Joseph spürte, wie sein Blutdruck zu steigen begann. Es war eine Kardinalregel, daß ein Patient niemals unbeaufsichtigt bleiben durfte. »Verdammt!« fluchte Joseph leise. Der Patient lag auf dem Untersuchungstisch, bedeckt mit einem dünnen weißen Tuch. Er schien etwa fünfzehn Jahre alt zu sein, hatte ein breites Gesicht und borstenkurz geschnittene Haare. Seine dunklen Augen beobachteten jede von Josephs Bewegungen. Neben dem Tisch war ein Infusionsständer aufgebaut, der Schlauch verschwand unter der Decke.

»Hallo«, sagte Joseph und zwang sich zu einem Lächeln.

Der Patient regte sich nicht. Als Joseph sich das Krankenblatt ansah, bemerkte er, daß der Hals des Jungen kräftig und muskulös war. Ein weiterer Blick auf das Gesicht des Jungen sagte ihm, daß er es hier nicht mit einem normalen Patienten zu tun hatte. Seine Augen waren abnorm verdreht, und seine Zunge, die ein gutes Stück zwischen seinen Lippen hervorsah, war riesig.

»Nun, was haben wir denn hier?« sagte Joseph mit einem Anflug von Unbehagen. Er wünschte sich, der Junge möge etwas sagen oder wenigstens woanders hinblicken. Er klappte das Krankenblatt auf und las die beiliegende Notiz.

»Sam Stevens ist ein zweiundzwanzigjähriger männlicher Weißer mit ausgeprägter Muskulatur, der sich seit seinem vierten Lebensjahr wegen undiagnostizierter geistiger Zurückgebliebenheit in Anstaltsverwahrung befindet. Eingeliefert zur operativen Behandlung eines Geburtsfehlers an der Herzscheidewand...«

Die Tür zum Röntgenraum flog auf, und Sally Marcheson kam herein, in der Hand einen Stapel Kassetten. »Hallo, Dr. Riggin«, rief sie.

»Warum ist der Patient alleingelassen worden?«

Sally blieb kurz vor dem Röntgenapparat stehen. »Allein?«

»Allein«, wiederholte Joseph deutlich verärgert.

»Wo ist denn Gloria? Sie sollte eigentlich...«

»Um Himmels willen, Sally«, brüllte Joseph. »Patienten dürfen niemals alleingelassen werden. Geht das nicht in Ihren Schädel?«

Sally zuckte mit den Schultern. »Ich bin doch nur fünfzehn oder zwanzig Minuten fort gewesen.«

»Und was ist mit den Röntgenbildern da? Warum sind sie noch nicht abgenommen?«

Sally warf einen Blick auf die Leuchtwand. »Keine Ahnung. Als ich wegging, waren sie noch nicht da.«

Rasch begann Sally die Röntgenbilder abzunehmen und in ein Kuvert zu stopfen, das auf dem Tisch darunter gelegen hatte. Es handelte sich um ein Coronarangiogramm, und sie hatte keine Ahnung, warum die Aufnahmen hier herumhingen.

Joseph öffnete einen sterilen Kittel und fuhr hinein, wobei er leise vor sich hin brummelte. Ein Seitenblick zeigte ihm, daß der Junge sich noch immer nicht bewegt hatte. Die verdrehten Augen folgten ihm, wohin er auch ging.

Mit einem fürchterlichen Krachen rammte Sally die Kassetten in den Apparat, ehe sie das sterile Tuch von der Katheterschale nahm.

Während Joseph sich die Gummihandschuhe überstreifte, trat er dicht an den Untersuchungstisch. »Na, wie fühlst du dich, Sam?« Aus irgendeinem Grund meinte er, lauter als normal sprechen zu müssen, jetzt, da er wußte, daß der Junge geistig zurückgeblieben war. Aber Sam reagierte nicht.

»Alles in Ordnung, Sam?« rief Joseph. »Ich muß dich jetzt mit einer kleinen Nadel pieksen, einverstanden?«

Sam verhielt sich, als wäre er aus Granit gehauen.

»Ich möchte, daß du ganz stillhältst, ja?« beharrte Joseph.

Sam regte sich nicht. Joseph stand gerade im Begriff, seine Aufmerksamkeit wieder der Instrumentenschale zuzuwenden, als sein Blick plötzlich auf Sams Zunge fiel. Der hervorstehende Teil war rissig und ausgetrocknet. Joseph beugte sich vor und konnte sehen, daß die Lippen in keinem besseren Zustand waren. Der Junge sah aus, als wäre er tagelang in der Wüste herumgeirrt.

»Möchtest du etwas trinken, Sam?« erkundigte sich Joseph.

Er blickte zu der Infusionsflasche hoch und stellte fest, daß die Flüssigkeit nicht lief. Er öffnete den Verschluß. Schließlich hatte es keinen Sinn, wenn der Junge austrocknete.

Dann trat er an die Katheterschale und griff nach dem bereitliegenden Wattebäuschchen.

Ein schriller, unmenschlicher Schrei zerriß die Stille im Röntgenraum. Joseph wirbelte herum. Sein Herz raste.

Sam hatte seine Decke abgeworfen und zerkratzte sich den Arm, in dem die Infusionsnadel steckte. Seine Füße begannen auf dem Untersuchungstisch herumzuhämmern. Dabei stieß er immer wieder den gleichen schrillen Schrei aus.

Joseph fing sich wieder soweit, daß er die Fluoroskopie-Einheit aus dem Bereich von Sams um sich schlagenden Beinen in Sicherheit brachte. Dann legte er Sam die Hände auf die Schultern, um ihn wieder auf die Tischplatte hinunterzudrücken. Doch Sam packte seinen rechten Arm mit solcher Gewalt, daß Joseph ein überraschter Laut des Schmerzes entfuhr. Außerstande, es zu verhindern, mußte er entsetzt mit ansehen, wie Sam seine Hand an den Mund zerrte und die Zähne in seinen Daumenballen grub.

Jetzt war es Joseph, der einen heftigen Schrei ausstieß. Verzweifelt versuchte er, seinen Arm aus Sams Griff zu befreien, aber der Junge war viel zu stark. Schließlich stemmte er einen Fuß gegen den Untersuchungstisch und zog mit aller Kraft. Er stolperte rückwärts und fiel, der Junge landete auf seinem Brustkorb.

Joseph spürte, wie Sam seinen Arm losließ. Einen Sekundenbruchteil später schloß sich die stahlharte Faust um seine Kehle. Sein Kopf drohte zu zerplatzen, als der Junge zudrückte. Er versuchte, die Hände des Jungen zu lockern, aber genausogut hätte er sich gegen einen Schraubstock zur Wehr setzen können. Der Raum begann sich zu drehen. Joseph mobilisierte seine letzten Reserven, riß das rechte Knie hoch und rammte es dem Jungen in die Leistengegend.

Fast im gleichen Moment bäumte sich Sams Körper unter einem plötzlichen Muskelkrampf auf, dem sofort danach ein zweiter folgte und dann ein dritter. Der Junge erlitt einen epileptischen Anfall, und Joseph lag unter dem zuckenden, um sich schlagenden Körper begraben.

Endlich erholte sich Sally von ihrem Schock und half Joseph, sich zu befreien. Sams Augen waren so verdreht, daß man die Pupillen nicht mehr sehen konnte. Blut sprühte in einer stetig größer werdenden Fontäne aus der zerfetzten Zunge.

»Holen Sie Hilfe«, keuchte Joseph, während er seine eigene Blutung zu stoppen versuchte, indem er das Gelenk der verletzten Hand umklammerte. Zwischen den gezackten Wundrändern konnte er weiß ein Stück Knochen sehen.

Noch bevor Hilfe eintraf, wurden Sams Krämpfe und die heftigen Verrenkungen schwächer und hörten schließlich ganz auf. Als das Erste-Hilfe-Team endlich da war, hatte der Junge aufgehört zu atmen. Fieberhaft arbeiteten sie an einer Wiederbelebung – ohne Erfolg. Nach einer Viertelstunde ließ sich Dr. Joseph Riggin zögernd wegführen, damit seine Hand genäht werden konnte, während Sally Marcheson die liegengebliebenen Röntgenbilder wegräumte.

Während Thomas Kingsley sich die Hände wusch, spürte er die Erregung, die ihn vor jeder Operation erfüllte, in sich aufsteigen. Seit dem Tag, an dem er das erstemal im OP assistiert hatte, war ihm klar gewesen, daß seine Berufung in der Chirurgie lag, und binnen kürzester Zeit hatte sich sein Talent überall in der Klinik herumgesprochen. Inzwischen war er der beste Herzgefäßchirurg des Boston Memorial und damit ein Mann von internationaler Reputation.

Er spülte die Seifenlauge ab, wobei er darauf achtete, daß ihm kein Wasser die Arme hinunterlief. Mit der Hüfte öffnete er die Tür zum OP und konnte hören, wie die Unterhaltung im Raum ehrfürchtigem Schweigen wich. Teresa Goldberg, die Springschwester, reichte ihm ein Handtuch. Eine Sekunde lang trafen sich ihre Augen über den Gesichtsmasken. Er mochte Teresa. Sie hatte einen hinreißenden Körper, den selbst der weite grüne Kittel nicht ganz verbarg. Darüber hinaus konnte er sie anbrüllen, wenn ihm danach war, ohne daß sie gleich in Tränen ausbrach. Vor allem aber war sie intelligent genug, in Thomas nicht nur den besten Chirurgen des Memorial zu sehen, sondern ihm das auch zu sagen.

Mechanisch trocknete Thomas sich die Hände ab, während er die Lebenssignale des Patienten kontrollierte. Dann marschierte er wie ein General, der seine Truppen inspiziert, durch den Raum. Mit einem Kopfnicken begrüßte er Phil Baxter, den Perfusionisten, der hinter seiner Herz-Lungen-Maschine stand. Die Maschine war eingeschaltet und summte vor sich hin, bereit, das Blut des Patienten mit Sauerstoff zu versehen und es durch den Körper zu pumpen, während Thomas seine Arbeit tat.

Als nächsten begrüßte er den Anästhesisten, Terence Halainen.

»Alles in Ordnung«, sagte Terence, wobei er in rhythmischen Abständen den Blasebalg zusammendrückte.

»Gut«, sagte Thomas.

Er warf das Handtuch auf einen Tisch und ließ sich von Teresa in einen sterilen Kittel helfen. Dann streifte er sich braune Gummihandschuhe über. Wie aufs Stichwort blickte Dr. Larry Owen, Oberarzt der Herzchirurgie, vom Operationsfeld auf.

»Mr. Campbell steht zu Ihrer Verfügung«, sagte er und trat beiseite, um Thomas an den Operationstisch zu lassen. Der Patient lag mit weit geöffnetem Brustkorb bereit für den berühmten Dr. Kingsley und den künstlichen Gefäßersatz, den dieser ihm einsetzen sollte. Am Boston Memorial war es üblich, daß der dienstälteste Oberarzt solche Operationen einleitete und abschloß.

Thomas trat an die rechte Seite des Patienten. Wie er es immer in dieser Phase tat, griff er sacht in die Wunde und berührte das klopfende Herz. Die nasse Oberfläche seiner Gummihandschuhe bot keinen Widerstand. Durch das dünne Material konnte er das Leben in dem geheimnisvoll pulsierenden Organ spüren.

Der Kontakt mit dem schlagenden Herzen ließ seine Gedanken zurückwandern zu seinem ersten großen Fall in der Brustchirurgie ganz am Anfang seiner Karriere. Zwar hatte er schon vorher eine ganze Reihe von Operationen mitgemacht, aber immer nur als erster oder zweiter Assistent, was einen deutlichen Mangel an Autorität mit sich brachte. Dann war eines Tages ein Patient namens Walter Nazzaro eingeliefert worden. Nazzaro hatte eine schwere Herzattacke hinter sich und hätte eigentlich längst tot sein müssen. Aber er lebte noch. Er hatte nicht nur die Herzattacke überstanden, sondern auch die rigorosen Untersuchungen, denen er bei der Aufnahme ausgesetzt worden war. Das Untersuchungsergebnis war beeindruckend. Jeder fragte sich, wie Walter Nazzaro überhaupt so lange hatte leben können. Er hatte einen Verschluß der Hauptkranzarterie links, der für seine Herzattacke verantwortlich gewesen war. Des weiteren hatte er einen Verschluß der rechten Kranzarterie, die Anzeichen eines früheren Herzanfalls erkennen ließ. Er hatte einen Herzklappenfehler und litt unter Aorteninsuffizienz. Als wäre es damit noch nicht genug, hatte Walter Nazzaro auch noch infolge seiner letzten Attacke ein akutes Herzwandaneurysma entwickelt. Schließlich und endlich litt er unter Herzrhythmusstörungen, zu hohem Blutdruck und einem Nierenleiden.

Da Walter Nazzaro eine solche Fundgrube anatomischer und physiologischer Krankheitsbilder war, wurde er auf allen

Konferenzen vorgeführt, und jeder gab eine andere Meinung ab. Der einzige Aspekt, über den sich alle einig waren, lag in der Tatsache, daß Nazzaro eine wandelnde Zeitbombe darstellte. Niemand wollte ihn operieren, mit Ausnahme eines jungen Chirurgen namens Thomas Kingsley, der die Meinung vertrat, daß eine Operation Nazzaros einzige Chance war, dem Tod von der Schippe zu springen. Thomas gab keine Ruhe, bis die Leute es nicht mehr hören konnten. Endlich erlaubte ihm der Direktor der Herzchirurgie, den Fall zu übernehmen.

Am Tag der Operation führte Thomas, der mit einer experimentellen Methode zur Stützung der Herzfunktionen gearbeitet hatte, einen heliumbetriebenen Gegenpulsballon in Nazzaros Aorta ein. Da er Schwierigkeiten mit der linken Herzkammer des Patienten erwartete, wollte er auf alles vorbereitet sein. Erst nachdem die Operation bereits angefangen hatte, dämmerte ihm der Ernst der Situation. Als er den Plan, den er sich im Geist zurechtgelegt hatte, in die Tat umzusetzen begann, war seine Angst in Erregung übergegangen. Nie würde er das Gefühl vergessen, das ihn durchlief, als er Nazzaros Herzschlag zum Stehen brachte und die zitternde Masse kranker Muskulatur in der Hand hielt. In diesem Moment wußte er, daß es in seiner Macht lag, Leben zu spenden. Den Gedanken an ein mögliches Versagen nicht einmal in Betracht ziehend, pflanzte er Nazzaro zunächst einen künstlichen Umgehungsweg, den sogenannten *by-pass* ein, was in jenen Tagen noch kaum erprobt war. Dann entfernte er das Aneurysma aus Nazzaros Herzwand, wobei er die Lücke mit mehreren Reihen kräftiger Seidenfäden vernähte. Und schließlich ersetzte er die defekte Herzklappe und den Klappenansatzring der Aorta.

Kaum war die Operation gelaufen, versuchte Thomas den Patienten von der Herz-Lungen-Maschine zu nehmen. Ohne daß er es gemerkt hatte, war in der Zwischenzeit ein beträchtliches Publikum zusammengekommen. Ein trauriges Murmeln erklang, als offenbar wurde, daß Nazzaros Herz nicht über die Kraft verfügte, das Blut durch den Kreislauf zu pumpen. Unerschrocken nahm Thomas den Gegenpulsballon in Betrieb, den er vor der Operation eingesetzt hatte.

Was für ein Moment freudiger Erregung, als Walter Nazzaros Herz reagierte! Nicht nur konnte der Patient von der Herz-Lungen-Maschine abgenommen werden, drei Stunden später im Genesungszimmer wurde nicht einmal mehr das Gegenpulsgerät benötigt. Thomas fühlte sich, als hätte er das Geheimnis des Lebens entdeckt. Die Erregung wirkte wie eine Droge. Noch Monate hinterher war eine Operation am offenen Herzen das hinreißendste Erlebnis, das er sich vorstellen konnte. Hineinzugehen, das Herz zu berühren, den Tod mit den eigenen zwei Händen zu besiegen – es war, als spielte man Gott. Bald merkte er, daß er von schweren Depressionen heimgesucht wurde, wenn er pro Woche nicht mehrere solcher Operationen durchführen konnte. Als er genug Übung hatte, setzte er jeden Tag mindestens zwei, drei derartige Eingriffe auf den Stundenplan. Sein Ruf war inzwischen so ungeheuer, daß ein endloser Strom von Patienten seiner harrte. Solange die Klinik ihm ausreichend Zeit im OP erlaubte, war Thomas über die Maßen glücklich. Wenn aber eine andere Abteilung oder die Kollegen von der akademischen Medizin seine Operationszeit beschränken wollten, wurde er so angespannt und aggressiv wie ein Drogensüchtiger, dem man seine tägliche Dosis wegzunehmen versucht. Um überleben zu können, mußte er operieren. Um sich nicht als Versager betrachten zu müssen, brauchte er das Gefühl, gottähnlich zu sein. Er brauchte den ehrfürchtigen Beifall der anderen Menschen, die unkritische Bewunderung, die in Larry Owens Augen stand, als er fragte: »Haben Sie sich schon entschieden, ob Sie einen doppelten oder einen dreifachen *by-pass* anlegen?«

Die Frage holte Thomas wieder in die Gegenwart zurück.

»Die Ausgangssituation ist gut«, sagte Thomas, während er

Larrys Arbeit einer beifälligen Musterung unterzog. »Wir können genausogut gleich drei Umgehungen anlegen, vorausgesetzt, Sie haben genug Vena saphena.«

»Mehr als genug«, verkündete Larry. Vor der Eröffnung von Campbells Brust hatte er dem linken Unterschenkel des Patienten fast fünfzig Zentimeter Rosenvene entnommen.

»In Ordnung«, sagte Thomas voller Autorität, »dann wollen wir mal. Ist die Pumpe bereit?«

»Alles bereit«, antwortete Phil Baxter nach einem prüfenden Blick auf seine Armaturen.

»Pinzette und Skalpell«, sagte Thomas.

Rasch, doch ohne Hast begann er zu arbeiten. Innerhalb weniger Minuten war der Patient auf Herz-Lungen-Maschine geschaltet. Thomas operierte überlegt und mit knappen Bewegungen. Seine Kenntnis der menschlichen Anatomie konnte man nur enzyklopädisch nennen, ebenso sein Gefühl für das Operationsmaterial. Wenn er eine Wunde vernähte, waren seine Bewegungen von derart präziser Ökonomie, daß es eine Freude für angehende Chirurgen war, ihm zuzusehen. Jeder Stich war perfekt plaziert. Er hatte schon so viele *by-pass*-Operationen durchgeführt, daß seine Hände in der Lage gewesen wären, fast mechanisch zu funktionieren, aber die Erregung, die sich aus der Arbeit am Herzen ergab, verfehlte ihre Wirkung nie.

Als er fertig war und sich überzeugt hatte, daß alle Umgehungen funktionierten und keine unnatürlichen Blutungen existierten, trat Thomas vom Operationstisch zurück und zerrte sich die Handschuhe von den Fingern.

»Ich nehme an, Sie sind in der Lage, die Brustwand wieder so herzurichten, wie Sie sie vorgefunden haben, Larry«, sagte er und wandte sich zum Gehen. »Rufen Sie mich, wenn es Schwierigkeiten gibt.« Als er den Raum verließ, hörte er ein deutliches Murmeln der Anerkennung von der Operationsmannschaft.

Der Gang vor dem OP wimmelte von Leuten. Um diese Tageszeit, mitten am Nachmittag, waren die meisten der sechsunddreißig Operationssäle noch immer besetzt. Auf fahrbaren Liegen wurden Patienten von oder zu ihren Eingriffen gerollt, manche begleitet von Pflegern, Schwestern oder Ärzten. Thomas schob sich durch die Menge, wobei er gelegentlich jemand seinen Namen flüstern hörte.

Als er an der großen Uhr vor dem Hauptversorgungsraum vorbeikam, merkte er, daß er weniger als eine Stunde für Campbell gebraucht hatte. Tatsächlich hatte er an diesem Tag drei *by-pass*-Fälle in einer Zeit behandelt, in der die meisten Chirurgen bestenfalls einen oder zwei geschafft hätten.

Er sagte sich, daß es eigentlich möglich gewesen wäre, noch eine weitere Operation anzusetzen, obwohl er wußte, daß es nicht stimmte. Der Grund, aus dem er heute nur drei Eingriffe durchführen konnte, war die lästige neue Regel, daß alle Chirurgen an der jeden Freitagnachmittag stattfindenden Konferenz der Herzchirurgie teilzunehmen hatten, einer relativ neuen Erfindung von Dr. Norman Ballantine, dem Leiter der Abteilung. Thomas ging hin, nicht weil man es ihm befohlen hatte, sondern weil auf dieser Konferenz beschlossen wurde, wer wann wieviel Zeit im OP bekam. Er versuchte, sich nicht zu intensiv mit der Situation zu beschäftigen, denn wann immer er es tat, sah er rot.

»Dr. Kingsley«, rief eine scharfe Stimme und unterbrach so seinen Gedankengang.

Priscilla Grenier, die herrische OP-Verwalterin, winkte ihm mit einem Kugelschreiber. Thomas wußte, daß sie hart arbeitete; es war keine Kleinigkeit, die sechsunddreißig Operationssäle des Boston Memorial so reibungslos zu koordinieren, wie es ihr gelang. Trotzdem konnte er es nicht ausstehen, wenn sie sich in seine Angelegenheiten mischte, worauf sie ausgesprochen erpicht zu sein schien. Immer hatte sie irgendeinen Befehl oder eine Anweisung für ihn.

»Dr. Kingsley«, rief Priscilla noch einmal. »Im Wartezimmer sitzt die Tochter von Mr. Campbell. Sie sollten hinuntergehen und mit ihr sprechen, bevor Sie sich umziehen.« Ohne auf eine Antwort zu warten, drehte sie sich wieder zu ihrem Schreibtisch um.

Nur mit Mühe gelang es Thomas, seinen Unmut im Zaum zu halten; er ging weiter, ohne sich zu ihrer Bemerkung zu äußern. Die Euphorie, die er im OP empfunden hatte, ließ bereits nach. In letzter Zeit hielt das Vergnügen an jedem chirurgischen Erfolg immer kürzer an.

Im ersten Moment dachte er daran, Priscillas Aufforderung zu ignorieren, sich umzuziehen und dann erst mit Campbells Tochter zu sprechen. Nichtsdestoweniger blieb die Tatsache, daß er sich verpflichtet fühlte, seinen Kittel anzubehalten, bis der Patient das Genesungszimmer erreicht hatte – für den Fall, daß es unvorhergesehene Komplikationen gab.

Er stieß die Tür zum Vorbereitungsraum auf und suchte im Kittelschrank nach einem langen weißen Mantel, den er über sein grünes Chirurgengewand ziehen konnte. Während er hineinschlüpfte, dachte er über die unnötigen Frustrationen nach, die ihm tagtäglich aufgezwungen wurden. Die Qualität der Schwestern war definitiv schlechter geworden. Und dann Priscilla Grenier! Vor gar nicht allzu langer Zeit hatten solche Personen noch gewußt, wo sie hingehörten. Ganz zu schweigen von obligatorischen Freitagnachmittagskonferenzen... Du meine Güte!

Zerstreut ging Thomas den langen Gang zum Wartezimmer hinunter. Es handelte sich um eine relativ neue Erweiterung der Klinik, die durch den Umbau eines alten Lagerraums entstanden war. Als die Zahl der in der Abteilung vorgenommenen *by-pass*-Operationen ins Astronomische wuchs, wurde beschlossen, einen angrenzenden Raum einzurichten, in dem Familienmitglieder sich aufhalten konnten, während ihre Angehörigen im OP waren. Es war das geistige Kind eines der stellvertretenden Verwaltungsdirektoren und hatte sich als wahre Goldgrube für die PR-Abteilung erwiesen.

Als Thomas das geschmackvoll mit blaßblauen Wänden und weißem Mobiliar ausgestattete Zimmer betrat, wurde seine Aufmerksamkeit von einem Gefühlsausbruch in einer der Ekken abgelenkt.

»Warum nur, warum?« schrie eine kleine, aufgewühlte Frau.

Ein Arzt, Dr. George Sherman, versuchte sie zu beruhigen. »Aber, aber. Ich bin sicher, sie haben alles getan, um Sam zu retten. Wir wußten doch, daß sein Herz nicht normal funktionierte. Es hätte jederzeit und überall passieren können.«

»Aber er war so glücklich in dem Heim. Wir hätten ihn dort lassen sollen. Warum habe ich mich nur von Ihnen dazu überreden lassen, ihn hierher zu bringen. Sie haben mir gesagt, daß es riskant werden könnte, wenn er operiert wird, aber Sie haben mir nicht gesagt, daß schon die Katheterisierung ein Risiko bedeutet. Oh, mein Gott.«

Die Frau wurde von Tränen überwältigt. Sherman ergriff ihren Arm.

Thomas sprang Sherman bei und stützte die Frau auf der anderen Seite. Er wechselte einen Blick mit dem Kollegen, der nur leicht die Augen verdrehte. Thomas hatte keine allzu hohe Meinung von Sherman, aber unter diesen Umständen fühlte er sich verpflichtet, ihm zu helfen. Gemeinsam beruhigten sie die trauernde Mutter. Sie schlug die Hände vors Gesicht und beugte sich vor, wobei ihre Schultern unter einem neuen Tränenausbruch zuckten.

»Ihr Sohn ist auf der Röntgenstation während einer Herzkatheterisierung gestorben«, flüsterte Sherman. »Er war geistig völlig zurückgeblieben und hatte darüber hinaus physische Probleme.«

Bevor Thomas etwas dazu sagen konnte, betraten ein Priester und ein weiterer Mann, offenbar der Ehemann der Frau, den Raum und umarmten sie, was ihr neue Kraft zu geben schien. Zusammen verließen die drei das Wartezimmer.

Sherman richtete sich auf. Es war nicht zu übersehen, daß der Zwischenfall ihn mitgenommen hatte. Thomas hätte am liebsten die Frage der Frau noch einmal wiederholt, nämlich warum der Junge aus seinem Heim, in dem er sich anscheinend wohl gefühlt hatte, herausgenommen worden war, aber dann brachte er es doch nicht über sich.

»Was für ein Beruf«, seufzte Sherman und zog sich ebenfalls zurück.

Thomas musterte die Gesichter der übrigen Anwesenden. Sie betrachteten ihn mit einer Mischung aus Anteilnahme und Furcht. Jeder von ihnen hatte zur Zeit einen Angehörigen im Operationssaal, und eine Szene wie die eben erlebte war außerordentlich beunruhigend.

Campbells Tochter saß am Fenster, blaß und erwartungsvoll, die Arme auf die Knie gestützt, Hände gefaltet. Er hatte sie bereits einmal in seinem Büro gesehen und wußte, daß sie Laura hieß. Sie war eine hübsche Frau um die dreißig, mit schönem hellbraunem Haar, das ihr in einer langen Ponyfrisur aus der Stirn fiel.

»Der Eingriff ist erfolgreich verlaufen«, sagte Thomas leise.

Laura sprang auf, warf ihm die Arme um den Hals und preßte sich an ihn. »Danke«, sagte sie und brach in Tränen aus, »vielen Dank.«

Thomas ließ den Gefühlsausbruch steif über sich ergehen. Damit hatte er zuallerletzt gerechnet. Er wußte, daß die anderen sie beobachteten, und versuchte, sich von Laura zu lösen, aber sie ließ ihn nicht los. Er erinnerte sich, daß Walter Nazzaros Familie seinerzeit von derselben hysterischen Dankbarkeit gewesen war. Aber damals hatte Thomas ihr Glück geteilt. Die ganze Familie war ihm um den Hals gefallen, und er hatte sie genauso intensiv umarmt. Er entsann sich noch genau der Ergebenheit und des tiefen Respekts, die sie ihm entgegengebracht hatten. Es war ein berauschendes Erlebnis gewesen, das noch heute manchmal nostalgische Gedanken in ihm erweckte, denn in der Zwischenzeit waren seine Reaktionen viel komplizierter geworden. Nicht selten nahm er bis zu fünf Eingriffe an einem Tag vor, und meistens wußte er wenig bis gar nichts über den Patienten, mit Ausnahme der Untersuchungsergebnisse vor der Operation. Campbell war ein gutes Beispiel dafür.

»Ich wünschte, ich könnte etwas für Sie tun«, flüsterte Laura, ohne seinen Hals loszulassen. »Was immer Sie wollen.«

Thomas blickte hinunter auf die Kurve ihrer runden Pobakken, die von dem enganliegenden Seidenkleid noch unterstrichen wurde. Ihre Oberschenkel preßten sich gegen die seinen, und er wußte, daß sie so nicht stehenbleiben konnten.

Er griff nach ihren Oberarmen und löste sie mit sanfter Gewalt von seinem Hals. »Morgen früh können Sie mit Ihrem Vater sprechen«, sagte er.

Sie nickte, plötzlich von ihrem eigenen Benehmen peinlich berührt.

Thomas gab ihr die Hand und verließ den Raum, erfüllt von einer vagen Angst, die er nicht verstand. Er fragte sich, ob er vielleicht einfach erschöpft war, wenn er sich auch nicht wirklich müde fühlte. Dennoch, immerhin hatte er wegen der Notoperation in der letzten Nacht kaum geschlafen. Er hängte den weißen Mantel wieder in den Kittelschrank und versuchte, seine Niedergeschlagenheit abzuschütteln.

Bevor er zur Konferenz ging, unternahm er noch einen Abstecher ins Genesungszimmer. Seine beiden vorherigen Fälle, Victor Marlborough und Gwendolyn Hasbruck, waren stabil und erholten sich gut, wie erwartet, aber als er ihre Gesichter betrachtete, spürte er, wie seine Angst zunahm. Obwohl er erst vor wenigen Stunden ihre Herzen in der Hand gehalten hatte, würde er ihre Gesichter auf der Straße kaum wiedererkennen.

Die forcierte Kameraderie im Genesungszimmer war irritierend und lenkte ihn ab, so daß er beschloß, das Casino aufzusuchen. Er machte sich eigentlich nichts aus Kaffee, trotzdem schenkte er sich eine Tasse ein und nahm sie mit zu einem der straff gepolsterten Ledersessel in der Ecke. Auf dem Boden lag der Feuilletonteil des *Boston Globe*, und er hob ihn auf, mehr um sich dahinter zu verstecken als der Lektüre wegen. Er hatte keine Lust, sich mit einem der Anwesenden vom OP-Personal zu unterhalten. Aber der Plan funktionierte nicht.

»Danke für Ihre Unterstützung im Wartezimmer.«

Thomas senkte die Zeitung und blickte auf, direkt in das breite Gesicht von George Sherman. George hatte einen starken Bartwuchs, so daß er jetzt, mitten am Nachmittag, schon aussah, als hätte er vergessen, sich morgens zu rasieren. Er war ein kräftiger, athletisch wirkender Mann, nur zwei oder drei Zentimeter kleiner als Thomas mit seinen eins achtzig, aber dank seines dichten, gelockten Haars konnte er als gleichgroß durchgehen. Er hatte sich bereits umgezogen und trug jetzt unter anderem ein zerknittertes blaues Button-down-Hemd, das offenbar noch nie mit der erhitzten Fläche eines Bügeleisens in Kontakt geraten war, eine gestreifte Krawatte und ein Kordsamtsakko, das an den Ellbogen leicht durchgescheuert war.

George Sherman gehörte zu den wenigen unverheirateten Chirurgen. Was ihn darunter so einzigartig machte, war die Tatsache, daß er mit vierzig auch noch nie verheiratet gewesen war. Alle anderen Junggesellen im Memorial waren entweder geschieden oder lebten in ständiger Trennung von der Ehefrau. Aus diesem Grund erfreute George sich vor allem bei den jüngeren Schwestern größter Beliebtheit; sie wurden nicht müde, mit ihm zu flirten und immer wieder Spitzen auf seinen Familienstand anzubringen. George, überlegen und selbstsicher wie er war, ließ sich davon nicht im geringsten irritieren. Im Gegenteil, er genoß jede Minute und lehnte nur selten ein

Angebot ab. Thomas fand all das außerordentlich ärgerlich und provozierend.

»Die arme Frau war ziemlich aufgeregt«, sagte er. Wieder lag es ihm auf der Zunge, eine Bemerkung darüber zu machen, ob es wirklich ratsam war, einen solchen Fall in die Klinik zu holen, und wieder schwieg er. Statt dessen hob er die Zeitung, zum Zeichen, daß die Unterhaltung für ihn beendet war.

»Es handelte sich um eine unerwartete Komplikation«, fuhr George ungerührt fort. »Ich nehme an, die gutaussehende Kleine im Wartezimmer war die Tochter eines Ihrer Patienten?«

Thomas ließ die Zeitung wieder sinken. »Es ist mir nicht aufgefallen, daß sie besonders attraktiv gewesen wäre«, sagte er.

»Warum geben Sie mir dann nicht einfach ihren Namen und ihre Telefonnummer?« fragte George mit einem vergnügten Lachen. Als Thomas nicht reagierte, wechselte er taktvoll das Thema. »Haben Sie gehört, daß einer von Ballantines Patienten letzte Nacht an Herzstillstand gestorben ist?«

»Ist mir bekannt, ja«, sagte Thomas.

»Der Knabe war schwul, nach eigenem Bekunden«, sagte George.

»Das wußte ich nicht«, antwortete Thomas desinteressiert und fuhr fort: »Ich wußte auch nicht, daß die Frage, ob jemand homosexuell ist oder nicht, bei Routineuntersuchungen vor einer Herzoperation eine Rolle spielt.«

»Sollte sie aber«, sagte George.

»Und warum sind Sie dieser Überzeugung?« fragte Thomas.

»Das werden Sie schon noch herausfinden«, sagte George und zog eine Augenbraue hoch. »Morgen, bei der Großen Konferenz.«

»Ich kann's kaum erwarten«, sagte Thomas.

»Na, dann bis später, Kumpel«, sagte George und versetzte Thomas einen spielerischen Schlag auf die Schulter, ehe er davonschlenderte.

Es ärgerte Thomas, solcherart berührt und angefaßt zu werden. Es war so pubertär. George gesellte sich zu einer Gruppe von Ärzten und OP-Schwestern, die sich auf den Stühlen am Fenster herumlümmelten. Gelächter und erhobene Stimmen erfüllten den Raum. In Wahrheit konnte Thomas George Sherman nicht ausstehen. Er war überzeugt, daß der Kollege sich nur aus einem Grund so mit den Insignien des Erfolgs schmückte, nämlich um seine grundlegende Mittelmäßigkeit zu verbergen, besonders auf chirurgischem Gebiet. All das war Thomas nur zu vertraut. Eins der scheinbar unabwendbaren Übel einer Universitätsklinik war, daß die Berufungen oft mehr aus politischen als aus fachlichen Erwägungen stattfanden. Und George war vom Scheitel bis zur Sohle ein politischer Taktierer. Er besaß wachen Verstand, führte glänzend Konversation und war ein guter Gesellschafter. Schon früh hatte er gelernt, daß es für seinen Erfolg im Memorial wichtiger war, sich mit Macchiavelli auszukennen als mit Halstead, und so fühlte er sich in der Treibhausatmosphäre personalpolitischer Klinikintrigen wie zu Hause.

Thomas wußte, die Wurzel des Problems lag in der unausgesprochenen Feindschaft zwischen Chirurgen wie ihm selbst, die eine Privatpraxis führten und ihren Lebensunterhalt damit bestritten, ihren Patienten Rechnungen zu schreiben, und Ärzten wie George Sherman, die ganztägig Angestellte der Medizinischen Fakultät waren und ein Gehalt statt eines Honorars bezogen. Die Privatärzte hatten ein bedeutend höheres Einkommen und genossen mehr Freizeit, vor allem aber brauchten sie sich keiner höheren Instanz unterzuordnen. Die angestellten Ärzte hatten eindrucksvollere Titel und einen bequemeren Zeitplan, aber es gab immer noch jemand über ihnen, der ihnen sagte, was sie zu tun und zu lassen hatten.

Die Klinikleitung stand zwischen den Fronten. Einerseits freute sie sich über die hohe Zahl der Patienten und das Geld, das die Privatärzte dem Haus brachten, andererseits genoß sie den Kredit und den Status, den es bedeutete, Teil der Universitätslandschaft zu sein.

»Campbells Brust ist geschlossen«, sagte Larry neben Thomas und riß ihn damit aus seinen Gedanken. »Die Assistenten sind gerade dabei, die Haut zu vernähen. Alle Lebenssignale sind stabil und normal.«

Thomas ließ die Zeitung sinken, stand auf und folgte Larry in den Umkleideraum. Als sie an George vorbeikamen, konnte Thomas hören, wie er davon redete, ein neues Lehrkomitee ins Leben zu rufen. Es hörte nie auf! Ebensowenig wie der Druck, den George als Direktor des Lehrkörpers und Ballantine als Leiter der Herzchirurgie auf ihn ausübten, damit er seine Praxis aufgab und sich ins Angestelltenverhältnis begab. Sie versuchten ihn damit zu locken, daß sie ihm eine Professur anboten, und obwohl es einmal eine Zeit gegeben hatte, zu der er daran durchaus interessiert gewesen wäre, hatte ein solches Angebot nunmehr nicht mehr die geringste Attraktivität für ihn. Er würde seine Praxis behalten, seine Unabhängigkeit, sein Einkommen und seine Gesundheit. Er wußte, wenn er erst zu den festangestellten Ärzten gehörte, wäre es nur noch eine Frage der Zeit, bis man ihm vorschrieb, wen er operieren durfte und wen nicht. Über kurz oder lang würde man ihm so lächerliche Fälle wie jenes arme, zurückgebliebene Kind im Röntgenraum übertragen.

Er trat in den Umkleideraum und öffnete seinen Spind. Als er aus seinem grünen Operationsgewand fuhr, dachte er daran, wie sich Laura Campbells schmiegsamer Körper angefühlt hatte. Es war eine angenehme Erinnerung, die ihm Beruhigung seiner strapazierten Nerven verhieß.

»Sie haben heute wieder mal hervorragende Arbeit geleistet«, sagte Larry, um Thomas aufzuheitern, nachdem er seine grimmige Miene bemerkt hatte.

Thomas antwortete nicht. Früher hätte er sich über ein derartiges Kompliment gefreut, heute war es ihm egal.

»Es ist zu schade, daß die Leute nicht auch die vielen Kleinigkeiten zu schätzen wissen«, fuhr Larry fort, während er sich das Hemd zuknöpfte. »Sie hätten eine gänzlich andere Vorstellung von der Chirurgie. Und vor allem würden sie genauer darauf achten, von wem sie sich operieren lassen.«

Thomas sagte noch immer nichts, obwohl die in Larrys Worten enthaltene Wahrheit ihm ein Nicken abrang. Als er in die Ärmel seines Hemds schlüpfte, dachte er an Norman Ballantine, diesen weißhaarigen, freundlichen alten Doktor, den jeder mochte und mit Beifall bedachte. In Wahrheit sollte Ballantine vielleicht gar nicht mehr in den Operationssaal gehen, obwohl niemand den Mut aufbrachte, ihm das ins Gesicht zu sagen. Jeder in der Abteilung wußte, daß einer der Brustchirurgen mehr oder weniger nichts anderes zu tun hatte, als sich in allen Fällen, die Ballantine übernahm, als Assistent zur Verfügung zu stellen, damit er dem Chef beispringen konnte, wenn er pfuschte. Soviel zum Thema akademische Medizin, dachte Thomas. Dank seiner Assistenten konnte Ballantine akzeptable Ergebnisse vorweisen, und seine Patienten und deren Familien verehrten ihn trotz allem, was im OP vorging, sobald der Patient anästhesiert war.

Thomas war mit Larry völlig einer Meinung. Es wäre in der Tat nur recht und billig gewesen, wenn er, Dr. Thomas Kingsley, die Abteilung geleitet hätte. Schließlich führte er die meisten Operationen durch. Er und niemand sonst war es gewesen, der aus dem Boston Memorial das Krankenhaus gemacht hatte, für das man sich als erstes entschied, wenn man einen Eingriff am Herzen durchführen lassen wollte. Sogar *Time* hatte sich in diesem Sinne geäußert.

Trotzdem wußte Thomas nicht zu sagen, ob er eigentlich noch die Leitung der Herzchirurgie übernehmen wollte. Es hatte einmal eine Zeit gegeben, in der er an nichts anderes denken konnte. Es war eins der wichtigsten Ziele seines Lebens gewesen, hatte ihn zu immer größeren Anstrengungen und immer mehr persönlichen Opfern getrieben. Es war ihm logisch erschienen, und den meisten seiner Kollegen auch – selbst als er noch ganz am Anfang gestanden hatte. Aber das lag jetzt schon einige Jahre zurück, bevor dieser ganze administrative Unsinn sein häßliches Haupt erhoben und ihm gezeigt hatte, wie er ihn in der Ausübung seiner Kunst zu behindern vermochte.

Thomas hielt in seinen Bewegungen inne und starrte vor sich hin. Er fühlte sich leer. Die Erkenntnis, daß ein derart lang verfolgtes Ziel möglicherweise nicht mehr von Bedeutung für sein Leben sein könnte, war deprimierend, besonders wenn dieses Ziel sich endlich in Reichweite befand. Vielleicht gab es künftig nichts mehr, um das es sich zu kämpfen lohnte... vielleicht hatte er den Gipfel seiner Karriere erreicht. Gott, was für ein entsetzlicher Gedanke!

»Es tut mir so leid, das von Ihrer Frau zu hören«, sagte Larry, als er sich hinsetzte, um in seine Schuhe zu fahren. »Wirklich eine Schande.«

»Was soll das heißen?« fragte Thomas und betonte jede Silbe, denn er empfand solcherlei Vertraulichkeiten von Untergebenen als Affront.

Larry, blind für die Reaktion seines Gesprächspartners, beugte sich vor und begann, die Schnürsenkel zu verknoten. »Ich meine das mit ihrer Diabetes und diese Augengeschichte. Ich habe gehört, sie muß sich einer Vitrektomie unterziehen lassen. Das ist schrecklich.«

»Die Operation ist nicht endgültig«, schnappte Thomas.

Larry hörte den Ärger in Thomas' Stimme und blickte auf. »Ich wollte nicht ausdrücken, daß sie notwendigerweise endgültig sein muß«, sagte er hastig. »Entschuldigen Sie bitte, daß ich damit angefangen habe. Es muß schwierig für Sie sein. Ich wollte nur der Hoffnung Ausdruck geben, daß es ihr bald wieder besser geht.«

»Meiner Frau geht es blendend«, sagte Thomas wütend.

»Darüber hinaus glaube ich nicht, daß ihr Gesundheitszustand Sie auch nur das geringste angeht.«

»Es tut mir leid.«

In ungemütlichem Schweigen zogen die beiden Männer sich fertig an. Thomas schlang einen Knoten in seine Krawatte und massierte sich mit raschen, ungehaltenen Bewegungen ein Eau de toilette von Yves St. Laurent in die Haut. »Wo haben Sie dieses Gerücht gehört?« fragte er schließlich.

»Von einem Kollegen in der Pathologie«, antwortete Larry. »Robert Seibert.« Er schloß seinen Spind und sagte, er sei im Genesungszimmer zu finden, wenn er gebraucht würde.

Thomas fuhr sich mit dem Kamm durchs Haar und versuchte, sich zu beruhigen. Er hatte heute einfach keinen guten Tag. Jeder schien es darauf anzulegen, ihn auf die Palme zu bringen. Die Vorstellung, daß der Gesundheitszustand seiner Frau offenbar in aller Munde war, verdroß ihn. Außerdem fand er es demütigend.

Er legte den Kamm in den Spind zurück, direkt neben ein kleines Plastikdöschen mit beigem Verschluß. Er öffnete das Döschen. Er nahm eine der darin enthaltenen gekerbten gelben Tabletten heraus, zerteilte sie und schob sich eine der beiden Hälften in den Mund. Nach kurzem Zögern und weil er einen Anflug von Kopfschmerz verspürte, nahm er auch noch die zweite. Immerhin hatte er es sich verdient.

Die Tabletten schmeckten bitter, und er brauchte einen Schluck Wasser, um sie hinunterzuspülen. Danach aber ging es ihm sofort besser, und seine Angst ließ nach.

Die Freitagnachmittagskonferenz der Herzchirurgie fand im Turner-Hörsaal gegenüber der Intensivstation statt. Er war von der Frau eines gewissen J. P. Turner gestiftet worden, der um 1940 das Zeitliche gesegnet hatte, und die Einrichtung ließ an die große Zeit der Art deco denken. Es gab sechzig Sitzplätze, was in jenen Jahren ungefähr die Hälfte einer Klasse ausmachte. Am Kopfende befand sich ein erhöhtes Podium, dahinter eine staubige Tafel und ein stehendes Skelett. Über allem schwebten einige veraltete Anatomie-Lehrkarten an der Wand.

Es war Dr. Norman Ballantine gewesen, der darauf bestanden hatte, daß die Freitagnachmittagskonferenz im Turner-Saal stattfand, weil er sich in der Nähe der Station befand, und, wie Dr. Ballantine sich ausdrückte, »der Patient kommt immer an erster Stelle«. Aber die kleine Gruppe der zwölf jetzt hier versammelten Ärzte wirkte verloren inmitten des Meers von leeren Stühlen, und außerdem fühlten sie sich hinter den spartanischen Schreibpulten mehr als unwohl.

»Meine Herren, ich denke, wir können anfangen«, sagte Ballantine laut. Die Ärzte hörten auf, sich zu unterhalten, und nahmen Platz. Anwesend an diesem Freitagnachmittag waren sechs der acht zur Abteilung gehörigen Herzchirurgen, darunter, außer Ballantine, die Herren Sherman und Kingsley, mehrere andere Ärzte und Verwaltungsangestellte sowie eine erstaunliche Neuerwerbung namens Rodney Stoddard: ein Philosoph!

Thomas beobachtete Stoddard, wie er sich hinsetzte. Der Bursche sah aus, als wäre er kaum dreißig, obwohl er fast kahl war und das verbliebene Haar sich farblich kaum von der hellen Haut abhob, so daß man Mühe hatte, es überhaupt zu bemerken. Er trug eine Brille mit stahlgerahmten Gläsern und ein außerordentlich selbstzufriedenes Lächeln, das ständig zu sagen schien: »Frag mich nach deinen Problemen, denn ich habe die Antwort.«

Stoddard war auf Betreiben der Universität angestellt worden. Bis vor kurzem waren die Ärzte verpflichtet gewesen, jedem ihrer Patienten nach bestem Vermögen zu helfen, aber jetzt, in der Zeit der Transplantationen, der künstlichen Organe und Operationen am offenen Herzen, mußten die Krankenhäuser eine Auswahl treffen und sich genau überlegen, wer in den Genuß solcher lebenswichtigen Eingriffe kam, denn zumindest im Moment waren all diese Techniken wegen ihrer außergewöhnlichen Kosten und des Aufwands, der bei der Nachversorgung betrieben werden mußte, nur begrenzt einsetzbar. Im allgemeinen tendierten die Klinikärzte dazu, Patienten mit übergreifenden Krankheitsbildern den Vorzug zu geben, obwohl diese nicht immer die besten Genesungschancen hatten, wohingegen Privatärzte wie Thomas lieber ansonsten gesunde, produktive Mitglieder der Gesellschaft in den Genuß der teuren medizinischen Errungenschaften kommen lassen wollten.

Ein ironisches Lächeln stahl sich über sein Gesicht, als er Stoddard musterte. Er fragte sich, wieviel von der Selbstzufriedenheit des Philosophen wohl übrigbleiben würde, wenn er das Herz eines Menschen in der Hand halten müßte. Das war nämlich die Stunde der Entscheidung, nicht der Diskussion. Was Thomas betraf, so war Stoddards Anwesenheit bei der Konferenz ein weiteres Indiz für die bürokratische Suppe, in der die Medizin zu ertrinken drohte.

»Ehe wir anfangen«, sagte Dr. Ballantine und streckte die Arme mit gespreizten Händen aus, als wollte er eine Menschenmenge zur Ruhe bringen, »möchte ich mich vergewissern, daß jeder von Ihnen den Artikel in der *Time* von dieser Woche gelesen hat, demzufolge das Boston Memorial als *das* Zentrum für Herzgefäßchirurgie gilt. Ich denke, wir verdienen diesen Ruf wirklich, und ich möchte mich bei jedem von Ihnen dafür bedanken, daß er mitgeholfen hat, diese Position zu erreichen.« Ballantine klatschte, gefolgt von George Sherman, und schließlich fielen auch die anderen ein.

Thomas, der dicht an der Tür saß – für den Fall, daß er ins Genesungszimmer gerufen werden sollte –, warf dem Redner einen finsteren Blick zu. Ballantine und die anderen applaudierten einander gegenseitig für etwas, das hauptsächlich sein Verdienst und in etwas geringerem Maß das von zwei anderen, gerade nicht anwesenden privaten Chirurgen war. Am Anfang seiner Ausbildung hatte er geglaubt, sich später nicht mit all den Nichtigkeiten herumschlagen zu müssen, die andere Berufe so unerträglich machten. Nur er und der Patient gegen die Krankheit! Aber als er sich jetzt im Raum umsah, wurde ihm klar, daß fast jeder der Anwesenden sich in seine Angelegenheiten mischen konnte, und zwar wegen eines einzigen ärgerlichen Problems – der begrenzten Bettenzahl in der Herzchirurgie und der entsprechend begrenzten OP-Zeit. Das Memorial war so berühmt geworden, daß es schien, als wollte einfach jeder sich hier seiner *by-pass*-Operation unterziehen. Die Leute mußten buchstäblich anstehen, besonders in der Praxis von Thomas Kingsley. Man gab ihm den OP nur noch neunzehnmal in der Woche, und er war über einen Monat im Rückstand.

»Während George den Zeitplan für die nächste Woche austeilt«, fuhr Dr. Ballantine fort und reichte Sherman einen Stapel Blätter, »möchte ich gern die vergangene rekapitulieren.«

Thomas ließ ihn weiter vor sich hinplappern und wandte seine Aufmerksamkeit dem Zeitplan zu. Seine eigenen Patienten wurden von seiner Sprechstundenhilfe eingeteilt, die die nötigen Informationen beschaffte und diese dann an Ballantines Sekretärin weiterreichte, und zwar in Form einer kurzgefaßten Krankengeschichte für jeden Patienten, einer Liste signifikanter diagnostischer Daten und einer knappen Begründung, warum der chirurgische Eingriff notwendig war. Dahinter stand der Gedanke, daß sich jeder der bei der Konferenz anwesenden Ärzte ein Bild davon machen konnte, ob die angesetzten Operationen wirklich notwendig oder ratsam waren. Tatsächlich diskutiert wurde darüber so gut wie nie – außer in Abwesenheit des besten Herzchirurgen. Einmal, als Thomas bei der Konferenz fehlte, hatte die Anästhesiologie mehrere seiner Fälle gestrichen, was zu einem Krach führte, den so schnell niemand hier vergessen sollte. Thomas hörte erst auf, die Blätter durchzusehen, als Ballantine etwas von Todesfällen sagte.

»Unglücklicherweise hat es diese Woche zwei postoperative Todesfälle gegeben«, sagte Ballantine. »Der erste Fall war Albert Bigelow, ein zweiundachtzigjähriger Gentleman, der nach einer doppelten Herzklappenoperation nicht mehr von der Herz-Lungen-Maschine genommen werden konnte. Er war als Notfall eingeliefert worden. Haben wir das Ergebnis der Autopsie schon vorliegen, George?«

»Noch nicht«, sagte George. »Ich muß darauf hinweisen, daß Mr. Bigelow ohnehin ein sehr kranker Mann war. Seine Sauferei hatte ihm die ganze Leber kaputtgemacht. Es war uns bekannt, daß die Operation ein Risiko darstellen würde. Mal gewinnt man, mal verliert man.«

Niemand sagte etwas. Bitter dachte Thomas, daß es solche Fälle waren, deretwegen seine Patienten warten mußten. Als noch immer niemand sprach, fuhr Ballantine fort: »Der zweite Tote war mein eigener Patient, Bruce Wilkinson. Er starb gestern nacht, heute morgen wurde die Autopsie durchgeführt.«

Thomas sah, wie Ballantine George einen Blick zuwarf, der letzteren zu einem fast nicht wahrnehmbaren Kopfschütteln veranlaßte.

Ballantine räusperte sich und verkündete, daß beide Fälle auch bei der nächsten Exituskonferenz diskutiert würden.

Diese wortlose Kommunikation verwunderte Thomas. Es erinnerte ihn an die eigenartige Bemerkung, die George im Casino gemacht hatte. Zwischen Ballantine und George schien irgend etwas vorzugehen, das ihm nicht behagte. Ballantine nahm im Klinikum einen besonderen Platz ein. Als Leiter der Herzchirurgie hatte er einen Lehrstuhl an der Universität und erhielt somit ein Gehalt. Er besaß aber auch eine Privatpraxis und war daher gewissermaßen ein Überbleibsel aus der Vergangenheit, eine Brücke zwischen den fest angestellten Ärzten wie George und Privatärzten wie Thomas. In letzter Zeit hatte

Thomas den Eindruck gewonnen, daß Ballantine, dessen Fähigkeiten ganz offensichtlich nachließen, das Prestige einer Professur höher zu schätzen begann als die Einkünfte aus seiner Privatpraxis. Wenn das der Wahrheit entsprach, konnte es einigen Ärger verursachen, indem es das Zünglein an der Waage, das bisher immer ein wenig zugunsten der privaten Ärzte ausgeschlagen hatte, womöglich entgegengesetzt beeinflußte.

»Wenn sich jetzt bitte alle der letzten Seite der Mappen zuwenden würden«, sagte Dr. Ballantine. »Ich möchte darauf hinweisen, daß es eine wichtige Änderung in der Nutzung der Operationsräume gegeben hat.«

Raschelnd blätterte jeder bis zur letzten Seite. Sie wies vier vertikale Spalten auf, entsprechend den vier Operationssälen, die für Eingriffe am offenen Herzen reserviert waren. Horizontal war die Seite in die fünf Tage der Arbeitswoche unterteilt. In jedem der sich so ergebenden Kästchen standen die Namen der für diesen Tag eingeteilten Chirurgen. OP Nr. 18 war Thomas Kingsleys Saal. Als schnellster und meist beschäftigter Arzt wurden ihm vier Fälle pro Tag zugestanden, mit Ausnahme von Freitag, wo er wegen der Konferenz nur drei behandeln konnte. Das erste, worauf sein Blick fiel, als er die Seite überflog, war OP Nr. 18. Er traute seinen Augen nicht. Dem Plan nach hatte man ihm nur noch drei Fälle pro Tag eingeräumt, von Montag bis Donnerstag durchgehend.

»Die Universität hat uns die Genehmigung erteilt, den Lehrkörper um einen weiteren festangestellten Kollegen zu erweitern«, sagte Dr. Ballantine stolz, »und wir haben bereits angefangen, nach einem Kinderherzchirurgen Ausschau zu halten. Natürlich bedeutet das einen großen Fortschritt für die Abteilung. Um die neue Situation entsprechend vorzubereiten, erweitern wir die OP-Nutzungszeit des Lehrkörpers um vier Fälle pro Woche.«

»Dr. Ballantine«, meldete sich Thomas zu Wort, wobei er

sich Mühe gab, seine Erregung zu verbergen. »Dem Plan nach sieht es so aus, als wären alle vier Fälle von meiner Zeit abgezogen worden. Darf ich davon ausgehen, daß es sich dabei um einen einmaligen Vorgang handelt, der nur für die nächste Woche Geltung hat?«

»Nein«, antwortete Dr. Ballantine, »der Plan, den Sie vor sich haben, gilt bis auf ausdrücklichen Widerruf.«

Thomas atmete langsam aus, bevor er neuerlich ansetzte. »Dagegen muß ich protestieren. Man kann es kaum als fair bezeichnen, daß ich der einzige sein soll, der OP-Zeit abgeben muß.«

»Tatsache ist, daß Sie ungefähr vierzig Prozent der gesamten OP-Zeit kontrolliert haben, Dr. Kingsley«, schaltete sich George ein. »Und das, obwohl es sich um eine Universitätsklinik handelt.«

»Leiste ich etwa keinen Beitrag zum Lehrbetrieb?« schnappte Thomas.

»Natürlich«, sagte Ballantine beruhigend. »Sie dürfen das nicht persönlich nehmen. Es ist lediglich eine Frage der gerechteren Verteilung der OP-Zeit.«

»Ich bin mit meinen Patienten bereits über einen Monat im Rückstand«, sagte Thomas. »Der Bedarf an Lehrfällen ist überhaupt nicht so groß. Es gibt kaum genug Patienten für die Demonstrationsoperationen, die Sie vorgesehen haben.«

»Keine Sorge«, sagte George. »Wir finden die Fälle.«

Thomas wußte genau, wohin der Hase wirklich lief. George und die meisten anderen waren eifersüchtig auf die Zahl der Fälle, die er behandelte, und auf das Geld, das er verdiente. Er hatte nicht übel Lust, aufzuspringen und George einen Kinnhaken zu verpassen. Ein Blick in die Runde zeigte ihm, daß alle anderen Anwesenden plötzlich mit ihren Notizen oder Schreibgeräten beschäftigt waren. Er konnte mit keinem von ihnen rechnen.

Dr. Ballantine sagte: »Wir alle müssen verstehen, daß wir

Teil des Universitätssystems sind, dessen vornehmstes Ziel der Lehrauftrag ist. Wenn Sie sich von einigen Ihrer Privatpatienten zu sehr unter Druck gesetzt fühlen, könnten Sie die Eingriffe ja in anderen Krankenhäusern vornehmen.«

Thomas war so wütend und frustriert, daß es ihm schwerfiel, einen klaren Gedanken zu fassen. Er wußte – wie es jeder wußte –, daß er nicht einfach seinen Kram nehmen und in einer anderen Klinik operieren konnte. Die Arbeit am Herzen erforderte ein erfahrenes und eingespieltes Team. Thomas hatte mitgeholfen, das System des Boston Memorial aufzubauen, und er hing seinerseits davon ab.

Priscilla Grenier meldete sich zu Wort und sagte, es wäre vielleicht möglich, einen weiteren Operationssaal zu schaffen, wenn sie die Genehmigung für die Anschaffung einer zusätzlichen Herz-Lungen-Maschine erhielten und einen Perfusionisten zu ihrer Bedienung einstellen dürften.

»Das ist ein Gedanke«, meinte Dr. Ballantine. »Thomas, vielleicht wären Sie bereit, den Vorsitz eines Komitees zu übernehmen, das die Ratsamkeit einer solchen Erweiterung untersucht.«

Thomas dankte Dr. Ballantine, wobei er sich bemühte, seinen Sarkasmus auf ein Minimum zu reduzieren. Er sagte, daß es ihm bei seiner derzeitigen Arbeitsbelastung leider nicht möglich sei, das Angebot auf der Stelle anzunehmen, aber er wolle darüber nachdenken. Im Augenblick hätte er sich darum zu sorgen, daß er Patienten vertrösten und hinhalten müsse, die möglicherweise die Wartezeit bis zur Operation nicht überleben würden. Patienten, die eine neunundneunzigprozentige Chance hätten, ein langes, produktives Leben zu führen, wenn ihre OP-Zeit nicht irgendeinem sklerotischen Volltrottel geopfert würde, mit dem das Lehrpersonal zu experimentieren wünschte.

Nach diesem Einwurf wurde die Konferenz vertagt.

Thomas drängte zum Podium, doch George kam ihm zuvor.

Es gelang Thomas nur mit Mühe, seine Selbstbeherrschung zu bewahren.

»Kann ich Sie eine Sekunde sprechen, Dr. Ballantine?« fragte er, ohne darauf zu achten, daß George gerade etwas sagen wollte.

»Natürlich«, antwortete Ballantine.

»Allein«, sagte Thomas knapp.

»Ich wollte sowieso los«, sagte George liebenswürdig. »Ich bin in meinem Büro, falls Sie mich brauchen.«

Für Thomas entsprach Ballantine genau der Hollywoodvorstellung von einem Arzt mit seinem vollen weißen Haar, das er aus der Stirn zurückgekämmt trug, und dem zerfurchten, aber sonnengebräunten, angenehmen Gesicht. Das einzige, was den Gesamteindruck ein wenig schmälerte, waren die Ohren. Sie waren schlicht und einfach riesig. Im Augenblick hatte Thomas große Lust, sie zu packen und Ballantines Kopf daran hin und her zu schütteln.

»Hören Sie, Thomas«, sagte Ballantine schnell, »ich möchte nicht, daß Sie sich wegen dieser Geschichte gleich verfolgt vorkommen. Sie müssen wissen, daß die Universität einigen Druck auf mich ausgeübt hat, damit mehr OP-Zeit in den Dienst des Lehrauftrags gestellt wird, speziell nach diesem Artikel in *Time*. Diese Art von Publizität wirkt wahre Wunder für das Subventionsprogramm. Und wie George sagte, haben Sie einen unverhältnismäßig hohen Stundenanteil gehabt. Es tut mir leid, daß Sie es auf diese Weise erfahren mußten, aber...

»Aber was?« fragte Thomas.

»Sie haben eine Privatpraxis. Wenn Sie sich einverstanden erklären, ganz für uns zu arbeiten, könnte ich Ihnen eine Professur garantieren und...«

»Mein Titel als Assistant Clinical-Professor reicht mir vollauf«, sagte Thomas. Plötzlich begriff er: Der neue Zeitplan war ein weiterer Versuch, ihn zur Aufgabe seiner Privatpraxis zu zwingen.

»Thomas, Sie wissen doch, daß mein Nachfolger als Direktor der Herzchirurgie in jedem Fall ganztags im Dienst der Klinik stehen muß.«

»Es bleibt mir also nichts anderes übrig, als mich mit dieser Kürzung meiner OP-Zeit abzufinden«, sagte Thomas, ohne auf Ballantines Andeutung einzugehen.

»Ich fürchte, Thomas. Es sei denn, wir erhalten einen weiteren Operationssaal, aber wie Sie wissen, brauchen solche Dinge Zeit.«

Abrupt wandte Thomas sich zum Gehen.

»Sie überlegen es sich doch noch einmal, nicht wahr?« rief Ballantine ihm nach.

»Ich lasse es mir durch den Kopf gehen«, antwortete Thomas und wußte, daß er log.

Er verließ den Hörsaal und ging die Treppe hinunter. Auf dem ersten Absatz blieb er stehen. Er griff nach dem Geländer, schloß die Augen und gestattete seinem Körper vor schierer Wut zu zittern. Aber nur einen Moment lang, dann hatte er sich wieder unter Kontrolle. Schließlich fand er sich nicht zum erstenmal im Kampf mit der bornierten Bürokratie. Er hatte schon vermutet, daß Ballantine und George etwas im Schilde führten, und jetzt wußte er, was. Aber er fragte sich, ob das alles war, denn er wurde das Gefühl nicht los, daß da noch mehr vorging, worüber er Bescheid wissen sollte.

3

Cassi empfand immer eine gewisse Besorgnis, wenn sie den Teststreifen in ihren Urin tauchte. Bestand doch jederzeit die Möglichkeit, daß die Farbe des Streifens sich veränderte, weil sie wieder Zucker verlor. Nicht daß etwas Zucker im Urin gleich die Welt gewesen wäre, zumal wenn es nur hin und wieder passierte. Ihre Besorgnis hatte mehr gefühlsmäßige Ursachen; wenn sie Zucker ausschied, war irgend etwas nicht in Ordnung. Der psychologische Aspekt spielte eine große Rolle.

Die Toilettenbeleuchtung war so schlecht, daß Cassi die Tür ihrer Kabine öffnen mußte, um den Teststreifen genau in Augenschein nehmen zu können. Die Farbe hatte sich nicht verändert. Nachdem sie letzte Nacht kaum zum Schlafen gekommen war und sich erst am Nachmittag ein Fruchtjoghurt gegönnt hatte, wäre sie über etwas Zucker auf dem Streifen nicht erstaunt gewesen. Sie freute sich, daß die Insulinmenge, die sie sich injizierte, und ihre Diät ausbalanciert waren. Ihr Internist, Dr. Malcolm McInery, sprach gelegentlich davon, sie an ein Insulin-Infusionsgerät anschließen zu lassen, aber Cassi lehnte jedesmal ab. Es widerstrebte ihr, ein System zu ändern, das funktionierte. Sie hatte sich längst daran gewöhnt, sich jeden Tag zwei Injektionen zu geben, eine vor dem Frühstück und eine vor dem Abendessen. Es bereitete keinerlei Umstände mehr.

Cassi schloß das rechte Auge und betrachtete den Teststreifen mit dem linken. Sie nahm nur einen schwachen Lichtschein wahr, als blickte sie durch eine schmutzige Glaswand. »Dieses verflixte Auge!« fluchte sie leise. Der Gedanke, blind zu werden, ängstigte sie mehr als die Vorstellung, sterben zu müssen. Die Tatsache des Todes konnte sie ignorieren, genau wie jeder andere. Die Möglichkeit, blind zu werden, war schon schwerer zu verdrängen, wenn man ein Auge hatte, das einen Tag für Tag darauf stieß. Das Problem war ganz plötzlich aufgetaucht. Man hatte ihr erklärt, daß ein Äderchen geplatzt sei und die Linsenhöhle sich mit Blut gefüllt habe.

Während sie sich die Hände wusch, warf sie einen Blick in den Spiegel. Die einsame Deckenlampe schmeichelte ihr, wie sie fand; sie gab ihrem Teint mehr Farbe, als er wirklich hatte. Sie betrachtete ihre Nase. Zu klein für den Rest des Gesichts. Und dann die Augen: Sie waren an den äußeren Winkeln unnatürlich nach oben gebogen, als hätte sie das Haar zu straff zurückgezogen. Anschließend versuchte sie, sich im Ganzen zu betrachten, ohne den Akzent auf einen bestimmten Teil des Gesichts zu legen. War sie wirklich so attraktiv, wie die Leute immer sagten? Sie war sich nie hübsch vorgekommen. Oft glaubte sie, jeder könnte ihr auf den ersten Blick ansehen, daß sie Diabetes hatte – ein gravierender Makel, der ihr in Leuchtbuchstaben quer über der Stirn geschrieben stand.

Allerdings war das nicht immer so gewesen. In der High-School hatte sie das Problem auf einen kleinen Teil ihres Lebens zu reduzieren versucht, etwas, das sich in einem Fach verschließen und vergessen ließ. Obwohl sie ihre Medizin nahm und Diät hielt, wollte sie nicht darüber nachdenken.

Verständlicherweise fanden ihre Eltern, besonders die Mutter, diese Einstellung besorgniserregend. Sie waren der Meinung, daß Cassi nur dann fähig sein würde, die Disziplin aufzubringen, die sie brauchte, um zu überleben, wenn sie ihren Alltag ganz auf die Krankheit abstimmte. So jedenfalls hätte Mrs. Cassidy gehandelt.

Kurz vor dem Abitur begann die Krise sich zuzuspitzen.

Cassi kam völlig außer sich vor Freude und Aufregung nach Hause. Die Abiturfeier sollte in dem vornehmen örtlichen Country Club abgehalten werden. Nach einem Frühstück in der Schule sollte die ganze Klasse nach New Jersey fahren und den Rest des Wochenendes am Meer verbringen.

Völlig unerwartet war Cassi von Tim Bartholomew, einem der begehrtesten Jungen an der Schule, zum Abiturball eingeladen worden. Er hatte sich schon vorher ein paarmal mit ihr unterhalten, weil sie beide Physik als Wahlfach betrieben; er hatte sie aber nie zum Ausgehen eingeladen, so daß die Einladung ganz überraschend kam. Die Vorstellung, mit einem so umschwärmten Jungen zum größten gesellschaftlichen Ereignis des Jahres zu gehen, war fast mehr, als Cassi ertragen konnte.

Cassis Vater erfuhr die große Neuigkeit als erster. Als eher verknöcherter Geologieprofessor an der Columbia University konnte er ihre Begeisterung nur teilweise nachvollziehen, freute sich aber, daß sie so glücklich war.

Ihre Mutter brachte weniger Enthusiasmus auf. Sie erlaubte ihr zwar die Teilnahme an den Feierlichkeiten, verlangte aber, daß sie anschließend nach Hause kam, statt zu dem Frühstück zu gehen.

»Bei solchen Gelegenheiten ist die Küche nicht auf Diabetiker abgestimmt«, sagte sie, »und was das Wochenende an der Küste und den Ball betrifft, so kommt das schon auf gar keinen Fall in Frage!«

Da sie mit einer so ablehnenden Reaktion nicht im mindesten gerechnet hatte, brach Cassi in Tränen aus. Schluchzend wies sie darauf hin, daß sie immer ihre Medizin genommen und ihre Diät eingehalten habe; niemand könne ihr das Recht streitig machen, so wie alle anderen auch an der Feier teilzunehmen.

Doch Mrs. Cassidy blieb hart wie Stein und erklärte ihrer Tochter, daß sie nur um ihr Wohlergehen besorgt sei. Dann fügte sie hinzu, Cassi müsse sich an die Tatsache gewöhnen, daß sie nicht normal sei.

Cassi schrie, daß sie sich sehr wohl als normal empfinde, worauf ihre Mutter sie an den Schultern packte und erbarmungslos sagte: »Cassi, du hast ein chronisches Leiden, das dich bis an dein Lebensende begleiten wird, und je eher du diese Tatsache akzeptierst, desto besser für dich.«

Cassi flüchtete in ihr Zimmer und verschloß die Tür. Bis zum nächsten Tag weigerte sie sich, mit irgend jemand zu sprechen. Als sie ihr Schweigen endlich brach, geschah es nur, um ihre Mutter darüber zu informieren, daß sie Tim angerufen und ihm erklärt hätte, warum sie seine Einladung zum Ball nicht annehmen könne, nämlich weil sie krank sei. Sie sagte, Tim sei ganz überrascht gewesen, weil er nicht gewußt hätte, daß sie Diabetikerin sei.

Und jetzt stand sie in der Toilette des Boston Memorial, starrte ihr Spiegelbild an und kehrte langsam in die Gegenwart zurück. Sie fragte sich, bis zu welchem Grad sie ihr Leiden geistig wirklich verarbeitet hatte. Oh, natürlich wußte sie inzwischen eine Menge darüber, kannte Zahlen und Zitate. Aber war dieses Wissen das Opfer wert gewesen? Die Antwort darauf fiel ihr nicht leicht; vielleicht würde es nie eine geben.

Sie seufzte. Ihr Haar war ein einziges Durcheinander. Sie nahm die Kämme und Nadeln heraus und schüttelte den Kopf. Dann strich sie es mit geübten Händen zurück und steckte es wieder hoch. Als sie die Toilette verließ, fühlte sie sich etwas frischer.

Die wenigen Dinge, die sie für die Übernachtung im Krankenhaus benötigt hatte, paßten leicht in ihre Schultertasche aus beigem Leinen, obwohl darin bereits ein ganzer Stapel fotokopierter medizinischer Artikel lag. Die Tasche stammte noch aus ihrer Studienzeit; sie war schmutzig und an einigen Stellen schon fast durchscheinend, aber trotzdem – oder gerade deshalb – hing sie daran wie an einem alten Freund. Auf einer der beiden Seiten prangte ein großes rotes Herz. Zwar hatte sie zum Medizinexamen einen Aktenkoffer geschenkt bekommen, aber sie zog die Leinentasche vor. Der Aktenkoffer schien ihr zu großspurig. Außerdem ging in die Tasche mehr hinein.

Cassi warf einen Blick auf die Uhr. Es war halb sechs, genau die richtige Zeit. Sie wußte, daß Thomas jetzt gerade die letzten Patienten empfing. Das Schöne an ihrem Job in der Psychiatrie war die regelmäßige Arbeitszeit. In der Pathologie oder auf den Stationen wurde im allgemeinen nicht vor halb sieben oder sieben Schluß gemacht, manchmal arbeitete man sogar bis acht oder halb neun. In der Psychiatrie konnte sie davon ausgehen, nach der Nachmittagskonferenz von vier bis fünf fertig zu sein, vorausgesetzt, sie hatte keinen Bereitschaftsdienst.

Sie trat auf den Korridor und wunderte sich, daß er so leer war, bis ihr einfiel, daß gerade das Abendessen serviert wurde.

Als sie am Gemeinschaftsraum vorbeiging, konnte sie die Patienten vor dem Fernsehapparat sitzen sehen, das Tablett auf dem Schoß. In ihrem winzigen Büro sammelte sie die Krankenblätter ein, mit denen sie sich am Nachmittag beschäftigt hatte. Es waren nur vier, darunter das von Colonel Bentworth, denn mehr Patienten waren ihr noch nicht zugeteilt worden. Für jeden hatte sie fein säuberlich eine Karteikarte mit Auszügen aus den Krankenblättern angelegt.

Mit den Krankenblättern im Arm und der Leinentasche über der Schulter begab sie sich zum Schwesternzimmer. Joel Hartmann, der diese Nacht Bereitschaftsdienst hatte, saß auf dem Schreibtisch und plauderte mit zwei Stationsschwestern. Cassi ordnete die Krankenblätter wieder ein und wünschte allen einen schönen Abend. Joel wünschte ihr ein schönes Wochenende, und sie solle sich keine Sorgen machen, denn bis Montag hätte er ihre Patienten alle geheilt.

Als sie zum ersten Stock hinunterging, spürte sie, wie ihre Anspannung nachließ. Die erste Woche in der Psychiatrie war anstrengend und mühsam gewesen – nichts, was sie gern noch einmal erlebt hätte.

Sie nahm den Fußweg zum Behandlungsgebäude und fuhr dort in den dritten Stock hinauf, wo Thomas sein Büro hatte. Auf der polierten Eichenholztür stand in schimmernden Messingbuchstaben DR. THOMAS KINGSLEY, HERZ- UND BRUSTCHIRURGIE. Stolz wallte in ihr auf.

Das Wartezimmer war geschmackvoll mit Chippendale-Reproduktionen möbliert. An den blau tapezierten Wänden hingen Originalgemälde zeitgenössischer Künstler. Die Tür zum Sprechzimmer wurde von einem Mahagonischreibtisch bewacht, an dem Doris Stratford, Thomas Kingsleys Sprechstundenhilfe, Dienst tat. Als Cassi eintrat, blickte sie kurz von ihrer Schreibmaschine auf, tippte aber sofort weiter, als sie sah, um wen es sich handelte.

Cassi trat an den Schreibtisch. »Wie geht's Thomas?«

»Gut«, sagte Doris, ohne aufzublicken.

Doris sah Cassi niemals in die Augen. Aber im Lauf der Jahre hatte Cassi sich damit abgefunden, daß ihre Krankheit manche Menschen verunsicherte. Doris war offensichtlich einer davon.

»Würden Sie ihm bitte sagen, daß ich da bin?« bat Cassi.

Kurz streiften die braunen Augen der Sprechstundenhilfe über Cassis Kinnpartie, wobei ihre Miene einen Anflug von Gereiztheit bekam. Nicht genug, daß Cassi Anlaß gehabt hätte, sich zu beschweren, aber doch ausreichend, um erkennen zu lassen, daß Doris die Unterbrechung als störend empfand. Statt zu antworten, drückte Doris auf den Knopf ihrer Gegensprechanlage und verkündete, daß Dr. Kingsley-Cassidy eingetroffen sei. Dann beugte sie sich sofort wieder über ihre Schreibmaschine.

Cassi setzte sich auf die rosafarbene Couch und holte die fotokopierten Artikel über Grenzfälle der Verhaltenspsychologie aus ihrer Tasche. Sie dachte nicht daran, sich von Doris irritieren zu lassen. Sie begann zu lesen, überraschte sich aber immer wieder dabei, wie sie der Sprechstundenhilfe über den Rand der Bogen hinweg kritische Blicke zuwarf.

Sie fragte sich, warum Thomas sie behielt. Gut, sie war vielleicht tüchtig, aber offenbar auch launisch und reizbar – kaum die Eigenschaften, die sich ein Arzt in seiner Praxis wünschen konnte. Sie war vorzeigbar, aber nicht übermäßig attraktiv. Sie hatte ein breites Gesicht mit derben Zügen und mausgraues Haar, das im Nacken zu einem Knoten gerafft war. Allerdings hatte sie eine gute Figur, wie Cassi zugeben mußte.

Cassi widmete sich wieder ihrer Lektüre und zwang sich zur Konzentration.

Über die polierte Platte seines fast leeren Schreibtisches hinweg musterte Thomas seinen letzten Patienten für heute, einen zweiundfünfzigjährigen Rechtsanwalt namens Herbert Lowell. Er hatte Mr. Lowell bereits mehrmals untersucht und sich auch ausführlich mit den Coronararteriogrammen beschäftigt, die unter der Aufsicht von Lowells Kardiologen, Dr. Whiting, entstanden waren. Für ihn lag die Sache klar auf der Hand. Mr. Lowell litt unter Angina pectoris, hatte kürzlich eine kleinere Herzattacke gehabt, und seine Blutzirkulation war beeinträchtigt. Er mußte dringend operiert werden, und das hatte Thomas ihm auch mitgeteilt.

Aber Mr. Lowell zögerte noch. »Es ist eine so endgültige Entscheidung«, sagte er.

»Aber dennoch eine Entscheidung, die getroffen werden muß«, sagte Thomas, stand auf und schloß Mr. Lowells Akte. »Unglücklicherweise stehe ich unter Zeitdruck. Sollten Sie noch Fragen haben, können Sie mich ja anrufen.« Thomas ging zur Tür wie ein gewiefter Geschäftsmann, der zu verstehen geben will, daß er die Verhandlungen als abgeschlossen betrachtet.

»Wäre es nicht ratsam, vielleicht noch eine zweite Meinung einzuholen?« fragte Mr. Lowell zögernd.

»Mr. Lowell«, sagte Thomas, »Sie können so viele Meinungen einholen, wie Sie wollen. Ich werde Sie mit meinen Untersuchungsergebnissen an Dr. Whiting zurücküberweisen, und Sie können die Sache dann mit ihm besprechen.« Er öffnete die Tür zum Wartezimmer. »Tatsächlich möchte ich Ihnen sogar empfehlen, noch einen weiteren Chirurgen zu befragen, denn ich arbeite nicht gern gegen, sondern mit meinen Patienten. Wenn Sie mich jetzt bitte entschuldigen würden.«

Damit schloß er die Tür hinter Mr. Lowell, überzeugt, daß der Anwalt den notwendigen Eingriff vornehmen lassen würde. Er setzte sich wieder an seinen Schreibtisch und suchte das Material zusammen, das er für die morgige Große Konferenz benötigte, ehe er die Briefe zu unterzeichnen begann, die Doris ihm hingelegt hatte.

Als er mit der abgezeichneten Korrespondenz hinausging, war er nicht im geringsten überrascht, Mr. Lowell noch im Wartezimmer vorzufinden. Er bedachte Cassi mit einem knappen Nicken, dann wandte er sich seinem Patienten zu.

»Dr. Kingsley, ich habe beschlossen, die Operation durchführen zu lassen.«

»Sehr gut. Wenn Sie Miss Stratford nächste Woche anrufen, wird sie Ihnen einen Termin geben.«

Mr. Lowell bedankte sich bei Thomas und ging, wobei er leise die Tür hinter sich schloß.

Cassi hielt ihre Berichte in der Hand, als sei sie mit der Lektüre beschäftigt, in Wirklichkeit aber beobachtete sie ihren Mann, der mit Doris zusammen einige Notizen durchging. Es war ihr nicht entgangen, wie geschickt er Mr. Lowell behandelt hatte. Nie schien er zu zögern. Er wußte, was getan werden mußte, und tat es. Von jeher hatte sie seine Fassung bewundert, eine Eigenschaft, die ihr völlig abging, wie sie fand. Sie lächelte, als ihre Augen die scharfen Konturen seines Profils nachzeichneten, über sein sandfarbenes Haar strichen und seinen athletischen Körper verschlangen. Sie fand ihn außergewöhnlich attraktiv.

Nach den Fährnissen des Tages oder, genauer, der ganzen Woche wäre sie am liebsten auf ihn zugestürzt, um sich an ihn zu schmiegen, aber sie spürte instinktiv, daß er von einem solchen Gefühlsausbruch jetzt nicht gerade begeistert wäre, schon gar nicht in Anwesenheit von Doris. Und sie wußte, daß er recht hatte. Das Büro war für ein derartiges Verhalten nicht der geeignete Ort. Statt dessen schob sie die Berichte wieder in die Mappe und die Mappe zurück in die Leinentasche.

Thomas beendete seine Instruktionen, wartete aber noch, bis sich die Tür des Sprechzimmers hinter ihnen geschlossen hatte, ehe er sich ihr zuwandte.

»Ich muß noch auf die Intensivstation«, sagte er ausdruckslos. »Du kannst mich begleiten oder im Foyer warten, das überlasse ich dir. Es wird nicht lange dauern.«

»Ich begleite dich«, sagte Cassi. Sie merkte bereits, daß er keinen leichten Tag gehabt hatte, und ging etwas schneller, um mit ihm Schritt zu halten.

»Gab es Schwierigkeiten bei den Operationen heute?« fragte sie vorsichtig.

»Nicht die geringsten.«

Cassi beschloß, nicht weiter in ihn zu dringen. Es war ohnehin schwierig, sich miteinander zu unterhalten, während sie sich zum Scherington-Gebäude durchschlängelten. Davon abgesehen wußte sie aus Erfahrung, daß es besser war, wenn Thomas von sich aus zu erzählen begann, vor allem, wenn ihn etwas aufgeregt hatte.

Im Fahrstuhl hielt er seine Augen unverwandt auf die Stockwerkanzeige gerichtet. Er wirkte verkrampft und geistesabwesend.

»Ich freue mich schon darauf, wenn wir heute abend zu Hause sind«, sagte Cassi. »Endlich mal wieder ausschlafen.«

»Deine Verrückten haben dich letzte Nacht wohl nicht zur Ruhe kommen lassen?«

»Bitte, Thomas, fang jetzt bloß nicht mit deinen Chirurgenansichten über Psychiatrie an«, sagte Cassi.

Er antwortete nicht, dafür geisterte ein ironisches Lächeln über sein Gesicht, und er schien sich etwas zu entspannen.

Im siebzehnten Stock stiegen sie aus. Trotz all der Jahre, die Cassi bereits in Krankenhäusern verbracht hatte, spürte sie immer wieder das gleiche Unbehagen, wenn sie über den Operationsflur ging. Es war nicht direkt Angst, aber auch nicht weit davon entfernt. Hier hatte sie immer das Gefühl, in eine permanente Krise hineinzugeraten, und dieses Gefühl unterlief das mühsam ausgeklügelte System, das sie entwickelt hatte, um sich nicht mit der eigentlichen Bedeutung ihres Leidens auseinandersetzen zu müssen. Seltsamerweise erging es ihr nicht so, wenn sie einen ihrer Kollegen in den Stationen besuchte, wo sie unweigerlich auf Patienten mit diabetesbedingten Komplikationen stieß.

Als Cassi und Thomas sich der Intensivstation näherten, wurde der Arzt von mehreren der wartenden Verwandten erkannt. Sofort drängten sie sich um ihn wie um einen Filmstar oder einen Sänger. Eine alte Frau berührte sein Gewand, als wäre er ein Gott in Menschengestalt. Thomas ließ sich nicht aus der Fassung bringen; er beantwortete ihre Fragen, erklärte, daß alle Operationen zufriedenstellend verlaufen seien und daß sie sich wegen weiterer Auskünfte an das Pflegepersonal halten müßten. Mit einiger Mühe gelang es ihm schließlich, sich zu befreien und in die Intensivstation zu flüchten, wohin ihm außer Cassi niemand zu folgen wagte.

Der Anblick der zahlreichen Maschinen, Monitore und Verbände verstärkte Cassis unausgesprochene Ängste. Und tatsächlich sah es so aus, als hätte man die Patienten inmitten all der Überwachungsgeräte völlig vergessen. Die Ärzte und Schwestern schienen sich in erster Linie ihren Geräten zu widmen.

Thomas ging von Bett zu Bett. Auf der Intensivstation hatte jeder Patient seine eigene, speziell ausgebildete Schwester, mit der Thomas sich unterhielt, ohne dem Patienten selbst mehr als einen flüchtigen Blick zu gönnen, es sei denn, die Schwester wies ihn auf irgendeine Anomalie hin. Er studierte die Lebenszeichen, soweit sie auf Registrierpapier festgehalten worden waren, überprüfte den Flüssigkeitsausgleich, hielt Röntgenbilder gegen die Lampe an der Decke und informierte sich über die Blutgaswerte. Cassi wußte genug, um zu wissen, was sie alles nicht wußte.

Wie Thomas versprochen hatte, brauchte er nicht lange. Keiner seiner Patienten bereitete Probleme, und selbst wenn, unter Larry Owens Oberkommando würde das Personal mit ihnen fertig werden. Als Thomas und Cassi wieder vor der Intensivstation auftauchten, stürzten sich die Verwandten neuerlich auf ihn. Er bedauerte, ihnen nicht mehr Zeit widmen zu können, betonte aber noch einmal, daß es allen gut ginge.

»Ist es nicht sehr erhebend, soviel Anteilnahme und Dankbarkeit zu erleben?« fragte Cassi, als sie zurück zum Fahrstuhl gingen.

Thomas antwortete nicht sofort. Bei Cassis Bemerkung war ihm wieder das Vergnügen eingefallen, das ihm die Nazzaros vor Jahren mit ihrer Freude bereitet hatten. Ihre Dankbarkeit hatte ihm noch etwas bedeutet. Dann dachte er an die Tochter von Mr. Campbell und warf einen Blick über die Schulter, weil er sie eben überhaupt nicht bemerkt hatte.

»Ach ja, natürlich ist es nett, daß die Verwandten Anteil nehmen«, antwortete er schließlich ohne große Begeisterung. »Aber so wichtig ist es auch wieder nicht. Es hat jedenfalls nichts damit zu tun, weswegen ich operiere.«

»Natürlich nicht«, sagte Cassi. »Das wollte ich auch nicht unterstellen.«

Der Aufzug hielt, und sie stiegen ein.

»Das Dumme dabei ist«, fuhr Thomas fort, »jetzt bin ich der Lehrer.«

Cassi blickte auf. Zu ihrer Überraschung hatte seine Stimme eine gänzlich unerwartete Wehmut, die sie bei ihm nicht kannte. Sie betrachtete ihn genauer und stellte fest, daß er träumend ins Leere starrte.

Thomas ließ seine Gedanken zurückwandern zu seiner Anfangszeit in der Brustchirurgie, als alles noch neu, abenteuerlich und ungeheuer aufregend gewesen war. Er wußte noch, daß er drei Jahre lang praktisch nur in der Klinik gelebt und sein düsteres Zweizimmerappartement lediglich aufgesucht hatte, um ein paar Stunden zu schlafen. Um aus der Masse der anderen Ärzte herauszuragen, hatte er härter gearbeitet, als er es je für möglich gehalten hätte. Und tatsächlich war er am

Ende Oberarzt geworden und hatte damit in gewisser Weise, aus heutiger Sicht betrachtet, die Krönung seiner Karriere erfahren. Es war ihm gelungen, sich an die Spitze einer Gruppe hochtalentierter junger Ärzte zu setzen, von denen jeder genauso ehrgeizig und engagiert war wie er selbst. Nie würde er den Augenblick vergessen, in dem jeder seiner Kollegen einzeln auf ihn zugetreten war, um ihm zu gratulieren. Es konnte kein Zweifel daran bestehen, daß die Arbeit und das Leben im allgemeinen damals einfach mehr Spaß gemacht hatten. Dankbare Verwandte waren nett, konnten jene Zeit aber auf keinen Fall ersetzen.

Als Cassi und Thomas das Krankenhaus verließen, traf sie der feuchte Bostoner Abend wie ein Schlag ins Gesicht. Es regnete in Strömen, Windstöße peitschten das Wasser über die Straße. Um Viertel nach sechs war es bereits dunkel. Allein die tief dahintreibenden Wolken mit dem schwachen Widerschein der Lichter der Stadt spendeten etwas Helligkeit. Cassi legte Thomas den Arm um die Hüfte, und gemeinsam rannten sie auf die nahe Parkgarage zu.

Sobald sie Schutz gefunden hatten, stampften sie sich die Nässe von den Füßen und stiegen die Rampe hinauf. Der feuchte Zement hatte eine überraschend scharfe Ausdünstung. Thomas benahm sich noch immer nicht wie sonst, und Cassi überlegte, was ihm wohl durch den Kopf gehen mochte. Sie wurde das unangenehme Gefühl nicht los, daß es etwas mit ihr zu tun hatte. Aber sie konnte sich nicht vorstellen, was. Seit sie Donnerstagmorgen zusammen in die Klinik gefahren waren, hatten sie sich nicht mehr gesehen, und damals war noch alles in Ordnung gewesen.

»Hat die Operation letzte Nacht dich sehr angestrengt?« erkundigte sie sich.

»Ja, wahrscheinlich. Ich habe nicht darüber nachgedacht.«

»Und deine Fälle? Alles in Ordnung?«

»Ich habe dir gesagt, daß alles in Ordnung ist«, sagte Thomas. »Tatsächlich hätte ich sogar noch einen weiteren Eingriff durchführen können, wenn man mir mehr OP-Zeit zugestanden hätte. Ich habe drei Fälle in der gleichen Zeit behandelt, in der George Sherman gerade zwei schafft und Ballantine, unser furchtloser Chef, maximal einen.«

»Klingt, als solltest du dich darüber freuen«, sagte Cassi.

Vor einem anthrazitfarbenen Porsche 928 mit Metalliclackierung blieben sie stehen. Thomas zögerte und warf Cassi über das Wagendach einen Blick zu. »Ich freue mich aber nicht. Wie üblich bin ich wieder mit zahllosen Kleinigkeiten behelligt worden, die mir die Arbeit erschweren. Mit dem Memorial wird es immer schlimmer, statt besser. Langsam reicht's mir wirklich. Zu allem Überfluß hat man mich heute auf der Nachmittagskonferenz auch noch darüber informiert, daß ich pro Woche auf vier Fälle verzichten muß, damit George Sherman mehr OP-Zeit für seine gottverdammten Lehrfälle bekommt. Dabei haben sie nicht einmal genug Lehrfälle, um die Zeit auszufüllen, die sie jetzt schon beanspruchen, auch ohne daß sie Patienten in die Klinik holen, die einfach kein Anrecht auf den kostbaren Platz haben.«

Er sperrte den Schlag auf, stieg ein und langte hinüber, um Cassi die Tür zu öffnen.

»Außerdem habe ich das Gefühl, daß im Memorial noch etwas anderes vorgeht«, fuhr er fort und startete den Wagen. »Irgend etwas zwischen George und Norman Ballantine. Gott, wie mich das alles anödet!«

Er gab Gas, rammte den Rückwärtsgang ins Getriebe, schoß zurück und dann mit quietschenden Reifen wieder nach vorn. Cassi mußte sich am Armaturenbrett festhalten, um nicht die Balance zu verlieren. Als er anhielt, um seine Karte in den Schlitz für das automatische Tor zu schieben, griff sie hinter sich und legte ihren Sicherheitsgurt an. »Thomas, du solltest dich ebenfalls anschnallen«, sagte sie.

»Um Himmels willen«, schrie Thomas. »Hör auf, an mir herumzunörgeln.«

»Entschuldige«, sagte Cassi rasch in der Überzeugung, daß sie in gewisser Weise an der schlechten Laune ihres Mannes mitschuldig war.

Thomas fuhr wie ein Berserker, schnitt andere Fahrzeuge, setzte zu wahnwitzigen Überholmanövern an. Cassi hielt den Mund, um ihn nicht noch mehr zu verärgern. Sobald sie die Stadt hinter sich hatten, wurde der Verkehr dünner. Obwohl Thomas immer noch mindestens hundert fuhr, ließ Cassis Anspannung nach.

»Es tut mir leid, daß ich dir auf die Nerven gegangen bin, besonders nachdem du so einen harten Tag hattest«, sagte sie schließlich.

Thomas antwortete nicht, aber sein Gesicht verlor etwas von seiner Härte, und die Hände packten das Lenkrad nicht mehr ganz so fest. Ein paarmal setzte Cassi zu der Frage an, ob sie für seine schlechte Laune verantwortlich sei, konnte aber die richtigen Worte nicht finden. Eine Zeitlang blickte sie einfach auf die regennasse Fahrbahn, die ihnen entgegenschoß. »Habe ich etwas getan, weswegen du mir böse bist?« fragte sie zu guter Letzt.

»Das hast du in der Tat«, schnappte er.

Einige Minuten fuhren sie schweigend. Cassi wußte, daß er früher oder später mit der Sprache herausrücken würde.

»Es sieht so aus, als wäre Larry Owen bestens über unsere medizinischen Privatangelegenheiten informiert«, sagte Thomas schließlich.

»Es ist kein Geheimnis, daß ich an Diabetes leide«, wandte Cassi ein.

»Es ist kein Geheimnis, weil du es jedem auf die Nase bindest«, sagte Thomas. »Ich finde, je weniger die Leute wissen, desto besser. Ich hasse es, im Mittelpunkt von Klatschgeschichten zu stehen.«

Cassi konnte sich nicht erinnern, mit Larry Owen über ihren Gesundheitszustand gesprochen zu haben, aber darum ging es natürlich auch nicht. Sie hatte mehreren Leuten von ihrer Krankheit erzählt, unter anderem erst heute mittag Joan Widiker. Thomas schien, wie ihre Mutter, der Ansicht zu sein, daß ihre Diabetes kein Thema war, nicht einmal im Gespräch mit Freunden.

Sie warf ihm einen Seitenblick zu. Die Scheinwerferstrahlen der Wagen auf der Gegenfahrbahn streiften über sein Gesicht, doch seine Miene ließ sich nicht deuten.

»Ich schätze, ich habe einfach nie darüber nachgedacht, daß es uns vielleicht schaden könnte, wenn ich mit jemand darüber spreche«, sagte sie. »Es tut mir leid. Ich werde besser aufpassen.«

»Du weißt ja, wie schnell sich solcher Klatsch in einer Klinik verbreitet«, meinte Thomas. »Am besten gibt man niemand einen Anlaß, sich das Maul über einen zu zerreißen. Larry war nicht nur über deine Zuckerkrankheit informiert, sondern auch darüber, daß du dich vielleicht einer Augenoperation unterziehen mußt. Er sagte, er hätte es von deinem Freund Robert Seibert gehört.«

Jetzt verstand Cassi. Sie wußte doch, daß sie Larry Owen gegenüber kein Wort hatte verlauten lassen. »Mit Robert habe ich in der Tat darüber gesprochen«, gab sie zu. »Es schien mir nur natürlich. Wir kennen uns jetzt schon so lange, und er hat mir auch von seiner eigenen Operation erzählt. Er muß sich zwei eingeklemmte Weisheitszähne ziehen lassen, und weil er zu Gelenkrheumatismus neigt, muß er stationär behandelt und intravenös mit Antibiotika versorgt werden.«

Sie bogen in Richtung Norden von der Route 128 ab und hielten auf den Ozean zu. Eine Nebelbank lag auf der Straße, und Thomas fuhr langsamer.

»Ich bin trotzdem der Meinung, daß man über solche Punkte nicht sprechen sollte«, sagte Thomas und kniff die Augen zusammen, als könnte er so den Nebel besser durchdringen. »Vor allem nicht mit jemand wie Robert Seibert. Es geht mir sowieso über den Horizont, wie du einen Mann tolerieren kannst, der sich so offen zu seinen homosexuellen Neigungen bekennt.«

»Über diese Neigungen haben wir noch nie ein Wort verloren«, sagte Cassi scharf.

»Ich frage mich, wie es euch gelungen ist, das Thema zu vermeiden.«

»Robert ist ein sensibler, intelligenter Mensch und ein verdammt guter Pathologe.«

»Ich wußte doch, daß er zum Ausgleich auch die eine oder andere gute Eigenschaft haben mußte«, sagte Thomas und war sich darüber im klaren, daß er seine Frau quälte.

Cassi schluckte die Antwort hinunter. Sie wußte, daß Thomas wütend war und sie zu provozieren versuchte. Sie wußte auch, daß die Situation nicht gerade entschärft wurde, wenn sie jetzt auch noch die Geduld verlor. Nach einem kurzen Schweigen streckte sie die Hand aus und massierte Thomas den Hals. Anfangs blieb er steif, aber nach ein paar Minuten spürte sie, wie er sich lockerte.

»Es tut mir leid, daß ich mit jemand über meine Diabetes gesprochen habe«, sagte sie, »und es tut mir leid, daß ich über den Zustand meines Auges gesprochen habe. Okay?«

Während sie ihm weiter den Hals massierte, starrte sie blicklos aus dem Fenster. Voll kalter Furcht fragte sie sich, ob Thomas vielleicht ihres Leidens müde war. Vielleicht hatte sie sich zu oft beklagt, vor allem in der chaotischen Zeit, in der sie von der Pathologie zur Psychiatrie gewechselt war. Jetzt, wo sie darüber nachdachte, mußte Cassi zugeben, daß Thomas sich in den letzten Monaten etwas von ihr zurückgezogen hatte, daß er weniger Toleranz und mehr Impulsivität an den Tag legte. Sie schwor sich, nicht mehr soviel über ihr Leiden zu sprechen. Sie wußte besser als jede andere, unter welchen

Druck Thomas sich selbst setzte, und sie wollte es nicht noch schlimmer machen.

Während sie ihre Hand weiter seinen Hals hinaufwandern ließ, überlegte sie, daß es vielleicht klüger war, das Thema zu wechseln. »Hat irgend jemand etwas zu dir gesagt, weil du drei Operationen vornimmst, während die anderen nur eine oder zwei durchführen?«

»Nein. Es ist immer dasselbe. Niemand kann etwas sagen, weil es niemand gibt, an dem ich mich messen könnte.«

»Wie wär's, wenn du dich am Besten weit und breit messen würdest: an dir selbst!« sagte Cassi lächelnd.

»O nein!« rief Thomas. »Bitte, komm mir jetzt nicht mit deiner Pseudopsychologie.«

»Ist Konkurrenz denn an einem solchen Punkt noch von Bedeutung? Reicht es nicht, die Befriedigung zu haben, daß man Menschen wieder zu einem aktiven Leben verhilft?«

»Es ist kein schlechtes Gefühl«, gab Thomas zu. »Aber es verhilft mir nicht zu mehr Betten oder OP-Zeit, obwohl die Patienten, die ich vorschlage, vom körperlichen Zustand wie auch unter soziologischen Aspekten diejenigen sind, die beides am nötigsten brauchen. Ihre Dankbarkeit wird mich nicht einmal zum Direktor der Abteilung machen, wenn ich mir auch nicht klar darüber bin, ob ich den Posten überhaupt noch will. Um dir die Wahrheit zu sagen, nach einer Operation hält die Euphorie längst nicht mehr so lange an wie früher. In letzter Zeit habe ich häufig so ein Gefühl der Leere.«

Das Wort Leere erinnerte Cassi an etwas. War es ein Traum gewesen? Sie blickte sich im Inneren des Wagens um, nahm den charakteristischen Geruch des Leders auf, lauschte dem rhythmischen Klappen der Scheibenwischer und ließ ihre Gedanken schweifen. Was war das für eine Assoziation gewesen? Dann fiel es ihr ein – »Leere« war das Wort, mit dem Colonel Bentworth sein Leben in den letzten Jahren zu beschreiben versucht hatte. Wütend und leer, das hatte er gesagt.

Sie ließen den kahlen Wald hinter sich, rechts und links zogen Salzdünen vorbei. Durch die regennasse Windschutzscheibe gewann Cassi flüchtige Eindrücke von der düsteren Novemberlandschaft. Der Herbst war vorüber, der Regen hatte das letzte farbige Aufflammen von den nackten Ästen der Bäume gewischt. Der Winter stand vor der Tür; die feuchtkalten Nächte der letzten Wochen hatten ihn bereits ahnen lassen.

Sie folgten der letzten Kurve, donnerten über eine Holzbrücke und die Zufahrt zu ihrem Grundstück hinauf. Im Licht der tanzenden Scheinwerferkegel konnte Cassi die Konturen ihres Hauses erkennen. Es war um die Jahrhundertwende erbaut worden und ursprünglich nur als Sommerhaus einer reichen Bostoner Familie gedacht gewesen. In den vierziger Jahren hatte sein damaliger Besitzer es winterfest herrichten lassen, ohne etwas an dem für Neuengland typischen Stil zu verändern. Dank seiner unregelmäßigen Dachführung und der großzügigen Bauweise besaß es eine geradezu einzigartige Silhouette. Cassi liebte das Haus, im Sommer vielleicht etwas mehr als im Winter. Das Beste daran war die Lage. Es erhob sich direkt an einer kleinen Bucht mit Blick auf die See. Obwohl die Fahrt nach Boston fast vierzig Minuten dauerte, fand Cassi, daß der Weg sich lohnte.

Als sie die lange Zufahrt hinaufrollten, fiel ihr wieder ein, wie Thomas und sie sich während ihres Praktikums im Boston Memorial kennengelernt hatten. Eines Tages war er in ihrer Station aufgetaucht, im Schlepptau eine Gruppe von Ärzten, die wie junge Hunde hinter ihm herliefen, um sich einen Mann mit einer akuten Herzattacke anzusehen. Fasziniert hatte Cassi ihn beobachtet. Sie hatte schon von ihm gehört und war erstaunt, daß er so jung aussah. Sie fand ihn ungewöhnlich anziehend, wäre aber nie auf den Gedanken gekommen, daß jemand von solcher Bedeutung ihr einen zweiten Blick schenken könnte – es sei denn, um ihr eine verwirrende medizinische

Frage zu stellen. Wenn sie Thomas an jenem Tag ebenfalls aufgefallen war, so hatte er zumindest kein Wort darüber verloren.

Nachdem sie erst einmal in die Klinikgemeinschaft eingegliedert war, fand Cassi den Betrieb längst nicht so einschüchternd, wie sie anfangs befürchtet hatte. Sie arbeitete hart und stellte zu ihrer großen Überraschung fest, daß sie mit jedem gut auskam. Vorher hatte sie keine Zeit für Verabredungen gehabt, aber im Boston Memorial verschmolzen Arbeit und Gesellschaftsleben. Ungefähr die Hälfte des männlichen Personals verfolgte sie mit mehr oder weniger frivolen Anträgen, und wenig später gesellten sich sogar einige der jüngeren Fachärzte dazu, darunter ein gutaussehender Augenarzt, für den ein Nein einfach keine Antwort war. Cassi hatte noch niemand kennengelernt, der so zäh und dabei so ausschließlich auf eine Sache fixiert war, speziell wenn man sich vor seinem Kamin in Beacon Hill befand. Aber all das war mehr oder weniger harmlos gewesen, bis George Sherman sie um ein Rendezvous gebeten hatte. Ohne große Ermutigung von ihrer Seite schickte er ihr Blumen, kleine Präsente und bat sie schließlich, aus heiterem Himmel, um ihre Hand.

Sie gab ihm nicht sofort einen Korb. Sie mochte ihn gern, wenn sie auch nicht glaubte, daß jemals Liebe daraus werden könnte. Während sie noch überlegte, wie sie sich am besten aus der Affäre zog, geschah etwas, das sie noch viel weniger erwartet hatte: Thomas Kingsley bat sie ebenfalls um ein Rendezvous.

Cassi erinnerte sich noch genau der tiefen Erregung, die sie in Thomas' Gegenwart empfunden hatte. Er strahlte eine Selbstsicherheit aus, die andere vielleicht einfach als Arroganz bezeichnet hätten. Aber nicht Cassi. Sie spürte, daß er einfach wußte, was er wollte, und Entscheidungen daher auch schneller als jeder andere zu treffen vermochte. Als sie zu Beginn ihrer Beziehung einmal über ihre Diabetes zu sprechen versuchte, winkte er ab und ließ ihr das Leiden wie ein Problem aus der Vergangenheit erscheinen. Er gab ihr all das Selbstvertrauen, das ihr seit der dritten Klasse gefehlt hatte.

Es war Cassi ziemlich schwergefallen, George gegenüberzutreten und ihm zu sagen, daß sie nicht nur seinen Antrag ablehnen müsse, sondern auch noch die Frau seines Kollegen werden würde. George trug die Nachricht scheinbar mit Fassung und sagte, er wäre trotzdem gern weiterhin mit ihr befreundet. Wenn sie ihn später zufällig in der Klinik getroffen hatte, schien er sich jedesmal mehr Gedanken über ihr Glück als seinen Laufpaß zu machen.

Thomas war charmant, rücksichtsvoll und galant, ganz anders als sie ihn sich vorgestellt hatte. Der Klatsch wollte wissen, daß der Herzspezialist zu intensiven, aber kurzen Beziehungen neigte. Doch wenn er ihr auch nie ausdrücklich sagte, daß er sie liebte, so zeigte er es ihr doch ohne Unterlaß. Er nahm Cassi mit auf wichtige Visiten und holte sie in den OP, um ihr bestimmte Fälle vorzuführen. An ihrem ersten gemeinsamen Weihnachtsfest schenkte er ihr ein antikes Diamantcollier. Am darauffolgenden Silvesterabend bat er sie, seine Frau zu werden.

Cassi hatte nie beabsichtigt zu heiraten, während sie noch in der Ausbildung war. Aber Thomas Kingsley gehörte zu den Männern, auf die sie nicht einmal im Traum zu hoffen gewagt hätte. Vielleicht traf sie nie wieder jemanden wie ihn, und da er selbst Mediziner war, würde er ihr bei der Arbeit nicht hinderlich sein, daran glaubte sie fest. Sie sagte ja, und Thomas geriet ganz aus dem Häuschen.

Auf dem Rasen vor dem alten Haus mit Blick auf die See wurden sie getraut. Die meisten ihrer Kollegen waren eingeladen und bezeichneten es später als das gesellschaftliche Ereignis des Jahres. Cassi konnte sich noch an jeden Augenblick jenes herrlichen Frühlingstages erinnern. Der Himmel war schwachblau gewesen, nicht unähnlich den Augen ihres Mannes, die See schmiegte sich relativ ruhig in die Bucht, und die Wellen trugen kleine weiße Schaumkappen.

Der Hochzeitsempfang war gänzlich von einem Partyunternehmen ausgerichtet worden: Auf dem Rasen standen mehrere mittelalterlich wirkende Zelte, deren flatternde Fahnen alte Heraldiksymbole trugen. Cassi fühlte sich glücklicher als je zuvor in ihrem Leben, und Thomas platzte fast vor Stolz.

Als die letzten Gäste aufgebrochen waren, gingen Cassi und Thomas am Strand spazieren, ohne sich um die eisige Gischt zu kümmern, die über ihre Füße schwappte.

Sie verbrachten die Nacht im Ritz-Carlton in Boston, bevor sie in die Flitterwochen nach Europa flogen. Nach ihrer Rückkehr setzte Cassi ihr Studium fort, und nun hatte sie einen mächtigen Fürsprecher. Thomas half ihr, wo immer er konnte. Sie war von jeher eine gute Studentin gewesen, aber mit seiner Unterstützung und Ermutigung übertraf sie sich selbst in einem Ausmaß, wie sie es nie für möglich gehalten hätte. Auch jetzt noch ließ er sie gelegentlich in den OP kommen, um ihr besonders interessante Fälle vorzuführen, und als sie turnusmäßig in der Chirurgie volontierte, ließ er sie assistieren – eine Erfahrung, von der andere Studenten nur träumen konnten. Zwei Jahre später, als sie auf das Examen zusteuerte, bewarb die Pathologie sich um sie, nicht umgekehrt.

Zutiefst gerührt war sie an dem Wochenende nach ihrem Examen gewesen. Thomas wirkte schon den ganzen Vormittag in Gedanken versunken und abwesend, was Cassi auf einen komplizierten Fall zurückführte, einen Patienten, von dem er ihr am Vorabend beim Essen erzählt hatte und der im Lauf des Tages von außerhalb eingeflogen werden sollte. Er hatte sich dafür entschuldigt, daß es ihm wahrscheinlich nicht möglich sein würde, sie nach der überstandenen Prüfung zum Festessen zu begleiten, und obwohl sie einen leichten Stich der Enttäuschung fühlte, besaß sie volles Verständnis für seine Lage.

Während der Zeremonie war Thomas wie ein kleiner Junge

hinter ihr her zum Podium gelaufen und hatte mit seiner Blitzlichtkamera mindestens dreihundert Fotos gemacht. Anschließend, als Cassi damit rechnete, daß er nun sofort ins Krankenhaus zu seiner Operation müsse, führte er sie über den Rasen zu einem großen schwarzen Cadillac. Verwirrt stieg sie ein. Auf dem Rücksitz erwarteten sie zwei langstielige Gläser und eine eisgekühlte Flasche Dom Pérignon.

Wie in einem phantastischen Traum wurden sie zum Logan Airport gefahren, wo sie an Bord eines Pendelflugzeugs nach Nantucket eilten. Cassi versuchte zu protestieren, schließlich hatte sie nichts anzuziehen und mußte in jedem Fall zuerst nach Hause, aber Thomas versicherte ihr, daß er sich um alles gekümmert hätte, und so war es auch. Er zeigte ihr eine Tasche mit ihren Schminksachen, ihrer Medizin und einigen neuen Kleidern, darunter ein rosa Seidenkleid von Ted Lapidus, das erotischer wirkte als alles, was sie bisher gesehen hatte.

Sie blieben nur eine einzige Nacht fort, aber was für eine Nacht! Ihre Suite nahm fast das ganze obere Stockwerk in dem ehemaligen Landsitz eines Kapitäns ein, der nun in ein anheimelndes Gasthaus verwandelt worden war. Die Einrichtung war frühviktorianisch, mit entsprechenden Tapeten und einem riesigen Himmelbett. Es gab keinen Fernsehapparat und, noch wichtiger, kein Telefon. Cassi hatte das herrliche Gefühl, völlig isoliert und von aller Welt abgeschnitten zu sein.

Noch nie war sie so verliebt gewesen, und noch nie hatte Thomas sich so aufmerksam gezeigt. Sie verbrachten den Nachmittag damit, per Fahrrad auf malerischen Landstraßen entlangzugondeln und an der Küste spazierenzugehen. Zu Abend speisten sie in einem nahegelegenen französischen Restaurant. Ihr von Kerzenschein erhellter Tisch stand im Schutz einer Dachfensternische, von der aus man einen herrlichen Ausblick auf den Hafen von Nantucket hatte. Die Lichter der vor Anker liegenden Segelboote spiegelten sich auf dem Wasser wie das Funkeln edler Steine. Die Krönung des Abendessens war Cassis Examensgeschenk, das Thomas ihr zwischen Dessert und Kaffee überreichte. Es handelte sich um eine kleine, mit blauem Samt ausgeschlagene Schachtel, in der die schönste dreireihige Perlenkette lag, die für sie jemals das Licht der Welt erblickt hatte. Vorne wurde sie von einem großen Smaragd gesichert, der wiederum einen Kranz aus Diamanten trug. Als Thomas ihr die Kette umlegte, erklärte er, daß die Schließe ein altes Familienerbstück sei, das seine Urgroßmutter aus Europa mitgebracht hatte.

Später, in der Nacht, entdeckten sie, daß das imposante Himmelbett in ihrer Suite einen gravierenden Makel hatte: Es quietschte erbärmlich, wann immer sie sich bewegten. Sie ließen sich dadurch ihr Vergnügen aber nicht schmälern; im Gegenteil, sie brachen immer wieder in unkontrolliertes Gelächter aus, und Cassi hatte eine weitere wunderbare Erinnerung an dieses Wochenende.

Ihre Träumerei wurde abrupt unterbrochen, als Thomas den Porsche mit einem Ruck vor der Garage zum Stehen brachte. Er beugte sich an ihr vorbei, griff ins Handschuhfach und drückte den Knopf für das automatische Tor.

Der wie das Hauptgebäude mit verwitterten Schindeln gedeckte Garagenbau stand etwas abseits. Im oberen Geschoß befand sich eine kleine Wohnung, die ursprünglich für Dienstboten gedacht war, und in der jetzt Thomas' verwitwete Mutter, Patricia Kingsley, residierte. Am Tag nach der Hochzeit war sie vom Herrenhaus hierher umgezogen.

Der Porsche donnerte in die Garage, wo der Motor mit einem letzten Röhren den Geist aufgab. Cassi stieg vorsichtig aus, um nicht mit der Tür an ihren eigenen kleinen Chevy zu stoßen, der neben dem Porsche stand. Thomas liebte seinen Wagen fast so sehr wie seinen rechten Arm. Sie achtete auch darauf, die Tür nicht zu heftig zu schließen, obwohl sie daran gewöhnt war, Autotüren einfach zuzuknallen, was bei dem alten Ford Sedan ihrer Familie unumgänglich gewesen war. Zu lebhaft stand ihr vor Augen, wie aschbleich Thomas jedesmal wurde, wenn sie trotz seiner Belehrungen über das ausgeklügelte Innenleben des Porsche in ihre alte Gewohnheit zurückfiel.

»Wurde aber auch Zeit«, verkündete Harriet Summer, ihre Haushälterin, als sie in die Diele traten. Um ihr Mißvergnügen zu unterstreichen, achtete sie darauf, daß Cassi und Thomas nicht übersehen konnten, wie sie auf ihre Armbanduhr blickte. Harriet Summer hatte bereits für die Kingsleys gearbeitet, als Thomas noch gar nicht geboren war. Sie war die treue Dienerin der Familie, wie sie im Buche steht, und als solche wollte sie auch behandelt werden. Cassi hatte das sehr schnell gelernt.

»In einer halben Stunde steht das Essen auf dem Tisch. Wenn Sie nicht pünktlich sind, wird es kalt. Heute abend kommt meine Lieblingsshow im Fernsehen, Thomas, ich verschwinde also um halb neun, komme was da wolle.«

»Keine Sorge, wir sind pünktlich«, sagte Thomas und legte den Mantel ab.

»Und hängen Sie den Mantel auf den Bügel«, sagte Harriet. »Ich habe keine Lust, dauernd hinter Ihnen herzuräumen.«

Thomas tat wie geheißen.

»Wie geht's Mutter?« fragte Thomas.

»Es geht ihr, wie's ihr immer geht«, sagte Harriet. »Sie hatte ein gutes Mittagessen und wartet darauf, zum Abendessen herübergerufen zu werden, also sputen Sie sich!«

Thomas und Cassi gingen die Treppe zum ersten Stock hinauf. Wie immer wunderte Cassi sich über die Veränderung, die sie bei ihrem Mann beobachtet hatte. In der Klinik erschreckte er alle mit seiner herrischen, aggressiven Art, aber kaum hatten Harriet oder seine Mutter einen Auftrag für ihn, gehorchte er sofort wie ein braver Junge.

Oben angelangt, wandte Thomas sich seinem Arbeitszimmer zu und sagte: »Bis nachher.« Er wartete ihre Antwort gar nicht erst ab, was Cassi nicht sonderlich überraschte. Sie ging weiter, den Gang hinunter zu ihrem gemeinsamen Schlafzimmer. Sie wußte, wie sehr er sein Arbeitszimmer liebte, das fast identisch mit seinem Büro in der Klinik war – die gleichen waldgrünen Wände, der gleiche echte Chippendale-Schreibtisch, der gleiche kostbare Teppich. Lediglich der Blick auf die Garage und die Salzdünen dahinter war anders. Allerdings behagte es ihr nicht, daß Thomas anfing, immer mehr Zeit dort zu verbringen und gelegentlich sogar auf der Couch übernachtete. Sie hatte nichts dazu gesagt, denn sie wußte, daß er an Schlaflosigkeit litt. Aber diese Nächte wurden zunehmend häufiger, und sie lag allein im Bett und sorgte sich.

Das Hauptschlafzimmer lag ganz am anderen Ende des Gangs auf der nordöstlichen Seite des Hauses. Französische Türen führten auf einen Balkon, von dem aus man einen überwältigenden Blick auf den Rasen und die See hatte. Neben dem Schlafzimmer lag ein Frühstückszimmer, das nach Osten hinausging. An schönen Tagen strömte die Sonne durch die Fenster bis in das Badezimmer, das zwischen den beiden Räumen lag.

Der einzige Teil des Hauses, den Cassi neu eingerichtet hatte, war die Schlafzimmer-Suite. Die weißen geflochtenen Verandamöbel, die sie schmählich verlassen in der Garage gefunden hatte, waren gerettet und repariert worden. Dazu passend hatte sie Decken, Sitzkissen und Vorhänge aus hellem Chintz ausgesucht. Die Schlafzimmerwände waren in viktorianischem Stil mit senkrechten Streifen tapeziert, die des Frühstückszimmers in blassem Gelb gestrichen worden. Die Kombination war leuchtend und fröhlich und stand in scharfem Kontrast zu den dunklen und schweren Tönen im Rest des Hauses.

Mittlerweile diente der Frühstücksraum Cassi als Arbeitszimmer, da Thomas nicht die geringste Neigung gezeigt hatte, ihn mit ihr gemeinsam zu benutzen. Im Keller hatte sie einen alten Bauernschreibtisch gefunden und weiß gestrichen, der zusammen mit ein paar ebenfalls weiß gestrichenen Bücherregalen aus Kiefernholz fast das einzige Mobiliar darstellte. Einem der Bücherschränke war noch eine zusätzliche Aufgabe zugedacht; er diente dazu, einen kleinen Kühlschrank zu verbergen, in dem Cassi ihre Medizin aufbewahrte.

Nachdem sie ihren Urin ein weiteres Mal untersucht hatte, ging Cassi zu diesem Kühlschrank und nahm eine Ampulle normales Insulin und eine mit Insulin Lente heraus. Dann zog sie eine Spritze bis zur Hälfte mit zehn Kubikzentimeter U 100 und zur Hälfte mit weiteren zehn Kubikzentimeter U 100 Lente auf. Da sie sich am Morgen die Spritze in den linken Oberschenkel gesetzt hatte, entschied sie sich jetzt für eine Stelle am rechten Oberschenkel. Die ganze Prozedur nahm nicht mehr als fünf Minuten in Anspruch.

Nach einem kurzen Duschbad klopfte sie an die Tür von Thomas' Arbeitszimmer. Als sie eintrat, merkte sie sofort, daß seine Spannung nachgelassen hatte. Er war gerade in ein frisches Hemd geschlüpft und knöpfte es zu, wobei er am Ende mehr Knöpfe als Knopflöcher übrigbehielt.

»Du bist mir ja ein Chirurg«, zog Cassi ihn auf, während sie ihm beisprang und das Problem in Sekundenschnelle gelöst hatte. »Ich habe heute einen jungen Arzt getroffen, auf den du gestern nacht einen unerhörten Eindruck gemacht hast. Ich bin froh, daß er dich nie beim Anziehen gesehen hat.«

»Wer war das?« fragte Thomas.

»Du hast ihm bei einem Wiederbelebungsversuch geholfen.«

»Dann kann der Eindruck ja nicht so unerhört gewesen sein. Der Mann ist gestorben.«

»Ich weiß«, sagte Cassi. »Ich war heute vormittag bei der Autopsie dabei.«

Thomas setzte sich auf die Couch und fuhr in seine Hausschuhe.

»Wieso um alles in der Welt schaust du dir eine Autopsie an?« fragte er.

»Weil es sich um einen postoperativen Todesfall mit ungeklärter Ursache handelte.«

Thomas stand auf und begann sich das nasse Haar zu kämmen. »Hat die ganze psychologische Abteilung diesem Schauspiel beigewohnt?«

»Natürlich nicht«, sagte Cassi. »Robert hat mich angerufen und gebeten...«

Sie hielt inne. Bei der Erwähnung von Robert war ihr das Gespräch wieder eingefallen, das sie im Auto geführt hatten. Glücklicherweise fuhr Thomas fort, sich zu kämmen.

»Er meinte, daß wir es vielleicht mit einem weiteren Fall aus der PPT-Serie zu tun hätten. Du erinnerst dich doch, ich habe dir schon einmal davon erzählt.«

»Plötzlicher Postoperativer Tod«, rezitierte Thomas wie auf die Frage einer Lehrerin.

»Und er hatte recht«, fuhr Cassi fort. »Es gab keine klar zutage liegende Todesursache. Der Mann hatte sich nach einer *by-pass*-Operation bei Dr. Ballantine –«

»Ich würde sagen, das reicht als Todesursache völlig aus«, unterbrach Thomas sie. »Der alte Mann hat seine Nähte wahrscheinlich mitten durch die Koronararterien gelegt und damit die Blutversorgung des Herzens unterbrochen. Wäre nicht das erstemal gewesen.«

»War das der Eindruck, den du bei dem Wiederbelebungsversuch gewonnen hast?«

»Es kam mir in den Sinn«, sagte Thomas. »Beispielsweise könnte es sich um akute Arhythmie gehandelt haben.«

»Die Schwester hat berichtet, der Patient sei stark blau verfärbt gewesen, als sie ihn fand.«

Thomas legte den Kamm aus der Hand und gab zu erkennen, daß er bereit sei zum Abendessen. »Das erstaunt mich nicht«, meinte er. »Infolge des Unterdrucks hat die Lunge vielleicht einen festen oder flüssigen Fremdkörper angesaugt, an dem er erstickt ist.«

Cassi ging voran. Die Autopsie hatte bereits gezeigt, daß die Lungen und Atemwege des Patienten frei gewesen waren, was bedeutete, daß Thomas sich irrte. Da sein Ton aber zu erkennen gab, daß ihn das Thema nicht weiter interessierte, behielt sie ihr Wissen für sich.

»Ich hatte eigentlich gedacht, die Arbeit in einer neuen Abteilung würde dich auslasten«, sagte Thomas, als er neben ihr die Treppe hinunterging. »Selbst wenn es nur die Psychiatrie ist. Geben sie dir dort nicht genug zu tun?«

»Mehr als genug«, sagte Cassi. »Noch nie in meinem Leben habe ich mich so überfordert gefühlt. Aber Robert und ich sind diesen PPT-Fällen über ein Jahr lang nachgegangen. Wir wollten unsere Ergebnisse am Ende sogar veröffentlichen. Ich habe der Pathologie zwar dann den Rücken gekehrt, glaube aber immer noch, daß Robert einer heißen Sache auf der Spur ist. Wie auch immer – als er mich heute vormittag anrief, habe ich mir die Zeit genommen, ihm einen Besuch abzustatten und der Autopsie beizuwohnen.«

»Chirurgie ist ein gefährliches Handwerk«, sagte Thomas. »Besonders die Herzchirurgie.«

»Ich weiß«, sagte Cassi, »aber Robert hat inzwischen siebzehn solcher Fälle, vielleicht achtzehn mit diesem. Vor zehn Jahren trat PPT nur bei Patienten im Koma auf, aber neuerdings scheinen sogar Patienten, die die Operation mit fliegenden Fahnen hinter sich gebracht haben, plötzlich und ohne jeden Grund draufzugehen.«

»Wenn du dir überlegst, wie viele Herzoperationen im Memorial durchgeführt werden, muß dir doch klar sein, wie lächerlich gering der Prozentsatz ist, über den du da sprichst«, sagte Thomas. »Die Sterbequote im Memorial liegt weit unter dem Durchschnitt, wahrscheinlich ist sie sogar die niedrigste im ganzen Land.«

»Das weiß ich schon«, sagte Cassi. »Aber es ist trotzdem interessant, vor allem, wenn man die Tendenz bedenkt.«

Thomas packte Cassis Arm. »Hör mal, ich finde es schon schlimm genug, daß du dich auf Psychiatrie spezialisieren willst, aber versuch jetzt nicht noch, die chirurgische Abteilung mit ihren Fehlern zu kompromittieren. Wir wissen selbst sehr genau, wann wir etwas falsch gemacht haben. Deshalb haben wir auch eine Exituskonferenz.«

»Es war nie meine Absicht, dir Schwierigkeiten zu bereiten«, sagte Cassi. »Davon abgesehen ist die PPT-Studie Roberts Baby. Heute vormittag habe ich ihm gesagt, daß er ohne mich weitermachen müßte. Ich finde es lediglich interessant.«

»Das Konkurrenzdenken innerhalb der Medizin läßt die Fehler anderer immer außerordentlich interessant erscheinen«, sagte Thomas, wobei er Cassi sanft durch den Türbogen ins Eßzimmer führte, »egal, ob es sich tatsächlich um Fehler handelt oder um Gottesfügung.«

Cassi wurde es auf einmal mulmig, als sie über das wahre Wesen ihres Mannes nachdachte. In diesem Licht hatte sie ihn noch nie gesehen, und ein häßlicher moralischer Zweifel ließ nicht locker.

Als sie das Eßzimmer betraten, warf Harriet ihnen einen mürrischen Blick zu und nörgelte, sie hätten sich verspätet.

Patricia Kingsley hatte bereits am Tisch Platz genommen. »Wurde auch langsam Zeit, daß ihr zwei aufkreuzt«, krächzte sie mit ihrer lauten, heiseren Stimme. »Ich bin eine alte Frau. Ich kann nicht so lange auf mein Abendessen warten.«

»Warum hast du nicht schon früher gegessen?« fragte Thomas und setzte sich.

»Ich bin jetzt zwei Tage ganz allein gewesen«, beklagte sich Patricia. »Ich wollte mal wieder unter Menschen sein.«

»Ich bin demnach kein menschliches Wesen?« erkundigte sich Harriet verdrossen. »Endlich ist die Wahrheit ans Tageslicht gekommen.«

»Du weißt genau, was ich meine, Harriet«, sagte Patricia mit einem flatternden Wink ihrer linken Hand.

Harriet verdrehte die Augen und begann zu servieren.

»Thomas, wann läßt du dir endlich wieder mal das Haar schneiden?« fragte Patricia.

»Sobald ich eine freie Minute habe«, antwortete Thomas.

»Und wie oft soll ich dir noch sagen, daß die Serviette nicht zum Vergnügen auf dem Tisch liegt?«

Thomas zog die Serviette aus dem Silberring und warf sie sich auf den Schoß.

Patricia Kingsley schob sich einen Happen in den Mund und begann zu kauen. Ihren hellblauen Augen entging keine Bewegung der Anwesenden, und sie wartete nur auf den kleinsten Ausrutscher. Ihr angenehmes Äußeres und das grauweiße Haar konnten nicht darüber hinwegtäuschen, daß sie einen eisernen Willen hatte. Tiefe Falten führten von ihrem Mund hinunter zum Kinn wie die Speichen eines Rads. Sie war ganz offensichtlich einsam, und Cassi fragte sich immer wieder, warum sie nicht irgendwo hinzog, wo sie Freunde in ihrem Alter hatte. Natürlich war der Gedanke nicht ganz uneigennützig. Nachdem sie drei Jahre lang fast jeden Abend in Gesellschaft von Patricia Kingsley gegessen hatte, sehnte Cassi sich nach einem etwas romantischeren Tagesende. Aber obwohl diese Sehnsucht sehr stark war, sagte sie kein Wort, denn seit dem ersten Tag hatte sie sich von der alten Frau eingeschüchtert gefühlt. Sie wollte sie auf keinen Fall vor den Kopf stoßen, denn damit hätte sie sich unweigerlich den Zorn ihres Mannes zugezogen.

Im großen und ganzen aber kam Cassi gut mit Mrs. Kingsley aus, wenigstens von ihrem Standpunkt aus gesehen, und sie empfand sogar etwas Mitleid mit der alten Frau, die da mitten im Nichts über der Garage ihres Sohnes wohnte.

Nachdem Harriet mit dem Auftragen fertig war, verlief das Essen in Schweigen, abgesehen von dem Klirren des Silberbestecks gegen die Porzellanteller. Erst als alle fast fertig waren, ergriff Thomas das Wort: »Meine Operationen heute sind ausgesprochen erfolgreich verlaufen.«

»Ich will von Tod und Krankheit nichts hören«, sagte Mrs. Kingsley. Sie wandte sich an Cassi und fuhr fort: »Thomas ist genau wie sein Vater, immer will er über seinen Beruf reden. Noch nie habe ich aus seinem Mund etwas von Bedeutung gehört. Manchmal denke ich mir, daß ich besser drangewesen wäre, wenn ich nie geheiratet hätte.«

»Das meinen Sie doch nicht im Ernst«, sagte Cassi. »Dann hätten Sie ja niemals einen so außergewöhnlichen Sohn gehabt.«

»Ha!« rief Patricia Kingsley. Ihr plötzlicher Ausbruch hallte im Zimmer nach und ließ den Waterford-Kronleuchter erzittern. »Das einzige wirklich Außergewöhnliche an Thomas ist, wie sehr er seinem Vater ähnelt. Er wurde sogar mit einem Klumpfuß geboren, genau wie mein Mann.«

Cassi ließ ihre Gabel sinken. Darüber hatte Thomas nie gesprochen. Sie stellte ihn sich als Baby mit einem verdrehten, anormal geschwollenen Fuß vor, und eine Welle der Sympathie stieg in ihr auf, obwohl seine Miene keinen Zweifel daran ließ, wie wütend er über die Enthüllung seiner Mutter war.

»Er war ein hinreißendes Baby«, fuhr Patricia Kingsley fort, blind für den unterdrückten Zorn ihres Sohns. »Und später ein hübsches, hinreißendes Kind. Wenigstens bis zur Pubertät.«

»Mutter«, warnte Thomas sie mit leiser Stimme. »Ich denke, du hast genug gesagt.«

»Du hast den Mund zu halten. Ich bin zwei Tage lang hier allein gewesen, mit Ausnahme von Harriet, und ich sollte reden dürfen, wenn mir danach ist.«

Mit einem wütenden Blick beugte Thomas sich wieder über sein Essen.

»Thomas«, rief seine Mutter nach kurzem Schweigen, »bitte nimm die Ellbogen von der Tischplatte.«

Thomas stieß seinen Stuhl zurück und stand auf, das Gesicht zornig gerötet. Ohne ein weiteres Wort warf er seine Serviette auf den Tisch und verließ den Raum. Cassi hörte ihn die Treppe hinaufstampfen. Die Tür zu seinem Arbeitszimmer knallte. Der Kronleuchter klirrte leise.

Wieder einmal befand sich Cassi zwischen den Fronten. Sie zögerte und wußte nicht, wie sie sich am besten verhalten sollte. Dann stand sie auf, um Thomas zu folgen.

»Cassandra«, sagte Patricia scharf. Dann fügte sie in beinahe kläglichem Tonfall hinzu: »Bitte setzen Sie sich. Lassen Sie das Kind in Ruhe. Essen Sie. Ich weiß, daß Diabetiker essen müssen.«

Verwirrt setzte Cassi sich wieder.

Thomas marschierte in seinem Arbeitszimmer auf und ab und konnte seinen Ärger nur schwer unterdrücken. Nach einem harten, frustrierenden Tag in der Klinik mußte er sich in seinem eigenen Haus auch noch maßregeln lassen wie ein Schuljunge. Und statt zu ihm zu halten, blieb Cassi unten bei seiner Mutter! Einen Moment lang erwog er, in die Klinik zurückzufahren und nach Mr. Campbells Tochter zu sehen. Sie würde ihm Respekt erweisen und alles für ihn tun, wie sie es ihm ins Ohr geflüstert hatte.

Aber der kalte Regen, der gegen das Fenster trommelte, ließ den Gedanken nicht sehr verlockend erscheinen. Also griff er lediglich nach einer Zeitschrift, die ganz oben auf dem Turm von Büchern und Heften neben seinem Schreibtisch lag, und ließ sich in den burgunderfarbenen Ledersessel vor dem Kamin fallen.

Er versuchte zu lesen, aber seine Gedanken irrten immer wieder ab. Er fragte sich, warum seine Mutter ihn nach all den Jahren immer noch so aufregen konnte. Dann dachte er an Cassi und die PPT-Reihe, an der sie mit Robert Seibert gearbeitet hatte. Er war überzeugt, daß eine solche Studie nicht gerade die beste Wirkung auf das öffentliche Bild der Klinik haben würde. Er wußte vor allem, daß es Robert lediglich darum ging, seinen Namen gedruckt zu sehen. Wen er dabei verletzte, war ihm völlig gleichgültig.

Thomas warf das Journal ungelesen beiseite und ging in das kleine Badezimmer nebenan. Er starrte in den Spiegel und musterte seine Augen. Er hatte immer geglaubt, jünger auszusehen, als er war, aber heute ließ sich das nicht gerade behaupten. Seine Augen hatten dunkle Ringe, und die Lider waren rot und geschwollen.

Er ging zurück ins Arbeitszimmer, setzte sich an den Schreibtisch und öffnete die zweite Schublade von oben. Er nahm ein beiges Plastikdöschen heraus, schob sich eine gelbe Pille in den Mund und nach einem kurzen Zögern eine zweite. An der kleinen Bar neben der Tür zum Bad schenkte er sich einen Whisky ein, ehe er sich wieder in den Ledersessel setzte, der einmal seinem Vater gehört hatte. Kurz darauf spürte er bereits, wie seine Anspannung nachließ. Wieder griff er nach der Zeitschrift und versuchte zu lesen.

Aber er vermochte sich noch immer nicht zu konzentrieren. Er erinnerte sich daran, wie er in seiner ersten Woche als Chefarzt in der Herzchirurgie mit dem Problem konfrontiert worden war, daß zwei Oberärzte für ihre Patienten freie Betten auf der Intensivstation brauchten, die Station aber voll belegt war. Ohne freie Betten kam der gesamte chirurgische Kreislauf zum Stillstand.

Thomas erinnerte sich, wie er in die Intensivstation gegangen war und jeden Patienten genau untersucht hatte, um zu sehen, ob einer von ihnen verlegt werden konnte. Schließlich entschied er sich für zwei »Zombies« – Patienten, die im Koma lagen und nie wieder daraus erwachen würden. Sicher, sie brauchten rund um die Uhr Spezialbetreuung, die nur auf der Intensivstation gewährleistet werden konnte; genauso sicher aber war, daß sie nie wieder genesen würden. Doch als er anordnete, sie zu verlegen, wurden ihre Ärzte leichenblaß, und das Pflegepersonal weigerte sich, den Befehl auszuführen. Thomas wußte noch genau, wie gedemütigt er sich vorgekommen war, als das Pflegepersonal die Oberhand behalten hatte und die beiden Gehirntoten auf der Intensivstation geblieben waren. Außer ihm schien niemand zu verstehen, daß eine Operation, genauso wie die teure Unterbringung auf der Intensivstation, für Patienten gedacht war, die genesen würden, nicht für die lebenden Toten.

Er ging zur Bar und schenkte sich Whisky nach. Das Eis war geschmolzen, es hatte den Scotch verdünnt und sein Aroma abgeschwächt. Beim Blick auf den burgunderfarbenen Ledersessel fiel Thomas sein Vater ein, der Geschäftsmann. Er fragte sich, was der alte Mann wohl von ihm gehalten hätte, wäre er noch am Leben. Die Antwort darauf fiel nicht leicht, denn wie seine Frau Patricia hatte auch Kingsley senior nie ein Wort der Anerkennung ausgesprochen und war statt mit Unterstützung immer schnell mit Kritik bei der Hand gewesen. Ob Cassi ihm gefallen hätte? Thomas vermutete, daß sein Vater wahrscheinlich nicht sehr viel von einem Mädchen mit Diabetes gehalten hätte.

Seit Thomas vom Tisch aufgestanden und in sein Arbeitszimmer gegangen war, konnte Cassi kaum noch stillsitzen. Nachdem er schon vorher schlechte Laune gehabt hatte, fürchtete sie, daß er jetzt wie ein gefangener Tiger auf und ab ging und schäumte. Verzweifelt versuchte sie, sich mit seiner Mutter zu unterhalten, konnte Patricia aber lediglich ein »Ja« oder »Nein« entlocken. Mrs. Kingsley tat fast so, als sei sie froh darüber, ihren Sohn aus dem Speisezimmer verscheucht zu haben.

»War das damals schlimm mit dem Klumpfuß von Thomas?« fragte Cassi in der Hoffnung, Mrs. Kingsley aus ihrer Einsilbigkeit herauslocken zu können.

»Schrecklich. Genau wie bei seinem Vater, der sein Leben lang verkrüppelt geblieben ist.«

»Ich hatte ja keine Ahnung. Man sieht überhaupt nichts mehr davon.«

»Natürlich nicht. Im Gegensatz zu seinem Vater ist er ja auch behandelt worden.«

»Gott sei Dank«, sagte Cassi voller Inbrunst. Sie versuchte sich Thomas hinkend vorzustellen. Der Gedanke, daß er als Baby verkrüppelt gewesen war, schien für sich allein schon unerträglich.

»Nachts mußten wir dem Jungen Fußklammern anlegen«, sagte Patricia, »und das war nicht gerade ein Kinderspiel, denn er schrie wie am Spieß und hörte nicht wieder auf, als ob wir ihn folterten.« Sie tupfte sich die Lippen mit der Serviette ab.

Cassi sah den kleinen Thomas vor sich, die Füße in einengenden Stützklammern. Zweifellos *war* es in gewisser Weise eine Folter gewesen.

Patricia erhob sich abrupt vom Tisch. »Nun, warum gehen Sie nicht hinauf und sehen nach ihm? Offensichtlich braucht er jemanden. Trotz seines aggressiven Benehmens ist er nicht so stark, wie er denkt. Ich würde ja gehen, aber zweifellos zieht er Sie vor. Die Männer sind alle gleich. Man gibt ihnen alles, und dafür lassen sie einen im Stich. Gute Nacht, Cassandra.«

Verblüfft von Patricia Kingsleys plötzlichem Abgang, blieb Cassi noch einen Moment am Tisch sitzen. Sie hörte die alte Frau ein paar Worte mit Harriet wechseln, dann fiel die Haustür ins Schloß. Das Haus war still, mit Ausnahme des Quietschens der Schaukel auf der Veranda, die im Wind hin und her schwang.

Cassi stand auf und stieg die Treppe hinauf. Der Gedanke, daß Thomas und sie beide ernste Kinderkrankheiten gehabt hatten und diese gemeinsame Erfahrung ein weiteres Band zwischen ihnen darstellte, ließ ein Lächeln auf ihre Züge treten. Sie klopfte an die Tür des Arbeitszimmers und fragte sich, in welcher Stimmung er wohl sein mochte, wobei sie mit dem Schlimmsten rechnete. Aber als sie eintrat, wurde ihr sofort leichter zumute. Thomas saß in seinem Lieblingssessel, ein Bein über die Seitenlehne gehängt, eine medizinische Zeitschrift in der einen Hand und ein Glas Whisky in der anderen. Er wirkte gelöst und ausgeglichen; vor allem aber lächelte er.

»Ich hoffe, du und Mutter seid nett zueinander gewesen«, sagte er und zog eine Augenbraue hoch, als könnte das Gegenteil eingetreten sein. »Es tut mir leid, daß ich mich so abrupt zurückgezogen habe, aber die alte Frau war auf dem besten Weg, mich rasend zu machen. Und mir stand der Sinn gerade nicht nach einer Szene.«

»Du bist so berechenbar unberechenbar«, sagte Cassi lächelnd. »Deine Mutter und ich haben uns ausgezeichnet unterhalten. Thomas, ich habe gar nicht gewußt, daß du einen Klumpfuß hattest. Warum hast du mir nie davon erzählt?«

Sie setzte sich auf die Armstütze seines Sessels, so daß er wieder eine normale Position einnehmen mußte. Er antwortete nicht, konzentrierte sich ganz auf seinen Drink.

»Wie du weißt, bin ich ja eine Expertin, was Kinderkrankheiten angeht«, sagte Cassi. »Ich finde es beruhigend, daß wir gemeinsame Erfahrungen gemacht haben. Ich finde, man hat dann mehr Verständnis füreinander.«

»Ich kann mich an keinen Klumpfuß erinnern«, sagte Thomas. »Soweit ich weiß, hatte ich auch nie einen. Die ganze Sache ist ein Hirngespinst von Mutter. Sie will dich nur damit beeindrucken, wie schwer es für sie war, mich großzuziehen. Sieh dir meine Füße an: entdeckst du auch nur die kleinste Deformation?«

Thomas zog seine Schuhe aus und hob die Füße.

Cassi mußte zugeben, daß alle beide absolut normal aussahen. Sie wußte, daß Thomas keinerlei Schwierigkeiten beim Gehen hatte und im College ein bewunderter Athlet gewesen war. Trotzdem war sie nicht sicher, wer von beiden die Wahrheit gesprochen hatte.

»Ist es nicht unwahrscheinlich, daß deine Mutter sich so was aus den Fingern saugen sollte?« Obwohl sie den Gedanken als Frage formuliert hatte, nahm Thomas ihn als Behauptung.

Er feuerte die Zeitschrift in die Ecke und sprang auf, wobei er Cassi beinahe zu Boden gestoßen hätte. »Hör zu, es ist mir völlig schnuppe, wem du glaubst und wem nicht«, sagte er. »Meine Füße sind in Ordnung und waren schon immer in Ordnung, und ich möchte nie wieder was von einem Klumpfuß hören.«

»Gut, gut«, sagte Cassi beruhigend. Mit professionellem Blick erkannte sie, daß er leichte Gleichgewichtsstörungen hatte, seine Bewegungen waren nicht von der gewohnten Präzision. Darüber hinaus sprach er undeutlich, fast nuschelnd. Diese Anzeichen waren ihr in den vorangegangenen Monaten schon ein paarmal aufgefallen, aber sie hatte sie immer ignoriert. Es war sein gutes Recht, sich hin und wieder einen ordentlichen Schluck zu genehmigen, und sie wußte, daß er Scotch gerne trank. Es überraschte sie nur, daß er in der kurzen Zeit, seitdem er das Eßzimmer verlassen hatte, schon soviel zu sich genommen haben sollte. Er mußte ein Glas nach dem anderen in sich hineingeschüttet haben.

Mehr als alles andere wollte sie, daß er Ruhe und Entspannung fand. Wenn die Diskussion über den hypothetischen Klumpfuß ihn aufregte, war sie absolut bereit, das Thema für immer fallenzulassen. Sie stand auf und legte ihm den Arm um die Schulter.

Er wehrte sie ab und trank trotzig einen weiteren Schluck Scotch. Er sah aus, als wartete er nur darauf, daß sie einen Streit anfing. Von nahem stellte Cassi fest, daß sich seine Pupillen zu winzigen schwarzen Punkten inmitten der hellblauen Iris zusammengezogen hatten. Sie unterdrückte ihren eigenen Ärger darüber, daß sie zurückgewiesen worden war, und sagte: »Thomas, du mußt ja völlig erschöpft sein. Du gehörst längst ins Bett.« Diesmal ließ er es zu, daß sie ihm den Arm um den Hals legte. »Komm, laß uns schlafen gehen.«

Thomas seufzte, sagte aber nichts. Er stellte sein Glas ab und Cassi führte ihn den Korridor hinunter zum Schlafzimmer. Er fing an, sich das Hemd aufzuknöpfen, aber sie schob seine Hände beiseite und nahm ihm die Arbeit ab. Langsam zog sie ihn aus. Seine Kleider landeten achtlos auf dem Boden. Kaum daß er im Bett lag, legte sie rasch ihre eigenen Kleider ab und schlüpfte zu ihm zwischen die Laken. Es war herrlich, das kühle, frisch gewaschene Leinen auf der Haut zu spüren, das behagliche Gewicht der Decke und die Wärme des männlichen Körpers neben ihr. Vor dem Fenster heulte der Novemberwind und wirbelte das japanische Glockenspiel auf dem Balkon durcheinander.

Cassi fing an, Thomas zu massieren, zuerst Hals und Schultern, dann arbeiteten ihre Hände sich langsam seinen Körper hinunter. Sie spürte, wie er sich lockerte und auf ihre Berührung reagierte. Er regte sich und nahm sie in die Arme. Sie küßte ihn und ließ ihre Hand sacht zwischen seine Beine wandern. Er war schlaff und klein.

Im selben Moment, in dem Thomas Cassis Berührung spürte, setzte er sich auf und stieß sie zurück. »Ich finde es nicht gerade fair, ausgerechnet heute nacht von mir zu erwarten, daß ich dich befriedige.«

»Es ging mir um dein Vergnügen«, sagte Cassi sanft, »nicht um meins.«

»Sicher, jede Wette!« sagte er böse. »Versuch nicht, mich mit deinem Psychiaterquatsch einzuwickeln.«

»Thomas, es ist doch völlig egal, ob wir miteinander schlafen oder nicht.«

Er stieg aus dem Bett und suchte mit unkoordinierten, ruckartigen Bewegungen seine auf dem Boden verstreuten Kleider zusammen. »Und das soll ich dir glauben?«

Er verließ das Zimmer und schlug die Tür so heftig hinter sich zu, daß die Sturmfenster erzitterten.

Cassi blieb zurück, allein in der Dunkelheit. Der heulende Wind, der ihr noch vor wenigen Minuten ein so anheimelndes Gefühl der Sicherheit gegeben hatte, jagte ihr jetzt Angst ein. Die alte Furcht, verlassen zu werden, überfiel sie erneut. Trotz der Wärme der Laken zitterte sie. Was war, wenn Thomas von ihr ging? Verzweifelt versuchte sie, nicht daran zu denken, denn die Vorstellung allein schien ihr unerträglich. Vielleicht war er einfach nur betrunken. Sie erinnerte sich seiner Gleichgewichtsstörungen und der nuschelnden Sprechweise. In der kurzen Zeit, während der sie sich mit Patricia unterhalten hatte, konnte er unmöglich soviel Alkohol zu sich genommen haben, daß solche Symptome auftraten, aber wenn sie darüber nachdachte, mußte sie zugeben, daß es in den letzten drei oder vier Monaten mehrere derartige Vorkommnisse gegeben hatte.

Cassi lag auf dem Rücken und starrte die Decke an. Das Licht einer Lampe im Garten drang zwischen den Ästen eines unbelaubten Baums vor dem Fenster und schuf ein Schattenmuster, das an ein riesiges Spinnennetz erinnerte. Das Bild jagte ihr einen Schreck ein, so daß sie sich auf die Seite drehte, nur um auf der Wand gegenüber dem Fenster denselben furchteinflößenden Schatten zu entdecken. Ob Thomas irgendwelche Drogen nahm? Nachdem sie diese Möglichkeit nun einmal eingeräumt hatte, wurde ihr klar, daß sie die Anzeichen monatelang übersehen hatte. Es konnte sich nur um ein weiteres Symptom dafür handeln, daß Thomas unglücklich mit ihr war und ihr Leben sich drastisch verändert hatte.

Im Badezimmer neben seinem Arbeitsraum stand Thomas vor dem Spiegel und starrte seinen nackten Körper an. So ungern er es zugab: er sah älter aus. Beunruhigender als das aber war sein zusammengeschrumpftes Glied. Wenn er sich selbst berührte, fühlte er sich fast taub an, und dieses Fehlen jeglichen Gefühls jagte ihm Angst ein. Irgend etwas war mit ihm sexuell nicht in Ordnung, aber was? Als Cassi ihn massiert hatte, war der Drang in ihm erwacht, sich von seiner sexuellen Spannung erlösen zu lassen. Aber ganz offensichtlich hatte sein Glied andere Vorstellungen.

Es mußte an Cassi liegen, sagte er sich halbherzig, während er ins Arbeitszimmer zurückging und sich wieder anzog. Er frischte seinen Drink auf und setzte sich an den Schreibtisch. Fast automatisch kam der Griff nach der zweiten Schublade auf der rechten Seite, in der sich ganz hinten, verborgen unter seinem Briefpapier, eine Reihe kleiner Plastikdöschen befand. Wenn er in dieser Nacht überhaupt Schlaf finden wollte, brauchte er noch eine Pille. Nur eine! Er schob sie sich in den Mund und spülte sie mit Scotch hinunter. Es war erstaunlich, wie schnell er die beruhigende Wirkung verspürte.

4

Am nächsten Morgen injizierte Cassi sich ihr Insulin und frühstückte, ohne Thomas zu Gesicht bekommen zu haben. Um acht fing sie an, sich Sorgen zu machen. Normalerweise gingen sie samstags um Viertel nach acht aus dem Haus, damit Thomas noch einen Blick auf seine Patienten werfen konnte, bevor die Große Konferenz begann, und Cassi genug Zeit für ihre eigene Arbeit blieb.

Sie legte den Artikel, den sie beim Frühstück gelesen hatte, aus der Hand, zog den Gürtel ihres Hausmantels fest und ging vom Frühstückszimmer den Korridor hinunter bis zur Tür des Arbeitszimmers, wo sie stehenblieb und lauschte. Nicht das geringste Geräusch. Sie klopfte leise und wartete. Noch immer nichts. Sie drückte die Klinke hinunter. Die Tür war unversperrt. Thomas lag in tiefstem Schlaf auf der Couch, den Wekker in der Hand. Offenbar hatte er ihn ausgeschaltet und war gleich anschließend wieder eingeschlafen.

Cassi schüttelte ihn sanft. Er reagierte nicht. Sie schüttelte ihn etwas fester, und die geschwollenen Lider seiner rotgeränderten Augen öffneten sich, aber er schien Cassi nicht zu erkennen.

»Entschuldige, daß ich dich wecke, aber es ist schon nach acht, und du willst doch bestimmt an der Großen Konferenz teilnehmen, oder?«

»Große Konferenz?« fragte Thomas verwirrt. Dann schien er zu begreifen. »Natürlich will ich daran teilnehmen. Ich bin in ein paar Minuten fertig. Spätestens um zwanzig nach können wir los.«

»Ich fahre nicht mit in die Klinik«, sagte Cassi, so munter sie konnte. »In der Psychiatrie werde ich heute nicht gebraucht, und ich muß noch unheimlich viel lesen. Ich habe mir einen ganzen Berg Fotokopien nach Hause mitgebracht.«

»Mach's dir gemütlich«, sagte Thomas. »Ich habe heute abend Bereitschaftsdienst, so daß ich noch nicht weiß, wann ich nach Hause komme. Ich rufe dich an und sage dir Bescheid, ja?«

Cassi nickte. Dann ging sie in die Küche, um Thomas etwas herzurichten, das er im Auto essen konnte.

Thomas blieb noch einen Moment auf der Couch sitzen. Der Raum drehte sich um ihn. Er wartete, bis er wieder scharf sah. Jeder Pulsschlag drohte seinen Kopf zu sprengen. Er stolperte zu seinem Schreibtisch, wo er eins seiner Plastikdöschen aus der Schublade nahm. Dann verschwand er im Badezimmer.

Während er eine der kleinen orangefarbenen, dreieckigen Pillen aus dem Behälter zu schütteln versuchte, vermied er es, in den Spiegel zu sehen. Erst nachdem er mehrere Pillen fallen gelassen hatte, gelang es ihm, eine davon in den Mund zu schieben und hinunterzuschlucken. Nun endlich wagte er es, sein Spiegelbild zu betrachten. Er sah gar nicht so schlecht aus, wie er befürchtet hatte, nicht einmal so schlecht, wie er sich fühlte. Er nahm eine weitere Pille, stellte sich unter die Dusche und ließ das kalte Wasser auf sich niederprasseln.

Vom Wohnzimmerfenster aus sah Cassi zu, wie Thomas in der Garage verschwand. Sogar durch das dicke Glas konnte sie hören, wie der Porsche aufröhrte. Sie fragte sich, wie dieses Geräusch wohl in Patricias Wohnung direkt darüber klingen mochte. Bei dem Gedanken fiel ihr auf, daß sie Mrs. Kingsley nie besucht hatte; nicht ein einziges Mal während der drei Jahre, die sie nun schon hier lebte.

Sie beobachtete, wie der Porsche aus der Garage rollte, die Zufahrt hinunter beschleunigte und schließlich in dem feuchten Morgennebel über den Salzdünen verschwand. Selbst als der Wagen dem Blick entzogen war, konnte sie noch gelegentlich sein Motorengeräusch hören, wenn Thomas die Gänge wechselte. Endlich war auch dieser Klang verweht, und die Stille des leeren Hauses senkte sich auf Cassi.

Sie blickte auf ihre Handflächen und merkte, daß sie feucht waren. Zuerst glaubte sie, einen leichten Insulinschock zu durchlaufen. Aber dann wurde ihr klar, daß sie nervös war, weiter nichts. Sie stand im Begriff, in das Arbeitszimmer ihres Mannes einzudringen. Zwar war sie immer der Meinung gewesen, daß Vertrauen und Privatsphäre ebenso zu einer guten Beziehung gehörten wie Liebe und Verständnis, aber sie mußte einfach wissen, ob Thomas Beruhigungstabletten oder andere Drogen nahm. Monatelang hatte sie ihre Augen vor der Wirklichkeit verschlossen – in der Hoffnung, daß ihre Ehe von sich aus besser werden würde. Jetzt wußte sie, daß sie es nicht länger so weiterlaufen lassen konnte.

Als sie die Tür zum Arbeitszimmer öffnete, fühlte sie sich wie ein Einbrecher, genauer gesagt, wie ein sehr schlechter Einbrecher. Jedes kleine Geräusch im Haus ließ sie zusammenfahren.

»Mein Gott«, sagte sie laut, »stell dich nicht an wie ein Volltrottel!«

Der Klang ihrer Stimme beruhigte sie. Als Frau von Thomas hatte sie das Recht, jeden Raum im Haus zu betreten. Dennoch kam sie sich in mancher Hinsicht wie eine Besucherin vor.

Im Arbeitszimmer herrschte einige Unordnung. Das Couchbett stand noch offen, die Laken bildeten einen kleinen Berg auf dem Fußboden. Cassi musterte gerade den Schreibtisch, als ihr die offene Badezimmertür auffiel. Sie öffnete das Medizinschränkchen und sah sich jedes Schächtelchen und jede Dose genau an, fand aber nichts, was ihren Verdacht erhärtet hätte. Lediglich eine Dose Rasierschaum, mehrere alte Zahnbürsten, eine Packung Antibiotika, deren Verfallsdatum längst überzogen war, und noch eine Handvoll anderer frei verkäuflicher Medikamente.

Sie wollte gerade gehen, da bemerkte sie einen farbigen Punkt auf dem weißgekachelten Boden. Sie bückte sich und hob eine kleine dreieckige, orangefarbene Pille auf, die den Stempel »SKF-E-19« trug. Form und Farbe kamen ihr bekannt vor, sie vermochte sie aber nicht auf Anhieb einzuordnen. Wieder im Arbeitszimmer, suchte sie die Bücherregale nach einem Exemplar von *Chemie für Mediziner* ab. Da sie keins entdeckte, begab sie sich in den Frühstücksraum und nahm ihre eigene Ausgabe zur Hand. Rasch hatte sie die entsprechende Produktidentifizierung gefunden. Es handelte sich um Dexedrine!

Sie hielt die Pille in der Hand und starrte auf die See hinaus. Ein langes Segelboot durchpflügte die Dünung, etwa eine Viertelmeile weit draußen. Sie beobachtete das Boot einen Moment lang, während sie ihre Gedanken in den Griff zu bekommen versuchte. Sie verspürte eine eigentümliche Mischung aus Erleichterung und gesteigerter Angst. Die Angst rührte daher, daß sie nun in gewisser Weise die Bestätigung hatte – Thomas nahm Drogen. Die Erleichterung war eine Folge der

Tatsache, daß es sich bei Dexedrine um ein relativ harmloses Aufputschmittel handelte. Cassi konnte sich gut vorstellen, daß ein Leistungsfetischist wie Thomas gelegentlich einen »upper« nahm, um sein fast übermenschliches Pensum absolvieren zu können. Sie wußte, wie viele Operationen er tagtäglich durchführte. Und sie konnte durchaus verstehen, wie man in einer solchen Situation nach einer Pille griff, um der Erschöpfung Herr zu werden. Irgendwie paßte es zu seiner Persönlichkeit. Aber so sehr sie sich auch zu beruhigen versuchte, die Angst ließ sich nicht vertreiben. Die Gefahren von Amphetaminmißbrauch waren ihr vertraut, und sie fragte sich, inwieweit sie Schuld daran trug, daß Thomas die Pillen brauchte, und seit wann er sich ihrer schon bediente.

Sie stellte das Buch wieder ins Regal. Einen Moment lang bereute sie es, das Arbeitszimmer betreten und die Pille gefunden zu haben. Es wäre vielleicht doch leichter gewesen, die Situation zu ignorieren. Aller Wahrscheinlichkeit nach handelte es sich letzten Endes doch nur um ein temporäres Problem, und wenn sie etwas zu ihm sagte, würde er sich nur aufregen.

»Du mußt etwas tun«, sagte sie halblaut und versuchte einen Entschluß zu fassen. So lächerlich es schien: der einzige Mensch, der für Thomas eine gewisse Autorität besaß, war seine Mutter. Obwohl es Cassi widerstrebte, mit irgend jemand über die Angelegenheit zu sprechen, konnte sie bei Patricia wenigstens sichergehen, daß sie nie gegen das Interesse ihres Sohns handeln würde. Nachdem sie die Vor- und Nachteile abgewogen hatte, beschloß Cassi, mit ihrer Schwiegermutter zu reden. Wenn Thomas schon längere Zeit von der Droge abhängig war, sollte man etwas unternehmen.

Als erstes mußte sie sich präsentabel machen. Sie zog Morgenrock und Nachthemd aus und ging unter die Dusche.

Es machte Thomas Spaß, auf der Großen Konferenz – oder genauer: der Großen Runde – Fallstudien zu präsentieren. An diesem Samstagmorgentreffen nahmen nicht nur die gesamte Innere Medizin und die Chirurgie teil, sondern auch alle Assistenten und Studenten. Heute war das MacPherson-Amphitheater so voll, daß die Leute sogar auf den Stufen saßen, die vom Podium zu den Ausgängen des Hörsaals hinaufführten. Thomas war immer für einen Massenauflauf gut, selbst wenn er sich, wie heute, die Zeit mit George Sherman teilen mußte.

Als Thomas seinen Vortrag mit dem Titel »Langfristige Nachversorgung von Patienten mit künstlichen Gefäßen im Gebiet der corona cordis« beendete, brach das gesamte Publikum in frenetischen Beifall aus. Allein das Volumen seiner Arbeit reichte schon aus, um jeden zu beeindrucken; wenn man dann aber noch seine hervorragenden Ergebnisse in Betracht zog, schien er eine geradezu übermenschliche Bilanz vorlegen zu können.

Als der Applaus verklungen war, fügte Thomas ergänzend hinzu: »Ich denke, nach den Statistiken, die ich Ihnen heute vorgelegt habe, kann es nicht mehr die geringsten Zweifel an der Effektivität von *by-pass*-Operationen im Gebiet der Coronargefäße geben.«

Er sammelte seine Papiere zusammen und setzte sich auf einen Stuhl an dem Tisch hinter dem Podium, gleich neben George Sherman. George sprach zum Thema »Ein interessanter Lehrfall«.

Kaum hatte er den Titel gehört, entfuhr Thomas ein lautloses Stöhnen, und er blickte sehnsüchtig zum Ausgang hinüber. Seit seiner Ankunft in der Klinik wurde er von stechenden Kopfschmerzen geplagt, deren Intensität von Minute zu Minute zunahm. Was für ein albernes Thema, dachte er. Mit wachsender Gereiztheit sah er zu, wie George ans Podium trat und ins Mikrophon blies, um sicherzugehen, daß es funktionierte. Damit nicht genug, klopfte er auch noch mit dem Siegelring seiner linken Hand gegen die Membrane. Endlich zufriedengestellt, begann er seinen Vortrag.

Bei dem interessanten Fall handelte es sich um einen achtundzwanzigjährigen Mann namens Jeoffry Washington, der seit seinem zehnten Lebensjahr an Gelenkrheumatismus litt und während der Anfangszeit dieses schweren Leidens längere Zeit im Krankenhaus gewesen war. Nach Abklingen der akuten Symptome hatte der behandelnde Arzt ein lautes, holosystolisches Herzflimmern festgestellt, das auf eine ernsthafte Schädigung der Mitralklappe schließen ließ. Im Laufe der Jahre war das Leiden immer stärker geworden, bis zu dem Punkt, an dem sich eine Operation nicht mehr umgehen ließ.

Jetzt wurde Jeoffry Washington in den Hörsaal gerollt und dem versammelten Auditorium vorgeführt. Es handelte sich um einen schmächtigen Farbigen mit scharfgeschnittenen Gesichtszügen, leuchtenden Augen und eichenholzfarbener Haut. Er hatte den Kopf in den Nacken gelegt und starrte zu den zahllosen Gesichtern hoch, die auf ihn herabsahen.

Als der junge Farbige wieder hinausgerollt wurde, kreuzte sich sein Blick zufällig mit dem von Thomas. Jeoffry nickte und lächelte. Thomas nickte ebenfalls. Der junge Mann tat ihm leid, aber seine Geschichte war bei aller Tragik keinesfalls ungewöhnlich. Er selbst hatte Hunderte von Patienten mit der gleichen Krankengeschichte behandelt.

Nachdem Jeoffry verschwunden war, kehrte George Sherman wieder ans Rednerpult zurück. »Mr. Washington war für eine Herzklappentransplantation vorgesehen, doch bei der Voruntersuchung stießen wir auf eine interessante Tatsache. Der Patient war vor etwa einem Jahr an interstitieller plasmazellulärer Pneumonie, das heißt, einer in fünfzig Prozent der Fälle tödlich verlaufenden Lungenentzündung, erkrankt.«

Ein aufgeregtes Murmeln lief durch das Publikum.

»Ich brauche Sie wohl nicht extra daran zu erinnern«, legte sich George Shermans Stimme auf das Raunen, »daß eine solche Erkrankung auf AIDS schließen läßt, also auf ein nicht mehr funktionsfähiges Immunsystem, was wir bei Mr. Washington auch in der Tat feststellen konnten. Wie sich weiter herausstellte, gehört Mr. Washington zu jenen Homosexuellen, deren Veranlagung und Lebensstil früher oder später zu dieser Form von Immunsuppression führen.«

Jetzt verstand Thomas, was George gestern nachmittag im Casino gemeint hatte. Er schloß die Augen und versuchte, seinen aufsteigenden Ärger zu unterdrücken. Ganz offensichtlich handelte es sich bei Jeoffry Washington um die Art von Fall, dessentwegen seine Patienten nicht genug Betten und OP-Zeit erhielten. Diesmal allerdings war er nicht allein mit seinen Reserven, was eine Operation an Jeoffry Washington betraf. Einer der anwesenden Internisten hob die Hand, und als George ihn aufrief, sagte er: »Ich möchte ernsthafte Zweifel anmelden, daß eine solche Herzoperation bei einem von AIDS befallenen Patienten auch nur den geringsten Sinn hat.«

»Ein Einwand, der zu bedenken wäre«, pflichtete George bei. »Ich kann aber sagen, daß Mr. Washington immunologisch gesehen noch kein allzu abnormes Bild bietet. Wir haben den Eingriff für nächste Woche angesetzt, werden bis dahin aber seine T-Zellen und die gesamte zytotoxische T-Zellen-Population in seinem Körper beobachten. Dr. Sorenson von der Immunologie ist der Meinung, daß AIDS zu diesem Zeitpunkt noch nicht unbedingt gegen eine Operation sprechen muß.«

Jetzt schoß eine Anzahl Hände in die Höhe, und während George einen Zuhörer nach dem anderen aufrief, entspann sich eine heiße Diskussion, so daß die Konferenz länger dauerte als üblich. Selbst als sie offiziell zu Ende war, standen hier und dort noch Leute in kleinen Gruppen zusammen und diskutierten weiter.

Thomas versuchte sich sofort zu verdrücken, aber Ballantine verstellte ihm den Weg. »Hervorragende Konferenz«, strahlte er.

Thomas nickte. Er wollte nichts als fort. Sein Kopf fühlte sich an, als wäre er in einen Schraubstock gespannt.

George Sherman gesellte sich zu ihnen und schlug Thomas auf den Rücken. »Denen haben wir beide heute aber wirklich was geboten«, sagte er. »Eigentlich hätten wir Eintritt verlangen sollen.«

Thomas drehte sich langsam zu George um und starrte in das selbstzufriedene, grinsende Gesicht. »Um Ihnen die Wahrheit zu sagen, für mich war die ganze Konferenz eine einzige gottverdammte Farce.«

Ein ungemütliches Schweigen breitete sich aus, während die beiden Männer sich inmitten der Menge mit Blicken maßen.

»Okay«, meinte George schließlich. »Ich nehme an, hier darf jeder denken, was er will.«

»Ich hätte mal eine Frage. Soll dieser arme Kerl, Jeoffry Washington, den Sie da eben vorgeführt haben wie einen Freak aus einer Monstrositätenschau, etwa ein Bett in der Herzchirurgie bekommen?«

»Natürlich«, antwortete George, jetzt ebenfalls wütend. »Wo würden Sie ihn denn hinlegen, in die Cafeteria?«

»Jetzt macht aber mal einen Punkt, ihr zwei«, schaltete sich Ballantine ein.

»Ich will Ihnen sagen, wo er hingehört«, schnappte Thomas und bohrte George den Zeigefinger in die Brust. »Er gehört auf die Krankenstation, für den Fall, daß man etwas gegen sein immunologisches Problem tun kann. Nachdem er bereits eine interstitielle plasmazelluläre Lungenentzündung hatte, bestehen die besten Aussichten, daß er tot ist, ehe er überhaupt lebensgefährliche Schwierigkeiten mit dem Herzen bekommt.«

George schlug die Hand des anderen beiseite. »Wie ich schon sagte, Sie haben das Recht auf eine eigene Meinung. Ich indes halte Mr. Washington für ein ausgezeichnetes Lehrbeispiel.«

»Gutes Lehrbeispiel«, höhnte Thomas. »Der Mann ist ein Fall für den Medizinmann, nicht für die Chirurgie, also sollte er auch nicht jemand, der es nötiger braucht, eins der ohnehin schon knappen Betten in der Herzchirurgie wegnehmen. Geht das nicht in Ihren Dickschädel? Wegen derartiger alberner Entscheidungen muß ich meine eigenen Patienten auf die lange Bank schieben, Patienten, denen auf der Krankenstation nicht geholfen werden kann und die wirklich nützliche Mitglieder unserer Gesellschaft sind.«

Wieder schlug George die Hand von seiner Brust. »Nehmen Sie Ihren Finger weg«, schnappte er.

»Gentlemen«, sagte Ballantine und schob sich zwischen die Kontrahenten.

»Ich bin nicht sicher, daß Thomas mit dem Wort was anfangen kann«, sagte George.

»Hören Sie zu, Sie kleiner Scheißer«, fauchte Thomas, schob Ballantine beiseite und packte George bei der Hemdbrust. »Mit Ihren Fällen, die Sie bloß an Land ziehen, um Ihren sogenannten Lehrplan auszufüllen, machen Sie unser gesamtes Programm lächerlich.«

George Sherman stieg die Röte ins Gesicht. »Sie sollten besser mein Hemd loslassen, und zwar sofort!«

»Genug«, rief Ballantine und zerrte so lange an Thomas, bis dieser seine Hand sinken ließ.

»Unsere wichtigste Aufgabe ist es, Leben zu retten«, sagte George durch zusammengepreßte Zähne, »nicht zu beurteilen, wessen Leben mehr wert ist. Diese Entscheidung liegt allein bei Gott.«

»Haargenau«, sagte Thomas. »Sie sind so dämlich, daß Sie nicht einmal begreifen, daß *Sie* sich genau solche Entscheidungen anmaßen. Das Problem dabei ist nur, daß Ihre Entscheidungen zum Himmel stinken. Jedesmal, wenn Sie mir OP-Zeit vorenthalten, wird ein potentiell gesunder Mensch zum Tode verurteilt.«

Damit machte er auf dem Absatz kehrt und verließ den Saal.

George holte tief Luft, dann rückte er sein zerknittertes

Hemd zurecht. »Himmel, dieser Kingsley ist wirklich ein Schwein!«

»Er ist ziemlich arrogant«, stimmte Ballantine ihm zu. »Aber er ist eben auch ein verdammt guter Chirurg. Sind Sie in Ordnung?«

»Keine Sorge«, antwortete George. »Aber ich muß zugeben, ich hätte ihm beinahe eine geknallt. Ich glaube, der wird uns noch einigen Ärger machen. Ich hoffe, er schöpft keinen Verdacht.«

»In dieser Hinsicht kann uns seine Arroganz nur von Nutzen sein.«

»Bis jetzt haben wir Glück gehabt. Haben Sie übrigens sein Zittern bemerkt?«

»Nein«, sagte Ballantine überrascht. »Welches Zittern?«

»Er hat es ab und an. Mir ist es ungefähr vor einem Monat zum erstenmal aufgefallen, hauptsächlich, weil er bisher immer so unerschütterlich und ruhig war. Selbst heute bei seinem Vortrag habe ich es bemerkt.«

»Viele Leute sind nervös, wenn sie vor einer größeren Gruppe sprechen müssen.«

»Ja, mag sein«, sagte George. »Aber als ich mit ihm über den Tod von Wilkinson gesprochen habe, war es dasselbe.«

»Von Wilkinson möchte ich jetzt lieber nicht reden«, meinte Ballantine und blickte sich in dem inzwischen fast leeren Hörsaal um. Er lächelte einem Bekannten zu. »Thomas ist vielleicht bloß etwas überdreht.«

»Vielleicht«, sagte George ohne große Überzeugung. »Trotzdem glaube ich, daß wir mit dem noch Ärger haben werden.«

Cassi zog sich für ihren Besuch bei Patricia mit solcher Sorgfalt an, als wären sie sich noch nie vorher begegnet. Nach langem Zaudern wählte sie einen dunkelblauen Wollrock zu einer Jacke in derselben Farbe und eine ihrer hochgeschlossenen weißen Blusen. Gerade als sie gehen wollte, bemerkte sie den schauderhaften Zustand ihrer Fingernägel und begann, dankbar für den Aufschub, den alten Lack zu entfernen und neuen aufzutragen. Als die Nägel trocken waren, beschloß sie, daß ihr Haar so nicht bleiben konnte, also nahm sie alle Kämme und Nadeln heraus und arrangierte es neu.

Erst als ihr überhaupt kein Grund mehr einfiel, aus dem sie den Besuch noch weiter aufschieben konnte, verließ sie das Haus und überquerte den Hof. Es war schneidend kalt. Cassi konnte ihren Atem in der Luft zerfasern sehen. Sie klingelte an Patricias Tür, aber niemand kam, um zu öffnen. Sie stellte sich auf Zehenspitzen und äugte durch ein kleines Fenster in der Tür, konnte jedoch nur ein paar Treppenstufen erspähen. Sie klingelte noch einmal; jetzt kam ihre Schwiegermutter die Treppe herunter und trat an das kleine Fenster.

»Was ist los, Cassandra?« rief sie.

Verblüfft von der Tatsache, daß Patricia nicht einfach öffnete, brachte Cassi im ersten Moment kein Wort über die Lippen. Unter den gegebenen Umständen war ihr nicht danach, den Anlaß ihres Besuches so ohne weiteres herauszubrüllen. Schließlich ertönte das Schnappen mehrerer Riegel, und die Tür wurde geöffnet. Einen Moment lang musterten die beiden Frauen einander mißtrauisch.

»Ja?« fragte Patricia schließlich.

»Entschuldigen Sie die Störung«, begann Cassi, ließ dem Anfang dann aber nichts mehr folgen.

»Sie stören mich nicht«, sagte Patricia.

»Dürfte ich wohl einen Moment hereinkommen?« fragte Cassi.

»Warum nicht?« sagte Patricia und schickte sich an, die Treppe wieder hinaufzusteigen. »Seien Sie so nett und schließen Sie die Tür.«

Cassi war froh, den kalten, feuchten Morgen aussperren zu können. Dann folgte sie Patricia die Treppe hinauf und stand plötzlich in einer kleinen, verschwenderisch mit rotem Samt und weißen Spitzen eingerichteten Wohnung.

»Sie haben es ja herrlich hier«, sagte sie.

»Danke«, erwiderte Patricia. »Rot ist die Lieblingsfarbe meines Sohns.«

»Ach?« entfuhr es Cassi, die immer überzeugt gewesen war, Thomas hätte eine Vorliebe für Blau.

»Ich verbringe viel Zeit hier«, sagte Patricia. »Ich wollte es mir so gemütlich wie möglich machen.«

»Das ist Ihnen auch gelungen«, bestätigte Cassi. In einer Ecke bemerkte sie einen Teddybär, ein Schaukelpferd, ein Kinderauto und anderes Spielzeug.

Patricia folgte ihrem Blick und erklärte: »Damit hat Thomas als Kind immer gespielt. Ich finde es sehr dekorativ, Sie nicht?«

»Doch, durchaus«, sagte Cassi. Sie fand, daß dem Spielzeug zwar ein gewisser Charme zu eigen war, daß es in dieser luxuriösen Umgebung jedoch etwas fehl am Platze wirkte.

»Wie wär's mit einer Tasse Tee?« schlug Patricia vor.

Cassi erkannte, daß Patricia genauso verlegen zu sein schien wie sie selbst. »Gern«, sagte sie und fühlte sich schon etwas wohler in ihrer Haut.

Im Gegensatz zum Wohnzimmer war die Küche kärglich eingerichtet: weiße Metallschränke, ein alter Kühlschrank und ein kleiner Gasherd. Patricia setzte einen Teekessel auf und holte ein Porzellanservice hervor, das sie auf ein Holztablett stellte.

»Milch oder Zitrone?« erkundigte sie sich.

»Milch.«

Während Cassi ihre Schwiegermutter dabei beobachtete, wie sie nach einem Milchkännchen suchte, wurde ihr klar, wie wenig Besuch die alte Dame bekam. Mit einem Anflug von Schuldgefühl fragte sie sich, warum es ihnen nicht gelungen war, Freunde zu werden. Sie versuchte, die Rede auf ihr Problem zu bringen, aber die Kluft, die seit jeher zwischen ihnen bestanden hatte, ließ sie verstummen. Erst als sie sich wieder im Wohnzimmer befanden und hinter vollen Teetassen saßen, vermochte sie sich ein Herz zu nehmen.

»Ich bin hier, weil ich mit Ihnen über Thomas sprechen wollte«, begann sie.

»Das haben Sie bereits gesagt«, antwortete Patricia freundlich. Die alte Dame strahlte jetzt echte Wärme aus. Der Besuch schien ihr Spaß zu bereiten.

Cassi seufzte und setzte ihre Teetasse auf dem Couchtisch ab. »Ich mache mir Sorgen um ihn. Ich habe das Gefühl, er verlangt zuviel von sich und...«

»Das hat er schon als Kleinkind getan«, unterbrach Patricia. »Vom Tag seiner Geburt an stand er unter Dampf. Und ich sage Ihnen, man brauchte vierundzwanzig Stunden am Tag, um ihn unter Aufsicht zu halten. Schon bevor er laufen konnte, war er sein eigener Boß und tat, was er wollte. Eigentlich sogar schon vom Tag meiner Rückkehr aus der Klinik an...«

Während sie Patricias Geschichten zuhörte, begriff Cassi, wie sehr Thomas für seine Mutter immer noch im Mittelpunkt ihrer Welt stand. Jetzt verstand sie endlich auch, warum Patricia darauf beharrte, hier in seiner Nähe zu leben, selbst wenn sie anderswo mehr Gesellschaft haben konnte. Als sie einmal innehielt, um einen Schluck von ihrem Tee zu nehmen, fiel Cassi wieder auf, wie ähnlich Thomas seiner Mutter sah. Ihr Gesicht war schmaler und zierlicher, wies aber die gleiche aristokratische Linienführung auf.

Als Patricia die Tasse wieder absetzte, lächelte Cassi und sagte: »Klingt, als hätte Thomas sich nicht sehr verändert seit damals.«

»Ich glaube nicht, daß er sich überhaupt geändert hat«, sagte Patricia, ehe sie mit einem kleinen Lachen hinzufügte: »Er ist sein Leben lang derselbe kleine Junge geblieben. Er hat schon immer viel Aufmerksamkeit gebraucht.«

»Ich hatte gehofft, daß Sie ihm vielleicht jetzt auch helfen können«, sagte Cassi.

»Ach?« fragte Patricia.

Cassi konnte geradezu mit ansehen, wie die neu gewonnene Intimität wieder dem alten Argwohn wich. Aber sie ließ sich nicht einschüchtern. »Thomas hört auf Sie und...«

»Natürlich hört er auf mich. Ich bin seine Mutter. Worauf wollen Sie eigentlich hinaus, Cassandra?«

»Ich habe Anlaß zu der Vermutung, daß Thomas Drogen nimmt«, antwortete Cassi. Es war eine Erleichterung, endlich darüber reden zu können. »Tatsächlich habe ich diesen Verdacht schon seit einiger Zeit, war aber immer der Hoffnung, das Problem könnte vielleicht von selbst verschwinden.«

Die blauen Augen ihrer Schwiegermutter wurden kalt. »Thomas hat noch nie in seinem Leben Drogen genommen.«

»Patricia, bitte verstehen Sie mich doch. Ich will nicht etwa an ihm herummäkeln. Ich mache mir Sorgen, und ich dachte, daß Sie mir vielleicht helfen könnten.«

»Wenn Thomas meine Hilfe braucht, dann sollte er selbst kommen und mich darum bitten. Immerhin hat er Sie mir vorgezogen.«

Patricia erhob sich. Soweit es sie betraf, war das kurze Tête-à-tête vorbei. Darum also geht es, dachte Cassi. Patricia war immer noch eifersüchtig, daß ihr kleiner Junge groß genug geworden war, sich eine Frau zu suchen.

»Thomas hat mich Ihnen nicht vorgezogen, Patricia«, sagte Cassi ruhig. »Er war nur auf der Suche nach einer anderen Form der Beziehung.«

»Wenn die Beziehung dermaßen anders ist, wo sind denn dann die Kinder?«

Cassi spürte, wie ihre Willensstärke sich aufzulösen begann. Auf das Thema Kinder reagierte sie ausgesprochen sensibel und emotional, weil Frauen, die von klein auf an Diabetes litten, immer vor dem Risiko einer Schwangerschaft gewarnt wurden. Sie blickte in ihre Teetasse und erkannte, daß sie gar nicht erst hätte herkommen sollen, um mit ihrer Schwiegermutter zu reden.

»Es wird nie Kinder geben«, sagte Patricia und beantwortete damit ihre eigene Frage. »Und ich weiß auch, warum nicht. Wegen Ihrer Krankheit. Sie sollten wissen, daß es für Thomas eine Tragödie ist, kinderlos bleiben zu müssen. Und er hat mir erzählt, daß ihr in letzter Zeit in getrennten Betten schlaft.«

Cassi hob den Kopf, entsetzt, daß Thomas Dritten derartig intime Details anvertraute. »Ich weiß, daß Thomas und ich unsere Probleme haben«, sagte sie. »Aber darum geht es jetzt nicht. Ich habe Angst, daß er an einer Droge namens Dexedrine hängt, und das wahrscheinlich schon eine ganze Weile. Obwohl er sie nur nimmt, um noch mehr arbeiten zu können, besteht die Gefahr, daß es ihm eines Tages schadet. Ihm und seinen Patienten.«

»Wollen Sie behaupten, mein Sohn sei ein Süchtiger?« schnappte Patricia.

»Nein«, antwortete Cassi, unfähig, sich genauer zu erklären.

»Nun, das will ich auch hoffen«, sagte Patricia. »Eine Menge Leute nehmen hin und wieder eine Tablette. Und bei Thomas ist das ja wohl auch verständlich. Immerhin ist er aus seinem eigenen Bett vertrieben worden. Ich glaube, eure Beziehung ist das wahre Problem.«

Cassi hatte nicht mehr die Kraft, sich zu wehren. Sie saß nur schweigend da und fragte sich, ob Patricia wohl recht haben mochte.

»Außerdem bin ich der Meinung, Sie sollten jetzt gehen«, sagte Patricia und langte über den Tisch, um Cassis Tasse an sich zu nehmen.

Ohne ein weiteres Wort stand Cassi auf, ging die Treppe hinunter und trat ins Freie.

Patricia sammelte das Geschirr ein und trug es in die Küche.

Sie hatte Thomas klarzumachen versucht, daß es ein Fehler wäre, das Mädchen zu heiraten. Wenn er nur auf sie gehört hätte.

Wieder im Wohnzimmer, griff sie nach dem Telefon und rief bei Thomas in der Praxis an. Da er gerade unabkömmlich war, hinterließ sie, er möge so schnell wie möglich seine Mutter anrufen.

Unpraktischerweise lagen Thomas Kingsleys Patienten über alle drei Stockwerke der chirurgischen Abteilung verstreut. Im Anschluß an die Große Konferenz hatte er den Fahrstuhl zum Achtzehnten genommen und sich dann hinuntergearbeitet. Normalerweise hielt er seine Samstagsvisiten vor der Konferenz und vor den Besuchsstunden ab, doch diesmal war er erst spät in die Klinik gekommen und verlor dementsprechend viel Zeit damit, besorgten Familien Trost zuzusprechen. Sie folgten ihm aus dem Zimmer und umringten ihn auf dem Flur, bis er ihnen das Wort abschnitt und sich dem nächsten Patienten widmen konnte, nur um wiederum von dessen Verwandten aufgehalten und mit Fragen überhäuft zu werden.

Es war eine Erleichterung, als er endlich die Intensivstation erreichte, wo Besuch nur in Ausnahmefällen erlaubt war. Als er die Tür aufstieß, fiel ihm wieder der bedauerliche Zwischenfall mit George Sherman ein. Er war überrascht, enttäuscht von sich selbst – so verständlich seine Reaktion auch gewesen sein mochte.

Auf der Intensivstation untersuchte er die drei Patienten, die er am Vortag operiert hatte. Alle drei waren in guter Verfassung und konnten bereits auf die künstliche Ernährung verzichten. EKG, Blutdruck und alle anderen Lebenszeichen waren stabil und normal. Mr. Campbell hatte ein paarmal Anzeichen leichter Herzrhythmusstörungen gezeigt, was aber schließlich von einem aufgeweckten Praktikanten auf Blähungen zurückgeführt und behoben worden war. Thomas ließ sich den Namen des jungen Mannes geben, um ihm bei nächster Gelegenheit seine Anerkennung auszusprechen.

Als er an das Bett von Mr. Campbell trat, begrüßte der Patient ihn mit einem schwachen Lächeln. Dann wollte er etwas sagen. Thomas beugte sich zu ihm hinunter. »Ich habe Sie nicht verstanden, Mr. Campbell«, sagte er.

»Ich muß urinieren«, sagte Mr. Campbell leise.

»Sie haben einen Katheter in Ihrer Blase«, sagte Thomas.

»Ich muß trotzdem urinieren«, sagte Mr. Campbell.

Thomas nickte und ging weiter. Sollten die Pfleger sich mit Mr. Campbell herumstreiten.

Im nächsten Bett lag ein wahrhaft bedauernswerter Fall, eine von Ballantines Katastrophen. Der Patient hatte während der Operation infolge eines Embolus einen Gehirnschlag erlitten und war jetzt nicht mehr als lebendes Gemüse, das gänzlich von künstlicher Beatmung abhing, infolge der hervorragenden Pflege, die im Memorial geboten wurde, aber praktisch eine unbegrenzte Lebenserwartung hatte.

Thomas spürte eine Berührung an der Schulter. Er drehte sich um und war überrascht, George Sherman gegenüberzustehen.

»Thomas«, begann George. »Ich denke, es ist gesund, daß wir verschiedener Meinung sind, und sei's nur, damit wir gezwungen sind, unsere eigenen Positionen zu überdenken. Aber wir sollten daraus keine Feindschaft werden lassen.«

»Mein Benehmen ist mir außerordentlich peinlich«, sagte Thomas, was aus seinem Mund beinahe einer Entschuldigung gleichkam.

»Ich bin selbst ein wenig hitzig geworden«, gab George zu. Er blickte auf das Bett, an dem Thomas stehengeblieben war. »Der arme Mr. Harwick. Wo wir schon von Bettenknappheit gesprochen haben – das hier könnten wir auch gebrauchen.«

Thomas konnte sich eines Lächelns nicht enthalten.

»Das Dumme ist nur«, fügte George hinzu, »daß Mr. Harwick uns noch eine ganze Weile erhalten bleiben wird, wenn nicht...«

»Wenn was nicht?« fragte Thomas.

»Wenn wir nicht den Stöpsel herausziehen, wie man so sagt«, meinte George mit einem Lächeln.

Thomas wandte sich zum Gehen, aber George hielt ihn am Arm fest. Thomas fragte sich, warum der Mann ihn dauernd anfassen mußte.

»Sagen Sie«, fragte George, »hätten Sie den Mut, den Stöpsel zu ziehen?«

»Nicht ohne mich vorher mit Rodney Stoddard beraten zu haben«, sagte Thomas sarkastisch. »Und wie steht's mit Ihnen, George? Sie würden doch fast alles tun, um mehr Betten zur Verfügung zu haben.«

George lachte und ließ seine Hand sinken. »Wir haben alle unsere kleinen Geheimnisse, nicht wahr? Ich hätte nie damit gerechnet, daß Sie das mit Rodney bringen. Sie haben Humor, das muß ich sagen.« Er versetzte Thomas zum Abschied noch einen seiner kleinen Klapse, ehe er den Schwestern zuwinkte und davonmarschierte.

Thomas sah ihm nach, ehe er noch einmal auf Mr. Harwick hinunterblickte und dabei über Georges Bemerkung nachdachte. Von Zeit zu Zeit wurde ein Patient von den Maschinen genommen, die ihn am Leben erhalten hatten, aber weder Ärzte noch Schwestern gestanden das jemals ein.

»Dr. Kingsley?«

Thomas blickte auf. Neben ihm stand einer der Pfleger und sagte: »Ihr Auftragsdienst ist am Apparat.«

Nach einem letzten Blick auf Ballantines Patienten ging Thomas in den Kontrollraum, wobei er sich fragte, wie man Ballantine dazu bringen konnte, seine schwierigen Fälle an andere Operateure abzutreten. Er war überzeugt, diese »unvorhergesehenen« und »unvermeidlichen« Tragödien wären nicht passiert, wenn er den Eingriff durchgeführt hätte.

Er griff nach dem bereitliegenden Hörer und meldete sich mit unverhülltem Ärger. Wenn der Auftragsdienst nach ihm suchte, bedeutete das fast immer schlechte Neuigkeiten. Doch diesmal sagte die Telefonistin nur, daß er so schnell wie möglich seine Mutter anrufen solle.

Erstaunt entsprach er ihrem Wunsch. Seine Mutter versuchte ihn nie in der Klinik zu erreichen, es sei denn, etwas Wichtiges war vorgefallen.

»Entschuldige, daß ich dich störe«, sagte Patricia.

»Was gibt's denn?« wollte Thomas wissen.

»Es geht um deine Frau.«

Eine Pause entstand. Thomas spürte, wie seine Geduld sich in Luft aufzulösen begann. »Mutter, ich habe zufälligerweise ziemlich viel zu tun.«

»Deine Frau hat mir heute morgen einen Besuch abgestattet.«

Einen flüchtigen Moment lang befürchtete Thomas, daß Cassi mit seiner Mutter über seine Impotenz gesprochen haben könnte. Dann wurde ihm klar, wie absurd der Gedanke war. Aber die nächsten Worte seiner Mutter hatten eine noch alarmierendere Wirkung.

»Sie deutete an, du könntest so was wie ein Süchtiger sein. Dexedrine, sagte sie, glaube ich.«

Er war so wütend, daß er kaum zu sprechen vermochte. »Was hat sie sonst noch gesagt?« stammelte er schließlich.

»Ich denke, das reicht wohl, oder nicht? Sie sagte, du könntest zu einer Gefahr für deine Patienten werden. Ich habe dich vor diesem Mädchen gewarnt, aber du wolltest ja nicht auf mich hören. O nein, du wußtest ja immer alles besser –«

»Ich muß heute abend mit dir sprechen«, sagte er und unterbrach die Verbindung, indem er die Gabel mit dem Zeigefinger hinunterdrückte.

Dann stand er nur da, umklammerte den Hörer und versuchte, seinen Zorn unter Kontrolle zu bringen. Natürlich nahm er hin und wieder eine Pille, jeder tat das. Wie konnte Cassi es wagen, ihn zu verraten und damit zu seiner Mutter zu rennen? Drogenmißbrauch! Du meine Güte, eine Pille ab und zu hieß doch noch nicht, daß er ein Süchtiger war.

Spontan wählte er Doris Stratfords Privatnummer. Ganz außer Atem meldete sie sich nach dem dritten Klingelzeichen.

»Wie wär's, wenn ich dir ein wenig Gesellschaft leisten würde?« fragte Thomas.

»Wann?« erkundigte sich Doris enthusiastisch.

»In ein paar Minuten. Ich bin noch in der Klinik.«

»Das wäre hinreißend«, sagte Doris. »Ich bin froh, daß du mich noch erwischt hast. Ich war gerade auf dem Weg nach oben.«

Thomas legte auf. Er verspürte einen Anflug von Furcht. Was war, wenn ihm bei Doris dasselbe passierte wie gestern nacht bei Cassi? Wohl wissend, daß es besser war, nicht allzu viele Gedanken darauf zu verschwenden, brachte er eilig den letzten Teil seiner Visite hinter sich.

Doris wohnte in der Bay State Road, ein paar Blöcke von der Klinik entfernt. Während des kurzen Fußmarsches mußte Thomas immer wieder daran denken, was Cassi ihm angetan hatte. Warum wollte sie ihn nur derart provozieren? Es ergab doch nicht den geringsten Sinn. Glaubte sie wirklich, er würde es nicht herausfinden? Vielleicht versuchte sie, sich auf irgendeine völlig unlogische Weise an ihm zu rächen. Thomas seufzte. Die Ehe mit Cassi war nicht so traumhaft, wie er es sich vorgestellt hatte. Er hatte gedacht, sie würde ihm eine Stütze sein, ein Schatz, der sein Leben bereicherte. So wie jeder von ihr geschwärmt hatte, war er überzeugt gewesen, daß sie etwas ganz Besonderes sein müsse. Sogar George war nach ihr verrückt gewesen und hatte sie nach ein paar Verabredungen schon heiraten wollen.

Er drückte einen Klingelknopf. Die Stimme seiner Sprechstundenhilfe, unterlegt von statischen Geräuschen, begrüßte ihn aus der Sprechanlage. Er stieg die Treppe hinauf und hörte, wie ihre Wohnungstür geöffnet wurde.

»Was für eine nette Überraschung«, rief Doris, als er den ersten Absatz erreicht hatte. Sie trug eine knapp bemessene Jogginghose und ein ebenso knapp sitzendes T-Shirt, das kaum den Nabel bedeckte. Das Haar fiel ihr offen bis auf die Schultern; es wirkte überaus kräftig und glänzend.

Während sie ihn hineinführte und die Tür hinter ihm schloß, blickte er sich in dem kleinen Appartement um. Er war schon seit Monaten nicht mehr hier gewesen, aber viel hatte sich nicht verändert. Das Wohnzimmer war winzig, die Couch gegenüber dem Kamin im Vergleich dazu riesig. Auf dem Kaffeetisch standen zwei Gläser und eine Karaffe. Das einzige Fenster ging auf die Bucht hinaus. Doris lehnte sich gegen Thomas und ließ ihre Hände seinen Rücken hinauf und hinunter wandern. »Wie wär's mit einem kleinen Diktat?« neckte sie ihn. Seine Befürchtungen, auch ihr vielleicht nicht genügen zu können, waren wie weggewischt.

»Es ist doch wohl nicht zu früh für ein bißchen Spaß, oder?« fragte Doris und preßte sich an ihn, um seine Erregung besser spüren zu können.

»Weiß Gott nicht«, rief Thomas, zog sie auf die Couch und riß ihr die Kleider vom Leib, erfüllt von ekstatischer Erregung und Erleichterung angesichts der Reaktion seines Körpers. Während er in sie hineinstieß, sagte er sich, daß das Problem, mit dem er gestern nacht konfrontiert worden war, in Cassi seine Ursache hatte, nicht in ihm. Er dachte gar nicht mehr daran, daß er ja heute noch eine Percodan nehmen mußte.

Die Schwestern auf der chirurgischen Intensivstation wußten aus Erfahrung, daß Probleme, vor allem ernste Probleme, sich auf unheimliche Weise fortzupflanzen pflegten. Die Nacht hatte einen schlechten Anfang genommen, als kurz vor halb zwölf das Herz eines elfjährigen Mädchens, das am gleichen

Tag an der Milz operiert worden war, stillzustehen schien. Glücklicherweise hatte es seine Tätigkeit fast sofort wieder aufgenommen, so daß kein größerer Schaden entstanden war. Allerdings waren die Schwestern erstaunt gewesen, wie viele Ärzte auf ihren Notruf reagiert hatten. Zeitweise schienen sie geradezu übereinander zu stolpern.

»Ich frage mich, was die alle um diese Zeit noch hier zu suchen haben«, meinte Andrea Bryant, die diensthabende Oberschwester. »Seit seiner Assistenzzeit habe ich Dr. Sherman am Samstagabend nicht mehr in der Klinik gesehen.«

»Vielleicht müssen heute mehr Notfälle im OP versorgt werden als normalerweise«, sagte ihre Kollegin Trudy Bodanowitz.

Andrea schüttelte den Kopf. »Ich habe erst vor kurzem mit der Nachtschwester dort gesprochen, und sie sagte, sie hätten nur zwei Notfälle, einen Herzinfarkt und eine gebrochene Hüfte.«

»Dann weiß ich's auch nicht«, sagte Trudy und warf einen Blick auf ihre Armbanduhr. »Möchtest du heute als erste Pause machen?«

Die beiden Schwestern saßen im Kontrollraum und beschäftigten sich mit dem Papierkrieg, den der vorübergehende Herzstillstand mit sich gebracht hatte. Ihre Aufgabe bestand nicht darin, sich dem einen oder anderen bestimmten Patienten zu widmen, sondern den reibungslosen Ablauf der Stationsroutine zu gewährleisten und den Kontrollraum rund um die Uhr besetzt zu halten.

»Ich bin nicht sicher, ob wir uns heute überhaupt eine Pause gönnen können«, sagte Andrea und ließ ihren Blick über den riesigen U-förmigen Kontrolltisch schweifen. »Sieh dir nur mal das Chaos hier an. Es gibt nichts Schlimmeres als einen Herzstillstand kurz nach Schichtwechsel.«

Der Kontrollraum der Intensivstation konnte sich, was die komplizierte Elektronik betraf, durchaus mit dem Cockpit einer Boeing 747 messen. Ein Monitor neben dem anderen spielte den Schwestern die Herzstromkurven aller Patienten auf der Station vor. Die meisten darunter hatten einen gewissen Spielraum, so daß ein Alarm erst ausgelöst wurde, wenn die Werte sich zu weit von der Norm entfernten. Während sich die beiden Schwestern noch miteinander unterhielten, veränderte sich eine der EKG-Kurven. Kritische Minuten lang wurde die vorher regelmäßige Kurve immer sprunghafter, ohne daß sie es merkten. Dann ging der Alarm los.

»Verdammter Mist«, sagte Trudy, während sie zu dem piepsenden Monitor hochblickte. Sie stand auf und gab dem Apparat einen Schlag mit der Hand, weil sie hoffte, daß es sich nur um ein elektronisches Versagen handelte. Sie starrte auf die anormale EKG-Kurve und schaltete auf eine andere Leitung, immer noch in der Hoffnung, der Alarm könnte auf einen technischen Fehler zurückzuführen sein.

»Wer ist das?« fragte Andrea und spähte durch das Kontrollfenster, um zu sehen, ob eine der Schwestern hektische Betriebsamkeit entfaltete.

»Harwick«, antwortete Trudy.

Andreas Blick sprang rasch zu dem Bett des von Dr. Ballantine operierten Patienten. Es war keine Schwester da, die sich um ihn gekümmert hätte, aber das konnte durchaus mit rechten Dingen zugehen. Mr. Harwicks Zustand war über die letzten Wochen außergewöhnlich stabil gewesen.

»Ruf den zuständigen Arzt«, sagte Trudy. Mr. Harwicks EKG wurde zusehends schwächer. »Sieh dir das an, gleich steht sein Herz still.« Sie deutete auf den Monitor, wo Mr. Harwicks EKG die typischen Veränderungen aufwies, die einem Herzstillstand vorausgehen.

»Soll ich einen Notruf rausschicken?« fragte Andrea.

Die beiden Frauen blickten sich an.

»Dr. Ballantine hat extra gesagt ›keinen Notruf‹«, antwortete Trudy.

»Ich weiß«, sagte Andrea.

»Es macht mich immer ganz krank«, sagte Trudy und blickte wieder zu dem EKG-Monitor hinauf. »Ich wünschte, sie würden uns nicht in so eine Lage bringen. Es ist einfach nicht fair.«

Während Trudy noch zu dem Schirm hinaufblickte, wurde die Herzstromkurve zu einer flachen Linie, nur noch gelegentlich von einem schwachen Piepston unterbrochen. Mr. Harwick war tot.

»Ruf den zuständigen Arzt«, sagte Trudy wütend. Sie verließ den Kontrollraum und trat an Mr. Harwicks Bett. Der Respirator pumpte immer noch Luft in seine Lungen und saugte sie wieder ab, so daß es aussah, als lebte er noch.

»Gibt einem nicht gerade blindes Vertrauen in die Kunst der Chirurgen«, sagte Andrea und legte den Hörer wieder auf die Gabel.

»Ich frage mich, was da schiefgelaufen ist«, sagte Trudy. »Er war so stabil.«

Dann stellte sie den Respirator aus. Das Zischen hörte auf, Mr. Harwicks Brust fiel in sich zusammen und bewegte sich nicht mehr.

Andrea verschloß die Infusionsflasche. »Wahrscheinlich ist es besser so«, sagte sie. »Jetzt kann sich die Familie darauf einstellen und anschließend das Leben weitergehen lassen.«

5

Zwei Wochen waren vergangen, seit Thomas von Cassis Besuch bei seiner Mutter erfahren hatte. Obwohl der anschließende Streit nur kurz gedauert hatte, war daraus eine fast unerträgliche Spannung entstanden. Selbst Thomas war seine wachsende Abhängigkeit von Percodan aufgefallen, aber irgend etwas mußte er schließlich nehmen, um seine Angst zu besänftigen.

Als er jetzt den Gang entlangeilte, weil er im Begriff stand, zu spät zur monatlichen Exituskonferenz zu kommen, spürte er, wie sein Puls raste.

Die Konferenz hatte bereits begonnen, und der Chefarzt der Chirurgie schilderte den ersten Fall, ein Traumaopfer, das kurz nach der Einlieferung in die Notaufnahme gestorben war. Der diensthabende Arzt und sein Assistent hatten die Warnzeichen übersehen, die darauf hindeuteten, daß der Beutel, der das Herz umgab, verletzt worden war und sich mit Blut füllte. Da keiner der privaten Fachärzte betroffen war, konnten die Anwesenden alle Schuld genüßlich auf das Hauspersonal schieben.

Wenn einer der privaten Fachärzte für den Fall zuständig gewesen wäre, hätte die Diskussion einen völlig anderen Verlauf genommen. Zwar wären dieselben Punkte vorgetragen worden, aber nur um dem Verantwortlichen gleich anschließend zu versichern, daß ein Hämatoperikard schwer zu diagnostizieren sei und er das Menschenmögliche getan habe.

Thomas hatte schon frühzeitig begriffen, daß die Exituskonferenz mehr dazu diente, Schuldgefühle zu begraben, als Sühne zu leisten, es sei denn, der Missetäter war ein Praktikant. Ein Laie mochte vielleicht zu der Annahme neigen, einer solchen Konferenz fiele eine Art Wächterfunktion zu, aber leider Gottes war dem nicht so, wie Thomas zynisch bemerkte. Der nächste Fall war dafür der beste Beweis.

Dr. Ballantine stieg aufs Podium, um vom Tod Herbert Harwicks zu berichten. Nachdem er geendet hatte, las ein beleibter Pathologe hastig die Ergebnisse der Autopsie vor und zeigte ein paar Dias vom Gehirn des Verstorbenen, das in keinem guten Zustand mehr gewesen war.

Anschließend wurde über den Exitus von Mr. Harwick diskutiert, aber niemand ließ anklingen, daß Harwicks Trauma im OP vielleicht eine Folge von Dr. Ballantines Unfähigkeit sein könnte. Die allgemeine Einstellung der Anwesenden hätte sich mit den Worten »Wer bin ich, daß ich den ersten Stein werfen soll« zusammenfassen lassen. Was Thomas dabei so krank machte, war, daß niemand sich an einen ähnlichen Fall zu erinnern schien, den Dr. Ballantine vor sechs Monaten präsentiert hatte. Luftembolie war eine gefürchtete Komplikation, die sich gelegentlich ergab, egal, was man tat, aber die Tatsache, daß sie bei Ballantine immer häufiger passierte, wurde stets totgeschwiegen.

Ebenso erstaunlich war – zumindest soweit es Thomas betraf –, daß kein Wort über die Umstände des Todes auf der Intensivstation verloren wurde. Nach seinen Informationen war der Zustand des Patienten bis zu dem plötzlichen Herzstillstand lange Zeit stabil gewesen. Thomas blickte sich im Publikum um und rätselte, warum keiner der Anwesenden den Mund aufmachte.

»Wenn sonst niemand mehr etwas sagen möchte«, meinte Ballantine, »sollten wir uns meiner Meinung nach dem nächsten Fall zuwenden. Unseligerweise sitze ich noch immer auf der Anklagebank.« Ein dünnes Lächeln geisterte über sein Gesicht. »Der Name des Patienten war Bruce Wilkinson. Er war weiß, zweiundvierzig Jahre alt und hatte eine Herzattacke erlitten. Darüber hinaus gab es Anzeichen für fokal beeinträchtigte Coronarzirkulation, was ihn als geeigneten Kandidaten für eine dreifache *by-pass*-Operation erscheinen ließ.«

Thomas richtete sich auf. Er konnte sich noch gut an Wilkinson und die Nacht erinnern, in der er versucht hatte, ihn wieder ins Leben zurückzuholen. Die beinahe surrealistische Szene stand klar und deutlich vor seinem geistigen Auge.

Ballantine leierte ein Detail nach dem anderen herunter, viel zu viele, als daß man Lust gehabt hätte, ihm zu folgen. Dem Chirurgen neben Thomas fiel das Kinn herunter, und sein tiefes, regelmäßiges Atmen mußte bis zum Podium zu hören sein. Endlich kam Ballantine zum Ende und sagte: »Mr. Wilkinson erholte sich außerordentlich gut, bis zu der Nacht, die auf den vierten postoperativen Tag folgte. In jener Nacht starb er.«

Ballantine blickte von seinen Papieren auf. Im Gegensatz zu dem Ausdruck, den sein Gesicht getragen hatte, als über den vorangegangenen Fall diskutiert worden war, zeigte er jetzt eine geradezu herausfordernde Miene, wie um zu sagen: »Jetzt versucht mal, hier auch einen Kunstfehler zu finden.«

Ein schlanker, gutgekleideter Pathologe erhob sich von seinem Platz in der ersten Reihe und trat hinter das Podium. Nervös justierte er das kleine Mikrophon und beugte sich darüber, weil er wohl glaubte, direkt hineinsprechen zu müssen. Ein schrilles elektronisches Pfeifen war die Folge, und er zuckte mit einer entschuldigenden Geste zurück.

Jetzt erkannte Thomas den Mann. Es war Cassis Freund Robert Seibert.

Kaum hatte Robert begonnen, die Ergebnisse der Autopsie vorzutragen, war seine Nervosität spurlos verschwunden. Er war ein guter Redner, besonders im Vergleich zu Ballantine, und er hatte sein Material so gegliedert, daß nur die signifikanten Punkte herausgehoben werden mußten. Er führte eine Reihe von Dias vor und wies darauf hin, daß sich in Wilkinsons Luftröhre keinerlei Verstopfung gefunden hatte, obwohl der Patient zum Zeitpunkt seines Todes tiefblau angelaufen sein sollte. Als nächstes zeigte er eine Mikrofotografie, aus der hervorging, daß es im Lungenbereich keinerlei alveolare Probleme gegeben hatte. Auch eine Lungenembolie lag nicht vor, wie eine weitere Reihe von Dias erkennen ließ. Noch mehr Mikrofotografien zeigten, daß es keinen Beweis für eine abnorme Drucksteigerung in der linken oder rechten Arterie kurz vor dem Exitus gegeben hatte. Anschließend gab es eine letzte Serie von Bildern, die bewiesen, daß alle Nähte fachgerecht angelegt worden waren und auch keinerlei Anzeichen auf eine unbemerkte Infarzierung des Herzmuskels oder eine erst kurz zurückliegende Herzattacke hindeuteten.

Die Lichter wurden wieder angeschaltet.

»All dies zeigt…«, sagte Robert und legte eine Pause ein, als arbeitete er auf einen Effekt hin, »daß in diesem Fall nicht die geringste Todesursache vorlag.«

Das Publikum reagierte mit Überraschung. Eine solche Äußerung hatte niemand erwartet. Es gab sogar ein paar Lacher sowie die Frage eines Orthopäden, ob es sich um einen dieser Fälle gehandelt hätte, die in der Leichenhalle wieder zum Leben erwacht seien, was noch mehr Gelächter hervorrief. Robert grinste.

»Wahrscheinlich ein Schlaganfall«, sagte jemand hinter Thomas.

»Kein schlechter Gedanke«, meinte Robert. »Ein Schlaganfall, der die Atmung zum Stillstand gebracht hat, während das Herz weiterhin Blut ohne Sauerstoff pumpte. Das würde eine starke Zyanose zur Folge haben, aber es hätte auch eine Schädigung des Hirnstamms mit sich gebracht. Wir haben das gesamte Gehirn Millimeter für Millimeter abgesucht und nichts gefunden.«

Das Publikum lauschte jetzt schweigend.

Robert wartete auf weitere Kommentare, aber es kamen keine mehr. Darauf beugte er sich vor und sagte direkt ins Mikro: »Mit Ihrer Erlaubnis möchte ich Ihnen gern noch ein Dia zeigen.«

Geschickt hatte er das Publikum in seinen Bann gezogen. Thomas ahnte plötzlich, was jetzt kommen würde.

Robert löschte das Licht und schaltete den Projektor ein. Das Dia zeigte eine Zusammenstellung der Daten von siebzehn verschiedenen Fällen: Alter, Geschlecht und Krankengeschichte.

»Ich interessiere mich bereits seit einiger Zeit für Fälle wie Mr. Wilkinson«, sagte Robert. »Wie Sie erkennen können, handelt es sich nicht um einen isoliert zu sehenden Exitus. Allein während der letzten anderthalb Jahre habe ich selbst mit vier solcher Fälle zu tun gehabt. Als ich im Archiv nachzuforschen begann, bin ich auf dreizehn weitere Fälle in den letzten zehn Jahren gestoßen. Es wird Ihnen aufgefallen sein, daß jeder der hier Aufgeführten sich einem Eingriff am Herzen unterzogen hatte. In keinem der Fälle konnte eine konkrete Todesursache gefunden werden. Ich habe dieses Syndrom PPT genannt, Plötzlicher Postoperativer Tod.«

Die Lichter gingen wieder an.

Ballantines Gesicht war dunkelrot geworden. »Was glauben Sie eigentlich, was Sie da tun?« fauchte er Robert an.

Unter anderen Umständen hätte Thomas für Robert ein gewisses Mitgefühl empfunden. Ein unerwarteter Vortrag paßte nicht in das dürre Protokoll seiner Exituskonferenz.

Thomas ließ seinen Blick durch den Raum schweifen und bemerkte so manches wütende Gesicht. Die alte Geschichte – Ärzte mochten es nicht besonders, wenn man ihr Können in Frage stellte. Und es widerstrebte ihnen, sich gegenseitig zu überwachen.

»Wir sind nicht hier, um uns in Pathologie weiterzubilden«, schnappte Ballantine. »Sparen Sie sich Ihre Thesen für die Große Konferenz.«

»Ich dachte, es würde vielleicht etwas Licht auf den Fall von Mr. Wilkinson werfen...«

»Sie dachten«, wiederholte Ballantine sarkastisch. »Nur zu Ihrer Information, Sie sind hier als Gutachter. Hatten Sie vor, mit der von Ihnen präsentierten Liste sogenannter plötzlicher postoperativer Todesfälle irgend etwas Besonderes zum Ausdruck zu bringen?«

»Nein«, gab Robert zu.

Obwohl Thomas es vorzog, bei solchen Konferenzen seinen Mund zu halten, mußte er eine Frage stellen: »Entschuldigen Sie, Robert«, rief er. »Wurde bei allen siebzehn Fällen diese tiefe Blaufärbung festgestellt?«

Nichts kam Robert im Moment mehr zupaß als eine Frage

aus dem Publikum. »Nein«, sagte er ins Mikrophon. »Nur bei fünf.«

»Das bedeutet doch, daß die physiologische Todesursache nicht bei allen dieselbe gewesen sein kann.«

»Das stimmt«, sagte Robert. »Sechs hatten kurz vorher heftige Krampfanfälle.«

»Wahrscheinlich infolge einer Luftembolie«, sagte einer der anderen Chirurgen.

»Das glaube ich nicht«, entgegnete Robert. »Zum einen ereigneten sich diese Krampfanfälle erst drei oder vier Tage nach der Operation. Eine derartige Verzögerung wäre nur schwer zu erklären. Darüber hinaus hat sich bei der Untersuchung des Gehirns keinerlei Luft angefunden.«

»Vielleicht ist sie absorbiert worden«, sagte ein anderer Arzt.

»Wenn genug Luft da gewesen wäre, um plötzliche Krampfanfälle mit anschließendem Exitus zu verursachen«, meinte Thomas, »dann hätte sie sich hinterher auch noch feststellen lassen.«

»Was ist mit den Chirurgen?« rief der Mann hinter Thomas. »Gab es welche, die öfter beteiligt waren als andere?«

»Acht der Fälle«, sagte Robert, »gehörten Dr. George Sherman.«

Überall brach lautes Getuschel aus. George sprang wütend auf die Füße, während Ballantine Robert vom Podium drängte.

»Wenn sonst niemand mehr etwas sagen möchte...«, rief Ballantine in den Raum.

George meldete sich zu Wort. »Ich denke, Dr. Kingsleys Kommentar war außerordentlich zwingend. Indem er darauf hingewiesen hat, daß bei all diesen Fällen verschiedene Todesursachen vorgelegen haben müssen, hat er auch anklingen lassen, daß kein Grund besteht, eine Verbindung zwischen den Fällen herzustellen.« Er warf Thomas einen fragenden Blick zu.

»Exakt«, sagte Thomas. Es wäre ihm lieber gewesen, George untergehen zu lassen wie einen Stein, aber er fühlte sich zu einer Antwort verpflichtet. »Ich dachte zuerst, Robert hätte die Fälle zueinander in Beziehung gesetzt, weil er in ihrem Tod gewisse Gemeinsamkeiten sah, aber das scheint ja nicht zuzutreffen.«

»Die Basis der gemeinsamen Beziehung«, schaltete sich Robert ein, »liegt darin, daß alle diese Patienten, besonders die in den letzten Jahren gestorbenen, sich auf bestem Weg befanden, wieder gesund zu werden, und daß es keinen anatomischen oder physiologischen Grund für ihren Tod gab.«

»Korrektur«, sagte George. »Die Pathologie hat die Todesursache lediglich nicht feststellen können.«

»Das läuft aufs gleiche hinaus«, meinte Robert.

»Nicht ganz«, widersprach George. »Die pathologische Abteilung eines anderen Krankenhauses wäre vielleicht in der Lage gewesen, etwas herauszufinden. Ich denke, diese Fälle sagen eher etwas über Sie und Ihre Kollegen aus als über irgend etwas anderes. Und anzudeuten, daß es bei einer solchen Serie operativer Tragödien nicht mit rechten Dingen zugegangen sein könnte, ist geradezu verantwortungslos.«

»Hört, hört«, rief ein Fußchirurg und begann zu klatschen. Rasch verließ Robert das Podium. Die Atmosphäre im Raum war ziemlich gespannt.

»Die nächste Exituskonferenz findet in einem Monat, am siebenten Januar, statt«, sagte Ballantine, schaltete das Mikrophon aus und sammelte seine Papiere zusammen. Er verließ das Podium ebenfalls und gesellte sich zu Thomas.

»Sie scheinen den Burschen zu kennen«, sagte er. »Wer, zum Teufel, ist das?«

»Sein Name ist Robert Seibert«, sagte Thomas. »Er ist im zweiten Jahr.«

»Dem Kerl schneide ich die Eier ab, und dann stelle ich sie mir in Formalin auf den Schreibtisch. Was glaubt dieses kleine

Stück Scheiße denn, wer er ist? Kommt hier herauf und brummt herum wie eine sokratische Viehbremse!«

George Sherman trat zu ihnen, genauso erregt wie Ballantine.

»Ich habe seinen Namen«, sagte er mit einem drohenden Unterton, als enthülle er ein düsteres Geheimnis.

»Wir wissen schon, wie er heißt«, sagte Ballantine. »Er ist erst im zweiten Jahr.«

»Hervorragend«, sagte George. »Wir müssen uns also nicht nur mit irgendwelchen Feld-Wald-und-Wiesen-Philosophen herumschlagen, sondern auch noch mit Klugscheißern aus der Pathologie, die noch feucht hinter den Ohren sind.«

»Ich habe gehört, daß es letzten Monat auch in einem der Katheterräume einen Todesfall gegeben hat«, sagte Thomas, »in der Röntgenologie. Wie kommt es, daß darüber nicht gesprochen worden ist?«

»Ach, Sie meinen Sam Stevens«, sagte George nervös, wobei er Robert Seibert, der gerade den Raum verließ, böse Blicke nachschleuderte. »Da der Tod während der Katheterisierung eingetreten ist, wollten die Medizinmänner ihn bei ihrer eigenen Exituskonferenz behandeln.«

Während Thomas die beiden vor Wut kochenden Ärzte betrachtete, fragte er sich, was sie wohl sagen würden, wenn er ihnen erzählte, daß Cassi auch an dieser sogenannten PPT-Studie beteiligt gewesen war. Er hoffte, daß sie es im Interesse aller Betroffenen nie erfahren würden. Darüber hinaus hoffte er, daß Cassi vernünftig genug war, ihre Zusammenarbeit mit Robert nicht fortzusetzen. Das einzige, was dabei herauskommen konnte, war Ärger.

Cassi lag in einem völlig abgedunkelten Untersuchungsraum flach auf dem Rücken und fühlte sich so ungemütlich wie selten zuvor in ihrem Leben. Sie empfand zwar keine wirklichen Schmerzen, stand aber dicht davor, während Dr. Martin Obermeyer, der Direktor der Ophthalmologie, ihr mit einem grellen Lichtstrahl direkt ins linke Auge leuchtete. Schlimmer als die Unbequemlichkeit war ihre Angst davor, was der Arzt wohl sagen würde. Cassi wußte, daß sie ihr Problem mit dem linken Auge mehr als vernachlässigt hatte. Sie hoffte verzweifelt, daß Dr. Obermeyer irgend etwas Tröstliches sagte, während er sie untersuchte, aber er hüllte sich in unheilvolles Schweigen.

Immer noch ohne eine Silbe richtete er den Lichtstrahl auf ihr gesundes Auge. Der Strahl kam aus einem Apparat, den der Arzt, an einem Lederriemen befestigt, vor der Stirn trug, nicht unähnlich der Lampe eines Bergarbeiters, aber etwas komplizierter. Schon in ihrem linken Auge war Cassi die Intensität des Lichts sehr stark erschienen, aber als der Arzt den Strahl auf das rechte lenkte, wirkte es fast unbegreiflich, daß er nicht noch mehr Schaden anrichten sollte, als bereits vorlag.

»Bitte, Cassi«, sagte Dr. Obermeyer, hob den Strahl an und musterte sie unter den Okularen des Apparats hindurch. »Bitte halten Sie die Augen still.« Neuerlich senkte er den Lichtstrahl in ihre Pupillen.

Tränen stiegen Cassi in die Augen, und sie konnte spüren, wie sie überflossen und zu beiden Seiten des Gesichts hinunterliefen. Sie fragte sich, wie lange sie die Prozedur noch aushalten konnte. Unfreiwillig klammerte sie sich an die Kanten des Untersuchungstisches. Gerade in dem Moment, in dem sie glaubte, keine Sekunde mehr stilliegen zu können, erlosch das Licht, aber selbst nachdem Dr. Obermeyer die Lampe an der Decke wieder eingeschaltet hatte, vermochte Cassi nur undeutlich zu sehen. Verschwommen sah sie, wie sich der Arzt an seinen Schreibtisch setzte und zu schreiben begann.

Es beunruhigte sie, daß er so zurückhaltend war. Offensichtlich hatte er Anlaß, verärgert zu sein.

»Darf ich mich aufsetzen?« fragte sie zögernd.

»Ich weiß nicht, warum Sie mich überhaupt konsultieren«, sagte Dr. Obermeyer, »wenn Sie meinen Ratschlägen doch nicht Folge leisten.« Der Augenarzt sprach, ohne sich zu ihr umzudrehen.

Cassi richtete sich auf und schwang die Beine über die Kante des Tisches. Ihr rechtes Auge erholte sich langsam von dem Schock des grellen Lichts, aber ihr Gesichtsfeld blieb infolge der Tropfen zur Erweiterung der Pupillen immer noch leicht verschwommen. Einen Moment lang starrte sie auf Dr. Obermeyers Rücken und verdaute seine Bemerkung. Sie hatte schon damit gerechnet, daß er verärgert sein würde, weil sie ihren letzten Termin abgesagt hatte, war aber nicht darauf vorbereitet gewesen, daß es so schlimm sein könnte.

Erst als er mit dem Schreiben aufgehört und das Krankenblatt geschlossen hatte, wandte er sich Cassi wieder zu. Er saß auf einem niedrigen Stuhl mit Rollen, und jetzt schob er sich auf sie zu.

Von ihrem Platz auf dem Untersuchungstisch konnte sie den schimmernden Fleck auf dem Kopf des Arztes sehen, wo sein Haar sich zu lichten begann. Mit seinen groben Gesichtszügen und der tiefen Kerbe mitten auf der Stirn war er nicht gerade ein Adonis, trotzdem aber im großen und ganzen nicht unattraktiv. Sein Gesicht strahlte Intelligenz und Aufrichtigkeit aus.

»Ich denke, ich sollte offen mit Ihnen sein«, begann er. »Es gibt keine Anzeichen dafür, daß sich das Blutgerinnsel in ihrem linken Auge auflösen würde. Tatsächlich scheint es sogar, als wäre neues Blut hinzugekommen.«

Cassi versuchte, sich ihren Schreck nicht anmerken zu lassen. Sie nickte, als diskutierten sie über einen fremden Patienten.

»Ich kann die Netzhaut noch immer nicht sehen«, fuhr Dr. Obermeyer fort. »Deswegen weiß ich auch nicht, woher das Blut stammt oder ob wir es mit einer behandelbaren Schädigung zu tun haben.«

»Aber der Ultraschalltest...«, begann Cassi.

»Hat gezeigt, daß die Netzhaut sich noch nicht gelöst hat, jedenfalls im Moment; aber er kann nicht klären, woher das Blut kommt.«

»Vielleicht sollten wir noch etwas abwarten.«

»Wenn die Blutung sich bis jetzt nicht aufgelöst hat, ist es sehr unwahrscheinlich, daß sie überhaupt von selbst verschwindet. In der Zwischenzeit könnten wir aber die einzige Behandlungsmöglichkeit, die uns noch bleibt, verlieren. Cassi, ich muß einfach die Rückseite Ihres Auges sehen können. Wir kommen um eine Vitrektomie nicht herum.«

Cassi senkte den Blick. »Das hat wohl nicht noch einen Monat oder so Zeit?«

»Nein«, sagte Dr. Obermeyer. »Cassi, ich habe diese Sache auf Ihr Betreiben ohnehin schon länger hinausgeschoben, als ich wollte. Dann haben Sie Ihren letzten Termin abgesagt. Ich bin nicht sicher, ob Sie wirklich verstehen, was hier auf dem Spiel steht.«

»Doch, das weiß ich schon«, widersprach Cassi. »Es kommt mir zur Zeit nur einfach ungelegen.«

»Eine Operation kommt für niemand je gelegen«, sagte Dr. Obermeyer, »außer für den Chirurgen. Lassen Sie mich einen Termin festsetzen, damit wir diese Geschichte hinter uns bringen.«

»Ich muß erst mit Thomas darüber sprechen«, sagte Cassi.

»Was?« fragte Dr. Obermeyer überrascht. »Sie haben ihm noch nichts davon erzählt?«

»Doch, doch«, antwortete Cassi rasch. »Wir haben nur über den Zeitpunkt noch nicht gesprochen.«

»Und wann können Sie mit Thomas über den Zeitpunkt reden?« fragte Dr. Obermeyer resigniert.

»Bald. Wahrscheinlich schon heute abend. Ich melde mich morgen wieder bei Ihnen, das verspreche ich.« Sie rutschte vom Untersuchungstisch und versuchte, sich wieder zu beruhigen.

Als sie die Tür der Praxis von Dr. Obermeyer hinter sich schloß, verspürte sie eine Welle der Erleichterung. Tief im Inneren wußte sie, daß er recht hatte; sie sollte sich der Vitrektomie unterziehen. Aber es würde schwierig werden, es Thomas beizubringen. Am Ende des fünften Stocks im Behandlungsgebäude, demselben, in dem auch Thomas seine Praxis hatte, blieb sie stehen. Sie trat ans Fenster und starrte auf die Dezemberstadt mit ihren unbelaubten Bäumen und düsteren, dichtgedrängten Backsteinhäusern.

Ein Ambulanzwagen raste die Commonwealth Avenue hinunter, das Rundumlicht auf dem Dach blitzte. Cassi schloß das rechte Auge, und das Bild verwandelte sich in eine helle Fläche, auf der nichts mehr zu erkennen war. In einem Anfall von Panik öffnete sie das Auge wieder, um der Welt die Rückkehr in ihren Kopf zu gestatten. Sie mußte etwas tun. Sie mußte mit Thomas sprechen, trotz der Schwierigkeiten, die sie seit ihrem Besuch bei Patricia hatten.

Heute wünschte sie sich, jener Samstag vor zwei Wochen hätte nie stattgefunden. Oder wenigstens, daß Patricia Thomas nicht angerufen hätte. Aber natürlich wäre das zuviel verlangt gewesen. Sie hatte damit gerechnet, daß er kochend vor Wut nach Hause kam, aber nicht, daß er überhaupt nicht kommen würde. Um zehn Uhr dreißig hatte sie sich endlich dazu durchgerungen, seinen Auftragsdienst anzurufen. Da erst hatte sie erfahren, daß Thomas in den OP gerufen worden war, ein Notfall. Sie hatte eine Nachricht für ihn hinterlassen und bis zwei Uhr morgens gewartet, ehe sie endlich mit einem Buch in der Hand eingeschlafen war. Thomas war erst am Sonntagnachmittag nach Hause gekommen, und statt sie anzubrüllen, hatte er sich geweigert, überhaupt mit ihr zu reden. Mit bewußt zur Schau gestellter Ruhe nahm er seine Kleider und zog in das Gästezimmer neben seinem Arbeitsraum um.

Für Cassi war dieses schweigende Strafgericht eine unerträgliche Belastung. Das wenige, was sie miteinander redeten, drehte sich um Belanglosigkeiten. Am schlimmsten war es während der Mahlzeiten, und verschiedentlich gab Cassi vor, Kopfschmerzen zu haben, um nicht mit Thomas und seiner Mutter im gleichen Zimmer essen zu müssen.

Nach einer guten Woche war Thomas endlich explodiert, und zwar wegen einer Banalität. Cassi hatte ein Waterford-Glas auf den gefliesten Küchenboden fallen lassen, wo es zersprungen war. Thomas war in die Küche gestürmt und hatte zu brüllen begonnen, wobei er Cassi als Verräterin beschimpfte und sie anklagte, hinter seinem Rücken gegen ihn zu intrigieren. Wie konnte sie es wagen, zu seiner Mutter zu gehen und ihn des Drogenmißbrauchs zu bezichtigen?

»Natürlich nehme ich hin und wieder eine Tablette«, sagte er und senkte seine Stimme endlich wieder auf normale Zimmerlautstärke. »Entweder, damit ich einschlafen oder damit ich nach einer Nacht ohne Schlaf meiner Pflicht nachkommen kann. Zeige mir einen einzigen Arzt, der sich nie aus seinem eigenen Medikamentenschrank bedient hat!« Mit dem ausgestreckten Zeigefinger unterstrich er seine Vorwürfe.

Da sie selbst hin und wieder eine Valium genommen hatte, lag es gar nicht in Cassis Absicht, ihm zu widersprechen. Davon abgesehen wußte sie instinktiv, daß es besser war, den Mund zu halten und ihn seinen Ärger artikulieren zu lassen.

Als er sich wieder halbwegs unter Kontrolle hatte, fragte er, warum in Gottes Namen sie denn unbedingt zu Patricia gehen mußte. Gerade sie hätte doch wissen müssen, wie sehr seine Mutter dauernd an ihm herumnörgelte, auch ohne daß man ihr eine solche Waffe in die Hand gab.

Cassi versuchte zu erklären. Sie sagte, daß sie, als sie zufällig auf das Dexedrine gestoßen war, große Angst gehabt habe und fälschlicherweise der Meinung gewesen sei, daß Patricia ihm bei einem solchen Problem am besten helfen könnte. »Und ich habe nie gesagt, du wärst ein Süchtiger.«

»Meine Mutter behauptet das Gegenteil«, schnappte Thomas. »Wem soll ich denn jetzt glauben?« Angewidert warf er die Hände in die Luft.

Cassi antwortete nicht, obwohl sie versucht war, zu bemerken, daß er nach zweiundvierzig Jahren mit Patricia eigentlich wenigstens über diesen Punkt Klarheit haben müßte. Statt dessen entschuldigte sie sich für die Schlüsse, die sie angesichts der Tablette gezogen hatte, und – schlimmer noch – dafür, daß sie mit ihrem Problem zu seiner Mutter gerannt war. Unter Tränen erklärte sie ihm, wie sehr sie ihn liebe, und war sich dabei durchaus der Tatsache bewußt, daß sie lieber einen möglichen Drogenabhängigen zum Mann hatte, als wieder allein leben zu müssen. Sie wollte, daß alles zwischen ihnen wieder normal wurde. Wenn es damit angefangen hatte, daß ihm die ständigen Klagen über ihre Krankheit zuviel geworden waren, dann würde sie ihn eben in Zukunft mit diesem Thema verschonen. Aber nun zwang ihr Auge sie zu einem Rückzieher. Die Ankunft eines weiteren Ambulanzwagens brachte Cassi wieder in die Gegenwart zurück. So sehr sie sich auch wünschte, Thomas nie wieder zu verärgern, diesmal hatte sie keine Wahl. Sie konnte sich nicht einfach dieser Operation unterziehen, ohne ihm davon zu erzählen, selbst wenn sie irgendwoher den Mut dazu nehmen sollte. Von entsetzlichen Vorahnungen erfüllt, drückte sie den Fahrstuhlknopf. Sie befand sich auf dem Weg zu Thomas, und sie wußte, daß sie jetzt gleich mit ihm reden mußte, denn wenn sie erst zu Hause waren, würde sie den Mut nicht mehr aufbringen.

Während sie zum dritten Stock hinunterfuhr, versuchte sie, alle Gedanken abzuschalten, um nicht doch noch anderen Sinnes zu werden. Sie stieß die Tür zur Praxis ihres Mannes auf. Glücklicherweise saßen keine Patienten mehr im Wartezimmer. Wie üblich blickte Doris nur kurz von ihrer Schreibmaschine auf, gerade lang genug, um Cassis Gegenwart zur Kenntnis zu nehmen, ehe sie wieder an ihre Arbeit zurückkehrte.

»Ist Thomas da?« fragte Cassi.

»Ja«, antwortete Doris, ohne mit dem Tippen innezuhalten. »Er hat gerade den letzten Patienten bei sich.«

Cassi setzte sich auf die roséfarbene Couch. Sie konnte nicht lesen, weil sie wegen der Tropfen immer noch alles verschwommen sah. Da Doris sich nicht um sie kümmerte, machte es Cassi nichts aus, die Sprechstundenhilfe ungeniert zu betrachten. Ihr fiel auf, daß sie das Haar jetzt anders trug. Ohne den strengen Knoten sah sie weit besser aus.

Auf einmal ging die Tür auf, und der Patient verließ das Sprechzimmer. Strahlend vor guter Laune grinste er Doris an und sagte: »Ist das nicht herrlich? Der Doktor hat gesagt, ich bin wieder ganz gesund. Ich kann tun und lassen, was ich will.«

Er fuhr in seinen Mantel und sagte zu Cassi: »Dr. Kingsley ist einfach der Größte. Machen Sie sich nicht die geringsten Sorgen, junge Frau.« Er bedankte sich bei Doris, warf ihr eine Kußhand zu und verschwand.

Cassi seufzte, als sie sich erhob. Sie wußte, daß Thomas ein hervorragender Arzt war. Sie wünschte nur, er würde sich ihr mit der gleichen Anteilnahme widmen wie seinen Patienten.

Als sie das Sprechzimmer betrat, sprach er gerade in sein Diktaphon. »Noch einmal herzlichen Dank, Komma, Michael, Komma, für diesen interessanten Fall, Punkt. Wenn ich dir bei der weiteren Behandlung irgendwie von Nutzen sein kann, Komma, ruf mich jederzeit an. Punkt. Absatz. Mit herzlichen Grüßen, Komma, Ende des Diktats.«

Er schaltete die Maschine ab und schwang in seinem Stuhl herum. Er betrachtete Cassi mit genau berechneter Gleichgültigkeit. »Und was beschert mir heute das Vergnügen deines Besuchs«, fragte er.

»Ich komme gerade vom Augenarzt«, sagte Cassi, um Fassung bemüht.

»Wie schön für dich«, sagte Thomas.

»Ich muß mit dir sprechen.«

»Dann faß dich bitte kurz«, sagte Thomas mit einem Blick auf seine Armbanduhr. »Ich muß mich noch um einen Patienten kümmern, der einen kardiogenen Schock erlitten hat.«

Cassi spürte, wie sie den Mut zu verlieren begann. Sie brauchte ein Zeichen, daß Thomas sich nicht aufregen würde, wenn sie wieder einmal von ihrer Krankheit anfing, aber Thomas strahlte nichts als aggressive Gleichgültigkeit aus. Es war, als wollte er sie dazu provozieren, eine angenommene unsichtbare Linie zu überschreiten.

»Nun?« fragte er.

»Er mußte meine Pupillen erweitern«, zäumte Cassi das Pferd von hinten auf. »Der Zustand des linken Auges hat sich verschlechtert. Ich wollte dich fragen, ob wir heute nicht etwas eher nach Hause fahren können.«

»Ich fürchte, das wird nicht gehen«, sagte Thomas und stand auf. »Höchstwahrscheinlich muß der Patient, zu dem ich jetzt gehe, sofort operiert werden.« Er schlüpfte aus seinem weißen Jackett und hängte es an den Haken an der Tür zum Untersuchungszimmer. »Vielleicht muß ich sogar die ganze Nacht in der Klinik bleiben.«

Über ihr Auge verlor er kein Wort. Cassi wußte, daß sie endlich ihre eigene Operation zur Sprache bringen mußte, aber sie konnte nicht. Statt dessen sagte sie: »Du hast schon die letzte Nacht in der Klinik verbracht. Du verlangst dir zuviel ab, Thomas. Du brauchst mehr Freizeit.«

»Ein paar von uns müssen nun mal was tun«, sagte Thomas. »Wir können nicht alle in der Psychiatrie arbeiten.« Er zog sein Anzugjackett an, kehrte an den Schreibtisch zurück und ließ die Kassette aus dem Diktaphon springen.

»Ich weiß nicht, ob ich mit diesem Auge überhaupt fahren kann«, unternahm Cassi einen weiteren Versuch. Auf die herabsetzende Bemerkung über die Psychiatrie ging sie erst gar nicht ein.

»Du hast zwei Möglichkeiten«, sagte Thomas. »Entweder wartest du, bis die Wirkung der Tropfen nachläßt, und fährst dann nach Hause oder du bleibst die Nacht über in der Klinik. Tu, was dir am besten erscheint.« Mit diesen Worten ging er auf die Tür zu.

»Warte«, rief Cassi mit trockenem Mund. »Ich muß mit dir reden. Glaubst du, ich sollte mich einer Vitrektomie unterziehen?«

Da, es war heraus. Cassi blickte an sich hinunter und bemerkte, daß sie die Hände rang. Verlegen löste sie sie voneinander und wußte dann nicht mehr, wohin damit.

»Ich bin überrascht, daß du mich immer noch um meine Meinung bittest«, sagte Thomas. Sein schmales Lächeln hatte sich in nichts aufgelöst. »Unglücklicherweise bin ich kein Augenarzt. Ich habe nicht die leiseste Ahnung, ob du eine Vitrektomie vornehmen lassen sollst oder nicht. Deswegen habe ich dich zu Obermeyer geschickt.«

Cassi spürte, wie er wütend zu werden begann. Es war genauso, wie sie befürchtet hatte. Sie brauchte bloß über ihr Auge zu sprechen, und schon wurde ihr Verhältnis schlechter.

»Davon abgesehen«, sagte Thomas, »gibt es eigentlich keine bessere Zeit, um über diese Geschichte zu reden? Ich habe da oben jemand liegen, der gerade im Begriff ist zu sterben. Das Problem mit deinem Auge hast du schon seit Monaten, und ausgerechnet, wenn ich mitten in einem Notfall stecke, tauchst du auf und willst es mit mir diskutieren. Mein Gott, Cassi, denk doch hin und wieder auch mal an andere, ja?«

Thomas riß die Tür auf, trat hindurch und war verschwunden.

Cassi dachte, daß er in mancher Hinsicht ja durchaus recht hatte. In seiner Praxis die Sprache auf dieses Thema zu bringen, war wirklich nicht gerade passend. Sie wußte, daß er die Wahrheit sagte, wenn er ihr erklärte, daß »da oben« jemand im Begriff sei zu sterben.

Mit zusammengebissenen Zähnen marschierte sie aus dem Büro. Doris tat, als konzentriere sie sich völlig auf ihre Tipperei, aber Cassi war sicher, daß sie gelauscht hatte. Auf dem Weg zum Fahrstuhl beschloß Cassi, noch einmal nach Clarkson Zwei zurückzugehen. Dort würde sie wenigstens nicht auf unnötige Gedanken kommen. Außerdem konnte sie jetzt ohnehin noch nicht fahren, und zwar für eine ganze Weile.

Als sie die Abteilung betrat, dauerte die Nachmittagskonferenz noch an. Sie hatte sich den Rest des Tages freigenommen, und war auch nicht in der Stimmung, jetzt der Gruppe gegenüberzutreten. Sie fürchtete, ihre mühsam aufrechterhaltene Fassung zu verlieren und in Tränen auszubrechen, sobald sie unter Freunden war.

Dankbar für die unerwartete Gelegenheit, ihr Büro zu erreichen, ohne daß sie von jemand bemerkt wurde, schlüpfte sie rasch hinein und schloß die Tür hinter sich. Sie trat um den schmucklosen Schreibtisch aus Metall und Bakelit, der fast die ganze Länge des Zimmers einnahm, herum und ließ sich auf den alten Drehstuhl dahinter sinken. Sie hatte versucht, den kleinen Raum mit ein paar hellen Drucken französischer Impressionisten aufzuheitern, aber der Effekt war gleich Null. Mit seiner grellen Neonleiste an der Decke wirkte der Raum immer noch wie eine Verhörzelle.

Sie stützte den Kopf in die Hände und versuchte zu denken, aber immer wieder kam sie auf ihre Probleme mit Thomas zurück. Sie war beinahe erleichtert, als sie von einem scharfen Klopfen an der Tür aus ihren Gedanken gerissen wurde. Bevor sie etwas sagen konnte, wurde die Klinke heruntergedrückt und William Bentworth trat ein.

»Würde es Ihnen etwas ausmachen, wenn ich mich eine Minute setze, Doktor?« fragte Bentworth mit völlig untypischer Höflichkeit.

»Nein«, antwortete Cassi, überrascht, daß der Colonel sie von sich aus im Büro aufsuchte. Er trug eine weitgeschnittene dunkle Hose, ein kariertes Hemd und schwarze Schuhe, die glänzten, als hätte er gerade noch draufgespuckt und sie dann mit dem Taschentuch poliert.

Er lächelte. »Darf ich rauchen?«

»Ja«, sagte Cassi. Es wäre ihr lieber gewesen, er hätte aufs Rauchen verzichtet, aber sie kam wohl nicht umhin, dieses Opfer zu bringen. Manche Menschen brauchten alle nur möglichen Hilfsmittel, damit sie sich öffnen und sprechen konnten. Nicht selten war der Vorgang des Zigarettenanzündens eine erhebliche Stütze. Bentworth lehnte sich zurück und lächelte. Zum erstenmal wirkten seine strahlend blauen Augen freundlich und warm. Er war ein gutaussehender Mann mit breiten Schultern, kräftigem dunklem Haar und scharfgeschnittenen Gesichtszügen.

»Ist mit Ihnen alles in Ordnung, Doktor?« fragte er und beugte sich wieder vor, um ihr Gesicht genauer in Augenschein zu nehmen.

»Ich kann nicht klagen. Warum fragen Sie?«

»Sie wirken etwas verstört.«

Cassi warf einen Blick auf die Monet-Reproduktion gegenüber von ihrem Schreibtisch, ein kleines Mädchen mit seiner Mutter in einem Kornfeld. Sie versuchte sich zu konzentrieren. Es ängstigte sie ein wenig, daß ein Patient so scharfsichtig sein konnte.

»Vielleicht fühlen Sie sich schuldig«, schlug Bentworth vor und achtete darauf, den Rauch von Cassi wegzublasen.

»Und warum sollte ich mich schuldig fühlen?« fragte sie.

»Weil Sie mir absichtlich aus dem Weg gegangen sind, wie ich glaube.«

Cassi erinnerte sich an Jacobs Bemerkung über die Unbeständigkeit psychiatrischer Grenzfälle und versuchte, das derzeitige Benehmen des Colonels seiner früheren Weigerung, mit ihr zu sprechen, gegenüberzustellen.

»Und ich weiß auch, warum Sie mir aus dem Weg gegangen

sind«, fuhr Bentworth fort. »Ich glaube, Sie haben Angst vor mir. Es tut mir leid, daß dem so ist. Ich bin lange in der Armee gewesen und daran gewöhnt, Befehle zu geben, deswegen wirke ich manchmal wahrscheinlich etwas anmaßend.«

Zum erstenmal in Cassis kurzer psychiatrischer Karriere geschah es, daß sich etwas, wovon sie in der Fachliteratur gelesen hatte, zwischen ihr und einem ihrer Patienten abspielte. Sie wußte, ohne auch nur eine Sekunde daran zu zweifeln, daß Bentworth sie zu manipulieren versuchte.

»Mr. Bentworth...«, begann sie.

»Colonel Bentworth«, korrigierte der Offizier mit einem Lächeln. »Wenn ich Sie Doktor nenne, ist es nur vernünftig, daß Sie mich Colonel nennen. Als Zeichen gegenseitigen Respekts.«

»Einverstanden«, sagte Cassi. »Tatsächlich ist es aber so gewesen, daß bisher immer Sie sich geweigert haben, einer Sitzung mit mir zuzustimmen. Wenn Sie sich erinnern, habe ich mehrmals versucht, einen Termin mit Ihnen auszumachen, aber Sie haben stets behauptet, schon eine andere Verabredung zu haben. Da ich den Eindruck hatte, daß Sie mehr von Gruppentherapie als von einer privaten Sitzung halten, habe ich keinen stärkeren Druck ausgeübt. Wenn Sie zu einer Sitzung bereit sind, dann lassen Sie uns einen Termin machen.«

»Ich würde mich liebend gern mit Ihnen unterhalten«, sagte Bentworth. »Wie wär's denn gleich jetzt? Ich habe Zeit. Und Sie?«

Cassi beabsichtigte nicht, den Manipulationen des Colonels so schnell zum Opfer zu fallen, denn es würde sich letzten Endes nicht positiv auf ihr Verhältnis auswirken. Sie war im Augenblick ganz und gar nicht vorbereitet, und trotz seines neuerlichen Charmes jagte Bentworth ihr Angst ein.

»Wie würde es Ihnen morgen früh passen?« fragte sie. »Gleich nach der Belegschaftskonferenz?«

Colonel Bentworth stand auf und drückte seine Zigarette in

dem Aschenbecher auf Cassis Schreibtisch aus. »In Ordnung. Ich freue mich schon darauf. Und ich hoffe, das, was Ihnen Sorgen bereitet, wendet sich noch zum Guten für Sie.«

Nachdem er gegangen war, sog Cassi die verräucherte Luft ein und stellte sich den Colonel in einer Ausgehuniform vor. Zweifellos wäre er galant und feurig, und der Gedanke, daß ein solcher Mann psychische Probleme haben könnte, würde geradezu absurd erscheinen. Da sie über die Schwere seines Leidens informiert war, fand sie es verwirrend, daß es sich so leicht verbergen ließ.

Bevor sie auch nur dazu kam, sich Notizen zu machen, wurde ihre Tür erneut geöffnet. Maureen Kavenaugh trat ein und setzte sich. Sie war vor etwa einem Monat mit schweren, periodisch auftretenden Depressionen eingewiesen worden. Als ihr Mann sie anläßlich eines Besuchs mehrfach geohrfeigt hatte, war sie wieder in tiefe Niedergeschlagenheit verfallen. Sie außerhalb ihres Zimmers zu sehen, war ungefähr so überraschend wie der freiwillige Besuch von Colonel Bentworth. Cassi fragte sich, ob den Patienten heute irgendeine Wunderdroge ins Essen gemischt worden war.

»Ich habe den Colonel in Ihr Büro gehen sehen«, sagte Maureen. »Ich dachte, Sie hätten gesagt, daß Sie heute nachmittag nicht da wären.« Ihre Stimme klang flach und teilnahmslos.

»Ich hatte es auch nicht vorgehabt«, sagte Cassi.

»Nun, wo ich schon mal hier bin, kann ich einen Moment mit Ihnen reden?« fragte Maureen schüchtern.

»Natürlich«, sagte Cassi.

»Gestern, als wir uns unterhalten haben...« Maureen hielt inne, und ihre Augen füllten sich mit Tränen.

Cassi schob der Frau einen Karton mit Papiertaschentüchern zu.

»Sie... Sie haben mich gefragt, ob ich gern meine Schwester sehen würde.«

Maureen sprach so leise, daß sie kaum zu verstehen war.

Cassi nickte rasch, wobei sie sich fragte, was in der jungen Frau wohl vorgehen mochte. Seit ihrem Rückfall hatte sie an nichts besonderes Interesse gezeigt, obwohl Cassi sie mit Elavil behandelte. Bei der Belegschaftskonferenz war verschiedentlich der Vorschlag gemacht worden, es mit Elektroschocks zu versuchen, aber Cassi hatte sich dagegen ausgesprochen, weil sie glaubte, daß Elavil und begleitende therapeutische Sitzungen ausreichten. Was Cassi erstaunte, war Maureens Fähigkeit zu begreifen, was mit ihr vorging. Allerdings gaben ihr die Einblicke in das Kräftespiel ihrer Krankheit nicht automatisch auch die Macht, sie zu beeinflussen.

Maureen war sich ihrer feindseligen Einstellung gegenüber ihrer Mutter, die sie und ihre jüngere Schwester sitzengelassen hatte, als sie noch Kleinkinder gewesen waren, durchaus bewußt, ebenso der Eifersucht auf ihre jüngere, hübschere Schwester, die gleichfalls weggelaufen war und geheiratet hatte. Allein auf sich gestellt, hatte Maureen sich aus schierer Verzweiflung in die Ehe mit einem völlig indiskutablen Mann geflüchtet.

»Glauben Sie, meine Schwester würde mich besuchen kommen?« fragte sie schließlich mit tränennassem Gesicht.

»Vorstellen könnte ich es mir«, sagte Cassi. »Aber Gewißheit haben wir erst, wenn Sie sie gefragt haben.«

Maureen putzte sich die Nase. Ihr Haar war strähnig und mußte dringend gewaschen werden. Allen Medikamenten zum Trotz verlor sie weiter an Gewicht. Ihr Gesicht war eingefallen.

»Ich habe Angst, sie zu fragen«, gestand Maureen. »Ich glaube nicht, daß sie kommen würde. Warum sollte sie? Ich bin es doch gar nicht wert. Es ist alles so sinnlos.«

»Allein die Tatsache, daß Sie an Ihre Schwester denken, ist schon ein gutes Zeichen«, sagte Cassi sanft.

Maureen seufzte tief. »Ich kann mich nicht entscheiden. Wenn ich sie anrufe und frage, und sie sagt nein, dann wird alles noch schlimmer. Ich möchte gern, daß jemand anderer das Gespräch für mich führt. Würden Sie mir diesen Gefallen tun?«

Cassi schreckte auf. Sie dachte an ihre eigene Entschlußlosigkeit Thomas gegenüber. Maureens Abhängigkeit und Hilflosigkeit erschienen ihr nur zu vertraut. Auch sie wollte, daß jemand anders ihr sämtliche Entscheidungen abnahm. Cassi versuchte, sich wieder zu konzentrieren.

»Ich weiß nicht, ob gerade ich die Richtige bin, um Ihre Schwester anzurufen«, sagte sie. »Aber wir können darüber reden. Ansonsten halte ich es für eine gute Idee, wenn Sie Ihre Schwester treffen. Warum unterhalten wir uns nicht morgen noch einmal in Ruhe darüber? Ich glaube, Sie haben um zwei sowieso einen Termin.«

Maureen nickte und nahm sich noch eine Handvoll Papiertaschentücher, ehe sie ging, wobei sie die Tür offenließ.

Cassi saß eine Zeitlang einfach nur da und starrte ins Leere. Sie hatte das sichere Gefühl, daß in dieser Identifikation mit einer ihrer Patientinnen ein Zeichen ihrer Unerfahrenheit zu sehen war.

»Hallo, wieso waren Sie nicht bei der Konferenz?« Joan Widiker steckte ihren Kopf zur Tür herein.

Cassi blickte auf, antwortete aber nicht.

»Was ist los?« erkundigte sich Joan. »Sie sehen etwas mitgenommen aus.« Sie trat in Cassis Büro und schnüffelte. »Außerdem wußte ich gar nicht, daß Sie rauchen.«

»Tue ich auch nicht«, sagte Cassi. »Das war Colonel Bentworth.«

»Er hat Sie von sich aus aufgesucht?« Joans Augenbrauen fuhren in die Höhe. »Sie machen sich ja besser, als Sie denken.« Sie nahm Cassi gegenüber Platz. »Ich dachte, es interessiert Sie vielleicht, daß Jerry Donovan und ich kürzlich miteinander ausgegangen sind. Haben Sie schon mit ihm gesprochen?«

Cassi schüttelte den Kopf.

»Es war kein besonders gelungener Abend. Alles, was er wollte...« Joan unterbrach sich mitten im Satz. »Cassi, was ist los mit Ihnen?«

Tränen rannen Cassi über die Wangen. Genau wie sie befürchtet hatte, hielt ihre Selbstkontrolle freundlicher Zuwendung nicht stand. Schließlich gab sie es auf, barg das Gesicht in den Händen und weinte ganz offen.

»So schlimm war Jerry Donovan auch wieder nicht«, sagte Joan in der Hoffnung, Cassi vielleicht ein wenig aufheitern zu können. »Davon abgesehen, habe ich seinem Drängen ja gar nicht nachgegeben. Ich bin immer noch Jungfrau.«

Cassis Körper wurde von Schluchzen geschüttelt. Joan trat um den Tisch herum und legte ihrer Freundin einen Arm um die Schulter. Einige Sekunden lang sagte sie kein Wort. Als Psychiater reagierte sie nicht so negativ wie die meisten Laien auf Tränen. Nach der Heftigkeit von Cassis Ausbruch zu schließen, war dieser dringend notwendig gewesen.

»Es tut mir leid«, sagte Cassi und griff nach einem Papiertaschentuch, genau wie zuvor Maureen. »Das wollte ich nicht.«

»Hörte sich an, als hätten Sie's nötig gehabt. Möchten Sie darüber reden?«

Cassi holte tief Luft. »Ich weiß nicht. Es scheint alles so sinnlos.« Kaum hatte sie das Wort ausgesprochen, fiel Cassi wieder ein, daß Maureen dasselbe Wort gebraucht hatte.

»Was ist so sinnlos?« fragte Joan.

»Alles.«

»Zum Beispiel?« fragte Joan herausfordernd.

Cassi ließ die Hände von ihrem tränenverschmierten Gesicht sinken. »Ich war heute beim Augenarzt. Er wollte operieren, aber ich weiß nicht, ob ich soll oder nicht.«

»Was sagt denn Ihr Mann dazu?« fragte Joan.

»Das ist ein weiteres Problem.« Im selben Moment, in dem sie das gesagt hatte, bereute Cassi es schon wieder. Sie wußte, daß Joan, sensibel und intelligent, wie sie war, sich schnell ihr eigenes Bild machen würde. Im Hinterkopf konnte sie hören, wie Thomas sie tadelte, weil sie wieder einmal über ihre gesundheitlichen Probleme gesprochen hatte.

Joan ließ Cassis Schulter los. »Ich glaube, Sie brauchen jemand, mit dem Sie reden können. Schließlich leite ich den Beratungsdienst der Abteilung. Und davon abgesehen kann sich meine Honorare wirklich jeder leisten.«

Cassi brachte ein schwaches Lächeln zustande. Instinktiv wußte sie, daß sie Joan vertrauen konnte. Sie brauchte jemand, der ihr den richtigen Weg zeigte, den sie allein nicht zu finden vermochte.

»Ich weiß nicht, ob Sie eine Ahnung davon haben, wie der Zeitplan meines Mannes aussieht«, begann sie. »Er arbeitet härter als jeder, den ich kenne. Man könnte fast glauben, er wäre noch als Assistenzarzt angestellt. Gestern hat er die ganze Nacht in der Klinik verbracht. Heute abend wird er ebenfalls hier bleiben. Er hat kaum Zeit für sich selbst...«

»Cassi«, unterbrach Joan sie fest. »Ich falle Ihnen nicht gern ins Wort, aber warum hören Sie nicht einfach auf, Entschuldigungen zu finden. Haben Sie mit Ihrem Mann über diese Operation gesprochen oder nicht?«

Cassi seufzte. »Vor einer Stunde habe ich versucht, ihn darauf anzusprechen, aber es war weder der rechte Ort noch die rechte Zeit.«

»Jetzt hören Sie mir mal zu«, sagte Joan. »Ich maße mir selten ein Urteil an, aber wenn es darum geht, eine Augenoperation mit seinem Ehemann zu besprechen, gibt es einfach keine falsche Zeit und keinen falschen Ort.«

Cassi versuchte, diese Bemerkung zu verdauen. Sie war nicht sicher, ob sie auch so dachte oder nicht.

»Was hat er gesagt?« fragte Joan.

»Er sagte, er sei kein Augenarzt.«

»Ah, er will sich aus der Verantwortung stehlen.«

»Nein«, sagte Cassi leidenschaftlich. »Er hat sogar dafür gesorgt, daß ich zum besten Ophthalmologen überhaupt gehe.«

»Trotzdem scheint es mir eine ziemlich gefühllose Reaktion zu sein.«

Cassi blickte auf ihre Hände hinunter und dachte, daß Joan zu intelligent für sie war. Sie konnte sich des Eindrucks nicht erwehren, daß Joan bei diesem Gespräch mehr in Erfahrung bringen würde, als ihr, Cassi, lieb wäre.

»Cassi«, fragte Joan jetzt, »ist zwischen Ihnen und Thomas eigentlich alles in Ordnung?«

Cassi spürte, wie ihre Augen sich erneut mit Tränen zu füllen begannen. Sie versuchte sie aufzuhalten, hatte aber nur begrenzten Erfolg.

»Das ist auch eine Antwort«, meinte Joan teilnahmsvoll. »Wollen Sie mir nicht reinen Wein einschenken?«

Cassi biß sich auf die Unterlippe. »Wenn meine Ehe mit Thomas zerbrechen würde«, sagte sie mit zitternder Stimme, »dann wüßte ich nicht, ob ich weiterleben könnte. Ich glaube, dann hätte alles keinen Sinn mehr. Ich brauche ihn so sehr.«

»Das merkt man Ihnen an. Und außerdem habe ich das Gefühl, daß Sie nicht wirklich über Ihr Problem reden wollen. Stimmt's?«

Cassi nickte. Sie war hin und her gerissen zwischen ihrer Furcht vor Thomas und dem Schamgefühl, das es ihr bereitete, Joans Freundschaftsangebot zurückzuweisen.

»Okay«, sagte Joan. »Aber bevor ich gehe, möchte ich Ihnen noch einen Rat geben. Vielleicht ist es anmaßend von mir, das zu sagen, und ganz sicher ist es nicht sehr professionell, aber ich finde, Sie sollten Ihre Abhängigkeit von Thomas ein wenig reduzieren. Irgendwie scheinen Sie von sich nicht die Meinung zu haben, die Sie eigentlich haben sollten. Und eine derartige Abhängigkeit kann einer Beziehung auf lange Sicht schweren Schaden zufügen. So, ich glaube, jetzt reicht's mit den unerbetenen Ratschlägen.«

Joan öffnete die Tür, drehte sich aber noch einmal um. »Sagten Sie, Ihr Mann bliebe heute nacht in der Klinik?«

»Ich glaube, er hat Bereitschaftsdienst«, sagte Cassi, noch völlig mit Joans Bemerkung über ihre Abhängigkeit beschäftigt. »Da übernachtet er dann meistens hier, um hinterher nicht noch fünfundvierzig Minuten lang unterwegs sein zu müssen.«

»Na, großartig!« rief Joan aus. »Warum kommen Sie dann heute abend nicht mit zu mir? Ich habe ein Sofabett im Wohnzimmer, und der Kühlschrank ist voll bis oben hin.«

»Und um Mitternacht wüßten Sie über meine intimsten Geheimnisse Bescheid«, sagte Cassi nur halb im Scherz.

»Ehrenwort, daß ich nicht in Sie dringen werde«, sagte Joan.

»Trotzdem, ich kann nicht. Ich weiß Ihr Angebot wirklich zu schätzen, aber immerhin besteht ja die Möglichkeit, daß Thomas nicht zu operieren braucht und vielleicht nach Hause kommt. Unter den gegebenen Umständen möchte ich dann gern da sein. Vielleicht können wir uns aussprechen.«

Joan lächelte teilnahmsvoll. »Sie haben's nicht leicht. Nun, falls Sie es sich noch anders überlegen, rufen Sie mich an. Ich verlasse die Klinik frühestens in einer Stunde.« Diesmal ging sie wirklich.

Cassi starrte auf den Monet und überlegte, ob es sinnvoll war, in ihrem Zustand zu fahren. Allerdings konnte sie jetzt schon bedeutend besser sehen; die Wirkung der Tropfen ließ dank der Tränen endlich nach.

Thomas spürte das Zittern seiner Hände, als er die Tür zu seiner Praxis öffnete und das Licht anknipste. Der Uhr auf dem Schreibtisch seiner Sprechstundenhilfe zufolge war es halb sieben. Die Dunkelheit vor dem Fenster trug keinerlei Erinnerung mehr an die Sommernächte, in denen es oft bis halb zehn hell blieb. Er schloß die Tür und streckte den Arm aus. Es erschreckte ihn zu sehen, wie seine sonst so sichere Hand vibrierte. Wie konnte Cassi nur ständig weiter Druck auf ihn ausüben, wo er doch ohnehin schon so angespannt war?

Er trat an seinen Schreibtisch, öffnete die zweite Schublade von oben und holte eins seiner kleinen Plastikdöschen heraus. Der kindersichere Verschluß und seine eigene Erregung machten es fast unmöglich, das Döschen zu öffnen. Nur mit Mühe konnte er sich davon abhalten, es auf den Boden zu schmeißen und mit dem Absatz daraufzutreten. Endlich gelang es ihm, eine der gelben Pillen herauszubekommen. Trotz des bitteren Geschmacks schob er sie sich auf die Zunge und ging in den kleinen Waschraum, der immer noch nach Doris' Parfüm roch.

Er verzichtete auf ein Glas und beugte sich vor, um direkt aus dem Hahn zu trinken. Anschließend ging er zurück ins Sprechzimmer und nahm am Schreibtisch Platz. Seine Angst schien zuzunehmen. Wieder riß er die Schublade auf und kramte das Döschen hervor. Diesmal gelang es ihm nicht, den Verschluß zu öffnen. Wütend schmetterte er es auf den Schreibtisch, was lediglich zu einem schmerzenden Daumen und einer Kerbe in der Tischplatte führte.

Er schloß die Augen und mahnte sich, nicht die Beherrschung zu verlieren. Als er die Augen wieder öffnete, erinnerte er sich, daß man die beiden Pfeile in eine Reihe bringen mußte, wenn man das Döschen öffnen wollte.

Aber er verzichtete dann doch auf die zweite Pille. Statt dessen beschwor sein Geist das Bild von Laura Campbell herauf. Es gab keinen Grund, aus dem er allein bleiben mußte. *Ich wünschte, ich könnte irgend etwas für Sie tun,* hatte sie gesagt. *Was immer Sie wollen.* Er wußte, daß er ihre Telefonnummer bei den Unterlagen über ihren Vater hatte, um sie im Notfall schnell erreichen zu können. Und handelte es sich jetzt etwa nicht um einen Notfall? Thomas lächelte. Darüber hinaus gab es eine Menge Möglichkeiten, seine Absichten zu verbergen, falls er ihr Angebot mißdeutet haben sollte.

Er fand Mr. Campbells Mappe und wählte rasch Lauras Nummer, wobei er hoffte, daß die junge Frau zu Hause war. Bereits beim zweiten Klingeln hob sie ab.

»Hier spricht Dr. Kingsley. Es tut mir leid, wenn ich Sie störe.«

»Ist irgend etwas mit Vater?« fragte sie besorgt.

»Nein, nein«, beruhigte Thomas sie sofort. »Ihrem Vater geht es gut. Es tut mir sehr leid, daß er Gelbsucht bekommen hat – eine dieser unglückseligen Komplikationen. Ich wünschte, wir hätten sie vorhersehen können, aber in ein paar Tagen sollte eigentlich alles wieder im Lot sein. Wie auch immer, der Anlaß, aus dem ich anrufe, ist die in absehbarer Zeit bevorstehende Entlassung Ihres Vaters. Ich dachte, vielleicht möchten Sie, daß wir vorher noch einmal über den Fall sprechen.«

»Unbedingt«, meinte Laura. »Sie brauchen mir bloß zu sagen, wann es Ihnen paßt.«

Thomas drehte die Telefonschnur in der freien Hand hin und her. »Tja, das ist der Grund, aus dem ich gerade jetzt anrufe. Sie können sich vermutlich vorstellen, wie mein Zeitplan aussieht. Aber zufälligerweise warte ich auf eine Operation und bin allein in meiner Praxis. Ich dachte, vielleicht hätten Sie Lust vorbeizukommen.«

»Können Sie mir noch dreißig Minuten geben?« fragte Laura.

»Ich denke schon«, sagte Thomas. Er wußte, daß er jede Menge Zeit hatte.

»Ich bin in einer halben Stunde bei Ihnen.«

»Ach, noch was«, sagte Thomas. »Um ins Behandlungsgebäude zu gelangen, müssen Sie durch die Klinik gehen. Hier werden die Türen bereits um sechs Uhr abgesperrt.«

Er legte auf. Jetzt fühlte er sich schon viel besser. Die Angst war Erregung gewichen. Er legte das Pillendöschen wieder in die Schublade zurück. Dann rief er im Herzkatheterlabor an, um sich nach dem Patienten im kardiogenen Schock zu erkundigen. Wie er vermutet hatte, wartete der Patient noch immer auf die Katheterisierung. Was auch immer die Untersuchung ergeben mochte, Thomas hatte schätzungsweise noch einige Stunden Zeit.

Er empfing Laura an der Tür zum Sprechzimmer und bat sie herein. Er war angenehm berührt, daß sie auch diesmal ein dünnes, enganliegendes Seidenkleid trug. Es war von hellem Beige und entsprach fast der Farbe ihrer Haut. Unter dem Stoff zeichneten sich schwach die Konturen ihres Höschens ab.

Einen Moment lang überlegte er, wie er seine Worte wählen sollte, damit es nicht zu einer peinlichen Situation kam, falls er sie mißverstanden hatte. Schließlich entschied er sich, ihr noch einmal zu erklären, daß ihr Vater schon bald entlassen werden könne. Dann brachte er die Rede auf die langfristige Nachversorgung und, im Rahmen der Beschränkungen, die ihr Vater sich noch einige Zeit auferlegen müsse, auf das Thema Sex.

»Ihr Vater hat mich vor der Operation danach gefragt«, sagte er und beobachtete ihre Miene genau. »Ich weiß, daß Ihre Mutter vor ein paar Jahren gestorben ist, und wenn Ihnen das Thema daher nicht angenehm –«

»Ganz und gar nicht«, sagte Laura mit einem Lächeln. »Ich bin ein erwachsener Mensch.«

»Natürlich«, sagte Thomas und ließ seine Augen über ihr Kleid schweifen. »Das ist nicht zu übersehen.«

Laura lächelte erneut und strich sich das lange Haar von der Schulter.

»Auch ein Mann wie Ihr Vater hat noch sexuelle Bedürfnisse«, sagte Thomas.

»Als Arzt sind Sie darüber sicher besser als die meisten anderen Menschen informiert«, sagte Laura und beugte sich vor. Sie trug keinen Büstenhalter.

Thomas stand auf und trat um den Schreibtisch. Es gab für ihn jetzt keinen Zweifel mehr, daß Laura nicht gekommen war, um über ihren Vater zu sprechen. »Ich bin vor allem deswegen so gut darüber informiert, weil ich selbst eine Frau mit einem chronischen, kräfteverschleißenden Leiden habe.«

Laura lächelte. »Wie ich schon sagte, ich wünschte, ich könnte etwas für Sie tun.« Sie stand auf und ließ sich gegen ihn sinken. »Fällt Ihnen vielleicht irgend etwas ein?«

Thomas führte sie in den schwach beleuchteten Untersuchungsraum. Langsam half er ihr aus dem Kleid, ehe er sich selbst auszog und seine Kleider sorgfältig zusammengelegt auf einem Stuhl deponierte. Er drehte sich zu ihr um und war erfreut, sein Glied voll erigiert vorzufinden. »Wie finden Sie das?« fragte er mit leicht ausgebreiteten Armen.

»Umwerfend«, sagte Laura heiser und zog ihn an sich.

Nachdem sie sich solche Gedanken wegen der Heimfahrt gemacht hatte, war Cassi froh, daß sie völlig ereignislos verlief. Der gefährlichste Teil war der kurze Fußmarsch von der Garage zum Haus gewesen. Sie hatte vergessen, wie schnell es jetzt im Dezember dunkel wurde.

Schwarz ragte das Haus in den Nachthimmel, die Fenster schimmerten wie polierter Onyx. In der Diele fand Cassi einen Zettel von Harriet mit Anweisungen für das Aufwärmen des Abendessens. Immer wenn Harriet hörte, daß Thomas nicht nach Hause kommen würde, machte sie schon früher Feierabend. So widerborstig die alte Haushälterin auch sein konnte, heute abend wäre es Cassi lieber gewesen, nicht allein sein zu müssen.

Sie ging durchs Haus und schaltete überall die Lichter an, um die Räume etwas fröhlicher wirken zu lassen. Um diese Jahreszeit fand sie das weitschweifige Bauwerk mit seinen höhlenartigen Räumlichkeiten besonders kalt. Die Heizung sollte eigentlich für gemütliche Temperaturen sorgen, aber Cassi konnte ihren Atem sehen, als sie durch die hohl nachhallenden Flure ging.

Nur ihr Frühstückszimmer im ersten Stock war angenehm warm, beinahe behaglich. Im Badezimmer befand sich ein elektrischer Boiler, den sie anschaltete, ehe sie ihren Blutzukker untersuchte und sich die übliche Dosis Insulin injizierte. Dann ging sie unter die Dusche.

Sie versuchte, nicht soviel nachzudenken. Ihr Gefühlsausbruch hatte nichts genützt – außer, daß sie sich leer und ausgebrannt vorkam. Sie wußte, daß Joan recht hatte, was ihre Abhängigkeit betraf, und sie erinnerte sich wieder daran, wie sie sich mit Maureen Kavenaugh identifiziert hatte. Genau wie ihre Patientin fühlte sie sich hoffnungslos, eingeschüchtert und verängstigt. Sie fragte sich, ob ihr ebenfalls die Fähigkeit fehlte, ihr Leben zu beeinflussen, obwohl sie die Probleme erkannte. Und dann, in einem Anfall plötzlichen Entsetzens, begriff sie, wie sehr sie sich in den letzten Stunden selbst verleugnet hatte.

Einer der Gründe, aus denen sie vermutet hatte, Thomas könnte Drogen nehmen, waren seine Pupillen gewesen. Mehr als nur einmal in den letzten Wochen waren sie bis auf Stecknadelkopfgröße zusammengeschrumpft. Aber Dexedrine erweiterte die Pupillen! Es waren ganz andere Drogen, die zu verengten Pupillen führten – Drogen, an die Cassi nicht einmal zu denken wagte.

Sie stand im Schlafzimmer und spürte, wie ihre Handflächen feucht wurden. Sie wußte nicht, ob es vom Insulin herrührte oder von dem Schreck der plötzlichen Erkenntnis. Langsam ging sie den Korridor zum Arbeitszimmer ihres Mannes hinunter.

Sie schaltete das Licht an und blickte sich in dem leeren Zimmer um. Sie entsann sich der Konsequenzen ihres letzten Besuchs und wäre am liebsten weggerannt. Aber sie blieb.

Das Medizinschränkchen im Badezimmer sah genauso aus wie vor zwei Wochen: chaotisch. Es enthielt nichts, was geeignet gewesen wäre, ihren Verdacht zu erhärten. Auf Händen und Knien suchte Cassi den Boden unter dem Waschbecken ab. Nichts. Als nächstes kam der Handtuchschrank an die Reihe. Wieder nichts. Ein wenig erleichtert ging Cassi ins Arbeitszimmer zurück. Außer dem Schreibtisch und dem Ledersessel gab es darin noch das Couchbett, flankiert von zwei niedrigen Tischchen mit Lampen darauf, ein Kniekissen, eine ganze Wand voller Bücherregale, ein Spirituosenschränkchen und einen alten Sekretär mit Klauenfüßen. Auf dem Boden lag ein großer Perserteppich.

Cassi trat an den Schreibtisch, ein imposantes Möbel, das früher einmal dem Großvater ihres Mannes gehört hatte. Als sie ihre Hand ausstreckte und die kühle Platte berührte, hatte sie dasselbe Gefühl wie als Kind, wenn sie im Schlafzimmer ihrer Eltern herumstöberte. Sie zuckte mit den Schultern und zog die mittlere Schublade auf. Ihr Blick fiel auf ein Plastikschälchen mit Gummibändern, Büroklammern und anderem Krimskrams. Sie zog die Schublade bis zum Anschlag heraus und spähte unter den Papierstapel im Hintergrund. Auch hier nichts Ungewöhnliches. Befriedigt wollte Cassi die Schublade gerade wieder zuschieben, als sie eine Tür ins Schloß fallen hörte. Sie warf einen Blick aus dem Fenster und bemerkte die erleuchteten Fenster von Patricias Wohnung über der Garage. Sie hatte den Wagen gar nicht gehört, was aber nicht sonderlich überraschend war. Bei heruntergelassenen Sturmfenstern fanden nur wenige Geräusche den Weg von draußen herein. Die Garagentür war geschlossen. Hatte sie selbst dafür gesorgt? Sie konnte sich nicht daran erinnern. Eine Sekunde später erklangen Schritte in der Diele. Eisiger Schreck fuhr Cassi in die Glieder. Offenbar war Thomas doch nach Hause gekommen. Wenn er sie nach dem Zwischenfall mit Patricia wieder in seinem Arbeitszimmer vorfinden würde, konnte sie sich ausmalen, was passierte. Von Panik erfüllt blickte sie sich um, suchte einen Fluchtweg. Aber bevor sie sich auch nur bewegen konnte, wurde schon die Tür geöffnet.

Es war Patricia. Ungläubig starrten die Frauen einander an, eine überraschter als die andere.

»Was tun Sie hier?« fragte Patricia schließlich.

»Dieselbe Frage wollte ich Ihnen auch gerade stellen«, gab Cassi von ihrem Platz hinter dem Schreibtisch zurück.

»Ich habe das Licht hier gesehen und nahm an, Thomas wäre endlich nach Hause gekommen. Als seine Mutter habe ich schließlich das Recht, ihn hin und wieder zu sehen.«

Cassi nickte geistesabwesend, als wäre sie derselben Meinung. Tatsächlich war es ihr eine Quelle steten Ärgers gewesen, daß Patricia einen Hausschlüssel besaß und herüberkam, wann immer ihr der Sinn danach stand.

»Das war meine Erklärung«, sagte Patricia. »Jetzt möchte ich gern Ihre hören.«

Cassi wußte, daß sie einfach antworten sollte, dies sei ihr Haus und sie könne jeden Raum betreten, wann immer sie wolle, aber ihre Schuldgefühle waren so stark, daß sie kein Wort herausbrachte.

»Ich glaube, ich weiß schon Bescheid«, sagte Patricia verächtlich. »Und ich muß sagen, es macht mich wütend. In seinen Sachen herumzuschnüffeln, während er in der Klinik um Menschenleben ringt! Was für eine Frau sind Sie eigentlich?«

Patricias Frage hing in der Luft wie statische Elektrizität. Cassi versuchte gar nicht erst zu antworten. Sie hatte sich diese Frage in letzter Zeit selbst das eine oder andere Mal gestellt.

»Ich denke, Sie sollten diesen Raum sofort verlassen«, verlangte Patricia Kingsley scharf.

Cassi erhob keine Einwände. Mit gesenktem Kopf ging sie an ihrer Schwiegermutter vorbei und aus dem Zimmer. Patricia folgte ihr und schloß die Tür. Ohne einen Blick zurück stieg Cassi die Treppe hinunter und in die Küche. Sie hörte die Haustür ins Schloß fallen und nahm an, daß Patricia gegangen war. Natürlich würde sie Thomas erzählen, daß sie Cassi in seinem Arbeitszimmer entdeckt hatte. Es war unvermeidlich.

Mit Abscheu betrachtete sie das Essen, das Harriet auf dem Herd stehengelassen hatte, aber sie wußte, daß sie eine gewisse Menge Kalorien zu sich nehmen mußte, um das Insulin in ihrem Körper auszubalancieren. Während sie die aufgewärmte Mahlzeit hinunterwürgte, beschloß sie, noch einmal ins Arbeitszimmer zu gehen und die Suche zu Ende zu bringen. Nachdem sie bereits ertappt worden war, hatte sie nichts mehr zu befürchten, außer vielleicht das Ergebnis.

Natürlich bestand immer noch die Möglichkeit, daß Thomas plötzlich auftauchte, aber sie würde einfach auf das Motorengeräusch des Porsche achten. Um sich nicht noch einmal mit Patricia auseinandersetzen zu müssen, zog sie die schweren Vorhänge zu und benutzte eine Taschenlampe, wie ein richtiger Einbrecher. Sie fing gleich mit dem Schreibtisch an und arbeitete sich Schublade für Schublade voran. Es dauerte nicht lange. Schon in der zweiten Schublade von oben entdeckte sie in einer Briefpapierschachtel eine Sammlung von Tablettendöschen, einige davon waren leer, aber die meisten noch voll. Alle schienen vom selben Arzt verschrieben worden zu sein, einem gewissen Dr. Allan Baxter. Kein Verschreibungsdatum lag länger als drei Monate zurück.

Außer dem Dexedrine fanden sich noch zwei andere Präparate, und Cassi steckte von jedem eine Pille ein. Dann arrangierte sie alles wieder so, wie sie es vorgefunden hatte, und schloß die Schublade. Sie schaltete die Taschenlampe aus, öffnete die Vorhänge und ging rasch in ihr Zimmer. Als sie ihr *Chemie für Mediziner* aufschlug und die Pillen mit den entsprechenden Abbildungen verglich, erkannte sie, daß ihr Verdacht berechtigt gewesen war. »O Gott!« entfuhr es ihr. Dexedrine gegen Übermüdung war eine Sache, aber Psychodrogen wie Percodan und Talwin etwas ganz anderes.

Zum zweitenmal an diesem Tag brach Cassi in Tränen aus. Diesmal versuchte sie gar nicht erst, ihre Schluchzen zu unterdrücken. Sie warf sich aufs Bett und weinte hemmungslos.

Trotz des Zwischenspiels mit Laura beschloß Thomas, das geplante Rendezvous mit Doris einzuhalten. Er fand es enttäuschend genug, daß der Patient, dessentwegen er in der Klinik geblieben war, bei der Herzkatheterisierung einen zweiten Infarkt erlitten hatte und nicht operiert werden konnte.

Doris öffnete ihm im selben Moment, in dem er auf den Klingelknopf drückte. Als er den zweiten Stock erreicht hatte, sah er sie scheu den Kopf aus der Tür strecken. Als sie ihn eintreten ließ, begriff er, warum sie sich versteckt hatte. Sie trug ein durchsichtiges schwarzes Leibchen, das vorne verschnürt war und keilförmig zwischen ihren Beinen verschwand. Es bedeckte ungefähr die gleiche Fläche wie ein einteiliger Badeanzug.

»Glenlivet mit Perrier«, sagte sie, reichte ihm ein volles Glas und preßte sich an ihn, ehe er auch nur die Zeit gefunden hatte, seinen Mantel abzulegen.

Als Doris sich in die Küche zurückzog, rief Thomas die Telefonvermittlung des Memorial an. Er hinterließ die Nummer, unter der er zu erreichen war, und erklärte, daß sie ausschließlich für den diensthabenden Arzt in der Herzchirurgie bestimmt sei. Sie durfte auf keinen Fall jemand anderem gegeben werden, und wenn eine Frage auftauchte, sollte der Diensthabende persönlich anrufen.

6

»Ich muß los«, meinte Clark Reardon. »Meine Alte hat mir gesagt, ich sollte nicht wieder so spät kommen.«

»Tja, war schön, dich zu sehen, Mann«, sagte Jeoffry. »Danke, daß du gekommen bist. Weiß das wirklich zu schätzen!«

»Keine Ursache«, sagte Clark und erhob sich von dem Metallstuhl, den er sich an Jeoffry Washingtons Bett gerückt hatte. Er hob die Hand und wartete, bis Jeoffry die seine ausgestreckt hatte, ehe er freundschaftlich einschlug.

»Und wann kommst du endlich hier raus, Mann?« fragte er.

»Bald, schätze ich. Vielleicht in ein paar Tagen. Ich bin nicht ganz sicher. Sie verpassen mir immer noch diese Infusionen.« Jeoffry hob den linken Arm und deutete auf den gewundenen Plastikschlauch. »Gleich nach der Operation hatte ich eine Entzündung in den Beinen. Zumindest hat Dr. Sherman das behauptet. Also haben sie mir Antibiotika verabreicht. Ein paar Tage lang ging's mir verdammt schlecht, aber jetzt fühle ich mich schon wieder besser. Das Beste, was mir bisher passierte, war, daß sie den verdammten Herzmonitor rausgeschafft haben. Ich sage dir, das Piepsen von der Mutter hat mich einfach verrückt gemacht.

»Wie lange liegst du eigentlich schon hier?«

»Neun Tage.«

»Das ist doch gar nicht so schlimm.«

»Von diesem Ende aus betrachtet nicht. Aber ich kann dir sagen, am Anfang hatte ich ganz schön Schiß. Na ja, ich konnte es mir nicht aussuchen. Sie haben mir gesagt, daß ich sterben würde, wenn ich mich nicht operieren ließe. Was soll man da schon machen?«

»Nichts! Ich seh' dich morgen abend und bring' dir die Bücher mit, die du haben wolltest. Sonst noch was?«

»Wie wär's mit 'n bißchen Gras?«

»Du spinnst wohl, was?«

»Hab nur 'n Witz gemacht.«

Clark winkte Jeoffry von der Tür aus noch einmal zu, ehe er sich umdrehte und den Gang entlangging.

Jeoffry blickte sich in seinem Zimmer um. Er war froh, daß er hier bald herauskam. Das andere Bett war leer. Sein Zimmergenosse war heute morgen entlassen worden, und noch hatten sie keinen neuen dazugelegt. Jeoffry litt ein wenig darunter, so allein zu sein, besonders jetzt, nachdem Clark gegangen war und es nichts mehr gab, worauf er sich freuen konnte. Jeoffrys Meinung nach war ein Krankenhaus kein Ort, wo man einen Menschen allein lassen sollte. Es gab zu viele beängstigende Prozeduren, denen man sich unterziehen mußte, und zu viele seelenlose Maschinen.

Jeoffry schaltete den Miniaturfernseher an, der am Fußende des Betts stand. Etwa gegen Ende der zweiten Comedy-Show erschien Miss De Vries, die schwammige Nachtschwester. Sie tat so, als hätte sie etwas Leckeres für ihn zu essen, und verlangte, daß er die Augen schloß und den Mund öffnete. Er gehorchte, wobei ihm ziemlich klar war, worauf der ganze Zauber hinauslief, und natürlich hatte er recht: Es war ein Thermometer.

Zehn Minuten später kehrte sie zurück, nahm das Thermometer wieder an sich und verabreichte ihm dafür eine Schlaftablette. Er nahm die Tablette und spülte sie mit Wasser aus einem Glas vom Nachttisch neben dem Bett hinunter, während die Schwester das Thermometer ablas.

»Habe ich Temperatur?« fragte Jeoffry.

»Jeder hat Temperatur«, sagte Miss De Vries.

»Wie konnte ich das nur vergessen«, seufzte Jeoffry, denn er hatte diese Antwort nicht zum erstenmal erhalten. »Also gut, habe ich Fieber?«

»Ich bin nicht befugt, diese Frage zu beantworten«, sagte Miss De Vries.

Jeoffry konnte nie verstehen, warum die Schwestern ihm nicht sagen wollten, ob er Temperatur – Pardon, Fieber – hatte oder nicht. Immer sagten sie, das müsse der Doktor entscheiden, was absolut verrückt war. Schließlich handelte es sich um seinen Körper.

»Was ist mit diesem Infusionsschlauch hier?« fragte Jeoffry, als die Schwester sich wieder zurückziehen wollte. »Wann kommt der endlich heraus, damit ich mal wieder richtig duschen kann?«

»Darüber weiß ich nichts.« Sie winkte ihm zu, bevor sie verschwand.

Jeoffry verdrehte den Kopf und blickte zu der IV-Flasche hinauf. Einen Moment lang beobachtete er den regelmäßigen Fall der Tropfen in die kleine Kammer. Er seufzte und wandte sich wieder dem Fernsehapparat und den Abendnachrichten zu. Es würde eine echte Erleichterung sein, wenn sie ihm diese Leine endlich abnahmen.

Als das Telefon zum erstenmal klingelte, fuhr Thomas hoch und wußte einen Herzschlag lang nicht, wo er sich befand. Beim zweiten Klingeln drehte sich Doris zu ihm um und fragte: »Willst du drangehen, oder soll ich?« Ihre Stimme war heiser vom Schlaf. Sie stützte sich auf den linken Ellenbogen.

Thomas betrachtete sie im Halbdunkel. Sie sah grotesk aus mit ihrem dicken Haar, das vom Kopf abstand, als hätte man ihr einen 1000-Volt-Stoß durch den Körper gejagt. Anstelle der Augen hatte sie schwarze Löcher. Er brauchte einen Moment, bis er sich erinnern konnte, wer sie überhaupt war.

»Ich gehe schon«, sagte Thomas und erhob sich taumelnd. Sein Kopf fühlte sich an wie ein Mühlstein.

»Es steht in der Ecke beim Fenster«, sagte Doris und ließ sich wieder in die Kissen fallen.

Thomas tastete sich an der Wand entlang, bis er die offene Tür zum Wohnzimmer erreicht hatte, wo das Fenster zur Straße mehr Licht hereinließ.

»Dr. Kingsley, hier spricht Peter Figman«, sagte der diensthabende Arzt der Herzchirurgie, als Thomas abnahm. »Ich hoffe, ich störe Sie nicht, aber Sie hatten hinterlassen, daß man Sie informieren solle, wenn jemand in den OP kommt. Wir haben hier eine Stichwunde in der Brustgegend, die innerhalb der nächsten Stunde operiert wird.«

Thomas lehnte sich gegen den kleinen Telefontisch. Die Kälte im Raum half ihm, sich zu orientieren. »Wie spät ist es?«

»Kurz nach ein Uhr morgens.«

»Danke. Ich bin in ein paar Minuten bei Ihnen.«

Als Thomas aus dem Hauseingang trat, drang der eisige Dezemberwind ihm sofort bis auf die Knochen. Er schlug den Kragen hoch, zog den Kopf ein und trabte in Richtung Krankenhaus los. Alle paar Sekunden trieb ein Windstoß Papierfetzen und Staub auf ihn zu, und er mußte sich umdrehen und einige Schritte rückwärts gehen. Er war erleichtert, als er um die Ecke bog und den Gebäudekomplex des Boston Memorial sehen konnte.

Als er sich dem Haupteingang näherte, passierte er die Parkgarage zur Linken. Die Betonhalle war dem Zugriff der Elemente offen preisgegeben. Tagsüber war sie bis auf den letzten Platz besetzt, jetzt hingegen fand sich nur hier und dort ein vereinzeltes Fahrzeug. Als er einen Blick zu seinem Porsche hinüberwarf, bemerkte er einen anderen bekannten Wagen: Der blaugrüne Mercedes 300 Turbo Diesel gehörte George Sherman!

Thomas konsultierte seine Armbanduhr. Es war Viertel nach eins. Was hatte George um diese Zeit in der Klinik zu suchen?

Er begab sich auf direktem Weg zum OP und zog sich um. Als er eine der OP-Schwestern traf, fragte er sie, ob George Sherman heute nacht einen Fall gehabt hätte.

»Nicht daß ich wüßte«, sagte die Schwester. »Wir hatten hier die ganze Nacht keinen Brustfall, mit Ausnahme der Stichwunde, um die Sie sich gerade kümmern.«

Vor Operationssaal 18 stand Peter Figman und wusch sich die Hände. Er war ein schlanker junger Mann mit einem Babygesicht, der aussah, als müßte er sich noch nicht einmal regelmäßig rasieren. Thomas hatte ihn schon mehrmals gesehen, aber noch nie mit ihm gearbeitet. Er stand in dem Ruf, intelligent zu sein, sichere Hände zu haben und seinen Beruf zu lieben.

Sobald er Thomas erblickte, weihte er ihn in die Begleitumstände des Falls ein. Der Patient war während eines Hockeyspiels im Boston Garden niedergestochen worden, hielt sich aber gut, obwohl es anfangs in der Notaufnahme etwas Probleme mit dem Blutdruck gegeben hatte. Man hatte acht verschiedene Blutkonserven bereitgestellt, ihm aber noch keine gegeben. Die ursprüngliche Annahme, die Klinge könnte eine der Hauptschlagadern verletzt haben, hatte sich nicht bestätigt.

Während Thomas dem Bericht lauschte, nahm er eine der grünen Gesichtsmasken aus der Schachtel in dem Regal über dem Waschbecken. Er zog die etwas altmodischeren Masken, die von einem Band im Nacken und einem hinter dem Kopf gehalten wurden, den neuen mit nur einem elastischen Band für den Hinterkopf vor. Heute nacht allerdings entglitt ihm immer wieder eins der beiden Bänder. Dann rutschte ihm die Maske selbst aus der Hand und fiel zu Boden. Thomas stieß einen lautlosen Fluch aus und griff nach einer anderen.

Erstaunt stellte Peter Figman fest, daß die Hand seines älteren Kollegen zitterte. »Sind Sie in Ordnung, Dr. Kingsley?«

Die Hand noch in der Schachtel, wandte Thomas Peter langsam den Kopf zu. »Was soll das heißen, ob ich in Ordnung bin?«

»Ich dachte, vielleicht geht es Ihnen nicht gut«, meinte Peter eingeschüchtert.

Thomas riß die Maske aus der Schachtel und nahm dabei noch eine weitere mit, die ins Waschbecken fiel. »Und was bringt Sie auf den Gedanken, es könnte mir vielleicht nicht gut gehen?«

»Ich weiß nicht, nur so ein Gedanke eben«, antwortete Peter ausweichend. Er bereute es schon, überhaupt etwas gesagt zu haben.

»Nur zu Ihrer Information, ich fühle mich hervorragend«, sagte Thomas und unternahm nicht den geringsten Versuch, seinen Ärger zu verbergen. »Aber es gibt etwas, das ich bei keinem Praktikanten dulde, mit dem ich arbeite, und das ist Unverschämtheit.«

»Ich verstehe«, sagte Peter, nur zu bereit, das Thema abzuschließen.

Thomas ließ den jungen Arzt am Waschbecken stehen und stieß die Tür zum OP auf. Du meine Güte, dachte er, können diese Kinder sich denn nicht mehr vorstellen, wie das ist, wenn man aus tiefstem Schlaf gerissen wird? Jeder zittert hin und wieder, bis er hellwach ist, oder nicht?

Im OP herrschte hektische Betriebsamkeit. Der Patient stand bereits unter Narkose, die Assistenzärzte präparierten seine Brust für den Eingriff. Thomas nahm die Röntgenbilder in Augenschein. Als er mit dem Rücken zum Raum stand, hob er eine Hand. Das Zittern war kaum zu bemerken. Er hatte schon heftigere Anfälle gehabt. Mit einiger Befriedigung stellte er sich vor, wie er Figman in die Mangel nehmen würde, wenn er turnusmäßig in der Herzchirurgie hospitieren mußte.

Thomas plazierte sich im Hintergrund des Operationssaals und beobachtete sorgfältig, wie das Team an die Arbeit ging. Er war bereit, einzuspringen, falls er gebraucht werden sollte, aber Peter Figman schien ein technisch sauberer Operateur zu sein. Nach ein paar Minuten fragte Thomas die anderen Praktikanten, ob sie an einen möglichen Hämatoperikard gedacht hatten, aber keiner der Anwesenden, nicht einmal Peter, war auf den Gedanken gekommen, den Patienten daraufhin zu untersuchen, obwohl erst bei der letzten Exituskonferenz über einen solchen Fall gesprochen worden war. Als Thomas den Eindruck gewonnen hatte, daß es sich um einen Routinefall handelte und keine Komplikationen zu erwarten waren, stand er auf, streckte sich und ging zur Tür. »Ich bin draußen, falls irgendwas schiefgehen sollte. Ihr leistet gute Arbeit.«

Kaum hatte sich die Tür des Operationssaals hinter ihm geschlossen, blickte Peter Figman auf und flüsterte: »Ich glaube,

Dr. Kingsley hat heute abend einen über den Durst getrunken.«

»Das scheint mir auch«, sagte einer der anderen Praktikanten.

Thomas war auf seinem Stuhl im OP von einer plötzlichen Schläfrigkeit übermannt worden. Aus Angst, womöglich vor aller Augen einzunicken, hatte er den Saal verlassen. Draußen holte er mehrmals tief Luft. Er konnte sich beim besten Willen nicht mehr erinnern, wieviel Scotch er bei Doris getrunken hatte. In Zukunft mußte er vorsichtiger sein.

Unglücklicherweise hielten sich im Casino zwei Schwestern auf, die gerade Kaffeepause hatten, so daß er sich nicht wie geplant auf der Couch ausstrecken konnte, sondern mit einer der Liegen im Umkleideraum vorliebnehmen mußte. Als er an einem Fenster vorbeiging, bemerkte er, daß in einem der Büros im Sherington-Gebäude noch Licht brannte. Er zählte die Fenster des entsprechenden Stockwerks von hinten ab und stellte fest, daß es sich um Ballantines handelte. Er warf einen Blick auf die Uhr über der Kaffeemaschine. Es war beinahe zwei Uhr morgens! Hatte der Hausmeister vielleicht einfach vergessen, das Licht auszuschalten?

»Entschuldigen Sie«, rief er den beiden Schwestern zu, »ich bin im Umkleideraum, für den Fall, daß ich im OP gebraucht werde. Würde eine von Ihnen so freundlich sein, mich zu wekken, wenn ich einschlafe?«

Als er die Schwingtür zum Umkleideraum aufstieß, fragte er sich, ob das Licht in Ballantines Büro etwas mit der Tatsache zu tun hatte, daß George Shermans Wagen in der Parkgarage stand. Der mögliche Zusammenhang bereitete Thomas Unbehagen.

Die fensterlose Nische mit den beiden Pritschen lag nicht völlig im Dunkeln. Das Licht aus dem Casino fiel über den kurzen Gang bis in den Umkleideraum. Wie üblich waren die

Liegen frei. Thomas hatte den Verdacht, daß er der einzige war, der sie je benutzte.

Er griff in die Tasche seines Chirurgenkittels und fand die kleine gelbe Pille, die er dort verstaut hatte. Geschickt brach er sie in zwei Hälften. Die eine schob er sich in den Mund, um sie auf der Zunge zergehen zu lassen. Die andere steckte er wieder in die Tasche, für den Fall, daß er sie später vielleicht brauchte. Als er die Augen schloß, fragte er sich, wie lange es wohl dauern würde, bis man ihn wieder weckte.

Um Viertel vor drei Uhr morgens schien das Treppenhaus des Memorial eher zu einem gigantischen Mausoleum als zu einem Krankenhaus zu gehören. Der lange vertikale Schacht funktionierte fast wie ein Kamin, und von irgendwoher im Innern des riesigen Gebäudes brachte der Luftzug das dunkle Wimmern des kalten Winterwinds mit sich. Als die Gestalt, die sich vorsichtig durch das Treppenhaus bewegte, die Tür zum achtzehnten Stock öffnete, zischte die Luft hinein wie in ein Vakuum.

Der Mann trug den üblichen weißen Krankenhauskittel und hatte daher keine Angst, daß man ihn sehen könnte, obwohl es ihm lieber war, wenn er unbemerkt blieb. Bevor er die Tür hinter sich zufallen ließ, überprüfte er sorgfältig, ob der Korridor in seiner ganzen Länge menschenleer war. Schließlich trat er auf den Gang hinaus.

Mit einer Hand in der Tasche seines weißen Kittels bewegte sich der Mann rasch und lautlos über den Flur auf Jeoffry Washingtons Zimmer zu. Vor der Tür blieb er stehen und wartete einen Moment. Im Schwesternzimmer herrschte Stille. Alles was er hören konnte, waren die gedämpften Piepstöne der Herzmonitore und das Zischen der Respiratoren.

In Sekundenschnelle hatte der Mann die Zimmertür geöffnet und wieder hinter sich geschlossen. Der Raum war dunkel bis auf einen schmalen Lichtstreifen, der aus dem Badezimmer fiel; die Tür war nur angelehnt. Sobald seine Augen sich an das Zwielicht gewöhnt hatten, zog der Mann die Hand aus der Kitteltasche. Seine Finger hielten eine Injektionsnadel. Er schob die Kappe der Nadel in die andere Tasche und bewegte sich flink auf das Bett zu. Dann erstarrte er.

Das Bett war leer!

Jeoffry Washington gähnte so heftig, daß ihm das Wasser in die Augen schoß und seine Kieferknochen knackten. Er schüttelte den Kopf und warf die drei Wochen alte Ausgabe der *Time* auf den niedrigen Tisch. Er saß im Aufenthaltsraum der Patienten gegenüber dem Behandlungszimmer. Er stand auf und schob seinen Infusionsständer vor sich her, als er auf das halbdunkle Schwesternzimmer losging. Er hatte gehofft, daß ein kleiner Spaziergang über den Flur ihm helfen würde, müde zu werden, aber vergebens. Er war noch so munter, als wenn er sich die ganze Zeit im Bett herumgewälzt hätte.

Pamela Breckenridge sah ihn durch die offene Tür auftauchen, genau wie schon in den beiden Nächten vorher. Um Geld zu sparen, brachte sie sich ihr Essen von zu Hause mit, statt in die Cafeteria zu gehen, und Jeoffry erschien immer dann, wenn sie zu essen anfangen wollte.

»Könnte ich wohl noch eine Schlaftablette haben?« fragte er.

Pamela schluckte den Bissen, den sie im Mund hatte, hinunter und beauftragte eine der praktischen Schwestern, Jeoffry noch eine Dalmane zu geben. Dr. Sherman hatte ein Einsehen gehabt und *1 x rep.* hinter seine ursprüngliche Verordnung geschrieben.

Jeoffry nahm die Tablette und den Papierbecher mit Wasser, den die Schwester ihm über den Tresen reichte, so nonchalant entgegen, als stünde er an einer Bar. Er schluckte die Tablette hinunter und trank den Becher aus. Gott, was hätte er jetzt nicht alles für ein paar Züge Gras gegeben. Er bedankte sich und trat gemächlich seinen Rückweg an.

Je weiter er sich vom Schwesternzimmer entfernte, desto dunkler war der Gang. Mit jedem Schritt wurde der Schatten, den er vor sich auf den Vinylboden warf, größer. Die Stange des Infusionsständers ließ ihn aussehen wie einen Propheten, der seinen Stab umklammerte. Er öffnete die Tür, schob den Ständer ins Zimmer und stieß die Tür mit dem Fuß ins Schloß. Wenn er überhaupt Schlaf finden wollte, brauchte er völlige Dunkelheit.

Er baute den Ständer neben dem Bett auf, setzte sich auf die Matratzenkante und wollte gerade die Füße hochschwingen, als er einen leisen Schrei ausstieß.

Wie ein Geist tauchte eine weißgekleidete Gestalt aus dem Badezimmer auf.

»Mein Gott!« sagte Jeoffry und atmete hörbar aus. »Sie haben mir aber einen ganz schönen Schrecken eingejagt.«

»Leg dich hin, bitte.«

Jeoffry gehorchte sofort. »Um diese Zeit hätte ich Sie nie erwartet.«

Er sah zu, wie der Besucher eine Spritze aus der Tasche zog und den Inhalt in seine IV-Flasche injizierte. Er schien einige Schwierigkeiten zu haben, denn die Flasche schlug wiederholt gegen den Ständer.

»Was geben Sie mir denn da?« fragte Jeoffry, unsicher, ob er überhaupt fragen sollte, aber seine Neugier war stärker als die Hemmungen.

»Vitamine.«

Jeoffry fand, daß es eine komische Zeit sei, um mit Vitaminen versorgt zu werden, aber andererseits war ein Krankenhaus ja auch ein komischer Ort.

Sein Besucher gab es endlich auf, die Nadel durch den Boden der Infusionsflasche stechen zu wollen, und widmete sich jetzt der Injektionskanüle an dem Gummischlauch nahe Jeoffrys Handgelenk. Hier ging es viel leichter; problemlos glitt die Nadel durch die Gummikappe der Kanüle. Jeoffry sah zu, wie der Kolben rasch hinuntergedrückt wurde und die Flüssigkeit im Schlauch in die Kammer über seinem Kopf zurücksteigen ließ. Er spürte einen leichten Schmerz, führte ihn aber auf den gestiegenen Druck in der Infusionsflasche zurück.

Aber der Schmerz ließ nicht nach. Im Gegenteil, er wurde stärker. Viel stärker!

»Mein Gott!« schrie Jeoffry. »Mein Arm! Es tut so weh!«

Weiße Hitze begann sich seinen Arm hochzufressen. Der Besucher packte Jeoffrys Arm, um ihn stillzuhalten, und öffnete den Tropfverschluß der IV-Flasche, so daß sich die Flüssigkeit in einem steten Strom in seinen Körper ergoß.

Der Schmerz, den Jeoffry vorher schon für unerträglich gehalten hatte, wurde noch schlimmer. Wie geschmolzene Lava breitete er sich in seiner Brust aus. Mit der freien Hand versuchte er seinen Besucher zu packen.

»Rühr mich nicht an, du schwuler Scheißkerl!«

Trotz seiner Schmerzen ließ Jeoffry los. Auf einmal hatte er Angst. Etwas Schreckliches geschah mit ihm. Verzweifelt versuchte er seinen Arm aus dem Griff des Eindringlings zu befreien.

»Was machen Sie mit mir?« keuchte er. Er wollte schreien, aber eine Hand preßte sich brutal auf seinen Mund und ließ ihn verstummen.

In diesem Moment durchlief der erste Krampf Jeoffrys Körper. Er bäumte sich im Bett auf, die Augen verdrehten sich, bis die Pupillen im Kopf verschwunden waren. Innerhalb weniger Sekunden steigerte sich das Tempo der Zuckungen zu einem regelrechten epileptischen Anfall, der das Bett erzittern ließ. Der Eindringling ließ Jeoffrys Arm los und rückte das Bett von der Wand, damit es aufhörte zu klirren. Dann warf er einen Blick auf den Korridor und rannte zurück zum Treppenhaus.

Jeoffry wand sich in lautlosen Krämpfen, bis sein Herz, das begonnen hatte, unregelmäßig zu schlagen, einen Moment lang flimmerte und schließlich ganz aussetzte. Bereits nach wenigen Minuten hörte auch sein Gehirn auf zu funktionieren. Nur der Körper fuhr fort zu zucken, bis die Muskeln ihren Vorrat an Sauerstoff verbraucht hatten.

Thomas hatte das Gefühl, gerade erst die Augen geschlossen zu haben, als die Schwester sich über ihn beugte und ihn wachrüttelte. Benommen drehte er sich herum und blickte in das lächelnde Gesicht der jungen Frau.

»Sie werden im OP gebraucht, Dr. Kingsley.«

»Bin sofort da«, sagte er.

Er wartete, bis die Schwester sich wieder entfernt hatte, dann schwang er die Füße auf den Boden. Sein Kopf wurde nur allmählich klarer. Manchmal hatte er das Gefühl, daß es schlimmer sei, nur kurz zu schlafen, als überhaupt keinen Schlaf zu bekommen. Er taumelte zu seinem Schrank, suchte nach einer Dexedrine und spülte sie mit Wasser aus der Trinkfontäne hinunter. Dann schlüpfte er in einen frischen Chirurgenkittel, aber nicht ohne die halbe Tablette aus der Tasche des alten in den neuen hinüberzuretten.

Als er vor Operationssaal 18 eintraf, hatte das Dexedrine seinen Kopf von aller Müdigkeit befreit. Er beschloß, mit dem Händewaschen zu warten, bis er wußte, was eigentlich los war.

Die Praktikanten standen um den anästhesierten Patienten herum, ihre behandschuhten Hände ruhten auf dem Rand des Operationstisches. Die Szene sah nicht sehr verheißungsvoll aus.

»Was ist…« Thomas räusperte sich, denn seine Stimme war noch heiser vom Schlaf. »Was ist los?«

»Sie hatten recht, was den Hämoperikard betraf«, sagte Peter voller Respekt. »Das Messer hat den Herzbeutel durchstoßen und die Oberfläche des Herzens gestreift. Es war zwar kein Blut ausgetreten, aber wir haben uns gefragt, ob wir den Riß nähen sollen.«

Thomas ließ sich von der Springschwester einen Stuhl bringen und stellte ihn hinter Peter, von wo aus er einen guten Blick in die Wundöffnung werfen konnte. Peter trat zur Seite und deutete auf den Riß.

Erleichtert sah Thomas, daß es sich nur um einen unbedeutenden Schnitt handelte, der alle wichtigen Blutgefäße verfehlt hatte. »Lassen Sie ihn, wie er ist«, sagte er. »Die Naht könnte mehr Probleme verursachen, als sie nützt.«

»In Ordnung«, sagte Peter.

»Lassen Sie den Herzbeutel ebenfalls offen«, riet Thomas. »Auf diese Weise vermeiden wir eventuelle Schwierigkeiten mit der Tamponade in der postoperativen Phase. Sollte es noch zu Blutungen kommen, wird der Schnitt wie ein Abfluß wirken.«

Eine Stunde später begab sich Thomas von der Klinik in seine Praxis. Als Folge der Aufputschtablette fühlte er sich unangemessen frisch und munter, und seine Gedanken kreisten immer wieder um Ballantine und Sherman. Ganz offenbar hatten sie eine Art Geheimkonferenz angesetzt, und während er sich fragte, was sie wohl im Schilde führen mochten, spürte er, wie seine Angst zurückkehrte. Er wußte auch, daß er nun keinen Schlaf mehr finden würde, es sei denn, er nahm eine weitere Tablette.

Normalerweise versetzte ihm eine einzige Dexedrine nicht einen derartigen Energiestoß, aber wahrscheinlich lag es an seiner allgemeinen Erschöpfung. Er holte ein Percodan aus seinem Schreibtisch. Dann rief er Doris an, denn er fürchtete, am nächsten Morgen womöglich zu verschlafen. Er mußte das Telefon lange klingeln lassen. Im Geiste zeichnete er den komplizierten Weg von ihrem Bett zum Telefon nach. Er fragte sich, warum sie sich keinen Nebenanschluß legen ließ. Als sie endlich abhob, sagte er: »Hör zu, du mußt morgen um halb sieben in der Praxis sein.«

»Aber das ist ja schon in drei Stunden«, protestierte sie.

»Mein Gott, du brauchst mir nicht zu sagen, wie spät es ist«, schrie Thomas. »Glaubst du, das weiß ich nicht? Aber ich habe um halb acht meine erste von drei *by-pass*-Operationen, und ich möchte, daß du herkommst und mich weckst, verstanden?«

Er knallte den Hörer auf die Gabel. »Selbstsüchtiges Miststück«, sagte er, während er sein Kopfkissen mit wütenden Schlägen zurechtklopfte.

7

Blinzelnd öffnete Cassi die Augen. Die Uhr zeigte kurz nach fünf, und draußen war es noch dunkel. Sie hatte noch zwei Stunden Zeit zum Schlafen.

Eine Weile lag sie reglos im Bett und lauschte. Zuerst dachte sie, ein Geräusch gehört zu haben, aber nach einiger Zeit war ihr klar, daß sie von einem Vorgang in ihrem Kopf geweckt worden war. Das klassische Symptom für eine Depression.

Zuerst versuchte sie, sich einfach auf die andere Seite zu drehen und sich die Decke über den Kopf zu ziehen, aber sie merkte schnell, daß sie damit keinen Erfolg haben würde. Sie konnte nicht wieder einschlafen. Also beschloß sie aufzustehen, obwohl ihr klar war, daß sie dann den ganzen Tag über zu nichts zu gebrauchen sein würde. Und dabei waren Thomas und sie am Abend noch zu den Ballantines eingeladen.

Das Haus war eiskalt, und sie zitterte, als sie in ihren Morgenrock fuhr. Im Badezimmer schaltete sie den Boiler ein und stellte sich unter die Dusche.

Während sie das heiße Wasser über ihren Körper laufen ließ, erinnerte sich Cassi widerstrebend an den Grund für ihre Depression – die Medikamente, die sie im Schreibtisch ihres Mannes gefunden hatte. Und Patricia würde es sich natürlich nicht nehmen lassen, ihren Sohn darüber zu informieren, daß sie Cassi in seinem Arbeitszimmer beim Herumstöbern beobachtet hatte. Thomas würde keine Sekunde brauchen, um zu erraten, was sie gesucht hatte.

Cassi stellte die Dusche ab und versuchte, zu einem Entschluß zu kommen. Sollte sie zugeben, die Drogen gefunden zu haben, und ihn solcherart mit der Wahrheit konfrontieren? War das Vorhandensein der Tabletten überhaupt ein ausreichender Anklagepunkt? Konnte es nicht eine andere Erklärung für die Plastikdöschen in seiner Schublade geben? Letzteres bezweifelte Cassi allerdings, wenn sie an die häufig so stark verengten Pupillen ihres Mannes dachte. So sehr sie sich danach sehnte, etwas anderes glauben zu können, war es doch mehr als wahrscheinlich, daß Thomas selbst die Pillen nahm. Wie viele, wußte sie nicht. Ebensowenig wußte sie, inwieweit sie selbst schuld daran war.

Vielleicht sollte sie Hilfe suchen, aber bei wem? Sie hatte nicht die geringste Ahnung. Patricia kam ganz offensichtlich nicht in Frage, und wenn sie sich an eine Behörde wandte, war die Karriere ihres Mannes so gut wie beendet. Was sie auch tat, sie konnte nicht gewinnen. Cassi war so niedergeschlagen, daß sie nicht einmal heulen konnte. Was immer sie auch unternahm oder unterließ, es würde Ärger geben. Großen Ärger. Und sie war sich im klaren, daß nichts Geringeres auf dem Spiel stand als ihre Ehe.

Es kostete sie mehr Kraft als je zuvor, sich zu Ende anzuziehen und die lange Fahrt zur Klinik durchzustehen. Kaum hatte sie ihre Leinentasche auf den Schreibtisch fallen lassen, steckte Joan schon den Kopf zur Tür herein. »Na, geht's besser heute?« fragte sie gutgelaunt.

»Nein«, antwortete Cassi müde und ausdruckslos.

Joan spürte sofort, wie deprimiert ihre Freundin war. Vom Standpunkt des Psychiaters aus betrachtet, ging es Cassi noch schlechter als am letzten Nachmittag. Joan trat ins Büro und schloß die Tür hinter sich. Cassi war zu schwach, um Einwände zu erheben.

»Sie kennen doch den alten Aphorismus über den kranken Doktor«, sagte Joan. »Wer darauf besteht, sich selbst zu behandeln, wird herausfinden, daß er einen Idioten als Patienten hat. Und das gilt genauso für den emotionalen Bereich. Sie gefallen mir ganz und gar nicht. Eigentlich wollte ich mich dafür entschuldigen, daß ich Ihnen gestern mit meinem Senf auf den Wecker gegangen bin, aber wenn ich Sie jetzt so ansehe, glaube ich, daß ich recht hatte. Cassi, was ist los mit Ihnen?«

Cassi war wie gelähmt.

Jemand klopfte an die Tür.

Joan öffnete und sah sich einer tränenüberströmten Maureen Kavenaugh gegenüber.

»Tut mir leid, Dr. Kingsley-Cassidy hat im Moment keine Zeit«, sagte sie und schloß die Tür wieder, ehe Maureen etwas sagen konnte.

»Setzen Sie sich, Cassi!«

Cassi setzte sich. Die Idee, sich herumkommandieren zu lassen, hatte etwas rundum Verlockendes.

»Okay«, fuhr Joan fort, »raus damit, was ist los? Ich weiß, das Problem mit Ihrem Auge belastet Sie, aber das kann noch nicht alles sein.«

Einmal mehr erkannte Cassi, wie verführerisch der Druck des Psychiaters auf den Patienten sein konnte. Sprich dich aus! Joan erweckte Vertrauen, daran gab es keinen Zweifel. Und Cassi konnte jemanden brauchen, dem sie vertrauen durfte. Wenn sie es sich genau überlegte, sehnte sie sich geradezu verzweifelt danach, ihre Last mit jemandem teilen zu können. Sie brauchte Joans Scharfblick, ihre Unterstützung.

»Ich glaube, Thomas nimmt Drogen«, sagte sie so leise, daß Joan sie kaum verstehen konnte. Cassi suchte im Gesicht ihrer Freundin nach Anzeichen des Entsetzens, fand aber keine. Joans Miene veränderte sich nicht im geringsten.

»Was für Drogen?« fragte sie.

»Dexedrine, Percodan und Talwin, von mehr weiß ich nicht.«

»Talwin ist unter Ärzten sehr beliebt«, sagte Joan. »Wieviel nimmt er denn?«

»Ich weiß nicht. Soweit mir bekannt ist, haben seine Operationen bisher noch nicht darunter gelitten. Er arbeitet so hart wie immer.«

Joan nickte. »Weiß Thomas, daß Sie davon wissen?«

»Er weiß, daß ich einen Verdacht habe, zumindest, was das Dexedrine betrifft. Von den anderen weiß er nichts. Im Moment jedenfalls noch nicht.« Wieder fragte sie sich, wie lange es wohl dauern würde, bis Patricia ihren Sohn darüber informierte, daß Cassi in seinem Arbeitszimmer herumgeschnüffelt hatte.

Joan sagte: »Unglücklicherweise ist dieses Phänomen gar nicht so selten. Es gibt eine Menge Literatur darüber; Sie sollten sich einmal damit beschäftigen. Allerdings ist es im allgemeinen so, daß die Ärzte selbst sich nicht so gern damit auseinandersetzen. Ich lasse Ihnen ein paar Fotokopien machen. Hat Thomas sich sonst irgendwie auffällig verändert, ist er unberechenbar, unzuverlässig oder sprunghaft geworden?«

»Nein«, sagte Cassi. »Wie ich schon sagte, er arbeitet härter als je zuvor. Aber er hat mir gegenüber einmal zugegeben, daß die Arbeit ihm nicht mehr soviel Freude bereitet wie früher. Außerdem scheint er mir in letzter Zeit nicht mehr sonderlich tolerant zu sein.«

»Tolerant in welcher Hinsicht?«

»In jeder Hinsicht. Menschen gegenüber, mir gegenüber. Sogar seiner Mutter gegenüber, die mehr oder weniger bei uns lebt.«

Joan verdrehte die Augen, sie konnte einfach nicht anders.

»Es ist nicht so schlimm«, sagte Cassi.

»Klar«, meinte Joan zynisch.

Ein paar Sekunden lang schwiegen beide und sahen sich nur an. Dann fragte Joan vorsichtig: »Wie sieht es denn mit Ihrer Ehe aus?«

»Was meinen Sie?« fragte Cassi ausweichend zurück.

Joan räusperte sich. »Wer Drogen nimmt, hat nicht selten Phasen von Impotenz und sucht dann verstärkt Bestätigung außerhalb der Ehe.«

»Thomas hat keine Zeit für außereheliche Bestätigungen«, antwortete Cassi ohne Zögern.

Joan nickte. »Wissen Sie, Ihr Hinweis auf die niedrige Frustrationsschwelle Ihres Mannes und die Tatsache, daß er zur Zeit wenig Freude an seiner Arbeit findet, ist vielsagend. Eine Menge Chirurgen sind ziemlich narzißtisch und lassen auch noch einige Nebenmerkmale dieser Störung erkennen.«

Cassi antwortete nicht, fand aber, daß der Gedanke einigen Sinn ergab.

»Na, wie auch immer, vielleicht denken Sie mal drüber nach«, sagte Joan. »Es ist eine interessante Vorstellung, daß sein Erfolg für Thomas ein Problem sein könnte. Narzißtische Männer brauchen die Arbeitsstruktur und das ständige Feedback, das man zum Beispiel während seiner chirurgischen Praktikantenzeit mit ihrem Konkurrenzdruck vorfindet.«

Cassi nickte und sagte: »Er hat tatsächlich einmal gesagt, daß es niemanden mehr gäbe, an dem er sich messen könne.«

In diesem Augenblick klingelte ihr Telefon. Als Cassi den Hörer abhob und sich meldete, stellte Joan erfreut fest, daß sie bereits weniger deprimiert zu sein schien. Tatsächlich trat sogar ein Lächeln auf Cassis Züge, als sie Robert Seiberts Stimme erkannte.

Cassi faßte sich kurz. Nachdem sie aufgelegt hatte, erklärte sie, daß Robert im siebten Himmel sei, weil er schon wieder einen PPT-Fall vorliegen hatte.

»Na, wunderbar«, meinte Joan sarkastisch. »Falls Sie vorhaben, mich zur Autopsie einzuladen – nein, danke.«

Cassi lachte. »Ich habe eben selbst abgelehnt. Ich muß mich den ganzen Vormittag um meine Patienten kümmern, aber ich habe Robert versprochen, mich beim Mittagessen mit ihm über das Ergebnis der Autopsie zu unterhalten.« Sie warf einen Blick auf ihre Armbanduhr. »Du lieber Himmel, ich verpasse noch die Belegschaftskonferenz.«

Die Konferenz verlief komplikationslos. Es hatte keine nächtlichen Katastrophen und auch keine Neuzugänge gegeben. Tatsächlich konnte der diensthabende Arzt berichten, daß er neun Stunden ungestörten Schlafs zu verzeichnen hatte, was jedermann mit Neid und Eifersucht erfüllte. Cassi erhielt Gelegenheit, über Maureens Schwester zu referieren, und man einigte sich darauf, daß Cassi Maureen ermutigen sollte, selbst mit ihrer Schwester Kontakt aufzunehmen. Wenn möglich, sollte sie versuchen, die Schwester allen Risiken zum Trotz in den Behandlungsprozeß einzubeziehen.

Außerdem beschrieb Cassi die klar zutage liegende Verbesserung im Zustand von Colonel Bentworth einschließlich seiner Versuche, sie selbst zu manipulieren. Letzteres fand Jacob Levine besonders interessant, warnte Cassi aber vor voreiligen Schlüssen. »Denken Sie daran, Grenzfälle sind unberechenbar«, sagte er und nahm seine Brille ab, um damit auf Cassi zu deuten und seinen Worten zusätzlichen Nachdruck zu verschaffen.

Da es keine neuen Probleme zu diskutieren gab, wurde die Konferenz vorzeitig abgebrochen. Cassi lehnte eine Einladung zu einer Tasse Kaffee ab, weil sie nicht zu spät zu ihrem Termin mit Colonel Bentworth kommen wollte. Als sie in den Gang zu ihrem Büro bog, wartete er bereits vor der Tür.

»Guten Morgen«, sagte Cassi, so fröhlich sie konnte, und trat ein. Der Colonel folgte ihr schweigend und setzte sich. Eigenartig verlegen nahm sie hinter ihrem Schreibtisch Platz. Sie wußte nicht, warum, aber irgendwie steigerte der Colonel ihre berufliche Unsicherheit noch, besonders wenn er sie mit diesen durchdringenden blauen Augen anstarrte, die sie, wie sie jetzt zum erstenmal bemerkte, an die von Thomas erinnerten. Sie hatten beide diesen verwirrenden Türkis-Ton in den Pupillen.

Auch heute wirkte Bentworth ganz und gar nicht wie ein Patient. Er war tadellos gekleidet und schien seine alte selbstbewußte und befehlsgewohnte Aura wiedergefunden zu haben. Der einzige sichtbare Hinweis darauf, daß es sich um dieselbe Person handelte, die Cassi vor einigen Wochen aufgenommen hatte, waren die heilenden Brandwunden an seinem linken Unterarm.

»Ich weiß nicht, wie ich anfangen soll«, sagte er.

»Vielleicht könnten Sie damit beginnen, daß Sie mir verraten, warum Sie Ihre Meinung so plötzlich geändert haben. Bis jetzt waren Sie immer gegen private Sitzungen.«

»Wollen Sie die Wahrheit hören?«

»Das ist immer der beste Weg«, antwortete Cassi.

»Nun, die Wahrheit ist, daß ich übers Wochenende Ausgang haben möchte.«

»Aber solche Entscheidungen werden doch üblicherweise in der Gruppe getroffen.«

Gruppentherapie war zur Zeit die Behandlungsmethode, auf die Bentworth am besten ansprach.

»Das stimmt«, sagte der Colonel, »aber diese verdammten Scheißkerle wollen mich nicht gehen lassen. Sie könnten sie überstimmen, das weiß ich.«

»Und warum sollte ich Leute überstimmen wollen, die Sie besser kennen als ich?«

»Die kennen mich überhaupt nicht«, rief Bentworth und schlug mit der flachen Hand auf die Schreibtischplatte.

Die plötzliche Bewegung jagte Cassi Angst ein, aber sie sagte nur ruhig: »Das bringt Sie auch nicht weiter.«

»Jesus Christus!« sagte Bentworth. Er stand auf und ging vor Cassis Schreibtisch hin und her. Als sie nicht reagierte, ließ er sich wieder auf seinen Stuhl fallen. An seiner Schläfe pochte eine kleine Ader.

»Manchmal denke ich, es wäre leichter, einfach aufzugeben«, sagte er.

»Warum waren die Mitglieder Ihrer Gruppe der Meinung, Sie sollten keinen Wochenendausgang erhalten?« fragte Cassi. Das einzige, worauf sie bei Bentworth vorbereitet war und worauf sie nicht hereinfallen würde, war manipulatives Benehmen.

»Ich weiß nicht«, sagte der Colonel.

»Aber Sie müssen doch eine Ahnung haben.«

»Sie können mich nicht ausstehen, reicht Ihnen das? Sie sind nichts anderes als ein Haufen Scheißkerle. Proleten, verdammt noch mal.«

»Das klingt nicht gerade freundlich.«

»Natürlich nicht, ich hasse sie.«

»Es sind Leute wie Sie und ich, Leute mit Problemen.«

Bentworth reagierte nicht sofort, und Cassi versuchte sich daran zu erinnern, was sie über den Umgang mit Grenzfällen gelesen hatte. Die tatsächliche Ausübung ihres Berufs schien viel komplizierter als seine begriffliche Definition. Sie wußte, daß ihre Aufgabe darin bestand, der ganzen Sache eine Art Gerüst zu geben, aber im Zusammenhang mit der gegenwärtigen Sitzung gesehen, wußte sie nicht genau, was das eigentlich bedeutete.

»Das Komische ist, daß ich sie hasse und gleichzeitig brauche«, sagte Bentworth kopfschüttelnd, als sei er von seiner eigenen Äußerung überrascht. »Ich weiß, das klingt verrückt, aber ich hasse es, allein zu sein. Es ist das Schlimmste, was mir passieren kann. Wenn ich allein bin, fange ich an zu trinken, und wenn ich anfange zu trinken, drehe ich durch. Ich kann nichts dafür.«

»Wie kommt das?« fragte Cassi.

»Ich kriege regelmäßig irgendwelche Anträge. Unausweichlich. Irgend so ein Schwuler sieht mich und hält mich für seinesgleichen, also geht er auf mich zu und macht mich an. Und am Ende schlage ich den Kerl zu Klump. Das habe ich in der Armee gelernt, wie man jemand mit seinen Händen halb umbringt.«

Cassi erinnerte sich daran, gelesen zu haben, daß der psychotische Grenzfall genau wie der Narziß den Drang verspürt, sich gegen Homosexuelle zu wehren. Homosexualität konnte ein fruchtbares Thema sein, was künftige Sitzungen anging, aber im Moment wollte sie nicht in Bereiche vorstoßen, die so viele Emotionen auslösten.

»Was ist mit Ihrem Beruf?« fragte Cassi, um das Thema zu wechseln.

»Wenn Sie die Wahrheit wissen wollen, ich bin's leid, in der Armee zu sein. Am Anfang hat mir die Konkurrenzsituation gefallen, aber jetzt, wo ich Colonel bin, ist der Reiz verflogen. Ich bin arriviert. Und General werde ich nicht, weil zu viele Leute auf mich eifersüchtig sind. Es gibt keine Herausforderung mehr. Immer wenn ich ins Büro gehe, empfinde ich eine ungeheure Leere und frage mich, was das alles überhaupt soll.«

»Eine ungeheure Leere?« wiederholte Cassi leise.

»Ja, Leere. Dasselbe Gefühl, wie wenn ich mehrere Monate mit der gleichen Frau gelebt habe. Am Anfang ist es leidenschaftlich, aufregend, aber mit der Zeit stellt sich wieder diese Leere ein. Die Luft ist raus. Ich weiß nicht, wie ich es sonst erklären sollte.«

Cassi biß sich auf die Unterlippe.

»Die ideale Beziehung zu einer Frau«, fuhr Bentworth fort, »sollte nur einen Monat dauern. Dann müßte sie sich, puff, in Rauch auflösen, und eine andere müßte ihren Platz einnehmen. Das wäre perfekt.«

»Aber Sie waren doch verheiratet.«

»Stimmt, war ich. Hat genau ein Jahr lang gehalten. Ich hätte die Braut beinahe umgebracht. Die ganze Zeit nichts als Gemecker.«

»Leben Sie momentan mit jemand zusammen?«

»Nein. Deswegen bin ich ja hier. Einen Tag, bevor sie mich aufgegriffen haben, ist sie abgehauen. Ich kannte sie erst ein paar Wochen, aber sie hat einen anderen Typen kennengelernt und ist verduftet. Deswegen will ich am Wochenende auch Ausgang haben. Sie hat immer noch einen Schlüssel zu meiner Wohnung. Ich befürchte, daß sie sich an meinen Sachen vergreift.«

»Warum rufen Sie nicht einen Freund an und bitten ihn, das Schloß auszuwechseln?« fragte Cassi.

»Ich habe niemanden, dem ich vertrauen kann«, sagte Bentworth und stand auf. »Hören Sie, darf ich nun am Wochenende raus, oder machen wir den ganzen Zirkus hier für nichts und wieder nichts?«

»Ich bringe die Sache bei der nächsten Belegschaftskonferenz zur Sprache«, sagte Cassi. »Wir werden darüber diskutieren.«

Bentworth beugte sich über den Schreibtisch. »Das einzige, was ich während der Zeit hier in der Klinik gelernt habe, ist, daß Psychiater mich ankotzen. Sie halten sich für so ungeheuer intelligent, dabei sind sie alles andere als das. Sie sind noch viel verrückter als ich.«

Cassi hielt seinem Blick stand und bemerkte, wie kalt seine Augen geworden waren. Der Gedanke ging ihr durch den Kopf, daß man Colonel Bentworth in eine Anstalt einweisen sollte. Dann fiel ihr ein, daß man das ja schon getan hatte.

Cassi klopfte an den Türrahmen von Roberts winzigem Büro. Er blickte von dem Binokulartubus seines Mikroskops auf und verfiel in ein breites, ansteckendes Grinsen. Dann sprang er so heftig auf, daß sein Stuhl bis zur Wand rollte und dort gegen einen Aktenschrank prallte. Sie umarmten sich.

»Du siehst niedergeschlagen aus«, sagte Robert. »Was ist los?«

Cassi senkte den Blick. Sie hatte in den letzten Stunden genug geredet. »Ich bin nur etwas erschöpft. Irgendwie hatte ich mir den Beruf des Psychiaters immer etwas leichter vorgestellt.«

»Dann solltest du vielleicht wieder in die Pathologie zurückkehren«, schlug Robert vor und holte ihr einen Stuhl. Er beugte sich vor und legte ihr die Hände auf die Knie. Bei jedem anderen Mann hätte sie sich gegen eine solche Geste verwahrt, bei Robert aber wirkte sie tröstlich.

»Was kann ich dir anbieten? Kaffee? Orangensaft? Sonst irgend etwas?«

Cassi schüttelte den Kopf. »Ich wünschte, du könntest mir was geben, damit ich nachts ruhig schlafe. Ich bin völlig kaputt, und dabei muß ich heute abend noch auf eine Party bei Dr. Ballantine in Manchester.«

»Wundervoll«, gurrte Robert. »Was wirst du anziehen?«

Ungläubig rollte Cassi mit den Augen. »Darüber habe ich noch gar nicht nachgedacht.«

Robert, der sich mit Cassis Garderobe ganz gut auskannte, machte ihr mehrere Vorschläge, bis Cassi ihn schließlich unterbrach und darauf hinwies, daß sie wegen der Autopsie hergekommen sei, nicht um seinen Rat in Modefragen einzuholen.

Robert tat, als sei er verletzt, und sagte: »Du kommst immer bloß wegen der Arbeit. Es gab mal eine Zeit, da waren wir noch Freunde.«

Cassi streckte die Hand aus, um Robert einen leichten Stups zu versetzen, aber er entwischte ihr, indem er sich mit den Füßen abstieß und auf seinem Stuhl davonrollte. Sie lachten. Cassi seufzte und merkte, daß sie sich besser fühlte als seit Stunden. Robert wirkte wie ein Stärkungsmittel.

»Hat dein Mann dir erzählt, daß er mir auf der letzten Exituskonferenz das Leben gerettet hat?«

»Nein«, sagte Cassi überrascht. Sie hatte Robert gegenüber nie erwähnt, daß Thomas ihn nicht mochte, aber bei den wenigen Gelegenheiten, wo sie sich begegnet waren, hatte es ihm nicht entgehen können.

»Ich habe einen großen Fehler gemacht. Irgendein verrückter Vogel hatte mir gezwitschert, daß die Herzchirurgen überglücklich sein würden, etwas über PPT zu erfahren, und ich beschloß, ihnen schon vorab ein paar Einblicke zu gewähren. Wie sich herausstellte, war es ungefähr das Schlimmste, was ich tun konnte. Ich hätte mir eigentlich denken können, daß ihr Ego eine solche Studie immer nur als Kritik auffassen würde. Wie auch immer, als ich mit meinem Vortrag fertig war, ging Ballantine auf mich los, bis Thomas ihn mit einer intelligenten Frage unterbrach. Das provozierte weitere Fragen, und die Katastrophe konnte in letzter Sekunde abgewendet werden. Am nächsten Morgen hat mir der Direktor der Pathologie ganz schön Feuer unterm Hintern gemacht. Ich schätze, George Sherman hat ihn gebeten, mich aufs Abstellgleis zu schieben.«

Cassi war beeindruckt und dankbar. Sie wunderte sich, daß Thomas kein Wort von seiner Intervention gesagt hatte, bis ihr wieder einfiel, daß sie ja kaum mehr miteinander sprachen.

»Vielleicht muß ich einige der häßlichen Dinge, die ich über Thomas gesagt habe, zurücknehmen«, fügte Robert hinzu.

Ein ungemütliches Schweigen folgte. Gerade jetzt wollte Cassi sich nicht in eine Diskussion über ihre Gefühle verwikkeln lassen.

»Nun denn«, sagte Robert und rieb sich begeistert die Hände, »an die Arbeit! Wie ich dir schon am Telefon verraten habe, sieht mir alles nach einem neuen PPT-Fall aus.«

»Auch zyanotisch wie der letzte?« fragte Cassi.

»Nein«, antwortete Robert. »Komm mit, ich zeig's dir.«

Er sprang auf und zog Cassi aus seinem Büro und in eine der Autopsiekammern. Ein junger hellhäutiger Schwarzer lag auf dem Untersuchungstisch aus rostfreiem Stahl. Der bei Autopsien übliche Y-Schnitt war nachlässig vernäht und mit Pflastern zugeklebt worden.

»Ich habe sie gebeten, die Leiche noch nicht wegzuräumen, damit du dir etwas ansehen kannst«, sagte Robert. Seine Stimme hallte in dem gekachelten Raum.

Er ließ Cassi los und schob Jeoffry Washington den Daumen in den Mund, um den Unterkiefer herunterzuziehen. »Schau, hier!«

Die Hände im Rücken gefaltet, beugte sich Cassi vor und warf einen Blick in den Mund des Toten. Die Zunge sah aus wie Hackfleisch.

»Er muß wie verrückt darauf herumgekaut haben«, sagte Robert. »Alles läßt auf einen epileptischen Anfall schließen.«

Cassi richtete sich wieder auf. Ihr war ein wenig übel von dem, was sie gesehen hatte. Wenn es sich wirklich um einen PPT-Fall handelte, dann um den bisher jüngsten.

»Ich glaube, der hier ist an Arhythmie gestorben«, sagte Robert, »aber sicher weiß ich das erst, wenn ich sein Gehirn untersucht habe. Weißt du, wenn ich solche Geschichten sehe, dann gehe ich nicht gerade beruhigt an meine eigene Operation.« Er streifte Cassi mit einem Seitenblick.

»Wann ist es denn soweit?« fragte Cassi.

Robert lächelte. »Du hast mir ja nie geglaubt, daß ich es wirklich tun würde, aber jetzt kannst du mal sehen. Morgen werde ich aufgenommen. Und du?«

»Das steht noch nicht fest«, sagte Cassi ausweichend.

»Du drückst dich wieder mal«, warf Robert ihr vor. »Warum läßt du dich nicht auch morgen oder übermorgen einweisen, dann können wir uns gegenseitig im Genesungszimmer besuchen.«

Cassi wollte Robert nichts davon erzählen, wie schwer es war, die Sache mit Thomas zu besprechen. Widerstrebend wandte sie ihre Aufmerksamkeit wieder der Leiche zu.

»Wie alt?« fragte sie mit einer auf Jeoffry Washington gemünzten Handbewegung.

»Achtundzwanzig.«

»Sie werden immer jünger. Und seit dem letzten Fall sind erst zwei Wochen vergangen.«

»Du sagst es.«

»Weißt du, je länger ich darüber nachdenke, desto verwirrender finde ich diese Fälle.«

»Was meinst du, warum ich so dahinter her bin?« fragte Robert.

»Wenn man bedenkt, wie viele es inzwischen sind und daß sie immer häufiger auftreten, fällt es immer schwerer, einfach nur an einen Zufall zu glauben.«

»Ganz deiner Meinung«, sagte Robert. »Seit dem letzten Fall werde ich den Verdacht nicht los, daß diese Todesfälle enger miteinander in Verbindung stehen, als wir ahnen. Die einzige Schwierigkeit dabei ist, daß wir ein spezielles Bindeglied brauchen, und wie dein Mann schon sehr richtig gesagt hat, sind fast alle Todesfälle physiologisch verschieden. Die Fakten passen nicht zu meiner Theorie.«

Cassi trat um den Tisch herum auf Jeoffrys rechte Seite. Sie streckte die Hand aus und strich über den linken Vorderarm der Leiche. »Sieht das nicht leicht geschwollen aus?«

Robert beugte sich vor. »Ich weiß nicht. Wo?«

»Hier. Hing der Patient am Tropf?«

»Ich glaube. Er hatte eine Venenentzündung und wurde deswegen mit Antibiotika versorgt.«

Cassi hob Jeoffrys linken Arm hoch und untersuchte die Stelle, wo die Injektionsnadel gesteckt hatte. Sie war gerötet und geschwollen. »Nur interessehalber, wie wär's, wenn man ihm ein Stück der Vene entnehmen würde, in der die IV-Nadel gesteckt hat?«

»Ich tue alles, was du willst, wenn du mich dann öfter hier besuchst.«

Vorsichtig, als könnte der Tote es noch spüren, ließ Cassi den Arm wieder auf den Tisch sinken. »Weißt du zufällig, ob alle PPT-Fälle intravenös ernährt worden sind?«

»Ich habe keine Ahnung, aber das läßt sich ja herausfinden«, sagte Robert. »Ich kann mir ungefähr vorstellen, worauf du hinaus willst, und es gefällt mir nicht.«

»Der andere Vorschlag, den ich zu machen hätte, wäre, daß man die physiologischen Sterbevorgänge unter dem mechanischen Aspekt vergleicht und nach Gemeinsamkeiten sucht. Du weißt schon, was ich meine.«

»Ich weiß, was du meinst«, bestätigte Robert. »Vielleicht kann ich das sogar heute noch erledigen. Und ich besorge dir das Stück Vene, aber du mußt mir versprechen, dann auch heraufzukommen und es dir anzusehen. Einverstanden?«

»Einverstanden«, sagte Cassi.

Als Cassi auf dem Gang vor der Pathologie den Fahrstuhlknopf drückte, wurde ihr auf einmal bewußt, daß sie sich vor der gleich stattfindenden Sitzung mit Maureen Kavenaugh fürchtete. Maureens Depression würde zweifellos auch auf ihre eigene abfärben, und die Tatsache, daß sie – wie Joan ihr erklärt hatte – allen Grund hatte, niedergeschlagen zu sein, machte die Symptome nicht erträglicher.

Die Tatsache, daß ihr die bevorstehende Sitzung unangenehm war, zwang sie, sich einzugestehen, daß sie als Psychiaterin gezwungen sein würde, ihre eigenen Werturteile zu überdenken. Auf anderen Gebieten der Medizin konnte man sich auf die Krankheitserscheinungen konzentrieren, wenn man an einen Patienten geriet, den man nicht mochte. In der Psychiatrie war das unmöglich.

Glücklicherweise war Maureen noch nirgendwo zu sehen, als Cassi ihr Büro erreichte. Sie wußte schon, daß es ihr schwerfallen würde, sich auf Maureen zu konzentrieren, weil Roberts Bemerkung über seine Operation sie wieder an ihre eigene erinnert hatte. Sie wußte, daß Robert recht hatte. Nach einem kurzen Zögern wählte sie die Nummer von Thomas' Praxis.

Leider befand er sich gerade im Operationssaal. »Ich weiß auch nicht, wie lange es noch dauern wird«, sagte Doris. »Aber er hat mich gebeten, für heute nachmittag alle Termine abzusagen, so daß es wahrscheinlich spät werden wird.«

Cassi bedankte sich und legte auf. Sie starrte auf den Monet-Druck an der Wand, ohne ihn zu sehen. Konnte man das schon als sprunghaft bezeichnen, wenn jemand seine Termine absagte? Nein, eigentlich nicht. Ganz offenbar hatte er seinen Terminplan nur geändert, weil er nicht wußte, wie lange er operieren mußte.

Ein Klopfen unterbrach ihre Gedanken. Maureens freudloses Gesicht erschien im Türrahmen.

»Kommen Sie herein«, sagte Cassi, so fröhlich sie konnte. Sie vermutete, daß die nächste Stunde ein hervorragendes Beispiel dafür abgeben würde, wie der Blinde einen Blinden zu führen versuchte.

Es war Doris, nicht Thomas, die Cassi mitten am Nachmittag anrief, um ihr mitzuteilen, daß Dr. Kingsley sich um Punkt sechs Uhr am Haupteingang des Krankenhauses mit ihr treffen würde. Sie wies darauf hin, daß Dr. Kingsley wegen der Party am Abend auf Pünktlichkeit bestehe. Cassi wartete also um kurz vor sechs schon im Foyer, aber Thomas war nirgendwo zu sehen. Als die Uhr über dem Informationsstand zwanzig nach sechs zeigte, begann sie sich zu fragen, ob sie die Nachricht vielleicht falsch verstanden hatte.

Der Eingang wimmelte von Leuten, die teils gingen, teils kamen. Bei denen, die gingen, handelte es sich fast ausschließlich um Angestellte, sie schwatzten und lachten, froh darüber, daß der Arbeitstag endlich zu Ende war. Die Ankömmlinge waren in erster Linie Besucher in gedämpfter Stimmung, die sich eingeschüchtert vor der Auskunft anstellten, um sich nach Zimmernummern und Stationen zu erkundigen.

Während Cassi die Leute beobachtete, verging die Zeit, und als sie neuerlich auf die Uhr blickte, war es schon fast halb sieben. Da beschloß sie, Thomas in der Praxis anzurufen, aber gerade, als sie auf die Telefonzelle zugehen wollte, sah sie seinen Kopf über der Menge auftauchen. Er sah mindestens so müde aus, wie Cassi sich fühlte. Sein Gesicht war überschattet, was sich bei näherem Hinsehen als unregelmäßiger Bartwuchs herausstellte, als hätte er sich am Morgen nicht sorgfältig genug rasiert. Auch seine Augen wiesen rote Ringe auf.

Da sie nicht wußte, in welcher Stimmung er war, hielt Cassi den Mund. Als sie merkte, daß er weder beabsichtigte, mit ihr zu reden, noch stehenzubleiben, hakte sie sich einfach bei ihm ein und ließ sich zu der rasch kreisenden Drehtür mitziehen.

Draußen klatschte ihnen eine Mischung aus Regen und Schnee entgegen. Die Flocken schmolzen, sobald sie den Erdboden berührten. Cassi warf sich die Tasche über die Schulter, schützte ihr Gesicht mit dem Unterarm und stolperte hinter Thomas auf die Parkgarage zu.

Als sie die Garage erreicht hatten, blieb er stehen, drehte sich endlich zu ihr um und sagte: »Scheußliches Wetter.«

»Jetzt bezahlen wir für den schönen Herbst«, meinte Cassi – froh darüber, daß Thomas keine schlechte Laune zu haben schien. Vielleicht hatte Patricia ihm gar nichts von ihrem Besuch in seinem Arbeitszimmer erzählt.

Der Motor des Porsche erzeugte in der Garage donnernden Widerhall. Während Thomas die Armaturen im Auge behielt, legte Cassi ihren Sicherheitsgurt an. Sie war stark versucht, ihn aufzufordern, sich ebenfalls anzuschnallen, aber in Erinnerung an seine Reaktion beim letzten Mal zog sie es vor zu schweigen.

Kaum begann es zu schneien, so kam der Verkehr in Boston mehr oder weniger zum Erliegen. Als Cassi und Thomas in östlicher Richtung den Storrow Drive entlangfuhren, mußten sie praktisch an jeder Ampel eine Ewigkeit warten. Obwohl Cassi sich gern unterhalten hätte, hatte sie Angst, das Schweigen zu brechen.

»Hast du heute was von Robert Seibert gehört?« fragte Thomas schließlich.

Cassis Kopf flog herum. Thomas hielt seine Augen immer noch auf die Straße gerichtet, obwohl der Wagen in einem Meer roter Bremslichter festsaß. Er wirkte wie hypnotisiert von dem Klick-Klack der Scheibenwischer.

»Ich habe mit ihm gesprochen, ja«, gab Cassi, von der Frage überrascht, zu. »Woher wußtest du das?«

»Ich habe gehört, daß einer von George Shermans Patienten gestorben ist. Offenbar hat niemand damit gerechnet, und ich habe mich gefragt, ob dein Freund Robert immer noch an seiner komischen Serie arbeitet.«

»Und wie«, sagte Cassi. »Ich habe ihn nach der Autopsie besucht, und bei der Gelegenheit hat Robert mir erzählt, wie du ihn bei der Exituskonferenz gerettet hast. Ich finde, das war sehr nett von dir, Thomas.«

»Es lag nicht in meiner Absicht, nett zu sein«, antwortete Thomas. »Ich wollte wissen, was er zu sagen hatte. Aber es war idiotisch von ihm, sich so aufzuführen, und ich bin immer noch der Meinung, daß er einen Tritt in den Hintern verdient.«

»Ich glaube, den hat er auch bekommen«, sagte Cassi.

Mit leisem Lächeln steuerte Thomas den Wagen auf die Ausfahrt zur Schnellstraße, als der Stau sich auflöste.

»War dieser letzte Fall auch geeignet, seinen Verdacht zu erregen?« erkundigte er sich, während er das Tempo bis auf neunzig steigerte und die langsamer vor ihm fahrenden Wagen mit der Lichthupe antrieb.

»Ich hatte schon den Eindruck«, antwortete Cassi und umklammerte unfreiwillig ihre Oberschenkel. Sie hatte immer Angst, wenn Thomas fuhr. »Aber er hat das Gehirn noch nicht genauer untersucht. Er glaubt, daß der Patient Krampfanfälle hatte, bevor er starb.«

»Es war also nicht so wie bei seinem letzten Fall?«

»Nein. Aber er glaubt, daß die Ausgangssituationen sich ähneln.« Mit vollem Bedacht hielt sie ihre eigene Rolle bei der Diskussion geheim. »Die meisten der Patienten sind, besonders in den letzten Jahren, erst gestorben, nachdem die postoperativen Gefahren längst überwunden schienen. Unter anderem kam Robert heute der Gedanke, daß all diese Patienten eventuell noch am Tropf hingen, als der Tod eintrat. Robert überprüft das jetzt. Immerhin könnte es von Bedeutung sein.«

»Warum? Glaubt er etwa, daß irgend etwas bei diesen Todesfällen nicht mit rechten Dingen zugegangen sein könnte?« fragte Thomas schockiert.

»Ich vermute, er hat daran gedacht«, meinte Cassi. »Schließlich gab es diesen Fall in New Jersey, wo eine Reihe von Patienten mit so etwas wie Curare vergiftet wurde.«

»Das stimmt, aber sie starben alle auf die gleiche Weise.«

»Tja«, sagte Cassi. »Ich schätze, Robert hat das Gefühl, alle Möglichkeiten berücksichtigen zu müssen. Ich weiß, das alles klingt schrecklich, und es wird ihm sicherlich nicht helfen, seine Besorgnis bezüglich seiner eigenen Operation zu lindern, die kurz bevorsteht.«

Cassi hoffte, mit dieser Bemerkung einen eleganten Übergang gefunden zu haben, damit endlich *ihre* Operation zur Sprache käme.

»Um was für eine Operation geht es denn bei Robert?«

»Er läßt sich seine eingeklemmten Weisheitszähne ziehen. Und da er als Kind an Gelenkrheumatismus gelitten hat, muß er vorher mit Antibiotika behandelt werden, prophylaktisch.«

»Ich verstehe«, sagte Thomas. »Es wäre blöd von ihm, es nicht zu tun. Obwohl ich sagen muß, daß er eine leichte Neigung zum Selbstmord hat. Nur so kann ich mir seine Vorstellung bei der Exituskonferenz erklären. Cassi, ich möchte ganz sichergehen, daß du die Finger von dieser sogenannten PPT-Studie läßt, vor allem, wenn das Ganze auf irgendwelche absurden Vorwürfe hinauslaufen sollte. Ich habe auch ohne das schon genug Probleme.«

Cassi beobachtete den fließenden Verkehr, während der Porsche einen Wagen nach dem anderen überholte. Der monotone Rhythmus der Scheibenwischer schien sie zu lähmen, während sie den Mut aufzubringen versuchte, von ihrer eigenen Operation anzufangen. Sie hatte sich vorgenommen, das Thema zur Sprache zu bringen, sobald sie den gelben Wagen vor ihnen überholt hatten, aber der gelbe Wagen war längst hinter ihnen. Dann der langsam fahrende grüne Bus. Aber sie ließen auch den grünen Bus hinter sich, und Cassi hatte noch immer nichts gesagt. Endlich ließ sie den Mut sinken und hoffte, daß Thomas von sich aus darauf zu sprechen kommen würde.

Die Spannung laugte sie aus. Der Gedanke, auf Ballantines Party gehen zu müssen, gefiel ihr immer weniger. Sie verstand nicht, warum ausgerechnet Thomas unbedingt hingehen wollte. Er haßte die Klinikmafia. Plötzlich kam ihr der Gedanke, er könnte vielleicht ihretwegen gehen. Wenn das stimmte, so war es einfach lächerlich. Alles, woran sie denken konnte, waren saubere Laken und ihr gemütliches Bett. Bei der nächsten Überführung, beschloß sie, würde sie ihn darauf ansprechen.

»Möchtest du wirklich auf diese Party heute abend?« fragte sie vorsichtig, als die Überführung dann über sie hinwegglitt.

»Warum fragst du?« Thomas riß den Wagen scharf zur Seite und gab Gas, um einen Wagen zu überholen, der seine Lichthupensignale ignoriert hatte.

»Wenn du nur meinetwegen gehst«, sagte Cassi, »ich bin völlig erledigt und würde viel lieber zu Hause bleiben.«

»Verdammt noch mal!« brüllte Thomas und schlug mit den Händen auf das Steuer. »Mußt du immer nur an dich selber denken! Ich habe dir schon vor Wochen gesagt, daß alle Dekane und das gesamte Direktorium da sein werden. Irgend etwas geht in der Klinik vor, was vor mir geheimgehalten wird, etwas Ungewöhnliches. Aber vermutlich hältst du das nicht für besonders wichtig, oder?«

Während Thomas vor Wut rot anlief, sank Cassi auf ihrem Sitz zusammen. Sie hatte das Gefühl, daß sie sagen konnte, was sie wollte, eins war schlimmer als das andere.

Thomas verfiel in brütendes Schweigen. Er fuhr jetzt noch rücksichtsloser und beschleunigte auf hundertzwanzig, während sie der gewundenen Straße durch die Salzdünen folgten. Trotz des Sicherheitsgurts wurde Cassi in jeder der scharfen Kurven auf ihrem Sitz hin und her geschleudert. Sie war erleichtert, als er endlich herunterschaltete, bevor sie in die Einfahrt zu ihrem Grundstück bogen.

An der Haustür hatte Cassi sich mit der Party abgefunden. Sie entschuldigte sich dafür, daß sie nicht verstanden hatte, worauf es ihm ankam, und sagte sanft: »Du siehst selbst ziemlich erschöpft aus.«

»Herzlichen Glückwunsch! Ich weiß dein Vertrauen zu würdigen«, antwortete Thomas sarkastisch und stieg die Treppe hinauf.

»Thomas«, rief Cassi verzweifelt, als sie merkte, daß er ihre Besorgnis als Beleidigung aufgefaßt hatte. »Kann unser Verhältnis denn nicht wieder anders werden?«

»Ich dachte, du wolltest es so haben.«

Cassi versuchte ihm zu widersprechen.

»Bitte, mach mir jetzt keine Szene!« schrie Thomas. Dann fügte er etwas ruhiger hinzu: »Wir fahren in einer Stunde. Wenn hier einer schrecklich aussieht, dann bist du das. Dein Haar ist das reinste Chaos. Ich hoffe, du hast vor, noch etwas dagegen zu tun, ehe wir gehen.«

»Ja«, sagte Cassi. »Thomas, ich möchte nicht, daß wir dauernd streiten. Es macht mir angst.«

»Ich habe jetzt keine Lust, mich mit dir auf eine Diskussion einzulassen«, sagte Thomas scharf. »Sieh zu, daß du in einer Stunde fertig bist.«

Er betrat sein Arbeitszimmer und ging direkt ins Bad, wobei er leise vor sich hinmurmelte. Wie selbstsüchtig Cassi doch war! Er hatte sie genau über die Party ins Bild gesetzt und ihr erklärt, warum sie so wichtig für ihn war, aber sie hatte es bequemerweise vergessen, weil sie sich so müde fühlte! »Warum muß ich mir das eigentlich alles gefallen lassen?« fragte er halblaut, während er sich mit der Hand über die Bartstoppeln fuhr.

Er holte sein Rasierzeug hervor, wusch sich das Gesicht und schäumte es ein. Cassi wurde allmählich mehr als nur eine Quelle steter Irritation. Sie wurde zu einer Belastung. Erst diese Geschichte mit ihrem Auge, dann das Gezeter, weil er hin und wieder eine Tablette nahm, und jetzt auch noch ihre Beschäftigung mit dieser provozierenden Arbeit von Robert Seibert.

Mit kurzen, unregelmäßigen Strichen zog er sich das Rasiermesser über das Gesicht. Er hatte das Gefühl, daß mittlerweile wirklich jeder gegen ihn war, sowohl in der Klinik als auch zu Hause. Bei der Arbeit hatte er es in erster Linie mit George Sherman zu tun, der ihm mit seiner Lehrscheiße das Wasser abzugraben versuchte. Allein der Gedanke daran frustrierte ihn dermaßen, daß er sein Rasiermesser mit aller Kraft in die Duschkabine schleuderte. Klirrend prallte es von den gekachelten Wänden ab und blieb in der Nähe des Abflusses liegen.

Er ließ das Messer, wo es war, und ging unter die Dusche. Das fließende Wasser beruhigte ihn im allgemeinen, und auch heute fühlte er sich nach ein paar Minuten schon wesentlich besser. Während er sich abtrocknete, hörte er, wie die Tür zu seinem Arbeitszimmer geöffnet wurde. Er nahm an, daß es Cassi war, und machte sich daher nicht die Mühe nachzusehen, aber als er im Bad fertig war und die Tür öffnete, fand er Patricia in seinem Sessel sitzend vor.

»Hast du mich nicht hereinkommen hören?« fragte sie.

»Nein«, sagte Thomas. Es war leichter zu flunkern. Er trat auf den kleinen Schrank unter dem Bücherregal zu, in dem er einige seiner frischen Sachen aufbewahrte.

»Ich kann mich noch an die Zeit erinnern, als du mich zu diesen Krankenhauspartys mitgenommen hast«, sagte Patricia klagend.

»Du bist herzlich eingeladen«, sagte Thomas.

»Nein. Wenn du wirklich gewollt hättest, daß ich mitkomme, hättest du mich von selbst aufgefordert, statt zu warten, bis ich frage.«

Thomas hielt es für besser, gar nicht erst zu antworten. Es war immer besser, nichts zu sagen, wenn Patricia wieder mal in »verletzter« Stimmung war.

»Gestern abend habe ich Licht in deinem Arbeitszimmer gesehen und dachte schon, du wärst endlich einmal nach Hause gekommen. Doch statt dessen habe ich nur Cassi vorgefunden.«

»In meinem Arbeitszimmer?« wollte Thomas wissen.

»Sie stand genau hinter deinem Schreibtisch«, sagte Patricia.

»Was hat sie da gemacht?«

»Ich weiß nicht. Ich habe sie nicht gefragt.« Patricia erhob sich mit einem selbstzufriedenen Ausdruck. »Ich habe dir ja gesagt, mit der wird es noch Ärger geben. Aber nein! Du wußtest es natürlich besser.« Sie schlenderte aus dem Raum und zog sacht die Tür hinter sich zu.

Thomas warf die für die Party ausgewählte Kleidung auf das Sofa und ging zum Schreibtisch. Als er die Schublade mit den Drogen aufzog, war er erleichtert, die Tablettendöschen vorzufinden, wie er sie versteckt hatte – hinter dem Briefpapier.

Aber auch so trieb Cassi ihn an den Rand des Wahnsinns. Er hatte ihr zehnmal gesagt, sie sollte die Finger von seinen Sachen lassen. Er spürte, wie er zu zittern begann. Instinktiv nahm er zwei Tabletten aus seinem Vorrat: Ein Percodan gegen die Kopfschmerzen, die er hinter seinen Augen wahrzunehmen begann, und eine Dexedrine, um wieder etwas wacher zu werden. Wenn er schon zu dieser Party ging, dann wollte er wenigstens munter sein.

Auf der Fahrt nach Manchester spürte Cassi sofort, daß sich die Laune ihres Mannes um hundert Prozent verschlechtert hatte. Sie hatte Patricia ins Haus kommen hören und nahm an, daß sie Thomas besucht hatte. Es war nicht sonderlich schwer zu erraten, was sie ihm erzählt haben mochte. Nachdem Thomas ohnehin nicht gerade bester Laune gewesen war, hätte sie kaum einen schlechteren Zeitpunkt wählen können.

Cassi hatte sich alle Mühe gegeben, das Beste aus ihrer Erscheinung zu machen. Nachdem sie ihre abendliche Insulindosis zu sich genommen hatte – etwas mehr als sonst, weil Zucker in ihrem Urin aufgetaucht war –, hatte sie geduscht und sich das Haar gewaschen. Dann hatte sie eins der von Robert vorgeschlagenen Kleider angezogen. Es war aus dunkelbraunem Samt, mit Puffärmeln und einer enggeschnürten Taille, so daß sie wirkte, als käme sie geradewegs aus dem Mittelalter.

Thomas äußerte sich nicht zu ihrem Aussehen. Tatsächlich sagte er überhaupt nichts. Er fuhr, genauso wie auf dem Weg von der Klinik nach Hause, rücksichtslos und schnell. Sie wünschte, sie hätte eine enge Freundin, an die sie sich wenden könnte – jemand, dem sie wirklich etwas bedeutete, aber sie hatte praktisch überhaupt keine Freundinnen oder Freunde. Einen Moment lang dachte sie an ihre letzte Sitzung mit Colonel Bentworth. Dann hielt sie den Atem an. Daß sie sich mit Maureen Kavenaugh identifizierte, war eine Sache, aber ihren eigenen Mann mit einem psychotischen Grenzfall zu vergleichen, eine ganz andere. Um sich abzulenken, starrte Cassi aus dem Fenster. Es war eine feuchte, dunkle und abschreckende Nacht.

Das Haus der Ballantines lag mit der Vorderseite zum

Ozean, genau wie das von Thomas. Aber damit hörten die Gemeinsamkeiten auch schon auf. Das Heim des Klinikdirektors war ein riesiges Herrenhaus aus Stein, das sich bereits seit mehr als hundert Jahren im Besitz der Familie befand. Um sich die Erhaltung des Gebäudes weiter leisten zu können, hatte Dr. Ballantine etwas von seinem Grundbesitz an einen Bauträger verkauft, aber da die ursprüngliche Länderei so riesig gewesen war, konnte man auch jetzt weit und breit noch kein anderes Haus sehen. Man hatte den Eindruck, mitten auf dem Lande zu sein.

Als sie aus dem Wagen stiegen, bemerkte Cassi an Thomas ein leichtes Zittern. Seine Bewegungen schienen nicht ganz so sicher wie sonst. O Gott, was hatte er jetzt schon wieder genommen? Kaum waren sie im Haus, änderte sich sein Benehmen schlagartig. Erstaunt registrierte Cassi, wie schnell er seinen Ärger hinuntergeschluckt zu haben schien und sich wieder charmant und animiert gab. Wenn er sich nur etwas von diesem Charme auch für sie aufheben würde. Sie beschloß, daß sie ihn nun getrost sich selbst überlassen konnte, und begab sich auf die Suche nach etwas Eßbarem. Sie durfte nicht zu lange damit warten, denn schließlich war schon einige Zeit vergangen, seit sie ihr Insulin genommen hatte. Das Eßzimmer lag rechts von ihr; sie gab sich einen Ruck und steuerte auf die offene Tür zu.

Thomas war bester Laune. Wie er erwartet hatte, waren die meisten Kuratoren und Dekane der Universität da. Er interessierte sich besonders für den Vorsitzenden des Verwaltungsrats; dieser stand inmitten der Gruppe, zu der sich Thomas gleich nach der Ankunft gesellt hatte. Er griff nach einem weiteren Scotch und wollte sich gerade einen Weg durch die Menge bahnen, als Ballantine auf ihn zutrat.

»Ah, da sind Sie ja, Thomas.« Er hatte schon einen über den Durst getrunken, und die Ringe unter seinen Augen wirkten riesig, was ihm noch mehr als sonst das Aussehen eines Bassets gab. »Schön, daß Sie es noch geschafft haben.«

»Großartige Party«, sagte Thomas.

Ballantine blinzelte ihm übertrieben heftig zu. »Ob Sie's glauben oder nicht, am alten Boston Memorial ist wirklich was los. Meine Güte, ist das alles aufregend!«

»Wovon reden Sie eigentlich?« fragte Thomas und trat einen Schritt zurück, denn Dr. Ballantine hatte die Angewohnheit, jedes »T« mit einem Sprühnebel feiner Speicheltröpfchen zu begleiten, sobald er ein paar Drinks auf den Grund gegangen war.

Der Direktor trat näher heran. »Ich würde es Ihnen gern sagen, aber ich kann nicht«, flüsterte er. »Jedenfalls im Moment noch nicht. Aber Sie sollten sich noch einmal überlegen, ob Sie nicht doch zu uns kommen wollen. Haben Sie schon über mein Angebot nachgedacht?«

Thomas spürte, wie er die Geduld zu verlieren begann. Im Moment hatte er nicht die geringste Lust, über Ballantines Lieblingsthema zu sprechen; es interessierte ihn viel mehr, was er mit den Worten »am alten Boston Memorial ist wirklich etwas los« gemeint haben mochte. Das klang ganz und gar nicht beruhigend. Jede Änderung des Status quo bedeutete im allgemeinen nichts als Ärger. Plötzlich fiel ihm wieder ein, daß er um zwei Uhr morgens noch Licht in Ballantines Büro gesehen hatte.

»Was haben Sie eigentlich gestern nacht noch so spät im Büro gemacht?«

Ballantines glückliche Miene bewölkte sich. »Warum wollen Sie das wissen?«

»Reine Neugier«, antwortete Thomas.

»Aus heiterem Himmel ist das eine ziemlich eigenartige Frage«, sagte Dr. Ballantine.

»Ich war gestern nacht noch im OP. Ich habe Ihr erleuchtetes Fenster vom Casino aus gesehen.«

»Muß wohl die Putzfrau gewesen sein«, sagte Ballantine. Er warf einen Blick in sein zu drei Viertel geleertes Glas. »Sieht aus, als säße ich gleich auf dem trockenen.«

»Außerdem habe ich Shermans Wagen in der Garage gesehen«, fuhr Thomas fort. »Seltsamer Zufall, nicht wahr?«

»Ach«, meinte Ballantine mit einem abschätzigen Zucken der freien Hand. »George hat schon länger als einen Monat Ärger mit seiner Karre. Irgend etwas mit der elektrischen Anlage. Kann ich Ihnen noch einen Drink bringen? Ihr Glas ist auch gleich leer.«

»Warum nicht?« meinte Thomas. Er war sicher, daß Ballantine log. Kaum hatte der Direktor sich auf die Bar zugeschoben, nahm Thomas seine Suche nach dem Vorsitzenden des Verwaltungsrats wieder auf. Es schien ihm wichtiger als je zuvor, herauszufinden, was am Memorial vorging.

Cassi hielt sich eine Weile in der Nähe des Buffets auf, aß und unterhielt sich mit den anderen Frauen. Als sie überzeugt war, genug Kalorien zu sich genommen zu haben, um das Insulin auszugleichen, beschloß sie, sich jetzt wieder um Thomas zu kümmern. Sie hatte keine Ahnung, was für Drogen er heute genommen hatte, und war daher etwas nervös. Auf einmal stand George Sherman neben ihr und sagte mit einem warmen Lächeln: »Du siehst wie üblich hinreißend aus.«

»Du siehst auch nicht gerade schlecht aus, George«, sagte Cassi. »Im Smoking gefällst du mir viel besser als in deinem alten Kordsamtsakko.«

George lachte verlegen. »Ich wollte mich mal erkundigen, wie es dir in der Psychiatrie gefällt. Ich war ganz überrascht, als ich hörte, daß du die Abteilungen gewechselt hast. In mancher Hinsicht beneide ich dich.«

»Sag mir jetzt bloß nicht, du wärst der Psychiatrie auch nur annähernd wohlgesonnen. Dann müßte ich nämlich meine ganzen Vorurteile über Chirurgen umschmeißen.«

»Nach der Geburt meines jüngeren Bruders hat meine Mutter eine schwere Depression durchlitten. Ich bin überzeugt davon, daß ihr Psychiater ihr das Leben gerettet hat. Damals hätte ich mich beinahe selbst darauf spezialisiert, aber ich glaube nicht, daß ich sehr erfolgreich gewesen wäre. Es erfordert eine Sensibilität, die ich nicht habe.«

»Unsinn«, sagte Cassi, »natürlich hast du die nötige Sensibilität. Ich glaube eher, daß dir die dauernde Untätigkeit auf die Nerven gehen würde. In der Psychiatrie sind es die Patienten, die die Arbeit leisten müssen.«

George schwieg einen Moment, und als Cassi ihn genauer in Augenschein nahm, kam ihr plötzlich der Gedanke, ihn mit Joan zu verkuppeln. Sie waren beide so nette Menschen.

»Wärst du interessiert, eine attraktive neue Bekannte von mir kennenzulernen?« fragte sie unschuldig.

»Ich bin immer daran interessiert, attraktive Frauen kennenzulernen. Obwohl die wenigsten dir das Wasser reichen können.«

»Ihr Name ist Joan Widiker. Sie macht gerade ihr drittes Jahr in der Psychiatrie.«

»Einen Moment«, meinte George, »ich bin nicht sicher, daß ich mich so einer gewachsen fühle. Sie stellt mir womöglich ein paar knallharte Fragen, wenn ich meine Peitschen und Ketten heraushole. Ihr gegenüber wäre ich wahrscheinlich noch gehemmter, als ich es dir gegenüber war. Erinnerst du dich noch an unser erstes Rendezvous?«

Cassi lachte. Wie hätte sie das vergessen können? In seiner Ungeschicklichkeit hatte George ihr während des Essens einen Stoß gegen die Hand versetzt, so daß ihr eine Gabel voll Linguini Alfredo in den Schoß gefallen war, und bei dem Versuch, den Schaden mit einer Serviette wieder zu beheben, hatte er auch noch ihr Glas Chianti classico umgestoßen.

»Ich möchte nicht undankbar wirken«, sagte George. »Ich weiß es zu schätzen, daß du an mich denkst, und ich verspreche dir, Joan anzurufen. Aber ich wollte mit dir auch noch über ein etwas ernsteres Thema sprechen.«

Cassi straffte sich unwillkürlich, weil sie keine Ahnung hatte, was jetzt kommen würde.

»Als Arzt und Kollege mache ich mir große Sorgen um Thomas.«

»Ach?« sagte Cassi leichthin.

»Er arbeitet einfach zu hart. Seinen Beruf zu lieben, ist eine Sache, aber davon besessen zu sein, eine ganz andere. Ich beobachte so was nicht zum erstenmal. Oft macht ein Arzt jahrelang neunhundert Meilen in der Stunde, und dann ist er ganz plötzlich ausgebrannt. Ich sage dir das alles, weil ich dich bitten möchte, daß du auf Thomas Einfluß nimmst, ihn vielleicht dazu überredest, einmal Urlaub zu machen. Der Mann ist angespannt wie eine Spiralfeder. Einigen Gerüchten zufolge soll er sich in letzter Zeit immer wieder mit Schwestern und Patienten herumstreiten.«

Georges Worte ließen Cassi wieder die Tränen in die Augen steigen. Sie biß sich auf die Lippen, sagte aber nichts.

»Wenn du ihn dazu bringen könntest, daß er mal ein paar Tage ausspannt, würde ich mich gern in der Zwischenzeit um seine Patienten kümmern, falls es nötig sein sollte.«

Überrascht stellte er fest, daß sie dicht davor stand, loszuheulen. Sie wandte sich ab und verbarg ihr Gesicht. Er legte ihr die Hand auf die Schulter und sagte: »Ich wollte dich nicht aufregen.«

»Schon gut«, sagte Cassi, während sie versuchte, sich wieder unter Kontrolle zu bringen. »Ich bin okay.«

»Dr. Ballantine und ich haben uns lange über Thomas unterhalten«, sagte George. »Wir möchten gern helfen. Wir glauben beide, daß jemand, der so hart arbeitet wie er, irgendwann einen hohen Preis, einen zu hohen, dafür bezahlen muß.«

Cassi nickte, als verstünde sie. Dankbar drückte sie Georges Hand.

»Wenn es dir nicht angenehm ist, mit mir darüber zu reden, solltest du vielleicht mal mit Dr. Ballantine sprechen. Er schwört Stein und Bein auf Thomas. Möchtest du die Durchwahl des Direktors in der Klinik?«

Cassi wich Georges anteilnehmendem Blick aus und griff in ihre Handtasche, um Block und Bleistift herauszuholen. Als sie den Kopf hob, blieb ihr beinahe das Herz stehen. Sie fand sich Auge in Auge mit Thomas, der sie von der Tür her anstarrte, ohne zu blinzeln. Sie kannte ihn gut genug, um zu erkennen, daß er vor Wut kochte. Plötzlich fühlte sich Georges Hand auf ihrer Schulter fürchterlich schwer an.

Sie entschuldigte sich rasch, aber als sie wieder zur Tür hinüberblickte, war Thomas verschwunden.

Seit seiner ersten College-Liebe, als einer seiner Zimmergenossen sich mit seiner Freundin verabredet hatte, war Thomas nicht mehr so wütend gewesen. Kein Wunder, daß George sich immer so komisch benahm. Er hatte seine Affäre mit Cassi wieder aufleben lassen, und Cassi war so stillos, ihr Interesse vor allen Kollegen ihres Mannes zu demonstrieren. In seinem Magen machte sich die Angst als kalter Knoten bemerkbar, und seine Hand zitterte so heftig, daß er beinahe seinen Drink verschüttet hätte. Er kippte ihn rasch hinunter und trat dann durch die französischen Türen auf die Veranda. Die scharfe Brise vom Ozean tat ihm gut.

Hektisch durchsuchte er seine Taschen nach einer Pille. Der Abend war von Anfang an schiefgelaufen. Ein Kurator, der bereits einige Abstecher zur Bar hinter sich hatte, war stehengeblieben, um Thomas zum neuen Lehrprogramm der Klinik zu gratulieren. Als Thomas ihn nur verständnislos angestarrt hatte, war der Mann, eine rasche Entschuldigung auf den Lippen, aus dem Zimmer geeilt. Thomas selbst befand sich gerade auf der Suche nach Ballantine, um eine Erklärung zu verlangen, als er Cassi gesehen hatte.

Gott, was war er für ein Idiot! Jetzt, wo er darüber nachdachte, konnte es nicht den geringsten Zweifel geben, daß George und Cassi ein Verhältnis hatten. Kein Wunder, daß sie sich nie beklagte, wenn er nachts im Hospital blieb. Gnadenlos folterte er sich selbst mit der Vorstellung, daß sie sich zu allem Überfluß auch noch in seinem Hause trafen. George Sherman in seinem Schlafzimmer! Beinahe hätte er laut aufgeheult vor Wut.

Er warf einen Blick über die Schulter und bemerkte ein Pärchen im Türrahmen. Er hatte plötzlich Angst, sie könnten über die Affäre Bescheid wissen. Offenbar redeten sie über ihn. Er schob sich eine weitere Pille in den Mund, schluckte sie und ging wieder hinein, um sich noch einen Drink zu genehmigen.

Cassi suchte Thomas überall. Entschuldigungen murmelnd, bahnte sie sich einen Weg durch die Gästeschar im Wohnzimmer. Gerade wollte sie einen Blick in die Bar werfen, als sie sich plötzlich Dr. Obermeyer gegenübersah.

»Was für eine Überraschung!« rief er. »Meine schwierigste Patientin!«

Cassi lächelte nervös. Ihr fiel ein, daß sie Obermeyer versprochen hatte, ihn heute anzurufen.

»Wenn mich nicht alles täuscht, wollten Sie mir heute wegen Ihrer Operation Bescheid geben«, sagte der Augenarzt. »Haben Sie mit Thomas gesprochen?«

»Können wir das nicht morgen früh in Ihrer Praxis regeln?« fragte Cassi ausweichend.

»Vielleicht sollte ich direkt mit Ihrem Mann sprechen«, meinte Dr. Obermeyer. »Ist er hier?«

»Nein«, sagte Cassi. »Ich meine, ja, er ist hier, aber ich glaube nicht, daß jetzt der richtige Zeitpunkt –«

Ein entsetzlicher Schrei ließ den Raum erzittern, unterbrach Cassi mitten im Satz und ließ auch sämtliche anderen Unterhaltungen verstummen. Alle blickten verwirrt umher – alle bis auf Cassi. Sie hatte die Stimme erkannt. Es war Thomas! Sie rannte zum Eßzimmer, aber noch ehe sie dort eintraf, hörte sie einen weiteren Schrei, gefolgt von dem Klirren zerbrechenden Glases.

Cassi bahnte sich einen Weg durch die Gäste und sah Thomas vor dem Buffet stehen, das Gesicht rot angelaufen vor Wut, eine Handvoll zerbrochener Teller zu seinen Füßen. George Sherman stand neben ihm und starrte ihn entgeistert an, in der einen Hand einen Drink, in der anderen eine Karotte.

Vor Cassis Augen klopfte George Thomas mit der Karotte auf den Oberarm und sagte: »Thomas, Sie haben das völlig falsch verstanden.«

Thomas schlug George die Karotte aus der Hand und schrie: »Fassen Sie mich nicht an! Und fassen Sie auch meine Frau nie wieder an, verstanden?«

»Aber Thomas«, sagte George hilflos.

Cassi warf sich zwischen die beiden Männer. »Was ist denn los mit dir, Thomas?« fragte sie und packte seinen Arm. »Nimm dich doch zusammen!«

»Ich mich zusammennehmen?« wiederholte er. »Ich denke, das stünde dir besser an als mir.«

Mit einem höhnischen Lächeln schüttelte er Cassis Hand ab und stürmte auf die Haustür zu. Ballantine, der in der Küche gewesen war, rief seinen Namen und lief hinter ihm her.

Cassi entschuldigte sich bei George und eilte ebenfalls zur Tür, wobei sie den Kopf gesenkt hielt, um den neugierigen Blicken der anderen Gäste auszuweichen. In der Zwischenzeit hatte Thomas seinen Mantel gefunden und sagte wütend zu Ballantine: »Es tut mir schrecklich leid, daß es soweit kommen mußte, aber herauszufinden, daß ein Kollege eine Affäre mit der eigenen Frau hat, ist nicht gerade ein Vergnügen.«

»Das... kann ich nicht glauben«, sagte Ballantine. »Sind Sie sicher?«

»Und ob ich sicher bin!« Thomas riß die Tür auf, als Cassi bei ihm war und neuerlich nach seinem Arm griff.

»Thomas, was soll denn das alles?« fragte sie und stand kurz davor, in Tränen auszubrechen.

Er antwortete nicht; statt dessen schüttelte er ihre Hand mit solcher Heftigkeit ab, daß sie beinahe das Gleichgewicht verloren hätte und zu Boden gestürzt wäre.

»Thomas, sprich doch mit mir. Was ist geschehen?«

Er stürmte bereits die Treppe hinunter. Auf der untersten Stufe hatte sie ihn eingeholt. »Thomas, wenn du gehst, komme ich mit. Laß mich nur schnell meinen Mantel holen.«

Thomas blieb abrupt stehen. »Ich will dich nicht bei mir haben. Warum bleibst du nicht einfach hier und genießt deine Affäre?«

Verwirrt blickte Cassi ihm nach, als er sich wieder in Bewegung setzte. »Meine Affäre? Aber das ist doch deine Affäre. Ich wollte heute abend gar nicht herkommen!«

Thomas antwortete nicht. Cassi raffte den Rocksaum ihres langen Kleides und lief hinter ihm her. Als sie den Porsche erreicht hatte, zitterte sie am ganzen Körper, aber sie wußte nicht, ob aus Angst oder vor Kälte.

»Warum benimmst du dich nur so?« schluchzte sie.

»Ich mag ja einiges sein, aber ich bin kein Idiot«, schnappte Thomas und schlug ihr die Wagentür gegen die Beine. Der Motor röhrte auf.

»Thomas, Thomas!« Cassi klopfte mit einer Hand gegen das Fenster und versuchte mit der anderen, die Tür zu öffnen. Thomas ignorierte sie und gab Gas. Wenn sie sich nicht durch einen Sprung in Sicherheit gebracht und die Tür losgelassen hätte, wäre sie zu Boden gerissen worden. Stumm und wie betäubt sah sie den Porsche die lange Auffahrt hinunterjagen.

Gedemütigt kehrte sie zum Haus zurück. Vielleicht konnte sie sich in einem der oben gelegenen Zimmer verstecken, bis sie ein Taxi bekam. Als sie in die Diele trat, sah sie mit Erleichterung, daß die anderen Gäste sich längst wieder in ihr Gespräch vertieft hatten und den Drinks zusprachen. Nur George und Dr. Ballantine warteten an der Tür auf sie.

»Es tut mir so leid«, sagte Cassi verlegen.

»Machen Sie sich darüber keine Gedanken«, sagte Dr. Ballantine. »Ich habe gehört, George hat sich schon mit Ihnen unterhalten. Wir sorgen uns um Thomas und sind der Meinung, er arbeitet zuviel. Wir haben Pläne, deren Ausführung ihm etwas von seiner Belastung nehmen wird. Es hat sich allerdings noch keine Gelegenheit ergeben, mit ihm darüber zu sprechen, weil er in letzter Zeit immer so leicht erregbar ist.«

George und er wechselten einen Blick.

»Stimmt«, bestätigte George. »Ich glaube, dieser unselige Zwischenfall ist der beste Beweis dafür.«

Cassi war zu verwirrt, um in irgendeiner Weise reagieren zu können.

»Wie ich höre, hat George Ihnen meine Durchwahl in der Klinik gegeben«, fuhr Ballantine fort. »Ich unterhalte mich gern mit Ihnen, Cassi, wann Sie wollen. Warum schauen Sie nicht gleich morgen herein? Und in der Zwischenzeit genießen Sie die Party noch ein wenig. Oder möchten Sie lieber, daß einer meiner Jungen Sie nach Hause fährt?«

»Ich möchte lieber nach Hause«, sagte Cassi und wischte sich mit dem Handrücken über die Augen.

»Gut«, sagte Ballantine. »Einen Moment nur.« Er wandte sich ab und stieg die Treppe zum ersten Stock hinauf.

»Es tut mir leid«, sagte Cassi zu George, als sie allein waren. »Ich weiß nicht, was in Thomas gefahren ist.«

George schüttelte den Kopf. »Cassi, wenn er wüßte, wie ich wirklich für dich empfinde, hätte er allen Grund, eifersüchtig zu sein. So, jetzt versuch mal wieder zu lächeln. Ich habe dir gerade ein Kompliment gemacht.«

Er blieb bei ihr und bedachte sie mit einem zärtlichen Lächeln, bis Ballantines Sohn erschien und den Wagen holte.

Cassi hatte nicht die geringste Ahnung, was sie erwartete, als sie den Schlüssel in der Haustür umdrehte. Sie war überrascht, daß das Licht im Wohnzimmer brannte. Wenn Thomas zu Hause und nicht im Krankenhaus war, hätte er sich normalerweise eigentlich in seinem Arbeitszimmer eingeschlossen. Nervös eilte sie durch die Empfangshalle, wobei sie versuchte, ihr Haar so weit wie möglich in Ordnung zu bringen.

Aber es war nicht Thomas, der sie erwartete, sondern ihre Schwiegermutter.

Sie saß in einem mächtigen Ohrensessel, ihr Gesicht lag im Schatten. Von oben drang das Geräusch einer Toilettenspülung herunter.

Keine der beiden Frauen brach das Schweigen. Endlich, nach einer Ewigkeit, stand Patricia auf, die Schultern vorgebeugt, als hätte sie eine schwere Last zu tragen. Ihr Gesicht war eingefallen, die Falten um ihren Mund tiefer als sonst. Sie ging auf Cassi zu und blickte ihr in die Augen.

Cassi hielt dem Blick stand.

»Ich bin entsetzt«, sagte Patricia. »Wie konnten Sie uns das nur antun? Wenn er wenigstens nicht mein einziges Kind wäre, dann täte es vielleicht nicht so weh.«

»Wovon reden Sie eigentlich?« wollte Cassi wissen.

»Und dann auch noch ausgerechnet mit einem seiner Kollegen«, fuhr Patricia fort. »Ein Mann, der fortwährend versucht, seine Position zu untergraben. Wenn Sie schon ein Verhältnis haben mußten, warum dann nicht mit einem Fremden?«

»Ich habe gar kein Verhältnis«, sagte Cassi verzweifelt. »Das ist doch absurd. Thomas ist nicht mehr er selbst in letzter Zeit.«

Sie suchte im Gesicht ihrer Schwiegermutter nach einem Zeichen des Verstehens, aber Patricia stand nur stocksteif da und betrachtete sie mit einer Mischung aus Trauer und Zorn.

Cassi streckte ihr die Arme entgegen. »Bitte«, flehte sie. »Thomas ist sehr krank. Wollen Sie ihm nicht helfen?«

Patricia reagierte nicht.

Cassi ließ die Arme sinken. Schleppend ging die Mutter ihres Mannes zur Tür und aus dem Raum. Sie schien seit ihrer letzten Begegnung um zehn Jahre gealtert. Wenn sie nur zuhören würde. Aber Cassi war klar, daß Patricia sich eher von einer Lüge das Herz brechen ließ, als sich mit der weit schrecklicheren Wahrheit der Drogensucht ihres Sohnes auseinanderzusetzen. So sehr sie Thomas auch immer kritisierte, sie würde nie ernsthaft in Erwägung ziehen, daß etwas Grundlegendes mit ihm nicht stimmen könnte.

Noch lange, nachdem sie die Haustür hatte ins Schloß fallen hören, blieb Cassi im Halbdunkel des Wohnzimmers sitzen. In den letzten achtundvierzig Stunden hatte sie mehr Tränen vergossen als in den zwanzig Jahren davor. Wie konnte Thomas nur annehmen, sie hätte ein Verhältnis? Die Idee war einfach lächerlich.

Mit schweren Schritten stieg sie schließlich die Treppe hinauf, um ihren Mann zu suchen. Es war unmöglich, in dieser Situation einfach nur ins Bett zu gehen. Sie mußte versuchen, mit ihm zu reden. Einen Moment lang zögerte sie vor der Tür zum Arbeitszimmer. Dann klopfte sie sacht.

Er antwortete nicht.

Sie klopfte wieder, diesmal lauter. Als noch immer keine Antwort erfolgte, drückte sie die Klinke hinunter. Die Tür war abgesperrt. Entschlossen, mit ihm zu reden, nahm Cassi den Weg durch das Gästezimmer und das beide Räume verbindende Bad.

Er saß in seinem Lieblingssessel und starrte blicklos vor sich hin. Sein Ausdruck änderte sich bei ihrem Eintreten nicht im geringsten, obwohl er sie gehört haben mußte. Ein schwaches Lächeln hing an seinen Mundwinkeln. Selbst als Cassi niederkniete und seine Hand an ihre Wange preßte, bewegte er sich nicht.

»Thomas«, rief sie leise.

Endlich senkte er den Blick auf ihr Gesicht.

»Thomas, ich habe nie etwas mit George gehabt. Seit wir uns kennengelernt haben, bin ich dir immer treu geblieben. Ich liebe dich. Bitte, laß mich dir helfen.«

»Ich glaube dir nicht«, sagte er, unfähig die Worte richtig zu artikulieren. Dann verdrehten sich seine Augen, und er verlor das Bewußtsein, während Cassi noch immer seine Hand hielt. Sie klappte das Sofabett auf und versuchte, ihn aus seinem Stuhl zu bewegen, aber er rührte sich nicht. Sie blieb eine Weile einfach nur bei ihm sitzen, ehe sie in ihr Schlafzimmer ging, um vielleicht ein wenig Schlaf zu finden.

8

Am nächsten Morgen war Cassi schon wach und angezogen, ehe der Wecker im Arbeitszimmer losging. Er klingelte ausdauernd. Besorgt lief sie den Gang hinunter und öffnete die Tür. Thomas saß noch genauso in seinem Sessel, wie sie ihn in der Nacht verlassen hatte.

»Thomas«, sagte sie und schüttelte ihn sacht.

»Wa-was?« ächzte er.

»Es ist Viertel vor sechs. Mußt du heute morgen nicht operieren?«

»Ich dachte, wir wollten zu Ballantines Party gehen«, murmelte er.

»Thomas, das war gestern abend. O Gott, vielleicht solltest du in der Klinik anrufen und dich krank melden. Du hast dir noch nie freigenommen. Komm, ich rufe Doris an und frage, ob sie deine Operationen nicht verschieben kann.«

Thomas rappelte sich auf. Er schwankte und mußte sich an der Sessellehne abstützen.

»Nein, es geht mir bestens.« Seine Artikulation war immer noch leicht verschwommen. »Und wo sie mir jetzt auch noch die OP-Stunden gekürzt haben, würde ich die verlorene Zeit nie wieder aufholen. Einige der für diesen Monat vorgesehenen Patienten haben ohnehin schon viel zu lange gewartet.«

»Dann laß doch jemand anderen die –«

Thomas hob seine rechte Hand so abrupt, daß Cassi dachte, er wollte sie schlagen, aber statt dessen stürzte er ins Badezimmer und knallte die Tür hinter sich zu. Kurz darauf hörte sie, wie die Dusche aufgedreht wurde. Als er nach unten kam, schien er in besserer Verfassung. Wahrscheinlich weil er ein paar Dexedrine genommen hat, dachte Cassi.

Rasch trank er ein Glas Orangensaft und eine Tasse Kaffee, ehe er sich auf den Weg zur Garage machte. »Selbst wenn ich es schaffe, heute abend nach Hause zu kommen, wird es spät werden«, sagte er über die Schulter. »Du nimmst also am besten deinen eigenen Wagen.«

Cassi saß noch lange nachdenklich am Küchentisch, ehe auch sie die lange Fahrt in die Klinik antrat. Zum erstenmal, dachte sie, mache ich mir nicht nur um Thomas Sorgen, sondern auch um seine Patienten. Er ist nicht mehr in der Verfassung zu operieren.

Als sie das Boston Memorial erreichte, hatte sie sich entschlossen, gleich nach der Belegschaftskonferenz drei Dinge in Angriff zu nehmen. Sie würde sich einen Termin für die Augenoperation geben lassen, einen entsprechenden Urlaubsantrag einreichen und mit Dr. Ballantine über Thomas sprechen. Schließlich war die Klinik von dem Problem genauso betroffen wie ihre Ehe.

Die Konferenz war gerade zu Ende, und bevor Joan die Gelegenheit hatte, sich nach ihrem Befinden zu erkundigen, murmelte Cassi hastig, daß sie einen Termin beim Augenarzt hätte, und eilte den Flur hinunter. Dr. Obermeyer kam sofort aus seinem Sprechzimmer, als er hörte, daß Cassi da sei. Er hatte sich nicht einmal die Zeit genommen, seine Bergarbeiterlampe abzusetzen.

»Sind Sie zu einer Entscheidung gekommen?« fragte er.

Cassi nickte. »Ich möchte es gern so schnell wie möglich hinter mich bringen«, sagte sie. »Je schneller, desto besser, sonst überlege ich es mir womöglich wieder anders.«

»Ich habe gehofft, daß Sie das sagen würden«, antwortete Dr. Obermeyer. »Tatsächlich habe ich mir sogar schon die Freiheit genommen, Sie für übermorgen als eine Art Notfall einzuschieben. Paßt Ihnen das?«

Cassi spürte, wie ihr Mund trocken wurde, aber sie nickte gehorsam.

»Hervorragend«, sagte Dr. Obermeyer mit einem Lächeln. »Machen Sie sich wegen der Formalitäten keine Sorgen, wir erledigen das für Sie. Ihr Bett ist ab morgen für Sie reserviert.«

»Wie lange werde ich danach nicht arbeiten können?« fragte Cassi. »Ich muß den Leuten in der Psychiatrie ja schließlich irgend etwas sagen.«

»Das hängt davon ab, was wir finden, aber ich schätze, acht bis zehn Tage.«

»So lange?« fragte Cassi und überlegte, was das wohl für ihre Patienten bedeuten würde.

Auf dem Rückweg vom Behandlungsgebäude beschloß sie, Dr. Ballantine anzurufen, bevor der Mut sie wieder verließ. Er kam selbst an den Apparat und sagte, daß er sie in einer halben Stunde empfangen könnte, da er heute nicht in den OP müsse.

Nachdem sie ihren Krankenurlaub beantragt hatte, unternahm sie noch einen Abstecher in die Pathologie, um die Zeit bis zu ihrer Verabredung mit Ballantine totzuschlagen. Sie konnte Robert von ihrer Operation erzählen, außerdem fühlte sie sich in seiner Gegenwart immer so sicher. Aber als sie die Tür zu seinem Büro öffnete, war niemand da, und einer seiner Mitarbeiter sagte ihr, daß Robert zum Essen gegangen sei – wahrscheinlich seine letzte Mahlzeit für eine ganze Woche, denn er sollte am Nachmittag operiert werden.

Erst beim Aufzug erinnerte sie sich wieder an Jeoffry Washington. Sie kehrte um und bat den Techniker um die entsprechenden Dias. Er hatte keine Schwierigkeiten, die Schachtel zu finden, mußte ihr aber erklären, daß erst die Hälfte der Bilder fertig sei. Im allgemeinen brauchte man für einen Fall mindestens zwei Tage, und er schlug Cassi vor, morgen wiederzukommen, dann sei alles fertig. Cassi sagte, sie interessiere sich nur für die Ergebnisse der Venenuntersuchung, und vielleicht wären die schon vorhanden.

Die Dias, die sie brauchte, waren nicht nur fertig, sie standen sogar ganz am Anfang in der Schachtel. Es handelte sich um sechs Aufnahmen, die mit Jeoffrys Autopsienummer und den Worten *Linke Vena basilaris* beschriftet waren.

Cassi nahm an Roberts Mikroskop Platz und korrigierte die Brennweite, bis sie das Dia genau erkennen konnte. Als erstes bemerkte sie ein winziges, in sich zusammengefallenes, ringförmiges Gebilde vor dem Hintergrund schmutzigrosigen Gewebes. Selbst in der schwachen Vergrößerung fiel Cassi etwas Eigenartiges auf. Bei genauerem Hinsehen entpuppte es sich als ein weißer Niederschlag an der Innenseite der Vene. Die Außenseite sah dagegen vollkommen normal aus. Cassi fragte sich, ob die kleinen weißen Flocken bei der Präparation der Venenprobe entstanden sein konnten. Sie untersuchte die restlichen Dias und fand auf allen – mit einer Ausnahme – denselben Niederschlag.

Cassi trug die Schachtel ins Labor zurück und zeigte dem Techniker, was sie entdeckt hatte. Er war genauso verblüfft wie sie. Sie beschloß, Robert über ihre Entdeckung in Kenntnis zu setzen, sobald sie seine Zimmernummer herausgefunden hatte. Dann warf sie einen Blick auf die Uhr und stellte fest, daß es Zeit war, Ballantine aufzusuchen.

Er saß an seinem Schreibtisch und verzehrte ein Sandwich. Er fragte Cassi, ob seine Sekretärin ihr etwas aus der Cafeteria holen sollte, aber sie schüttelte den Kopf. In Anbetracht der Sache, die sie gleich zur Sprache bringen wollte, war sie nicht sicher, ob sie je wieder Appetit verspüren würde.

Sie fing damit an, daß sie sich für die Szene entschuldigte, die Thomas auf der Party verursacht hatte, aber Ballantine schnitt ihr das Wort ab und versicherte, die Party sei ein großer Erfolg gewesen und bestimmt könne sich niemand mehr an den kleinen Zwischenfall erinnern. Cassi wünschte, ihm glauben zu können; unglücklicherweise wußte sie aber, daß die Leute gerade solche skandalösen Auftritte in sehr lebendiger Erinnerung behielten.

»Ich habe heute morgen schon mit Thomas gesprochen«, sagte Ballantine. »Wir sind uns begegnet, bevor er in den OP gegangen ist.«

»Was für einen Eindruck hatten Sie von ihm?« fragte Cassi. Vor ihrem geistigen Auge sah sie Thomas bewußtlos in seinem Ledersessel liegen, dann, wie er ins Badezimmer getaumelt war.

»Er wirkte vollkommen in Ordnung. Schien ausgesprochen guter Laune zu sein. Es hat mich gefreut zu sehen, daß alles wieder normal war.«

Entsetzt merkte Cassi, wie ihr die Tränen in die Augen stiegen. Sie hatte sich fest versprochen, es nicht soweit kommen zu lassen.

»Aber, aber«, sagte Dr. Ballantine. »Jeder schlägt mal über die Stränge, wenn er unter starkem Streß steht. Sie sollten den gestrigen Zwischenfall nicht überbewerten. So wie Thomas sich in die Arbeit stürzt, ist das völlig verständlich. Vielleicht nicht entschuldbar, aber verständlich. Meine Mitarbeiter haben mich darüber informiert, daß er ungewöhnlich viele Abende und Nächte in der Klinik verbringt. Sagen Sie, meine Liebe, bei Ihnen zu Hause ist er doch wie immer, oder?«

»Nein«, antwortete Cassi und blickte auf ihre Hände, die unbeweglich im Schoß lagen. Nachdem sie erst mal angefangen hatte, gab ein Wort das andere. Sie erzählte Dr. Ballantine von der Reaktion ihres Mannes auf die anstehende Operation und bekannte, daß ihre Ehe schon seit einiger Zeit beträchtlichen

Belastungen ausgesetzt gewesen sei, obwohl sie nicht glaubte, daß die Ursache in ihrer Krankheit liege. Thomas hatte schon vor der Hochzeit darüber Bescheid gewußt, und mit Ausnahme der Augengeschichte hatte sich ihr Zustand nicht verändert. Sie konnte es sich nicht vorstellen, daß ihre gesundheitliche Verfassung als Erklärung für seine Stimmung ausreichte. Sie hielt inne und begann vor Angst zu schwitzen.

»Ich glaube, in Wirklichkeit liegt das Problem darin, daß er zu viele Pillen nimmt. Ich meine, eine Menge Leute nehmen hin und wieder eine Dexedrine oder eine Schlaftablette, aber Thomas übertreibt es vielleicht.« Sie schwieg und warf einen Blick auf Ballantines Gesicht.

»Etwas in der Art ist mir auch zu Ohren gekommen«, sagte Ballantine beiläufig. »Einer der Praktikanten hat auf dem Flur eine Bemerkung darüber gemacht, daß Dr. Kingsleys Hände gezittert hätten. Ich stand zufällig hinter ihm. Was genau nimmt Thomas denn nun eigentlich?«

»Dexedrine, um sich aufzuputschen, und Percodan und Talwin, um schlafen zu können.«

Dr. Ballantine schlenderte zum Fenster und starrte in das Casino direkt gegenüber. Dann räusperte er sich und kehrte an seinen Schreibtisch zurück. Seine Stimme hatte nichts von ihrer Wärme verloren.

»Der ungehinderte Zugang zu Medikamenten und Drogen aller Art kann für einen Arzt eine große Versuchung darstellen, besonders, wenn er so überarbeitet ist wie Thomas.« Er ließ sich in seinen Stuhl sinken. »Aber das ist nur ein Aspekt der Geschichte. Viele Ärzte haben darüber hinaus noch das Gefühl, daß ihnen, die sich tagtäglich der Sorgen und Nöte anderer Menschen annehmen, selbst etwas Hilfe zustände, wenn sie ihrer bedürfen. In Form von Alkohol oder Tabletten. All das ist leider nur zu bekannt. Und da sie zu dünkelhaft sind, um sich an einen anderen Arzt zu wenden, verschreiben sie sich Medikament und Dosierung gleich selbst.«

Cassi war ungeheuer erleichtert, daß Dr. Ballantine die Sache mit solcher Gelassenheit aufnahm. Zum erstenmal seit Tagen fühlte sie sich wieder etwas optimistischer.

»Ich glaube, am wichtigsten ist jetzt, daß wir unser Wissen für uns behalten«, sagte er. »Es könnte sowohl Ihrem Gatten als auch der Klinik schaden, wenn darüber geklatscht würde. Ich werde versuchen, mit Thomas zu sprechen, und zwar so diplomatisch wie möglich, damit wir die Angelegenheit wieder unter Kontrolle bekommen, ehe sie uns völlig aus der Hand gleitet. Ich erlebe so was nicht zum erstenmal, Cassi, und kann Ihnen versichern, daß die Schwierigkeiten Ihres Mannes leicht zu überwinden sind. Er hat nur den Preis bezahlt, der allen Chirurgen früher oder später abverlangt wird.«

»Wegen seiner Patienten machen Sie sich keine Sorgen?« fragte Cassi. »Ich meine, haben Sie ihn kürzlich mal operieren sehen?«

»Nein«, antwortete Dr. Ballantine, »aber ich wäre der erste, dem es zu Ohren käme, wenn in dieser Hinsicht etwas nicht stimmen würde.«

Cassi fragte sich, ob das der Wahrheit entsprach.

»Ich kenne Thomas jetzt seit siebzehn Jahren«, sagte Ballantine. »Glauben Sie mir, es würde mir auffallen, wenn etwas wirklich nicht stimmte.«

»Wie wollen Sie ihn denn auf das Thema bringen?« fragte Cassi.

Ballantine zuckte mit den Schultern. »Ich werde mir etwas einfallen lassen, je nach Situation.«

»Sie werden ihm doch nicht sagen, daß ich mit Ihnen gesprochen habe, oder?«

»Natürlich nicht«, versicherte Dr. Ballantine.

In der Hand einen Strauß Iris, den sie im Blumenladen des Krankenhauses gekauft hatte, ging Cassi im achtzehnten Stock einen langen Gang hinunter, bis sie Zimmer 1847 erreicht hatte. Die Tür stand halb offen. Cassi klopfte und spähte hinein. Es war ein Einbettzimmer, und die Gestalt in dem Bett hatte sich die Decke bis zu den Augen hochgezogen. Sie schien vor Entsetzen zu zittern.

»Robert«, lachte Cassi. »Was um alles in der Welt...«

Robert schlug die Decke zurück und sprang, angetan mit Pyjama und Morgenrock, aus dem Bett. »Ich habe dich kommen sehen«, gestand er, ehe er die Blumen mißtrauisch beäugte und fragte: »Sind die für mich?«

Cassi reichte ihm den kleinen Strauß. Robert arrangierte die Blumen liebevoll in einem Wasserkrug, den er anschließend auf den Nachttisch stellte. Es waren nicht die ersten. Auf jeder freien Stellfläche blühte und grünte es.

»Sieht aus wie bei einer Beerdigung«, meinte Robert.

»Diese Art Witze mag ich ganz und gar nicht«, sagte Cassi und umarmte ihn. »Zu viele Blumen kann man gar nicht kriegen. Du hast eben einen Haufen Freunde.« Sie setzte sich an das Fußende des Betts.

»Ich habe noch nie als Patient im Krankenhaus gelegen«, sagte Robert und zog sich einen Stuhl heran, als wäre er der Besucher. »Es gefällt mir nicht. Man fühlt sich so verwundbar.«

»Man gewöhnt sich daran«, sagte Cassi. »Glaub mir, ich kenne mich da aus.«

»Das Problem ist, daß ich zuviel weiß«, sagte Robert. »Ich kann dir gar nicht sagen, was ich für eine Angst habe. Gott sei Dank konnte ich den Anästhesisten überreden, mir die doppelte Dosis Schlafmittel zu bewilligen. Sonst kriege ich die ganze Nacht kein Auge zu.«

»In ein paar Tagen wirst du dich fragen, wie du dich jemals so aufregen konntest.«

»Du hast leicht reden, du bist angezogen wie immer.« Er hielt sein Handgelenk hoch, an dem ein Namensschild aus Plastik befestigt war. »Ich bin zu einer statistischen Größe geworden.«

»Vielleicht hilft es dir, wenn ich dir sage, daß dein Mut auf mich abgefärbt hat. Ich bin morgen an der Reihe.«

Roberts Miene wurde ernst und teilnahmsvoll. »Jetzt komme ich mir wie ein Idiot vor. Du hast eine Augenoperation vor dir, und ich mache wegen ein paar Zähnen Theater.«

»Narkose ist Narkose«, meinte Cassi.

»Ich glaube, deine Entscheidung war richtig«, sagte Robert. »Und ich habe das Gefühl, daß deine Operation ein voller Erfolg wird.«

»Und wie stehen deine Chancen?« scherzte Cassi.

»Tja... fünfzig zu fünfzig vielleicht«, antwortete Robert lachend. »He, ich muß dir etwas zeigen.«

Er stand auf und ging zum Nachttisch. Er griff nach einer Mappe und nahm an Cassis Seite auf dem Bett Platz. »Mit Hilfe eines Computers habe ich alle Daten, die wir von unseren PPT-Fällen haben, miteinander in Bezug gesetzt und dabei einige interessante Punkte herausgefunden. Erst mal hingen tatsächlich alle Patienten, wie du vermutet hast, am Tropf. Darüber hinaus waren in den letzten beiden Jahren immer häufiger Patienten betroffen, deren physischer Zustand sich längst stabilisiert hatte. Anders ausgedrückt, der Tod kam völlig unerwartet.«

Cassi nickte.

»Ich habe mit den Daten dann ein wenig herumgespielt und sie alle noch mal eingegeben, mit Ausnahme des Faktors Operation. Daraufhin hat der Computer noch ein paar andere Fälle ausgespuckt, einschließlich eines gewissen Sam Stevens. Er starb völlig überraschend bei einer Herz-Katheterisierung. Er war etwas zurückgeblieben, ansonsten aber in ausgezeichneter körperlicher Verfassung.«

»Hing er am Tropf?« fragte Cassi.

»Ja«, antwortete Robert.

Schweigend tauschten sie einen langen Blick.

»Schließlich und endlich«, sagte Robert, »gab der Computer

zu verstehen, daß mehr Männer betroffen waren als Frauen. Und seltsamerweise schien sich darunter eine ungewöhnliche Zahl von Homosexuellen zu befinden. Jedenfalls soweit die beschränkten Informationen zu diesem Punkt einen derartigen Rückschluß zulassen.«

Cassi blickte auf und streifte Robert mit einem Seitenblick. Sie hatten nie ausführlich über dieses Thema geredet, und Cassi verspürte auch jetzt kein großes Bedürfnis danach.

»Ich war heute morgen in der Pathologie«, sagte sie, um das Thema zu wechseln. »Dich habe ich zwar verpaßt, aber dafür konnte ich einen Blick auf die Dias von Jeoffry Washington werfen. Als ich mir die Venenteile um die Einstichstelle der Infusionsnadel genauer angesehen habe, ist mir an der Innenseite ein weißer Niederschlag aufgefallen. Zuerst dachte ich, es könnte sich um Kunststoff handeln, aber er fand sich auf allen Teilen bis auf einen. Glaubst du, das könnte von Bedeutung sein?«

Robert schürzte die Lippen. »Nein«, meinte er schließlich. »Wenigstens klingelt bei mir nichts. Das einzige, was mir dazu einfällt, ist, daß ein solcher Niederschlag entsteht, wenn man einer Bikarbonatlösung versehentlich Calcium beimischt, aber das wäre dann in der Infusionsflasche zu sehen, nicht in der Vene. Ich nehme an, der Niederschlag könnte zwar auch in die Vene geraten, aber er wäre in der Flasche so unübersehbar, daß jeder ihn bemerken würde. Vielleicht fällt mir was ein, wenn ich die Dias betrachte. Doch jetzt genug von diesem morbiden Zeug. Erzähl mir von der Party gestern abend. Was hast du angezogen?«

Cassi faßte sich so kurz wie möglich. Natürlich bestand die Wahrscheinlichkeit, daß Robert so oder so von irgendeinem Klatschmaul darüber informiert werden würde, was sich auf der Party ereignet hatte, aber sie wollte es nicht selbst zur Sprache bringen. In gewisser Hinsicht war sie ohnehin überrascht, daß er sich noch gar nicht zu ihren geröteten Augen geäußert hatte. Sonst zeigte er sich immer so aufmerksam. Aber vermutlich – und verständlicherweise – war er vollauf mit seiner bevorstehenden Operation beschäftigt. Ehe sie der Versuchung nachgeben konnte, ihn auch noch mit ihren eigenen Schwierigkeiten zu behelligen, versprach sie, am nächsten Tag wieder hereinzuschauen, und ging.

Larry Owen fühlte sich wie eine zum Zerreißen gespannte Klaviersaite. Thomas Kingsley war an diesem Morgen später als üblich erschienen und hatte ihn vor versammelter Mannschaft heruntergeputzt, weil die Brust des ersten Patienten noch nicht geöffnet war. Obwohl Owen die Prozedur in Rekordzeit nachgeholt hatte, war Thomas damit noch lange nicht zufriedengestellt; an allem nörgelte er herum. Der Schnitt war miserabel angelegt, die Schwestern reichten ihm die Instrumente nicht richtig, die Assistenten standen ihm im Weg herum, und der Anästhesist war »völlig unfähig«. Wie es der Zufall wollte, geriet Thomas tatsächlich an einen fehlerhaften Nadelhalter, den er mit solcher Wucht gegen die Wand schmetterte, daß er entzweibrach.

Larry Owen erlebte solcherlei Unbill nicht zum erstenmal. Was ihn dagegen wirklich aufbrachte, war die Art, wie Thomas operierte. Vom ersten Moment an konnte kein Zweifel daran bestehen, daß er völlig erschöpft war. Die Fehler, die ihm unterliefen, wären nicht einmal einem Anfänger passiert. Am schlimmsten aber war das unkontrollierbare Zittern. Zuzusehen, wie Thomas sich mit einer rasiermesserscharfen Nadel über das Herz beugte und das Instrument zu dem winzigen Stück Rosenvene zu lenken versuchte, das er an das Blutstammgefäß nähen wollte, hätte beinahe Owens eigenes Herz stillstehen lassen.

Vage hatte er gehofft, das Zittern würde im Verlauf des Vormittags vielleicht vergehen. Statt dessen war es nur schlimmer geworden.

»Wollen Sie, daß ich dieses Stück annähe?« fragte Larry verschiedentlich. »Ich kann von meinem Platz aus etwas besser sehen.«

»Wenn ich Ihre Hilfe brauche, werde ich Sie darum bitten«, lautete jedesmal die Antwort.

Irgendwie brachten sie die ersten beiden Fälle mit halbwegs passabel angenähten Umgehungswegen hinter sich, und die Patienten konnten wieder von der Herz-Lungen-Maschine genommen werden. Aber Larry wagte nicht, an den dritten Fall zu denken, einen Mann von achtunddreißig Jahren mit zwei kleinen Kindern. Er hatte die Brust des Patienten geöffnet und wartete darauf, daß Thomas aus dem Casino zurückkehrte. Er schwitzte heftig. Als Thomas schließlich durch die Tür des OP platzte, verknotete sich Larrys Magen vor Angst.

Anfangs ging alles einigermaßen gut, obwohl Thomas immer noch stark zitterte und seine Frustrationsschwelle eher niedriger zu sein schien als vorher. Das Team, obwohl bereits ermüdet von den beiden vorangegangenen Fällen, versuchte alles, um ihm nicht in die Quere zu kommen. Larry fiel dabei die schwierigste Rolle zu, denn er mußte soviel wie möglich vorausahnen und die unkoordinierten Bewegungen des Chirurgen lenken, ohne daß Thomas sich dagegen wehrte. Der eigentliche Ärger aber begann erst, als sie anfingen, die Umgehungen anzunähen. Larry konnte einfach nicht zusehen, wie Thomas den zitternden Nadelhalter auf das Herz zuführte, und wandte den Kopf ab.

»Verdammt noch mal!« brüllte Thomas.

Entsetzt sah Larry, daß Thomas sich die Nadel in den eigenen Zeigefinger gestochen hatte und nun seine Hand zurückzog, wobei er auch noch einen der Katheter herausriß, die das Blut des Patienten zur Herz-Lungen-Maschine leiteten. Als hätte jemand einen Wasserhahn aufgedreht, füllte sich die Wunde mit Blut. In Sekundenschnelle waren die sterilen Tücher durchweicht, das Blut tropfte auf den Boden.

Verzweifelt stieß Larry seine Hand in die Wunde und tastete blindlings nach der Klammer, mit der die Naht an der Vena cava verschlossen war. Glücklicherweise fand er sie auf den ersten Griff und lockerte sie mit einem heftigen Ruck. Der Blutverlust ging zurück.

»Wenn ich ein besseres Team gehabt hätte, wäre das gar nicht erst passiert«, schnauzte Thomas, riß sich die Nadel aus dem Finger und ließ sie zu Boden fallen. Er trat vom Operationstisch zurück und begutachtete seine verletzte Hand.

Es gelang Larry, das Blut aus der Wunde abzusaugen. Während er den Katheter der Herz-Lungen-Maschine wieder einsetzte, überlegte er fieberhaft, was er nun tun sollte. Thomas war absolut nicht mehr in der Lage, weiterzuoperieren; ihm das zu sagen hätte aber bedeutet, beruflichen Selbstmord zu riskieren. Schließlich traf er eine Entscheidung. Er konnte die Anspannung einfach nicht mehr ertragen. Nachdem er das Operationsfeld gesichert hatte, ging er zu Thomas, der sich gerade von der Springschwester ein Paar neuer Handschuhe reichen ließ.

»Entschuldigen Sie, Dr. Kingsley«, sagte er mit aller Autorität, zu der er fähig war, »Sie haben einen anstrengenden Tag hinter sich. Es tut mir leid, daß wir nicht mehr auf Draht waren. Sie sind erschöpft, und ich übernehme ab hier. Sie brauchen sich keine neuen Handschuhe anzuziehen.«

Einen Augenblick lang dachte Larry, Thomas würde ihm eine Ohrfeige verpassen, aber er zwang sich, fortzufahren. »Sie haben Tausende solcher Operationen durchgeführt, Dr. Kingsley. Niemand wird es Ihnen vorwerfen, wenn Sie eine davon nicht zu Ende führen.«

Thomas begann zu zittern. Dann riß er sich zu Larrys Erstaunen und Erleichterung die Handschuhe von den Fingern und stürmte aus dem OP.

Larry seufzte und wechselte einen Blick mit der Springschwester.

»Ich bin gleich wieder da«, sagte er an das Team gerichtet. Ohne Handschuhe oder Kittel auszuziehen, verließ er den Raum, in der Hoffnung, daß einer der anderen Herzchirurgen in der Nähe war. Als er George Sherman aus OP 6 kommen sah, nahm er ihn beiseite und berichtete ihm leise, was sich zugetragen hatte.

»Gehen wir«, sagte George nur. »Und ich möchte nirgendwo auch nur ein Sterbenswörtchen darüber hören, kapiert? So was kann jedem von uns einmal widerfahren, und wenn etwas davon an die Öffentlichkeit dringen würde, wäre das eine Katastrophe, nicht nur für Dr. Kingsley, auch für die Klinik.«

»Ich weiß«, sagte Larry.

Thomas konnte sich nicht erinnern, jemals so wütend gewesen zu sein. Wie konnte Larry es wagen, ihm zu sagen, er sei zu müde, um die Operation zu Ende zu führen? Das Ganze war ein einziger Alptraum gewesen. Gerade die ständige Angst vor einer solchen Katastrophe hatte ihn dazu gebracht, hin und wieder eine Tablette zu nehmen, damit er einschlafen konnte. Er war absolut in der Lage, den Eingriff zu beenden, und wenn er nicht so unter Cassis Untreue gelitten hätte, wäre er kaum auf Larrys Ansinnen eingegangen. Im Casino riß er den Hörer vom Telefon und rief Doris an, um sicherzugehen, daß es keine Notfälle gab. Dann ließ er seine Nachmittagspatienten auf einen anderen Termin verlegen, denn es war schon spät, und er konnte den Gedanken, jetzt noch Sprechstunde zu halten, nicht ertragen. Doris wollte schon wieder auflegen, als ihr gerade noch rechtzeitig einfiel, daß Ballantine angerufen und Thomas gebeten hatte, auf einen Sprung bei ihm vorbeizuschauen.

»Was wollte er?« fragte Thomas.

»Das hat er nicht gesagt«, antwortete Doris. »Ich habe ihn gefragt, ob es um etwas Bestimmtes ginge, für den Fall, daß du ein Krankenblatt mitnehmen müßtest oder so, aber er meinte, er wollte sich nur mit dir unterhalten.«

Thomas erklärte der diensthabenden Schwester, daß er in Dr. Ballantines Büro zu finden sei, falls ein Anruf für ihn käme. Um sich wieder zu fangen und die Kopfschmerzen zu bekämpfen, die seit einiger Zeit immer schlimmer wurden, nahm er ein Percodan aus seinem Schrank und schluckte es. Dann zog er sich einen weißen Kittel über und machte sich auf den Weg, wobei er sich fragte, was Ballantine wohl von ihm wollte. Er konnte sich nicht vorstellen, daß der Direktor ihn zu sich rief, um über den Zwischenfall auf der Party zu sprechen, und ganz bestimmt hatte es nichts mit dem Streit eben im OP zu tun. Wahrscheinlich ging es um die Abteilung im allgemeinen. Er entsann sich der Bemerkung des Kurators am vergangenen Abend und nahm an, daß Ballantine nun endlich die Katze aus dem Sack lassen wollte. Es war nicht auszuschließen, daß der alte Mann daran dachte, in den wohlverdienten Ruhestand zu treten, und nun die Frage der Nachfolge regeln wollte.

»Danke, daß Sie die Zeit gefunden haben, hereinzuschauen«, sagte Dr. Ballantine, sobald Thomas sich gesetzt hatte. Er schien sich nicht ganz wohl in seiner Haut zu fühlen.

»Thomas«, begann er endlich, »ich denke, wir sollten offen miteinander sein. Ich versichere Ihnen, daß nichts von dem, worüber wir hier sprechen, aus diesem Raum gelangen wird.«

Thomas schlug die Beine übereinander, sein rechter Fuß begann rhythmisch zu wippen.

»Mir ist zu Ohren gekommen, daß Sie Tabletten nehmen.«

Der Fuß hielt schlagartig mit seiner nervösen Bewegung inne. Die schwachen Kopfschmerzen wurden plötzlich wieder zu einem hämmernden Inferno. Ansonsten zuckte Thomas mit keiner Wimper, obwohl er an seiner Wut zu ersticken glaubte.

Ballantine fuhr fort: »Sie sollen wissen, daß es sich dabei keinesfalls um ein ungewöhnliches Problem handelt.«

»Und was für Tabletten sind das, die ich angeblich nehme?« fragte Thomas, wobei es ihm nur mit äußerster Kraft gelang, sich zu beherrschen.

»Dexedrine, Percodan und Talwin«, sagte Dr. Ballantine. »Was jeder in so einem Fall nehmen würde.«

Mit schmalen Augen musterte Thomas Dr. Ballantines Gesicht. Er haßte den väterlichen Ausdruck darauf. Die Ironie, von diesem unfähigen Hanswurst gerichtet zu werden, trieb ihn an den Rand des Wahnsinns. Gott sei Dank begann das Percodan, das er vorhin genommen hatte, allmählich zu wirken.

»Ich wüßte gern, wer Ihnen diese absurde und lächerliche Lüge zu Gehör gebracht hat«, gelang es ihm so ruhig wie möglich zu sagen.

»Das spielt keine Rolle. Worauf es ankommt –«

»Für mich spielt es eine Rolle«, unterbrach Thomas Ballantine. »Wenn jemand derart böswillige Verleumdungen in die Welt setzt, sollte er dafür zur Verantwortung gezogen werden. Lassen Sie mich raten: George Sherman.«

»Ganz und gar nicht«, erwiderte Ballantine. »Was mich aber an etwas anderes erinnert: ich habe mich mit George über den bedauerlichen Zwischenfall gestern abend unterhalten. Ihre Anschuldigungen waren ihm absolut schleierhaft.«

»Jede Wette«, sagte Thomas sarkastisch, »alle Welt weiß, daß George Cassi heiraten wollte, bevor sie mich kennengelernt hat. Und dann war ich selbst so dumm, ihnen die beste Gelegenheit zu geben, indem ich so viele Abende in der Klinik verbracht habe...«

»Das hört sich nicht gerade nach hieb- und stichfesten Beweisen an«, sagte Ballantine. »Meinen Sie nicht, daß Sie vielleicht überreagieren?«

»Absolut nicht«, schnappte Thomas und hätte beinahe auf den Boden gestampft. »Sie haben sie doch selbst auf Ihrer Party zusammen gesehen.«

»Alles, was ich gesehen habe, war eine sehr schöne junge Frau, die nur Augen für ihren Mann hatte. Sie können sich glücklich preisen, Thomas. Cassi ist ein ganz besonderer Mensch.«

Thomas war versucht, aufzustehen und zu gehen, aber Ballantine fuhr fort.

»Ich glaube, daß Sie sich selbst zu hart rannehmen, Thomas. Sie arbeiten zu viel. Du meine Güte, was wollen Sie denn eigentlich beweisen? Ich kann mich gar nicht mehr daran erinnern, wann Sie das letztemal einen Tag freigenommen haben.«

Thomas wollte ihm ins Wort fallen, aber Ballantine brachte ihn mit einer Handbewegung zum Schweigen.

»Jeder braucht mal Urlaub. Darüber hinaus haben Sie auch eine Verpflichtung gegenüber Ihrer Frau. Ich habe zufällig erfahren, daß Cassi sich einer Augenoperation unterziehen muß. Finden Sie nicht, daß sie Anspruch auf einen Teil Ihrer Zeit hat?«

Thomas war jetzt relativ sicher, daß Ballantine mit Cassi gesprochen hatte. So unglaublich es klang, sie mußte mit ihren Räuberpistolen auch zu ihm gerannt sein. Nicht genug, daß sie seine Mutter gegen ihn aufhetzen wollte, sie hatte sich auch mit seinem Chef in Verbindung gesetzt. Plötzlich wurde ihm klar, daß sie ihn zerstören konnte. Sie konnte die Karriere ruinieren, die er sein ganzes Leben lang aufgebaut hatte.

Glücklicherweise war sein Selbsterhaltungstrieb stärker als sein Zorn. Er zwang sich, kalt und logisch zu denken, während Ballantine seinen Vortrag mit den Worten: »Ich möchte Ihnen vorschlagen, daß Sie endlich einmal Urlaub nehmen« beendete.

Thomas wußte, daß dem Direktor nichts lieber gewesen wäre, als ihn aus dem Haus zu haben, während das Lehrpersonal ihm seine OP-Zeit kürzte, aber er brachte es tatsächlich fertig zu lächeln.

»Schauen Sie«, sagte er ruhig, »ich glaube, das Ganze hat sich etwas verselbständigt. Vielleicht habe ich wirklich zu hart gearbeitet, aber nur, weil gar so viel zu tun war. Was nun Cassandras Auge angeht, so ist es ganz selbstverständlich, daß ich ihr mehr Zeit widmen werde, sobald sie sich operieren läßt. Aber es ist wirklich allein Obermeyers Aufgabe, ihr zu sagen, was sie bezüglich Ihrer Netzhaut tun oder lassen soll.«

Ballantine wollte etwas sagen, aber Thomas ließ ihn nicht zu Wort kommen.

»Ich habe Ihnen zugehört, jetzt müssen Sie mich auch meinen Standpunkt vertreten lassen. Kommen wir zu diesen Tabletten, die ich angeblich im Übermaß nehme. Sie wissen, daß ich keinen Kaffee trinke, weil er mir nicht bekommt, und deswegen schlucke ich hin und wieder eine Dexedrine, zugegeben. Die Wirkung, das wissen Sie, ist nicht anders als die von Kaffee, außer daß man das Zeug nicht mit Milch oder Sahne verdünnen kann. Ich weiß, daß sich mit Tablettenkonsum gewisse gesellschaftliche Implikationen verbinden, besonders wenn eskapistische Gründe vorliegen, aber ich greife nur gelegentlich zu einer Pille, um effektiver arbeiten zu können. Auch Percodan oder Talwin nehme ich von Zeit zu Zeit. Seit meiner Kindheit habe ich einen Hang zur Migräne. Ich bekomme sie nicht oft, aber wenn, dann ist Percodan oder Talwin das einzige, was hilft. Mal das eine, mal das andere. Und ich will Ihnen noch etwas sagen: Ich würde mich freuen, wenn Sie oder jemand anderer sich mal mit meiner Verschreibungspraxis beschäftigen würden, denn dann würden Sie sofort sehen, wieviel ich verschreibe und wem.«

Thomas lehnte sich zurück und verschränkte die Arme. Er zitterte noch immer und wollte nicht, daß es Ballantine auffiel.

»Nun«, sagte Ballantine mit offensichtlicher Erleichterung, »das klingt ja ganz vernünftig.«

»Sie wissen so gut wie ich«, meinte Thomas, »daß jeder von uns hin und wieder eine Tablette nimmt.«

»Stimmt«, gab Ballantine zu. »Problematisch wird es nur, wenn ein Arzt die Kontrolle über die Dosis verliert, die er zu sich nimmt.«

»Aber das wäre dann ja Drogenmißbrauch«, wandte Thomas ein. »Ich habe nie mehr als zwei in vierundzwanzig Stunden genommen, und das auch nur, wenn ich Migräne hatte.«

»Ich muß Ihnen sagen, daß ich sehr erleichtert bin«, sagte Dr. Ballantine. »Offen gestanden, war ich etwas beunruhigt. Sie arbeiten wirklich zu hart, und ich bin immer noch der Meinung, Sie sollten sich ein paar Tage freinehmen.«

Das glaube ich dir aufs Wort, dachte Thomas.

»Und ich möchte, daß Sie wissen«, fuhr Ballantine fort, »wie sehr wir alle in der Abteilung Sie schätzen. Wir wollen nur das Beste für Sie. Selbst wenn uns in absehbarer Zeit einige Änderungen ins Haus stehen sollten, betrachte ich Sie immer noch als Eckpfeiler unseres Betriebs.«

»Das ist ja beruhigend«, sagte Thomas. Beiläufig fügte er hinzu: »Ich nehme an, es war Cassandra, die sich wegen der Tabletten an Sie gewandt hat?«

»Es spielt wirklich keine Rolle, von wem der Hinweis kam«, sagte Ballantine und erhob sich. »Besonders jetzt, wo es Ihnen gelungen ist, meine Bedenken zu zerstreuen.«

Thomas war inzwischen hundertprozentig sicher, daß Cassi die Übeltäterin gewesen war. Sie mußte in seine Schreibtischschubladen geschaut und die Döschen gefunden haben. Er stand auf, die Hände geballt. Er wußte, daß er jetzt eine Zeitlang allein sein mußte. Er dankte Ballantine für seine Besorgnis, verabschiedete sich und verließ rasch das Büro.

Ballantine starrte ihm einen Moment lang nach. Er hatte jetzt ein besseres Gefühl, war aber noch nicht vollständig beruhigt. Die Szene auf der Party ließ ihm keine Ruhe, und dann waren da noch diese hartnäckigen Gerüchte, die sich in der letzten Zeit unter dem Personal ausbreiteten. Er wollte keinen Ärger mit Thomas. Nicht jetzt. Das konnte alles zerstören.

Die Tür zum Wartezimmer flog auf. Doris ließ den Roman, in dem sie gerade las, rasch in eine offene Schublade fallen und schloß sie dann mit einer lautlosen, oft geübten Bewegung. Als sie sah, daß es Thomas war, griff sie nach dem Block mit den telefonischen Nachrichten und kam hinter ihrem Schreibtisch hervor. Sie war den ganzen Nachmittag allein in der Praxis gewesen und freute sich, ein anderes menschliches Wesen zu sehen.

Thomas benahm sich, als gehörte sie zur Einrichtung. Er ging einfach an ihr vorbei, ohne sie auch nur wahrzunehmen. Sie streckte die Hand aus, um ihn festzuhalten, griff aber zu kurz, und er bewegte sich auf sein Sprechzimmer zu wie ein Schlafwandler. Doris folgte ihm.

»Thomas, Dr. Obermeyer hat angerufen und –«

»Ich will nichts hören«, schnappte er.

Wie eine sturmerprobte Vertreterin schob Doris einen Fuß in die Tür. Sie dachte nicht daran, sich abwimmeln zu lassen, bevor sie ihre telefonischen Nachrichten losgeworden war.

»Raus hier«, brüllte er. Sie zuckte erschrocken zurück. Krachend fiel die Tür ins Schloß.

Thomas tobte. Alles, was er während des qualvollen Gesprächs mit Ballantine heruntergeschluckt hatte, stieg jetzt wieder in ihm hoch. Seine Augen suchten nach einem Gegenstand, an dem er seine Wut auslassen konnte. Er griff nach einer kleinen Vase, die ihm Cassi kurz nach ihrer Verlobung geschenkt hatte, und schmetterte sie zu Boden. Der Anblick der Scherben tat gut. Er ging zum Schreibtisch, öffnete die zweite Schublade und riß das Percodandöschen heraus, wobei mehrere der Tabletten auf die Schreibtischplatte fielen. Er schob sich eine davon in den Mund, sammelte den Rest wieder ein und ging zum Waschbecken, um sich ein Glas Wasser zu holen.

Anschließend verstaute er das Tablettendöschen wieder in der Schublade und schloß sie. Langsam beruhigte er sich, konnte Cassis Verrat aber noch immer nicht verwinden. Begriff sie nicht, daß seine Operationen das einzige waren, was ihn wirklich interessierte? Wie konnte sie auch nur versuchen, seine Karriere zu zerstören? Erst seine Mutter, der einzige Mensch auf Erden, der ihn wirklich aufzuregen vermochte; dann George Sherman und jetzt auch noch der Direktor der Abteilung. Er würde ihr das nicht durchgehen lassen. Und wie hatte er sie einst geliebt, zu Beginn ihrer Ehe! So süß war sie gewesen, so zerbrechlich und so hingebungsvoll. Was war nur in sie gefahren? Er würde nicht zulassen, daß sie ihn um den Preis seiner Arbeit brachte. Er würde...

Auf einmal fragte er sich, ob Ballantine sich über all das nicht vielleicht sogar freute. Vielleicht steckten die beiden unter einer Decke, Sherman und Ballantine, um an seinem Stuhl zu sägen. Irgend etwas Seltsames ging in der Klinik vor.

Neuerlich stieg Furcht in ihm auf. Er mußte etwas tun... aber was?

Erst ganz langsam, dann aber immer schneller, bildeten sich die ersten Vorstellungen. Und auf einmal wußte er, was er tun konnte. Nein, was er tun mußte.

Noch immer ein wenig beunruhigt von der Unterhaltung mit Thomas Kingsley, beschloß Dr. Ballantine, dem OP-Trakt einen Besuch abzustatten und George Sherman zu suchen. Sherman war vielleicht nicht so genial wie Kingsley, aber er war ebenfalls ein hervorragender Chirurg und ein Administrator, wie man ihn sich besser nicht wünschen konnte. Das Personal bewunderte ihn, und Ballantine erwog ernsthaft, George für den freiwerdenden Posten des Direktors vorzuschlagen, wenn er selbst zurücktrat. Eine ganze Zeitlang hatte das Kuratorium Druck ausgeübt, damit er Thomas ganz auf die Seite der Universität zog und ihn später als Nachfolger präsentieren konnte, aber inzwischen hatte er seine Zweifel, selbst wenn Kingsley überhaupt gewollt hätte.

Leider operierte George noch. Ballantine war überrascht und hoffte, daß es keinen Ärger gegeben hatte. Seines Wissens hatte George nur am Morgen einen Fall gehabt, und zwar schon um sieben Uhr dreißig. Die Tatsache, daß er sich mitten am Nachmittag immer noch im OP aufhielt, war alles andere als beruhigend.

Ballantine beschloß, die Zeit mit einem Besuch bei Cassi auf Clarkson Zwei zu überbrücken. Selbst wenn er noch nicht hundertprozentig beruhigt war, wollte er ihr doch schon mit einem vorläufigen Bericht etwas von ihrer Sorge nehmen. In all den Jahren am Boston Memorial hatte Ballantine noch nie einen Fuß in die Psychiatrie gesetzt, und als die schwere Feuertür hinter ihm zufiel, war ihm, als hätte er eine gänzlich neue Welt betreten.

In mancher Hinsicht hatte Clarkson Zwei nicht die geringste Ähnlichkeit mit einem Krankenhaus. Die Abteilung erinnerte eher an ein zweitklassiges Hotel. Als Ballantine durch die Empfangshalle schritt, vernahm er atonales Klaviergeklimper und den Ton irgendeiner geistlosen Fernsehshow. Es gab keines der Geräusche, die er mit einem normalen Klinikbetrieb verband, weder das Zischen eines Respirators noch das charakteristische Klirren von Infusionsflaschen. Aber am meisten irritierte ihn, daß alle ganz normale Straßenkleidung trugen, womit es unmöglich wurde, Ärzte von Patienten zu unterscheiden.

Der einzige Ort, der ihm halbwegs vertraut erschien, war das Schwesternzimmer. Dr. Ballantine trat ein.

»Kann ich Ihnen helfen?« fragte eine große elegante Farbige, auf deren Namensschild schlicht Roxanne stand.

»Ich bin auf der Suche nach Dr. Kingsley-Cassidy«, sagte Ballantine verlegen.

Bevor Roxanne antworten konnte, steckte Cassi schon ihren Kopf durch die Tür zum angrenzenden Raum. »Dr. Ballantine, was für eine Überraschung!«

Ballantine war von ihrer zerbrechlichen Schönheit erneut wie bezaubert. Thomas mußte verrückt sein, so viele Nächte in der Klinik zu verbringen.

»Kann ich einen Moment mit Ihnen sprechen?« fragte er.

»Natürlich. Wollen wir uns in mein Büro setzen?«

»Es geht auch hier«, sagte Ballantine und deutete in den leeren Aktenraum neben dem Schwesternzimmer.

Cassi schob einige der Ordner beiseite. »Ich bin gerade dabei, ein paar Notizen über meine Patienten zusammenzufassen, damit die anderen Ärzte wissen, woran sie sind, während ich mich operieren lasse.«

Ballantine nickte. »Ich wollte Ihnen nur kurz persönlich Bericht erstatten. Ich habe mich eben mit Thomas unterhalten, und ich muß sagen, das Gespräch war sehr fruchtbar. Er hat zugegeben, hin und wieder eine Dexedrine zu nehmen, um sich wachzuhalten. Was die Schmerzmittel angeht, so hat er mir glaubwürdig versichert, daß er sie nur wegen seiner Migräne nimmt.«

Cassi antwortete nicht. Sie war sicher, daß Thomas seit seiner Kindheit keine Kopfschmerzen mehr gehabt hatte.

»Nun«, sagte Ballantine mit gezwungener Jovialität, »auf alle Fälle sollten Sie jetzt erst einmal an Ihr Auge denken und sich nicht den Kopf über Thomas zerbrechen. Er war sogar bereit, uns Einblick in seine Verschreibungspraxis zu geben.« Ballantine stand auf und klopfte Cassi auf die Schulter.

»Ich hoffe, Sie haben recht«, sagte Cassi seufzend.

»Natürlich habe ich recht«, meinte Ballantine, enttäuscht über das offensichtliche Fehlschlagen seiner Bemühungen.

»Sie haben ihm doch nichts von unserer Unterhaltung erzählt?« erkundigte sich Cassi rasch, ehe Ballantine seine Intervention allzusehr bereuen konnte.

»Natürlich nicht. Wie auch immer, die Eifersucht Ihres Mannes läßt keinen Zweifel daran, daß er Sie verehrt. Was mehr als verständlich ist.« Ballantine lächelte.

»Danke, daß Sie sich die Mühe gemacht haben, herüberzukommen«, sagte Cassi.

»Nicht der Rede wert«, erwiderte Ballantine und verabschiedete sich mit einem Winken. Als er auf die Feuertür zuging, fragte er sich, wie jemand freiwillig Psychiater werden konnte. Er war froh, Clarkson Zwei den Rücken kehren zu können.

Er stieg in den Fahrstuhl und schüttelte den Kopf. Er haßte es, in die Familienprobleme anderer Leute verwickelt zu werden. Da versuchte er, den beiden Kingsleys zu helfen, um Cassi zu beruhigen, und sie schien nicht einmal zuhören zu wollen. Zum erstenmal begann er an Cassis Objektivität zu zweifeln.

Er verließ den Fahrstuhl und beschloß, es jetzt noch einmal bei George Sherman zu versuchen.

George stand im Casino, umgeben von Schwestern und Praktikanten. Als er Ballantines Blick auffing, entschuldigte er sich und folgte dem Direktor auf den Flur hinaus.

»Ich hatte heute morgen eine eigenartige Unterhaltung mit Kingsleys Frau«, kam Ballantine gleich zur Sache. »Ich dachte, sie sei gekommen, um sich für den Zwischenfall gestern abend auf der Party zu entschuldigen, aber darum ging es gar nicht. Sie machte sich Sorgen, daß Thomas vielleicht zu viele Pillen schluckt.«

George öffnete den Mund, schloß ihn aber wieder, ohne etwas zu sagen. Die Praktikanten hatten ihm gerade berichtet, wie Kingsley sich am Morgen im OP benommen hatte, bevor er abgelöst worden war. Wenn er das dem Direktor erzählte, würde Thomas mehr als nur ein bißchen Ärger kriegen. Und es bestand ja immer noch die Möglichkeit, daß er am Abend zuvor einfach nur zu tief ins Glas geschaut hatte; immerhin war er über den Streit ziemlich aufgebracht gewesen. George beschloß, seine Gedanken für sich zu behalten, jedenfalls im Moment noch.

»Glauben Sie ihr?« fragte er.

»Ich bin nicht sicher. Ich habe Thomas darauf angesprochen, und er hatte eine gute Erklärung, wenn ich auch sagen muß, daß sein Temperament selbst für meinen Geschmack in letzter Zeit etwas zu oft mit ihm durchgeht.« Ballantine seufzte. »Sie haben immer gesagt, es läge Ihnen nichts daran, meinen Posten zu übernehmen, aber selbst wenn Kingsley sich bereit erklärte, seinen privaten Status aufzugeben, bin ich nicht sicher, daß er noch der Richtige für die Abteilung ist, wenn wir erst mit der Reorganisation fertig sind. Mit Sicherheit wird er sich gegen die neuen Patienten aussprechen, die wir in das Lehrprogramm aufnehmen wollen.«

»Stimmt«, meinte George. »Und ich kann mir auch nicht vorstellen, daß er von unserer Absicht, geistig Behinderte umsonst zu operieren, hingerissen sein wird. Selbst wenn es der beste Weg ist, Übungsmaterial für angehende Gefäßchirurgen zu beschaffen.«

»Nun, sein Standpunkt ist nicht unbedingt falsch. Diese neuen, kostspieligen Operationsmethoden sollten in erster Linie Patienten zugute kommen, deren Chancen auf eine erfolgreiche Wiedereingliederung in den Arbeitsprozeß gut stehen. Aber leider darf sich ein Praktikant nur selten an derartigen Fällen versuchen. Und wer soll letztendlich beurteilen, welcher Patient wertvoll für die Gesellschaft ist und welcher nicht. Wie Sie schon sagten, George, wir sind Ärzte, keine Götter.«

»Vielleicht beruhigt er sich ja wieder. Wenn Ihre Pläne durchkommen, werden wir ihn in unserer Mitte brauchen.«

»Hoffen wir das Beste. Ich habe ihm vorgeschlagen, doch einmal mit seiner Frau zu verreisen. Da fällt mir ein, seine Beschuldigungen, was Cassi und Sie angeht, scheinen mir ja die reinste Paranoia zu sein.«

»Leider, ja. Aber ich sage Ihnen, wenn ich nur die geringste Chance hätte, würde ich noch immer um sie kämpfen. Sie sieht nicht nur umwerfend aus, sondern ist dazu auch noch eine der liebevollsten Frauen, die ich je kennengelernt habe.«

»Bringen Sie unser Genie bloß nicht noch mehr in Rage, als Sie es ohnehin schon getan haben«, sagte Ballantine lachend. »Was meinen Sie, soll ich mir mal seine Rezeptliste ansehen?«

»Schaden kann's ja nicht. Aber es gibt auch noch andere Möglichkeiten für einen Arzt, sich in den Besitz von Drogen zu bringen«, antwortete George in Erinnerung an Kingsleys Zusammenbruch im OP.

»Am besten wäre es, er ginge bald in Urlaub und käme dann als sein altes Ich wieder zurück.«

»Richtig«, sagte George, obwohl er Kingsleys altes Ich auch nicht so besonders toll gefunden hatte.

9

Cassi war fassungslos. Sie konnte einfach nicht glauben, wie sehr Thomas sich plötzlich verändert hatte. Gegen fünf Uhr nachmittags hatte er angerufen, um ihr mitzuteilen, daß seine Operation am Abend gestrichen worden sei und er daher Zeit hätte. Er bot ihr an, sie mit dem Porsche nach Hause zu fahren, so daß sie ihren eigenen Wagen in der Garage lassen könne.

Zum erstenmal seit Monaten war das Abendessen wieder ein Vergnügen. Thomas trug wieder die Züge des Mannes, den sie geheiratet hatte. Er nahm Patricias übliche Quengeleien augenzwinkernd zur Kenntnis und war Cassi gegenüber von unverhüllter Zärtlichkeit.

Cassi war ein wenig verwirrt, gleichwohl unendlich glücklich. Es ließ sich zwar nur schwer glauben, daß er die Ereignisse des vergangenen Abends vergessen haben sollte, aber alles schien darauf hinzudeuten. Er begleitete seine Mutter zu ihrer Wohnung und kehrte dann eilig zurück, um Cassi einen Kahlua einzuschenken. Sich selbst holte er einen Cognac, ehe sie nebeneinander auf der ovalen Couch vor dem brennenden Kaminfeuer Platz nahmen.

»Ich habe heute einen Anruf von Dr. Obermeyer erhalten«, sagte er und trank einen Schluck. »Aber als ich ihn zurückrufen wollte, war er schon fort. Was geschieht denn nun mit deinem Auge?«

»Ich war heute bei ihm. Er sagte, daß ich um die Operation nicht herumkommen werde, weil ich immer noch nicht besser sehe.«

»Und wann ist es soweit?« fragte Thomas, wobei er den Cognac im Glas herumschwenkte.

»So bald wie möglich«, antwortete Cassi zögernd.

Thomas schien die Neuigkeit mit Gleichmut hinzunehmen, deshalb fuhr Cassi fort: »Ich nehme an, Dr. Obermeyer wollte mit dir reden, weil er mich für übermorgen vorgesehen hat. Es sei denn, du hättest etwas dagegen, natürlich.«

»Dagegen?« fragte Thomas. »Warum sollte ich etwas dagegen haben? Dein Augenlicht ist viel zu wichtig, um irgendein Risiko einzugehen.«

Cassi entfuhr ein Seufzer der Erleichterung. Sie war so gespannt auf seine Reaktion gewesen, daß sie den Atem angehalten hatte, ohne es zu merken. »Obwohl ich weiß, daß es sich nur um einen kleineren Eingriff handelt, habe ich eine Todesangst.«

Thomas beugte sich zu ihr und legte ihr den Arm um die Schulter. »Natürlich hast du Angst, das ist ganz normal. Aber Martin Obermeyer ist der Beste. Bei ihm bist du in guten Händen.«

»Ich weiß«, sagte Cassi mit einem schwachen Lächeln.

»Und außerdem habe ich heute nachmittag eine Entscheidung getroffen«, fuhr Thomas fort, wobei er sie an sich drückte. »Sobald Obermeyer dir grünes Licht gibt, machen wir Urlaub. In der Karibik beispielsweise. Ballantine hat mich davon überzeugt, daß mir ein paar freie Tage nicht schaden könnten, und wann ginge das eher als während deiner Rekonvaleszenz. Was hältst du davon?«

»Das klingt herrlich.« Sie wollte ihm gerade einen Kuß geben, als das Telefon klingelte.

Thomas stand auf, um an den Apparat zu gehen. Sie hoffte, daß er nicht wieder in die Klinik gerufen wurde.

»Seibert«, sagte Thomas in die Sprechmuschel, »nett, Ihre Stimme zu hören.«

Cassi beugte sich vor und stellte ihr Glas auf den Kaffeetisch. Robert hatte sie noch nie zu Hause angerufen. Das war genau die Art von Unterbrechung, die Thomas zur Raserei bringen konnte.

Aber diesmal sagte er nur ruhig: »Natürlich können Sie sie sprechen, Robert. Nein, Sie haben nicht zu spät angerufen.«

Mit einem Lächeln reichte er Cassi den Hörer.

»Ich hoffe, du bist mir nicht böse, daß ich dich zu Hause angerufen habe«, sagte Robert, »aber es ist mir gelungen, in die Pathologie zu schleichen und einen Blick auf die Dias von Jeoffry Washington zu werfen. Als ich dann wieder in meinem Zimmer war, ist mir eingefallen, wo ich so einen Niederschlag schon einmal gesehen habe. Vor ein paar Wochen mußte ich das Opfer eines Arbeitsunfalls obduzieren. Der Mann hatte sich aus Versehen eine Schüssel konzentriertes Natriumfluorid in den Schoß gekippt. Obwohl er sich sofort abgewaschen hatte, war genug in seinen Körper eingedrungen, daß er daran gestorben ist. In seinen Venen fanden sich die gleichen weißen Ablagerungen.«

Cassi senkte die Stimme, denn sie wollte nicht, daß Thomas mithören konnte. Immerhin hatte er sie gebeten, die Finger von Roberts PPT-Theorien zu lassen. »Aber niemand verabreicht Natriumfluorid als Medikament.«

»Außer gegen Karies«, sagte Robert.

»Ja, aber nicht zur inneren Anwendung«, flüsterte Cassi. »Und schon gar nicht intravenös.«

»Stimmt«, sagte Robert, »aber weißt du, wie das Opfer dieses Arbeitsunfalls gestorben ist? An epileptischen Anfällen und akutem Herzstillstand. Kommt dir das nicht bekannt vor?«

Cassi wußte, daß sechs Patienten aus der PPT-Serie mit den gleichen Symptomen gestorben waren, aber sie sagte nichts. Natriumfluorid war nicht das einzige, was als Verursacher in Frage kam, und es hatte keinen Sinn, überstürzte Schlußfolgerungen zu ziehen.

»Sobald ich wieder im Labor bin, werde ich diese Niederschläge analysieren«, sagte Robert, »und dann weiß ich ja, ob es sich um Natriumfluorid handelt oder nicht. Wenn doch, dann wissen wir beide, was das bedeutet, nicht wahr?«

»Ich habe so eine Ahnung«, antwortete Cassi widerstrebend.

»Es bedeutet Mord«, sagte Robert.

»Worüber habt ihr euch denn unterhalten?« erkundigte sich Thomas, als sie wieder neben ihm auf der Couch saß. »Ist Robert wieder mal auf neue Erkenntnisse in Sachen PPT gestoßen?«

Zu Cassis Überraschung schien er nur neugierig zu sein, nicht im geringsten aufgebracht. Sie beschloß, daß sie es wagen konnte, ihm ein wenig von Roberts Fortschritten zu erzählen.

»Er arbeitet noch daran«, sagte sie. »Er hatte gerade angefangen, die verschiedenen Daten miteinander zu vergleichen, da mußte er ins Krankenhaus. Der Computer hat ihn auf einige höchst interessante Punkte hingewiesen.«

»Zum Beispiel?« fragte Thomas.

»Oh, mehrere Möglichkeiten«, antwortete Cassi ausweichend. »Man kann nichts ausschließen. Ich meine, in einem Krankenhaus passiert ja so allerhand. Erinnerst du dich noch an die Curare-Affäre in New Jersey?« Cassi lachte nervös.

»Aber er denkt doch nicht etwa an Mord?« fragte Thomas.

»Nein, nein«, antwortete Cassi hastig. Es tat ihr schon leid, soviel ausgeplaudert zu haben. »Er hat lediglich bei der letzten

Autopsie einen seltsamen Niederschlag entdeckt, über den er mehr herausfinden möchte.«

Thomas nickte nachdenklich. In der Hoffnung, seine gute Laune wieder herzustellen, fügte Cassi hinzu: »Er ist dir wirklich dankbar, weil du ihm bei der Exituskonferenz zu Hilfe geeilt bist.«

»Ich weiß«, meinte Thomas mit einem plötzlichen Lächeln. »Ich habe es zwar nicht ihm zuliebe getan, aber wenn er darauf besteht, es so zu sehen, soll's mir recht sein. Komm, laß uns ins Bett gehen.«

Als er sie die Treppe hinaufführte, ganz zärtliche Fürsorge, wurde ihr Blick wie magisch von seinen großen blauen Augen angezogen. Sie erschauerte, denn was sie dort las, wußte sie nicht zu deuten.

10

Seit ihren Collegetagen war Cassi nicht mehr als Patientin in einem Krankenhaus gewesen. Wie Robert schon angedeutet hatte, handelte es sich jetzt um eine völlig andere Erfahrung. Das Wissen um all die Dinge, die passieren konnten, jagte ihr Angst ein. Da sie am Morgen mit Thomas in die Klinik gefahren war, hatte sie noch mehr als genug Zeit, bevor die Aufnahmeformalitäten beginnen konnten. Eine unfreundliche Schwester erklärte ihr, daß die zuständigen Mitarbeiter erst um zehn Uhr vormittags zum Dienst anträten. Als sie protestierend einwandte, daß über die Notaufnahme ja auch die ganze Nacht über Leute eingewiesen werden konnten, wurde ihr nur lapidar bedeutet, sich um zehn Uhr wieder einzufinden.

Nachdem sie drei unproduktive Stunden in der Bibliothek verbracht hatte, zu nervös, um sich auf etwas Anspruchsvolleres als *Psychologie heute* konzentrieren zu können, ging sie zurück in die Aufnahme. Das Personal hatte gewechselt, die unhöfliche Attitüde nicht. Statt alles so unbürokratisch wie möglich über die Bühne gehen zu lassen, bauten sie ein Hindernis nach dem anderen vor ihr auf, als handelte es sich um einen Hürdenlauf. Als erstes wurde ihr erklärt, daß sie keinen Klinikausweis besitze, und ohne den könne man sie leider nicht aufnehmen. Erst auf zweimaliges Nachfragen informierte sie eine desinteressierte Angestellte darüber, daß die Ausweise im ID-Büro im dritten Stock zu erhalten seien.

Dreißig Minuten später kehrte sie, bewaffnet mit einem neuen Klinikausweis, der verdächtig an eine Kreditkarte erinnerte, wieder ins Foyer zurück, wo sie sich mit einem weiteren, scheinbar unüberwindlichen Problem konfrontiert sah. Da sie einen Doppelnamen führte, beharrte der Computer darauf, die Nummer ihrer Heiratsurkunde haben zu müssen. Erst als auch diese Hürde endlich hinter ihr lag, wurde Cassi ein Zimmer im siebzehnten Stock zugeteilt, und eine freundliche Frau in einem grünen Kittel begleitete sie nach oben, allerdings nicht umgehend in den siebzehnten Stock, sondern in den zweiten, um eine Röntgenaufnahme von ihrer Brust machen zu lassen. Cassi sagte, daß erst vor knapp sechs Wochen im Rahmen einer Routineuntersuchung Röntgenaufnahmen von ihrer Brust gemacht worden seien und daß sie keine Lust hätte, das Ganze schon wieder über sich ergehen zu lassen. Die Röntgenstation behauptete, die Anästhesie würde niemand anästhesieren, der nicht geröntgt worden sei, und es dauerte eine weitere Stunde, bis Cassi den Leiter der Anästhesie dazu gebracht hatte, daß er Obermeyer anrief, der sich wiederum mit Jackson, dem Leiter der Röntgenstation, in Verbindung setzte. Nachdem Jackson sich Cassis alte Bilder angeschaut hatte, rief er Obermeyer zurück, der daraufhin das gleiche beim Leiter der Anästhesie tat, auf daß dieser sich bei dem diensttuenden Röntgentechniker in Cassis Sinn verwenden möge. Die neuen Aufnahmen fielen unter den Tisch.

Der Rest der Prozedur ging vergleichsweise glatt, einschließlich des Abstechers ins Labor, wo sie sich Blut abnehmen und eine Urinprobe hinterlassen mußte. Endlich wurde Cassi in einem hellblau gehaltenen Zweibettzimmer abgeliefert.

Ihre Zimmergenossin war einundsechzig und trug einen Verband über dem linken Auge.

»Ich heiße Mary Sullivan«, sagte sie, nachdem Cassi sich vorgestellt hatte. Sie wirkte älter, als sie war, weil sie ihre Zahnprothese nicht eingesetzt hatte.

Cassi überlegte, was für einer Operation sich die Frau wohl unterzogen hatte.

»Die Netzhaut hat sich abgelöst«, sagte Mary, als könne sie Gedanken lesen. »Sie mußten das Auge herausnehmen und sie mit einem Laserstrahl wieder ankleben.«

Cassi lachte, obwohl ihr nicht danach zumute war. »Ich glaube kaum, daß man Ihnen das Auge herausgenommen hat«, sagte sie.

»Und ob. Als der Doktor mir das erstemal den Verband abnahm, habe ich alles doppelt gesehen, so daß ich sogar glaubte, sie hätten es schief wieder eingesetzt.«

Mit einem vagen Nicken begann Cassi, ihre Tasche auszupacken, Insulin und Spritzen verstaute sie sorgfältig in der Nachttischschublade. Heute abend würde sie noch ihre normale Dosis zu sich nehmen, aber ab dann durfte sie mit den Injektionen erst wieder anfangen, wenn ihr Internist, Dr. McInery, sein Einverständnis dazu gab.

Anschließend zog sie sich aus und schlüpfte in ihren Pyjama, ein ausgesprochen alberner Vorgang um diese Tageszeit, aber auch für eine derartige Verordnung gab es Gründe. Indem man den Patienten in Bettkleidung steckte, erleichterte man ihm den Übergang zur Krankenhausroutine. Auch Cassi spürte die Veränderung sofort. Jetzt war sie eine Patientin.

Erstaunt registrierte sie, wie sehr ihr nach all den Jahren im

Krankenhaus ihr weißer Kittel und der damit verbundene Status fehlten. Selbst als sie nur das Zimmer verließ, hatte sie schon ein ungutes Gefühl, als täte sie etwas Verbotenes. Und als sie im achtzehnten Stock auftauchte, um Robert zu besuchen, kam sie sich wie ein Eindringling vor.

Sie klopfte an die Tür von Zimmer 1847, erhielt aber keine Antwort. Leise drückte sie die Klinke herunter und trat ein. Robert lag auf dem Rücken und schnarchte sanft vor sich hin. Unter seinem linken Mundwinkel klebte ein kleiner Tropfen getrockneten Bluts. Cassi trat ans Bett und betrachtete ihn einen Moment lang. Offenbar lag er noch im Betäubungsschlaf. Wie sich das für eine Ärztin gehörte, warf sie einen prüfenden Blick auf die Infusionsflasche. Gleichmäßig tropfte die Flüssigkeit in den Schlauch. Cassi führte ihren Zeigefinger an die Lippen und legte ihn Robert dann auf die Stirn. Auf dem Weg zur Tür bemerkte sie einen Stapel Computerausdrucke und nahm den obersten Bogen in Augenschein. Es handelte sich um die Daten der PPT-Studie, ganz wie sie erwartet hatte. Einen Moment lang erwog sie, die Ausdrucke mitzunehmen, aber der Gedanke, daß Thomas sie bei ihr finden könnte, ließ sie zögern. Später war immer noch Zeit genug.

Davon abgesehen: Wenn sie Roberts neue Theorie ernst zu nehmen gedachte, war es kaum die richtige Lektüre für die Nacht vor einer Operation.

Thomas öffnete die Tür zu seiner Praxis und durchquerte das Wartezimmer. Er nickte den Patienten einen Gruß zu und verfluchte den Architekten, weil er nicht an einen separaten Eingang gedacht hatte. Es wäre ihm lieber gewesen, wenn er ungesehen kommen und gehen konnte. Doris lächelte ihn an, als er an ihrem Schreibtisch vorbeikam, erhob sich jedoch nicht. Der gestrige Zwischenfall steckte ihr noch immer in den Knochen, und sie reichte ihm nur wortlos die Liste mit den Telefonanrufen.

Im Sprechzimmer fuhr er in den weißen Kittel, den er stets trug, wenn er Patienten empfing. Der weiße Mantel bewirkte nicht nur Respekt, sondern auch Gehorsam und manchmal sogar Ergebenheit. Die Anrufe waren auf schmalen rosafarbenen Streifen notiert, die Thomas rasch durchsah, bis er auf den von Cassi stieß. Zimmer 1740. Er runzelte die Stirn; der Raum lag direkt gegenüber dem Schwesternzimmer und gehörte zur zweiten Klasse.

Er riß den Hörer ans Ohr und wählte die Nummer von Grace Peabody, der Leiterin der Aufnahme. »Miss Peabody«, sagte er scharf. »Ich habe gerade erfahren, daß meine Frau auf die zweite Klasse gelegt worden ist. Ich möchte gern, daß sie ein Zimmer für sich allein bekommt.«

»Ich verstehe, aber im Augenblick sind wir hier etwas überfüllt, und sie wurde gewissermaßen als halber Notfall eingewiesen.«

»Nun, ich bin sicher, Sie können ihr dennoch ein Einzelzimmer besorgen, denn mir ist wirklich sehr daran gelegen. Wenn nicht, werde ich mich mit Vergnügen an die Klinikdirektion wenden.«

»Ich werde tun, was ich kann, Dr. Kingsley«, erwiderte Miss Peabody eingeschnappt.

»Tun Sie das!« sagte Thomas und knallte den Hörer auf die Gabel.

»Verdammt!« Er haßte die Spatzengehirne, die heutzutage alle wichtigen Posten in den Krankenhäusern innehatten. Wie konnte jemand so dämlich sein, der Frau des berühmtesten Chirurgen am Boston Memorial ein Einzelzimmer zu verweigern!

Er warf einen Blick auf die Liste der wartenden Patienten, wobei er sich die Schläfen massierte. Die Kopfschmerzen wurden immer schlimmer in letzter Zeit.

Nach einem kurzen Zaudern öffnete er die zweite Schublade. Angesichts der drei *by-pass*-Operationen, die heute bereits hinter ihm lagen, und der zwölf Patienten im Wartezimmer hatte er sich etwas Unterstützung verdient. Er nahm eine der pfirsichfarbenen Tabletten heraus und schluckte sie hinunter. Dann drückte er auf den Knopf der Gegensprechanlage und bat Doris, den ersten Patienten hereinzuschicken.

Es lief besser, als Thomas erwartet hatte. Von den zwölf Patienten waren zwei nur zur Nachuntersuchung gekommen, für die jeweils zehn Minuten benötigt wurden. Fünf weitere ließen sich schnell von der Notwendigkeit einer *by-pass*-Operation überzeugen, und einer brauchte dringend eine neue Herzklappe. Die anderen vier Patienten waren nicht operabel und hätten gar nicht erst zu Thomas in die Praxis geschickt werden dürfen. Er wurde sie schnell wieder los. Nachdem er einige Briefe diktiert und unterzeichnet hatte, rief er noch einmal Miss Peabody an.

»Was halten Sie von Zimmer 1752?« fragte sie.

Zimmer 1752 war ein Eckraum am Ende des Ganges auf der Privatstation. Seine Fenster wiesen nach Westen und Norden, und der Blick auf den Charles River war überwältigend. Thomas hätte sich kein besseres Zimmer für Cassi wünschen können und brachte das auch zum Ausdruck. Miss Peabody legte auf, ohne sich zu verabschieden.

Anschließend zog Thomas seinen Kittel aus und das Jackett an, erklärte Doris, daß er noch einmal zurückkommen würde, und ging zum Sherington-Gebäude hinüber. Er unternahm einen Abstecher in die Röntgenabteilung, um einen Blick auf die neuentwickelten Aufnahmen zu werfen, ehe er zum siebzehnten Stock hinauffuhr. Mit einigem Erstaunen stellte er fest, daß Cassi immer noch auf 1740 lag. Er trat ein, ohne anzuklopfen.

»Warum bist du noch nicht verlegt worden?« wollte er wissen.

»Verlegt?« fragte sie verwirrt.

»Ich habe dafür gesorgt, daß du ein Einzelzimmer bekommst«, sagte Thomas leicht gereizt.

»Ich brauche kein Einzelzimmer, Thomas. Mary und ich verstehen uns prächtig.« Cassi wollte Thomas vorstellen, aber er kümmerte sich nicht mehr um sie, sondern drückte bereits heftig auf den Knopf für die Stationsschwester.

»Ich lege Wert darauf, daß meine Frau anständig behandelt wird«, sagte Thomas und war bereits halb auf dem Gang. »Wenn unsere angeblich so unersetzlichen Verwaltungskräfte einen ihrer Verwandten hier in der Klinik haben, sorgen sie auch immer dafür, daß er ein Einzelzimmer erhält.«

Es gelang ihm, binnen kürzester Zeit einen mittleren Aufruhr zu inszenieren und seine Frau in tiefste Verlegenheit zu stürzen. Sie hatte den Schwestern nicht auf die Nerven fallen wollen, solange es ihr noch gut ging, aber jetzt war die gesamte Belegschaft eine gute halbe Stunde beschäftigt, sie auf ihr neues Zimmer zu verlegen.

»Da«, sagte Thomas endlich, »das ist doch gleich viel schöner.«

Cassi mußte zugeben, daß der Raum freundlicher war. Vom Bett aus konnte sie sehen, wie die Wintersonne am Horizont versank. Obwohl ihr der ganze Aufwand mißfallen hatte, war sie doch von der Besorgnis ihres Mannes gerührt.

»Jetzt habe ich noch eine gute Nachricht für dich«, sagte er und setzte sich zu ihr auf den Bettrand. »Ich habe mit Martin Obermeyer gesprochen, und er hat gesagt, daß du spätestens in einer Woche wieder auf dem Damm bist. Also habe ich uns ein Zimmer in einem kleinen Strandhotel auf Martinique reservieren lassen. Na, wie klingt das?«

»Einfach herrlich«, antwortete Cassi beglückt. Der Gedanke, daß sie beide ganz allein Urlaub machen würden, gab soviel Anlaß zur Vorfreude, daß er das Leben verschönte, selbst wenn es aus irgendwelchen Gründen dann doch nicht klappen sollte.

Jemand klopfte an die halb offen stehende Tür und streckte den Kopf herein. Es war Joan Widiker.

»Kommen Sie rein«, sagte Cassi und machte sie mit Thomas bekannt.

»Sehr erfreut, Sie kennenzulernen«, sagte Joan. »Cassi hat mir oft von Ihnen erzählt.«

»Ganz meinerseits«, erwiderte Thomas, obwohl die junge Ärztin ihm auf Anhieb unsympathisch war. Wieder eine dieser Frauen, die ihre Weiblichkeit wie ein Ordensband an der Brust zur Schau trugen.

»Joan ist meine Kollegin in der Psychiatrie«, erklärte Cassi. »Ohne sie wäre ich am Anfang aufgeschmissen gewesen.«

»Es tut mir leid, daß ich einfach so hereingeplatzt bin«, sagte Joan, die merkte, daß sie störte. »Ich wollte Cassi eigentlich nur sagen, daß ihre Patienten gut aufgehoben sind und daß sie ihr alle die Daumen drücken. Sogar Colonel Bentworth, stellen Sie sich das mal vor, Cassi.« Sie lachte. »Die Tatsache, daß Sie unters Messer kommen, scheint eine ganz hervorragende therapeutische Wirkung auf sie auszuüben. Vielleicht sollten sich alle Psychiater hin und wieder mal operieren lassen.«

Cassi lachte. Thomas beugte sich zu ihr hinunter und gab ihr einen Kuß, dann fuhr er in seinen Mantel. »Ich muß meine Visite nachholen«, sagte er. »Morgen früh vor der Operation schaue ich noch einmal herein. Ich bin sicher, daß alles glattgehen wird. Hauptsache, du schläfst gut und machst dir nicht zuviel Sorgen.«

»Ich kann leider auch nicht bleiben«, meinte Joan, nachdem er gegangen war. »Hoffentlich habe ich Ihren Mann jetzt nicht verscheucht.«

»Thomas ist einfach wunderbar«, strahlte Cassi, ganz versessen darauf, die gute Neuigkeit loszuwerden. »Und so aufmerksam. Wir machen demnächst sogar zusammen Urlaub. Ich glaube, ich habe mich in der Tablettenfrage wirklich geirrt.«

Joan war geneigt, Cassis Objektivität in Frage zu stellen, da sie wußte, in welchem Ausmaß ihre Freundin von Thomas abhängig war. Sie behielt diese Gedanken jedoch für sich und gab Cassi nur zu verstehen, wie sehr sie sich mit ihr freue. Dann machte sie sich mit den besten Wünschen für die Operation wieder auf den Weg.

Eine Zeitlang lag Cassi einfach nur im Bett und sah zu, wie die Farbe des Himmels sich von blassem Orange zu silbrigem Violett veränderte. Sie vermochte sich den plötzlichen Stimmungsumschwung ihres Mannes nicht zu erklären. Aber wie auch immer – sie war mehr als froh darüber.

Als die Nacht herabsank, fragte sich Cassi, wie es Robert wohl gehen mochte. Sie wollte ihn nicht anrufen, um ihn nicht zu wecken, falls er noch schlief. Statt dessen beschloß sie, rasch selbst hinaufzulaufen und nach dem Rechten zu sehen.

Angenehmerweise befand sich das Treppenhaus direkt neben ihrem Zimmer, und sie brauchte keine Minute in den achtzehnten Stock. Roberts Tür war geschlossen. Cassi klopfte leise.

Eine schläfrige Stimme sagte: »Herein.«

Robert war wach, aber immer noch schlapp und kraftlos.

Er versicherte Cassi, daß es ihm nie besser gegangen sei als im Moment, lediglich sein Mund fühle sich etwa so an, als ob darin zwei Stunden lang Hockey gespielt worden wäre.

»Hast du schon etwas gegessen?« fragte sie und musterte den Computerausdruck, der jetzt auf dem Nachttisch lag.

»Machst du Witze?« fragte Robert. Er hielt den Arm mit dem Infusionsschlauch hoch. »Ich bin auf Diät. Flüssiges Penicillin, mehr gibt's hier nicht zu essen.«

»Morgen komme ich an die Reihe«, sagte Cassi.

»Du wirst hingerissen sein«, versicherte Robert ihr, während ihm immer wieder die Augen zufielen.

Cassi lächelte, strich ihm über die Stirn und kehrte in ihr Zimmer zurück.

Der Schmerz war so heftig, daß Thomas beinahe laut aufgeschrien hätte. Er suchte nach seiner Unterwäsche, die Doris überall im Zimmer verstreut hatte, und war dabei mit dem nackten Fuß gegen die antike Truhe am Fußende des Betts gestoßen. Mit einem leisen Fluch knipste er das Licht an, denn jetzt war es ihm egal, ob er seine Sekretärin weckte.

Nachdem er seine Kleider beisammen hatte, schaltete er das Licht wieder aus und ging auf Zehenspitzen ins Wohnzimmer, wo er sich schnell anzog. So leise wie möglich schlich er sich dann aus der Wohnung. Erst als er unten im Freien war, blickte er auf die Uhr: kurz vor ein Uhr morgens.

Er ging direkt ins Krankenhaus und dort in den Umkleideraum, wo er die Kleider, die er gerade angezogen hatte, gegen das grüne Chirurgengewand vertauschte. Er schlenderte den Korridor hinunter und verhielt vor dem Operationssaal, der gerade in Betrieb war. Er band sich eine Maske um und stieß die Tür auf. Der Anästhesist erklärte ihm, daß der Patient im Anschluß an eine versuchte Herzkatheterisierung am Nachmittag ein Aneurysma in der Bauchhöhle entwickelt hatte.

Einer der festangestellten Unterleibschirurgen der Klinik führte die Aufsicht. Thomas gesellte sich zu ihm und fragte: »Harte Sache?«

Der Arzt drehte sich um und erkannte Thomas. »Grauenhaft. Wir wissen noch nicht einmal, wie weit hinauf die Arterienerweiterung reicht. Möglicherweise bis in die Brust. Wenn das der Fall sein sollte, wären Sie ein Geschenk des Himmels. Stehen Sie zur Verfügung?«

»Sicher«, sagte Thomas. »Ich werde mich wahrscheinlich im Umkleideraum etwas hinlegen. Lassen Sie mich ausrufen, wenn Sie mich brauchen.«

Er verließ den OP und ging zum Casino zurück. Drei Schwestern, die gerade mit ihrer Schicht fertig geworden waren, saßen an einem Tisch und tranken Kaffee. Thomas winkte ihnen zu und verschwand im Umkleideraum.

Cassi injizierte sich ihr Insulin, verspeiste ein Abendessen ohne jeden Geschmack, duschte und sah etwas fern. Anschließend versuchte sie, etwas zu lesen, merkte aber bald, daß sie sich nicht konzentrieren konnte. Um zehn Uhr nahm sie ihre Schlaftablette, aber eine Stunde später war sie noch immer hellwach und dachte über die Schlußfolgerungen aus Roberts Entdeckung nach. Wenn sich in Jeoffry Washingtons Vene wirklich Natriumfluorid fand, dann gab es einen Mörder in der Klinik. In Anbetracht der Tatsache, daß sie morgen völlig hilflos und abgeschlagen aus dem OP kommen würde, reichte der Gedanke absolut aus, um sie am Einschlafen zu hindern. Ruhelos drehte sie sich im Dunkeln von einer Seite auf die andre, als sie plötzlich ein Geräusch vernahm. Ganz sicher war sie nicht, aber sie glaubte, es könnte sich um die Tür gehandelt haben.

Sie lag auf der linken Seite und hielt den Atem an. Obwohl keine neuen Geräusche mehr folgten, hatte sie das Gefühl, nicht allein zu sein. Sie wollte sich umdrehen und nachsehen, wurde aber von einer völlig unerklärlichen Angst gelähmt. Dann hörte sie ganz eindeutig einen Laut. Es klang, als berührte jemand ihren Nachttisch mit einem gläsernen Gegenstand. Direkt hinter ihr stand jemand.

Unter Aufbietung aller Willenskraft drehte sie sich zur Tür um. Sie starrte auf eine im Halbdunkel kaum wahrnehmbare Silhouette in Weiß und stieß einen erstickten Schrei aus. Ihre Hand tastete nach der Nachttischlampe und knipste sie an.

»Mein Gott, hast du mich erschreckt«, sagte George Sherman und preßte sich theatralisch die Hand gegen die Brust. »Cassi, du hast mich gerade zehn Jahre meines Lebens gekostet.«

Auf dem Nachttisch stand ein großer Strauß roter Rosen in einer Vase. Daneben lag ein weißer Umschlag mit dem Wort Cassi.

»Entschuldige«, sagte Cassi, »ich glaube, wir haben uns gegenseitig einen ganz schönen Schrecken eingejagt. Ich konnte nicht einschlafen und habe dich hereinkommen hören.«

»Hättest du bloß was gesagt! Ich dachte, du würdest schlafen, und wollte dich nicht wecken.«

»Sind die Rosen wirklich für mich?«

»Ja. Ich hatte gehofft, schon viel früher fertig zu sein, bin aber bis eben in einer Konferenz festgehalten worden. Die Blumen hatte ich schon heute nachmittag bestellt. Ich wollte ganz sichergehen, daß du sie auch erhältst.«

Cassi lächelte. »Das war sehr nett von dir, danke.«

»Ich habe gehört, du wirst morgen operiert. Ich hoffe, daß alles gut geht.« Plötzlich schien er zu bemerken, daß sie im Nachthemd vor ihm saß. Er wurde rot, wünschte ihr heiser eine gute Nacht und zog sich hastig zurück.

Cassi lächelte vor sich hin. Sie griff nach dem Umschlag und zog ein Kärtchen heraus. *Alles Gute von einem anonymen Verehrer.* Jetzt mußte Cassi lachen. George konnte so schmalzig sein. Aber sie sah ein, daß er nach der Szene auf Ballantines Party nicht unbedingt mit seinem Namen unterschreiben wollte.

Zwei Stunden später konnte sie noch immer nicht schlafen. Verzweifelt schlug sie die Bettdecke zurück und glitt aus dem Bett. Ihr Morgenmantel hing über der Stuhllehne. Sie warf ihn über und ging auf den Korridor hinaus. Vielleicht war Robert ebenfalls wach, und die Schlaflosigkeit wäre mit einer Plauderei leichter zu überbrücken.

Wenn sie sich am Nachmittag mit ihrer Aufmachung etwas deplaziert vorgekommen war, so fühlte sie sich jetzt geradezu wie ein Delinquent. Die Gänge lagen verlassen da, und im Treppenhaus heulte der Wind. Rasch begab sich Cassi zu Roberts Zimmer, wobei sie hoffte, daß keine der Schwestern sie entdecken und in den siebzehnten Stock zurückschicken würde.

Leise schlich sie in den dunklen Raum. Nur aus dem Badezimmer, dessen Tür halb offen stand, fiel etwas Licht auf den Boden. Cassi konnte Robert nicht sehen, vernahm aber sein regelmäßiges Atmen. Lautlos trat sie an die Bettkante. Er schlief tief und fest.

Sie stand gerade im Begriff zu gehen, als ihr Blick neuerlich auf den Computerausdruck fiel. Sie nahm ihn an sich und tastete dann auf der Nachttischplatte nach dem Kugelschreiber, den sie dort am Nachmittag gesehen hatte. Ihre Finger berührten ein Wasserglas, eine Armbanduhr und schließlich den Stift. Im Badezimmer riß sie eine leere Seite aus dem Stapel, preßte sie gegen die Wand und schrieb: *Konnte nicht schlafen. Habe mir das PPT-Material ausgeliehen. Bei Statistiken fallen mir immer die Augen zu. Alles Liebe, Cassi.*

Als sie aus dem beleuchteten Badezimmer kam, hatte sie noch größere Schwierigkeiten, sich zurechtzufinden. Sie legte die Notiz neben das Wasserglas und wollte sich gerade zum Gehen wenden, als langsam die Zimmertür aufschwang.

Cassi unterdrückte einen Angstschrei. Eine weißgekleidete Gestalt trat in den Raum.

»Mein Gott, was tust du denn hier?« flüsterte Cassi. Einige der Computerbogen rutschten ihr aus der Hand.

Thomas, die Tür noch immer in der Hand, winkte Cassi, ruhig zu sein. Das Licht aus dem Korridor fiel auf Roberts Gesicht, aber er regte sich nicht. Als er sicher sein konnte, daß der Patient nicht aufwachen würde, bückte sich Thomas, um Cassi beim Aufsammeln der Bogen zu helfen. Wieder fragte sie ihn flüsternd: »Was, um alles in der Welt, tust du hier?«

Thomas führte sie wortlos aus dem Raum und zog die Tür hinter sich zu. »Warum schläfst du nicht?« fragte er verstimmt. »Du wirst morgen früh operiert, hast du das vergessen? Ich habe einen Blick in dein Zimmer geworfen, um mich zu überzeugen, daß auch alles in Ordnung ist, und was finde ich? Ein leeres Bett. Es war nicht schwer zu erraten, wo du wohl sein könntest.«

»Ich fühle mich geschmeichelt, daß du dir solche Sorgen um mich machst«, antwortete Cassi lächelnd.

»Das ist keineswegs zum Lachen«, sagte Thomas streng. »Du solltest längst schlafen. Was hast du um zwei Uhr morgens hier oben zu suchen?«

Cassi hielt den Computerausdruck hoch. »Ich konnte nicht schlafen, da dachte ich, vielleicht macht Arbeit mich müde.«

»Das ist doch lächerlich«, antwortete Thomas, ergriff ihren Arm und führte sie zum Treppenhaus. »Ich kann ja verstehen, daß du nervös bist, aber...«

»Die Schlaftablette hat nicht gewirkt«, erklärte Cassi, als sie die Stufen hinuntergingen.

»Dann hättest du um eine zweite bitten müssen. Wirklich, Cassi, so dumm kannst du doch nicht sein.«

Vor ihrem Zimmer blieb sie stehen und sah zu Thomas auf. »Du hast recht, es tut mir leid. Ich habe wieder mal nicht nachgedacht.«

»Was geschehen ist, ist geschehen«, sagte Thomas. »Du gehst jetzt ins Bett; ich besorge dir noch eine Tablette.«

Cassi sah ihm nach, wie er entschlossen den Korridor hinunterschritt, bis er das Schwesternzimmer erreicht hatte. Dann ging sie wieder ins Bett, nachdem sie den Computerausdruck auf ihren Nachttisch gelegt, den Morgenrock über die Stuhllehne gehängt und die Hausschuhe von den Füßen gestreift hatte. Jetzt, wo Thomas da war, fühlte sie sich beschützt.

Als er mit der Tablette zurückkam, blieb er neben dem Bett stehen und sah zu, wie sie sie hinunterschluckte. Dann öffnete er, halb im Scherz, ihren Mund und gab vor, nachschauen zu wollen, ob sie ihm auch wirklich keine Komödie vorgespielt hatte.

»Das ist eine Verletzung meiner Intimsphäre«, meinte Cassi und entzog ihm das Gesicht.

»Kinder müssen wie Kinder behandelt werden«, lachte er.

Er nahm den Computerausdruck und verstaute ihn in der

untersten Schublade des Schreibtischs in der Ecke. »Genug damit für heute. Jetzt wird geschlafen.«

Er zog sich einen Stuhl ans Bett, schaltete die Nachttischlampe aus und ergriff Cassis Hand. »Versuch dich zu entspannen«, sagte er. »Denk an unseren Urlaub.« Leise beschrieb er ihr den jungfräulichen Strand, das kristallklare Wasser und die warme Tropensonne.

Cassi lauschte und genoß die Visionen. Bald schon überkam sie die Ruhe. Wenn Thomas da war, brauchte sie keine Angst zu haben. Bei vollem Bewußtsein spürte sie, wie die Tablette zu wirken begann und wie sie allmählich in tiefen Schlaf sank.

Robert war gefangen im Niemandsland zwischen Schlaf und Erwachen. Im Traum hatte er zwischen zwei Mauern gesteckt, die sich unerbittlich auf ihn zubewegten. Immer schmaler wurde der Raum, der ihm blieb. Das Atmen fiel ihm schwer. Verzweifelt versuchte er, dem Grauen zu entkommen, und erwachte.

Die erdrückenden Wände waren verschwunden, die Nebel des Traums hatten sich aufgelöst. Aber immer noch hatte Robert das Gefühl zu ersticken, als hätte jemand alle Luft aus dem Zimmer abgesaugt.

Von Panik erfüllt, versuchte er sich aufzurichten, aber sein Körper gehorchte ihm nicht. Seine Arme zuckten, suchten den Knopf für die Nachtschwester. Dann berührte seine rechte Hand eine Gestalt, die schweigend in der Dunkelheit stand. Er war nicht allein!

»Gott sei Dank«, keuchte er, als er seinen Besucher erkannte. »Irgend etwas stimmt nicht, helfen Sie mir! Ich kriege keine Luft mehr! Ich ersticke, helfen Sie mir!«

Der schweigende Besucher stieß Robert so heftig in die Matratze zurück, daß die leere Spritze in seiner Hand beinahe zerbrochen wäre. Robert richtete sich erneut auf, packte den Mann bei den Kittelaufschlägen. Seine Beine trommelten gegen das Fußende des Betts. Ein metallisches Klirren entstand. Er versuchte zu schreien, aber seine Stimme brachte nur einen heiseren, unzusammenhängenden Laut zustande. Um Robert zum Schweigen zu bringen, ehe das ganze Krankenhaus zusammenlief, beugte sich der Besucher vor und legte ihm die Hand auf den Mund. Robert riß das Knie hoch und rammte es dem Mann gegen das Kinn, so daß die gegeneinanderklirrenden Zähne beinahe die Zungenspitze durchtrennt hätten.

Der plötzliche Schmerz versetzte den Mann in Wut, und er legte sich mit seinem ganzen Gewicht auf Roberts Gesicht. Seine Hand preßte den Kopf tief in die Kissen. Roberts Beine zuckten noch ein paar Minuten lang, dann lag er still. Der Mann richtete sich auf und zog langsam seine Hand zurück, als rechnete er damit, daß Robert wieder zu schreien beginnen könne. Aber der junge Pathologe atmete nicht mehr; sein Gesicht wirkte fast schwarz im düsteren Licht.

Der Mann fühlte sich erschöpft. Er ging ins Badezimmer und spülte sich den Mund aus. Er versuchte nicht zu denken. Was er getan hatte, war für ihn richtig und notwendig gewesen; daran konnte kein Zweifel bestehen. Er gab Leben; er nahm Leben. Letzteres aber nur, um den Nährboden für Gutes in weit größerem Umfang zu schaffen.

Der Mann erinnerte sich an das erste Mal, als er für den Tod eines Patienten verantwortlich gewesen war. Es lag viele Jahre zurück und fiel in die Zeit, zu der er gerade sein erstes Jahr in der Brustchirurgie verbrachte.

Auf der Intensivstation hatte es eine regelrechte Krise gegeben; bei fast allen Patienten waren gleichzeitig Komplikationen aufgetreten. Keiner von ihnen konnte verlegt werden, so daß die gesamte Herzchirurgie praktisch zum Erliegen kam, weil niemand mehr operiert werden konnte. Jeden Tag bei der Visite ging Oberarzt Barney Kaufman von Bett zu Bett und sah nach, ob einer soweit war, daß er verlegt werden konnte, aber umsonst. Und jeden Tag kamen sie als letztes zu einem Patienten, dem Barney den Spitznamen Frank Gork gegeben hatte. Während der Operation an einer verkalkten Herzklappe hatte sich ein ganzer Schauer von Embolien gelöst, und Frank Gork, vormals Frank Segelmann, war gehirntot aus dem OP gefahren worden. Er lag bereits über einen Monat auf der Intensivstation. Die Tatsache, daß er immer noch lebte, beziehungsweise, daß sein Herz immer noch schlug und seine Nieren immer noch Urin absonderten, verdankte er allein den Schwestern und Pflegern, die ihn betreuten.

Eines Nachmittags blickte Barney Kaufman auf Frank Gork hinunter und sagte: »Mr. Gork, wir alle lieben Sie innig, aber könnten Sie nicht vielleicht in Betracht ziehen, dieses Hotel zu verlassen? Ich weiß, es ist nicht das Essen, das Sie bei uns hält.«

Alle hatten gekichert, mit Ausnahme des jungen Assistenzarztes, der noch lange auf Frank Gorks Gesicht starrte. Später am Abend war er mit einer mit Kaliumchlorid gefüllten Spritze auf der Intensivstation erschienen, und innerhalb weniger Sekunden verwandelte sich Frank Gorks Herzstromkurve mit ihrem regelmäßigen Piepsen in einen flachen grünen Strich. Der junge Praktikant hatte selbst den Notruf veranlaßt, aber das Team war bei seinen Wiederbelebungsversuchen nur halbherzig bei der Sache gewesen.

Hinterher war jeder froh und glücklich, von den Pflegern bis zum diensthabenden Chirurgen. Der junge Praktikant mußte sich zusammenreißen, damit er sich nicht mit seiner Tat brüstete. Es war so einfach gewesen, so sauber, praktisch und endgültig.

Jetzt mußte er zugeben, daß die Zeiten sich geändert hatten. Die Euphorie darüber, daß er tat, was getan werden mußte, und daß es nur wenige gab, die den Mut dazu gehabt hätten, wollte sich nicht einstellen. Und doch hatte Robert Seibert sterben müssen. Es war sein eigener Fehler gewesen, sich solchermaßen auf seine sogenannten PPT-Fälle zu stürzen.

Nachdem er aus dem Badezimmer zurückgekehrt war, durchsuchte der Mann rasch das Zimmer nach irgendwelchen Unterlagen, die mit der Studie zu tun haben konnten. Als er keine finden konnte, eilte er zur Tür und öffnete sie einen Spalt.

Eine der Nachtschwestern näherte sich auf dem Gang, ein Metalltablett in den Händen. Einen entsetzlichen Moment lang fürchtete der Mann, sie könnte vielleicht nach Robert sehen wollen. Aber sie verschwand in einem anderen Zimmer, und der Korridor war leer.

Mit klopfendem Herzen schlüpfte der Mann aus Roberts Zimmer. Es wäre nicht gut, wenn man ihn auf dem Stockwerk sähe. Als Praktikant hatte er allen Grund gehabt, zu jeder Tages- und Nachtzeit auf dem Gang, in den Patientenzimmern oder auf der Intensivstation gesehen zu werden, aber inzwischen lagen die Dinge anders. Er mußte vorsichtiger sein.

Als er die Sicherheit des Treppenhauses erreicht hatte, wurde er von Panik überwältigt. Er stürzte drei Stockwerke hinunter, ohne daß er einmal stehenblieb, um nach Luft zu schnappen, und erst nach dem zwölften Stock verlangsamte er sein Tempo. Auf dem Treppenabsatz vom fünften Stock hielt er inne, lehnte sich mit dem Rücken gegen die nackte Betonwand und wartete, bis seine pumpende Brust sich wieder beruhigt hatte. Er mußte sich zusammenreißen.

Er holte tief Luft und öffnete die Tür zum OP-Trakt. Jetzt war er in Sicherheit, aber seine Gedanken ließen ihm keine Ruhe. Unablässig grübelte er über die PPT-Daten nach. Höchstwahrscheinlich hatte Robert noch weitere Gefahrenquellen in seinem Büro, besprochene Tonbänder und ähnliches. Mit einem Seufzer beschloß der Mann, daß er der Pathologie am besten jetzt gleich einen Besuch abstattete, bevor Roberts Tod bekannt wurde. Danach gab es dann nur noch ein Problem – Cassi. Er fragte sich, wieviel Robert ihr wohl erzählt haben mochte.

11

Cassi erwachte ganz plötzlich und starrte in das lächelnde Gesicht einer Labortechnikerin, die zum drittenmal ihren Namen gerufen hatte. »Sie haben aber tief geschlafen«, sagte die Technikerin, als Cassis Augen sich endlich öffneten.

Cassi schüttelte den Kopf und überlegte, warum sie sich so benommen fühlte. Dann fiel ihr die zweite Schlaftablette wieder ein.

»Ich muß Ihnen etwas Blut abnehmen«, entschuldigte sich die Technikerin.

»Okay«, meinte Cassi gleichmütig. Sie überließ der jungen Frau ihren linken Arm, denn jetzt erinnerte sie sich wieder daran, daß sie sich während der nächsten Tage nicht selbst mit Insulin versorgen durfte.

Ein paar Minuten später erschien eine Schwester und hängte eine Infusionsflasche über dem Bett auf, nachdem sie Cassi die IV-Nadel in den Arm gestochen hatte. Dann gab sie Cassi eine Tablette, die sie vor der Operation nehmen sollte.

»Versuchen Sie, sich zu entspannen«, sagte sie.

Als sie dann abgeholt und über den Gang zum Fahrstuhl gerollt wurde, hatte sie ein seltsames Gefühl der Losgelöstheit von allem, als widerführe es jemand anderem. Im Operationstrakt war ihr dann nur noch vage bewußt, was um sie herum vorging. Sie erkannte nicht einmal Thomas unter all den Pflegern, Ärzten und Schwestern, bis er sich vorbeugte und ihr einen Kuß gab.

»Bald ist alles wieder gut«, sagte er und drückte ihre Hand. »Ich bin froh, daß du dich zu dem Eingriff entschlossen hast. Es war das einzig Vernünftige.«

Dr. Martin Obermeyer erschien zu ihrer Rechten, und sie hörte, wie Thomas zu ihm sagte: »Daß Sie mir gut auf meine Frau aufpassen!«

Dann nickte sie ein und kam erst wieder zu sich, als sie den Gang zum OP hinuntergerollt wurde. Sie hatte keine Angst, überhaupt nicht.

»Ich gebe Ihnen jetzt etwas, damit Sie schön schlafen«, sagte der Anästhesist.

»Ich schlafe schon«, murmelte sie und beobachtete die Flüssigkeit, die in die Kammer der IV-Flasche über ihrem Kopf tropfte. Im nächsten Moment fielen ihr die Augen zu.

Das OP-Team arbeitete rasch und geschickt. Um acht Uhr fünf waren die Muskeln ihres Auges isoliert und umwickelt, so daß sie sich nicht mehr bewegen konnten. Anschließend durchstach Obermeyer die Sklera und führte seine feinen Messer und Sauger ein. Mittels eines Spezialmikroskops konnte er durch Hornhaut und Pupille bis auf den blutbefleckten Glaskörper sehen. Um Viertel vor neun konnte er die Netzhaut erkennen. Um Viertel nach neun hatte er die Quelle der immer wieder auftretenden Blutungen ausgemacht. Es handelte sich um eine einzelne verirrte Windung einer neuen Ader aus der optischen Linse. Mit äußerster Sorgfalt koagulierte Obermeyer die Öffnung und entfernte die Ader. Er war sehr zufrieden. Das Problem war gelöst, und er hielt die Wahrscheinlichkeit für gering, daß es je wiederkehren würde. Cassi durfte sich glücklich preisen.

Thomas beendete seinen einzigen Eingriff für heute. Die nächsten beiden hatte er bereits verschieben lassen. Erfreulicherweise war alles gut gegangen, obwohl das Annähen der Anastomosen wieder einige Schwierigkeiten bereitet hatte. Im Gegensatz zum Tag vorher war er aber in der Lage, die Operation selbst zu Ende zu führen. Kaum hatte Larry Owen begonnen, die Brust wieder zu schließen, schlüpfte Thomas schon in seinen Straßenanzug. Normalerweise wartete er, bis Larry den Patienten ins Genesungszimmer brachte, aber heute morgen war er zu nervös, um einfach nur tatenlos herumzusitzen.

»Wie kommt ihr voran?« fragte er.

»Danke, bestens«, rief Larry über die Schulter. »Wir schließen jetzt die Haut. Die Halothanzufuhr ist bereits gestoppt.«

»Gut. Ich bin zu einem Notfall gerufen worden.«

»Wir haben hier alles unter Kontrolle.«

Thomas verließ die Klinik – etwas, das er an einem Arbeitstag nur selten tat – und stieg in seinen Porsche. Beim Aufheulen der kraftvollen Maschine spürte er wieder das gewisse Kribbeln in den Adern. Im Gegensatz zu den frustrierenden Vorgängen in der Klinik gab der Wagen ihm ein Gefühl unbegrenzter Freiheit. Nichts auf der Straße konnte ihm etwas anhaben. Nichts!

Er durchquerte halb Boston und ließ den Porsche dann im Halteverbot direkt vor einer großen Apotheke stehen, wobei er nicht zweifelte, daß die »Arzt-im-Einsatz«-Plakette an seiner Windschutzscheibe ihn vor einem Strafmandat bewahrte. Er betrat die Apotheke und begab sich zum Rezeptschalter.

Der Apotheker in seinem weißen Kittel blickte auf. »Was kann ich für Sie tun, Sir?«

»Ich habe vorhin wegen eines Präparats angerufen.«

»Ah ja, ich erinnere mich. Hier ist es.« Der Apotheker deutete auf einen kleinen Pappkarton.

»Soll ich Ihnen ein Rezept dafür ausstellen?« erkundigte sich Thomas.

»Nein, das wird nicht nötig sein. Zeigen Sie mir einfach Ihren Arztausweis.«

Thomas klappte seine Brieftasche auf und ließ den Apotheker einen flüchtigen Blick auf den Ausweis werfen. Der Apotheker nickte und fragte: »Darf's sonst noch was sein?«

Thomas schüttelte den Kopf.

»In der Dosierung wird es bei uns nicht oft verlangt«, meinte der Apotheker.

»Kann ich mir vorstellen«, antwortete Thomas und schob sich das Päckchen unter den Arm.

Cassi erwachte aus der Betäubung und wußte einen Moment lang nicht, was Traum war und was Wirklichkeit. Sie hörte Stimmen, aber von weit her, und sie konnte nicht verstehen, was sie sagten. Endlich begriff sie, daß es sich um ihren Namen handelte. Man wollte, daß sie aufwachte.

Sie versuchte, die Augen zu öffnen, aber es ging nicht. Entsetzt wollte sie sich aufrichten, wurde aber umgehend wieder in die Kissen gedrückt.

»Ganz ruhig, es ist alles in Ordnung«, sagte eine Stimme neben ihrem Bett.

Aber es war ganz und gar nicht alles in Ordnung. Sie konnte nichts sehen. Was war geschehen? Plötzlich erinnerte sie sich wieder an die Narkose und die Operation. »Mein Gott, ich bin blind!« schrie sie und versuchte ihr Gesicht zu befühlen. Jemand hielt ihre Hände fest.

»Ganz ruhig, ganz ruhig. Sie haben Pflaster auf den Augen.«

»Was für Pflaster?« rief Cassi. »Warum?«

»Nur damit Sie die Augen stillhalten«, sagte die Stimme beschwichtigend. »Morgen oder übermorgen kommen sie wieder runter. Der Eingriff ist komplikationslos verlaufen. Der Doktor hat gesagt, sie können sich glücklich preisen. Er hat eine blutende Ader verkocht, und jetzt möchte er nicht, daß sie wieder aufbricht, deswegen dürfen Sie die Augen nicht bewegen.«

Cassis Angst legte sich ein wenig, aber die Dunkelheit beunruhigte sie noch immer. »Lassen Sie mich nur einen Moment etwas sehen«, bat sie.

»Das darf ich nicht, Anweisung des Arztes. Aber ich kann Ihnen mit einer Lampe direkt ins Gesicht leuchten. Ich bin sicher, das werden Sie merken. Einverstanden?«

»Ja«, sagte Cassi. Sie hätte allem zugestimmt, um Gewißheit zu bekommen. Warum hatte vor der Operation niemand mit ihr darüber gesprochen? Sie fühlte sich, als hätte man sie im Stich gelassen.

»Ich bin wieder da«, sagte die Stimme. Cassi hörte ein Klikken und sah das Licht sofort. Mehr noch, sie nahm es gleichzeitig mit beiden Augen wahr. »Ich kann sehen«, rief sie aufgeregt.

»Natürlich können Sie das«, sagte die Stimme. »Haben Sie Schmerzen?«

»Nein«, antwortete Cassi. Das Licht wurde ausgeschaltet.

»Dann entspannen Sie sich einfach, ruhen Sie sich aus. Wir sind gleich um die Ecke, falls Sie uns brauchen sollten. Ein Wort, und wir sind da.«

Cassi gehorchte und lauschte den verschiedenen Geräuschen, die von den umhergehenden Schwestern verursacht wurden. Sie erkannte, daß sie sich im Genesungszimmer befand, und überlegte, ob Thomas sie wohl besuchen würde.

Früher als erwartet wurde Thomas mit seiner Sprechstunde fertig. Um zehn Minuten nach zwei stand nur noch ein Patient für halb drei auf der Liste. Während er wartete, warf er einen Blick auf den Plan, um nachzusehen, welcher Chirurg heute abend in der Brustchirurgie OP-Aufsicht hatte: Dr. Burgess. Thomas wählte seine Nummer. Er erklärte Burgess, daß er ohnehin die Nacht über in der Klinik bleiben würde, um Cassi nahe zu sein, und daß er daher genausogut auch den Bereitschaftsdienst übernehmen könne. Burgess versprach, sich bei Gelegenheit zu revanchieren.

Thomas legte auf. Als er feststellte, daß ihm noch immer eine Viertelstunde blieb, beschloß er, Cassi einen Besuch abzustatten. Sie war gerade erst in ihr Zimmer gebracht worden, und er konnte nicht erkennen, ob sie wach war oder schlief. Ruhig lag sie auf dem Rücken, die Augen mit Pflastern und Watte verklebt. Ein Infusionsschlauch führte von der Flasche über ihrem Kopf in ihren linken Arm.

Leise trat Thomas zu ihr ans Bett.

»Cassi«, flüsterte er, »bist du wach?«

»Ja«, antwortete sie. »Bist du's, Thomas?«

Er tastete nach ihrer Hand. »Wie fühlst du dich, mein Liebling?«

»Ganz gut, abgesehen von diesen Pflastern. Ich wünschte, Obermeyer hätte mir vorher davon erzählt.«

»Ich habe gerade mit ihm gesprochen«, sagte Thomas. »Er hat mich angerufen, um mir mitzuteilen, daß der Eingriff besser verlaufen sei, als er sich vorgestellt hatte. Offenbar handelte es sich lediglich um eine einzige Ader. Er hat das Problem behoben, aber wegen der Größe der Ader wollte er kein Risiko eingehen, deswegen auch die Pflaster. Er hat vorher selbst nicht damit gerechnet.«

»Sie machen es mir nicht gerade leichter«, sagte Cassi.

»Das kann ich mir vorstellen.«

Thomas blieb noch zehn Minuten, dann drückte er ihr die Hand und sagte, er müsse jetzt in die Praxis zurück und sie solle soviel schlafen wie möglich. Zu ihrer großen Überraschung nickte sie tatsächlich ein und erwachte erst spät am Nachmittag.

»Cassi?« sagte jemand.

Cassi zuckte zusammen, so unerwartet drang die Stimme aus nächster Nähe an ihr Ohr.

»Ich bin's – Joan. Entschuldigen Sie, wenn ich Sie geweckt habe.«

»Macht nichts, Joan. Ich habe Sie bloß nicht hereinkommen hören.«

»Man hat mir gesagt, die Operation sei komplikationslos verlaufen«, erzählte Joan und zog sich einen Stuhl ans Bett.

»Anscheinend«, antwortete Cassi. »Allerdings wäre ich froh, wenn ich diese Pflaster nicht auf den Augen hätte.«

»Cassi«, begann Joan. »Ich muß Ihnen etwas sagen. Ich habe den ganzen Nachmittag darüber nachgedacht, ob ich es Ihnen erzählen soll oder nicht.«

»Worum geht es?« fragte Cassi besorgt. Ihr erster Gedanke

war, daß einer ihrer Patienten sich umgebracht hätte. Selbstmord war eine Gefahr, mit der man auf Clarkson Zwei ständig rechnen mußte.

»Nichts Gutes.«

»Das habe ich schon am Klang Ihrer Stimme gemerkt.«

»Glauben Sie, Sie können es jetzt schon verkraften? Oder soll ich warten?«

»Sagen Sie mir schon, was los ist, sonst zerbreche ich mir nur die ganze Zeit den Kopf.«

»Nun ja, es handelt sich um Robert Seibert.«

Joan hielt inne. Sie konnte sich vorstellen, welche Wirkung die Nachricht auf ihre Freundin haben würde.

»Was ist mit Robert?« fragte Cassi sofort. »Verdammt noch mal, Joan, spannen Sie mich nicht auf die Folter.« Ganz tief drinnen wußte sie bereits, was Joan ihr sagen wollte.

»Robert ist gestern nacht gestorben«, sagte Joan. Sie beugte sich vor und griff nach Cassis Hand.

Cassi lag reglos. Minuten verstrichen: fünf, zehn. Das einzige Lebenszeichen, das sie von sich gab, war ihr schwaches Atmen und die Kraft, mit der sie Joans Hand umklammert hielt. Es war, als klammerte sie sich auf diese Weise auch an ihr eigenes Leben. Joan wußte nicht, was sie sagen sollte. »Cassi, ist alles in Ordnung?« flüsterte sie schließlich.

Auf Cassi wirkte die Nachricht wie ein Todesstoß. Sicher, jeder machte sich Sorgen, wenn er ins Krankenhaus kam, veranschlagte die Wahrscheinlichkeit zu sterben aber nicht höher als die Chance, im Lotto zu gewinnen, wenn man sich einen Schein ausfüllte. Sie bestand zwar, aber sie war so unendlich klein, daß es sich nicht lohnte, ernsthaft darüber nachzudenken.

»Cassi, ist alles in Ordnung?« fragte Joan erneut.

Cassi stöhnte. »Erzählen Sie mir, was passiert ist.«

»Genaueres weiß man noch nicht«, sagte Joan, erleichtert, daß Cassi wieder sprach. »Ganz offenbar ist er im Schlaf gestorben. Wie eine Schwester mir erzählte, hat man bei der Autopsie entdeckt, daß er ein schweres Herzleiden hatte. Ich nehme an, er hat eine Herzattacke erlitten, bin aber nicht sicher.«

»O Gott!« sagte Cassi.

»Es tut mir leid, daß ich Ihnen so schlechte Neuigkeiten bringen mußte, aber ich hatte das Gefühl, Sie sollten es wissen. Ich an Ihrer Stelle hätte es jedenfalls wissen wollen.«

»Er war so ein wunderbarer Mensch«, sagte Cassi. »Und der beste Freund, den man sich vorstellen kann.« Die Nachricht hatte sie so aus der Fassung gebracht, daß sie eine unendliche Leere verspürte.

»Kann ich irgend etwas für Sie tun?« fragte Joan teilnahmsvoll.

»Nein, danke.«

Schweigen breitete sich aus. Joan fühlte sich ausgesprochen unwohl. »Sind Sie sicher, daß es Ihnen gut geht?« fragte sie.

»Ja, danke.«

»Möchten Sie darüber sprechen, wie Sie sich fühlen?«

»Nicht jetzt«, sagte Cassi. »Im Augenblick fühle ich rein gar nichts.«

Joan spürte, daß Cassi sich zurückgezogen hatte. Jetzt bereute sie es fast, ihrer Freundin reinen Wein eingeschenkt zu haben, aber was geschehen war, war geschehen. Eine Weile blieb sie noch neben dem Bett sitzen und hielt Cassis Hand. Dann verabschiedete sie sich und wünschte ihr eine gute Nacht.

Auf dem Rückweg warf sie einen Blick ins Schwesternzimmer, um mit der Oberschwester zu sprechen. Sie sagte, sie hätte Cassi als Freundin und nicht als Ärztin besucht, aber sie hätte das Gefühl, darauf hinweisen zu müssen, daß Cassi außerordentlich deprimiert über den Tod eines Freundes sei. Vielleicht könnten die Schwestern ein Auge auf sie haben.

Lange Zeit lag Cassi bewegungslos in ihrem Bett. Als Joan

gegangen war, hatte sie keine Einwände erhoben, aber jetzt fühlte sie sich sehr einsam. Roberts Tod hatte die alte Angst, alleingelassen zu werden, wieder in ihr auferstehen lassen. Sie erinnerte sich an einen Alptraum aus ihrer Kindheit, in dem ihre Mutter sie in die Klinik zurückbrachte und gegen ein gesundes Kind eintauschte.

Von Panik ergriffen, drückte Cassi auf den Knopf für die Stationsschwester. Hoffentlich kam bald jemand und half ihr.

»Was ist denn, Frau Doktor?« fragte die Schwester, die ein paar Minuten später den Raum betrat.

»Ich habe Angst«, sagte Cassi. »Ich ertrage diese Pflaster auf den Augen nicht. Ich möchte, daß sie mir abgenommen werden.«

»Als Ärztin wissen Sie doch, daß wir das nicht dürfen. Es ist gegen die Anweisung. Ich werde Ihnen sagen, was ich tue. Ich gehe und rufe Ihren Arzt. Was halten Sie davon?«

»Es ist mir egal, was Sie tun«, sagte Cassi. »Ich will keine Pflaster auf den Augen.«

Die Schwester verschwand, und Cassi versank neuerlich in ihrer Angst. Die Zeit schleppte sich dahin. Vom Korridor drangen beruhigende Geräusche herein.

Endlich kehrte die Schwester zurück. »Ich habe mit Dr. Obermeyer gesprochen«, sagte sie munter. »Er hat mir aufgetragen, Ihnen auszurichten, daß er bald nach Ihnen sehen wird. Außerdem soll ich Ihnen sagen, daß Ihre Operation hervorragend gelaufen ist, daß Sie sich aber unbedingt Ruhe gönnen müssen. Er wollte, daß ich Ihnen noch ein Sedativum gebe. Drehen Sie sich bitte auf die Seite, danach wird es Ihnen gleich besser gehen.«

»Ich will kein Sedativum mehr. Ich will, daß die Pflaster abgenommen werden!«

»Kommen Sie schon«, drängte die Schwester und schlug Cassis Decke zurück.

Einen Moment lang schwankte Cassi zwischen Abwehr und

Klagen, dann drehte sie sich widerstrebend um und erhielt die Spritze.

»So«, meinte die Schwester. »Jetzt dauert es nicht mehr lange, bis Sie sich wieder besser fühlen.«

»Was war das?« fragte Cassi.

»Das müssen Sie Ihren Arzt fragen. In der Zwischenzeit sollten Sie sich freuen, daß Sie bald wieder wohlauf sein werden. Möchten Sie, daß ich Ihnen den Fernseher einschalte?« Ohne auf eine Antwort zu warten, schaltete sie den Apparat an und verließ den Raum.

Die Stimme des Nachrichtensprechers wirkte beruhigend. Bald darauf begann auch das Sedativum zu wirken, und Cassi schlief ein. Als Dr. Obermeyer erschien und ihr noch einmal persönlich versicherte, wie zufrieden sie mit dem Operationsverlauf sein könnten, erwachte sie vorübergehend. Er sagte, sie würde in ein paar Tagen auf dem linken Auge wahrscheinlich wieder genauso gut sehen wie auf dem rechten, die nächsten Tage seien allerdings kritisch, so daß sie Geduld beweisen müsse. Darüber hinaus erklärte er, daß sie jederzeit nach ihm oder einer der Schwestern rufen könne, wenn sie wieder Angst bekäme.

Sie schlief erneut ein und erwachte erst ein paar Stunden später, weil sie flüsternde Stimmen in ihrem Zimmer hörte. Sie lauschte und erkannte eine davon. »Thomas?« fragte sie.

»Ich bin hier, Liebling.« Er griff nach ihrer Hand.

»Ich habe Angst«, sagte sie und spürte, wie sie zu weinen begann. Die Tränen drangen unter den Pflastern hervor und rannen ihr die Wangen hinunter.

»Cassi, was hast du denn?«

»Ich weiß nicht.« Dann fiel ihr wieder ein, daß es wegen Roberts Tod war. Sie wollte Thomas davon erzählen, mußte aber so heftig weinen, daß sie kein Wort über die Lippen brachte.

»Du mußt dich zusammennehmen, Cassi. Es ist wichtig für dein Auge.«

»Ich fühle mich so allein.«

»Unsinn, ich bin doch bei dir. Du hast einen ganzen Hofstaat von aufmerksamen Schwestern und liegst in einem der besten Krankenhäuser der Welt. Versuch doch wenigstens, dich zu entspannen.«

»Ich kann nicht.«

»Ich glaube, du brauchst noch ein Sedativum«, sagte Thomas.

»Ich will keine Spritze mehr«, wandte sie ein.

»Ich bin der Doktor, und du bist der Patient«, sagte Thomas bestimmend, und hinterher war sie froh, daß er darauf beharrt hatte. Noch während er zu ihr sprach, versank sie in gnädigen Schlaf.

Thomas drückte den Knopf für die Stationsschwester. Als sie das Zimmer betrat, erhob er sich von der Bettkante. »Geben Sie ihr heute abend bitte zwei Schlaftabletten. Gestern nacht ist sie auf dem Gang herumgelaufen, das soll nicht wieder vorkommen.«

Die Schwester zog sich zurück, und Thomas wartete noch ein paar Minuten, um sicherzugehen, daß Cassi nicht wieder aufwachte. Als sie leise zu schnarchen begann, ging er zur Tür, zögerte einen Moment und kehrte dann um. Er öffnete die unterste Schublade des Schreibtisches. Wie er erwartet hatte, lag der PPT-Computerausdruck noch immer so da, wie er ihn hineingelegt hatte. Er nahm ihn heraus und klemmte ihn sich unter den Arm. Unter den gegebenen Umständen wollte er nicht, daß Cassi sich damit beschäftigte, kaum daß ihr die Pflaster abgenommen würden.

Nach einem letzten Blick auf seine schlafende Frau verließ er das Zimmer endgültig und schlenderte den Gang hinunter zum Schwesternzimmer, wo er nach der Oberschwester, Miss Bright, fragte.

»Ich fürchte, meine Frau ist dem Streß nicht ganz gewachsen«, sagte er entschuldigend.

Miss Bright lächelte. Von Berufs wegen hatte sie oft mit Dr. Kingsley zu tun, und sie nahm überrascht zur Kenntnis, daß er tatsächlich so was wie Verständnis für eine menschliche Schwäche aufbrachte. Zum erstenmal tat er ihr leid. Offenbar war er auch nur ein Mensch, der litt, wenn seine Frau im Krankenhaus lag.

»Wir werden gut auf sie achtgeben«, sagte sie.

»Ich bin nicht ihr Arzt, und ich möchte mich auch nicht einmischen, aber wie ich schon der Stationsschwester gesagt habe, glaube ich, daß man sie aus psychologischen Gründen unter starken Beruhigungsmitteln halten sollte.«

»Machen Sie sich keine Sorgen«, sagte Miss Bright. »Ich achte darauf.«

Cassi konnte sich nicht daran erinnern, zu Abend gegessen zu haben, obwohl die Schwester, die die Schlaftabletten gebracht hatte, ihr das Gegenteil versicherte.

»Ich kann mich überhaupt nicht daran erinnern«, sagte Cassi.

»Das ist nicht gerade ein Kompliment für die Klinikküche«, sagte die Schwester. »Und für mich auch nicht. Ich habe Sie nämlich gefüttert.«

»Was ist mit meiner Diabetes?« erkundigte sich Cassi.

»Wir haben Ihnen nach dem Essen eine kleine Extradosis Insulin gegeben, aber ansonsten ist alles hier drin.« Die Schwester klopfte mit dem Knöchel gegen die IV-Flasche, damit Cassi hören konnte, was sie meinte. »Und hier sind Ihre Schlaftabletten.«

Pflichtschuldig streckte Cassi den Arm aus und fühlte zwei Pillen auf ihren rechten Handteller fallen. Sie schob die Pillen in den Mund und nahm das Wasserglas entgegen.

»Glauben Sie, daß Sie noch ein Sedativum brauchen?«

»Eigentlich nicht. Ich fühle mich, als hätte ich den ganzen Tag geschlafen.«

»Das ist gut für Sie. Ich schiebe den Nachttisch hierher, so.« Die Schwester nahm Cassi das Glas ab und führte ihr die Hand über das Gitter an der Bettkante, damit sie fühlen konnte, wo sich das Glas, die Wasserkaraffe, das Telefon und der Rufknopf befanden.

»Kann ich sonst noch etwas für Sie tun?« fragte sie dann. »Haben Sie Schmerzen?«

»Nein«, antwortete Cassi. Sie war selbst überrascht, daß die Operation ihr so wenig Beschwerden bereitete.

»Soll ich den Fernseher ausschalten?«

»Nein«, sagte Cassi. Das Geräusch im Hintergrund gefiel ihr.

»Okay. Hier ist der Knopf, wenn Sie müde werden.« Die Schwester führte Cassis Hand zu dem Schalter neben dem Bett. »Schlafen Sie gut, und wenn Sie etwas brauchen sollten, rufen Sie uns.«

Nachdem die Schwester gegangen war, begann Cassi, ihre Umwelt auf eigene Faust zu erforschen. Sie streckte die Hand aus und berührte den Nachttisch. Die Schwester hatte ihn näher herangerückt, damit sie ihn leichter erreichen konnte. Mit einiger Anstrengung gelang es ihr, die Metallschublade aufzuziehen. Sie tastete nach ihrer Armbanduhr. Die Uhr war ein Geschenk von Thomas, und Cassi fragte sich, ob sie sie nicht besser in den Kliniksafe hätte legen lassen sollen. Ihre Hand berührte die Insulinphiolen und ein halbes Dutzend Spritzen. Die Uhr lag unter der Schachtel mit den Spritzen. Wahrscheinlich war der Platz sicher genug.

Als die Medizin zu wirken begann, erkannte Cassi, warum manche Leute versucht waren, Mißbrauch damit zu treiben. Die Probleme waren zwar noch da, aber in sicherer Entfernung. Sie dachte an Robert, ohne Schmerz über den Verlust zu empfinden. Sie erinnerte sich daran, wie friedlich er in seinem Bett gelegen hatte gestern nacht. Sie hoffte, daß sein Tod genauso friedlich verlaufen war.

Plötzlich wich sie entsetzt vom Abgrund des Schlafs zurück. Sie mußte einer der letzten Menschen gewesen sein, die Robert lebend gesehen hatten! Sie überlegte, um welche Zeit er wohl gestorben sein mochte. Wenn sie nur dort gewesen wäre, vielleicht hätte sie etwas tun können. Thomas hätte ihn sicherlich zu retten vermocht.

Cassi starrte in die Dunkelheit unter ihren Lidern. Langsam tauchte die Erinnerung daran auf, wie Thomas in Roberts Zimmer gekommen war, was für ein Entsetzen sie im ersten Moment bei seinem Anblick gefühlt hatte. Thomas hatte gesagt, es wäre nicht schwer gewesen, sich zu denken, wo sie sein konnte, nachdem sie nicht schlafend in ihrem Bett gelegen hatte. Diese Erklärung war ihr in jenem Augenblick zufriedenstellend erschienen, aber jetzt fragte sie sich, warum Thomas sie ausgerechnet mitten in der Nacht besuchen wollte.

Cassi versuchte sich vorzustellen, was Roberts Autopsie ergeben haben mochte, vor allem, ob er vielleicht auf eine ganz bestimmte Art gestorben war. Sie wollte nicht daran denken, aber sie fragte sich doch, ob er wohl zyanotisch gewesen war oder unter krampfhaften Zuckungen geendet hatte. Auf einmal begann sie zu fürchten, daß Robert womöglich ein Kandidat für seine eigene Studie gewesen wäre. Er hätte Fall Nummer zwanzig sein können. Was war, wenn es sich bei dem Menschen, der Robert als letzter lebendig gesehen hatte, um Thomas handelte? Was, wenn Thomas noch einmal zurückgegangen war, nachdem er Cassi in ihrem Zimmer abgeliefert hatte? Was, wenn die plötzliche Veränderung in dem Verhalten ihres Mannes gar nicht so unschuldig war, wie sie schien?

Cassi fing an zu zittern. Sie wußte, daß diese Gedanken alle Anzeichen fortgeschrittener Paranoia aufwiesen, und sie wußte auch, wie sehr solche Wahnvorstellungen dazu neigten, sich zu verselbständigen. Sie war in letzter Zeit enormen Belastungen ausgesetzt gewesen und mit Medikamenten aller Art und in riesiger Dosierung traktiert worden – einschließlich der Schlaftabletten, die ihr Denkvermögen bereits zu beeinträchtigen begannen.

Dennoch hörten die quälenden Gedanken nicht auf, in ihrem Kopf zu kreisen. Unfreiwillig wurde ihr klar, daß der erste PPT-Fall sich zu derselben Zeit ereignet hatte, als Thomas an die Klinik gekommen sein mußte. Sie fragte sich, ob einer der Todesfälle sich während der Nächte ereignet hatte, in denen Thomas in der Klinik geblieben war.

Auf einmal wurde ihr klar, wie verletzlich sie in ihrer derzeitigen Lage war, allein in einem Einzelzimmer, an einer Infusionsflasche hängend, praktisch blind und vollgepumpt mit Beruhigungsmitteln. Wahrscheinlich würde sie es nicht einmal merken, wenn jemand den Raum betrat. Sie hatte nicht die geringste Möglichkeit, sich zu wehren.

Sie dachte daran, um Hilfe zu schreien, war aber wie gelähmt vor Angst. Alles in ihr zog sich zusammen, bis sie sich wie ein Knoten vorkam. Sekunden verstrichen, dann Minuten. Endlich fiel ihr der Klingelknopf wieder ein. Millimeter für Millimeter schob sie ihre Hand in seine Richtung, wobei sie jeden Herzschlag damit rechnete, daß ihre Finger einen unbekannten Feind berührten. Als sie den Plastikknopf erreicht hatte, preßte sie ihren Daumen darauf und ließ ihn nicht wieder los.

Niemand kam. Nach einer Ewigkeit nahm sie den Daumen vom Knopf, nur um ihn gleich darauf wieder zu drücken. Immer wieder. Sie flehte die Schwester an, sich zu beeilen. Jede Sekunde konnte etwas Schreckliches passieren.

»Was ist los?« fragte die Schwester kurzangebunden und zog Cassis Hand vom Klingelknopf. »Sie brauchen bloß einmal zu klingeln, und wir kommen, so schnell wir können. Sie müssen daran denken, daß Sie nicht der einzige Patient auf der Station sind, und den meisten geht es weit schlechter als Ihnen.«

»Ich möchte ein anderes Zimmer«, sagte Cassi. »Ich möchte wieder in die zweite Klasse.«

»Frau Doktor«, sagte die Schwester erschöpft, »es ist mitten in der Nacht.«

»Ich will nicht allein sein«, rief Cassi.

»In Ordnung, beruhigen Sie sich, um Himmels willen. Sobald wir mit unseren Berichten fertig sind, werde ich sehen, was ich tun kann.«

»Ich möchte mit meinem Arzt sprechen«, sagte Cassi.

»Frau Doktor, Sie wissen doch, wie spät es ist, oder nicht?«

»Das ist mir völlig egal. Ich will meinen Arzt sehen.«

»Na gut, ich lasse ihn ausrufen, aber nur wenn Sie versprechen stillzuliegen.«

Cassi ließ zu, daß die Schwester ihre Beine ergriff und sie ausstreckte. »So, jetzt geht es Ihnen doch bestimmt besser. Entspannen Sie sich, und ich rufe Dr. Obermeyer an.«

Cassis Panik ebbte etwas ab. Ihr war klar, daß sie sich völlig unvernünftig benahm, schlimmer als ihre eigenen Patienten. Der Gedanke an Clarkson Zwei erinnerte sie an Joan. Sie war der einzige Mensch, der sie verstehen und es ihr nicht übelnehmen würde, wenn sie ihn weckte. Cassi tastete herum, bis sie das Telefon fand, und hob es dann zu sich ins Bett. Sie klemmte den Hörer zwischen Schulter und Kopfkissen und wählte die Zentrale. Nachdem sie erklärt hatte, wer sie war, verband die Vermittlung sie mit Dr. Joan Widiker.

Das Telefon klingelte eine ganze Weile, und Cassi befürchtete schon, daß Joan ausgegangen sein könnte. Sie wollte gerade auflegen, als Joan endlich an den Apparat ging.

»Gott sei Dank«, sagte Cassi. »Ich bin so froh, daß Sie zu Hause sind.«

»Cassi, was ist denn?«

»Ich habe Angst, Joan.«

»Wovor haben Sie Angst?«

Cassi hielt inne. Jetzt, wo sie zu Joan darüber sprechen sollte, wurde ihr klar, wie dumm ihre Befürchtungen sich anhören mußten.

»Hat es etwas mit Robert zu tun?« fragte Joan.

»Teilweise«, gab Cassi zu.

»Cassi, jetzt hören Sie mir mal zu. Es ist ganz natürlich, daß es in Ihnen drunter und drüber geht. Ihr bester Freund ist gerade gestorben, und Sie sind frisch operiert. Sie dürfen Ihre Phantasie jetzt nicht Amok laufen lassen. Bitten Sie die Schwester um eine Schlaftablette.«

»Ich habe schon mehr als genug Medikamente bekommen.«

»Entweder zu wenig oder die falschen, scheint mir. Versuchen Sie nicht, den Helden zu spielen. Möchten Sie, daß ich Dr. Obermeyer anrufe?«

»Nein.«

»Kann ich sonst irgend etwas für Sie tun?«

»Wissen Sie, ob Robert blau angelaufen war, als man ihn gefunden hat, oder ob es Anzeichen für starke Krämpfe vor dem Exitus gab?«

»Nein, Cassi, das weiß ich nicht! Und Sie sollten sich in Ihrer Situation nicht den Kopf über solche Fragen zerbrechen. Er ist tot. Allein damit fertig zu werden, ist für Sie derzeit schon eine ganze Menge.«

»Wahrscheinlich haben Sie recht«, sagte Cassi. »Einen Moment, Joan. Da ist jemand.«

»Ich bin's, Miss Randall«, sagte die Schwester. »Dr. Obermeyer versucht, zu Ihnen durchzukommen.«

Cassi bedankte sich bei Joan und legte auf. Sofort klingelte der Apparat erneut.

»Cassi«, meldete sich Dr. Obermeyer. »Ich habe gerade einen Anruf von der Nachtschwester bekommen. Ich weiß nicht, was ich noch tun soll, um Ihnen klarzumachen, daß wirklich alles in bester Ordnung ist. Die Operation ist wie im Bilderbuch verlaufen. Ich habe nicht einmal die für Diabetiker typischen Krankheitserscheinungen gefunden, mit denen ich eigentlich gerechnet hatte. Sie sollten erleichtert sein, statt die ganze Station in Aufruhr zu versetzen.«

»Ich glaube, es liegt an diesen Pflastern über den Augen«, meinte Cassi. »Ich habe Angst davor, allein zu sein. Ich möchte gern in ein Zimmer der zweiten Klasse verlegt werden. Jetzt gleich.«

»Ich meine, da verlangen Sie ein bißchen viel von Ihrem Pflegepersonal. Vielleicht reden wir morgen noch einmal darüber, und dann will ich sehen, was sich machen läßt. Im Augenblick liegt mir mehr daran, daß Sie sich beruhigen. Ich habe die Schwester angewiesen, Ihnen noch ein Sedativum zu geben.«

»Die Schwester ist gerade hier«, sagte Cassi.

»Gut. Lassen Sie sich die Spritze geben und schlafen Sie. Ich hätte mir ja eigentlich denken können, daß es so kommen würde. Ärzte und ihre Frauen sind immer die schlimmsten Patienten. Und Sie gehören beiden Gattungen an!«

Gehorsam ließ sich Cassi noch eine Spritze verpassen. Miss Randall gab ihr einen Klaps auf die Schulter und verschwand. Wieder war Cassi allein, aber jetzt spielte es keine Rolle mehr. Innerhalb weniger Sekunden versank sie in dem künstlich herbeigeführten Schlaf wie in einer lautlosen Lawine.

Sie schreckte aus einem wilden Traum in die Höhe, noch immer verfolgt von heftigem Lärm und grellen Farben. Ein pochender Schmerz in ihrem linken Auge erinnerte sie sofort daran, daß sie sich im Krankenhaus befand.

Sie sank in die Kissen zurück und verharrte reglos, wobei sie versuchte, den Nebel, der sie umgab, zu durchdringen. Cassi achtete auf das leiseste Geräusch. Hinter den Bandagen ging der Tanz der grellen Farben immer noch weiter – wahrscheinlich eine Folge des Drucks, den sie auf die Augen ausübten.

Sie hörte nichts, mit Ausnahme der fernen, gedämpften Laute der schlafenden Klinik. Dann glaubte sie, etwas zu spüren. Sie wartete und spürte es wieder. Der Plastikschlauch ihrer IV-Anlage bewegte sich. Ihr Puls begann zu hämmern. Litt sie unter Wahnvorstellungen?

»Wer ist da?« fragte sie mit belegter Stimme.

Niemand antwortete.

Cassi hob die rechte Hand und streckte sie über die linke Seite des Bettes hinaus. Niemand da. Sie tastete nach dem Pflaster, mit dem die Infusionsnadel in ihrem Arm festgehalten wurde. Rasch fuhr sie mit dem Zeigefinger an dem Schlauch hinauf und zog leicht daran. Es war genau dasselbe Gefühl wie vorher. Jemand hatte ihren Infusionsschlauch berührt!

Cassi versuchte die in ihr aufsteigende Furcht zu bezwingen. Wo war der Klingelknopf? Ihre Finger strichen über die Nachttischplatte, berührten die Wasserkaraffe, das Telefon, das Wasserglas, aber keinen Klingelknopf. Er war nicht da! Sie bewegte ihre Hand schneller, wobei sie sich zunehmend verwundbar und isoliert fühlte. Der Klingelknopf blieb verschwunden.

Cassi wurde überwältigt von der Kraft ihrer Einbildung, erstarrte zu Eis. Jemand war in ihrem Zimmer. Sie konnte seine Gegenwart spüren. Dann nahm sie einen vertrauten Geruch wahr. Ein Eau de toilette von Yves St. Laurent.

»Thomas?« rief Cassi. Sie stützte sich auf den rechten Ellbogen und rief noch einmal: »Thomas?«

Keine Antwort.

Von einer Sekunde zur nächsten war sie in Schweiß gebadet. Ihr Herz, das schon vorher schneller geschlagen hatte, begann zu hämmern. Plötzlich wußte sie, was los war: ein Insulinschock!

Verzweifelt versuchte sie, die Finger unter die Klebestreifen rund um den Adhäsionsverband zu schieben und sich die Pflaster von den Augen zu reißen. Sogar die linke Hand, die sie bisher wegen der Infusionsnadel stillgehalten hatte, zerrte und riß an den Bandagen.

Cassi stieß einen erstickten Laut aus, den Ansatz zu einem mißglückten Schrei. Das Bett begann sich um sie zu drehen. Sie warf sich auf die Seite, gegen die Gitterstäbe. Wild um sich schlagend, suchte sie noch immer nach dem Klingelknopf. Statt dessen versetzte sie dem Nachttisch einen so heftigen Stoß, daß er umkippte. Telefon, Wasserkaraffe, Glas und Blumenvase, alles krachte zu Boden. Aber Cassi hörte es nicht. Ihr Körper zuckte im Würgegriff eines ausgewachsenen epileptischen Anfalls.

Carol White, die diensthabende Oberschwester der Station, befand sich gerade im Medikamentenraum, um eine Infusionsflasche mit Antibiotika zu füllen, als sie in der Ferne das Klirren von zerbrechendem Glas hörte. Sie zögerte einen Moment, ehe sie den Kopf durch den Türrahmen steckte und mit Lenore Randall, einer der beiden anderen Nachtschwestern, einen fragenden Blick tauschte. Gemeinsam verließen die beiden Frauen das Schwesternzimmer, um nach dem Rechten zu sehen. Beide hatten die unangenehme Vermutung, daß jemand aus dem Bett gefallen sein müsse. Bereits nach wenigen Schritten hörten sie das Klirren von Cassis Bettgestell.

Die beiden Frauen stürmten ins Zimmer. Cassi wurde immer noch von wilden Krämpfen geschüttelt. Ihre Arme schmetterten gegen die Gitterstäbe zu beiden Seiten des Betts.

Carol, die darüber informiert war, daß Cassi an Diabetes litt, wußte sofort, was passiert war.

»Lenore, schicken Sie einen Notruf raus und bringen Sie mir eine Ampulle mit fünfzigprozentiger Glukose, eine Fünfzigkubikzentimeter-Spritze und eine neue Infusionsflasche.«

Miss Randall rannte aus dem Zimmer.

In der Zwischenzeit gelang es Carol, Cassis Arme zwischen den Gitterstäben hervorzuziehen, ehe sie versuchte, ihr einen Zungendepressor zwischen die Zähne zu schieben, was sich aber als unmöglich herausstellte. Statt dessen drehte sie die rasch fließende intravenöse Ernährung ab und konzentrierte sich darauf, Cassi daran zu hindern, daß sie ihren Kopf immer wieder gegen das obere Ende des Betts schlug.

Lenore kehrte zurück, und Carol tauschte umgehend die alte Infusionsflasche gegen die neue aus. Die alte legte sie beiseite, denn es war fast sicher, daß der behandelnde Arzt den Insulingehalt würde überprüfen wollen. Dann öffnete sie den Verschluß der neuen Flasche so weit wie möglich und zog die fünfzigprozentige Glukoselösung aus der Ampulle in die große Spritze. Als sie fertig war, zögerte sie einen Moment. Theoretisch hätte sie auf die Ankunft eines Arztes warten müssen, aber Carol hatte genügend kritische Situationen miterlebt, um zu wissen, daß unter den gegebenen Umständen Glukose als erstes ausprobiert werden sollte und daß man damit unter Garantie keinen Schaden anrichten konnte. Sie entschied sich für die Injektion. Die starke Transpiration auf Cassis Haut ließ auf einen schweren Insulinschock schließen.

Sie stieß die Nadel in den Verschluß der IV-Flasche und drückte den Kolben hinunter. Noch bevor die letzten Kubikzentimeter aus der Spritze in die IV-Flüssigkeit gedrungen waren, zeichnete sich schon eine dramatische Reaktion ab. Cassi hörte auf zu zucken und schien das Bewußtsein wiederzuerlangen. Ihre Lippen öffneten sich, und es klang, als wollte sie etwas sagen.

Aber die Besserung hielt nicht an. Cassi fiel wieder in Ohnmacht, und obwohl sie keine neuen Krämpfe erlitt, hörten die einzelnen Muskeln nicht auf zu zittern.

Als der Notarzt eintraf, berichtete Carol ihm, was sie unternommen hatte. Er untersuchte Cassi und wandte sich dann an einen seiner Assistenten: »Zapfen Sie ihr Blut ab und nehmen Sie eine Elektrolyse vor – Calcium, Blutgase und Blutzucker.« Dann nickte er dem anderen Assistenten zu und sagte: »Sie führen ein EKG durch, und zwar schnell!« Schließlich deutete er auf Miss White. »Ich brauche noch eine Ampulle Glukose.«

Während das Notarzt-Team mit der Arbeit begann, stellte Lenore den Nachttisch wieder richtig hin und kehrte die Scherben des zerbrochenen Wasserkrugs mit dem Fuß in eine Ecke.

Dann schob sie die herausgerutschte Schublade wieder in ihre Schienen. Da erst bemerkte sie mehrere leere Insulinphiolen. Entsetzt reichte sie sie Carol, die sie an den Arzt weitergab.

»Mein Gott«, sagte er, »sollte sie sich etwa mit verbundenen Augen ihr Insulin injizieren?«

»Natürlich nicht«, erklärte Carol. »Sie bekam ihren Insulinbedarf intravenös zugeführt, entsprechend dem Zuckergehalt in ihrem Urin.«

»Warum hat sie sich dann noch zusätzlich Insulin gespritzt?« fragte der Arzt.

»Keine Ahnung«, gestand Carol. »Vielleicht war sie von all den Sedativa und Tabletten so verwirrt, daß sie es ganz mechanisch getan hat.«

»Wäre sie denn dazu mit verbundenen Augen überhaupt in der Lage gewesen?«

»Warum nicht? Immerhin macht sie das seit zwanzig Jahren zweimal am Tag. Möglicherweise hat sie die falsche Dosis erwischt, aber die Injektion als solche dürfte ihr keine Schwierigkeiten bereitet haben. Davon abgesehen wäre auch noch etwas anderes denkbar.«

»Und zwar?«

»Vielleicht hat sie es absichtlich gemacht. Sie war sehr deprimiert, und ihr Mann hat gesagt, sie benähme sich etwas seltsam. Ich nehme an, Sie wissen, wer ihr Mann ist?«

Der Notarzt nickte. Der Gedanke an einen möglichen Selbstmord gefiel ihm ganz und gar nicht. Solche Fälle hatten ihm noch nie gefallen, schon gar nicht um drei Uhr morgens.

Carol reichte ihm eine weitere Spritze, die sie während der Unterhaltung mit Glukose gefüllt hatte. Der Arzt injizierte Cassi den gesamten Inhalt, und wieder verbesserte sich Cassis Befinden für ein paar Minuten, ehe sie neuerlich das Bewußtsein verlor.

»Wer ist der behandelnde Arzt?« fragte der Notarzt und griff nach einer dritten Spritze mit Glukose.

»Dr. Obermeyer, Augenklinik.«

»Rufen Sie ihn an«, sagte der Arzt. »Ich möchte mir nicht gern allein die Finger verbrennen.«

Das Telefon klingelte ausdauernd, ehe Thomas benommen die Hand ausstreckte und den Hörer abnahm. Er hatte zwei Percodan geschluckt und sich in seiner Praxis hingelegt, um ein paar Stunden Schlaf zu bekommen.

»Sie sind aber schwer aufzuwecken«, sagte die Telefonistin der Klinikzentrale gutgelaunt. »Dr. Obermeyer hat für Sie angerufen und wollte sofort durchgestellt werden, aber ich habe ihm gesagt, daß mir genaue Anweisungen vorliegen. Wollen Sie seine Nummer haben?«

»Ja!« Thomas suchte nach Papier und Bleistift.

Die Telefonistin gab ihm die Nummer. Er begann zu wählen, hielt dann jedoch inne. Besorgt warf er einen Blick auf die Uhr. Um diese Zeit konnte es sich nur um Cassi handeln. Er ging in den Waschraum und spritzte sich Wasser ins Gesicht, bis er das Gefühl hatte, etwas klarer denken zu können. Dann wählte er zum zweitenmal.

»Thomas, es hat sich eine Komplikation ergeben«, sagte Dr. Obermeyer.

»Eine Komplikation?« fragte Thomas.

»Ja«, sagte Dr. Obermeyer. »Cassi hat sich selbst eine Überdosis Insulin injiziert.«

»Wie geht es ihr jetzt?« fragte Thomas.

»Sie hat sich wieder einigermaßen erholt.«

Thomas war sprachlos.

»Ich weiß, was für ein Schock das für Sie sein muß«, fuhr Dr. Obermeyer fort, »aber es wird ihr bald wieder gut gehen. Dr. McInery, ihr Internist, ist hier, und dank der schnellen Reaktion der diensthabenden Schwester ist noch mal alles glattgegangen. Trotzdem haben wir sie vorübergehend auf der Intensivstation untergebracht, nur zur Vorsicht.«

»Gott sei Dank«, sagte Thomas. Sein Verstand raste. »Ich bin gleich da.«

Binnen weniger Minuten war er auf der Intensivstation und trat an Cassis Bett. Sie schien friedlich zu schlafen. Jemand hatte das rechte Auge vom Pflaster befreit.

»Sie schläft jetzt, aber Sie können sie ruhig wecken«, sagte eine Stimme an seiner Seite. Thomas drehte sich um und sah Dr. Obermeyer. »Möchten Sie mit ihr sprechen?« fragte der Augenarzt und streckte die Hand aus, um Cassis Schulter zu berühren.

Thomas hielt seinen Arm fest. »Nein, danke. Lassen Sie sie schlafen.«

»Ich wußte, daß sie heute nacht etwas unruhig war«, sagte Obermeyer zerknirscht. »Deshalb habe ich ihr noch ein zusätzliches Sedativum geben lassen. Mit so was hätte ich nie im Leben gerechnet.«

»Als ich sie das letzte Mal gesehen habe, war sie völlig aufgelöst«, erklärte Thomas. »Einer ihrer Freunde ist gestern nacht gestorben, und das hat sie ziemlich mitgenommen. Ich habe es ihr verheimlichen wollen, aber eine ihrer Kolleginnen aus der Psychiatrie muß wohl so unvernünftig gewesen sein, es ihr zu erzählen.«

»Glauben Sie, es könnte sich um einen Selbstmordversuch gehandelt haben?« fragte Dr. Obermeyer.

»Keine Ahnung«, meinte Thomas. »Vielleicht war sie einfach durcheinander. Sie ist schließlich daran gewöhnt, sich zweimal am Tag ihr Insulin zu geben.«

»Was würden Sie davon halten, einen Psychiater hinzuzuziehen?«

»Sie sind der behandelnde Arzt. Ich bin in diesem Fall nicht objektiv. Allerdings würde ich noch warten. Hier scheint sie ja in Sicherheit zu sein.«

»Ich habe das rechte Auge von seinem Pflaster befreit«, sagte Obermeyer. »Ich fürchte, die Bandagen haben ihre

Angst nur noch verstärkt. Glücklicherweise hat sich ihr linkes Auge nicht wieder eingetrübt. Wenn man bedenkt, daß sie gerade einen epileptischen Anfall hatte, was so ungefähr der härteste Test ist, dem man meine Operation aussetzen konnte, so brauchen wir uns über weitere Blutungen nicht mehr den Kopf zu zerbrechen.«

»Und ihr Blutzucker?« fragte Thomas.

»Im Augenblick ziemlich normal, aber wir prüfen ihn immer wieder nach, um kein Risiko einzugehen.«

»Nun ja, sie ist schon früher manchmal etwas nachlässig gewesen«, sagte Thomas. »Sie hat immer versucht, ihr Leiden herunterzuspielen. Aber in diesem Fall scheint mir mehr als reine Sorglosigkeit im Spiel zu sein.«

Thomas dankte Dr. Obermeyer für die gute Arbeit und ging schleppenden Schritts aus der Intensivstation. Die Schwestern am Schalter blickten auf, als er an ihnen vorbeikam. Noch nie hatten sie Dr. Kingsley so deprimiert und besorgt gesehen.

12

Gegen fünf Uhr morgens wurde sich Cassi zum erstenmal ihrer neuen Umgebung bewußt. Sie konnte die große Wanduhr über der Tür zum Kontrollraum sehen und glaubte, im Genesungszimmer zu sein. Sie hatte furchtbare Kopfschmerzen, die sie aber auf die Operation zurückführte. Und in der Tat verspürte sie einen scharfen Schmerz im linken Auge, als sie von einer Seite auf die andere zu blicken versuchte. Sacht betastete sie die Bandage über dem Operationsfeld.

»Hallo, Frau Doktor!« sagte eine Stimme zu ihrer Linken. Langsam wandte sie den Kopf und blickte in das Gesicht einer lächelnden Schwester. »Willkommen daheim im Land der Lebenden. Sie haben uns einen ganz schönen Schrecken eingejagt.«

Verwirrt erwiderte Cassi das Lächeln. Sie starrte auf das Namensschild der Schwester. Miss Stevens, Medizinische Intensivstation. Das verwirrte sie noch mehr.

»Wie geht es Ihnen?« fragte Miss Stevens.

»Hunger«, sagte Cassi.

»Vielleicht ist Ihr Blutzucker wieder gefallen. Er geht die ganze Zeit rauf und runter wie ein Jo-Jo.«

Cassi bewegte sich und fühlte einen leichten, brennenden Schmerz zwischen den Beinen. Offenbar war sie katheterisiert worden. »Hat es bei der Operation Probleme gegeben?« fragte sie.

»Nicht bei der Operation«, sagte Miss Stevens lächelnd. »In der Nacht danach. Soweit ich informiert bin, haben Sie sich selbst eine Extradosis Insulin zu Gemüte geführt.«

»Habe ich das?« fragte Cassi. »Was für ein Tag ist heute?«

»Freitag morgen. Kurz nach fünf.«

Irgendwie mußte sie einen ganzen Tag verloren haben. »Wo bin ich?« fragte Cassi. »Das ist doch nicht das Genesungszimmer.«

»Nein, Sie sind auf der Intensivstation. Können Sie sich denn an gar nichts mehr erinnern? Sie sind hier wegen Ihres Insulinschocks.«

Vage konnte Cassi sich eines Gefühls von Angst und Entsetzen entsinnen.

Miss Stevens sagte: »Gestern morgen sind Sie operiert und dann wieder auf Ihr Zimmer verlegt worden. Es schien Ihnen ausgezeichnet zu gehen. Wissen Sie denn überhaupt nichts mehr von alldem?«

»Nein«, antwortete Cassi ohne Überzeugung, denn allmählich kristallisierten sich Bilder aus dem Nebel. Eine schreckliche Empfindung kehrte zurück, der Gedanke, eingeschlossen zu sein in ihrer eigenen Welt, verwundbar und ausgeliefert. Voller Angst – doch wovor?

»Wenn Sie wollen, bringe ich Ihnen einen Schluck Milch«,

schlug Miss Stevens vor. »Und danach versuchen Sie, noch etwas zu schlafen.«

Als Cassi das nächstemal zur Uhr hochsah, war es bereits nach sieben. Thomas stand neben ihrem Bett, die Augen gerötet, das Gesicht grau vor Müdigkeit.

»Sie ist vor zwei Stunden zu sich gekommen«, erklärte Miss Stevens von der anderen Seite des Betts aus. »Ihr Blutzucker ist etwas niedrig, aber stabil.«

»Ich bin so froh, daß es dir besser geht«, sagte Thomas, als er merkte, daß sie aufgewacht war. »Ich habe dir gestern nacht einen Besuch abgestattet, aber du warst nicht ganz bei dir. Wie fühlst du dich?«

»Eigentlich ganz gut«, antwortete Cassi. Sein Parfüm berührte sie eigenartig, so als hätte der Duft von Yves St. Laurent etwas mit dem grauenhaften Alptraum zu tun. Cassi wußte, daß ein Insulinschock bei ihr immer die wildesten Träume und Vorstellungen auslöste. Aber diesmal hatte sie das Gefühl, daß der Alptraum noch nicht vorüber war.

Ihr Herzschlag beschleunigte sich, akzentuierte die hämmernden Schmerzen in ihrem Kopf. Es fiel ihr schwer, zwischen Traum und Wirklichkeit zu unterscheiden. Als Thomas wenige Minuten später sagte: »Ich muß jetzt gehen, aber sobald ich mit der Operation fertig bin, komme ich wieder nach dir sehen«, war sie erleichtert.

Als nächstes wurde sie von Dr. Obermeyer und ihrem Internisten besucht und aus der Intensivstation entlassen. Man wollte sie wieder auf ihr Einzelbettzimmer legen, aber sie veranstaltete ein derartiges Spektakel, daß man ihr schließlich ein Bett in einem Raum mit mehreren anderen Patientinnen gegenüber vom Schwesternzimmer gab. Zwei ihrer neuen Zimmergenossinnen hatten mehrfach gebrochene Knochen und lagen im Streckverband; die dritte, ein Berg von einer Frau, war an der Gallenblase operiert worden und litt große Schmerzen.

Cassi hatte noch einen anderen, sehr dringlichen Wunsch. Sie wollte nicht mehr intravenös ernährt werden. Dr. McInery versuchte, vernünftig mit ihr zu reden. Er erinnerte sie daran, daß sie gerade erst einen Insulinschock erlitten hatte und ohne die Infusion vielleicht längst in einem irreversiblen Koma läge. Cassi lauschte höflich, blieb aber unzugänglich. Der Infusionsgeräteständer wurde entfernt.

Gegen halb vier Uhr nachmittags ging es ihr bereits sehr viel besser. Die Kopfschmerzen hatten nachgelassen, waren allerdings noch nicht ganz verschwunden. Wenig später ging die Tür auf, und Joan Widiker spazierte herein. »Ich habe gerade erst gehört, was passiert ist«, sagte sie voller Besorgnis. »Wie geht es Ihnen denn?«

»Danke, gut«, sagte Cassi, die froh darüber war, ihre Freundin zu sehen.

»Gott sei Dank! Cassi, wie konnten Sie sich nur selbst eine Überdosis Insulin geben?«

»Wenn ich das wirklich getan habe, kann ich mich jedenfalls nicht daran erinnern.«

»Sind Sie sicher?« fragte Joan. »Ich weiß noch, wie erregt Sie wegen Robert waren...« Ihre Stimme erstarb.

»Was ist mit Robert?« fragte Cassi besorgt. Doch bevor Joan antworten konnte, machte etwas *Klick*! in Cassis Kopf, und es war, als wäre ein fehlendes Stück in einem Puzzle an seinen Platz gerückt worden. Jetzt fiel ihr wieder ein, daß Robert in der Nacht nach seiner Operation gestorben war.

»Erinnern Sie sich nicht mehr?« fragte Joan.

Cassi schien sich in ihrem Bett verkriechen zu wollen. »Jetzt weiß ich es wieder. Robert ist tot.« Sie blickte Joan an, in den Augen der flehentliche Wunsch, daß es nicht wahr sein möge, sondern nur Teil jenes insulinverseuchten Alptraums.

»Robert ist tot«, pflichtete Joan Cassi ernst bei. »Haben Sie versucht, mit Ihrem Kummer fertig zu werden, indem Sie sich den Tatsachen entziehen wollten?«

»Ich glaube nicht«, sagte Cassi, »aber vielleicht irre ich mich.«

Es schien doppelt grausam, eine solche Nachricht zweimal erfahren zu müssen. Hatte sie es einfach verdrängt, oder konnte der Insulinschock ihr Erinnerungsvermögen so beeinträchtigt haben?

Joan zog ihren Stuhl näher heran, damit sie sprechen konnten, ohne daß die anderen drei Patientinnen alles mithörten. »Sagen Sie, wenn Sie sich nicht selbst das zusätzliche Insulin gespritzt haben, wie ist es dann in Ihren Blutkreislauf gelangt?«

Cassi schüttelte den Kopf. »Ich trage mich nicht mit Selbstmordabsichten, falls Sie das meinen.«

»Es ist sehr wichtig, daß Sie mir die Wahrheit sagen«, beharrte Joan.

»Genau das tue ich ja«, sagte Cassi scharf. »Ich glaube nicht, daß ich selbst mir die zusätzliche Insulindosis injiziert habe, nicht einmal im Schlaf. Ich glaube, man hat es mir gegeben.«

»Zufällig? Eine Überdosis aus Versehen?«

»Nein. Ich glaube, es geschah absichtlich.«

Joan musterte ihre Freundin mit klinischer Objektivität. Es war eine weitverbreitete Wahnvorstellung unter Patienten, daß irgend jemand im Krankenhaus ihnen Schaden zufügen wolle, aber gerade von Cassi hatte sie so was nicht erwartet. »Sind Sie sicher?« fragte sie endlich.

Cassi schüttelte den Kopf. »Nach dem, was ich durchgemacht habe, ist es schwer, noch in irgendeinem Punkt sicher zu sein.«

»Wer könnte Ihrer Meinung nach dahinterstecken?« fragte Joan.

Cassi legte die gekrümmte Hand an den Mund und flüsterte: »Ich glaube, Thomas könnte es getan haben.«

Joan war schockiert. Sie empfand alles andere als Zuneigung für Thomas, aber diese Bemerkung konnte man wirklich nur noch auf Verfolgungswahn zurückführen. Sie wußte nicht, wie sie reagieren sollte. Langsam wurde offenkundig, daß Cassi mehr brauchte als nur den Rat eines Freundes; sie brauchte die Hilfe eines Fachmanns. Nach ein paar Sekunden fragte Joan: »Wie kommen Sie darauf, daß es Thomas gewesen sein könnte?«

»Ich bin mitten in der Nacht aufgewacht und habe sein Eau de toilette gespürt.«

Wenn Joan nur den leisesten Verdacht gehabt hätte, Cassi könne schizophren sein, hätte sie nicht weiter nachgebohrt. Aber sie wußte, daß ihre Freundin ein im Grunde normaler Mensch war, der lediglich in letzter Zeit unter besonderem Streß gestanden hatte. Sie hielt es für notwendig zu verhindern, daß Cassi sich noch tiefer in dieses trügerische Denkschema verstrickte. Sie sagte: »Ich finde, das ist ein mehr als schwacher Beweis. Jeder Mensch hat manchmal Geruchsassoziationen, auch mitten in der Nacht. Ich glaube, daß Sie unter den gegebenen Umständen einfach einen Traumzustand mit der Wirklichkeit verwechselt haben.«

»Joan, das habe ich mir auch schon überlegt«, sagte Cassi.

»Außerdem«, fuhr Joan fort, indem sie Cassis Einwand ignorierte, »gehören Alpträume zum Erscheinungsbild eines Insulinschocks. Ich bin sicher, das wissen Sie besser als ich. Ich glaube wirklich, es handelt sich um nichts anderes als eine vorübergehende akute Psychose. Immerhin haben Sie ganz schönen Belastungen standhalten müssen. Es wäre daher gar nicht undenkbar, daß Sie sich in diesem Zustand selbst die Insulinspritze gegeben und im Anschluß daran alle möglichen Alpträume erlebt haben, die Ihnen jetzt als real erscheinen.«

Cassi lauschte voller Hoffnung. Schon in der Vergangenheit war es ihr nicht immer leichtgefallen, Realität und Träume unter Insulineinfluß auseinanderzuhalten. »Aber ich kann mir immer noch nicht ganz vorstellen, daß ich mir selbst eine Überdosis gegeben haben soll«, sagte sie.

»Vielleicht war es ja gar nicht als Überdosis gedacht. Möglicherweise haben Sie sich einfach nur Ihr übliches Quantum injiziert, weil Sie dachten, es wäre Zeit für die abendliche Spritze.«

Es war eine verlockende Erklärung. Eine, die sich leichter akzeptieren ließ als der Gedanke, Thomas könnte sie ermorden wollen.

»Am meisten interessiert mich im Augenblick allerdings, ob Sie sehr deprimiert sind«, sagte Joan.

»Ein bißchen schon, glaube ich, vor allem wegen Robert. Ich nehme an, ich sollte mich freuen, weil die Operation so gut verlaufen ist, aber vor diesem Hintergrund finde ich das ziemlich schwierig. Ich kann Ihnen allerdings versichern, daß ich nicht im geringsten daran denke, mich umzubringen. Sie haben mir sowieso mein ganzes Insulin weggenommen.«

»Um so besser.« Joan erhob sich – nunmehr überzeugt, daß Cassi wirklich keine selbstzerstörerischen Tendenzen aufwies. »Ich muß los, unten warten zwei Patienten auf mich. Passen Sie auf sich auf und rufen Sie mich, wenn Sie Hilfe brauchen. Versprochen?«

»Versprochen«, sagte Cassi lächelnd. Joan war eine gute Freundin und eine gute Ärztin. Man konnte ihr vertrauen.

»War das eine Nervenärztin?« fragte eine von Cassis Zimmergenossinnen, nachdem Joan fort war.

»Ja«, antwortete Cassi.

»Glaubt sie, daß Sie verrückt sind?« fragte die Frau.

Cassi überlegte einen Moment. Die Frage war nicht so dumm, wie sie klang. »Sie glaubte, daß ich sehr erregt sei«, antwortete Cassi schließlich. »Sie dachte, ich könnte versucht haben, mir etwas anzutun, während ich schlief. Wenn ich anfangen sollte, irgend etwas Eigenartiges zu tun, dann werden Sie doch die Schwestern rufen, nicht wahr?«

»Ich werde mir die Kehle aus dem Hals schreien, darauf können Sie Gift nehmen.«

Die anderen beiden Frauen stimmten enthusiastisch zu. Cassi hoffte, daß sie ihnen jetzt keinen Schrecken eingejagt hatte, aber ihr war wohler zumute, wenn sie wußte, daß ihre Zimmergenossinnen auf sie achtgeben würden. Wenn es stimmte, daß sie sich eine Überdosis gespritzt hatte, ohne es zu merken, konnte es nicht schaden, rund um die Uhr ein paar Aufpasser zu haben.

Sie schloß die Augen und fragte sich, wann Robert wohl beerdigt werden würde. Sie hoffte, rechtzeitig entlassen zu werden, damit sie daran teilnehmen konnte. Dann dachte sie an die PPT-Studie, die nun vielleicht nie weitergeführt werden würde. Als ihr der Computerausdruck wieder einfiel, beschloß sie, jemand zu bitten, ihn für sie aufzutreiben.

Sie klingelte nach der Schwester, die ihr versprach, in dem alten Zimmer danach zu suchen. Eine halbe Stunde später kehrte sie zurück und sagte, daß niemand einen Computerausdruck gesehen hätte, weder sie noch die anderen Schwestern, obwohl sie in alle Schubladen geschaut hatten.

Vielleicht waren auch diese PPT-Daten eine Halluzination, dachte Cassi. Ihrer Erinnerung nach war sie in Roberts Zimmer gegangen, um den Computerausdruck zu holen; und anschließend war sie Thomas in die Arme gelaufen. Aber vielleicht war alles nur ein Traum gewesen. Cassi überlegte, wie sie sich Gewißheit darüber verschaffen könnte. Am einfachsten wäre es wohl, Thomas zu fragen, aber dazu hatte sie keine besonders große Lust.

Ihre drei Zimmergenossinnen bereiteten sich auf das Abendessen vor. Es war gut, nicht mehr allein zu liegen. Sie fühlte sich behütet.

Kurz vor der Brücke über die kleine Bucht in den Salzdünen hielt Thomas den Wagen an. Er schaltete den Motor aus und öffnete die Fahrertür. Mit wenigen Schritten war er auf der Brücke. Seine Schuhe entlockten den alten Holzplanken ein hohles Geräusch. Die Flut zog sich zurück, das Wasser schoß unter der kleinen Brücke hindurch und bildete schmatzende Strudel an den Stützpfeilern.

Thomas brauchte frische Luft. Die beiden Talwin, die er vor Verlassen der Praxis genommen hatte, waren praktisch ohne jeden Einfluß auf seine Stimmung geblieben. Noch nie hatte er so starke Angstgefühle gehabt wie gerade jetzt. Die Freitagnachmittagskonferenz war eine einzige Katastrophe gewesen. Und dann noch die wie ein Krebsgeschwür wuchernden Probleme mit Cassi.

Beinahe eine halbe Stunde lang blieb er auf der einsamen Brücke stehen. Die feuchte, eiskalte Brise drang ihm bis auf die Knochen, und das Unbehagen, das er dabei empfand, ermöglichte es ihm, klarer zu denken. Er mußte unbedingt etwas unternehmen. Ballantine und seine Kohorten waren auf dem besten Weg, alles zu zerstören, was er so mühsam aufgebaut hatte. Das Tablettendöschen, das er mit der rechten Hand umklammerte, schnitt ihm ins Fleisch. Er hatte vorgehabt, es ins Wasser zu schmeißen, aber statt dessen schob er es zurück in die Manteltasche.

Langsam ging es ihm besser. Er hatte eine Idee, und als die Idee Gestalt anzunehmen begann, mußte er lächeln. Schließlich brach er in lautes Lachen aus und fragte sich, warum er nicht früher darauf gekommen war. Von neuer Energie erfüllt, kehrte er zum Wagen zurück und stieg ein. Bevor er weiterfuhr, wärmte er sich die Finger über dem Gebläse.

Nachdem er den Porsche in die Garage gefahren hatte, rannte er über den Hof zum Haus. Als er den Mantel auszog, wechselte er das Pillendöschen in die Hosentasche. Dann gesellte er sich mit einem gutgelaunten Gruß zu seiner Mutter.

»Ich bin froh, daß du pünktlich bist«, sagte sie. »Harriet bringt gerade das Essen auf den Tisch.« Sie ergriff seine Hand und führte ihn ins Eßzimmer. Er wußte, daß sie ebenfalls guter Laune war, weil sie ihn für sich allein hatte; sie brachte es sogar über sich, höflich nach Cassis Zustand zu fragen, ehe sie sich von dem köstlich duftenden Schmorfleisch auf den Teller tat. Nachdem Harriet sich in die Küche zurückgezogen hatte, erkundigte Patricia sich, wie sein Tag gewesen war.

»Hat sich die Situation im Krankenhaus jetzt etwas verbessert?«

»Kaum«, antwortete Thomas, der keine Lust hatte, sich über dieses Thema zu unterhalten.

»Hast du mit George Sherman geredet?« fragte Patricia, wobei sie angewidert den Mund verzog, als sei es der Name eines ekligen Tiers.

»Mutter, ich möchte nicht über die Klinik sprechen.«

Einige Minuten verlief das Essen in Schweigen, aber Patricia konnte sich nicht beherrschen und sagte: »Du weißt doch hoffentlich, was du mit diesem Mann tun wirst, sobald du erst Direktor bist?«

Thomas ließ seine Gabel sinken. »Mutter, gibt es keine anderen Themen?«

»Es fällt mir schwer, nicht darüber zu sprechen, wenn ich sehe, wie sehr du unter alldem leidest.«

Thomas versuchte, sich wieder zu beruhigen. Er atmete tief ein und aus.

Patricia bemerkte, wie er zitterte. »Sieh dich doch an, Thomas, du bist wie eine zu straff gespannte Feder.« Sie streckte die Hand aus, um seinen Arm zu streicheln, aber er entzog sich der Berührung, indem er rasch seinen Stuhl zurückschob und aufsprang.

»Die Situation treibt mich an den Rand des Wahnsinns«, gab er schließlich zu und begann wie ein gefangener Löwe auf und ab zu gehen.

»Wann wirst du Ballantines Posten denn endlich übernehmen?« erkundigte sich Patricia.

»Gott, wenn ich das selbst wüßte«, sagte Thomas verbittert. »Je schneller, desto besser. Wenn es noch lange dauert, wird die Abteilung ein einziger Trümmerhaufen sein. Jeder scheint nichts anderes im Sinn zu haben, als das Herzgefäßprogramm, das ich mühsam aufgebaut habe, in die Binsen gehen zu lassen. Das Boston Memorial verdankt seinen Ruf allein meinen Operationen und meiner Mannschaft. Aber anstatt mich expandieren zu lassen, streichen sie mir die OP-Zeit immer mehr zusammen. Erst heute habe ich erfahren, daß meine Operationszeit erneut gekürzt worden ist. Und weißt du, warum? Weil Ballantine dafür gesorgt hat, daß das Lehrpersonal des Memorial freien Zugang zu einer großen Nervenheilanstalt im Westen des Staats erhält. Sherman ist hingefahren und kam mit der Überzeugung zurück, auf eine wahre Goldmine für die Herzchirurgie gestoßen zu sein. Daß das geistige Durchschnittsalter der Patienten dem normaler Zweijähriger entspricht, hat er natürlich nicht gesagt. Einige darunter sind schlicht und einfach deformierte Monster. Es macht mich rasend!«

»Aber du wirst doch sicher zu den Operationen hinzugezogen werden, oder nicht?« fragte Patricia, indem sie versuchte, auch den positiven Aspekt der Angelegenheit zu sehen.

»Mutter, es handelt sich um schwachsinnige pädiatrische Fälle, und Ballantine beabsichtigt, einen Kinderherzchirurgen als vollwertiges Mitglied des Lehrkörpers einzustellen.«

»Nun, dann hast du ja mit der ganzen Geschichte nichts zu tun.«

»Doch«, schrie Thomas, »weil es mich nämlich noch mehr OP-Zeit kosten wird. Meine Patienten müssen gefährlich lange Wartezeiten in Kauf nehmen oder sich gleich woanders hinwenden.«

»Aber bestimmt wird man doch deinen Patienten den Vorrang geben, Liebes.«

»Mutter, du verstehst einfach nicht«, sagte Thomas und bemühte sich, ruhig zu sprechen. »Der Klinik ist es egal, daß ich nur Patienten akzeptiere, die neben einer guten Überlebenschance auch noch die menschliche Qualität besitzen, um deretwillen sie gerettet zu werden verdienen. Um den Ruf der Universität und des Lehrkörpers zu untermauern, würde Ballantine diesem Haufen schwachsinniger Krüppel am liebsten die gesamte OP-Zeit zur Verfügung stellen. Und ich kann nichts dagegen tun, es sei denn, ich werde Direktor der Abteilung.«

»Nun ja, Thomas«, meinte Patricia, »wenn sie dir diesen Posten nicht geben, dann mußt du einfach an ein anderes Krankenhaus gehen. Warum setzt du dich nicht wieder und ißt zu Ende?«

»Ich kann nicht einfach an ein anderes Krankenhaus gehen!«

»Thomas, beruhige dich doch.«

»Ein Herzchirurg braucht eine eingespielte Mannschaft. Geht das nicht in deinen Schädel?« Thomas schleuderte seine Serviette auf den halbleeren Teller. »Ich komme nach Hause und möchte einmal etwas Ruhe haben, und du hast nichts Besseres zu tun, als mir auf die Nerven zu fallen!«

Während seine Mutter sich noch fragte, was um Himmels willen sie getan hatte, stürmte Thomas schon aus dem Zimmer und die Treppe hinauf. Im ersten Stock konnte er die Brandung an der nahen Küste hören. Die Wellen mußten mindestens anderthalb bis zwei Meter hoch sein. Er liebte dieses Geräusch; es erinnerte ihn an seine Kindheit.

Er ging in sein Arbeitszimmer und schob sich mit zitternden Fingern ein Percodan in den Mund. Einen Moment lang erwog er, in die Stadt zurückzufahren, um Doris zu besuchen. Aber bald begann das Percodan zu wirken, und er beruhigte sich. Statt in die kalte Nacht hinauszulaufen, schenkte er sich einen Scotch ein.

13

Cassi hatte gehofft, mit der Zeit würde sie sich an die Lampe gewöhnen, aber jedesmal, wenn Dr. Obermeyer sie untersuchte, fand sie das grelle Licht genauso quälend wie vorher. Seit ihrer Operation waren fünf Tage vergangen, und von dem Insulinschock abgesehen, verlief ihre Rekonvaleszenz ruhig und ereignislos. Dr. Obermeyer hatte ihr jeden Tag einen Besuch abgestattet, einen Blick auf das linke Auge geworfen und stets gesagt, die Dinge sähen gut aus. Heute, am Tag ihrer Entlassung, hatte er sie noch einmal zu einem letzten »guten« Blick in seine Praxis bestellt.

Zu ihrer Erleichterung knipste er endlich die Lampe an seiner Stirn aus.

»Tja, Cassi, die Ader, der Sie den ganzen Ärger verdanken, ist in gutem Zustand, und es hat auch keine neuen Blutungen gegeben. Aber das brauche ich Ihnen ja nicht zu sagen, denn Ihre Sehfähigkeit hat sich ungeheuer verbessert, wie wir beide wissen. Ich möchte Sie in absehbarer Zeit noch einem Fluorescein-Test unterziehen, und irgendwann in der Zukunft werden Sie vielleicht eine Laser-Behandlung brauchen, aber aus dem Gröbsten sind Sie jedenfalls heraus.«

Cassi hatte keine Ahnung, was sich hinter dem Begriff Laser-Behandlung verbergen mochte, aber sie war so froh, das Krankenhaus verlassen zu können, daß er ihre Begeisterung nicht im mindesten zu trüben vermochte. Überzeugt, daß ihre Furcht vor Thomas allein auf Einbildung zurückzuführen und sie an ihren derzeitigen Problemen nicht ganz schuldlos war, hatte sie es eilig, nach Hause zu kommen und das leckgeschlagene Schiff ihrer Ehe wieder flottzumachen.

Nach dem Packen setzte sie sich auf die Bettkante und wartete auf Miss Stevens. Thomas hatte die Praxis für den Nachmittag geschlossen und wollte Cassi gegen eins oder halb zwei persönlich nach Hause fahren. Seit sie eingeliefert worden war, hatte er ihr soviel liebevolle Zuwendung geschenkt wie selten zuvor. Irgendwie hatte er die Zeit gefunden, sie vier- oder fünfmal am Tag zu besuchen, wobei er manchmal sogar zum Abendessen mit ihr und ihren Zimmergenossinnen geblieben war. Alle waren begeistert von ihm. Seine Urlaubspläne hatten ebenfalls Gestalt angenommen, so daß sie mit Dr. Obermeyers Segen in anderthalb Wochen in die Karibik aufbrechen würden.

Allein der Gedanke an den Urlaub beglückte Cassi über alle Maßen. Abgesehen von ihrer Hochzeitsreise nach Europa, während der Thomas in Deutschland noch einige Vorlesungen gehalten und gelegentlich operiert hatte, waren sie nie länger als drei oder vier Tage miteinander weggefahren. Sie freute sich auf Martinique wie eine Fünfjährige auf Weihnachten.

Sogar Dr. Ballantine hatte ihr während ihres Klinikaufenthalts einen Besuch abgestattet. Der Insulin-Zwischenfall schien ihn ziemlich erschüttert zu haben, und Cassi überlegte, ob er sich aufgrund ihrer Gespräche vielleicht dafür verantwortlich fühlte. Als sie das Thema zur Sprache bringen wollte, war er aber nicht bereit, darüber zu reden.

Thomas indes hatte alle anderen um Längen geschlagen; ohne ihn wären die Tage in der Klinik bestimmt nicht so angenehm verlaufen. Er war so ausgeglichen gewesen, daß sie sogar den Mut gefunden hatte, mit ihm über Robert zu reden. Sie fragte ihn, ob sie ihm wirklich in der Nacht von Roberts Tod in Roberts Zimmer begegnet sei oder ob sie das nur geträumt hätte. Thomas lachte und sagte, daß er sie tatsächlich in der Nacht vor ihrer Operation dort gefunden hätte. Sie sei völlig benommen gewesen und hätte allem Anschein nach nicht gewußt, was sie eigentlich tat.

Cassi war froh zu erfahren, daß sie sich nicht alle Ereignisse jener Nacht eingebildet hatte, und obwohl manche Erinnerungen ihr noch immer vage und unklar erschienen, war sie bereit, sie in erster Linie als Ausgeburten ihrer Einbildungskraft zu betrachten. Vor allem, nachdem Joan ihr die Macht des Unbewußten klargemacht hatte.

Miss Stevens steckte ihren Kopf zur Tür herein, um zu sehen, ob Cassi fertig war. »Gut«, sagte sie, »hier ist Ihre Medizin. Die Tropfen nehmen Sie tagsüber, und wenn Sie schlafen gehen, tragen Sie diese Salbe hier auf. Ich habe für alle Fälle auch ein paar Augenpflaster eingepackt. Irgendwelche Fragen?«

»Nein«, sagte Cassi und stand auf.

Es war kurz nach elf. Sie trug ihren Koffer in die Empfangshalle und ließ ihn unter Aufsicht der Leute vom Informationsstand zurück. Da sie wußte, daß Thomas noch mindestens zwei Stunden beschäftigt sein würde, stieg sie in den Fahrstuhl und fuhr zur Pathologie hinauf. Eine der vagen Erinnerungen, über die sie mit Thomas nicht reden mochte, betraf die PPT-Studie. Sie konnte sich an irgendwelche Vergleichsdaten erinnern, aber nur ganz schwach, und sie wollte ihn auf keinen Fall merken lassen, daß sie sich noch immer für die Studie interessierte.

Im neunten Stock begab sich Cassi zu Roberts Büro. Nur daß es nicht mehr Roberts Büro war. Auf dem Schild aus rostfreiem Stahl neben der Tür stand ein neuer Name: Dr. Percey Frazer. Cassi klopfte, und eine Stimme rief: »Herein!«

Der Raum hatte sich völlig verändert. Überall stapelten sich Bücher, Fachzeitungen und Dias. Der Flur war mit zusammengeknülltem Papier bedeckt. Dr. Frazer paßte zu dem Bild, das sein Büro bot. Er hatte ungekämmtes, gekräuseltes Haar, das ohne sichtbare Trennungslinie in einen struppigen Bart überging.

»Kann ich Ihnen helfen?« fragte er, wobei ihm Cassis Überraschung angesichts der chaotischen Zustände in Roberts altem Domizil nicht entging. Seine Stimme war weder freundlich noch unfreundlich.

»Ich war eine Freundin von Robert Seibert«, sagte sie.

»Ah ja«, sagte Dr. Frazer, stieß sich von der Tischkante ab und verschränkte die Hände im Nacken. »Was für eine Tragödie, nicht wahr?«

»Wissen Sie zufälligerweise irgend etwas über seine Papiere?« erkundigte sich Cassi. »Wir haben zusammen an einem Projekt gearbeitet, und ich hatte gehofft, das Material mitnehmen zu können.«

»Davon weiß ich nicht das geringste. Als ich das Büro hier übernommen habe, war es völlig leergeräumt. Am besten sprechen Sie mit dem Direktor der Abteilung, Doktor –«

»Ich kenne den Direktor«, unterbrach Cassi ihn. »Bis vor kurzem habe ich selbst in dieser Abteilung gearbeitet.«

»Tut mir leid, daß ich Ihnen nicht helfen kann«, sagte Dr. Frazer, zog seinen Stuhl wieder an den Schreibtisch und kehrte an seine Arbeit zurück.

Cassi wollte sich gerade zum Gehen wenden, als ihr noch etwas einfiel. »Wissen Sie zufällig, was Roberts Obduktion ergeben hat?«

»Soweit ich informiert bin, hatte er einen schweren Herzklappenfehler.«

»Und die Todesursache?«

»Davon weiß ich nichts. Ich glaube, sie warten immer noch auf das Gehirn. Vielleicht ist die Untersuchung noch nicht abgeschlossen.«

»Wissen Sie, ob er zyanotisch war?«

»Ich glaube. Aber ich bin wirklich nicht der richtige Adressat für Ihre Fragen. Ich bin neu hier. Warum erkundigen Sie sich nicht beim Direktor?«

»Sie haben recht. Danke für Ihre Geduld.«

Dr. Frazer winkte ihr zu, als sie das Büro verließ und die Tür leise hinter sich schloß. Sie ging zum Büro des Direktors, aber er war zu einer Konferenz außerhalb der Stadt gefahren. Traurig beschloß Cassi, die restliche Zeit bei Thomas im Wartezimmer totzuschlagen. Der Anblick des neuen Mannes in Roberts altem Büro hatte ihr die Tatsache seines Todes mit deprimierender Endgültigkeit wieder zu Bewußtsein gebracht. Da sie gezwungen gewesen war, auf die Teilnahme an seiner Beerdigung zu verzichten, fiel es ihr manchmal nicht leicht, sich darüber klarzuwerden, daß ihr Freund wirklich tot war. Nun, dieses Problem dürfte sich damit erledigt haben.

Als sie die Tür zur Praxis öffnen wollte, stellte sie fest, daß sie verschlossen war. Ein Blick auf die Uhr, und sie wußte warum. Es war kurz nach zwölf, Doris hatte ihre Mittagspause. Ein Sicherheitsbeamter sperrte Cassi auf, und sie nahm auf dem rosa Sofa Platz. Eine Zeitlang blätterte sie in einer veralteten Ausgabe des *New Yorker*, konnte sich aber nicht konzentrieren. Dann bemerkte sie, daß die Tür zum Sprechzimmer sperrangelweit offenstand.

Das einzige, was sie während der letzten Woche effektiv verdrängt hatte, war die Tablettengeschichte. Thomas hatte sich so verändert, daß man sich ohne weiteres einreden konnte, er hätte ganz aufgehört, Drogen zu nehmen. Aber jetzt, wo sie in seiner Praxis saß, gewann ihre Neugier die Oberhand. Sie stand auf, ging am Schreibtisch der Sprechstundenhilfe vorbei und in das Sprechzimmer ihres Mannes.

Sie war noch nicht oft hier gewesen. Ihr Blick schweifte über die Fotos von Thomas und anderen berühmten Herzchirurgen auf dem Bücherregal. Sie konnte nicht umhin zu registrieren, daß kein Bild von ihr darunter war. Lediglich eins von Patricia, allerdings ein Gruppenbild mit Thomas senior und Thomas selbst, als er noch aufs College ging.

Nervös rutschte Cassi auf den Stuhl hinter dem Schreibtisch. Fast automatisch fand ihre Hand den Weg zur zweiten Schublade von oben, der gleichen, in der sie auch zu Hause die Tabletten gefunden hatte. Als sie sie herauszog, kam sie sich wie eine Verräterin vor. Thomas war die ganze letzte Woche über so wunderbar zu ihr gewesen. Und doch, da lagen sie:

eine ganze Miniaturapotheke, bestehend aus Percodan, Demerol, Valium, Morphium, Talwin und Dexedrine. Hinter den Plastikdöschen entdeckte Cassi ein paar Mail-Order-Formulare eines Pharmakonzerns von jenseits der Staatsgrenze. Der Name der Firma lautete Generic Drugs Inc. Bei dem verschreibenden Arzt handelte es sich um einen Allan Baxter, M. D., derselbe Name, den sie auch auf den Präparaten zu Hause gefunden hatte.

Auf einmal hörte Cassi, wie die Tür des Wartezimmers geöffnet und wieder geschlossen wurde. Ihr Herzschlag setzte aus. Dann holte sie tief Luft, schob vorsichtig die Schublade zu und verließ hochaufgerichtet das Sprechzimmer.

»Lieber Gott!« rief Doris erschrocken. »Ich wußte gar nicht, daß Sie hier sind.«

»Ich bin vorzeitig entlassen worden«, antwortete Cassi mit einem Lächeln. »Wegen guter Führung.«

Nachdem sie sich von ihrem ersten Schreck erholt hatte, fühlte Doris sich bemüßigt, Cassi darüber zu informieren, daß sie gestern den ganzen Nachmittag damit verbracht hätte, alle Termine für heute abzusagen, damit Thomas sie nach Hause fahren konnte. Dabei schloß sie die Tür zum Sprechzimmer, nachdem sie einen Blick hineingeworfen hatte.

Cassi ignorierte Doris' Versuch, ihr ein schlechtes Gewissen einzureden, und fragte: »Wer ist Dr. Allan Baxter?«

»Dr. Baxter war ein Kardiologe, dem die angrenzende Praxis gehörte. Wir haben sie übernommen, als wir unsere Praxis um einen zusätzlichen Untersuchungsraum erweitern mußten.«

»Wann ist er umgezogen?«

»Er ist nicht umgezogen. Er ist gestorben.« Doris nahm hinter ihrer Schreibmaschine Platz und begann, sich mit dem Material auf ihrem Schreibtisch zu beschäftigen. Ohne Cassi noch einen weiteren Blick zu schenken, sagte sie: »Wenn Sie sich setzen möchten, ich bin sicher, daß Thomas jeden Moment zurückkommen muß.«

»Ich denke, ich warte lieber in seinem Sprechzimmer.«

Der Kopf der Sprechstundenhilfe schoß hoch. »Thomas sieht es nicht gern, wenn sich jemand in seinem Sprechzimmer aufhält, während er fort ist«, protestierte sie mit Nachdruck.

»Durchaus verständlich«, antwortete Cassi. »Aber ich bin nicht irgend jemand. Ich bin seine Frau.«

Sie marschierte an dem Mahagonischreibtisch vorbei, trat ins Sprechzimmer und schloß die Tür hinter sich, wobei sie halb und halb damit rechnete, daß Doris hinter ihr herstürmte. Aber die Tür blieb geschlossen, und gleich darauf setzte das Rattern der Schreibmaschine ein.

Rasch holte Cassi eins der Bestellformulare aus der Schublade und stellte fest, daß es nicht nur mit Dr. Baxters Namen bedruckt war, sondern auch seine Nummer bei der Gesundheitsbehörde trug. Sie hob den Telefonhörer ans Ohr und rief über eine direkte Leitung nach draußen die Abteilung Drogenbekämpfung des Gesundheitsamts an. Der Sekretärin, die am anderen Ende abhob, erklärte sie, daß sie eine Frage einen bestimmten Arzt betreffend hätte.

»Ich glaube, da sprechen Sie besser mit einem unserer Inspektoren«, sagte die Sekretärin freundlich.

Cassi wurde gebeten zu warten. Ihre Hand zitterte. Binnen kurzer Zeit kam einer der Inspektoren an den Apparat. Cassi stellte sich als Ärztin am Boston Memorial vor. Außerordentlich herzlich fragte der Inspektor, wie er ihr behilflich sein könne.

»Ich hätte nur gern eine Information«, sagte Cassi. »Und zwar habe ich mich gefragt, ob Sie in Ihrer Abteilung wohl Buch über die Verschreibungsgepflogenheiten einzelner Ärzte führen.«

»Das tun wir in der Tat«, sagte der Inspektor. »Wir geben alle Informationen, die im Zusammenhang mit verschreibungspflichtigen Medikamenten, Drogen oder Narkotika stehen, in einen Computer. Wenn Sie aber bestimmte Informationen über einen speziellen Arzt haben wollen, muß ich Sie enttäuschen. Die Daten unterliegen dem Datenschutzgesetz.«

»Nur Sie und andere Mitarbeiter Ihrer Behörde haben Zugang, ist das richtig?«

»Das ist richtig, Frau Doktor. Logischerweise beschäftigen wir uns erst dann mit den Verschreibungsgepflogenheiten eines bestimmten Arztes, wenn wir einen Hinweis von der Ärztekammer erhalten, demzufolge es bei diesem oder jenem zu größeren Unregelmäßigkeiten gekommen sein soll. Es sei denn, jemand stellt plötzlich ein Rezept nach dem anderen für ein bestimmtes Präparat aus. Dann spuckt uns der Computer den Namen automatisch auf den Schreibtisch.«

»Ich verstehe«, sagte Cassi. »Es besteht also keine Möglichkeit, daß Sie mir Auskunft über einen bestimmten Arzt geben.«

»Ich fürchte, nein. Wenn Sie eine spezifische Frage haben, schlage ich Ihnen vor, sich mit der Ärztekammer in Verbindung zu setzen. Ich bin sicher, Sie verstehen, warum wir solche Informationen nicht einfach herausgeben können.«

»Mir bleibt wohl nichts anderes übrig«, meinte Cassi. »Danke schön.«

Sie wollte gerade auflegen, als der Inspektor sagte: »Ich könnte Ihnen allenfalls sagen, ob ein bestimmter Arzt ordnungsgemäß registriert ist und gewissermaßen aktiv Rezepte ausstellt, aber nicht, welche Mengen oder Medikamente. Würde Ihnen das was nützen?«

»Und ob«, sagte Cassi rasch und nannte dem Inspektor Dr. Allan Baxters Nummer bei seiner Behörde.

»Bleiben Sie am Apparat«, sagte der Inspektor. »Ich gebe die Daten in den Computer.«

Während sie wartete, hörte sie, wie die Tür zur Praxis geöffnet und wieder geschlossen wurde. Dann erklang die Stimme ihres Mannes. In einem Anflug von Panik stopfte sie das Formular rasch in ihre Tasche. Der Inspektor kam wieder an den

Hörer, und Thomas öffnete die Tür zum Sprechzimmer. Cassi lächelte verlegen.

»Dr. Baxter wird bei uns als praktizierender Arzt mit gültiger Nummer geführt.«

Cassi bedankte sich nicht. Sie legte einfach auf.

Auf der Heimfahrt redete Thomas fast ununterbrochen, war aber gleichzeitig rührend um Cassi besorgt. Vielleicht war er über ihre Anwesenheit in seinem Sprechzimmer verärgert, aber er ließ es sich jedenfalls nicht anmerken. Immer wieder erkundigte er sich, wie es ihr ginge und ob alles in Ordnung sei. Er hatte sogar darauf bestanden, daß sie im Klinikfoyer wartete, damit er den Wagen aus der Garage holen und sie direkt vor dem Eingang einsteigen konnte, um nicht so weit laufen zu müssen.

Obwohl sie seine Aufmerksamkeit dankbar registrierte, war Cassi in Gedanken immer noch so mit der Information aus dem Gesundheitsamt beschäftigt, daß sie selbst kaum ein Wort sagte. Sie begriff jetzt, wie es Thomas gelang, sich die Tabletten zu besorgen, ohne entdeckt zu werden. Er sorgte einfach dafür, daß Dr. Allan Baxter nicht aus dem Computer der Behörde gestrichen wurde, indem er jedes Jahr den erforderlichen Antrag – ein simples Formular – fälschte und fünf Dollar überwies. Mit dieser Nummer und einer vagen Vorstellung davon, wieviel Baxter vor seinem Tod ungefähr im Schnitt verschrieben hatte, konnte er sich jede Menge Drogen verschaffen. Wahrscheinlich mehr, als er je selbst nehmen konnte.

Und die Tatsache, daß er zu einem solchen Verschleierungsmanöver Zuflucht genommen hatte, ließ darauf schließen, daß es sich um ein größeres Problem handelte, als ihr bisher klar geworden war. In der letzten Woche hatte er sich allerdings wieder ausgesprochen normal benommen; vielleicht befand er sich schon auf dem Weg der Besserung. Bestimmt konnten sie im Urlaub ausführlich darüber sprechen.

»Ich habe schlechte Neuigkeiten«, sagte Thomas unvermittelt. Er streifte sie mit einem raschen Seitenblick, als wollte er sichergehen, daß er ihre ungeteilte Aufmerksamkeit hatte. »Sobald du es dir zu Hause bequem gemacht hast, muß ich wieder zurück in die Klinik. Vor einer knappen Stunde habe ich einen Anruf von einem Krankenhaus auf Rhode Island bekommen. Sie schicken uns einen Notfall, der sofort operiert werden muß. Außer mir ist leider niemand verfügbar.«

Cassi antwortete nicht. Fast war sie froh darüber, daß Thomas in der Klinik bleiben würde. So konnte sie besser entscheiden, was sie jetzt tun sollte. Vielleicht konnte sie herausfinden, wie viele Tabletten Thomas tatsächlich genommen hatte. Es sei denn, er hätte wirklich aufgehört.

»Das verstehst du doch?« fragte Thomas. »Mir blieb einfach keine Wahl.«

»Ich verstehe«, sagte Cassi.

Thomas fuhr die Zufahrt hinauf, stieg aus und öffnete Cassi die Tür, was er seit ihren allerersten Verabredungen nicht mehr getan hatte. Kaum waren sie im Haus, bestand Thomas darauf, daß sie sofort in ihr Zimmer ging.

»Wo ist Harriet?« fragte Cassi.

»Sie hat sich den Nachmittag freigenommen, um ihre Tante zu besuchen«, antwortete Thomas, der mit einer Wasserkaraffe hinter ihr herging. »Aber keine Sorge, sie hat dir bestimmt etwas zu essen vorbereitet.«

Cassi war alles andere als besorgt. Sie konnte sich ihr Essen zur Not auch allein machen; das Haus wirkte nur so leer ohne die geschäftige Mrs. Summer.

»Und Patricia?«

»Ich kümmere mich um alles«, sagte Thomas. »Ich will, daß du dich ausruhst.«

Cassi lehnte sich auf der Chaiselongue zurück, und Thomas reichte ihr die psychiatrischen Bücher, deren Lektüre sie jetzt endlich nachholen konnte.

»Kann ich sonst noch etwas für dich tun?« fragte er.

Cassi schüttelte den Kopf.

Er beugte sich über sie und gab ihr einen Kuß auf die Stirn. Bevor er ging, legte er ihr eine Reisemappe in den Schoß. Sie öffnete die Mappe und fand zwei Flugtickets der American Airlines.

»Damit du etwas hast, worauf du dich freuen kannst, während ich weg bin«, sagte er. »Ich komme so schnell wie möglich wieder. Ruh dich in der Zwischenzeit schön aus.«

Cassi streckte die Arme aus und drückte ihn an sich, so fest sie konnte.

Thomas verschwand im angrenzenden Badezimmer, wobei er die Tür besonders leise zumachte. Cassi hörte die Wasserspülung. Wenig später erschien er wieder und versprach, sie anzurufen, wenn die Operation nicht allzu lange dauerte. Er warf noch einen Blick in sein Arbeitszimmer, den Salon und die Küche und war dann zum Aufbruch bereit.

Seit Cassis Rückkehr fühlte er sich besser als seit Tagen. Er freute sich sogar auf die Operation und hoffte, daß es sich um einen interessanten Fall handelte. Aber ehe er sich auf den Weg machen konnte, hatte er noch etwas zu erledigen: er mußte seiner Mutter einen Besuch abstatten.

Er klingelte an ihrer Tür und wartete, bis sie die Treppe heruntergekommen war. Ihre Freude dauerte genau so lange, bis er ihr erzählte, daß er gleich in die Klinik zurück müsse.

»Ich bin nur da, weil ich Cassi nach Hause gefahren habe«, sagte er.

»Nun, du weißt ja, daß Harriet sich freigenommen hat. Ich hoffe, du erwartest nicht von mir, daß ich mich um sie kümmere.«

»Es geht ihr gut, Mutter. Ich möchte lediglich, daß du sie in Ruhe läßt und nicht hinübergehst und sie unnötig reizt.«

»Mach dir keine Sorgen. Ich gehe nirgendwohin, wo ich nicht erwünscht bin.«

Thomas ließ sie stehen, ohne noch ein Wort zu sagen. Ein paar Minuten später stieg er in den Porsche und ließ den Motor an, nachdem er sich die Hände an einem Lumpen abgewischt hatte, den er unter dem Vordersitz aufbewahrte. Er freute sich auf die Rückfahrt nach Boston, denn um diese Zeit gab es auf der Schnellstraße kaum Verkehr. Langsam lenkte er den starken Wagen die Zufahrt hinunter.

Erfreulicherweise war direkt neben der Kabine des Parkwächters ein Garagenplatz frei. Thomas stieg aus und rief dem alten Mann einen lauten Gruß zu. Dann betrat er die Klinik und fuhr mit dem Lift direkt in den OP-Trakt.

Der Abend kam, und Cassi blickte versonnen in das schwächer werdende Licht der winterlichen Dämmerung, ohne die Lampe einzuschalten. Die aufgewühlte See war erst blaßblau, dann dunkelgrün und schließlich metallgrau. Cassi betrachtete die Flugtickets in ihrem Schoß und hoffte, daß sie und Thomas ehrlich über seine Tablettenabhängigkeit sprechen konnten, wenn sie erst auf Martinique waren. Sie wußte, daß sie schon halb gewonnen hatte, wenn er sich seines Problems bewußt wurde. Sie schloß die Augen und stellte sich vor, wie sie am Strand spazierengingen, lange Gespräche führten und ein völlig neues Verhältnis zueinander gewannen. Noch immer erschöpft von ihren Heimsuchungen im Krankenhaus, schlief sie ein, ohne es zu merken.

Als sie wieder erwachte, herrschte tiefste Finsternis. Regen trommelte auf das Dach, und der Wind heulte ums Haus und rüttelte an den Fenstern. Wie man es von ihm erwartete, hatte das Neuenglandwetter eine weitere Kehrtwendung vollzogen. Cassi streckte die Hand aus und schaltete die Deckenlampe an. Einen Moment lang wirkte das Licht blendend hell, und sie hielt sich die Hand über das Auge, um einen Blick auf ihre Armbanduhr zu werfen. Überrascht stellte sie fest, daß es schon fast acht Uhr war. Unzufrieden mit sich selbst, stand sie auf und ging ins Badezimmer. Sie hatte es nicht gern, wenn sie sich das Insulin erst so spät geben konnte.

Die Zuckerwerte in ihrem Urin waren ein wenig gestiegen. Sie nahm ihre Medizin aus dem Kühlschrank, ging damit zum Schreibtisch und zog die Spritze auf, wobei sie äußerste Sorgfalt walten ließ. Anschließend injizierte sie sich das Insulin in den linken Oberschenkel.

Sie achtete darauf, die Nadel abzubrechen, bevor sie die Spritze in den Papierkorb warf und die Insulinphiolen wieder im Kühlschrank verstaute. Dann entfernte sie das Pflaster von ihrem linken Auge und träufelte sich die Tropfen, die ihr verschrieben worden waren, auf die Pupille. Sie war gerade auf dem Weg in die Küche, als ihr plötzlich übel wurde.

Sie blieb mitten auf der Treppe stehen, denn sie glaubte, daß der Anfall schnell vorübergehen würde. Aber das tat er nicht. Schweiß trat ihr auf die Stirn. Verwirrt, weil sie sich nicht vorstellen konnte, daß Augentropfen eine solche Wirkung haben sollten, kehrte sie in ihr Zimmer zurück und las das Etikett. Wie sie vermutet hatte, handelte es sich um ein Antibiotikum. Sie stellte das Fläschchen an seinen Platz zurück und wischte sich die Hände ab; sie waren klatschnaß. Wenig später war sie am ganzen Körper schweißgebadet, dazu kam ein wahnsinniges Hungergefühl.

Sie wußte, daß dafür kaum die Augentropfen verantwortlich sein konnten. Es handelte sich um einen neuen Insulinschock. Zuerst dachte sie, daß sie vielleicht die Kalibrierung auf der Spritze falsch gelesen hatte, aber ein einziger Blick auf das leere Gehäuse zerstreute diesen Verdacht. Auch das Insulin war dasselbe wie sonst. Cassi schüttelte den Kopf und fragte sich, wie ihr Zuckerspiegel so plötzlich umkippen konnte.

Wie auch immer, die Ursache des Schocks war weniger wichtig als die Gegenmaßnahmen. Sie mußte sofort etwas essen. Gerade wollte sie zum zweitenmal zur Küche hinuntergehen, als ihr Herz wie wild zu schlagen begann. Der Schweiß strömte jetzt nur so über ihren Körper, und ihre Hände zitterten so sehr, daß sie nicht einmal ihren Puls zu fühlen vermochte. Im selben Moment wußte sie, daß Essen jetzt nichts mehr nützte. Von Panik ergriffen rannte sie zurück in ihr Zimmer und riß den Schrank auf. Irgendwo mußte sie doch noch ihren schwarzen Arztkoffer aus der Zeit ihrer praktischen Ausbildung haben! Verzweifelt schob sie den unnützen Krimskrams beiseite, der sich im Lauf der Jahre davor angesammelt hatte. Da war er ja!

Cassi riß den Koffer heraus, fummelte an den Verschlüssen herum, bis der Deckel aufsprang, und schüttete den Inhalt auf den Boden. Endlich fand sie den Behälter, den sie suchte – Glukose, in Wasser aufgelöst. Mit zitternden Händen zog sie eine Spritze auf und injizierte sich den Inhalt. Die Wirkung war gleich Null. Das Zittern wurde noch schlimmer, und sie merkte, wie ihr Sehvermögen sich verschlechterte.

Hektisch riß sie an den Verschlüssen von mehreren kleinen Infusionsflaschen mit fünfzigprozentiger Glukoselösung, die sich auch in dem Koffer befunden hatten. Nach einigen vergeblichen Versuchen gelang es ihr, sich selbst eine Aderpresse anzulegen. Dann stieß sie sich mit zuckenden Fingern eine Flügelnadel in eine der Venen auf ihrem linken Handrücken. Blut quoll aus dem offenen Ende der Nadel, aber sie kümmerte sich nicht darum. Sie löste die Aderpresse und schob den Schlauch der IV-Flasche auf das offene Ende der Nadel. Als sie die Flasche hoch über ihren Kopf hielt, drängte die klare Flüssigkeit das Blut langsam wieder in ihre Hand zurück und begann frei zu fließen.

Sie wartete einen Moment, bis sie sich etwas besser fühlte und ihr Sehvermögen wieder normal würde. Dann klemmte sie sich die Flasche zwischen Wange und Schulter und befestigte die Flügelnadel mit ein paar Streifen Leukoplast auf ihrer Hand. Allerdings hielten die Pflaster nicht sehr gut, weil die

Haut noch feucht von ausgetretenem Blut war. Cassi nahm die Flasche wieder in die rechte Hand, lief ins Schlafzimmer, legte den Telefonhörer neben den Apparat und wählte 911. Sie hatte entsetzliche Angst, das Bewußtsein zu verlieren, ehe jemand auf ihren Notruf reagierte. Endlich wurde am anderen Ende abgehoben, und eine Stimme sagte: »Notruf 911.«

»Ich brauche einen Krankenwagen...«, rief Cassi in den Hörer, aber die Stimme am anderen Ende unterbrach sie und rief: »Hallo, hallo!«

»Können Sie mich verstehen?« fragte Cassi.

»Hallo, hallo!«

»Können Sie mich hören?« schrie Cassi, von neuer Panik erfüllt.

Die Stimme am anderen Ende sagte etwas, das offenbar nicht für Cassi bestimmt war, dann wurde wieder aufgelegt. Cassi versuchte es noch einmal, mit demselben Ergebnis. Dann wählte sie die Nummer der Telefonvermittlung. Auch hier dasselbe. Es war zum Verrücktwerden; sie konnte die Leute hören, die Leute sie hingegen nicht.

Mit der freien Hand griff sie sich eine weitere IV-Flasche und lief auf wackeligen Beinen in das Arbeitszimmer ihres Mannes, wobei sie die erste Infusionsflasche unablässig hochhielt. Zu ihrem Entsetzen funktionierte das Telefon im Arbeitszimmer genausowenig. Sie konnte die Teilnehmer am anderen Ende vergeblich rufen hören, aber ganz offensichtlich drang ihre Stimme nicht bis zu ihnen. Sie brach in Tränen aus, legte den Hörer wieder auf und ergriff die zweite IV-Flasche.

Ihre Angst drohte überhand zu nehmen. Nur mit Mühe schaffte sie es die Treppe hinunter, ohne zu fallen. Auch die Nebenanschlüsse in der Küche und im Wohnzimmer waren kaputt.

Cassi spürte, wie sie müde zu werden begann, ungeheuer müde. Taumelnd lief sie durch die Diele zum Eingang. Ihre Schlüssel lagen auf einem kleinen Seitentisch. Sie packte den

Bund mit derselben Hand wie die unbenutzte IV-Flasche. Ihr erster Gedanke war, zum nächsten Krankenhaus zu fahren – eine Strecke von etwa zehn Minuten. Solange die Infusion lief, hatte sie den Insulinschock anscheinend unter Kontrolle.

Als sie die schwere Haustür zu öffnen versuchte, mußte sie die über ihren Kopf erhobene Flasche für einen Moment aus der Hand legen. Sofort strömte Blut in den Infusionsschlauch, wich aber gleich zurück, kaum daß sie die Flasche wieder hochgehoben hatte.

Die kalte, verregnete Nacht ließ ihre Lebensgeister neu erwachen, während sie auf die Garage zulief. Die Wagentür aufzukriegen und hinter das Steuer zu kriechen, ohne die IV-Flasche sinken zu lassen, war die reinste Jonglierarbeit. Sie kippte den Innenspiegel herunter und schob den Ring der Flasche darüber. Dann drehte sie den Schlüssel im Zündschloß.

Der Anlasser leierte und leierte, aber der Motor sprang nicht an. Sie zog den Schlüssel ab und schloß die Augen. Sie zitterte am ganzen Körper. Warum ließ sich der Wagen nicht starten? Sie versuchte es noch einmal, wieder ohne Ergebnis. Ein Blick auf die IV-Flasche zeigte ihr, daß der Inhalt fast durchgelaufen war. Mit flatternden Händen entfernte sie den Verschluß der zweiten. Selbst in der kurzen Zeit, die es dauerte, bis sie die Flaschen getauscht hatte, konnte sie schon die Wirkung spüren. Es gab keinen Zweifel, daß sie das Bewußtsein verlieren würde, sobald die Glukose zu Ende gegangen war.

Ihre einzige Chance war Patricias Telefon. Sie lief aus der Garage in den Regen hinaus, stolperte um die Ecke und drückte auf den Klingelknopf ihrer Schwiegermutter, wobei sie die ganze Zeit die Infusionsflasche über ihren Kopf hielt.

Wie bei ihrem ersten Besuch konnte sie Patricia die Treppe herunterkommen sehen. Die alte Dame ließ sich Zeit und spähte erst vorsichtig in die Nacht hinaus, ehe sie öffnete. Als sie Cassi mit der hocherhobenen IV-Flasche erblickte, schob sie rasch den Riegel zurück und riß die Tür auf.

»Mein Gott!« rief sie, als sie sah, wie blaß Cassi war. »Was ist geschehen?«

»Insulinschock«, brachte Cassi heraus. »Krankenwagen rufen.«

Wie gelähmt vor Entsetzen blockierte Patricia den Eingang. Besorgt fragte sie: »Warum haben Sie nicht vom Haupthaus aus telefoniert?«

»Ging nicht. Alle Telefone gestört. Bitte.«

Ungeschickt schob sich Cassi an Patricia vorbei. Die alte Dame wich zurück und geriet ins Stolpern. Cassi hatte keine Zeit für lange Diskussionen. Sie brauchte ein Telefon.

Patricia war empört. Selbst wenn es Cassi nicht gut ging, gab es keinen Anlaß für ein derart ruppiges Benehmen. Aber Cassi ignorierte die Vorwürfe ihrer Schwiegermutter einfach und war bereits im Wohnzimmer und am Telefon, als Patricia sie endlich einholte. Sie wählte 911 und stellte zu ihrer maßlosen Erleichterung fest, daß sie diesmal am anderen Ende verstanden werden konnte. So ruhig wie möglich nannte sie ihren Namen und ihre Adresse und erklärte, daß sie schnell einen Krankenwagen benötigte. Man versicherte ihr, daß die Ambulanz umgehend auf den Weg geschickt würde.

Erschöpft legte sie den Hörer wieder auf die Gabel, ehe sie sich auf die Couch sinken ließ. Patricia, deren Gesicht jetzt nur noch eine Studie an Verwirrung war, tat es ihr nach, und so saßen die beiden Frauen schweigend nebeneinander, bis sie die Sirene des Krankenwagens auf der Zufahrt hören konnten. Die Jahre unausgesprochener Feindschaft erstickten praktisch jede Kommunikation im Keim, aber immerhin half Patricia der inzwischen schon halb bewußtlosen Cassi die Treppe hinunter.

Als sie dann dem davonjagenden Krankenwagen auf seinem Weg durch die Salzdünen nachsah, verspürte sie einen Moment lang so etwas wie Sympathie für ihre Schwiegertochter. Langsam ging sie zurück ins Haus, stieg die Treppe hinauf und rief im Boston Memorial an: Sie fand, ihr Sohn sollte in dieser Stunde bei seiner Frau sein. Aber Thomas operierte gerade, und so hinterließ sie lediglich, er solle so schnell wie möglich zurückrufen.

Thomas blickte auf die Uhr. Es war halb ein Uhr morgens. Der Porsche raste durch die Nacht. Die diensthabende Schwester hatte Thomas von Patricias Anruf erzählt, sobald er um Viertel nach elf aus dem OP kam. Selbst über dem Röhren des Motors hörte er jetzt noch ihre schrille, vorwurfsvolle Stimme. *Wie konntest du deine Frau nur in einer solchen Situation allein lassen? Ich finde, du solltest jetzt gleich zu ihr ins Essex-General-Krankenhaus fahren!*

Am Telefon hatte ihm die verantwortliche Oberschwester keine Auskunft darüber gegeben, wie es Cassi ging. Sie hatte ihm lediglich ihre Aufnahme bestätigen können. Niemand brauchte ihn zu drängen, damit er sich beeilte. Von allen Menschen auf der Welt hatte er das größte Interesse herauszufinden, wie es um sie stand.

An der Ampel einen Block vor dem Krankenhaus verlangsamte er das Tempo, wartete aber nicht, bis sie auf Grün schaltete. Auf dem Klinikgelände riß er das Steuer so scharf herum, daß die Räder des Wagens gequält kreischten.

Um diese Zeit war der Empfang der Klinik verwaist. Ein Schild forderte Besucher auf, sich zur Notaufnahme zu begeben. Thomas sprintete den Gang hinunter, bis er ein kleines Wartezimmer und dahinter einen Raum mit einem großen Glasfenster erreichte. In dem Raum saß eine Schwester, trank Kaffee und starrte auf einen kleinen Fernsehapparat. Thomas hämmerte mit der Faust gegen das Glasfenster.

»Kann ich Ihnen helfen?« fragte die Schwester.

»Ich bin auf der Suche nach meiner Frau«, sagte Thomas. »Sie ist vor etwa drei Stunden mit einer Ambulanz hierher gebracht worden.«

»Bitte, nehmen Sie einen Moment Platz.«

»Ist sie hier?« fragte Thomas.

»Wenn Sie Platz nehmen würden, kann ich in der Zwischenzeit den Doktor holen. Ich glaube, er ist derjenige, mit dem Sie sprechen sollten.«

O Gott, dachte Thomas und setzte sich gehorsam auf einen der leeren Stühle. Er hatte keine Ahnung, was ihm bevorstehen mochte. Glücklicherweise mußte er nicht lange warten, denn wenige Minuten später erschien ein Orientale in einem zerknitterten grünen Kittel. Der Orientale blinzelte in dem grellen, fluoreszierenden Licht, stellte sich als Dr. Chang vor und sagte: »Es tut mir leid, Sir. Ihre Frau ist nicht mehr bei uns.«

Einen Moment lang dachte Thomas, der Mann wollte ihm sagen, daß Cassi gestorben sei, aber dann fuhr Dr. Chang fort: »Sie hat die Klinik bereits wieder verlassen.«

»Was?« rief Thomas.

»Sie war selbst Ärztin«, entschuldigte sich Dr. Chang.

»Was wollen Sie damit sagen?« fragte Thomas wütend.

»Als sie eingeliefert wurde, hatte sie einen Insulinschock, infolge einer Überdosis. Wir haben ihr Zucker gegeben, und ihr Zustand hat sich wieder stabilisiert. Dann wollte sie gehen.«

»Und Sie haben es ihr erlaubt?«

»Ich wollte nicht, daß sie geht«, sagte Dr. Chang. »Ich habe mich dagegen ausgesprochen, aber sie hat darauf bestanden. Sie hat das Krankenhaus gegen den Rat des behandelnden Arztes verlassen. Ich habe ihre Unterschrift. Wenn Sie wollen, zeige ich sie Ihnen.«

Thomas ergriff Dr. Changs Arm. »Wie konnten Sie das zulassen!? Sie hat einen Schock erlitten. Sie wußte wahrscheinlich gar nicht, was sie sagte.«

»Sie war bei klarem Verstand und hat das Entlassungsformular unterschrieben. Ich konnte überhaupt nichts dagegen unternehmen. Sie sagte, sie wollte ins Boston Memorial. Ich wußte, daß sie dort in besseren Händen sein würde, da ich kein Spezialist für Diabetes bin.«

»Womit ist sie weggefahren?« fragte Thomas.

»Sie hat sich ein Taxi genommen«, sagte Dr. Chang.

Thomas rannte den Korridor in die entgegengesetzte Richtung hinunter und stürmte aus dem Krankenhaus. Er mußte sie finden! Er trat das Gaspedal voll durch. Es herrschte nur wenig Verkehr, so daß er die Straße fast für sich allein hatte. Er fuhr kurz bei sich zu Hause vorbei, ehe er nach Boston zurückraste. Gegen zwei Uhr morgens traf er wieder auf dem Gelände des Boston Memorial ein. Er parkte und lief in die Notaufnahme, die im Gegensatz zu der des Essex General auch mitten in der Nacht vollkommen überfüllt war.

»Hier ist Ihre Frau nicht durchgekommen«, erklärte ihm einer der Pfleger auf seine Frage. Er gab Cassis Namen in den Computer und teilte Thomas dann mit, daß Cassi überhaupt nicht aufgenommen worden sei. »Sie ist heute morgen erst entlassen worden.«

Thomas hatte ein eiskaltes Gefühl in der Magengrube. Wo konnte sie sein? Ob sie sich vielleicht in die Psychiatrie nach Clarkson Zwei geflüchtet hatte?

Er hatte sich nie die Mühe gemacht, darüber nachzudenken, warum, aber in der Psychiatrie fühlte er sich immer ausgesprochen unwohl. Schon das Geräusch, das die schwere Feuertür verursachte, wenn sie ins Schloß fiel, verursachte ihm ein leichtes Unbehagen. Er ging den langen, dunklen Korridor entlang. Im Gemeinschaftsraum lief der Fernseher, obwohl niemand zuschaute. Im Schwesternzimmer saß eine junge Frau und las in einer Ärztezeitschrift. Sie blickte auf und betrachtete Thomas, als wäre er ein Patient.

»Ich bin Dr. Kingsley«, sagte Thomas.

Die Schwester nickte.

»Ich suche meine Frau, Dr. Kingsley-Cassidy. Haben Sie sie gesehen?«

»Nein, Dr. Kingsley. Ich dachte, sie hätte Krankenurlaub.«

»Hat sie auch, aber ich dachte, sie könnte vielleicht trotzdem hier sein.«

»Leider nicht. Wenn ich sie sehe, sage ich ihr, daß Sie nach ihr gefragt haben.«

Thomas dankte ihr und beschloß, seine Praxis aufzusuchen, während er sich überlegte, was er noch tun konnte. Kaum hatte er die Tür des Sprechzimmers hinter sich geschlossen, ging er zum Schreibtisch und nahm eine Handvoll Talwin, die er mit einem kräftigen Schluck Scotch hinunterspülte. Er fragte sich, ob er wohl an einem Magengeschwür litt. Er verspürte einen bohrenden Schmerz direkt unter dem Brustbein, der bis zum Rücken reichte. Aber den Schmerz konnte er ertragen. Schlimmer als der Schmerz war die allgegenwärtige Angst. Er hatte das Gefühl, als könnte er jede Sekunde in tausend kleine Stücke zerspringen. Er mußte Cassi finden. Sein Leben hing davon ab.

Er zog das Telefon zu sich her. Trotz der späten Stunde rief er Dr. Ballantine an. Cassi hatte schon einmal mit ihm gesprochen; vielleicht würde sie sich wieder an ihn wenden.

Dr. Ballantine hob nach dem zweiten Klingeln ab. Seine Stimme klang verschlafen. Thomas entschuldigte sich und fragte ihn, ob er etwas von Cassi gehört hätte.

»Nein«, sagte Ballantine und räusperte sich. »Warum?«

»Ich weiß auch nicht«, sagte Thomas. »Sie ist ja heute entlassen worden, aber nachdem ich sie nach Hause gefahren hatte, mußte ich noch einmal in die Klinik, so daß ich nicht bei ihr bleiben konnte. Als ich aus dem OP kam, wurde mir ausgerichtet, ich möchte meine Mutter anrufen. Patricia erklärte mir, daß Cassi sich offenbar eine weitere Überdosis Insulin gespritzt hätte. Eine Ambulanz hat sie zum Essex General in unserer Nähe gefahren, aber als ich dort eintraf, hatte sie sich bereits selbst wieder entlassen. Ich habe keine Ahnung, wo sie sich befindet. Ich mache mir große Sorgen.«

»Thomas, das tut mir aufrichtig leid. Sollte sie mich anrufen, setze ich mich sofort mit Ihnen in Verbindung. Wo kann ich Sie erreichen?«

»Rufen Sie einfach die Klinik an. Ich gebe in der Zentrale Bescheid, wo man mich findet.«

Als Dr. Ballantine den Hörer auflegte, drehte seine Frau sich zu ihm um und fragte, was denn gewesen sei. Als Abteilungschef erhielt er nur selten nächtliche Notrufe.

»Es war Thomas Kingsley«, sagte Ballantine und starrte in die Dunkelheit. »Seine Frau ist offenbar sehr durcheinander. Er fürchtet, sie könnte sich umbringen.«

»Der arme Mann«, sagte Mrs. Ballantine, während ihr Mann bereits die Decke zurückschlug und die Beine aus dem Bett schwang. »Wo gehst du hin, Liebling?«

»Nirgendwohin. Schlaf schön wieder ein.«

Dr. Ballantine fuhr in seinen Morgenrock und verließ das Schlafzimmer. Er hatte das furchtbare Gefühl, daß die Dinge sich ganz und gar nicht so entwickelten, wie sie geplant waren.

14

Cassi erwachte mit denselben heftigen Kopfschmerzen, die sie auch auf der Intensivstation gehabt hatte. Der Unterschied bestand lediglich darin, daß sie sich diesmal mit absoluter Klarheit an alles erinnerte, was in der vergangenen Nacht geschehen war. Nachdem sie das Essex General verlassen hatte, war sie ins Boston gefahren, weil sie glaubte, sich mit Dr. McInery in Verbindung setzen zu müssen. Aber als sie im Boston Memorial eingetroffen war, hatte sie das Gefühl, daß es ihr schon wieder besser ging. Sie zog sich in einen leeren Bereitschaftsraum auf Clarkson Zwei zurück und legte sich auf eine der gepolsterten Pritschen, denn sie brauchte Schlaf, bevor sie der Wahrheit ins Auge sehen konnte.

Während sie einschlief, wußte sie, daß sie jemand finden mußte, mit dem sie über Thomas sprechen konnte. Hatte er bei dem Insulinschock seine Finger im Spiel gehabt? Sie konnte sich nicht vorstellen, wie, denn schließlich hatte sie selbst sich ihre reguläre Dosis gegeben. Aber die Tatsache, daß alle Telefone mit Ausnahme von Patricias gestört waren, schien zu genau ins Spiel zu passen, um Zufall zu sein, und ihr Wagen hatte sie bisher noch nie im Stich gelassen. Was war, wenn ihre Befürchtungen bezüglich Thomas' und der PPT-Fälle der Wahrheit entsprachen? Was, wenn sie nicht halluziniert hatte und er tatsächlich für Roberts Tod verantwortlich war?

Wenn ja, dann mußte er krank sein, geistig krank. Und brauchte Hilfe. Dr. Ballantine hatte gesagt, er würde tun, was er könnte, wenn Thomas einmal Rat und Unterstützung brauchen sollte. Cassi beschloß, ihm am Morgen einen Besuch abzustatten. Im Moment war sie hier in Sicherheit.

Sie unterzog ihren Urin noch einer letzten Prüfung, dann beschloß sie, schlafen zu gehen. Patricia wartete hoffentlich bis morgen früh, ehe sie Thomas alarmierte.

Als sie aufwachte, war es draußen noch dunkel, und die Korridore der Psychiatrie lagen verlassen da. Sie wusch sich, soweit die Umstände es zuließen, dann lief sie hinunter ins Labor und versuchte, einen schläfrigen Labortechniker dazu zu bringen, daß er ihr etwas Blut für einen Blutzuckertest abnahm. Der Techniker weigerte sich, weil Cassi ihren Hospitalausweis nicht bei sich hatte; also nahm sie sich das Blut selbst ab, denn sie war nicht in der Stimmung zu streiten. Sie ließ ihm die Probe da und sagte, sie käme später wieder. In der Zwischenzeit solle er tun oder lassen, was sein Gewissen ihm befehle. Anschließend begab sie sich zu Ballantines Büro und setzte sich auf eine Bank gegenüber der Tür.

Anderthalb Stunden verstrichen, bevor Ballantine erschien. Als sie ihn den Gang herunterkommen sah, stand sie auf. »Ich würde gern mit Ihnen sprechen«, sagte sie.

»Natürlich«, sagte Dr. Ballantine und sperrte die Tür auf. »Treten Sie ein.« Er benahm sich, als hätte er sie erwartet.

Cassi betrat das Büro und blickte dabei aus dem Fenster, um dem Direktor nicht in die Augen sehen zu müssen. In der Ferne schimmerte der Charles River im metallischen Licht des Wintermorgens. Sie hatte den Eindruck, daß Dr. Ballantine durch ihren Besuch beunruhigt war, obwohl sie sich nicht vorstellen konnte, warum.

»Nun, was kann ich für Sie tun?« fragte er.

»Ich brauche Hilfe«, sagte Cassi. Ballantine stand vor seinem Schreibtisch, ohne sich zu setzen. Er gab ihr nicht gerade das Gefühl, willkommen zu sein, aber sie wußte nicht, zu wem sie sonst gehen sollte.

»Und welche Art Hilfe brauchen Sie?« fragte Dr. Ballantine.

»Ich bin nicht ganz sicher«, antwortete Cassi langsam. »Aber vor allem anderen muß ich Thomas dazu bringen, daß er sich einer Therapie unterzieht. Ich weiß, daß er tablettensüchtig ist.«

»Cassi«, sagte Ballantine geduldig. »Nach unserem letzten Gespräch habe ich mir die Rezeptliste Ihres Mannes angesehen. Wenn überhaupt, dann verschreibt er Narkotika eher zu vorsichtig als zu leichtsinnig.«

»Er besorgt sich die Pillen nicht unter seinem eigenen Namen«, sagte Cassi. »Aber die Drogen sind nur ein Teil der Geschichte. Ich glaube, daß Thomas krank ist. Geistig krank. Ich weiß, ich bin noch nicht lange in der Psychiatrie, aber Thomas ist definitiv krank. Ich fürchte, er betrachtet mich als Bedrohung.«

Ballantine reagierte nicht sofort. Er musterte Cassi mit Erstaunen und, zum erstenmal seit Beginn der Unterhaltung, mit Besorgnis. Seine Miene wurde weich, und er legte ihr einen Arm um die Schulter. »Ich weiß, daß Sie in letzter Zeit großen Belastungen ausgesetzt gewesen sind. Und ich glaube, das Problem überschreitet inzwischen die Grenzen meiner Zuständigkeit. Ich möchte gern, daß Sie sich hinsetzen und ein paar Minuten ausruhen. Ich finde, es gibt noch jemand anderen, mit dem Sie jetzt in erster Linie sprechen sollten.«

»Wer ist das?« fragte Cassi.

»Bitte, setzen Sie sich«, sagte Dr. Ballantine sanft. Er rückte den Ohrensessel aus der Ecke vor den Schreibtisch, so daß er zum Fenster sah. »Bitte.« Sacht nahm er Cassis Hand und nötigte sie in den Sessel. »Ich möchte, daß Sie es sich bequem machen.«

Das war der Dr. Ballantine, den Cassi in Erinnerung gehabt hatte. Er würde sich ihrer annehmen. Er würde sich um Thomas kümmern. Dankbar sank sie in die weichen Lederkissen.

»Möchten Sie einen Kaffee? Soll ich Ihnen etwas zu essen holen?«

»Ich könnte etwas zu essen vertragen«, gab Cassi zu. Sie war hungrig und vermutete, daß ihr Blutzuckergehalt sich noch im Rahmen des Erträglichen hielt.

»In Ordnung. Sie warten hier. Ich bin sicher, alles wird wieder gut werden.«

Dr. Ballantine verließ das Zimmer und schloß die Tür leise hinter sich.

Cassi fragte sich, wen er jetzt wohl anrief. Es mußte sich um eine Autoritätsperson handeln; jemand, der Einfluß auf Thomas ausüben konnte, denn auf andere würde er nicht hören. Im Geiste begann sie, ihre Geschichte zu proben. Sie hörte, wie die Tür in ihrem Rücken sich wieder öffnete; in Erwartung von Dr. Ballantine drehte sie sich um. Aber es war Thomas.

Cassi war perplex. Thomas schloß die Tür mit der Hüfte, denn in den Händen hielt er einen Teller mit Rührei und einen Milchkarton. Er war unrasiert, und sein Gesicht wirkte eingefallen und traurig. »Dr. Ballantine sagte, du könntest etwas zu essen gebrauchen«, sagte er sanft. Automatisch nahm Cassi den Teller entgegen. Sie war hungrig, aber zu schockiert, um essen zu können.

»Wo ist Dr. Ballantine?« fragte sie.

»Cassi, liebst du mich?« antwortete Thomas fast flehend mit einer Gegenfrage.

Cassi fühlte sich in die Enge getrieben. Das hatte sie ganz und gar nicht zu hören erwartet. »Natürlich liebe ich dich, Thomas, aber...«

Thomas streckte die Hand aus und legte ihr den Zeigefinger auf die Lippen. »Wenn du mich wirklich liebst, dann müßtest du eigentlich merken, daß ich Probleme habe. Ich brauche Hilfe, und ich weiß, daß es mir besser gehen wird, wenn du mir hilfst.«

Cassi wurde das Herz weich. Was war eigentlich mit ihr los? Natürlich hatte Thomas nichts mit den schrecklichen Ereignissen der vergangenen Nacht zu tun. Seine Krankheit brachte sie noch selbst um den Verstand.

»Natürlich will ich dir helfen«, sagte Cassi mit Nachdruck. Sie hätte nicht gedacht, daß Thomas seine Probleme selbst so genau erkennen könnte.

»Ich habe Drogen genommen«, fuhr er fort, »genau wie du vermutet hast. In der letzten Woche ging es mir etwas besser, aber es ist immer noch ein Problem – ein großes Problem. Ich habe versucht, mir selbst etwas vorzumachen, aber irgendwann muß man sich der Wahrheit stellen.«

»Möchtest du wirklich dagegen ankämpfen?« fragte Cassi.

Thomas hob den Kopf. Tränen rannen ihm über die Wangen. »Um alles in der Welt, aber allein schaffe ich es nicht. Cassi, ich brauche dich an meiner Seite. Ich will, daß du mit mir kämpfst, nicht gegen mich.«

Thomas wirkte wie ein hilfloses Kind. Cassi stellte den Teller auf Ballantines Schreibtisch und ergriff seine Hände.

»Ich habe noch nie im Leben jemand um Hilfe gebeten«, sagte Thomas. »Dazu war ich immer zu stolz. Aber ich weiß, daß ich einige schreckliche Dinge getan habe. Eins führte zum anderen, und dann... Cassi, du mußt mir helfen.«

»Du brauchst psychiatrische Betreuung«, sagte Cassi und achtete genau auf seine Reaktion.

»Ich weiß«, sagte Thomas. »Ich wollte es nur nie zugeben. Ich hatte solche Angst. Und statt mich zu dieser Angst zu bekennen, habe ich noch mehr Tabletten genommen.«

Cassi starrte ihren Mann an. Es war, als hätte sie ihn nie wirklich verstanden. Sie kämpfte mit dem Drang, ihn zu fragen, ob er für ihre Insulinüberdosis verantwortlich war oder ob er etwas mit Roberts Tod zu tun hatte. Oder mit einem der anderen PPT-Fälle. Aber sie brachte es nicht über sich. Er war einfach zu niedergeschlagen.

»Bitte«, flehte er, »laß mich jetzt nicht allein. Es hat mich viel Überwindung gekostet, all das zuzugeben.«

»Du mußt in eine Heilanstalt«, sagte Cassi.

»Das ist mir klar«, meinte Thomas. »Aber auf keinen Fall das Boston Memorial.«

Cassi stand auf. »Du hast recht, das Memorial wäre keine gute Idee, dann könnten wir es gleich an die große Glocke hängen. Thomas, solange du einverstanden bist, dich ärztlich betreuen zu lassen, stehe ich auf deiner Seite. Schließlich bin ich deine Frau.«

Thomas riß sie in seine Arme und preßte sein feuchtes Gesicht gegen ihren Hals. Cassi drückte ihn fest an sich. »In Weston gibt es eine kleine psychiatrische Klinik«, sagte sie. »Das Vickers-Institut für angewandte Psychiatrie. Ich bin der Meinung, das sollten wir nehmen.«

Thomas nickte schweigend.

»Tatsächlich finde ich sogar, wir sollten jetzt gleich hinfahren. Noch heute vormittag.« Cassi schob ihn von sich, um ihm ins Gesicht sehen zu können.

Thomas hielt ihrem Blick stand. Seine Augen schienen wie bewölkt von Schmerz. »Ich tue alles, was du für richtig hältst, alles, um endlich dieser Angst Herr zu werden. Ich kann einfach nicht mehr.«

Die Ärztin in Cassi ließ alle ihre Reserven dahinschmelzen. »Thomas, du hast in letzter Zeit zuviel von dir verlangt. Der Erfolg ist dir so wichtig geworden, daß der Sieg als solcher dir mehr bedeutet hat als das Ziel. Ich glaube, das ist für einen Arzt, besonders für einen Chirurgen, nichts Ungewöhnliches. Du darfst nicht das Gefühl haben, du wärst der einzige mit diesem Problem.«

Thomas versuchte zu lächeln. »Ich bin nicht sicher, ob ich verstehe, was du meinst, aber solange du mich nicht verläßt, spielt das auch keine Rolle.«

»Ich wünschte nur, ich hätte früher begriffen.«

Cassi zog ihn erneut in ihre Arme. Sie hatte ihren Ehemann wieder, das war alles, was zählte. Natürlich würde sie zu ihm stehen. Sie wußte besser als jeder andere, was es hieß, krank zu sein.

»Alles wird gut werden«, sagte sie. »Wir besorgen dir die besten Ärzte, die besten Psychiater. Ich habe über Fälle wie deinen gelesen. Die Rehabilitationsrate liegt fast bei hundert Prozent. Man muß nur den Willen haben, wieder gesund zu werden.«

»Den habe ich«, sagte Thomas.

»Dann laß uns gehen«, sagte Cassi und nahm seine Hand.

Wie Jungverliebte gingen Cassi und Thomas Arm in Arm im frühen Morgenlicht zur Garage, ohne sich um die Menschenmenge zu kümmern, die bereits ins Boston Memorial strömte. Als sie im Wagen saßen, fragte Cassi Thomas, ob er sich gut genug fühle, um zu fahren. Thomas versicherte ihr, alles sei in Ordnung. Cassi schnallte sich an und war wie üblich versucht, ihn aufzufordern, seinen Gurt ebenfalls anzulegen, entschied sich aber dagegen. Sie hatte das Gefühl, daß seine Stimmung beim kleinsten Anlaß umschlagen und seiner alten Gereiztheit Platz machen konnte.

Thomas startete den Wagen und manövrierte ihn vorsichtig

von seinem Stellplatz. Nachdem sie das automatische Tor passiert hatten, erkundigte Cassi sich, wie Dr. Ballantine Thomas so schnell gefunden hatte.

»Ich habe ihn gestern nacht angerufen, als ich dich nicht finden konnte«, sagte Thomas und hielt an einer roten Ampel. »Ich hatte das Gefühl, daß du vielleicht Kontakt mit ihm aufnehmen würdest, und habe ihn gebeten, mich in meinem Büro anzurufen, wenn er etwas von dir hörte.«

»Kam ihm das nicht etwas seltsam vor? Was genau hast du gesagt?«

Die Ampel wurde grün, und Thomas gab Gas. Sie fuhren in Richtung Storrow Drive. »Ich habe ihm lediglich gesagt, daß du schon wieder einen Insulinschock erlitten hättest.«

Cassi überlegte, wie sie sich verhalten hatte und daß ihr Betragen wohl wirklich etwas irrational gewirkt haben mußte, besonders da sie sich gegen jede Vernunft und gegen Anweisung des Arztes selbst aus dem Essex General entlassen hatte, kaum daß ihr Zustand wieder halbwegs stabil gewesen war. Und anschließend hatte sie sich auch noch versteckt.

Wie sonst auch, fuhr Thomas rücksichtslos und schnell. Als sie den Storrow Drive erreichten, wappnete Cassi sich schon für die scharfe Linkskurve, die in Richtung Weston führte. Doch statt dessen schwang Thomas das Lenkrad nach rechts herum, und sie mußte sich am Armaturenbrett festhalten, um nicht gegen ihn zu fallen.

»Thomas«, rief sie. »Das ist ja der Weg nach Hause, nicht nach Weston.«

Thomas antwortete nicht.

Cassi warf ihm einen erstaunten Blick zu. Er umklammerte das Steuer, als wollte er es zerbrechen, und die Tachonadel kletterte unaufhörlich. Cassi legte ihm die Hand in den Nakken und begann die starren Muskelstränge zu massieren, damit er sich entspannte. Sie konnte spüren, wie er in Rage geriet.

»Thomas, was ist denn?« fragte sie und versuchte, ihre Furcht unter Kontrolle zu halten.

Auch diesmal erfolgte keine Reaktion. Thomas fuhr wie ein Roboter. Sie schossen die Zubringerstraße zur Interstate 93 hinauf, wo sie sich im Betonlabyrinth verloren. So früh am Tag gab es fast keinen Verkehr nach auswärts, und Thomas ließ dem Porsche die Zügel schießen.

Cassi wandte sich ihm zu, soweit der Sicherheitsgurt es erlaubte. Als sie ihre Hand von seinem Hals zurückzog, wußte sie nicht, wohin damit, und legte sie ihm auf den Oberschenkel. Dabei streifte sie etwas Hartes in seiner Jackentasche. Bevor er reagieren konnte, griff sie in die Tasche und förderte eine offene Packung U 500 Insulin zutage.

Thomas riß ihr die Packung aus der Hand und schob sie wieder in die Tasche.

Cassi wandte sich ab und starrte aus dem Fenster. Ihr Verstand raste, als sie zu verstehen begann, was es mit ihrem letzten Insulinschock auf sich gehabt hatte. U 500 Insulin wurde ausgesprochen selten verschrieben, weil es fünfmal stärker war als das normale U 100 Insulin. Thomas mußte ihr Medikament durch das viel konzentriertere ersetzt haben, so daß sie sich eine fünfmal höhere Dosis injiziert hatte als sonst. Wahrscheinlich hatte er es direkt durch die versiegelte Plastikkappe der Phiolen gespritzt. Wäre ihr nicht zufällig die Glukoselösung in ihrem Arztkoffer eingefallen, dann läge sie jetzt im Koma, wenn nicht schon in der Autopsiekammer. Und der Vorfall im Krankenhaus? Also hatte sie nicht geträumt, der Geruch des St. Laurent Eau de toilette war keine Täuschung gewesen.

Aber warum? Weil sie, genau wie Robert, mit der PPT-Studie befaßt war! Plötzlich wurde ihr klar, daß Thomas ihr eben in Ballantines Büro nur etwas vorgespielt hatte, eine fürchterliche Farce. Und daß der Direktor sie für die geistig verwirrte Person gehalten haben mußte, nicht Thomas.

Sie spürte, wie ein neues Gefühl von ihr Besitz ergriff: Zorn. Einen Moment lang war sie auf sich selbst genauso wütend wie auf Thomas. Wie hatte sie nur so blind sein können?

Sie betrachtete das scharfe Profil ihres Mannes und sah es unvermittelt in einem anderen Licht. Sein Mund hatte einen grausamen Zug, und seine türkisfarbenen, weit offenen Augen waren die eines Wahnsinnigen. Sie kam sich vor, als säße sie bei einem Fremden im Wagen... einem Mann, den sie instinktiv verabscheute.

»Du hast versucht, mich zu töten«, zischte sie und ballte die Hände zu Fäusten.

Thomas lachte so scharf, daß Cassi zusammenzuckte. »Welche Hellsichtigkeit! Hast du wirklich geglaubt, die Telefone und dein Wagen hätten rein zufällig nicht funktioniert?«

Cassi starrte auf die vorbeifliegende Landschaft. Sie mußte etwas tun! Schon blieb die Stadt hinter ihnen zurück.

»Natürlich habe ich versucht, dich zu töten«, schnappte Thomas. »Genauso wie ich mir Robert Seibert vom Hals geschafft habe. Lieber Himmel! Hast du denn geglaubt, ich sitze da und sehe zu, wie ihr beide mein Leben zerstört?«

Cassis Kopf flog herum.

»Ich wollte nichts anderes, als solche Leute zu operieren, die es verdienen, am Leben zu bleiben«, schrie Thomas. »Keine Geisteskranken, keine Leute mit unheilbaren Krankheiten wie AIDS oder Multipler Sklerose, keine Schwulen. Wir können nicht zulassen, daß wertvolle Patienten warten müssen, während dieser Abschaum kostbare OP-Zeit und knappe Betten mit Beschlag belegt.«

»Thomas«, sagte Cassi und versuchte, ihren Zorn in den Griff zu bekommen, »ich möchte, daß du auf der Stelle umkehrst. Hast du mich verstanden?«

Thomas starrte sie mit unverhülltem Haß an. Er lächelte grausam. »Du hast doch nicht im Ernst geglaubt, daß ich freiwillig in eine Irrenanstalt gehe?«

»Es ist deine einzige Hoffnung«, sagte Cassi. Sie versuchte sich klarzumachen, daß sie mit einem Schwerkranken im Wagen saß, aber alles, was sie fühlte, war abgrundtiefer Ekel.

»Halt den Mund!« brüllte Thomas. Seine Augen traten aus den Höhlen, und sein Gesicht wurde rot vor Wut. »Ihr Psychiater seid die wirklich Verrückten, und keiner von euch wird über mich zu Gericht sitzen. Ich bin der gottverdammt beste Herzchirurg des ganzen Landes.«

Die ungezügelte Wut des Narziß neben ihr erfüllte sie mit Grausen. Sie machte sich keine Illusionen darüber, was ihr bevorstand, vor allem da jeder dachte, sie hätte sich bereits selbst zweimal eine Überdosis Insulin gespritzt.

Die Ausfahrt Somerville flog auf sie zu. Cassi wußte, daß sie etwas unternehmen mußte. Trotz der hohen Geschwindigkeit, mit der sie dahinrasten, fiel sie Thomas ins Steuer und riß es scharf nach rechts.

Thomas holte aus und versetzte ihr einen heftigen Schlag gegen den Kopf. Sie flog nach vorn und ließ das Lenkrad los, um sich vor weiteren Schlägen zu schützen. Er glaubte, sie hielte das Steuer immer noch fest, und schwang es mit aller Kraft nach links. Der Wagen geriet außer Kontrolle, schleuderte nach links und dann wieder nach rechts. Als Thomas gegensteuerte, verloren die Reifen den Kontakt zum Asphalt. Der Porsche brach seitlich aus, knallte gegen die Betonplanke und überschlug sich in einem Inferno aus splitterndem Glas und kreischendem Metall.

15

Cassi hörte jemand aus großer Ferne ihren Namen rufen. Sie versuchte zu antworten, aber es war unmöglich. Mühsam öffnete sie die Augen. Wie aus dichtem Nebel erschien Joan Widikers besorgtes Gesicht vor ihr.

Cassi blinzelte. Langsam hob sie den Blick und sah über sich ein Gewirr von Schläuchen und Infusionsflaschen. Links von ihr erklang das unablässige Piepsen eines Herzmonitors. Sie holte tief Luft und spürte einen schmerzhaften Stich in der Brust.

»Nicht reden«, sagte Joan leise. »Es geht Ihnen gut, auch wenn es sich nicht so anfühlt.«

»Was ist passiert?« flüsterte Cassi unter großen Schwierigkeiten.

»Sie hatten einen Autounfall«, sagte Joan und strich Cassi das Haar aus der Stirn. »Nicht reden.«

Wie die Erinnerung an einen Alptraum fiel Cassi plötzlich die Autofahrt mit Thomas wieder ein. Sie entsann sich ihres Zorns, und daß sie Thomas ins Steuer gefallen war, worauf er ihr einen Schlag versetzt und sie die Hände hochgerissen hatte, um sich vor weiteren Mißhandlungen zu schützen. Aber alles, was danach geschehen war, lag wie hinter einem schwarzen Vorhang verborgen.

»Wo ist Thomas?« fragte Cassi, von neuer Angst erfüllt.

»Er wurde ebenfalls verletzt«, sagte Joan und ergriff ihre Hand, um sie zu beruhigen.

Plötzlich wußte Cassi, daß Thomas tot war.

»Er hatte seinen Sicherheitsgurt nicht angelegt«, sagte Joan.

Cassi zögerte einen Moment, dann sprach sie das Wort aus. »Tot?«

Joan nickte.

Cassis Kopf sank zur Seite. Aber während ihr die Tränen über die Wangen rannen, mußte sie wieder an ihre letzte Unterhaltung mit Thomas denken, an Robert und all die anderen. Sie erwiderte den Druck von Joans Hand und sagte: »Ich dachte, ich liebe ihn, aber Gott sei Dank...«

Epilog

(Sechs Monate später)

Erschöpft stieß Dr. Ballantine die Schwingtür zum Casino auf. Er hatte soeben seinen letzten Fall für den Tag abgeschlossen, und es war alles andere als einfach gewesen. Vielleicht sollte er wirklich allmählich etwas kürzertreten. Und doch operierte er noch immer gern. Er liebte dieses herrliche Gefühl des Triumphs am Ende eines erfolgreichen Eingriffs.

Er schenkte sich gerade eine Tasse dampfenden schwarzen Kaffees ein, als er eine Hand auf seiner Schulter spürte. Er drehte sich um und blickte in das grinsende Gesicht von George Sherman.

»Sie erraten nie, mit wem ich gestern zu Abend gegessen habe«, sagte George.

Ballantine musterte Dr. Sherman und sah die Müdigkeit unter dem Lächeln. Seit dem Tod von Thomas Kingsley war die Arbeitsbelastung für sie alle noch größer geworden, aber George schuftete härter als jeder andere. Unter dem enormen Druck war er sichtlich gereift. Obwohl er immer noch gern lachte und über einen unerschöpflichen Vorrat an Witzen verfügte, wirkte er zunehmend nachdenklich. Im Moment allerdings präsentierte er wieder das alte schalkhafte Grinsen.

»Also, mit wem waren Sie zum Abendessen?« fragte der Direktor.

»Cassandra Kingsley.«

Ballantines Augenbrauen fuhren in die Höhe. »Herzlichen Glückwunsch. Wie kommen Sie denn mit Ihrer einseitigen Romanze voran?«

»Ich glaube, der Widerstand schwindet dahin«, antwortete George mit einem Lächeln. »Ich habe sie dazu gebracht, daß sie im kommenden Januar mit mir in die Karibik fliegt. Sie ist wirklich ein großartiger Mensch.«

»Und was macht ihr Auge?« fragte Ballantine.

»Dem geht es gut. Die Knochenbrüche sind auch alle tadellos wieder verheilt. Am Anfang war ich nicht sicher, ob sie so schnell wieder arbeiten sollte, aber Sie kennen ja ihr Durchsetzungsvermögen, und es scheint, als wäre sie auf dem besten Weg, sich in Clarkson Zwei einen hervorragenden Namen zu machen. Ein Freund im Kollegium hat mir erzählt, sie hätte sogar das Zeug zum Oberarzt.«

»Spricht sie manchmal über Thomas?« erkundigte sich Ballantine.

»Gelegentlich. Ich werde das Gefühl nicht los, daß es an dieser Geschichte Aspekte gibt, die niemand außer ihr selbst kennt. Sie ist noch immer nicht ganz sicher, wie sie sich verhalten soll, aber meiner persönlichen Meinung nach wird sie es auf sich beruhen lassen.«

Ballantine seufzte erleichtert. »Hoffentlich. Nach unserer letzten Begegnung glaubte ich, sie davon überzeugt zu haben, daß es mehr schaden als nützen würde, wenn man den Fall Kingsley publik macht. Aber ich war nicht sicher.«

»Sie will nicht, daß der Klinik irgendwelche Nachteile entstehen«, sagte George. »Andererseits ist sie der Überzeugung, daß Leute wie Thomas nur deshalb unbehelligt sich selbst und ihre Patienten zerstören können, weil ihre Kollegen vor den Tatsachen die Augen schließen. Eine Krähe hackt der anderen kein Auge aus.«

»Das ist klar. Immerhin habe ich mich mit der Gesundheitsbehörde in Verbindung gesetzt und vorgeschlagen, daß die Meldestellen sie in Zukunft umgehend informieren sollen, wenn ein niedergelassener Arzt stirbt. So kann sich dann niemand mehr der Lizenz eines toten Kollegen bedienen.«

»Gute Idee«, meinte Sherman. »Werden sie eine entsprechende Vorschrift erlassen?«

Dr. Ballantine zuckte mit den Schultern. »Keine Ahnung. Um Ihnen die Wahrheit zu sagen, ich bin der Sache dann nicht weiter nachgegangen.«

»Wissen Sie«, sagte George, »was mich bei Thomas am meisten beschäftigt, ist, daß er so normal wirkte. Dabei muß er jede Menge Tabletten geschluckt haben. Ich frage mich, wie es passieren konnte, daß er so die Kontrolle über sich verlor. Ich nehme ja selbst hin und wieder eine Valium.«

»Ich auch«, sagte Ballantine. »Aber nicht jeden Tag mehrere, wie das bei ihm offensichtlich der Fall war.«

George schüttelte den Kopf. »Nein, nicht jeden Tag. Ich habe nie verstanden, warum er einfach nicht akzeptieren wollte, daß die ganze Abteilung früher oder später ausschließlich festangestellte Ärzte beschäftigen würde. Vielleicht haben die Pillen seinen Realitätssinn getrübt. Nach jener Sitzung mit dem Kuratorium spät in der Nacht hätte er verlangen können, was er wollte. Die Geldgeber hätten alles getan, um ihn zufriedenzustellen, selbst wenn sie nicht davon abgerückt wären, daß er seine Privatpraxis aufgibt.«

»Tja«, meinte Ballantine, »so gut Thomas als Chirurg auch war, über seine eigene Nase konnte er nicht hinaussehen. Er war so, wie ein Arzt nicht sein sollte. Er hat versucht, Gott zu spielen.«

George schwieg einen Moment lang und dachte, daß sie alle tagtäglich Entscheidungen fällten, die tief in das Leben ihrer Patienten einschnitten. »Was ist eigentlich aus der dreifachen Herzklappenverpflanzung geworden, die Sie kürzlich einmal erwähnt haben?« fragte er schließlich. »Wie haben Sie sich entschieden?«

Ballantine trank langsam einen Schluck Kaffee. »Ich werde den Fall nicht einmal zur Diskussion stellen. Die Nieren der Frau sind nicht gerade in bester Verfassung. Sie ist über sechzig Jahre alt und lebt schon ewig und drei Tage von der Wohlfahrt. Einige von Kingsleys Einwänden gegen bestimmte Lehrfälle waren gar nicht so aus der Luft gegriffen, und ich möchte nicht, daß man im Komitee auch nur über sie nachzudenken beginnt. Wenn dieser gottverdammte Philosoph von dieser Frau hört, wird er wahrscheinlich darauf bestehen, daß wir sie operieren.«

George nickte, scheinbar ganz Ballantines Meinung. Aber im Inneren wußte er, daß sie alle manchmal versucht waren, Gott zu spielen, und genau darüber zerbrach Cassi sich den Kopf. Er hatte ihr versprochen, hier einiges zu ändern, wenn er Direktor der Abteilung wurde, was bereits feststand. In Zukunft wurden Entscheidungen dieser Art ausschließlich vom Komitee getroffen, im Beisein des Philosophen.

Die beiden Männer verabschiedeten sich, und George ging in den Umkleideraum. Als er am Telefon vorbeikam, merkte er, wie er unruhig wurde. Ballantines Entscheidung über den Fall der alten Frau mit den defekten Herzklappen bereitete ihm zunehmend Kopfzerbrechen. Kurzentschlossen griff er nach dem Hörer, ließ sich die Zentrale geben und bat, Rodney Stoddard, den Philosophen, auszurufen.

Fieber

Aus dem Amerikanischen
von Hans Ewald Dede

Meiner Familie zur Freude –
meinen Eltern und meiner Frau

... der stärkste Mann hier auf dieser Welt
das ist der, der ganz für sich allein steht.

Henrik Ibsen, *Ein Volksfeind*

Prolog

In einer stetig wachsenden Flut erreichten die giftigen Benzolmoleküle das Knochenmark. Das körperfremde Gift wurde mit dem Blut vorangespült und in das labyrinthische Maschenwerk des Röhrenknochens getragen, bis in die entferntesten Winkel des Feingewebes. Es war, als ob eine Horde rasender Barbaren in das alte Rom einfiele. Das Ergebnis war ähnlich verhängnisvoll. Der komplizierte Mechanismus des Marks, dazu bestimmt, das Blut mit den meisten Zellbestandteilen zu versorgen, erlag den Angreifern.

Jede Zelle, die mit dem Benzol in Berührung kam, wurde attackiert. Die Chemikalie durchschnitt die Zellwände wie ein scharfes Messer, das in ein weiches Stück Butter gedrückt wird. Rote oder weiße Zellen, junge oder reife, es machte keinen Unterschied. Bei einigen wenigen Zellen, die das Glück hatten, daß nur eine geringe Zahl von Benzolmolekülen in sie eingedrungen war, konnten Enzyme die Wirkung des Gifts aufheben. Doch bei den meisten wurden die inneren Zellmembranen sofort zerstört.

Innerhalb weniger Minuten war die Konzentration des Benzols so angestiegen, daß Tausende der giftigen Moleküle in das geheime Herz des Marks vorgedrungen waren, zu den urzeitlichen, empfindlich gebauten Stammzellen. Diese Erbzellen durchliefen einen immerfort währenden Teilungsprozeß, sie dienten als Quelle der zirkulierenden Blutzellen, ihr Leben trug das Zeugnis Hunderter Millionen Jahre Evolution weiter. Von Augenblick zu Augenblick wiederholte sich hier das unfaßbare Geheimnis der Entstehung des Lebens, ein Vorgang, der fantastischer war als der kühnste Traum eines Wissenschaftlers. Blindwütig drangen die Benzolmoleküle in diese unermüdlich arbeitenden Zellen ein und unterbrachen die Übertragung der Geninformationen. Die meisten dieser Stammzellen starben in einem letzten, verzweifelten Aufbäumen. Andere, abgeschnitten von der geheimnisvollen Kontrollinstanz, verfielen, rasend wie tollwütige Tiere, in einen ungelenkten Teilungsprozeß, bis der Tod auch sie erlöste.

Nachdem die Benzolmoleküle von immer neuen Wogen aus sauberem Blut fortgespült worden waren, hätte sich das Knochenmark erholen können. Aber eine der vergifteten Zellen hatte überlebt. Über Jahre hatte diese Zelle eine unvorstellbare Zahl weißer Blutkörperchen hergestellt, deren Aufgabe, es war wie eine Ironie des Schicksals, es eigentlich sein sollte, den Körper gegen fremde Eindringlinge zu verteidigen. Als das Benzol in den Kern dieser Zelle eindrang, beschädigte es einen wichtigen Teil der DNA, aber es tötete die Zelle nicht. Es wäre besser gewesen, wenn auch diese Zelle gestorben wäre, denn das Benzol hatte das empfindliche Gleichgewicht zwischen Zellerneuerung und Reifung zerstört. Als die Zelle sich im nächsten Moment wieder teilte, hatten die Tochterzellen denselben Fehler. Auch sie gehorchten nicht länger der geheimnisvollen zentralen Lenkung und reiften nicht mehr zu normalen weißen Blutzellen. Statt dessen folgten sie jetzt einem unbeschränkten Trieb, ihr fehlerhaftes Selbst immer wieder neu zu erzeugen.

Obwohl diese Zellen in der Markhöhle noch ziemlich gewöhnlich erschienen, unterschieden sie sich doch von anderen jungen weißen Blutzellen. Ihrer Oberfläche fehlte die Klebrigkeit der normalen Zellen, und sie verbrauchten Nährstoffe in einer erschreckend eigennützigen Menge. Sie waren zu Parasiten im eigenen Haus geworden.

Nach nur zwanzig Teilungen waren über eine Million dieser wilden Zellen entstanden. Nach siebenundzwanzig Teilungen war ihre Zahl auf über eine Billion gestiegen. Dann brachen die ersten von dem Klumpen los. Erst waren es nur Tropfen kranker Zellen, die in den Kreislauf eindrangen, dann wurde es ein fließender Strom und schließlich eine Flutwelle. Die Zellen stürzten in alle Regionen des Körpers, begierig, überall fruchtbare Kolonien zu gründen. Nach der vierzigsten Teilung zählten sie schon über eine Trillion.

Es war der Ausbruch einer aggressiven, akuten Myeloblastenleukämie im Körper eines Mädchens, das gerade die Pubertät erreicht hatte. Ein Krebsbefall des Knochenmarks. Er begann am 28. Dezember, zwei Tage nach dem zwölften Geburtstag des Mädchens. Sie hieß Michelle Martel, und sie spürte von alldem nichts – bis auf ein einziges Symptom: sie hatte Fieber.

1. Kapitel

Vorsichtig tastend zog ein kalter Januarmorgen über der eisfrostigen Landschaft von Shaftesbury in New Hampshire herauf. Als der Himmel sich allmählich aufhellte, wichen die Schatten zögernd und gaben den Blick frei auf eine formlose graue Wolkendecke. Es sah nach Schnee aus, und trotz der Kälte hing ein Dunstschleier in der Luft, dessen stechende Nässe die Nähe des östlich gelegenen Atlantiks verriet.

Wie eine Geisterstadt schmiegten sich die roten Backsteinhäuser des alten Shaftesbury an den Lauf des Pawtomack River. Der Fluß war einmal die Lebensader der Stadt gewesen. Seine Quelle lag in den schneebeladenen White Mountains im Norden. Von dort lief er dem südöstlich gelegenen Meer entgegen. Bei der Stadt wurde die sanfte Strömung des Flusses von einem zerbröckelnden Damm unterbrochen und von einem großen Schaufelrad, das seit Jahren stillstand. Aufgereiht zu beiden Seiten des Flusses standen Block für Block leere, aufgegebene Fabriken, die an eine blühende Zeit erinnerten, als Neuengland noch das Herz der Textilindustrie war. In das letzte der Backsteingebäude, das ganz am Südende der Stadt lag, am Fuß der Main Street, war ein chemischer Betrieb gezogen. Das Unternehmen nannte sich Recycle Ltd. und verdiente sein Geld mit der Wiederaufbereitung von altem Gummi, Plastik und Vinyl. Beißender grauer Rauch stieg in Fetzen aus dem turmhohen Schornstein der Fabrik und vermischte sich mit den Wolken. Über dem ganzen Gelände hing ein fauliger, ätzender Geruch von verbranntem Gummi und Plastik. Verteilt um das Fabrikgebäude ragten Berge alter Autoreifen auf, die wie Kothaufen eines gigantischen Monsters aussahen.

Südlich der Stadt lief der Fluß durch ein hügeliges Waldgebiet. Eingestreut in den Wald lagen schneebedeckte Wiesen, die dreihundert Jahre zuvor von den ersten Siedlern mit Feldsteinen umsäumt worden waren. Zehn Kilometer im Süden der Stadt schwenkte der Fluß in einem sanften Bogen nach

Osten und schnitt eine zweieinhalb Hektar große Halbinsel in das Land. In der Mitte der Halbinsel lag ein flacher Teich, der durch einen schmalen Zulauf mit dem Fluß verbunden war. Hinter dem kleinen See erhob sich ein Hügel, auf dessen Kuppe ein viktorianisches Farmhaus stand, das mit seinem weißen Fachwerk und dem Giebeldach wie ein Pfefferkuchenhaus aussah. Eine lange Auffahrt, die von Eichen und Zuckerahorn eingefaßt war, wand sich hinunter zur Interstate 301, die in Richtung Süden nach Massachusetts führte. Fünfundzwanzig Meter nördlich des Hauses lag inmitten eines Buschwerks aus Immergrün ein windschiefer Stall. Und am Rande des Teiches stand, auf Pfählen gebaut, eine kleine Nachbildung des Farmhauses, ein Schuppen, der in ein Kinderspielhaus verwandelt worden war.

Diese wunderschöne Landschaft Neuenglands hätte gut das Januarmotiv eines Kalenders sein können, wäre nicht ein winziges störendes Detail in dem Bild gewesen: Es gab keine Fische in dem Teich, und in einem Umkreis von zwei Metern wuchs keine Pflanze.

In den Zimmern des malerischen weißen Farmhauses dämpften Spitzenvorhänge das eindringende blasse Morgenlicht. Doch allmählich lockte die zunehmende Helligkeit Charles Martel aus den Tiefen seines erholsamen Schlafs. Er rollte sich auf die linke Seite und gab sich ganz einer tiefempfundenen Zufriedenheit hin. Zwei Jahre lang hatte er sich gefürchtet, dieses Gefühl in sich wachsen zu lassen. Doch jetzt bestimmten wieder Ruhe und Sicherheit sein Leben. Charles hatte nicht erwartet, das jemals wieder zu erleben, nachdem die Ärzte bei seiner ersten Frau eine Lymphgeschwulst gefunden hatten. Vor neun Jahren war sie gestorben, und Charles war allein geblieben mit den drei Kindern. Das Leben hatte sich in ein dauerndes Leid verwandelt.

Aber das war nun Vergangenheit, die schreckliche Wunde war verheilt. Und dann war zu Charles' eigenem Erstaunen die Leere aus seinem Leben verschwunden. Vor zwei Jahren hatte er wieder geheiratet. Aber immer noch fürchtete er sich einzugestehen, wie sehr sich sein Leben zum Besseren gewandelt hatte. Es war einfacher und weniger gefährlich, sich auf die tägliche Arbeit zu konzentrieren und auf die kleinen Notwendigkeiten des Familienlebens, als die wiedergewonnene Zufriedenheit offen zu zeigen und mit ihr das kostbarste, aber auch verletzlichste Gut – das Glück. Aber Cathryn, seine neue Frau, machte es ihm schwer, das alles zu unterdrücken, denn sie war eine lebensfrohe und gebende Person. Am Tag, als sie sich das erste Mal sahen, hatte sich Charles in sie verliebt. Fünf Monate danach hatten sie geheiratet. Während der letzten zwei Jahre war seine Liebe für sie nur noch gewachsen.

Je mehr die Dunkelheit zurückwich, um so deutlicher konnte Charles das sanfte Profil seiner schlafenden Frau erkennen. Sie lag auf dem Rücken, ihr rechter Arm wie zufällig auf dem Kissen über ihrem Kopf. Sie war zweiunddreißig Jahre alt, doch sie sah viel jünger aus, was anfangs die dreizehn Jahre Altersunterschied zwischen ihnen noch betont hatte. Charles war fünfundvierzig und er mußte zugeben, daß er auch so alt aussah. Cathryn aber sah aus wie fünfundzwanzig. Gestützt auf seinen linken Ellbogen, betrachtete Charles ihre zarten Gesichtszüge. Dann ließ er die Finger seiner rechten Hand an der Linie ihres Haaransatzes über der Stirn entlanggleiten und die weichen braunen Strähnen hinunter zu ihren Schultern. Ihr Gsicht, das im ersten Morgenlicht lag, schien zu strahlen. Charles ließ seine Augen der leicht geschwungenen Linie ihrer Nase folgen, deren Flügel unter Cathryns regelmäßigem Atem sanft erzitterten. Während er seine Frau still bewunderte, spürte Charles tief in sich ein Verlangen erwachen. Er sah hinüber zum Wecker, noch zwanzig Minuten, bevor er klingeln würde. Zufrieden ließ er sich wieder in das kuschelige Laken sinken, dann drängte er sich ganz nahe an seine Frau und wunderte sich selbst, wie gut es ihm doch ging. Er konnte sich sogar auf seine Tage am Institut freuen. In immer schnelleren Schritten ging seine Arbeit voran. Wie ein Stich durchfuhr ihn die Erregung. Was, wenn er, Charles Martel, der Junge aus Teaneck in New Jersey, den ersten erfolgreichen Schritt tun würde bei dem Versuch, das Geheimnis der Krebskrankheit zu lüften? Charles wußte, daß die Möglichkeit dazu immer wahrscheinlicher wurde, und dabei war er nicht einmal als Forschungsmediziner ausgebildet worden. Er war Internist mit dem Spezialgebiet Allergien gewesen, als Elisabeth, seine erste Frau, erkrankt war. Nach ihrem Tod hatte er seine gutgehende Praxis aufgegeben und war ans Weinburger-Institut gegangen, um sich ganz der Forschung zu widmen. Es war eine Reaktion auf Elisabeths Tod gewesen. Und obwohl ihn einige Kollegen gewarnt hatten, daß ein Berufswechsel der falsche Weg war, um mit dem Problem fertig zu werden, war er in der neuen Umgebung gut zurechtgekommen.

Als Cathryn spürte, daß ihr Mann bereits wach war, drehte sie sich auf seine Seite und fand sich sofort in einer festen Umarmung wieder. Sie rieb sich den Schlaf aus den Augen, sah Charles ins Gesicht und mußte lachen. Er sah so lausbübisch aus, was gar nicht typisch für ihn war.

»Was geht da vor in deinem kleinen Gehirn?« fragte sie lächelnd.

»Ich hab' dich nur angeschaut.«

»Wundervoll! Sicher sehe ich jetzt so gut aus wie nur selten.«

»Du siehst einfach atemberaubend aus«, neckte Charles sie und strich ihr das dichte Haar aus der Stirn.

Cathryn war jetzt hellwach und spürte sein drängendes Verlangen. Ihre Hand glitt am Körper ihres Mannes hinunter und stieß gegen sein hartes Glied. »Und was ist das?« fragte sie.

»Dafür übernehme ich keine Verantwortung«, antwortete Charles. »Dieser Teil meines Körpers hat seinen eigenen Willen.«

»Unser polnischer Papst sagt, daß ein Mann nicht mit lüsternen Augen nach seiner Frau sehen soll.«

»Das habe ich auch nicht getan«, antwortete Charles lächelnd. »Ich habe an meine Arbeit gedacht.«

Als die ersten Schneeflocken auf das Giebeldach fielen, fanden sie mit einer so tiefen Leidenschaft und Zärtlichkeit zueinander, die Charles jedesmal aufs neue überwältigte. Dann klingelte der Wecker. Der Tag begann.

Schon von weitem konnte Michelle Cathryn rufen hören, ihr Traum brach ab. Sie hatte mit ihrem Vater ein Feld überquert. Michelle versuchte, die Stimme zu überhören, aber sie kam wieder. Dann fühlte sie eine Hand auf ihrer Schulter, und als sie sich herumdrehte, sah sie in Cathryns lächelndes Gesicht. »Zeit zum Aufstehen«, sagte die Stiefmutter freundlich.

Michelle atmete tief ein und nickte zum Zeichen, daß sie wach war. Sie hatte eine schlechte Nacht hinter sich, so voller beängstigender Träume, daß sie schweißgebadet war. Unter der Decke war ihr heiß gewesen, aber wenn sie sich von ihr befreite, hatte sie gefroren. Mehrmals hatte sie in der Nacht daran gedacht, zu ihrem Vater zu gehen. Und sie hätte es auch getan, wenn er allein gewesen wäre.

»Mein Gott, du siehst ja ganz erhitzt aus«, sagte Cathryn, als sie die Vorhänge zurückgezogen hatte. Sie beugte sich über Michelles Bett und legte ihr die Hand auf die Stirn. Sie war heiß.

»Ich glaube, du hast wieder Fieber.« Cathryns Stimme hatte einen mitfühlenden Klang. »Fühlst du dich krank?«

»Nein«, antwortete Michelle hastig. Sie wollte nicht wieder krank sein. Sie wollte nicht wieder zu Hause bleiben müssen und in der Schule fehlen. Sie wollte aufstehen und den Orangensaft zubereiten, wie sie es immer getan hatte.

»Auf alle Fälle müssen wir deine Temperatur messen«, sagte Cathryn. Sie ging in das Bad nebenan. Als sie zurückkehrte, schüttelte sie mehrmals das Thermometer und sah immer wieder prüfend auf die Quecksilbersäule. »Es dauert ja nur ein paar Minuten, dann wissen wir es wenigstens genau.« Sie steckte Michelle das Thermometer in den Mund. »Unter die Zunge. Ich komme zurück, wenn ich deine Brüder geweckt habe.«

Die Zimmertür schloß sich, und sofort nahm Michelle das Thermometer wieder aus dem Mund. Selbst in der kurzen Zeit war das Quecksilber auf 37,2 Grad geklettert. Sie hatte Fieber, und sie wußte es. Ihre Beine schmerzten, und im Magen hatte sie ein flaues Gefühl. Michelle steckte das Thermometer wieder in den Mund. Von ihrem Bett aus konnte sie aus dem Fenster sehen, auf ihr Spielhaus, das Charles für sie aus einem alten Verschlag gebaut hatte. Als sie den frischgefallenen Schnee auf dem Dach des Hauses sah, durchfuhr sie ein Frösteln. Michelle sehnte sich nach dem Frühling und nach den gemächlichen Tagen, die sie in ihrem verwunschenen Häuschen verbringen konnte. Nur sie und ihr Vater.

Als die Tür geöffnet wurde, war der fünfzehnjährige Jean Paul schon wach. Er saß aufgestützt in seinem Bett und las in seinem Physikbuch. Auf dem Regal hinter seinem Kopf stand ein kleines Uhrenradio und spielte einen Softrock. Er trug einen dunkelroten Pyjama mit einer blauen Paspel, ein Weihnachtsgeschenk von Cathryn.

»Du hast noch zwanzig Minuten Zeit«, sagte Cathryn aufmunternd.

»Danke, Mom«, antwortete Jean Paul lächelnd.

Cathryn blieb stehen und schaute zurück zu dem Jungen. Ein warmes Gefühl durchströmte sie. Am liebsten wäre sie jetzt zu ihm hingelaufen, um ihn in die Arme zu schließen. Aber sie widerstand dem inneren Wunsch. Sie hatte gelernt, daß alle Martels etwas zurückhaltend waren, wenn es um körperliche Berührung ging. Anfangs war es ihr schwergefallen, damit zurechtzukommen. Cathryn war im italienischen North End von Boston aufgewachsen, wo man sich bei jeder Gelegenheit anfaßte und in den Arm nahm. Cathryn fühlte sich als hundertprozentige Italienerin, obwohl ihr Vater Lette gewesen war. Er hatte die Familie verlassen, als Cathryn zwölf war, und sie war ohne seinen Einfluß groß geworden. »Bis zum Frühstück«, sagte sie.

Jean Paul wußte, daß Cathryn es gern hatte, wenn er sie Mom nannte, und er tat es gern. Es war ein so geringer Preis für die Wärme und die Aufmerksamkeit, mit denen sie ihn dafür verwöhnte. Jean Paul war von einem überbeschäftigten Vater großgezogen worden, und immer hatte er sich im Schatten seines älteren Bruders Chuck gefühlt und seiner unwiderstehlichen kleinen Schwester Michelle. Dann war Cathryn gekommen, die Aufregungen der Hochzeit, und schließlich hatte Cathryn die drei Kinder ihres Mannes adoptiert. Jean Paul hätte sie auch ›Großmutter‹ genannt, wenn sie es gewollt hätte. Er glaubte, daß er Cathryn genauso gern hatte wie seine richtige Mutter; auch wenn er sich kaum noch an sie erinnern konnte. Er war sechs Jahre alt gewesen, als sie starb.

Mühsam öffnete Chuck die Augen, als er die erste Berührung von Cathryns Hand spürte. Aber er behielt den Kopf unter dem Kissen und tat, als schliefe er noch. Er wußte, daß er nur zu warten brauchte, dann würde sie ihn noch einmal berühren, nur ein kleines bißchen heftiger. Er behielt recht, doch diesmal schüttelten zwei Hände seiner Schulter, bevor das Kissen endgültig weggezogen wurde. Chuck war achtzehn Jahre alt, und seit genau einem halben Jahr besuchte er die Northeastern University. Es lief nicht gerade gut für ihn, und er fürchtete schon die anstehenden Semesterabschlußprüfungen. Sie würden in einer Katastrophe enden. Und zwar in sämtlichen Fächern – bis auf Psychologie.

»Noch fünfzehn Minuten«, sagte Cathryn. »Dein Vater will heute früh im Labor sein.«

»Scheiße«, zischte Chuck im Flüsterton.

»Charles, Junior!« Cathryn tat, als sei sie schockiert.

»Ich steh' nicht auf.« Chuck riß Cathryn das Kissen aus den Händen und begrub seinen Kopf darunter.

»O ja, du wirst sehr wohl aufstehen«, sagte Cathryn und zog die Bettdecke zurück.

Chuck, der nur eine Unterhose trug, war plötzlich der Morgenkälte ausgesetzt. Mit einem Satz sprang er auf und warf sich die Decke um den Körper. »Ich habe dir gesagt, du sollst das sein lassen«, knirschte er.

»Und ich habe dir gesagt, daß du deinen Sportplatzton in der Umkleidekabine lassen sollst«, antwortete Cathryn. »Fünfzehn Minuten!«

Cathryn drehte sich auf dem Absatz um und ging aus dem Zimmer. Chucks Gesicht war rot vor unterdrückter Wut. Er sah ihr nach, wie sie den Flur hinunter zu Michelles Zimmer ging. Sie trug ein Nachthemd aus alter Seide, das sie auf einem Flohmarkt gekauft hatte. Es war von tiefer Pfirsichfarbe, fast so wie ihre Haut. Ohne große Anstrengung konnte Chuck sich Cathryn nackt vorstellen. Sie war nicht alt genug, um seine Mutter sein zu können.

Er streckte den Arm aus, packte die Kante der Tür und warf sie zu. Nur weil sein Vater schon vor acht in seinem Labor sein wollte, mußte Chuck wie irgendein gottverdammter Farmer in aller Herrgottsfrühe aufstehen. Der große Wissenschaftler! Chuck rieb sich das Gesicht, sein Blick fiel auf das offene Buch neben seinem Bett. Den größten Teil der letzten Nacht hatte er darin gelesen. Für seine Kurse konnte er es nicht gebrauchen, aber das war wahrscheinlich auch der Grund, warum er es gern las. Er hätte sich mit Chemie beschäftigen sollen, denn darin hatte er alle Chancen durchzufallen. Großer Gott, was würde sein Vater sagen, wenn er durchfiel! Es hatte schon einen fürchterlichen Streit gegeben, als Chucks Leistungen nicht gereicht hatten, um an Charles' alter Universität angenommen zu werden. Harvard. Und wenn er jetzt auch noch in Chemie durchfiel... Chemie war das Hauptfach von Charles gewesen.

»Ich will sowieso nicht so ein gottverdammter Arzt werden«, fauchte Chuck. Dann stand er auf und zog sich seine schmutzige Levi's-Jeans an. Er war stolz darauf, daß die Hose noch nie gewaschen worden war. Im Badezimmer beschloß er, sich nicht zu rasieren. Vielleicht würde er sich einen Bart stehenlassen.

Bekleidet mit einem Lendentuch aus dickem Samtstoff, das die fünfzehn Pfund Übergewicht auch noch übertrieben betonte, stand Charles vor dem Waschbecken und seifte sein Gesicht ein. In seinem Kopf versuchte er die Myriaden von Fakten zu ordnen, die mit seinem gegenwärtigen Forschungsprojekt verbunden waren. Das Gebiet der Immunologie lebender Organismen war so komplex, daß er immer wieder staunen mußte und aufs neue angeregt wurde, besonders jetzt, da er glaubte, sehr nahe vor einigen wirklichen Antworten zur Behandlung von Krebs zu stehen. Charles war schon öfter so erregt gewesen, und genausooft hatte er sich getäuscht. Das wußte er selbst am besten. Aber jetzt waren seine Vorstellungen auf jahrelanges, sorgfältiges Experimentieren gegründet, und noch dazu unterstützt von jederzeit wiederholbaren Tatsachen.

Charles begann den Zeitplan für seinen Arbeitstag zu entwerfen. Er wollte heute die Arbeit mit der neuen HR7-Mäusezucht beginnen, die erheblichen Brustkrebs trug. Er hoffte, die Tiere ›allergisch‹ gegen den eigenen Tumor machen zu können. Charles spürte, daß er diesem Ziel näher und näher kam.

Cathryn öffnete die Tür und drängte sich an ihm vorbei. Rasch zog sie ihr Nachthemd aus und eilte unter die Dusche. Wasser und Dampf schlugen gegen den Duschvorhang. Einen Augenblick später zog sie den Vorhang zurück und rief nach Charles.

»Ich glaube, daß ich Michelle jetzt einmal zu einem richtigen

Arzt bringen muß«, sagte sie, bevor sie wieder hinter dem Duschvorhang verschwand.

Charles unterbrach sich beim Rasieren und versuchte, sich nicht über die sarkastische Anspielung mit dem ›richtigen‹ Arzt zu ärgern. Das war ein empfindliches Thema zwischen ihnen. »Ich habe wirklich gedacht, daß eine Ehe mit einem Arzt mir wenigstens die medizinische Versorgung meiner Familie garantiert«, übertönte Cathryn das Rauschen der Dusche. »Wie konnte ich mich so täuschen!«

Angestrengt untersuchte Charles sein halb rasiertes Gesicht im Spiegel, wobei er feststellte, daß seine Augenlider etwas aufgedunsen waren. Er wollte unbedingt einen Streit vermeiden. Die Tatsache, daß sich die meisten ›medizinischen Probleme‹ der Familie innerhalb von vierundzwanzig Stunden von selbst lösten, machte auf Cathryn keinen Eindruck. Ihre neuerwachten Mutterinstinkte verlangten Spezialisten für jeden Schnupfen, jeden Kopfschmerz und jeden Durchfall.

»Fühlt sich Michelle immer noch schlecht?« fragte Charles. Es war klüger, über Heilmittel zu reden.

»Das sollte ich gerade dir nicht sagen müssen. Das Kind fühlt sich schon seit einiger Zeit krank.«

Erbittert zog Charles den Duschvorhang zur Seite. »Cathryn, ich bin Krebsforscher und kein Kinderarzt.«

»Oh, entschuldige bitte.« Cathryn hob ihr Gesicht dem Wasserstrahl entgegen. »Ich dachte, du wärst Arzt.«

»Ich lasse mir von dir keinen Streit aufdrängen«, antwortete Charles gereizt. »Viele Leute haben jetzt Grippe. Und Michelle ist anfällig dafür. Man fühlt sich eine Woche lang elend, und dann ist alles vorbei.«

Cathryn nahm ihren Kopf aus dem Wasserstrahl und sah Charles direkt ins Gesicht. »Nur, daß sich Michelle schon seit vier Wochen schlecht fühlt.«

»Vier Wochen?« fragte Charles. Die Zeit schien sich angesichts seiner Arbeit in nichts aufzulösen.

»Vier Wochen«, wiederholte Cathryn. »Ich glaube nicht, daß ich gleich beim ersten Anzeichen einer Erkältung in Panik gerate. Aber ich glaube, es ist besser, wenn ich mit Michelle ins Kinderkrankenhaus fahre, damit Dr. Wiley sie sich einmal ansieht. Außerdem kann ich dann gleich den kleinen Schonhauser besuchen.«

»Also gut, ich schau' mir Michelle an«, gab Charles nach. Dann drehte er sich wieder zum Waschbecken. Vier Wochen waren eine lange Zeit für eine Grippe. Vielleicht hatte Cathryn übertrieben, aber er hütete sich, noch einmal zu fragen. Besser wechselte er das Thema. »Was hat der kleine Schonhauser?« Die Schonhausers waren Nachbarn von ihnen, die knapp zwei Kilometer den Fluß hinauf wohnten. Henry Schonhauser war Chemiker am M. I. T. und einer der wenigen Menschen, mit denen Charles auch gern einmal einen Abend verbrachte. Der Junge der Schonhausers, Tad, war ein Jahr älter als Michelle. Doch weil sein Geburtstag so ungünstig fiel, waren beide in derselben Klasse.

Cathryn stieg aus der Duschwanne, zufrieden, daß ihre Taktik, Charles an das Bett von Michelle zu dirigieren, so hervorragend geklappt hatte. »Tad ist seit drei Wochen im Krankenhaus. Soviel ich gehört habe, ist er sehr krank. Aber ich habe seit seiner Einlieferung nicht mehr mit Marge gesprochen.«

»Welche Diagnose?« Charles hielt den Rasierer unter seine linke Kotelette.

»Etwas, das ich noch nie gehört habe. Elastische Anämie oder so ähnlich.« Cathryn rieb ihren Körper mit einem Handtuch ab.

»Aplastische Anämie?« fragte Charles ungläubig.

»Ja, so hörte es sich an.«

»Mein Gott.« Charles lehnte sich an das Waschbecken. »Das ist schrecklich.«

»Was ist das?« Eine Angst durchfuhr Cathryn.

»Es ist eine Krankheit, bei der das Knochenmark aufhört, Blutzellen zu bilden.«

»Ist das eine ernste Krankheit?«

»Es ist in jedem Fall ernst und meistens auch tödlich.«

Cathryns Arme hingen schlaff an ihren Seiten herunter, ihr feuchtes Haar glich einem nassen Mop. Ein merkwürdiges Gefühl aus Mitleid und Furcht breitete sich in ihrem Körper aus. »Ist es ansteckend?«

»Nein«, antwortete Charles abwesend. Er versuchte sich an

das zu erinnern, was er über das Krankheitsbild wußte. Es war keine gewöhnliche Krankheit.

»Michelle und Tad sind viel zusammen gewesen«, sagte Cathryn. Ihre Stimme klang zögernd.

Charles sah sie an und merkte, daß ihre Zweifel noch nicht ausgeräumt waren. »Augenblick jetzt, du glaubst doch nicht etwa, daß Michelle auch eine aplastische Anämie hat, oder?«

»Könnte es denn sein?«

»Nein. Mein Gott, du bist wie ein Medizinstudent. Kaum hörst du von einer neuen Krankheit, denkst du fünf Minuten später schon, daß du selbst oder deine Kinder sie haben. Aplastische Anämie ist unglaublich selten. Meistens hängt ihr Ausbruch mit einem Medikament oder eine Chemikalie zusammen. Es ist entweder eine Vergiftung oder eine allergische Reaktion. Doch die tatsächliche Ursache wird in den meisten Fällen nicht gefunden. Auf keinen Fall aber ist sie ansteckend. Trotzdem, der Junge tut mir leid.«

»Und ich habe Marge nicht einmal angerufen«, sagte Cathryn. Sie beugte sich vor und betrachtete ihr Gesicht im Spiegel. Sie versuchte sich vorzustellen, unter welcher seelischen Belastung Marge jetzt stand. Es gab keine Entschuldigung für ihre Gedankenlosigkeit. Besser, sie schrieb sich wieder alles auf Notizzettel, wie sie es vor ihrer Heirat getan hatte.

Gedankenverloren rasierte Charles seine linke Gesichtshälfte. Vielleicht war aplastische Anämie die Krankheit, der er auf den Grund gehen sollte. Konnte sie einen Anhaltspunkt liefern über den Aufbau des Lebens? Wo war der Kontrollmechanismus, der die Funktion des Knochenmarks ausschaltete? Das war der entscheidende Punkt. Denn nach all seinen Arbeiten war Charles der Überzeugung, daß die Frage der Kontrolle der Schlüssel zum Verständnis von Krebs war.

Sanft klopfte Charles mit dem Knöchel seines Zeigefingers an Michelles Tür. Dann lauschte er in die Stille, doch er hörte nur das Geräusch der Dusche im nebenan gelegenen Badezimmer. Leise öffnete er die Tür. Michelle lag auf ihrem Bett, das Gesicht abgewandt. Plötzlich drehte sie sich herum, und sie blickten einander ins Gesicht. Die Tränen, die Michelle über die erhitzten Wangen flossen, funkelten im Morgenlicht. Charles empfand heftiges Mitleid.

Michelle hatte die Decke bis zu ihren Augen hochgezogen. Charles setzte sich zu ihr auf die Bettkante, beugte sich zu ihr hinunter und küßte sie auf die Stirn. Seine Lippen spürten ihr Fieber. Dann richtete er sich auf und sah hinunter auf sein kleines Mädchen. Leicht konnte er in Michelles Gesicht die Züge von Elisabeth, seiner ersten Frau, wiederfinden. Sie hatte dasselbe volle, schwarze Haar, dieselben hohen Wangenknochen und vollen Lippen, dieselbe makellose Haut. Von Charles hatte Michelle die leuchtend blauen Augen, die ebenmäßigen weißen Zähne und leider auch die etwas breite Nase. Für Charles war sie das schönste zwölfjährige Mädchen auf der ganzen Welt.

Mit seinem Handrücken wischte er ihr die Tränen von den Wangen.

»Es tut mir leid, Daddy«, sagte Michelle unter Schluchzen.

»Was tut dir leid?« fragte Charles sanft.

»Es tut mir leid, daß ich wieder krank bin. Ich will keine Last für euch sein.«

Charles nahm sie in den Arm. Sie fühlte sich zerbrechlich an. »Du bist doch keine Last. So etwas will ich gar nicht erst hören. Und nun laß dich anschauen.«

Verlegen wegen ihrer Tränen hielt Michelle ihr Gesicht abgewandt, als Charles sich zurücklehnte, um sie zu untersuchen. Zärtlich legte er seine Hand um ihr Kinn und hob ihr Gesicht zu seinem empor. »Jetzt sag mir, wie du dich fühlst. Was tut dir weh?«

»Ich fühl' mich nur ein bißchen schwach, das ist alles. Ich kann zur Schule gehen, ganz bestimmt.«

»Ist der Hals entzündet?«

»Ein bißchen. Nicht schlimm. Cathryn sagt, daß ich nicht zur Schule darf.«

»Fehlt dir sonst noch etwas? Hast du Kopfschmerzen?«

»Ein bißchen, aber es ist schon besser geworden.«

»Und die Ohren?«

»Die sind in Ordnung.«

»Der Bauch?«

»Der tut ein bißchen weh.«

Charles zog Michelles unteres Augenlid herunter. Die Bindehaut war blaß. Ja, ihr ganzes Gesicht war blaß. »Laß mich deine Zunge sehen.« Plötzlich fiel Charles ein, wie lange es schon her war, seit er diese klinischen Untersuchungen das letzte Mal gemacht hatte. Michelle streckte ihre Zunge heraus und schaute ihrem Vater aufmerksam in die Augen, um auch das kleinste Zeichen von Sorge sofort herauslesen zu können. Charles fühlte unter den Winkel ihres Unterkiefers, und sie zog die Zunge wieder in den Mund. »Ist das da empfindlich?« fragte Charles, als seine Finger einige kleine Lymphknoten ertasteten.

»Nein«, antwortete Michelle.

Charles ließ sie sich auf die Bettkante setzen, das Gesicht von ihm abgewandt. Dann zog er ihr Nachthemd hoch. Plötzlich erschien Jean Pauls Kopf in der Verbindungstür zum Badezimmer. Er wollte seiner Schwester sagen, daß die Dusche jetzt frei war.

»Verschwinde hier«, schrie Michelle. »Dad, sag Jean Paul, daß er weggehen soll.«

»Raus!« sagte Charles. Jean Paul verschwand. Kurz darauf konnte man ihn mit Chuck lachen hören.

Etwas ungeschickt klopfte Charles den Rücken Michelles ab. Doch es reichte, ihn zu überzeugen, daß ihre Lungen klar waren. Dann ließ er sie sich zurück auf das Bett legen und zog ihr Nachthemd hoch bis zu ihren kleinen Brüsten. Rhythmisch hob und senkte sich ihr schmaler Unterleib. Sie war so mager, daß er ihr Herz nach jedem Schlag zurückfallen sehen konnte. Mit seiner rechten Hand begann Charles ihr Abdomen abzutasten. »Versuch jetzt, dich zu entspannen. Wenn es weh tut, sag es mir.«

Michelle versuchte stillzuliegen, aber Charles' Hand war so kalt, daß sie sich zu winden begann. Dann spürte sie einen Schmerz. »Wo?« fragte Charles. Michelle zeigte es ihm, und vorsichtig befühlte Charles die Stelle noch einmal. Er stellte fest, daß die Schmerzzone entlang der Mittellinie von Michelles Abdomen verlief. Dann legte er seine Finger genau unter ihre rechten Rippen und forderte sie auf, einzuatmen. Als sie es tat, spürte er die empfindungslose Spitze ihrer Leber unter seinen Fingern vorbeigleiten. Sie sagte, daß es ihr ein bißchen weh getan hätte. Dann stützte er Michelle mit seiner linken Hand und fühlte nach ihrer Milz. Zu seiner Überraschung hatte er keine Schwierigkeiten, sie zu ertasten. Als er noch praktizierte, hatte er bei diesem Versuch immer Probleme gehabt, und er fragte sich, ob Michelles Milz nicht unnatürlich vergrößert war.

Dann stand er auf und sah Michelle an. Sie wirkte abgemagert, aber sie war immer schlank gewesen. Charles ließ seine Hände an ihren Beinen hinuntergleiten, um den Spannungszustand der Muskeln zu fühlen. Als er mehrere Blutergüsse entdeckte, hielt er inne. »Woher sind die vielen schwarzen und blauen Stellen?«

Michelle zuckte die Schultern.

»Hast du Schmerzen in den Beinen?«

»Ein bißchen. Meistens in den Knien und Knöcheln nach der Gymnastik. Aber wenn Cathryn mir einen Zettel schreibt, brauche ich nicht mitzumachen.«

Nachdem er sich wieder aufgerichtet hatte, sah Charles seine Tochter noch einmal aufmerksam an. Sie war blaß, hatte verschiedene kleine Schmerzstellen, ein paar Lymphknoten und Fieber. Das konnte alles auf eine kleine unbedeutende Virusinfektion hindeuten. Aber vier Wochen! Vielleicht hatte Cathryn recht. Vielleicht sollte Michelle wirklich einmal zu einem ›richtigen‹ Arzt gehen.

»Bitte, Dad«, sagte Michelle. »Ich kann nicht wieder in der Schule fehlen, wenn ich ein Wissenschaftler werden soll wie du.«

Charles lächelte. Michelle war immer ein frühentwickeltes Kind gewesen, und diese geschickte Schmeichelei war ein gutes Beispiel. »Wenn du ein paar Tage in der Schule fehlst, wird das deiner Karriere nicht schaden«, sagte Charles. »Cathryn wird heute mit dir ins Krankenhaus zu Dr. Wiley fahren.«

»Aber er ist ein Baby-Doktor!« rief Michelle trotzig.

»Er ist Kinderarzt, und er hat Patienten bis zu achtzehn Jahren, meine Liebe.«

»Ich will, daß du mich hinfährst.«

»Ich kann nicht. Ich muß ins Labor. Warum ziehst du dich jetzt nicht an und kommst hinunter zum Frühstück?«

»Ich habe keinen Hunger.«

»Michelle, sei nicht so störrisch.«

»Ich bin nicht störrisch. Ich hab' nur keinen Hunger.«

»Du kannst wenigstens etwas Saft trinken.« Charles zwickte Michelle leicht in die Wange.

Michelle sah ihrem Vater hinterher, als er das Zimmer verließ. Von neuem liefen ihr die Tränen über das Gesicht. Sie fühlte sich schrecklich und wollte nicht ins Krankenhaus fahren. Was aber am schlimmsten war, sie fühlte sich einsam. Sie wollte, daß ihr Vater sie lieber hatte als alles in der Welt, und sie wußte, daß es Charles störte, wenn eins seiner Kinder krank war. Sie mühte sich hoch, bis sie im Bett saß. Dann legte sie ihre Arme um ihren Körper, als ein Schwindel sie erfaßte.

»Mein Gott, Chuck.« Charles' Stimme war voller Abscheu. »Du siehst aus wie ein Landstreicher.«

Chuck überhörte seinen Vater. Er holte sich sein Getreidemüsli aus dem Schrank, goß etwas Milch darüber und setzte sich. Zum Frühstück galt, daß jeder sich selbst versorgen mußte, bis auf den Orangensaft, den für gewöhnlich Michelle frisch auspreßte. Heute hatte Cathryn ihn angerichtet.

Chuck trug einen fleckigen Sweater, seine schmutzige Jeans, deren Beine er so lang gelassen hatte, daß er schon auf den ausgefransten Enden ging. Sein Haar war ungekämmt und daß er sich nicht rasiert hatte, sah man überdeutlich.

»Mußt du wirklich so schlampig herumlaufen?« fing Charles noch einmal an. »Ich dachte, der Hippie-Look ist aus der Mode und daß man sich am College wieder anständig anzieht.«

»Du hast recht. Hippie ist out«, sagte Jean Paul. Er kam in die Küche und goß sich ein Glas Orangensaft ein. »Punk ist jetzt in.«

»Punk?« fragte Charles. »Ist Chuck ein Punk?«

»Nein«, lachte Jean Paul. »Chuck ist nur Chuck.«

Chuck sah von seinem Frühstücksmüsli auf und zischte seinem Bruder ein paar Obszönitäten zu. Aber Jean Paul beachtete ihn nicht und schlug einfach sein Physikbuch auf. Ihm war eingefallen, daß sein Vater noch nie bemerkt hatte, was er trug. Es war immer nur Chuck.

»Wirklich, Chuck«, sagte Charles. »meinst du ehrlich, daß du so heruntergekommen aussehen mußt?« Chuck ließ die

Frage unbeantwortet. Mit wachsender Erbitterung sah Charles auf seinen essenden Sohn. »Chuck, ich rede mit dir.«

Cathryn streckte einen Arm aus und legte ihre Hand auf Charles' Arm. »Laß uns darüber nicht beim Frühstück streiten. Du weißt, wie das am College ist. Laß ihn, wie er ist.«

»Ich denke doch, daß ich zumindest eine Antwort verdient habe«, beharrte Charles.

Chuck sah seinem Vater ins Gesicht. Er atmete tief ein und stieß die Luft dann hörbar durch die Nase wieder aus, um seine Verärgerung zu unterstreichen. »Ich bin kein Arzt«, sagte er. »ich muß mich an keine Kleiderordnung halten.«

Die Blicke des Vaters und des älteren Sohnes trafen sich. ›Nur weil du gute Noten in Chemie hattest, glaubst du wohl, alles zu wissen; aber du täuschst dich‹, dachte Chuck im stillen. Charles musterte das Gesicht seines Sohnes und wunderte sich, wie der Junge mit so wenig Grundlage so viel Arroganz zeigen konnte. Sicher war er intelligent genug, aber auch hoffnungslos faul. Seine Leistungen auf der High-School waren derart gewesen, daß Harvard ihn abgewiesen hatte, und Charles hatte das Gefühl, daß er auch auf der Northeastern University nicht gerade durch Glanzleistungen auffiel. Charles fragte sich, was er als Vater falsch gemacht haben könnte. Aber allein der Gedanke an eine eigene Schuld fiel ihm schwer, wenn er sich seinen zweiten Sohn ansah. Er sah hinüber zu Jean Paul: der Junge war gepflegt, unproblematisch und fleißig. Es war kaum glaublich, daß die beiden von demselben Erbmaterial abstammten und zusammen aufgewachsen waren. Charles' Aufmerksamkeit wandte sich wieder Chuck zu. Der trotzige Gesichtsausdruck des Jungen hatte sich noch nicht geändert, aber Charles spürte, daß er selbst kein Interesse mehr an ihrem Streitthema hatte. Er hatte an wichtigere Dinge zu denken.

»Ich hoffe, daß dein äußeres Erscheinungsbild nichts mit deinen Leistungen an der Universtität gemein hat«, sagte Charles ruhig. »Ich gehe davon aus, daß du gut zurechtkommst. Wir haben lange nichts mehr darüber gehört.«

»Ich komm' schon zurecht«, antwortete Chuck und sah wieder auf seinen Teller. Es war ein ganz neues Gefühl für ihn, gegen den Vater aufzubegehren. Vor seinem Studium war er noch jeder Auseinandersetzung aus dem Weg gegangen. Jetzt nahm er jeden Streit sofort an. Chuck war sich sicher, daß Cathryn sein neues Verhalten bemerkt hatte und auch billigte. Schließlich wurde auch sie von Charles tyrannisiert.

»Wenn ich mit dem Kombi nach Boston fahren muß, brauche ich noch etwas Geld.« Cathryn hoffte, endlich auf ein anderes Thema lenken zu können. »Und dabei fällt mir ein, daß auch der Öllieferant angerufen hat. Die Firma beliefert uns erst wieder, wenn die Rechnung bezahlt ist.«

»Erinnere mich heute abend noch einmal daran«, sagte Charles schnell. Er wollte nicht über Geld reden.

»Mein Semestergeld ist auch noch nicht bezahlt«, warf Chuck ein. Cathryn hob den Kopf und sah zu Charles in der Hoffnung, daß er Chucks Behauptung sofort widersprechen würde. Das Semestergeld belief sich auf eine ziemliche Summe.

»Gestern hab' ich eine schriftliche Mahnung bekommen«, fuhr Chuck fort. »Das Geld sei schon längst fällig gewesen. Und wenn es nicht bezahlt wird, bekomm' ich meine Kurse nicht benotet.«

»Aber das Geld ist doch vom Konto abgebucht worden«, sagte Cathryn.

»Ich hab' das Geld für das Labor gebraucht«, erklärte Charles.

»Was?« Cathryn war völlig entgeistert.

»Wir bekommen es zurück. Ich brauchte dringend eine neue Mäusezucht, und unser Subventionsfonds ist erst wieder ab März flüssig.«

»Du hast Ratten für Chucks Semestergeld gekauft?« fragte Cathryn.

»Mäuse«, korrigierte Charles.

Mit dem guten Gefühl, der unschuldige Dritte zu sein, sah Chuck dem Wortwechsel zu. Schon seit Monaten hatte er von der Universitätskasse Mahnungen erhalten. Aber er hatte sie nie mit nach Hause gebracht, weil er auf eine Gelegenheit warten wollte, das Thema anschneiden zu können, ohne daß gleichzeitig seine Leistungen zur Debatte standen. Es hätte sich gar nicht besser ergeben können.

»Das ist ja herrlich«, sagte Cathryn erbost. »Und wovon sollen wir bis März leben, wenn Chucks Rechnung bezahlt ist?«

»Ich werde mich schon darum kümmern«, schnauzte Charles zurück. Seine Abwehrhaltung hatte sich in Zorn verwandelt.

»Ich glaube, ich werde mich um eine Arbeit bemühen«, sagte Cathryn. »Brauchen sie bei dir am Institut vielleicht eine Schreibhilfe?«

»Himmel noch einmal, wir leben in keiner ernsten Krise!« antwortete Charles. »Ich habe alles fest in der Hand. Aber du kannst etwas tun, und zwar deine Doktorarbeit beenden. Dann kannst du dir wenigstens eine Arbeit suchen, die deiner Ausbildung entspricht.«

Seit fast drei Jahren versuchte Cathryn ihre Literaturarbeit endlich zu beenden.

»So ist das also. Weil ich meinen Abschluß noch nicht habe, kann Chucks Semestergeld nicht bezahlt werden«, sagte Cathryn sarkastisch.

Michelle erschien in der Küchentür. Cathryn und Charles sahen beide zu ihr hinüber, ihr Streit war im Moment vergessen. Michelle trug einen weißen Rollkragenpullover und darüber einen blaßroten Sweater, was sie älter aussehen ließ als ihre zwölf Jahre. Ihr Gesicht, das die schwarzen Haare wie ein Rahmen einfaßten, war ungewöhnlich blaß. Sie ging hinüber zum Küchenschrank und füllte sich ein Glas mit Organensaft. »Uuh«, sie hatte gerade den ersten Schluck getrunken. »Ich mag es nicht, wenn Luftblasen im Saft sind.«

»Schaut euch das an«, sagte Jean Paul. »Die kleine Prinzessin spielt krank, um nicht in die Schule zu müssen.«

»Ärgere deine Schwester nicht«, fuhr Charles ihn an.

Plötzlich riß ein heftiges Niesen Michelles Kopf nach vorn, Saft aus ihrem Glas spritzte auf den Boden. Sie fühlte etwas Flüssiges aus ihrer Nase strömen und beugte sich instinktiv vor, um den Strom in ihrem gekrümmten Handteller aufzufangen. Zu ihrem Schrecken sah sie, daß es Blut war. »Dad!« schrie Michelle, als das Blut über ihre Hand hinaus auf den Boden lief.

In einer Bewegung sprangen Charles und Cathryn auf. Cathryn griff sich ein sauberes Küchentuch, während Charles Michelle hochhob und hinüber ins Wohnzimmer trug.

Die beiden Jungen sahen auf die kleine Blutpfütze, dann

wieder auf ihr Frühstück und überlegten, welche Folgen das Ereignis auf ihren Appetit haben könnte. Cathryn kam zurück in die Küche gelaufen. Hastig zog sie eine Schale mit Eisstückchen aus dem Gefrierschrank und lief wieder ins Wohnzimmer.

»Uuh«, ließ Chuck sie hören. »Nicht für eine Million würde ich Arzt werden. Ich kann kein Blut sehen.«

»Irgendwie schafft Michelle es immer, im Mittelpunkt zu stehen«, sagte Jean Paul.

»Das kannst du wirklich zweimal sagen.«

»Irgendwie schafft Michelle...« wiederholte Jean Paul. Es war leicht und machte Spaß, Chuck zu ärgern.

»Halt den Mund, Dummkopf.« Chuck stand auf und warf den Rest von seinem Müsli in den Abfall. Vorsichtig umrundete er die Blutspritzer auf dem Küchenboden und verschwand auf der Treppe zu seinem Zimmer.

Nach vier Löffeln hatte Jean Paul seinen Teller leergegessen. Er stellte seinen Teller in den Ausguß, nahm ein Papiertuch und wischte Michelles Blut auf.

»Was für ein Gestank«, sagte Charles, als er durch den Hinterausgang in der Küche ins Freie trat. Der Sturm hatte auf Nordost gedreht und wehte den beißenden Rauch von verbranntem Gummi aus dem Schornstein der Recycling-Anlage herüber.

»Was für ein mieses Kaff zum Leben«, ergänzte Chuck.

Charles' gereizte Stimmung wurde von dem frechen Kommentar nur noch weiter angestachelt, aber er antwortete seinem Sohn nicht. Der Morgen war schon schlimm genug gewesen. Er drückte sein Kinn in die Schaffelljacke, um die herumwirbelnden Schneeflocken fernzuhalten, und stapfte hinüber zu dem windschiefen Stall.

»Sobald das möglich ist, gehe ich nach Kalifornien«, sagte Chuck. Sorgfältig achtete er darauf, daß er genau in die Fußspuren seines Vaters trat. Der Neuschnee lag zwei Zentimeter hoch.

»So, wie du angezogen bist, paßt du da auch bestens hin«, antwortete Charles.

»Jean Paul, der den beiden folgte, lachte laut auf. Sein Atem verwandelte sich sofort in dicke Dampfwolken. Chuck drehte sich um und stieß Jean Paul vom Gehweg in den tieferen Schnee hinein. Ein paar Beschimpfungen flogen hin und her, aber Charles achtete nicht darauf. Es war viel zu kalt, um stehenzubleiben. Die Windböen strichen wie Schmirgelpapier über die Haut, und der Geruch in der Luft war widerlich. Es war nicht immer so gewesen. Die Gummifabrik hatte ihren Betrieb 1971 aufgenommen, ein Jahr nachdem er und Elisabeth das Haus gekauft hatten. Der Umzug war Elisabeths Idee gewesen. Sie wollte, daß ihre Kinder in klarer, frischer Landluft aufwachsen. Was für eine Ironie, dachte Charles, als er den Stall aufschloß. Aber ganz so schlimm war es auch nicht. Sie konnten die Fabrik nur riechen, wenn der Wind aus Nordosten kam, und Gott sei Dank war das nur selten der Fall.

»Mist«, sagte Jean Paul. Er schaute hinunter zum Teich. »Jetzt muß ich heute nachmittag mein Hockeyfeld noch einmal freischaufeln. Du, Dad, wieso friert das Wasser eigentlich nie vor Michelles Spielhaus?«

Charles legte den langen Eisenhaken ein, damit die Tür nicht wieder zuschlagen konnte, und sah hinunter zum Teich. »Das weiß ich auch nicht. Ich habe mir noch nie Gedanken darum gemacht. Das muß irgendwie mit der Strömung zusammenhängen. Die offene Stelle liegt direkt vor dem Flußzulauf, und der ist ja auch nicht zugefroren.«

»Da.« Chuck zeigte hinter das Spielhaus. Auf dem kahlen Uferring, der um den Teich lief, lag eine tote Stockente. »Schon wieder eine tote Ente. Ich glaube, die können den Gestank auch nicht ertragen.«

»Das ist merkwürdig«, sagte Charles. »Seit mehreren Jahren waren keine Enten mehr hier. Als wir gerade hergezogen waren, gab es noch so viele, daß ich sie von Michelles Spielhaus aus schießen konnte. Dann waren sie plötzlich verschwunden.«

»Da ist noch eine«, schrie Jean Paul. »Aber sie lebt noch. Schaut mal, wie sie herumtaumelt.«

»Als ob sie betrunken ist«, sagte Chuck.

»Kommt, wir müssen ihr helfen.«

»Wir haben nicht mehr viel Zeit«, sagte Charles widerwillig.

»Ach, kommt doch.« Jean Paul lief über den gefrorenen Schnee hinunter zum Teich.

Weder Charles noch Chuck teilte seine Begeisterung, aber trotzdem gingen sie ihm nach. Als sie bei Jean Paul ankamen, beugte er sich gerade über das arme Tier, das von Krämpfen geschüttelt wurde.

»Mein Gott, sie hat Epilepsie!« sagte Chuck.

»Was ist mit ihr, Dad?« fragte Jean Paul.

»Ich habe nicht die leiseste Ahnung. Mit Vogelkrankheiten kenne ich mich nicht besonders gut aus.«

Jean Paul wollte den Vogel greifen, um ihn gegen das hilflose Taumeln zu schützen.

»Ich weiß nicht, ob du ihn anfassen solltest«, warnte Charles. »Ich bin nicht sicher, ob auch Enten die Papageienkrankheit übertragen können.«

»Ich glaube, wir sollten sie töten, damit ihr Leiden ein Ende hat«, sagte Chuck.

Charles sah zu seinem älteren Sohn, dessen Augen auf das kranke Tier geheftet waren. Charles kam der Vorschlag von Chuck irgendwie grausam vor, obwohl er sicherlich recht hatte.

»Kann ich sie nicht bis heute abend in den Stall sperren?« bettelte Jean Paul.

»Ich hol' mein Luftgewehr und erschieß' sie«, sagte Chuck. Jetzt konnte er es Jean Paul heimzahlen.

»Nein!« fuhr Jean Paul ihn an. »Kann ich sie in den Stall tun, Dad? Bitte!«

»Also gut«, gab Charles nach. »Aber berühr sie nicht. Lauf ins Haus und hol dir eine Schachtel oder was Ähnliches.«

Jean Paul hetzte los wie ein Hase. Charles und Chuck sahen sich an. »Hast du denn kein Mitleid?« fragte Charles.

»Mitleid? Ausgerechnet du fragst mich, ob ich Mitleid habe! Nach all dem, was du den Tieren in deinem Labor antust. Das ist ein Witz!«

Charles sah seinen Sohn aufmerksam an. Er glaubte, mehr als nur Respektlosigkeit zu sehen. Er glaubte, er sah Haß. Seit dem ersten Tag seiner Pubertät war Chuck für Charles ein Rätsel geworden. Nur mit Mühe konnte er das Verlangen, den Jungen zu ohrfeigen, unterdrücken.

Mit seinem gewohnten Einfallsreichtum hatte Jean Paul eine große Pappschachtel und sogar auch ein altes Kissen gefunden. Er schnitt das Kissen auf und ließ die Federn in den Karton regnen. Mit dem leeren Stofflumpen schützte er dann seine Hände, als er die Ente aufhob und in die Schachtel setzte. Wie er Charles erklärte, sollten die Federn den Vogel vor Verletzungen schützen, wenn er wieder einen Anfall bekam. Und außerdem würden sie ihn auch wärmen. Charles nickte zustimmend, dann stiegen alle drei in das Auto.

Der fünf Jahre alte, rostige Pinto ließ ein klagendes Geräusch hören, als Charles den Zündschlüssel drehte. Dann sprang der Wagen an, und wegen der Löcher im Auspufftopf röhrte der Motor wie ein AMX-Panzer. Charles setzte rückwärts aus der Garage, lenkte die Auffahrt hinunter und bog nach Norden auf die Interstate 301, Richtung Shaftesbury. Als der alte Wagen langsam Fahrt gewann, fühlte sich Charles erleichtert. Das Zusammenleben in einer Familie konnte eben einfach nicht in ruhigen Bahnen verlaufen. Aber wenigstens im Labor waren die Abweichungen auf angenehme Weise voraussagbar, und alle Probleme waren an eine wissenschaftliche Methode gebunden. Charles' Verständnis für menschliche Launenhaftigkeit war in letzter Zeit immer mehr geschwunden.

»Also schön! Dann eben keine Musik.« Charles schaltete das Autoradio wieder aus. Die beiden hatten sich gestritten, welcher Sender nun gehört werden sollte. »Ein bißchen stille Besinnung ist eine gute Art, den Tag zu beginnen.«

Ihr Weg führte sie am Pawtomack River entlang, und von Zeit zu Zeit sahen sie den Fluß, wie er sich durch das Land schlängelte. Je weiter sie sich Shaftesbury näherten, desto heftiger wurde der Gestank von der Recycling-Anlage. Das erste, was sie von der Stadt sahen, war der Schornstein der Fabrik, der schwarze Qualmwolken in den Himmel spie. Ein durchdringender Pfeifton zerriß die Stille, als sie die Fabrikanlagen erreicht hatten. Es war das Signal für den Schichtwechsel.

Als sie die Fabrik hinter sich gelassen hatten, war auch der Geruch wie durch ein Wunder verschwunden. Als sie die Main Street weiter hinauffuhren, waren zu ihrer Linken die verlassenen Fabrikanlagen zu sehen. Nicht ein Mensch war auf der Straße. Es war wie in einer Geisterstadt um sechs Uhr dreißig morgens. Drei verrostete Stahlbrücken überspannten den Fluß, auch sie Überreste der Industrialisierung vor dem großen Krieg. Es gab sogar eine überdachte Brücke, aber niemand benutzte sie. Das wäre auch lebensgefährlich gewesen, und sie wurde nur für die Touristen erhalten. Die Tatsache, daß noch nie ein Tourist Shaftesbury besucht hatte, war den Stadtvätern noch nie in den Sinn gekommen. Jean Paul stieg bei seiner High-School am Nordende der Stadt aus. Die Schnelligkeit, mit der er sich verabschiedete, verriet seine Ungeduld, endlich den Tag beginnen zu können. Sogar zu dieser frühen Stunde wartete eine Gruppe von Freunden auf ihn. Gemeinsam gingen sie in das Schulgebäude. Jean Paul war Mitglied der Basketballmannschaft. Sie hatten ihr Training vor Unterrichtsbeginn. Charles sah seinem jüngeren Sohn hinterher, bis er in dem Gebäude verschwunden war. Dann lenkte er den Wagen zurück auf die Straße und setzte die Fahrt nach Boston fort. Erst in Massachusetts wurde der Verkehr dichter.

Auf Charles hatte Autofahren eine hypnotische Wirkung. Gewöhnlich verloren sich seine Gedanken in den komplexen Verhältnissen von Antigenen und Antikörpern, der Entstehung und dem Aufbau von Proteinen, während niedere Teile seines Gehirns den Wagen durch den Verkehr lenkten. Aber heute fand er keine Ruhe. Chucks Schweigen machte ihn zunehmend nervös. Charles versuchte sich vorzustellen, was im Kopf seines ältesten Sohnes vorgehen mochte. Aber so sehr er sich auch bemühte, es gelang ihm nicht. Er warf einen kurzen Blick auf das gelangweilte, ausdruckslose Gesicht neben ihm und fragte sich, ob Chuck vielleicht an Mädchen dachte. Er wußte ja nicht einmal, ob Chuck schon Verabredungen hatte.

»Wie geht es an der Universität?« fragte Charles so vorsichtig wie nur möglich.

»Prima!« Chuck war sofort auf der Hut.

Wieder Schweigen.

»Hast du dir schon ein Abschlußfach überlegt?«

»Nein. Noch nicht.«

»Du mußt doch irgendeine Vorstellung haben. Mußt du denn noch nicht deine Planung für das nächste Jahr machen?«

»In der nächsten Zeit noch nicht.«

»Welches Fach gefällt dir denn in diesem Jahr am besten?«

»Psychologie, glaube ich.« Chuck sah aus dem Seitenfenster. Er wollte nicht über die Universität reden. Früher oder später mußten sie sonst auf Chemie kommen.

»Bitte nicht Psychologie«, sagte Charles und schüttelte den Kopf.

Chuck sah seinem Vater in das sauber rasierte Gesicht, auf die breite, aber fein geschnittene Nase, den leicht zurückgeneigten Kopf, der seine herablassende Art zu sprechen noch unterstrich. Er war immer so selbstsicher, hatte sofort immer ein Urteil zu Hand. Chuck hatte den Spott in der Betonung des Wortes ›Psychologie‹ nicht überhört. Er nahm seinen ganzen Mut zusammen und fragte: »Was hast du gegen Psychologie?« Chuck war überzeugt, daß sein Vater zumindest auf dem Gebiet kein Experte war.

»Psychologie ist reine Zeitverschwendung«, sagte Charles. »Sie basiert auf einem fundamental falschen Prinzip, Stimulation – Reaktion. Und genau *so* arbeitet das Gehirn nicht. Das Gehirn ist keine leere Tabula rasa, es ist ein dynamisches System, das Ideen und Gefühle hervorbringt, die oft in keinem Verhältnis zur realen Umwelt stehen. Verstehst du, was ich meine?«

»Ja!« Chuck sah wieder aus dem Fenster. Er hatte keine Ahnung, wovon sein Vater sprach. Aber wie üblich hörte es sich sehr gut an. Und es war einfacher, seinem Vater zuzustimmen. Das tat er für die nächste Viertelstunde, während Charles seinen leidenschaftlichen Monolog über die Fehlerhaftigkeit des verhaltenstheoretischen Ansatzes der Psychologie fortsetzte.

»Hast du keine Lust, heute einmal ins Labor zu kommen?« fragte Charles, nachdem wieder längere Zeit Schweigen geherrscht hatte. »Meine Arbeit geht ausgezeichnet voran. Ich glaube,ich stehe kurz vor einer Art Durchbruch. Es wäre schön, wenn ich dir das einmal zeigen könnte.«

»Heute kann ich nicht«, sagte Chuck schnell. Das letzte, was er wollte, war, durch das Institut geführt zu werden, wo jeder vor Charles, dem großartigen Wissenschaftler, einen Kotau machte. Ihm war das jedesmal schrecklich unangenehm, besonders weil er überhaupt nichts von den Dingen verstand, die Charles machte. Die Erklärungen seines Vaters setzten immer bei einem Punkt an, der schon turmhoch über dem lag, was er noch begriff. Und so wurde er ständig von der Angst gequält, daß Charles eine Frage stellen könnte, die die Tiefe seines Unwissens bloßlegen würde.

»Du kannst kommen, wann es dir paßt, Chuck.« Charles hatte sich immer gewünscht, daß Chuck seine Begeisterung für die Forschung einmal teilen würde. Aber Chuck hatte nie auch nur das geringste Interesse gezeigt. Charles hatte gedacht, daß der Junge die Wissenschaft nur im praktischen Experiment erleben müßte, um unwiderstehlich davon angezogen zu werden.

»Es geht heute wirklich nicht. Ich habe den ganzen Tag Termine.«

»Das ist schade«, sagte Charles. »Vielleicht klappt es morgen.«

»Ja, vielleicht morgen«, antwortete Chuck.

An der Huntington Avenue stieg Chuck aus und verabschiedete sich mit einem mechanischen auf Wiedersehen. Charles sah ihm nach, wie er durch den nassen Schnee Bostons davonging. Er sah aus wie eine Karikatur auf die späten sechziger Jahre, irgendwie am falschen Platz, sogar zwischen seinen Altersgenossen. Die anderen Studenten erschienen Charles aufgeweckter, sie achteten mehr auf ihre äußere Erscheinung und standen fast ausnahmslos in Gruppen herum. Chuck ging allein. Charles fragte sich, ob Chuck vielleicht von allen am meisten unter Elisabeths Krankheit und Tod gelitten hatte. Er hatte gehofft, das Cathryns Gegenwart helfen würde, aber seit ihrer Heirat hatte sich Chuck nur noch weiter zurückgezogen. Charles lenkte den Wagen zurück auf die Straße und fuhr über den Fenway Richtung Cambridge.

2. *Kapitel*

Als er auf der Boston University Bridge den Charles River überquerte, begann Charles seinen Tag zu planen. Es war unendlich viel leichter, sich mit den Schwierigkeiten des innerzellulären Lebens zu beschäftigen, als mit den Problemen der Kindererziehung. Am Memorial Drive bog Charles rechts ab, ein Stück weiter fuhr er links auf den Parkplatz des Weinburger-Forschungsinstituts. Seine Stimmung besserte sich.

Als Charles aus dem Wagen stieg, bemerkte er, daß bereits

eine auffallend große Zahl anderer Wagen auf dem Parkplatz abgestellt war. Das war so früh am Morgen ungewöhnlich. Sogar der blaue Mercedes des Direktors stand schon an seinem Platz. Gedankenverloren blieb Charles einen Augenblick trotz des ungemütlichen Wetters stehen, dann ging er hinüber zum Institut. Es war ein modernes vierstöckiges Gebäude mit großen Glasflächen, irgendwie dem nahegelegenen Hyatt Hotel sehr ähnlich, aber ohne dessen Pyramidenprofil. Der Bau lag direkt am Ufer des Charles River, zwischen Harvard und dem M. I. T., und genau gegenüber konnte man die Boston University sehen. Es war also kein Zufall, daß das Institut keine Nachwuchsprobleme hatte.

Noch bevor Charles den Eingang erreicht hatte, konnte die Empfangsdame ihn durch die Spiegeltür näher kommen sehen. Sie drückte auf einen Knopf, und das dicke Glas glitt nach beiden Seiten auf. Die Sicherheitsbestimmungen waren streng, nicht nur wegen der kostbaren Instrumente, sondern auch, weil einige Forschungsprojekte erhöhte Vorsicht verlangten, besonders die Genforschung. Charles betrat die mit Teppichboden ausgelegte Empfangshalle und begrüßte die schüchterne Miß Andrews, die gerade erst eingestellt worden war. Sie senkte ihren Kopf und beobachtete Charles unter ihren sorgsam getuschten Augenwimpern. Charles fragte sich, wie lange sie wohl bleiben würde. Das Arbeitsleben der Empfangsdamen des Instituts war für gewöhnlich nur kurz.

Mit überdeutlich gespieltem Zögern blieb Charles vor dem zentralen Aufgang stehen und trat einige Schritte zurück, um in den Warteraum sehen zu können. Unter einer Dunstglocke von Zigarettenqualm sah er eine kleine Gruppe anscheinend aufgeregter Leute hin und her laufen.

»Dr. Martel…, Dr. Martel«, rief einer der Männer.

Überrascht, seinen Namen zu hören, betrat Charles den Raum und war sofort von der Menge umschlossen. Alle redeten gleichzeitig auf ihn ein, und der Mann, der ihn zuerst gerufen hatte, hielt ihm ein Mikrophon direkt unter die Nase.

»Ich bin vom *Globe*«, rief der Mann. »Darf ich Ihnen ein paar Fragen stellen?«

Charles stieß das Mikrophon zur Seite und kämpfte sich zurück zur Eingangshalle.

»Dr. Martel, stimmt es, daß Sie die Studie übernehmen?« rief eine Frau und versuchte, Charles an der Jackentasche festzuhalten.

»Ich gebe keine Interviews«, stellte Charles nüchtern fest, dann konnte er sich von der aufgeregten Menge lösen. Aus unerklärlichen Gründen blieben die Reporter an der Schwelle des Warteraums zurück.

»Was, zum Teufel, geht denn hier vor«, schimpfte Charles vor sich hin, als er endlich ruhig weitergehen konnte. Er haßte die Medienleute. Elisabeths Krankheit hatte aus irgendwelchen Gründen die Aufmerksamkeit der Presse erregt, und Charles hatte es immer wieder als Vergewaltigung empfunden, wie ihre persönliche Tragödie ›trivialisiert‹ worden war, damit die Leute sie beim Morgenkaffee lesen konnten. Er betrat sein Labor und warf die Tür geräuschvoll ins Schloß.

Ellen Sheldon, die seit sechs Jahren Charles' Laborassistentin war, zuckte zusammen. Sie hatte sich in der Stille des Labors darauf konzentriert, die Instrumente zur Trennung von Eiweißserum herzurichten. Wie gewöhnlich war sie um sieben Uhr fünfzehn im Labor gewesen, um alles bis zur Ankunft von Charles, der das Labor jeden Morgen Punkt sieben Uhr fünfundvierzig betrat, vorbereitet zu haben. Charles liebte es, seinen Arbeitstag um acht Uhr bereits begonnen zu haben. Besonders jetzt, da alles so vielversprechend voranging.

»Das sollte ich mir einmal erlauben, die Tür so zuzuschlagen«, sagte Ellen empört. Sie war dreißig Jahre alt, ein dunkler, attraktiver Typ. Ihr Haar hatte sie auf dem Kopf zusammengesteckt, bis auf einige Strähnen, die sie den Nacken hinunterlaufen ließ. Als Charles sie angestellt hatte, hatte er sich von einigen Kollegen eifersüchtige Sticheleien anhören müssen. Tatsächlich hatte er ihre exotische Schönheit erst bemerkt, nachdem sie bereits einige Jahre zusammengearbeitet hatten. Dabei waren ihre Züge gar nicht so auffallend, aber ihre gesamte Erscheinung ließ sie fesselnd wirken. Doch was Charles betraf, waren ihre entscheidenden Vorzüge ihr Intellekt, ihr Fleiß und ihre hervorragende Ausbildung am M. I. T.

»Es tut mir leid, wenn ich dich erschreckt habe«, sagte Charles und hängte seine Jacke auf. »Da draußen sind ein paar Reporter, und du weißt, was ich von denen halte.«

»Wir wissen alle, was du von ihnen hältst«, antwortete Ellen und machte sich wieder an ihre Arbeit.

Charles setzte sich an seinen Schreibtisch und ging seine Papiere durch. Sein Laboratorium war ein großer, rechteckiger Raum, an dessen hinterem Ende eine Tür zu einem kleinen Büro führte. Charles hatte dieses Büro immer gemieden und sich statt dessen einen einfachen Metallschreibtisch ins Labor setzen lassen. Das kleine Büro beherbergte jetzt seine Versuchstiere. Die eigentliche Tierstation war in einem abgetrennten Gebäude hinter dem Institut untergebracht, aber Charles wollte einige seiner Versuchstiere lieber in seiner Nähe haben, um sie immer genau im Auge behalten zu können. Ob die Experimente gute Resultate erbrachten, hing in entscheidendem Maß von einem sorgfältigen Umgang mit den Tieren ab. Und Charles achtete besonders auf solche Details.

»Was wollen die Reporter eigentlich hier?« fragte Charles. »Hat unser furchtloser Führer letzte Nacht in seiner Badewanne eine entscheidende Entdeckung gemacht?«

»Du solltest ein bißchen nachsichtiger sein«, schalt Ellen. »Einer muß ja wohl die Verwaltungarbeit machen.«

»Entschuldige bitte«, sagte Charles mit übertrieben sarkastischem Ton.

»Aber es ist wirklich etwas Ernstes passiert«, sagte Ellen mit leicht erregter Stimme. »Jemand hat die Geschichte mit Dr. Brighton an die *New York Times* weitergegeben.«

»Diese Wissenschaftler der sogenannten neuen Generation schätzen es anscheinend außerordentlich, in der Öffentlichkeit bekannt zu werden.« Widerwillig schüttelte Charles den Kopf. »Ich dachte, der schwärmerische Artikel im *Time Magazine* vor einem Monat hätte ihn erst einmal zufriedengestellt. Was, zum Teufel, hat er getan?«

»Erzähl mir nicht, daß du nichts davon gehört hast«, sagte Ellen ungläubig.

»Liebe Ellen, gerade du solltest wissen, daß ich ausschließlich hierherkomme, um zu arbeiten.«

»Das ist wahr. Aber die Brighton-Geschichte... Jeder weiß davon. Das ganze Haus redet seit mindestens einer Woche von nichts anderem.«

»Wenn ich dich nicht kennen würde, müßte ich jetzt glauben, daß du mich beleidigen willst. Wenn du es mir nicht erzählen willst, auch gut. Wenn ich dich so höre, glaube ich sowieso fast, daß ich es lieber nicht erzählt haben will.«

»Es ist auch schlimm genug«, stimmte Ellen zu. »Der Leiter der Tierabteilung hat dem Direktor mitgeteilt, daß Dr. Thomas Brighton heimlich in das Tierlabor geschlichen ist und seine verkrebsten Tiere gegen gesunde ausgetauscht hat.«

»Das ist ja großartig«, sagte Charles sarkastisch. »Offensichtlich wollte er den Eindruck erwecken, daß sein Medikament sensationelle Wirkung hat.«

»Genau. Das macht die Geschichte ja gerade so interessant. Denn es ist ja sein Medikament Canceran gewesen, das ihm die vielen Presseberichte eingebracht hat.«

»Und seine Stellung hier am Institut«, ergänzte Charles. Zorn und Verachtung hatten sein Gesicht gerötet. Er hatte die viele öffentliche Aufmerksamkeit, die Dr. Thomas Brighton zuteil geworden war, immer mißbilligt. Aber als er seine Meinung einmal geäußert hatte, mußte er feststellen, daß man ihn nur für neidisch hielt.

»Mir tut er leid«, sagte Ellen. »Das wird nicht ohne Auswirkung auf seine Karriere bleiben.«

»Versteh' ich dich richtig?« fragte Charles. »Dir tut der Kerl auch noch leid? Ich hoffe, daß dieser Betrüger sofort aus dem Institut fliegt und aus dem Ärztestand ausgeschlossen wird. Verstehst du, das soll ein Arzt sein! Betrug in der Forschung ist genauso schlimm wie Betrug bei der Patientenbehandlung. Nein! Es ist viel schlimmer. Ein Fehler in der Forschung kann am Ende viel mehr Leuten schaden.«

»Ich würde nicht so vorschnell urteilen. Vielleicht stand er unter einem riesigen Druck, gerade weil soviel über das Canceran geschrieben worden ist. Es könnte immerhin mildernde Umstände für ihn geben.«

»Wenn es um moralische Integrität geht, gibt es keine mildernden Umstände.«

»Da bin ich anderer Meinung. Jeder hat seine Probleme. Und nicht jeder kann so ein Supermann sein wie du.«

»Jetzt fang bitte nicht an, herumzuphilosophieren.« Die Bosheit in Ellens letztem Satz hatte Charles überrascht.

»Ich hör' schon auf. Aber ein bißchen mehr menschliche

Nachsicht würde dir ganz gut zu Gesicht stehen, Charles Martel. Du kümmerst dich nicht einen Moment um die Gefühle anderer Leute. Du kannst immer nur nehmen.« Ellens Stimme zitterte vor Erregung.

Gespanntes Schweigen breitete sich im Labor aus. Ellen wandte sich demonstrativ wieder ihrer Arbeit zu, und Charles schlug das Buch mit seinen Versuchsaufzeichnungen auf. Aber er konnte sich nicht darauf konzentrieren. Er hatte gar nicht so verärgert klingen wollen, und offensichtlich hatte er Ellen verletzt. Stimmte es wirklich, daß er die Gefühle anderer nicht beachtete? Es war das erste Mal, daß Ellen etwas Negatives über ihn gesagt hatte. Charles fragte sich, ob das irgend etwas mit der kurzen Affäre zu tun haben konnte, die er, kurz bevor er Cathryn begegnet war, mit Ellen gehabt hatte. Nachdem sie so viele Jahre zusammengearbeitet hatten, war sie mehr das Ergebnis ihrer täglichen Nähe gewesen als die Folge einer romantischen Liebe. Es war die Zeit, als Charles die starre Niedergeschlagenheit, die ihn nach Elisabeths Tod befallen hatte, endlich wieder abstreifen konnte. Ihr Verhältnis hatte nur einen Monat gedauert. Dann war Cathryn als Aushilfe für den Sommer ans Institut gekommen. Später hatten er und Ellen nie über ihre Affäre gesprochen. Charles hatte es als leichter empfunden, die Episode einfach in die Vergangenheit hinabgleiten zu lassen.

»Es tut mir leid, wenn ich böse geklungen habe«, sagte Charles. »Ich habe es nicht so gemeint. Es hat mich einfach fortgerissen.«

»Und ich entschuldige mich für das, was ich gesagt habe.« In Ellens Stimme schwang immer noch ein tief empfundenes Gefühl mit.

Charles war noch nicht wieder überzeugt. Am liebsten hätte er Ellen gefragt, ob sie ihn wirklich für gefühllos hielt. Aber er hatte nicht den Mut.

»Dabei fällt mir ein«, fügte Ellen hinzu, »Dr. Morrison möchte dich so schnell wie möglich sprechen. Er hat angerufen, als du noch nicht hier warst.«

»Dr. Morrison kann warten«, sagte Charles. »Erst will ich die Arbeit angefangen haben.«

Cathryn war verärgert über Charles. Und sie gehörte nicht zu den Leuten, die solche Gefühle unterdrückten. Außerdem fühlte sie sich im Recht. Angsichts von Michelles Nasenbluten hätte er seinen geheiligten Tagesplan ruhig ändern und Michelle selbst ins Krankenhaus fahren können. Immerhin war er der Arzt. Ihre Fantasie quälte Cathryn mit schrecklichen Bildern. Michelles Nasenbluten verschmierte den ganzen Wagen. Konnte sie zu Tode bluten? Cathryn war sich nicht sicher, aber die Möglichkeit erschien ihr real genug, daß sie von neuem Angst befiel. Cathryn haßte alles, was mit Krankheit, Blut und Krankenhäusern verbunden war. Warum das so war, wußte sie eigentlich nicht. Obwohl ihre schlimmen Erfahrungen mit einer Blinddarmvereiterung, die sie mit zehn Jahren hatte, sicherlich ihren Teil dazu beigetragen hatten. Die Ärzte hatten Probleme gehabt, die richtige Diagnose zu stellen, erst ihr Hausarzt und dann im Hospital. Noch heute konnte sie sich genau an die weiß gefliesten Wände erinnern und an den Geruch der antiseptischen Mittel, der überall in der Luft hing. Doch das schlimmste waren die Torturen der Vagina-Untersuchung gewesen. Niemand hatte vorher versucht, ihr etwas zu erklären. Sie war einfach niedergehalten worden. Charles wußte das alles, und trotzdem hatte er darauf bestanden, zur gewohnten Zeit ins Labor fahren zu können und daß sie Michelle zum Krankenhaus begleiten sollte.

Cathryn überlegte, daß alles schon viel besser wäre, wenn sie wenigstens zu dritt wären. Sie ging zum Telefon in der Küche, um Marge Schonhauser anzurufen. Vielleicht konnte sie Marge nach Boston mitnehmen. Wenn Tad noch immer im Krankenhaus lag, war das gar nicht so unwahrscheinlich. Nach dem zweiten Klingeln meldete sich jemand. Es war Nancy, die sechzehnjährige Tochter der Schonhausers.

»Meine Mutter ist schon im Krankenhaus.«

»Ich wollte auch nur einmal fragen«, sagte Cathryn. «Ich rufe nachher noch einmal an, wenn ich in Boston bin. Aber wenn ich deine Mutter nicht erreiche, sag ihr bitte, daß ich angerufen habe.«

»Bestimmt«, antwortete Nancy. »Ich weiß, daß sie sich freuen wird.«

»Und wie geht es Tad?« fragte Cathryn. »Kommt er bald nach Hause?«

»Es geht ihm sehr schlecht, Mrs. Martel. Die Ärzte mußten ihm Knochenmark transplantieren. Wir Kinder sind alle untersucht worden, ob wir als Spender in Frage kommen. Aber nur die kleine Lisa war geeignet. Er liegt unter einem Zelt, das ihn vor Bakterien schützen soll.«

»Das tut mir furchtbar leid«, sagte Cathryn. Sie fühlte ihre letzte innere Kraft dahinschwinden. Zwar konnte sie sich nicht vorstellen, was eine Knochenmarktransplantation war, aber es hörte sich ernst und furchterregend an. Dann verabschiedete sie sich von Nancy und legte auf. Einen Moment blieb Cathryn stumm sitzen und dachte sorgenvoll an ihre nächste Begegnung mit Marge. Wie mochte sie sich jetzt so allein fühlen? Cathryn machte sich Vorwürfe, daß sie nicht früher angerufen hatte. Tads Krankheit ließ ihre eigene Angst über Michelles Nasenbluten unbedeutend erscheinen. Sie holte tief Luft und ging hinüber ins Wohnzimmer.

Michelle lag auf der Couch und sah sich im Fernsehen die *Today*-Show an. Nachdem sie sich ein wenig ausgeruht und noch etwas Orangensaft getrunken hatte, fühlte sie sich schon viel besser. Aber ihre innere Unruhe war noch da. Bestimmt war Charles enttäuscht von ihr, auch wenn er nichts gesagt hatte. Ihr Nasenbluten hatte alles nur noch schlimmer gemacht.

»Ich habe bei Dr. Wiley angerufen«, sagte Cathryn so unbekümmert wie möglich. »Die Schwester hat gesagt, wir sollen am besten sofort kommen. Sonst müssen wir vielleicht lange warten. Also laß uns dann losfahren.«

»Ich fühl' mich schon viel besser«, sagte Michelle. Sie versuchte ein Lächeln, aber ihre Lippen zitterten.

»Sehr schön«, sagte Cathryn. »Aber bleib ruhig liegen. Ich hole deinen Mantel und alles andere.« Sie ging zur Treppe.

»Cathryn, ich glaub', es ist alles wieder gut. Ich kann jetzt auch zur Schule gehen.« Wie um das letzte zu beweisen, warf Michelle ihre Beine über den Rand der Couch und stand auf. Ein neuer Schwächeanfall ließ ihr Lächeln verschwimmen.

Cathryn hatte sich umgedreht und sah zu ihrer Adoptivtochter. Eine tiefe Zuneigung für das kleine Mädchen, das

Charles so liebte, durchströmte ihren Körper. Cathryn konnte nicht verstehen, warum Michelle ihre Krankheit so verleugnete. Vielleicht fürchtete sie sich genauso vor dem Krankenhaus wie Cathryn. Sie ging zurück ins Wohnzimmer und nahm das Kind in beide Arme. »Du brauchst keine Angst zu haben, Michelle.«

»Ich habe auch keine Angst.« Michelle sträubte sich gegen Cathryns Umarmung.

»Du hast keine Angst?« fragte Cathryn überrascht. Es traf sie jedesmal, wenn ihre Zuneigung zurückgewiesen wurde. Cathryn lächelte gedankenverloren. Ihre Hände lagen noch immer auf Michelles Schultern.

»Ich glaube, es ist besser, wenn ich zur Schule gehe. Wenn du mir einen Zettel schreibst, brauche ich ja keine Gymnastik mitzumachen.«

»Michelle, seit einem Monat fühlst du dich nicht gut. Heute morgen hattest du Fieber. Ich denke, es ist Zeit, daß wir etwas dagegen tun.«

»Aber jetzt fühle ich mich wieder gut, und ich will zur Schule.«

Cathryn nahm die Hände von Michelles Schultern und sah nachdenklich in das trotzige Gesicht ihrer Tochter. In so vieler Hinsicht war ihr Michelle ein Rätsel geblieben. Sie war so ein klares, ernsthaftes kleines Mädchen, das reifer schien, als ihr Alter hätte vermuten lassen. Aber aus irgendeinem Grund ließ sie Cathryn nicht an sich heran. Cathryn fragte sich, ob der Grund hierfür vielleicht darin lag, daß Michelle ihre Mutter so früh verloren hatte. Sie war erst drei Jahre alt gewesen. Cathryn wußte, was es heißt, nur mit einem Elternteil aufzuwachsen. Schließlich war auch sie ohne ihren Vater groß geworden.

»Ich weiß, was wir machen«, sagte Cathryn und überlegte angestrengt, wie sie die Situation lösen konnte. »Wir messen noch einmal deine Temperatur. Wenn du immer noch Fieber hast, fahren wir ins Krankenhaus. Wenn nicht, bleiben wir hier.«

Das Thermometer zeigte 38,2 Grad.

Anderthalb Stunden später bremste Cathryn den alten Dodge vor dem Parkhaus des Kinderkrankenhauses und zog einen Parkschein aus dem Automaten. Sie war dankbar, daß die Fahrt ereignislos verlaufen war. Michelle hatte fast die ganze Zeit geschwiegen und nur auf Fragen geantwortet. Cathryn fand, daß sie erschöpft aussah. Ihre Hände lagen regungslos in ihrem Schoß wie bei einer Marionettenpuppe, die darauf wartet, daß an ihren Fäden gezogen wird.

»Woran denkst du?« Cathryns Frage unterbrach ein langes Schweigen. Sie konnten keinen freien Platz finden und fuhren von Etage zu Etage.

»An nichts« antwortete Michelle, ohne sich zu bewegen.

Cathryn sah Michelle aus dem Augenwinkel an. Sie wünschte sich so sehr, daß Michelle ihre Zurückhaltung aufgab und Cathryns Zuneigung annahm.

»Magst du mir deine Gedanken nicht verraten?« beharrte Cathryn.

»Ich fühl' mich nicht gut. Ich fühle mich sehr schlecht. Ich glaube, du wirst mir aus dem Auto helfen müssen.« Cathryn sah wieder in Michelles Gesicht und brachte den Wagen abrupt zum Stehen. Dann beugte sie sich zum Beifahrersitz und nahm das Kind in die Arme. Das kleine Mädchen wehrte sich nicht. Sie rückte zu Cathryn herüber und legte den Kopf an ihre Brust. Cathryn fühlte warme Tränen auf ihren Arm fallen.

»Ich helfe dir doch gerne, Michele. Wann immer du willst. Das verspreche ich dir.«

Cathryn hatte das Gefühl, endlich eine unsichtbare Schwelle überschritten zu haben. Zweieinhalb Jahre hatte sie geduldig gewartet, aber es war nicht umsonst gewesen.

Durchdringendes Autohupen holte Cathryn zurück in die Gegenwart. Sie griff zum Steuer und fuhr wieder an. Erfreut bemerkte sie, daß Michelle nicht wieder von ihr wegrückte.

Mehr als jemals zuvor fühlte sich Cathryn als Mutter. Michelle war so schwach, daß Cathryn ihr auch durch die Drehtür zur Eingangshalle helfen mußte. Ihre Bitte nach einem Rollstuhl wurde sofort erfüllt, und obwohl Michelle sich anfangs dagegen sträubte, ließ sie sich dann doch von Cathryn schieben.

Die neugewonnene Nähe zu Michelle dämpfte Cathryns Furcht vor dem Krankenhaus. Die freundliche Ausgestaltung des Raumes tat ein Weiteres. Der Boden der Eingangshalle war in einer warmen Farbe gefliest und überall standen Pflanzen. Alles erinnerte eher an ein Luxushotel als an ein Großstadtkrankenhaus.

Auch die Stationsräume machten einen beruhigenden Eindruck. Als sie Dr. Wileys Wartezimmer betraten, warteten dort bereits fünf Patienten. Verärgert stellte Michelle fest, daß keiner älter als zwei Jahre war. Sie wollte sich schon darüber beklagen, aber dann konnte sie durch eine offene Tür für einen Moment ins Behandlungszimmer sehen und sofort erinnerte sie sich wieder, warum sie hier war. Sie lehnte sich zu Cathryn hinüber und flüsterte: »Glaubst du, daß ich eine Spritze bekomme?«

»Das weiß ich wirklich nicht«, antwortete Cathryn. »Aber wenn du dich danach fühlst, können wir hinterher irgend etwas Lustiges machen. Du kannst es dir aussuchen.«

»Können wir meinen Vater besuchen?« Michelles Augen glänzten.

»Natürlich.« Cathryn stellte den Rollstuhl neben einen freien Platz und setzte sich.

Eine Mutter kam mit ihrem fünfjährigen Sohn aus dem Behandlungszimmer. Der Kleine wimmerte leise vor sich hin. Eine andere Frau mit einem kleinen Baby im Arm stand auf und verschwand hinter der Tür.

»Ich werde einmal die Schwester fragen, ob ich hier telefonieren kann«, sagte Cathryn. »Ich möchte herausfinden, wo Tad Schonhauser liegt. Kann ich dich einen Moment allein lassen?«

»Ja«, antwortete Michelle. »Ich fühl' mich schon wieder besser.«

»Schön«, sagte Cathryn und stand auf. Michelle sah Cathryn hinterher, als sie hinüber zum Schreibtisch der Schwester ging. Ihr langes braunes Haar wellte bei jedem Schritt gegen ihre Schultern. Dann nahm sie den Telefonhörer hoch und wählte. Michelle erinnerte sich, wie gern ihr Vater Cathryns Haare hatte, und sie wünschte sich, dieselbe Haarfarbe zu haben. Auf einmal wäre sie am liebsten schon viel älter gewesen, vielleicht zwanzig, dann könnte sie auch ein Arzt sein und immer mit Charles reden und in seinem Labor arbeiten. Charles hatte gesagt, daß die Ärzte selber keine Spritzen zu geben brauchen, das tun die Schwestern. Michelle hoffte, daß sie keine Spritze bekommen würde. Sie haßte Spritzen.

»Dr. Martel«, rief Dr. Peter Morrison. Er stand im Türrahmen von Charles' Labor. »Haben Sie meine Nachricht nicht erhalten?«

Charles füllte gerade einen Radioaktivitätszähler mit Serumproben. Er richtete sich auf und sah hinüber zu Morrison, dem Verwaltungsleiter der physiologischen Abteilung. Morrison hatte sich so an den Rahmen gelehnt, daß das Licht der Leuchtstoffröhre an der Decke seine Brillengläser verschwinden ließ und der dünne Rahmen des Schildpattgestells wie leer auf seiner Nase saß. Sein Gesichtsausdruck war gespannt und verärgert.

»Ich komme in zehn Minuten«, sagte Charles. »Solange habe ich hier noch Wichtigeres zu tun.«

Einen Moment schien Morrison über Charles' Antwort nachzudenken. »Ich warte in meinem Büro.« Langsam zog er die Tür hinter sich zu.

»Du solltest ihn nicht reizen«, sagte Ellen. »Am Ende kann dabei nur Ärger herauskommen.«

»Das tut ihm ganz gut«, antwortete Charles. »Dann hat er wenigstens etwas, worüber er nachdenken kann. Ich kann mir beim besten Willen nicht vorstellen, was er sonst in seinem Büro zu tun hätte.«

»Irgend jemand muß sich um die Verwaltung kümmern«, entgegnete Ellen.

»Und das schlimmste ist, daß er einmal ein ernsthafter Wissenschaftler war«, fuhr Charles fort. »Jetzt quält ihn nur noch eine Sorge, nämlich Direktor zu werden. Und alles, was er tut, ist Papiere herumschieben, Treffen arrangieren, Essen gehen oder Wohltätigkeitsveranstaltungen besuchen.«

»Aber die bringen uns Geld ein.«

»Das nehme ich an«, sagte Charles. »Aber man braucht keinen Doktortitel in Physiologie dazu. Ich halte das für reine Zeitverschwendung. Wenn die Leute, die auf diesen Veranstaltungen Geld spenden, jemals herausfinden würden, wie wenig davon am Ende in die Forschung fließt, dann wären sie entsetzt.«

»In diesem Punkt gebe ich dir recht«, antwortete Ellen. »Aber warum läßt du nicht mich die Proben weiterbearbeiten? Dann kannst du dein Gespräch mit Morrison sofort hinter dich bringen, denn nachher, wenn ich den Ratten Blut abnehme, brauche ich deine Hilfe.«

Zehn Minuten später stieg Charles die Metallstufen der Feuerleiter zum zweiten Stock hinauf. Er hatte keine Ahnung, weshalb Morrison ihn sprechen wollte. Wahrscheinlich würde Morrison ihn wieder mit aufmunternden Worten zu überzeugen versuchen, irgend etwas für eine der nächsten Tagungen zu veröffentlichen. Was dieses Thema betraf, so unterschieden sich Charles' Ansichten ziemlich von denen seiner Kollegen. Charles hatte nie das Verlangen gehabt, seine Arbeiten auch immer gedruckt sehen zu müssen. Obwohl die Bedeutung eines Wissenschaftlers in der Forschung oft nur an der Zahl seiner Veröffentlichungen gemessen wird, hatte Charles durch seine verbissene Hingabe und durch seinen Scharfsinn eine noch größere Achtung bei seinen Kollegen gewonnen, von denen viele sagten, daß es Männer wie er waren, die die großen wissenschaftlichen Entdeckungen machten. Nur die Verwaltung beschwerte sich regelmäßig. Dr. Morrisons Büro lag in der Verwaltungsabteilung im zweiten Stock, wo die Flure in einem angenehmen Beige gestrichen waren. An den Wänden hingen dunkle Ölgemälde, die die früheren Direktoren des Instituts in ihren Akademikerroben zeigten. Die Atmosphäre hier war Welten entfernt von der nüchternen Sachlichkeit der Labors im Parterre und im ersten Stok. Hier oben hatte man eher den Eindruck, in einer erfolgreichen Anwaltskanzlei zu sein und nicht in einem gemeinnützigen medizinischen Institut. Der Luxus verwirrte Charles jedesmal aufs neue; er wußte, daß das Geld dazu von Leuten gekommen war, die glaubten, etwas zur Forschung beizutragen.

Darüber grübelnd war Charles zu Morrisons Büro gekommen. Er wollte gerade eintreten, als er merkte, daß sämtliche Sekretärinnen der Verwaltung seinen Weg beobachtet hatten. Er spürte dasselbe Gefühl unterdrückter Erregung wie am Morgen bei seiner Ankunft im Institut. Als ob alle darauf warteten, daß etwas Bestimmtes passierte.

Als Charles die Tür zum Büro öffnete, stand Morrison hinter

seinem breiten Mahagonischreibtisch auf und kam Charles mit ausgestreckten Händen entgegen. Seine schlechte Laune schien verflogen zu sein. Aus Gewohnheit schüttelte Charles die ihm entgegengehaltene Hand, aber die Geste verblüffte ihn. Er hatte mit seinem Gegenüber wirklich nichts gemein. Morrison trug einen frischgebügelten Nadelstreifenanzug, ein gestärktes weißes Hemd und einen Seidenschlips. Seine mokassinartigen Schuhe waren ausgiebig poliert worden. Charles hatte wie gewöhnlich sein blaues Oxfordhemd an, dessen oberster Knopf geöffnet war. Seinen Schlips hatte er heruntergezogen und zwischen dem zweiten und dritten Knopf ins Hemd gesteckt; die Ärmel waren zu den Ellbogen hochgekrempelt. Dazu trug er seine ausgebeulten Khakihosen und seine abgestoßenen Ziegenlederschuhe.

»Guten Morgen«, begrüßte Morrison ihn, als ob er Charles an diesem Tag zum ersten Mal sehen würde. Mit einer einladenden Handbewegung lenkte er Charles zu dem Ledersofa im hinteren Teil des Zimmers. Man hatte von hier einen eindrucksvollen Ausblick auf den Charles River. »Kaffee?« Morrison lächelte, so daß man seine kleinen weißen, makellosen Zähne sehen konnte.

Charles setzte sich auf das Sofa, lehnte sich zurück und verschränkte die Arme vor der Brust. Irgend etwas Merkwürdiges ging hier vor. Seine Neugier war geweckt.

»Haben Sie heute schon die *New York Times* gelesen?« fragte Morrison.

Charles schüttelte den Kopf.

Morrison ging hinüber zu seinem Schreibtisch, hob die Zeitung auf und lenkte Charles' Aufmerksamkeit auf einen Artikel gleich auf der ersten Seite. Das goldene Armband mit seiner Namensplakette glitt unter der Manschette hervor, als er auf die Überschrift deutete. *»Skandal am Weinburger-Krebsinstitut.«*

Charles las den ersten Absatz, der mit anderen Worten das wiederholte, was Ellen ihm bereits erzählt hatte. Und das genügte ihm.

»Schrecklich, nicht?« ließ sich Morrison laut vernehmen.

Widerwillig nickte Charles zustimmend. Obwohl er wußte, daß so ein Vorfall die Spendeneingänge eine Zeitlang negativ beeinflussen würde, hoffte er doch, daß jetzt etwas von dem unverdient hohen Anteil, der bisher in die Erforschung des Medikaments Canceran geflossen war, wieder anderen, vielversprechenderen Gebieten zukommen würde. Für Charles war Canceran nur ein weiterer alkylierender Wirkstoff. Er fühlte, daß die Antwort auf Krebs in der Immunologie gesucht werden mußte und nicht in der Chemotherapie, obwohl er zugeben mußte, daß mit ihr in den letzten Jahren eine wachsende Zahl von Heilerfolgen erzielt worden war.

»Dr. Brighton hätte wissen müssen, was dabei herauskommt«, sagte Morrison. »Er ist einfach noch zu jung und zu ungeduldig.«

Charles wartete, daß Morrison endlich zum Thema kam.

»Wir werden Dr. Brighton leider nahelegen müssen, das Institut zu verlassen«, sagte Morrison.

Charles nickte, und Morrison setzte zu einer ausführlichen Erklärung von Brightons Verhalten an. Charles starrte die ganze Zeit auf Morrisons glänzenden, kahlen Schädel. Die wenigen Haare, die er noch über den Ohren hatte, waren auf dem Hinterkopf sorgfältig zusammengekämmt.

»Wenn ich Sie kurz unterbrechen darf«, fiel Charles ihm ins Wort. »Das ist zwar alles sehr interessant, aber ich habe unten einen wichtigen Versuch laufen. Wollten Sie mir noch irgend etwas Wichtiges sagen?«

»Natürlich«, antwortete Morrison und nestelte an seiner Manschette. Seine Stimme bekam einen noch ernsteren Ton, und er legte die Fingerspitzen aneinander, als ob er einen Kirchturm nachformen wollte. »Der Rat der Direktoren des Instituts hat den Artikel der *New York Times* erwartet und sich deshalb gestern nacht zu einer Sondersitzung getroffen. Wir waren der einhelligen Meinung, daß nur ein schnelles Handeln verhindern konnte, daß das neue und vielversprechende Medikament Canceran zum eigentlichen Opfer der Brighton-Affäre wird. Ich nehme an, Sie verstehen diese Sorge.«

»Natürlich«, antwortete Charles, doch weit hinten in seinem Kopf zog eine schwarze Wolke auf.

»Ebenso ungeteilt war die Meinung, daß es nur einen Weg für das Institut gibt, das Canceran-Projekt zu retten – indem wir öffentlich unser Vertrauen zu dem Medikament bekunden und unserem angesehensten Wissenschaftler die Beendigung der Versuchsreihe in die Hände legen. Und ich bin glücklich, sagen zu können, daß Sie, Charles Martel, dazu ausersehen wurden.«

Charles schloß die Augen und schlug sich die Hände vor das Gesicht. Er wäre am liebsten aus dem Büro gestürmt, aber er zügelte sich. Langsam öffnete er wieder die Augen. Morrisons dünne Lippen waren zu einem Lächeln verzogen. Charles war sich nicht sicher, ob sein Gegenüber wußte, was seine Reaktion zu bedeuten hatte, und er ihn deshalb noch zusätzlich reizen wollte, oder ob Morrison tatsächlich glaubte, daß er ihm eine frohe Botschaft übermittelt hatte.

»Ich kann Ihnen gar nicht sagen, wie sehr ich darüber befriedigt bin, daß der Rat der Direktoren jemanden aus meiner Abteilung ausgewählt hat«, fuhr Morrison fort. »Nicht, daß es mich besonders überrascht hat. Wir alle haben unermüdlich für das Weinburger-Institut gearbeitet. Dennoch ist es angenehm, wenn man von Zeit zu Zeit etwas Aufmerksamkeit erfährt. Und natürlich habe ich Sie vorgeschlagen.«

»Also«, setzte Charles an und bemühte sich, seine Stimme so ruhig wie nur möglich zu halten. »Ich bitte Sie, dem Rat der Direktoren meinen Dank für diesen Vertrauensbeweis auszurichten. Aber zu meinem Bedauern sehe ich mich nicht in der Lage, das Canceran-Projekt übernehmen zu können. Verstehen Sie mich bitte, meine eigene Arbeit macht große Fortschritte. Sie werden sich jemand anderen suchen müssen.«

»Ich hoffe, Sie machen einen Scherz.« Morrisons Lächeln schwankte einen Moment, dann verschwand es ganz.

»Nicht im geringsten. Bei den gegenwärtigen Fortschritten kann ich meine Arbeit unter keinen Umständen liegenlassen. Meine Assistentin und ich sind sehr erfolgreich gewesen, und wir kommen überraschend schnell voran.«

»Aber Sie haben seit mehreren Jahren nicht eine einzige Arbeit veröffentlicht. Das kann man kaum einen schnellen Fortschritt nennen. Außerdem wird Ihre Arbeit fast ausschließlich aus dem allgemeinen Fonds des Instituts bezahlt. Seit sehr, sehr langer Zeit ist uns für Ihre Arbeit nicht eine größere Spende zugegangen. Ich weiß, weshalb das so ist, weil Sie bei Ihren Krebsforschungen auf dem Gebiet der Immunologie geblieben sind, und bis heute hatten Sie darin meine volle Unterstützung. Aber jetzt brauchen wir Ihre Hilfe. Sobald Sie das Canceran-Projekt beendet haben, können Sie sich wieder ganz auf Ihre Arbeit konzentrieren. So einfach ist das.« Morrison stand auf und ging zurück zu seinem Schreibtisch zum Zeichen, daß für ihn die Unterredung beendet war und die Sache beschlossen.

»Aber ich kann meine Arbeit nicht unterbrechen«, sagte Charles. Er spürte ein Gefühl der Verzweiflung in sich aufsteigen. »Nicht gerade jetzt. Alles läuft so vielversprechend. Und was ist mit meiner Entwicklungsstudie auf dem Gebiet der Hybridisierung? Zählt die denn gar nicht?«

»Ah, der Hybriden-Effekt«, sagte Morrison. »Eine wundervolle Arbeit. Wer hätte gedacht, daß ein sensibler Lymphozyt mit einer Krebszelle vereinigt werden könnte, so daß eine Art zelluläre Antikörperproduktion entsteht? Brillant! Leider hat die Sache zwei Fehler. Erstens, das ist schon einige Jahre her. Zweitens, Sie haben versäumt, Ihre Entdeckung zu veröffentlichen! Wir hätten daraus in jeder Hinsicht großen Gewinn ziehen können. So hat eine andere Institution die Ehre kassiert. Ich glaube nicht, daß Ihre Studie über den Hybriden-Effekt geeignet ist, Ihre Stellung gegenüber dem Rat der Direktoren zu sichern.«

»Ich habe die Studie damals deshalb nicht veröffentlicht, weil sie nur ein einzelner Schritt war in meiner Versuchsfolge. Außerdem habe ich noch nie großen Wert darauf gelegt, meine Arbeiten gedruckt zu sehen.«

»Das wissen wir alle. Und das ist vielleicht auch der entscheidende Grund dafür, daß Sie noch immer in einem Labor sitzen und nicht auf dem Stuhl eines Abteilungsleiters.«

»Ich habe auch kein Interesse daran, Abteilungsleiter zu werden«, stieß Charles gereizt hervor. Allmählich verlor er die Geduld. »Ich will Forschungsarbeit leisten und nicht irgendwelche Papiere herumschieben und meine Zeit auf Wohltätigkeitsfesten vergeuden.«

»Ich nehme an, das war als persönliche Beleidigung gedacht«, sagte Morrison kühl.

»Verstehen Sie es, wie Sie wollen«, entgegnete Charles, der jetzt alle Anstrengungen aufgegeben hatte, seinen Zorn zurückzuhalten. Er stand auf, ging hinüber zu Morrisons Schreibtisch und ließ anklagend seinen rechten Zeigefinger vorschnellen. »Und jetzt werde ich Ihnen meinen gewichtigsten Grund nennen, weshalb ich das Canceran-Projekt nicht übernehmen kann. Ich glaube nicht daran!«

»Was, zum Teufel, soll das heißen?« Auch Morrisons Geduld war nun fast erschöpft.

»Das soll heißen, daß zelluläre Gifte wie Canceran nicht die letzte Antwort auf Krebs sein können. Die Annahme ist, daß sie Krebszellen schneller töten als gesunde Zellen, so daß, nachdem die böswillige Wucherung gestoppt ist, noch genügend normale Zellen im Körper des Patienten sind, die ihn am Leben erhalten. Aber das kann nur eine Zwischenlösung in der Behandlung der Krankheit sein. Eine wirkliche Heilmethode gegen Krebs kann nur von einem besseren Verständnis der zellulären Lebensprozesse kommen, besonders des chemischen Informationsaustausches zwischen den Zellen.«

Charles begann aufgeregt hin und her zu laufen, seine Hand fuhr immer wieder nervös durch seine Haare. Im Gegensatz zu ihm blieb Morrison völlig regungslos hinter seinem Schreibtisch stehen. Nur seine Augen folgten Charles' stürmischem Auf und Ab.

»Ich werde Ihnen noch etwas sagen«, rief Charles. »Der ganze medizinische Angriff auf den Krebs geht von einem falschen Standpunkt aus. Man darf sich Krebs nicht wie irgendeine andere Krankheit vorstellen, wie eine Infektion. Das verstärkt nur die falschen Hoffnungen, daß eines Tages ein Wundermittel dagegen gefunden werden könnte, das wie ein Antibiotikum wirkt.« Charles war stehengeblieben, er beugte sich über den Schreibtisch zu Morrison. Seine Stimme war leiser geworden, aber noch leidenschaftlicher. »Ich habe sehr viel darüber nachgedacht, Dr. Morrison, Krebs ist keine Krankheit im traditionellen Sinn. Er legt den Blick frei auf eine primitivere Form des Lebens, wie jene, die am Beginn der Entwicklung mehrzelliger Organismen existierte. Denken Sie darüber nach. Zu einer Zeit, die Äonen zurückliegt, gab es nur einzellige Kreaturen, die eigensüchtig nur auf sich selbst achteten. Aber dann, einige Millionen Jahre später, taten sich einige von ihnen zusammen, weil es das Überleben erleichterte. Der Informationsaustausch zwischen ihnen verlief auf chemischem Weg, und erst dieser Informationsaustausch machte mehrzellige Organismen wie uns möglich. Warum tut eine Leberzelle nur das, was eine Leberzelle zu tun hat, oder eine Herzzelle oder eine Gehirnzelle? Die Antwort liegt im chemischen Informationsaustausch. Aber Krebszellen reagieren nicht auf diese chemischen Informationen. Sie sind aus dem System herausgefallen, zurück auf eine primitivere Stufe, wie jene einzelligen Organismen, die vor Millionen Jahren existierten. Krebs ist keine Krankheit, aber vielleicht ein Schlüssel zu den Urgründen des Lebensaufbaus. Und die Immunologie untersucht dieses Informationssystem.«

Beide Arme auf Morrisons Schreibtisch gestützt und weit vorgebeugt, endete Charles seinen Monolog. Dann trat ein beklemmendes Schweigen ein. Morrison räusperte sich, zog seinen Ledersessel vor und setzte sich.

»Sehr interessant, wirklich«, sagte er. »Leider haben wir es in unserem Geschäft nicht mit der Metaphysik zu tun. Ich darf Sie daran erinnern, daß der immunologische Aspekt von Krebs über mehr als zehn Jahre erforscht worden ist und sehr wenig zur Lebensverlängerung der Krebsopfer beigetragen hat.«

»Genau das ist der Punkt«, unterbrach Charles ihn. »Die Immunologieforschung wird eine Heilmethode liefern und nicht nur eine beschönigende Linderung.«

»Bitte«, sagte Morrison leise. »Ich habe Ihnen zugehört, und jetzt hören bitte Sie mir zu. Für die Immunologieforschung steht im Moment sehr wenig Geld zur Verfügung. Das ist eine Tatsache. Das Canceran-Projekt bringt uns große Zuschüsse ein, sowohl vom Nationalen Krebsinstitut als auch von der Amerikanischen Krebsgesellschaft. Das Weinburger-Institut braucht dieses Geld.«

Charles versuchte ihn zu unterbrechen, aber Morrison schnitt ihm das Wort ab. Resigniert ließ sich Charles in einen Stuhl fallen. Er fühlte sich von der Institutsbürokratie eingeschnürt wie von den Armen eines riesigen Tintenfischs.

Mit einer gedehnten Geste nahm Morrison die Brille ab und legte sie auf eine Berichtsliste. »Sie sind ein glänzender Wissenschaftler, Charles. Das wissen wir alle, und das ist auch der Grund, weshalb wir Sie in diesem Moment brauchen. Aber Sie sind auch ein Einzelgänger und in gewissem Sinn mehr geduldet als geliebt. Sie haben Feinde am Institut, vielleicht sind die nur neidisch auf Sie, vielleicht aber auch, weil Sie so erschrekkend selbstgerecht sind. In der Vergangenheit habe ich Sie immer verteidigt. Aber es gibt auch solche, die Sie lieber heute als morgen gehen sehen würden. Ich erzähle Ihnen das zu Ihrem eigenen Guten. Auf dem Treffen letzte Nacht habe ich erwähnt, daß Sie die Übernahme des Canceran-Projekts vielleicht ablehnen könnten. Es wurde beschlossen, daß für diesen Fall Ihre Mitarbeit hier beendet wäre. Und es ist bestimmt nicht schwer, jemanden zu finden, der das Projekt an Ihrer Stelle übernimmt.«

Beendet! Das Wort klang Charles schmerzhaft in den Ohren nach. Mühsam versuchte er Ordnung in seine Gedanken zu bringen.

»Darf ich jetzt etwas sagen?« fragte Charles.

»Natürlich«, antwortete Morrison. »Sagen Sie mir, daß Sie das Canceran-Projekt übernehmen. Das will ich jetzt von Ihnen hören.«

»Ich bin da unten sehr fleißig gewesen«, begann Charles, ohne auf Morrisons letzten Satz einzugehen. »Und ich komme mit meiner Arbeit, wie gesagt, sehr gut voran. Und wenn ich so verschwiegen war, hatte das durchaus einen Grund, denn ich glaube, daß ich sehr nahe daran bin, das Krebsproblem zu verstehen und vielleicht sogar eine Heilmethode gefunden habe.«

Morrison sah Charles forschend ins Gesicht, um darin einen Hinweis auf die Ernsthaftigkeit seines Gegenübers zu finden. Sollte das ein Trick sein? Eine überhebliche Wahnidee? Morrison blickte in Charles' strahlend blaue Augen, auf seine zerfurchte Stirn. Er wußte alles über die Vergangenheit von Charles, über den Tod seiner Frau, seinen plötzlichen Wechsel von der klinischen Medizin zur Forschung. Er wußte, daß Charles ein hervorragender Arbeiter war, aber eben ein Einzelgänger. Er hatte den Verdacht, daß Charles' Vorstellung von ›sehr nahe‹ genausogut zehn Jahre meinen konnte.

»Eine Heilmethode gegen Krebs«, begann Morrison. Er versuchte gar nicht erst den leichten Sarkasmus in seiner Stimme zu unterdrücken. Seine Augen blieben auf Charles' Gesicht geheftet. »Das wäre natürlich großartig. Wir alle wären sehr stolz. Aber... das wird warten müssen, bis die Canceran-Studie abgeschlossen ist. Lesley Pharmaceuticals, die das Patent halten, drängen darauf, mit dem Medikament auf den Markt kommen zu können. Und jetzt, Dr. Martel, müssen Sie mich leider entschuldigen, aber ich habe zu arbeiten. Die Sache ist erledigt. Die Canceran-Versuchsprotokolle stehen zu Ihrer Verfügung, also machen Sie sich an die Arbeit. Viel Glück. Sollten sich irgendwelche Probleme ergeben, dann lassen Sie es mich wissen.«

Wie betäubt stolperte Charles aus Morrisons Büro. Die Aussicht, in diesem entscheidenden Moment die eigene Arbeit liegenlassen zu müssen, hatte ihn völlig niedergedrückt. Im Augenwinkel sah er noch den fragenden Blick von Morrisons kühler Sekretärin, dann stürzte er mit schnellen Schritten zur Tür der Feuerleiter und riß sie geräuschvoll auf. Langsam ging er die Stufen hinunter, in seinem Kopf wirbelten die Gedanken durcheinander. Noch nie in seinem Leben hatte ihm jemand gedroht, ihn zu entlassen. Obwohl er überzeugt war, eine neue Anstellung zu finden, war für ihn die Vorstellung, sich auch nur kurze Zeit ohne Arbeit herumzutreiben, einfach niederschmetternd, besonders, wenn er an seine vielen finanziellen Verpflichtungen dachte. Als Charles seine private Praxis aufgegeben hatte, war damit auch der Verlust seines gestiegenen Lebensstandards verbunden gewesen. Sein Gehalt vom Institut reichte kaum für das Notwendigste, gerade jetzt, da Chuck das erste Jahr zur Universität ging.

Im ersten Stock wechselte er vom Treppenhaus zurück in den Flur und ging hinunter zu seinem Labor. Er brauchte Zeit zum Nachdenken.

3. Kapitel

Jetzt waren sie an der Reihe. Eine Schwester, die aussah, als sei sie aus einem Doris-Day-Film der frühen fünfziger Jahre gefallen, rief Michelles Namen und hielt die Tür zum Sprechzimmer auf. Michelle klammerte sich an die Hand ihrer Stiefmutter, und gemeinsam traten sie ein. Cathryn hätte nicht sagen können, wer von ihnen beiden aufgeregter war.

Dr. Wiley legte ein Krankenblatt aus der Hand und sah ihnen über die Halbgläser seiner Brille hinweg entgegen. Cathryn sah Dr. Wiley heute zum ersten Mal, aber die drei Kinder kannten ihn. Michelle hatte Cathryn erzählt, wie sie vor vier Jahren bei ihm gewesen war, als sie die Windpocken hatte. Sie war gerade acht geworden. Cathryn war sofort von der äußeren Erscheinung Dr. Wileys eingenommen. Er war Ende der Fünfzig und strahlte jene angenehme väterliche Ruhe aus, die man für gewöhnlich mit einem Arzt verbindet. Er war groß, hatte kurzgeschnittene graue Haare und einen buschigen Oberlippenbart. Am Hemdkragen trug er eine schmale handgebundene rote Fliege, die ihm ein ungewöhnliches, aber auch energisches Aussehen gab. Seine Hände waren groß, aber die Bewegung, mit der er das Krankenblatt beiseite legte, war sanft gewesen. Als sie näher getreten waren, beugte er sich leicht vor.

»Schau an, meine kleine Miß Martel«, sagte Dr. Wiley. »Aus dir ist ja eine richtige Frau geworden. Du siehst sehr schön aus, ein bißchen blaß, aber schön. Und jetzt mach mich bitte mit deiner neuen Mutter bekannt.«

»Sie ist nicht meine neue Mutter«, entgegnete Michelle empört. »Sie ist schon über zwei Jahre meine Mutter.«

Cathryn und Dr. Wiley mußten beide über diese Antwort lachen. Und nachdem sie einen Moment gezögert hatte, fiel auch Michelle in das Lachen mit ein, obwohl sie nicht sicher war, ob sie den Witz auch verstanden hatte.

»Setzen Sie sich bitte.« Einladend wies Dr. Wiley auf die Stühle vor seinem Schreibtisch. Als erfahrener Kliniker hatte Dr. Wiley seine Untersuchung bereits in dem Moment begonnen, als Michelle zur Tür hereintrat. Außer ihrer Blässe hatte er auch ihren unsicheren Gang bemerkt, ihre zusammengesunkene Haltung und den glasigen Ausdruck ihrer blauen Augen. Dann öffnete er ihre Krankenakte, die er gerade noch studiert hatte, und nahm sich einen Stift zur Hand. »Also dann, was fehlt denn unserer Patientin?«

Cathryn beschrieb Michelles Symptome, und dann und wann fügte auch Michelle noch etwas hinzu. Cathryn erzählte, daß alles mit niedrigem Fieber und allgemeinem Unwohlsein angefangen hatte. Sie hatten gedacht, daß Michelle nur eine leichte Grippe haben würde, aber das Fieber ging nicht wieder weg. An einigen Tagen fühlte sie sich ganz wohl, an anderen war es wieder schlimmer. Cathryn beendete ihren Bericht mit ihrem Entschluß, daß Michelle am besten einmal gründlich untersucht werden sollte für den Fall, daß sie Antibiotika oder etwas Ähnliches brauchte.

»Sehr schön«, sagte Dr. Wiley. »Und jetzt möchte ich gern einen Moment mit Michelle allein bleiben. Wenn Sie erlauben, Mrs. Martel.« Er kam hinter seinem Schreibtisch hervor und öffnete die Tür zum Wartezimmer.

Ratlos stand Cathryn auf. Sie hatte erwartet, bei Michelle bleiben zu können.

Dr. Wiley lächelte sie warm an, und als ob er ihre Gedanken lesen könnte, fügte er noch beruhigend hinzu: »Sie müssen wissen, daß Michelle und ich alte Freunde sind. Wir werden uns schon vertragen.«

Cathryn kniff Michelle aufmunternd in die Schulter, dann ging sie zur Tür zum Wartezimmer. An der Schwelle blieb sie noch einmal stehen. »Wie lange wird es ungefähr dauern? Reicht die Zeit, daß ich kurz einen Patienten besuchen kann?«

»Ich glaube schon«, antwortete Dr. Wiley. »In ungefähr dreißig Minuten sind wir mit allen fertig.«

»Ich bin rechtzeitig wieder zurück, Michelle«, rief Cathryn. Michelle winkte noch einmal, dann schloß Dr. Wiley die Tür. Nachdem eine Schwester ihr ausführlich den Weg beschrieben hatte, ging Cathryn über die Treppe zurück in die Eingangshalle. Erst als sie in den Fahrstuhl stieg, kehrte ihre alte Furcht vor Krankenhäusern zurück. Wie gebannt starrte sie während der ganzen Fahrt auf ein trauriges kleines Mädchen in einem Rollstuhl. Die Eindrücke in Kinderkrankenhäusern schienen Cathryn besonders zermürbend zu sein. Schon der Gedanke daran, daß Kinder krank sein können, ließ in ihr ein Gefühl der Schwäche hochsteigen. Sie versuchte, sich auf den Stockwerksanzeiger über der Tür zu konzentrieren, doch ein mächtiges, unbegreifliches Verlangen zog ihre Augen zurück zu dem kranken Kind. Als die Türen sich im fünften Stock öffneten und sie ausstieg, waren ihre Knie weich wie Gummi und ihre Handflächen schweißnaß.

Cathryn war auf dem Weg zur Marshall-Memorial-Isolierstation, aber auf der fünften Etage lagen auch die allgemeine Intensivstation und der Beobachtungsraum für die frischoperierten Patienten. In ihrem angegriffenen Zustand war Cathryn all diesen Eindrücken und Geräuschen von akuten medizinischen Krisen ausgesetzt. Die Piepstöne der Herzmonitoren vermischten sich mit den Schreien verängstigter Kinder. Wo sie auch hinblickte, sah sie ein Durcheinander von Schläuchen, Flaschen und zischenden Apparaten. Es war eine fremde Welt, durch die geschäftiges Personal eilte, das aus unerklärlichen Gründen losgelöst zu sein schien von dem Schrekken ringsum. Daß dies alles nur dazu diente, den Kindern zu helfen, kam Cathryn nicht in den Sinn.

In einem schmalen Flur, der zu beiden Seiten von Fenstern durchbrochen war, blieb Cathryn stehen und schöpfte Atem. Sie merkte, daß sie in einem Verbindungsgang zwischen zwei Gebäuden des Krankenhauszentrums war. Der Flur war eine friedliche Brücke. Für einen Moment war sie allein, bis ein Mann in einem Motorrollstuhl an ihr vorbeifuhr, auf dessen Rückenlehne das Wort ›Fahrdienst‹ geschrieben war. Reagenzgläser und Glaskolben mit Proben aller nur erdenklichen Körperflüssigkeiten klirrten in einem kleinen Metallgestell. Der Mann lächelte, und Cathryn lächelte zurück. Sie fühlte sich besser. Gestärkt ging sie weiter.

Die Marshall-Memorial-Isolierstation war nicht so furchteinflößend für Cathryn. Die Türen zu den Zimmern waren alle geschlossen und kein Patient war zu sehen. Cathryn ging zur Schwesternstation, die eher wie der Ticketschalter auf einem Flughafen aussah als wie das Nervenzentrum einer Krankenstation. Es war eine große quadratische Zone, in deren Mitte eine Reihe von TV-Monitoren stand. Ein Pfleger sah zu ihr auf und fragte sie freundlich, ob er ihr helfen könne.

»Ich suche den kleinen Schonhauser«, sagte Cathryn.

»Fünf-einundzwanzig«, sagte der Pfleger und zeigte ihr die Richtung.

Cathryn bedankte sich und ging hinüber zu der geschlossenen Tür. Behutsam klopfte sie. »Gehen Sie einfach hinein«, rief der junge Mann. »Aber vergessen Sie nicht, den Umhang anzuziehen.«

Vorsichtig drückte sie die Klinke herunter, und die Tür öffnete sich. Sie stand in einem kleinen Vorraum mit Regalen für Bettwäsche und anderen Tüchern, einem Medikamentenschrank, einem Ausguß und einem großen Korb für Schmutzwäsche. Neben dem Korb war eine zweite verschlossene Tür mit einem schmalen Glasfenster. Während Cathryn noch regungslos dastand, öffnete sich die innere Tür, und eine Person, in einen Umhang gehüllt und mit Gesichtsmaske, trat in den Raum. Mit schnellen Bewegungen wurden die Papiermaske und die Haube in den Müll geworfen. Es war eine junge Schwester mit roten Haaren und Sommersprossen.

»Hallo«, sagte sie. Die Handschuhe flogen in den Müll, der Umhang in den Wäschekorb. »Wollen Sie Tad besuchen?«

»Wenn das möglich ist«, antwortete Cathryn. »Ist Mrs. Schonhauser auch hier?«

»Ja. Sie ist jeden Tag hier, die arme Frau. Vergessen Sie nicht, einen Umhang anzuziehen. Hier gelten sehr strenge Vorsichtsmaßnahmen.«

»Ich...« begann Cathryn, aber die Schwester war schon aus der Tür und auf dem Weg zu ihrem nächsten Patienten.

Cathryn suchte die Regale ab, bis sie die Hauben und Masken gefunden hatte. Sie zog sie an und kam sich irgendwie lächerlich dabei vor. Als nächstes streifte sie den Umhang über, aber statt ihn auf dem Rücken zuzubinden, zog sie ihn wie einen Mantel an. Die Gummihandschuhe machten ihr mehr Schwierigkeiten, und in den linken kam sie trotz mehrerer Versuche nicht ganz hinein. Die halbleeren Gummifinger hingen ihr schlaff von der Hand, als sie schließlich die innere Tür öffnete. Das erste, was sie sah, war eine große Kunststoffplane, die das Bett wie einen Käfig überspannte. Durch das milchige Tuch konnte Cathryn gerade noch die Umrisse von Tad Schonhauser erkennen. Das harte Licht der Leuchtstoffröhre ließ die Haut des Jungen blaßgrün erscheinen. Dann hörte Cathryn das dunkle Zischen des Sauerstoffs. Marge Schonhauser saß bei dem Fenster links vom Bett und las.

»Marge«, flüsterte Cathryn.

Die verhüllte und maskierte Frau sah auf. »Ja?«

»Ich bin's. Cathryn.«

»Cathryn?«

»Cathryn Martel.«

»Dem Himmel sei Dank«, sagte Marge, als sie den Namen schließlich einordnen konnte. Sie stand auf und legte ihr Buch auf den Stuhl. Dann nahm sie Cathryn bei der Hand und zog sie hinaus in den Vorraum. Bevor die Tür sich hinter ihnen schloß, sah Cathryn zurück zu Tad. Obwohl er mit offenen Augen dalag, hatte er sich nicht bewegt.

»Vielen Dank, daß du gekommen bist«, sagte Marge. »Das tut mir wirklich gut.«

»Wie geht es ihm?« fragte Cathryn. Der merkwürdige Raum, die unförmigen Umhänge... das alles war nicht besonders ermutigend.

»Sehr schlecht«, antwortete Marge. Sie zog sich die Maske vom Gesicht. Es war ernst und angespannt, die Augen rot und verschwollen. »Zweimal ist ihm Knochenmark von Lisa transplantiert worden, aber es hat nichts genützt. Gar nichts.«

»Ich hab' heute morgen mit Nancy telefoniert«, sagte Cathryn. »Ich hatte ja keine Ahnung, daß es ihm so schlecht geht.« Cathryn spürte die seelische Spannung, unter der Marge stand. Sie schien dem Druck kaum noch gewachsen zu sein, wie ein Vulkan, der kurz vor dem Ausbruch steht.

»Ich hatte das Wort aplastische Anämie noch nicht einmal gehört«, sagte Marge. Sie versuchte ein Lachen, aber statt dessen flossen ihr die Tränen über das Gesicht. Cathryn merkte, wie auch sie aus Mitgefühl zu weinen begann, und für einige Minuten standen die zwei Frauen aneinandergelehnt und ließen ihren Gefühlen freien Lauf. Dann trat Marge einen kleinen Schritt zurück, seufzte tief und sah Cathryn lange ins Gesicht. »Oh, wie gut das ist, daß du gekommen bist. Du weißt gar nicht, wie sehr mir das hilft. Eine der schlimmsten Erfahrungen in so einer Situation ist, daß die Leute dich nicht mehr sehen.«

»Aber ich habe wirklich nichts gewußt«, wiederholte Cathryn reuevoll.

»Ich mach dir ja auch keinen Vorwurf«, sagte Marge. »Ich meine es ganz allgemein. Ich glaube, die meisten wissen einfach nicht, was sie sagen sollen, oder sie fürchten sich vor dem Ungewissen. Aber es passiert gerade dann, wenn du die anderen am meisten brauchst.«

»Es tut mir furchtbar leid«, sagte Cathryn. Ihr fiel einfach nichts Besseres ein. Sie wünschte jetzt, schon vor Wochen angerufen zu haben. Marge war älter als sie, näher an Charles' Jahrgang. Aber sie kamen gut miteinander aus, und als Cathryn nach Shaftesbury gekommen war, hatte Marge sich von Anfang an um sie gekümmert und ihr geholfen. Die anderen Neuengländer waren dagegen sehr unterkühlt gewesen.

»Ich gebe dir doch keine Schuld«, sagte Marge. »Aber ich fühle mich so hilflos und alleingelassen. Die Ärzte haben mir heute morgen gesagt, daß Tad vielleicht sterben wird. Sie versuchen, mich auf das Schlimmste vorzubereiten. Ich will auch nicht, daß er leiden muß, aber ich will auch nicht, daß er stirbt.«

Cathryn war wie gelähmt. Sterben? Tod? Das waren Worte, die für alte Leute Bedeutung hatten, aber doch nicht für einen kleinen Jungen, der noch vor ein paar Wochen lebenslustig durch ihre Küche getobt war. Nur mit Mühe widerstand sie der Versuchung, aus dem Raum zu laufen. Statt dessen nahm sie Marge in die Arme.

»Ich weiß nicht, aber ich frag mich immer, warum«, schluchzte Marge. Verzweifelt versuchte sie, nicht ganz die Fassung zu verlieren. »Man sagt so, daß der Herrgott seine eigenen Gründe hat, aber ich möchte gerne wissen, warum. Er war so ein guter Junge. Es ist so ungerecht.«

Cathryn nahm ihre ganze Kraft zusammen und begann zu sprechen. Sie sagte einfach, was ihr in den Sinn kam. Sie sprach von Gott und vom Tod, und irgendwie war sie selbst darüber überrascht, denn sie war nicht religiös, jedenfalls nicht im gewöhnlichen Sinn. Sie war katholisch erzogen worden, und mit zehn Jahren hatte sie sogar kurz überlegt, Nonne zu werden. Aber dann, während sie studierte, hatte sie sich gegen die strengen Regeln und Rituale der Kirche aufgelehnt und war in bestimmter Weise eine Freidenkerin geworden, die sich um ihren Glauben nicht mehr besonders sorgte. Aber jetzt mußten ihre Worte Sinn verbreitet haben, denn Marge beruhigte sich langsam. Ob nun das, was sie gesagt hatte, dafür verantwortlich war, oder nur ihr Mitgefühl, das sich in den Worten ausdrückte, wußte Cathryn nicht. Doch am Ende konnte Marge sogar wieder ein klein wenig lächeln.

»Ich muß jetzt leider gehen«, sagte Cathryn schließlich. »Ich muß rechtzeitig wieder bei Michelle sein. Aber in den nächsten Tagen komme ich wieder her, und heute abend rufe ich dich an, das verspreche ich.« Marge nickte und küßte Cathryn auf die Wange, bevor sie wieder zurück zu ihrem Sohn ging. Cathryn trat hinaus auf den Flur. Heftig atmend blieb sie einen Moment an der Tür stehen. Das Krankenhaus war nach allem doch genauso ein Ort der Schrecken geworden, wie sie immer gefürchtet hatte.

»Ich glaube nicht, daß uns eine große Wahl bleibt«, sagte Ellen und stellte ihren Kaffeebecher auf den Tisch. Sie saß auf einem der hohen Laborhocker und sah hinunter auf Charles, der zusammengesunken auf dem Stuhl vor seinem Schreibtisch saß. »Es ist ungerecht, daß du deine Arbeit gerade jetzt liegenlassen sollst, aber was können wir schon dagegen tun? Vielleicht hätten wir Morrison regelmäßig über unsere Fortschritte informieren sollen.«

»Nein«, sagte Charles. Er hatte die Ellbogen auf den Schreibtisch gestützt und sein Gesicht in seine Hände gelegt. Die Kaffeetasse stand unberührt daneben. »Wenn wir das getan hätten, wäre Morrison uns ein Dutzend Mal dazwischengefahren, damit wir ihm einen seiner verdammten Berichte geschrieben hätten. Wir wären um Jahre zurück.«

»Aber nur so hätten wir das jetzt vermeiden können«, beharrte Ellen. Sie beugte sich vor und legte Charles die Hand auf den Arm. Vielleicht mehr als jeder andere wußte sie, wie schwierig die Situation für Charles war. Er haßte jede Unterbrechung in seiner Arbeit, besonders die, zu denen ihn die Verwaltung zwang. »Aber du hast recht. Wenn Morrison gewußt hätte, was wir hier machen, dann wäre er jeden Tag hier unten gewesen.« Sie ließ ihre Hand auf Charles' Arm. »Es wird schon alles in Ordnung kommen. Es geht eben nur etwas langsamer voran.«

Charles hob den Kopf und sah Ellen in die Augen, die so dunkel waren, daß die Pupillen mit der Iris verschmolzen. Er spürte ihre Hand auf seinem Arm. Seit ihrer kurzen Affäre war sie bisher immer jeder Berührung ausgewichen. Jetzt, nachdem sie ihm am Morgen erst vorgeworfen hatte, daß er gefühllos sei, jetzt hielt sie seinen Arm. Charles war verwirrt. »Dieser Canceran-Unsinn wird einige Zeit in Anspruch nehmen«, sagte er. »Mindestens sechs Monate, wenn nicht ein Jahr. Und das auch nur, wenn alles glattgeht.«

»Warum können wir nicht an der Canceran-Studie arbeiten und an unseren Versuchen?« fragte Ellen. »Wir können ja länger arbeiten, bis in die Nacht. Ich hätte nichts dagegen.«

Charles stand auf. Nachts arbeiten? Er sah Ellen forschend an. Fast konnte er sich nicht mehr daran erinnern, wie sie einmal die Nächte zusammen verbracht hatten. Ihre Haut hatte denselben olivfarbenen Ton gehabt wie Elisabeths und Michelles. Doch obwohl Ellen ihn körperlich angezogen hatte, hatte etwas zwischen ihnen gefehlt. Sie waren Kollegen, Partner, aber nie Liebende. Ihre Beziehung hatte immer etwas unangenehm Linkisches gehabt, ihre Körper waren unbeholfen miteinander gewesen wie die unerfahrener, junger Leute. Cathryn war vielleicht nicht so schön wie Ellen, aber seine Liebe zu ihr war von Anfang an erfüllter gewesen.

»Ich habe eine bessere Idee«, sagte Charles. »Warum soll ich Morrison nicht einfach übergehen und dem Direktor persönlich die Karten auf den Tisch legen? Ich kann ihm erklären, warum es unendlich viel wichtiger ist, daß wir mit unserer eigenen Arbeit weitermachen.«

»Ich kann mir nicht vorstellen, daß das viel nützen wird«, warnte Ellen. »Morrison hat dir gesagt, daß der gesamte Direktorenrat die Entscheidung getroffen hat. Dr. Ibanez wird sie nicht wieder aufheben. Ich fürchte, du würdest dir bloß noch mehr Ärger einhandeln.«

»Und ich glaube, daß die Sache den Versuch wert ist. Bitte hilf mir, die Versuchsprotokolle zusammenzustellen. Ich werde ihm zeigen, was wir hier gemacht haben.«

Ellen stand von ihrem Hocker auf und ging zum Ausgang.

»Ellen!« rief Charles, völlig überrascht von dem, was sie tat. Sie blieb stehen. »Mach, was du willst, Charles. Du hast es ja immer getan.« Die Tür schloß sich hinter ihr.

Im ersten Moment wollte Charles ihr nachlaufen, doch der Impuls war schnell verflogen. Er hatte auf ihre Unterstützung gehofft. Außerdem hatte er Wichtigeres zu tun, als sich um Ellens Stimmungen und Verhalten zu sorgen. Verärgert schob er den Gedanken an sie beiseite und konzentrierte sich darauf, die Versuchsprotokolle, die auf seinem Schreibtisch lagen, zusammenzutragen und die letzten Auswertungen von seinem Arbeitstisch. Dann lief er den Flur hinunter zur Feuerleiter, während er in seinem Kopf schon zurechtlegte, was er sagen wollte.

Argwöhnisch sahen ihm die Verwaltungssekretärinnen hinterher, als er an ihren Plätzen vorübereilte. Sie alle wußten, daß er das Canceran-Projekt übernehmen sollte und daß er nicht besonders glücklich darüber war.

Charles achtete nicht auf ihre neugierigen Blicke, doch er fühlte sich wie ein entdeckter Wolf im Hühnerstall. Um ihren besonderen Status zu unterstreichen, war der Platz von Miß Veronica Evans, der Sekretärin von Dr. Carlos Ibanez, mit holzvertäfelten Trennwänden von dem übrigen Bürobetrieb abgesondert worden. Sie war sogar schon länger am Weinburger-Institut als ihr Chef, eine äußerst gepflegte Frau, die zur Körperfülle neigte. Sie war nicht mehr die Jüngste, ohne daß man ihr ein genaues Alter angesehen hätte.

»Ich möchte den Direktor sprechen«, sagte Charles mit entschiedener Stimme.

»Sind Sie angemeldet?« Niemand konnte Miß Evans einschüchtern.

»Es genügt, wenn Sie ihm sagen, daß ich hier bin«, antwortete Charles.

»Ich fürchte...« begann Miß Evans.

»Wenn Sie ihm nicht sagen, daß ich hier bin, werde ich einfach hineingehen.« Charles konnte seine Stimme kaum noch beherrschen. Miß Evans warf Charles ihren berüchtigten geringschätzigen Blick zu und stand zögernd auf. Dann verschwand sie durch eine Tür. Als sie wieder erschien, hielt sie wortlos die Tür auf und winkte Charles herein.

Das Büro von Dr. Ibanez lag in einem großen Eckzimmer, dessen Fenster nach Süden und Osten zeigten. Man konnte das Gelände der Universität von Boston sehen und einen Teil der Stadtsilhouette hinter dem teilweise zugefrorenen Charles River. Ibanez saß hinter einem ausladenden, antiken spanischen Schreibtisch, auf dem Stuhl davor saß Dr. Thomas Brighton.

Dr. Carlos Ibanez lachte gerade über eine Bemerkung, die gefallen sein mußte, bevor Charles das Zimmer betreten hatte. Dabei gestikulierte er mit der langen, dünnen Zigarre, die er rauchte, daß Charles sich ebenfalls einen Stuhl heranziehen sollte. Ein Glorienschein aus Zigarrenqualm stand über seinem Kopf wie eine Regenwolke über einem tropischen Eiland. Er war von kleiner, zierlicher Statur, Anfang der Sechzig und neigte zu heftigen Bewegungen, besonders mit den Händen. Sein Gesicht, das immer tief gebräunt war, wurde von silbergrauem Haar und einem silberfarbenen Spitzbart umrahmt. Seine Stimme war überraschend kräftig.

Charles setzte sich. Die Anwesenheit von Dr. Brighton störte ihn. Einerseits war er wütend auf ihn, aus beruflichen und auch persönlichen Gründen; andererseits tat es ihm leid, daß Brighton jetzt in einen Skandal verwickelt war, der sein ganzes Leben zerstören konnte.

Dr. Brighton warf Charles einen schnellen, aber eindeutig geringschätzigen Blick zu, dann drehte er sich wieder zu Dr. Ibanez. Dieser eine Blick hatte genügt, um Charles' Mitgefühl zu untergraben. Forschend sah er auf Brightons Profil. Charles schätzte ihn auf einunddreißig. Doch er sah jünger aus, blond und attraktiv wie ein ausgekochter Karrieremann.

»Ach, Charles«, sagte Ibanez mit Verlegenheit in der Stimme. »Ich habe mich gerade von Thomas Brighton verabschiedet. Es ist eine Schande, daß er sich in seinem Eifer, das Canceran-Projekt zu beenden, so unklug verhalten hat.«

»Unklug?« brach es aus Charles heraus. »Kriminell wäre wohl der passendere Ausdruck.« Brighton schoß die Röte ins Gesicht.

»Aber Charles, er hatte die besten Absichten. Wir wissen, daß er das Institut nicht in Schwierigkeiten bringen wollte. Wirklich kriminell ist die Person, die den Hinweis an die Presse gegeben hat. Wir werden den Schuldigen suchen und ihn empfindlich bestrafen.«

»Und Dr. Brighton?« fragte Charles in einem Ton, als ob Thomas Brighton nicht anwesend wäre. »Billigen Sie etwa, was er getan hat?«

»Natürlich nicht«, antwortete Dr. Ibanez. »Aber die Schmähungen, die ihm von seiten der Presse zuteil geworden sind, waren Strafe genug. In den nächsten Jahren wird er Mühe haben, einen Arbeitsplatz zu finden, der seinen Fähigkeiten entspricht. Das Weinburger-Institut kann seine Berufskarriere mit Sicherheit nicht länger finanziell unterstützen. Ich habe ihm gerade von einer kleinen Fachgruppe in Florida erzählt, bei der ich ihm eine Anstellung verschaffen könnte.«

Es trat eine beklemmende Pause ein.

»Also«, sagte Dr. Ibanez schließlich. Er stand auf und kam hinter seinem Schreibtisch hervor. Brighton erhob sich, als Dr. Ibanez auf ihn zukam. Dr. Ibanez legte seine Hand auf Brightons Schulter und führte ihn zur Tür, ohne auch nur einen Blick an Charles zu verlieren.

»Ich bin für jede Hilfe dankbar, die Sie mir geben können«, sagte Brighton.

»Ich hoffe, Sie verstehen unsere Gründe dafür, daß Sie das Institut so schnell verlassen müssen«, sagte Ibanez.

»Natürlich«, erwiderte Brighton. »Wenn die Presse erst einmal so eine Geschichte wie diese in die Finger bekommen hat, preßt sie sie aus wie eine Zitrone. Machen Sie sich um mich keine Sorgen, ich bin froh, für eine Weile aus dem Rampenlicht der Öffentlichkeit verschwinden zu können.«

Ibanez schloß die Tür hinter Brighton, kehrte zurück an seinen Schreibtisch und setzte sich. Sein Gesicht hatte auf einmal einen ermüdeten und verärgerten Ausdruck angenommen. »Tatsächlich gibt es zwei Menschen, die ich am liebsten erwürgen würde. Denjenigen, der die Geschichte ausgeplaudert hat, und den Reporter, der einen Artikel daraus gemacht hat. Die Presse hat die schlechte Angewohnheit, alles fürchterlich aufzubauschen. Der vorliegende Fall ist ein gutes Beispiel dafür. Auf der ersten Seite der *New York Times*! Das ist einfach absurd!«

»Ich glaube, Sie klagen die falschen Leute an«, sagte Charles. »Schließlich handelt es sich um eine moralische Verfehlung und nicht um einen kleinen Ausrutscher.«

Dr. Ibanez musterte Charles über den breiten Schreibtisch hinweg. »Dr. Brighton hätte nicht tun sollen, was er getan hat. Aber seine moralische Verfehlung macht mir nicht halb soviel Sorgen wie der mögliche Schaden, der dadurch dem Institut zugefügt wird, und vor allem dem Medikament Canceran. Erst dadurch kann diese kleine Affäre zu einer riesigen Katastrophe anwachsen.«

»Ich glaube nur nicht, daß die Frage der beruflichen Integrität eine kleine Affäre ist«, erwiderte Charles.

»Ich hoffe, Sie versuchen nicht, mich zu belehren, Dr. Martel. Ich will Ihnen etwas sagen. Dr. Brighton hatte bei all dem keine böse Absicht. Er glaubte an das Canceran und wollte es der Öffentlichkeit schneller zugänglich machen. Sein kleiner Schwindel war die Folge jugendlicher Ungeduld, der wir alle einmal auf die eine oder andere Weise erlegen sind. Unglückseligerweise hat sein Enthusiasmus in diesem Fall weitere Wellen geschlagen, mit dem Ergebnis, daß wir einen talentierten Mann verlieren, dessen Arbeit uns enorme Spenden eingebracht hat.«

Charles rutschte auf die Stuhlkante vor. Für ihn war der Fall kristallklar, und er war erstaunt, daß er und Ibanez die Geschichte von so gegensätzlichen Positionen aus bewerten konnten. Charles setzte gerade zu einer besonders gehässigen Bemerkung über den Unterschied von Recht und Unrecht an, als Miß Evans ihn dabei unterbrach.

»Dr. Ibanez«, rief sie von der Tür ins Zimmer. »Ich sollte Ihnen Bescheid geben, wenn Mr. Bellman kommt. Er ist jetzt da.«

»Schicken Sie ihn herein!« rief Ibanez, dann sprang er aufgeregt hoch wie ein Boxer, der den Gong zur nächsten Runde hört. Jules Bellman war zuständig für die Öffentlichkeitsarbeit des Instituts. Wie ein geprügelter Hund kam er jetzt in das Büro geschlichen. »Ich habe von dieser *Times*-Sache erst heute morgen erfahren«, jammerte er. »Ich weiß nicht, wie das passieren konnte, aber von meiner Abteilung hat niemand die Schuld. Leider haben sehr viele Leute von der Sache gewußt.«

»Meine Assistentin sagt, daß das ganze Institut darüber geklatscht hat«, kam Charles Bellman zu Hilfe. »Ich glaube, ich war der einzige, der nichts davon gewußt hat.«

Ibanez starrte noch einen Moment finster vor sich hin. »Na schön, ich will, daß die undichte Stelle gefunden wird.« Er forderte seinen PR-Mann nicht auf, sich hinzusetzen.

»Selbstverständlich«, antwortete Bellman, und seine

Stimme wurde fester. »Ich glaube, ich weiß auch schon, wer dafür verantwortlich ist.«

»So?« Ibanez zog die Augenbrauen hoch.

»Der Leiter der Tierabteilung, der Ihnen zuerst Meldung gemacht hat. Er soll verärgert gewesen sein, daß er keine Prämie dafür bekommen hat.«

»Mein Gott! Inzwischen will jeder eine Medaille haben, wenn er nur seine Pflicht tut«, sagte Ibanez. »Bleiben Sie an der Sache dran, bis Sie ganz sicher sind. Und jetzt haben wir über die Presse zu reden. Hören Sie zu, wie ich die Angelegenheit behandelt haben will. Setzen Sie eine Pressekonferenz an. Teilen Sie mit, daß in den Versuchsprotokollen des Canceran-Projekts Fehler gefunden wurden, die auf den ungeheuren Zeitdruck, unter dem die Versuche standen, zurückzuführen sind. Auf die Fälschungsversuche gehen Sie unter gar keinen Umständen ein. Sagen Sie, daß die Fehler bei den normalen Kontrollen entdeckt wurden, die die Verwaltung regelmäßig durchführt, und daß dem Wunsch Dr. Brightons, das Institut für unbestimmte Zeit verlassen zu können, stattgegeben wurde. Sagen Sie, daß er unter außergewöhnlichem Druck stand, das Medikament so schnell wie möglich der Öffentlichkeit zugänglich zu machen. Und betonen Sie vor allem, daß Canceran das vielversprechendste Antikrebsmittel seit sehr langer Zeit ist. Dann unterstreichen Sie, daß für die Fehler allein Brighton verantwortlich war und daß das Weinburger-Institut weiterhin volles Vertrauen zu dem Heilmittel Canceran hat. Und damit verbinden Sie die Ankündigung, daß wir die Fortführung des Projekts unserem angesehensten wissenschaftlichen Mitarbeiter in die Hände gelegt haben, Dr. Charles Martel.«

»Dr. Ibanez«, begann Charles. »Ich...«

»Einen Moment noch, Charles«, unterbrach Ibanez ihn. »Lassen Sie mich nur eben mit Jules fertig werden. Haben Sie das jetzt alles mitbekommen, Jules?«

»Dr. Ibanez«, fuhr Charles dazwischen. »Ich muß Ihnen dringend etwas mitteilen.«

»Eine Minute noch, Charles. Hören Sie zu, Jules, ich will, daß Sie Charles vorstellen wie einen wiedergeborenen Louis Pasteur, haben Sie mich verstanden?«

»Alles verstanden«, sagte Bellman aufgeregt. »Dr. Martel, können Sie mir bitte Ihre letzten Veröffentlichungen nennen.«

»Verdammt noch mal!« rief Charles und knallend ließ er seine Protokollbücher auf den Schreibtisch von Dr. Ibanez fallen. »Dieses Gespräch ist einfach lächerlich. Sie wissen ganz genau, daß ich in letzter Zeit nichts veröffentlicht habe. Und zwar in erster Linie, weil mir die Zeit dazu zu kostbar war. Aber Veröffentlichungen oder nicht, ich mache in meiner Arbeit außergewöhnliche Fortschritte. Und das steht alles hier in den Büchern. Lassen Sie mich Ihnen etwas zeigen.«

Charles griff auf den Schreibtisch, um eines der Protokollbücher aufzuschlagen, aber Dr. Ibanez hielt seinen Arm fest. »Beruhigen Sie sich, Charles. Sie stehen hier bei Gott nicht vor Gericht. Im Moment ist es sogar viel besser, daß Sie längere Zeit nichts mehr veröffentlicht haben. Das Interesse und auch die Unterstützung für immunologisch orientierte Krebsforschung hat sehr stark nachgelassen. Es wäre gar nicht so vorteilhaft, wenn Jules eingestehen müßte, daß Sie ausschließlich auf diesem Feld geforscht haben. Die Presse könnte einwenden, daß sie fachlich gar nicht geeignet sind, das Canceran-Projekt zu übernehmen.«

»Mein Gott, laß mich stark sein«, stöhnte Charles in sich hinein. Heftig atmend starrte er Dr. Ibanez an. »Jetzt lassen Sie mich endlich einmal zu Wort kommen! Die ganze Medizin sieht das Krebsproblem von einem völlig falschen Standpunkt. Diese vielen Arbeiten über chemotherapeutische Wirkstoffe wie Canceran verfolgen doch nur einen krankheitslindernden Zweck. Eine wirkliche Heilmethode kann nur aus einem besseren Verständnis des chemischen Informationsaustausches zwischen den Zellen entstehen, von dem das Immunsystem ein direkter Ableger ist. Immunologie ist die Antwort!«

Charles' Stimme war zu einem Crescendo angeschwollen, und den letzten Satz hatte er hinausposaunt wie ein religiöser Fanatiker.

Bellman sah auf den Boden und scharrte nervös mit den Füßen.

Ibanez sog heftig an seiner Zigarre und stieß den Rauch in einer langen dünnen Fahne wieder aus.

»Schön«, sagte Ibanez in das verlegene Schweigen. »Das ist ein interessanter Gesichtspunkt, Charles, aber ich fürchte, daß dem nicht jeder zustimmen kann. Und Tatsache ist doch nun einmal, daß es sehr viel Subventionen für chemotherapeutische Forschungen gibt, während für immunologisch orientierte Studien nur sehr wenig Geld zur Verfügung steht...«

»Und zwar deshalb, weil man sich chemotherapeutische Wirkstoffe wie Canceran patentieren lassen kann, während das bei immunologischen Prozessen größtenteils nicht möglich ist«, fiel Charles Dr. Ibanez ins Wort.

»Ich glaube, daß hier sehr schön der alte Satz paßt: Beiß nicht die Hand, die dich ernährt«, sagte Dr. Ibanez. »Auch Sie sind von jenen unterstützt worden, die an der Krebsforschung interessiert sind, Dr. Martel.«

»Und ich bin dankbar dafür«, sagte Charles. »Ich bin kein Aufrührer und auch kein Revolutionär. Ganz bestimmt nicht. Alles, was ich will, ist, in Ruhe meiner Arbeit nachgehen zu können. Das ist auch der Grund, weshalb ich zu Ihnen gekommen bin: um Ihnen mitzuteilen, daß ich mich nicht fähig fühle, das Canceran-Projekt übernehmen zu können.«

»Unsinn!« rief Dr. Ibanez. »Sie sind mehr als fähig. Offensichtlich denken das sämtliche Ratsdirektoren.«

»Ich spreche nicht über meine intellektuellen Fähigkeiten«, schnauzte Charles. »Ich spreche von meinem mangelnden Interesse. Ich glaube nicht an das Canceran und die Art der Krebsbehandlung, für die es ein Beispiel ist.«

»Dr. Martel«, sagte Dr. Ibanez langsam, seine Augen bohrten sich in Charles' Gesicht. »Sind Sie sich darüber im klaren, daß wir mitten in einer Krise stecken? Und Sie wollen mir jetzt erzählen, daß Sie nicht helfen können, weil Ihnen das Interesse fehlt? Was glauben Sie eigentlich, was ich hier leite, ein staatlich ausgehaltenes College? Wenn wir die finanzielle Unterstützung für das Canceran-Projekt verlieren, dann ist das ganze Institut gefährdet. Sie sind der einzige, dessen Arbeit noch nicht direkt vom Nationalen Krebsinstitut bezahlt wird und dessen Ruf in der Forschung so unbezweifelt ist, daß dieser ganze unglückliche Wirbel sich mit einem Schlag legen wird, wenn Sie das Projekt übernehmen.«

»Aber ich bin bei meinen eigenen Forschungen an einen entscheidenden Punkt vorgestoßen«, warf Charles ein. »Ich weiß, daß ich lange nichts veröffentlicht habe und daß ich etwas geheimnisvoll war. Vielleicht war das falsch. Aber ich habe Ergebnisse vorzuweisen, und ich glaube, mir ist ein Durchbruch gelungen. Es steht alles hier drin.« Charles klopfte auf eines seiner Protokollbücher. »Hören Sie. Ich kann eine Krebszelle nehmen, jede Krebszelle, und die chemische Differenz zwischen ihr und einer normalen Zelle desselben Lebewesens herausisolieren.«

»Bei welchen Tieren?« fragte Dr. Ibanez.

»Mäuse, Ratten, Affen«, antwortete Charles.

»Und was ist mit Menschen?« fragte Dr. Ibanez.

»Das habe ich noch nicht versucht, aber ich bin sicher, auch der Versuch würde gelingen. Bei allen Spezies, mit denen wir arbeiteten, hat es funktioniert.«

»Ist die Wirkung dieser chemischen Differenz antigen?«

»Es müßte eigentlich so sein. In sämtlichen Fällen scheint das Protein ausreichend differenziert zu sein, um eine antigene Körperwirkung haben zu können. Aber leider ist es mir noch nicht gelungen, ein verkrebstes Tier darauf zu sensibilisieren. Es scheint sich eine Art Blockierungsmechanismus dazwischenzuschieben, ich nenne das den Blockierungsfaktor. Und genau an dieser Stelle stehe ich im Moment mit meiner Arbeit: Ich versuche, den Blockierungsfaktor herauszuisolieren. Wenn mir das erst einmal gelungen ist, will ich den Hybriden-Effekt dazu nutzen, einen Antikörper gegen den Blockierungsfaktor zu bilden. Wenn ich den Blockierungsfaktor ausschalten kann, dann, so hoffe ich, wird das Immunsystem des Tieres auf den Tumor reagieren.«

»Huh«, überwältigt stieß Bellman die Luft aus. Er war sich nicht sicher, was er von Charles' Vortrag notieren sollte.

»Und das Interessanteste daran ist, daß alles auch einer wissenschaftlichen Logik gehorcht«, fuhr Charles begeistert fort. »Krebs ist heute der verkümmerte Rest eines urzeitlichen Systems, das Organismen in die Lage versetzte, neue Zellbestandteile aufnehmen zu können.«

»Ich geb's auf«, sagte Bellman und ließ sein Notizbuch schnappend zuspringen.

»Und was Sie, Dr. Martel, mit dem Ganzen auch sagen, ist,

daß Sie noch einen langen Weg mit dieser Ihrer Arbeit zu gehen haben«, meldete sich Dr. Ibanez.

»Ganz sicher«, sagte Charles. »Aber ich komme jetzt schneller voran.«

»Aber dann gibt es keinen Grund dafür, außer Ihrer persönlichen Vorliebe, daß Sie diese Arbeit nicht eine Zeitlang beiseite legen können.«

»Nur, daß sie sehr vielversprechend erscheint. Wenn sich die Ergebnisse einstellen sollten, die ich erwarte, dann wäre es tragisch, ja geradezu kriminell, wenn sie nicht so schnell wie möglich verfügbar gemacht würden.«

»Aber es ist doch nur eine Vermutung von Ihnen, daß alles so vielversprechend ist. Ich gebe gerne zu, daß Ihre Ausführungen interessant geklungen haben, und ich versichere Ihnen, daß das Weinburger-Institut Sie weiterhin unterstützen wird, wie es das auch in der Vergangenheit getan hat. Aber erst werden Sie jetzt dem Weinburger-Institut helfen müssen. Sie müssen Ihre persönlichen Interessen zurückstellen. Sie müssen das Canceran-Projekt übernehmen, und zwar sofort. Wenn Sie das ablehnen, Dr. Martel, werden Sie Ihre Forschungen anderswo fortsetzen müssen. Ich wünsche darüber keine weitere Diskussion. Die Angelegenheit ist damit erledigt.«

Für einen Moment starrte Charles mit leerem Gesicht vor sich hin und grübelte über seine innere Unsicherheit. Die Begeisterung, die ihn erfaßt hatte, während er seine Arbeit erklärte, hatte auch seine Erwartungen in ungeahnte Höhen geschraubt, so daß die schroffe Beendigung des Gesprächs durch Dr. Ibanez ihn geradezu gelähmt hatte, besonders weil Ibanez ihm gedroht hatte, ihn aus dem Labor zu weisen. Aus dem Mund von Dr. Ibanez hatte die Drohung, gekündigt zu werden, viel erschreckender geklungen als von Morrison. Seine Arbeit und sein Selbstverständnis waren so eng miteinander verbunden, daß ihre Trennung ihm unvorstellbar war. Mit großer Anstrengung sammelte er seine Protokollbücher wieder ein.

»Sie sind nicht gerade der beliebteste unter den Mitarbeitern«, fügte Ibanez ruhig hinzu. »Das können Sie jetzt ändern, wenn Sie einspringen. Ich möchte eine Antwort von Ihnen, Dr. Martel: Sind Sie auf unserer Seite?«

Charles nickte, ohne Dr. Ibanez anzusehen. Er hatte also auch noch die endgültige Demütigung der bedingungslosen Kapitulation erlitten. Er drehte sich herum und verließ ohne ein weiteres Wort das Zimmer.

Nachdem sich die Tür geschlossen hatte, sah Bellman Ibanez an. »Was für eine sonderbare Reaktion. Ich hoffe, er macht uns keine Schwierigkeiten. Sein messianisches Sendungsbewußtsein hat mich zu Tode erschreckt.«

»Mir geht es genauso«, sagte Ibanez nachdenklich. »Leider ist er ein Wissenschaftsfanatiker geworden, und wie alle Fanatiker, kann er schwierig werden. Es ist zu schade, denn er ist ein erstklassiger Forscher, vielleicht unser bester. Aber Leute wie er können uns mit einem Schlag aus dem Geschäft werfen, besonders jetzt, wo die Gelder nicht mehr so üppig fließen. Ich frage mich, was Charles eigentlich glaubt, wo das Geld für unser Institut herkommt. Wenn die Verantwortlichen vom Nationalen Krebsinstitut seinen Monolog gehört hätten, sie hätten einen Anfall bekommen.«

»Ich werde die Presse von ihm fernhalten müssen«, sagte Bellman.

Dr. Ibanez lachte. »Zumindest das wird leicht sein. Charles hatte noch nie eine hohe Meinung von den Medien.«

»Sind Sie sicher, daß er der beste Mann für das Canceran-Projekt ist?« fragte Bellman.

»Er ist der einzige, der in Frage kommt. Es ist niemand verfügbar, der sein berufliches Ansehen hätte. Er braucht nichts weiter zu tun, als die Canceran-Studie zu Ende zu führen.«

»Aber wenn er trotzdem irgendwelche Schwierigkeiten macht...« sorgte sich Bellman.

»Daran dürfen Sie nicht einmal denken«, sagte Ibanez. »Wenn er das Canceran in diesem entscheidenden Moment falsch handhabt, dann müssen wir etwas Drastisches unternehmen. Sonst können wir uns alle nach einer neuen Stelle umsehen.«

Verärgert über sich selbst, schleppte Charles sich die Treppen hinunter zu seinem Labor. Zum ersten Mal seit fast zehn Jahren erinnerte er sich mit Wehmut an seine eigene Praxis. Es war nicht die tägliche Routine, nach der er sich zurücksehnte, es war die Selbständigkeit. Charles war es gewohnt, entscheiden zu können, und bis zu diesem Tag hatte er nicht gemerkt, wie klein seine Entscheidungsfreiheit am Weinburger-Institut eigentlich war. Zum zweiten Mal an diesem Tag schlug Charles die Tür von seinem Labor so heftig zu, daß die Glaskolben und Behälter auf den Regalen klirrend aneinander schlugen und die Ratten und Mäuse in dem kleinen Nebenraum in Angst und Schrecken versetzten. Und ebenfalls zum zweiten Mal an diesem Tag erschreckte er Ellen, die im letzten Moment geschickt noch die Pipette auffing, die sie von ihrem Arbeitstisch gewischt hatte, als die zuschlagende Tür sie herumfahren ließ. Sie wollte sich schon bei Charles beklagen, aber dann sah sie sein Gesicht und blieb stumm. In blinder Wut schleuderte Charles die schweren Protokollbücher auf den Labortisch. Eines rutschte über die Kante und fiel auf den Boden, die anderen trafen ein Destillationsgerät, dessen Glaskolben zersplitterte. Schützend schlug Ellen die Hände vors Gesicht und wich entsetzt zurück. Immer noch wütend, griff Charles einen Erlenmeyer-Kolben vom Regal und schlug ihn ins Waschbecken. Noch nie während der ganzen sechs Jahre, die sie zusammen gearbeitet hatten, hatte Ellen Charles in einem solchen Zustand erlebt.

»Wenn du jetzt noch sagst, daß du ja alles vorher gewußt hast, dann schreie ich«, sagte Charles und warf sich in seinen Drehstuhl.

»Dr. Ibanez hat dir nicht zugehört?« fragte Ellen vorsichtig.

»Er hat zugehört. Aber er ist nicht auf meinen Vorschlag eingegangen, und ich bin zu Kreuze gekrochen wie ein Papiertiger. Es war schrecklich.«

»Ich glaube nicht, daß du überhaupt eine Chance gehabt hast. Also sei nicht so hart zu dir selbst. Aber egal, wie sieht unser Arbeitsplan aus?«

»Der Plan sieht vor, daß wir die Studie über die Wirksamkeit des Canceran zu Ende führen.«

»Fangen wir sofort an?« fragte Ellen.

»Sofort«, antwortete Charles mit müder Stimme. »Du kannst gleich losgehen und die Protokollbücher der bisherigen Canceran-Versuche holen. Ich will im Moment niemanden sehen.«

»Ist schon gut«, sagte Ellen sanft. Sie war froh, einen Grund zu haben, der sie für einige Minuten aus dem Labor brachte. Sie spürte, daß Charles jetzt etwas Zeit brauchte, um allein wieder zu sich finden zu können.

Nachdem Ellen gegangen war, versuchte Charles, sich nicht zu bewegen und an nichts zu denken. Aber seine Einsamkeit dauerte nicht lange. Plötzlich wurde die Tür aufgerissen, und Morrison stürmte ins Labor.

Charles ließ seinen Metallstuhl eine halbe Drehung machen, dann hob er den Kopf und sah Morrison ins Gesicht. Die Adern waren ihm an den Schläfen herausgetreten, sie sahen aus wie Spaghettifäden. Morrison glühte vor Wut.

»Ich habe bisher immer alles schweigend hingenommen«, brüllte er los. Seine Lippen waren blutleer. »Ich bin Ihre Respektlosigkeiten leid. Was, glauben Sie, macht Sie so wichtig, daß Sie sich nicht an den normalen Dienstweg halten müssen? Ich sollte Sie nicht daran erinnern müssen, daß ich Ihr Abteilungsleiter bin. Sie haben sich an mich zu wenden, wenn Sie eine Frage zu Verwaltungsvorgängen haben, und nicht an den Direktor.«

»Morrison, tun Sie mir einen Gefallen«, sagte Charles. »Verschwinden Sie aus dem Labor. Sofort.«

Morrisons schmale Augen waren blaßrot geworden. Kleine Schweißperlen sprangen auf seine Stirn. »Eins sage ich Ihnen, Charles, wenn wir nicht in dieser Notlage wären, würde ich dafür sorgen, daß Sie noch heute aus dem Institut fliegen. Sie haben Glück, daß wir uns keinen zweiten Skandal leisten können. Aber wenn Sie auch nur die leiseste Absicht haben, noch längere Zeit hier arbeiten zu wollen, dann rate ich Ihnen, sich mit dem Canceran-Projekt alle Mühe zu geben.«

Ohne auf eine Antwort zu warten, schritt Morrison erhobenen Hauptes aus dem Labor. Dann war Charles wieder allein mit dem tiefen Summen der Kühlaggregate und dem regelmäßigen Ticken des Radioaktivitätszählers. Das waren gewohnte Geräusche, und sie hatten eine beruhigende Wirkung auf ihn. Vielleicht, dachte Charles, würde die ganze Canceran-Affäre gar nicht so schlimm werden; vielleicht konnte er die Studie schnell abschließen, vorausgesetzt, die vorliegenden Versuchsprotokolle waren einwandfrei; vielleicht hatte Ellen recht, und sie konnten mit etwas Nachtarbeit beide Projekte fortsetzen.

Plötzlich klingelte das Telefon. Charles überlegte, ob er abnehmen sollte. Es klingelte dreimal, dann ein viertes Mal. Beim fünften Klingeln griff er zum Hörer.

»Hallo«, meldete sich eine Stimme. »Hier spricht Mrs. Crane von der Kassenabteilung der Northeastern University.«

»Ja«, antwortete Charles. Er brauchte einen Moment, bis er den Namen des Instituts mit Chuck in Verbindung gebracht hatte.

»Es tut mir leid, Sie stören zu müssen«, sagte Mrs. Crane. »Aber Ihr Sohn hat uns Ihre Nummer gegeben. Nach unseren Unterlagen ist sein Semestergeld seit längerer Zeit überfällig. Das wären eintausendsechshundertfünfzig Dollar.«

Charles spielte mit einer kleinen Dose Büroklammern und überlegte, was er antworten sollte. Daß er nicht in der Lage war, seine Rechnungen zu zahlen, war eine ganz neue Erfahrung für ihn.

»Mr. Martel, sind Sie noch am Apparat?«

»Dr. Martel«, sagte Charles und im nächsten Moment kam ihm die Korrektur selbst albern vor.

»Entschuldigen Sie bitte, Dr. Martel«, antwortete Mrs. Crane mit ehrlicher Reue in der Stimme. »Dürfen wir das Geld in der nächsten Zeit erwarten?«

»Natürlich«, sagte Charles. »Ich werde Ihnen einen Scheck zukommen lassen. Und bitte entschuldigen Sie das Versäumnis.«

Charles legte auf. Er wußte, daß er sich sofort einen Kredit besorgen mußte. Einen Moment dachte er an Chuck. Er konnte nur hoffen, daß der Junge zurechtkam und daß er seinen Abschluß nicht ausgerechnet in Psychologie machen würde. Er griff wieder zum Telefon, doch zögerte er. Es würde Zeit sparen, wenn er persönlich bei der Bank vorsprach. Und die frische Luft würde ihm auch guttun und ein bißchen Abstand von der Welt der Morrisons gewinnen lassen.

4. Kapitel

Cathryn blätterte hastig in einer alten Ausgabe von *Time Magazine*, um sich von den Angstwellen abzulenken, die immer wieder durch ihren Körper fluteten. Am Anfang war Dr. Wileys Wartezimmer ein Zufluchtsort vor den Schreckensbildern des Krankenhauses gewesen. Aber je weiter die Zeit voranschritt, um so drängender kehrten Unsicherheit und dunkle Ahnungen zurück. Cathryn sah auf ihre Uhr. Michelle war jetzt schon über eine Stunde im Behandlungszimmer. Irgend etwas mußte mit ihr sein.

Eine nervöse Unruhe befiel Cathryn. Sie schlug die Beine übereinander, stellte sie wieder gerade nebeneinander, und in immer kürzeren Abständen sah sie auf die Uhr. Das beklemmende Schweigen im Wartezimmer vergrößerte ihr Unbehagen noch, und nichts bewegte sich, bis auf die Hände einer Frau, die strickte, und zwei Babys, die ungelenk mit ihren Bauklötzen spielten. Und plötzlich wußte Cathryn auch, was sie störte. Alles schien ihr so flach, so ohne Gefühl. Es war wie ein zweidimensionales Bild in einer dreidimensionalen Szene.

Unfähig, noch einen Moment länger stillzusitzen, stand sie auf. Sie ging hinüber zu der Schwester. »Entschuldigen Sie bitte, meine kleine Tochter, Michelle Martel, ist gerade im Behandlungszimmer. Wissen Sie vielleicht, wie lange es noch dauern kann?«

»Der Doktor hat mir nichts gesagt«, antwortete die Schwester höflich. Sie hielt ihren Rücken so stark durchgedrückt, daß ihr fülliger Hintern unter der Rückenlehne des Stuhls hervorquoll.

»Sie ist aber schon sehr lange in dem Zimmer«, sagte Cathryn. Der Ton ihrer Stimme verriet die Bitte um Beruhigung.

»Dr. Wiley ist sehr gründlich. Ich bin sicher, sie wird gleich herauskommen.«

»Dauert es öfter länger als eine Stunde?« fragte Cathryn. Sie hatte ein zwiespältig abergläubisches Gefühl, ob sie überhaupt fragen sollte. Als ob ihre Fragen den Ausgang der Untersuchung beeinflussen könnten.

»Sicher«, sagte die Vorzimmerschwester. »Er nimmt sich soviel Zeit, wie er braucht. Er gehört zu den Ärzten, die nie etwas überstürzen.«

Aber wozu braucht er die viele Zeit, fragte sich Cathryn, als sie zu ihrem Platz zurückging. Das Bild von Tad unter der Kunststoffplane mischte sich unter die anderen dunklen Ahnungen in ihrem Kopf. Es war ein entsetzlicher Schock, plötzlich erkennen zu müssen, daß auch Kinder sehr schwer erkranken können. Sie hatte geglaubt, daß so etwas nur selten vorkam und daß es immer nur fremde Kinder traf, Kinder, die man nicht kannte. Aber Tad war ein Nachbarskind, er war der Freund ihrer Tochter. Cathryn erschauerte.

Sie nahm sich eine neue Illustrierte und las die Anzeigen. Auf jeder Seite sah sie lächelnde, glückliche Leute, die auf glänzenden Fußböden standen oder gerade ein neues Auto kauften. Dann versuchte sie zu überlegen, was sie am Abend kochen könnte. Aber sie brachte den Gedanken nicht zu Ende. Warum dauerte es mit Michelle so lange? Wieder betraten zwei Mütter das Wartezimmer mit rosa eingewickelten Paketen, die offensichtlich ihre Kinder waren. Dann kam noch eine Mutter mit ihrem Kind, einem kleinen, ungefähr zwei Jahre alten Jungen, mit einem riesigen violetten Ausschlag, der das halbe Gesicht überzog.

Das Wartezimmer war jetzt übervoll, und Cathryn bekam Atembeklemmungen. Cathryn stand auf und überließ ihren Platz einer Mutter mit ihrem Säugling, um so nicht länger den Zweijährigen mit seinem schrecklich entstellenden Ausschlag ansehen zu müssen.

Ihre Ängste wuchsen weiter. Es war jetzt über eine Stunde und zwanzig Minuten her, seit sie sich von Michelle verabschiedet hatte. Sie spürte, daß sie zitterte.

Wieder ging sie hinüber zum Schreibtisch der Schwester und blieb dort selbstbewußt stehen, bis die Frau ihre Gegenwart zur Kenntnis nahm.

»Kann ich Ihnen helfen?« fragte sie mit quälend höflicher Stimme. Cathryn hätte sich am liebsten über den Tisch gebeugt und die Frau aufgerüttelt, deren gestärktes Blütenweiß Cathryns angegriffene Gefühle noch heftiger entzündete. Sie brauchte keine Höflichkeit, sie brauchte Wärme und Verständnis und ein kleines bißchen Mitgefühl.

»Glauben Sie, daß es möglich ist herauszufinden, wie lange es noch dauern wird?« fragte Cathryn.

Bevor die Schwester antworten konnte, öffnete sich die Tür zu ihrer Linken, und Dr. Wiley beugte sich ins Wartezimmer. Seine Augen durchwanderten suchend den Raum, bis sie Cathryn fanden. »Kann ich Sie einen Moment sprechen, Mrs. Martel?« Seine Stimme klang unverbindlich. Er ging zurück in sein Zimmer, die Tür blieb offen. Mit eiligen Schritten ging Cathryn ihm nach, auf dem Weg fuhr ihre Hand noch einmal prüfend über ihre Haarkämme, dann schloß sie vorsichtig die Tür hinter sich. Dr. Wiley war bei seinem Schreibtisch stehengeblieben, aber er setzte sich nicht auf seinen Stuhl, sondern auf die Vorderkante des Tisches und verschränkte die Arme vor der Brust.

Sorgfältig auf jede Kleinigkeit achtend, sah Cathryn forschend in Dr. Wileys breites Gesicht. Seine Stirn war tief zerfurcht. Cathryn hatte das bei ihrer ersten Begegnung nicht bemerkt. Auch lächelte Dr. Wiley dieses Mal nicht.

»Wir brauchen Ihre Einwilligung für einen Test«, sagte Dr. Wiley.

»Ist alles in Ordnung?« fragte Cathryn. Sie versuchte normal zu klingen, aber ihre Stimme war viel zu hoch.

»Wir haben alles im Auge«, antwortete Dr. Wiley. Er nahm die Arme herunter und griff nach einem Blatt Papier auf seinem Schreibtisch. »Aber für die endgültige Diagnose müssen wir noch einen speziellen Test durchführen. Dafür brauche ich Ihre Unterschrift auf diesem Formblatt hier.« Er reichte Cathryn das Blatt. Ihre Hand zitterte, als sie es entgegennahm.

»Wo ist Michelle?« Cathryns Augen überflogen den Text auf dem Papier. Er war in der verklausulierten Medizinersprache abgefaßt.

»Sie ist in einem der Untersuchungszimmer. Sie können sie sehen, wenn Sie wollen. Obwohl es mir lieber wäre, wenn ich erst den Test durchführen könnte. Seine genaue Bezeichnung lautet Knochenmarkaspiration.«

»Knochenmark?« Cathryns Kopf schoß hoch. Das Wort rief das furchteinflößende Bild von Tad Schonhauser unter seinem Plastikzelt wieder herbei.

»Sie brauchen darüber nicht beunruhigt zu sein«, sagte Dr.

Wiley, als er Cathryns Schockreaktion bemerkte. »Es ist ein ganz normaler Test, sehr ähnlich einer Blutentnahme.«

»Hat Michelle aplastische Anämie?« platzte Cathryn heraus.

»Mit Sicherheit nicht.« Dr. Wiley war völlig überrascht von ihrer Frage. »Wir brauchen den Test, um unsere Diagnose absichern zu können. Aber ich kann Ihnen jetzt schon eindeutig sagen, daß Michelle nicht an aplastischer Anämie leidet. Aber gestatten Sie mir die Frage, wie kommen Sie überhaupt darauf?«

»Vor ein paar Minuten habe ich den Sohn unserer Nachbarn besucht, er hat aplastische Anämie. Und als Sie Knochenmark sagten...«

Cathryn brachte ihren Satz nicht zu Ende.

»Ich verstehe schon«, sagte Dr. Wiley. »Machen Sie sich keine Sorgen. Ich kann Ihnen versichern, daß aplastische Anämie hier völlig ausscheidet. Aber wir brauchen den Test... Um auch wirklich alles getan zu haben.«

»Meinen Sie, daß ich Charles anrufen sollte?« fragte Cathryn. Sie war erleichtert, daß Michelle keine aplastische Anämie haben konnte, und dankbar, daß Dr. Wiley die Möglichkeit ganz sicher ausgeschlossen hatte. Obwohl Charles gesagt hatte, daß die Krankheit nicht ansteckend sei, war die unmittelbare Nähe, in der sie plötzlich aufgetaucht war, doch beunruhigend.

»Wenn es Ihnen lieber ist, Charles anzurufen, sollten Sie es unbedingt tun. Aber lassen Sie mich Ihnen etwas erklären. Eine Knochenmarkaspiration wird mit einer Nadel durchgeführt, die Sie so ähnlich sicher von der Blutabnahme kennen. Wir arbeiten mit einer örtlichen Betäubung, so daß alles praktisch schmerzlos ist. Und das Ganze dauert ohnehin nur einen Moment. Es ist wirklich ganz undramatisch, wir machen diesen Test sehr oft.«

Cathryn schaffte ein kleines Lächeln und sagte, daß sie mit dem Test einverstanden sei. Sie mochte Dr. Wiley, und sie hatte tiefes Vertrauen zu ihm, besonders weil Charles gerade ihn von den vielen Kinderärzten, die er kannte, ausgewählt hatte, damals, als Chuck geboren worden war.

Sie unterschrieb das Formblatt dort, wo Dr. Wileys Finger hinzeigte. Dann ließ sie sich zurück in das übervolle Wartezimmer begleiten.

Bewegungslos lag Michelle auf dem Untersuchungstisch. Obwohl ihr ein Kissen unter den Kopf geschoben worden war, war ihr Blickfeld fast ausschließlich auf die Decke mit ihren milchigen Glaskörpern über den Leuchtstoffröhren eingeengt. Doch sie konnte noch soviel von der Tapete sehen, um die Bilder von lachenden Kühen, springenden Pferden und Kindern mit Luftballons darauf zu erkennen. Es mußte auch ein Waschbecken im Raum sein. Sie konnte es zwar nicht sehen, aber sie hörte das Wasser tropfen.

Alle Ängste Michelles vor dem Krankenhaus hatten sich erfüllt. Dreimal war sie mit Nadeln gestochen worden. In jeden Arm einmal und einmal in den Finger. Jedesmal hatte sie gefragt, ob es jetzt das letzte Mal war, aber niemand hatte ihr geantwortet. Deshalb fürchtete sie, daß es wieder passieren könne, besonders wenn sie sich zuviel bewegte. Und darum lag sie auch ganz still.

Es war ihr unangenehm, daß sie nur noch so spärlich angezogen war. Sie trug eine Art Nachthemd, das aber auf dem Rücken offen war. Auf ihrer nackten Haut spürte sie, daß der Tisch mit Papier überzogen war. Wenn sie das Kinn auf die Brust preßte, sah sie zwei kleine Hügel, die ihre Füße in das weiße Papier drückten, das ihren Körper bedeckte. Auch ihre Hände hatte sie unter der Papierdecke, sie lagen zusammengefaltet auf ihrem Bauch. Sie fror ein bißchen, aber das sagte sie niemandem. Sie wollte nur ihre Kleider zurück und wieder nach Hause gehen dürfen. Aber sie spürte, daß ihr Fieber zurückgekommen war, und eine Furcht beschlich sie, daß jemand es merken könnte und sie dann wieder stechen würde. Die Schwestern hatten ihr gesagt, daß sie das Blut brauchten, um herauszufinden, warum ihr Fieber nicht wegging.

Sie hörte ein kratzendes Geräusch, dann öffnete sich die Tür zum Untersuchungszimmer. Es war die dicke Schwester, die rückwärts in das Zimmer kam, so daß ihr Körper den ganzen Türrahmen ausfüllte. Sie zog etwas, und Michelle hörte das verräterische Klirren von Metall gegen Metall. Als sie durch die Tür war, drehte sich die Schwester herum. Sie schob einen kleinen Tisch auf Rädern. Der Tisch war mit einem blauen Handtuch zugedeckt. Michelle fand, daß das nicht günstig für sie aussah.

»Was ist das?« fragte sie ängstlich.

»Einige Dinge für den Doktor, Liebling«, sagte Miß Hammersmith, als ob sie über besondere Vergnügungen sprechen würde. Ihr Namensschild trug sie wie eine Schlachtauszeichnung hoch an die Schulter gesteckt, über der ausladenden Brust, die wie eine Wulst um ihren Oberkörper lief. Auf dem Rücken schien sie ebensoviel Fleisch zu haben wie vorne.

»Wird es weh tun?« fragte Michelle.

»Liebling, warum fragst du so etwas? Wir versuchen doch nur, dir zu helfen.« Miß Hammersmith klang beleidigt.

»Alles, was der Doktor macht, tut weh«, sagte Michelle.

»Das stimmt wohl nicht ganz«, beharrte Miß Hammersmith.

»Ah, meine Lieblingspatientin.« Dr. Wiley drückte die Tür mit der Schulter auf. Er hielt die Hände vom Körper gestreckt, sie waren naß, und Tropfen fielen auf den Boden. Miß Hammersmith brach eine Papierpackung auf, aus der Dr. Wiley vorsichtig mit Daumen und Zeigefinger ein steriles Handtuch herauszog. Aber was Michelle am meisten in Angst versetzte, war die Operationsmaske, die er trug.

»Was wollen Sie mit mir machen?« fragte sie, die Augen aufgerissen, soweit es ging. Sie vergaß ihren Vorsatz, still zu liegen, und stützte sich mit den Ellbogen hoch.

»Also, ich habe eine gute Nachricht für dich und eine schlechte«, sagte Dr. Wiley. »Ich muß dich leider noch einmal ein ganz kleines bißchen mit einer Nadel stechen, aber es ist dann auch für eine ganze Zeit das letzte Mal. Was sagst du dazu?«

Dr. Wiley warf das Handtuch auf einen Tisch neben dem Ausguß und zog aus einer Packung, die Miß Hammersmith ihm offenhielt, ein Paar Gummihandschuhe.

Mit wachsendem Schrecken sah Michelle, wie er sich die Handschuhe über die Hände zog. Er dehnte das Gummi, bis der Handschuh das Gelenk umschloß, dann zog er jeden Finger einzeln an seinen Platz. »Ich will nicht wieder gestochen werden«, sagte Michelle mit tränengefüllten Augen. »Ich will nach Hause gehen.« Sie versuchte, nicht zu weinen. Aber je mehr sie sich darum bemühte, um so geringer war der Erfolg.

»Nun, nun«, beruhigte Miß Hammersmith sie und strich ihr über das Haar.

Michelle wich der Hand von Miß Hammersmith aus und versuchte sich aufzusetzen. Aber ein Bauchgurt hielt sie zurück. »Bitte«, sagte sie bettelnd.

»Michelle«, rief Dr. Wiley scharf, dann wurde seine Stimme wieder weich. »Ich weiß, daß du dich nicht wohl fühlst und daß dies nicht schön für dich ist, aber wir müssen es tun. Wenn du mir ein bißchen hilfst, ist alles in einem Moment vorbei.«

»Nein!« rief Michelle trotzig. »Ich will zu meinem Vater.«

Dr. Wiley machte Miß Hammersmith ein Zeichen. »Vielleicht kann Mrs. Levy einen Augenblick hereinkommen und uns helfen.«

Schwerfällig ging Miß Hammersmith aus dem Raum.

»So, Michelle, jetzt leg dich bitte wieder auf den Rücken und entspann dich einen Moment«, sagte Dr. Wiley. »Ich bin sicher, dein Vater wird sehr stolz auf dich sein, wenn er erfährt, wie mutig du hier warst. Es dauert wirklich nur einen kurzen Augenblick. Das verspreche ich dir.«

Michelle legte sich zurück und schloß die Augen. Sie spürte, wie ihr die Tränen an den Schläfen herunterliefen. Ein sicheres Gefühl sagte ihr, daß Charles sehr verärgert sein würde, wenn er hörte, daß sie sich wie ein Baby benommen hatte. Und schließlich, es war der letzte Stich. In beide Arme war sie schon gestochen worden, deshalb fragte sie sich, wo sie diesmal hineinstechen würden.

Die Tür öffnete sich wieder, und Michelle reckte sich hoch, um zu sehen, wer gekommen war. Es war Miß Hammersmith, der zwei Schwestern folgten. Eine von ihnen hatte mehrere Lederriemen in der Hand.

»Ich glaube nicht, daß wir sie festbinden müssen«, sagte Dr. Wiley. »Also Michelle, jetzt bleib einen Moment ganz ruhig liegen.«

»Na komm, Liebling.« Miß Hammersmith trat an die rechte Seite des Behandlungstisches, eine der anderen Schwestern war um den Tisch herumgegangen und stand ihr jetzt gegenüber. Die dritte stand unten am Fußende. »Dr. Wiley ist der beste Doktor in der Welt, und du solltest froh sein, daß er sich um dich kümmert«, sagte Miß Hammersmith, dabei zog sie Michelles Papierdecke hinunter zu den Beinen. Halbherzig versuchte Michelle sich zu wehren, als Miß Hammersmith ihr das

Nachthemd bis über die Brust hochzog und sie jetzt bis zu den Knien nackt dalag.

Gespannt schaute sie zu, als die Schwester das Handtuch von dem Tisch mit den Rädern zog. Dr. Wiley hantierte mit den Instrumenten auf dem Tisch, er hatte ihr den Rücken zugewandt. Sie hörte Glas aneinander klingen und das Geräusch einer Flüssigkeit. Als der Doktor sich herumdrehte, hatte er in jeder Hand ein nasses Stück Stoff. »Ich muß nur ein bißchen deine Haut saubermachen«, sagte er und begann, Michelles Hüftknochen abzureiben.

Michelle spürte das Wasser beunruhigend kalt, als es ihr die Hüfte hinunterlief und sich unter ihrem Rücken sammelte. Diesmal war alles ganz anders als bei den früheren Spritzen. Sie versuchte sich aufzurichten, um zu sehen, was mit ihr geschah, aber Dr. Wiley drückte sie sanft zurück.

»Gleich ist alles vorüber«, sagte Miß Hammersmith.

Michelle sah in die Gesichter der Schwestern. Sie lächelten alle, doch ihr Lächeln wirkte künstlich. Michelle spürte eine panische Angst in sich aufsteigen. »Wo wollen Sie mich stechen!« schrie sie und versuchte wieder aufzustehen.

Schon bei der ersten Bewegung fühlte sie sich von starken Armen gepackt, die sie unbarmherzig niederhielten. Sogar um ihre Fußgelenke hatten sich zwei Hände wie eine Eisenfessel gelegt. Dann wurde sie fest auf den Untersuchungstisch gepreßt, und die Umklammerung ließ die Panik in ihr nur noch größer werden. Sie versuchte, die Hände abzuschütteln, doch die Schwestern griffen noch fester zu. »Nein!« schrie Michelle.

»Ruhig jetzt«, sagte Dr. Wiley. Ein Tuch mit einem Loch in der Mitte, dessen metallene Farbe an einen Revolver erinnerte, senkte sich über ihr Becken und wurde von Dr. Wiley auf ihrem Hüftknochen zurechtgerückt. Dann drehte er sich zu dem kleinen Tisch. Als Michelle ihn wieder sehen konnte, hielt er eine riesige Spritze mit drei Fingerringen in der Hand.

»Nein!« schrie Michelle wieder und versuchte mit letzter Kraft, aus der Umklammerung der Schwestern loszukommen. Im selben Moment sah sie, wie sich Miß Hammersmith mit ihrem ganzen Gewicht auf ihre Brust legte. Michelle konnte kaum noch Luft holen. Dann spürte sie den scharfen Schmerz einer Nadel, die in die Haut über ihrem Hüftknochen eindrang. In der nächsten Sekunde folgte ihm ein entsetzliches Brennen.

Charles biß in sein belegtes Weißbrot. Seine rechte Hand konnte gerade noch ein Stück Räucherfleisch auffangen, das sonst auf die Schreibtischplatte gefallen wäre. Sandwiches war das einzige, was man in der Cafeteria des Instituts kaufen konnte. Ellen hatte es ihm mit ins Labor gebracht, weil Charles niemanden sehen wollte. Nach seinem kurzen Abstecher zur First National Bank war er sofort wieder an seinen Schreibtisch zurückgekehrt. Seitdem brütete er über den Versuchsprotokollen des Canceran-Projekts. Er hatte die Bücher alle gründlich durchgesehen und fand sie zu seinem Erstaunen ausgezeichnet geführt. Voller Optimismus hoffte er, daß die Beendigung der Studie nicht ganz soviel Zeit in Anspruch nehmen würde, wie er anfangs befürchtet hatte. Vielleicht konnten sie es wirklich in sechs Monaten geschafft haben. Charles griff nach seiner Tasse und spülte den Bissen mit einem Schluck Kaffee hinunter.

»Eine gute Seite hat dieses Projekt ja«, sagte Charles und wischte sich mit dem Handrücken über den Mund. »Es wird unglaublich hoch subventioniert. Wir brauchen zum ersten Mal nicht auf das Geld zu achten. Ich wette, wir können uns jetzt sogar den neuen automatischen Zähler leisten und die neue Zentrifuge, die wir schon so lange haben wollten.«

»Als erstes sollten wir uns ein neues Analysegerät besorgen«, sagte Ellen.

»Warum nicht«, sagte Charles. »Nachdem uns dieses Projekt so aufgedrängt worden ist, sind wir uns das fast selbst schuldig.« Er legte das Sandwich zurück auf den Pappteller und nahm sich einen Stift. »Wir werden folgendermaßen vorgehen. Am Anfang geben wir eine Sechzehnteldosis der LD50.«

»Augenblick«, unterbrach Ellen ihn. »Nachdem wir uns so lange nur mit der Immunologie beschäftigt haben, bin ich nicht mehr ganz auf der Höhe. Die LD50 ist die Dosis, die bei einer großen Population von Versuchstieren in fünfzig Prozent der Fälle zum Tod führt. Richtig?«

»Richtig. Den LD50-Wert von Canceran bei Mäusen, Ratten,

Hasen und Affen nehmen wir aus den toxikologischen Untersuchungen, die gemacht wurden, bevor die Versuchsreihe zur Wirkungsweise des Canceran anlief. Laß uns mit Mäusen anfangen. Wir nehmen die RX7-Zucht für Brustkrebstumore, die Brighton angefordert hatte und die inzwischen im Institut sein müssen.«

Dann begann Charles ein Flußdiagramm des Projekts zu entwerfen. Während er schrieb, erklärte er Ellen jeden einzelnen Schritt, wie sie die verabreichte Dosis des Medikaments allmählich erhöhen würden und wie sie Ratten und Hasen in die Untersuchung einbeziehen würden, sobald sie die ersten aussagekräftigen Daten von den Mäusen gewonnen hatten. Weil die Affen besonders wertvoll waren, wollte Charles sie erst zum Ende des Projekts einsetzen, wenn die Informationen aus den anderen Tierversuchen hochgerechnet und auf eine statistisch signifikante Gruppe angewendet werden konnten. Vorausgesetzt, sie erhielten positive Ergebnisse, mußten sie dann für jede Spezies eine Methode zur Verteilung nach dem Zufallsprinzip aufstellen, nach der die Tiere in eine Versuchs- und eine Kontrollgruppe unterteilt wurden. Die frischen Versuchstiere würden dann mit der jeweils optimalen Dosis für die Gattung, die sie nach den Ergebnissen der ersten Versuchsreihe bestimmen würden, behandelt werden. Diesen letzten Teil des Projekts mußten sie so ausführen, daß weder Charles noch Ellen die genaue Zahl der Tiere kannte, deren Tumor mit dem Canceran behandelt worden war. Erst nachdem jedes Tier seziert und untersucht worden war, und sie beide ihre Ergebnisse schriftlich festgehalten hatten, würde sich im offenen Vergleich zeigen müssen, ob das Canceran in jedem Fall die erhoffte Wirkung gehabt hatte.

»Huh«, seufzte Ellen und streckte ihre Arme aus. »Ich hab' nicht geahnt, was da alles auf uns zukommt.«

»Es ist noch mehr als du denkst«, erwiderte Charles. »Jedes Tier muß, nachdem es seziert worden ist, nicht nur unter dem Handmikroskop untersucht werden, sondern auch unter dem Elektronenmikroskop. Und...«

»Ist ja schon gut!« unterbrach ihn Ellen. »Ich kann's mir schon vorstellen. Aber was wird aus unserer eigenen Arbeit? Wie machen wir damit weiter?«

»Ich weiß es nicht«, antwortete Charles. Er legte den Stift aus der Hand. »Ich glaube, das müssen wir beide entscheiden.«

»Und ich glaube, daß es eher von deiner Entscheidung abhängt«, sagte Ellen. Sie saß auf einem hohen Laborhocker und hatte sich gegen den schieferbezogenen Arbeitstisch gelehnt. Sie trug einen weißen Arbeitskittel, den sie nicht zugeknöpft hatte, so daß ihr beigefarbener Sweater und die dünne Kette Naturperlen an ihrem Hals zu sehen waren. Ihre Hände lagen zusammengefaltet und unbewegt in ihrem Schoß.

»War das ernst gemeint, was du über Nachtarbeit gesagt hast?« fragte Charles. In seinen Gedanken versuchte er die Aussichten abzuschätzen, während des Canceran-Projekts auch die eigene Arbeit über den mysteriösen Blockierungsfaktor fortführen zu können. Es könnte möglich sein, aber sie müßten dann bis in den späten Abend arbeiten, und natürlich würde alles nur noch sehr langsam vorangehen. Doch wenn sie auch nur bei einem einzigen Tier ein einziges Protein finden würden, das als blockierender Wirkstoff nachzuweisen war, dann hatten sie schon viel erreicht. Wenn sie auch nur eine Maus gegen den eigenen Tumor immunisieren konnten, wäre das schon eine Sensation. Charles war sich sehr wohl darüber im klaren, daß ein einzelner Erfolg noch lange nicht verallgemeinert werden konnte.

Aber ein einziger Heilerfolg würde ihm ein sicheres Argument liefern, mit dem er die Institutsleitung dazu bringen konnte, seine Arbeit zu unterstützen.

»Hör zu«, sagte Ellen. »Ich weiß, wieviel dir unsere Arbeit bedeutet, und ich weiß, du bist davon überzeugt, sehr kurz vor einem entscheidenden Ergebnis zu stehen. Ob es am Ende positiv oder negativ ist, tut dabei gar nichts zur Sache. Du willst es nur wissen. Und das wirst du auch. Du bist der eigensinnigste Kerl, der mir je begegnet ist.«

Charles sah Ellen forschend ins Gesicht. Was meinte sie mit ›eigensinnig‹? Er hatte nicht verstanden, ob es ein Kompliment oder ein Vorwurf sein sollte und warum das Gespräch auf einmal um ihn ging. Aber in Ellens Gesicht fand er keine Antwort, ihre unergründlichen Augen hielten seinem Blick stand.

Als sie Charles' prüfenden Blick bemerkte, lächelte Ellen. »Schau mich nicht so überrascht an. Wenn du bereit bist, nachts zu arbeiten, ich bin es auch. Ich kann uns an den Tagen sogar etwas zu essen mitbringen, dann verlieren wir noch weniger Zeit.«

»Ich bin mir nicht sicher, ob du dir wirklich vorstellen kannst, wie anstrengend das werden wird«, sagte Charles. »Wir müßten praktisch hier leben.«

»Das Labor ist größer als mein Apartment«, antwortete Ellen lachend. »Und meine Katzen kommen auch ohne mich zurecht.«

Charles sah wieder auf das Flußdiagramm, das er gerade aufgezeichnet hatte. Aber er dachte nicht an das Canceran-Projekt. Er fragte sich, ob es wirklich ratsam war, auch noch abends mit Ellen zu arbeiten. »Ich weiß nicht einmal, ob Morrison dir überhaupt die Überstunden bezahlen kann«, sagte er.

»Ich will auch gar...« Ellen konnte den Satz nicht mehr beenden. Das Telefon unterbrach ihr Gespräch.

»Nimm du ab«, sagte Charles. »Ich bin für niemanden zu sprechen.«

Ellen ließ sich von ihrem Hocker gleiten. Sie lehnte sich gegen Charles und griff über den Schreibtisch zum Telefon. Als sie sich meldete, lag ihre Hand auf seiner Schulter, doch schon im nächsten Moment zog sie sie zurück. Sie ließ den Hörer in seinen Schoß fallen und ging zurück zu ihrem eigenen Arbeitsplatz. »Es ist deine Frau.«

Charles griff nach dem Hörer, der zwischen seinen Beinen hindurchgerutscht war. Verärgert zog er ihn an der Schnur wieder zu sich herauf. Das war wirklich der geeignetste Moment, zu dem Cathryn anrufen konnte, dachte er verärgert.

»Was ist denn?« fragte er ungeduldig.

»Ich möchte, daß du zu Dr. Wiley herüberkommst«, antwortete Cathryn mit mühsam beherrschter Stimme.

»Und warum?«

»Darüber möchte ich nicht am Telefon sprechen.«

»Cathryn, dieser Tag hat wirklich nicht gut für mich begonnen, also gib mir wenigstens einen Hinweis, was passiert ist.«

»Bitte komm hierher, Charles!«

»Cathryn, mir ist hier die Decke auf den Kopf gefallen. Ich kann jetzt nicht weg.«

»Ich warte auf dich«, sagte Cathryn. Dann legte sie auf.

»Verdammter Mist!« Wütend schlug Charles den Hörer zurück auf die Gabel. Er warf sich in seinem Drehstuhl herum und sah hinüber zu Ellen. »Mitten im größten Ärger verlangt Cathryn, daß ich zur Kinderklinik hinüberkomme. Aber den Grund verrät sie mir nicht. Mein Gott! Was passiert heute noch alles!«

»Das kommt davon, wenn man eine Aushilfssekretärin heiratet!«

»Was?« fragte Charles. Er hatte den Satz zwar verstanden, aber nicht seinen Sinn.

»Cathryn begreift eben nicht, was wir hier tun. Ich glaube, sie kann sich gar nicht vorstellen, unter was für einem Druck du stehst.«

Charles starrte Ellen fragend an, dann zuckte er die Schultern. »Vielleicht hast du recht. Anscheinend denkt sie, daß ich hier einfach alles fallenlassen kann, um zu ihr hinüberzulaufen. Vielleicht sollte ich Dr. Wiley anrufen und ihn fragen, was eigentlich los ist.« Charles riß den Telefonhörer hoch und begann zu wählen. Aber nach der dritten Zahl zögerte er, dann legte er den Hörer langsam zurück. Der Gedanke an Michelle hatte unter seinem Ärger die Sorge aufkeimen lassen. Plötzlich erinnerte er sich wieder, wie hilflos sie war, als ihr Nasenbluten begann. »Ich gehe doch besser kurz hinüber. Es wird ja nicht lange dauern.«

»Und was wird aus unserer Projektplanung?« fragte Ellen.

»Darüber können wir weiterreden, wenn ich zurück bin. Warum bereitest du nicht inzwischen schon die Canceran-Lösung für die Mäuse vor? Sobald ich zurück bin, können wir dann der ersten Gruppe ihre Injektion geben.« Charles ging zu dem Metallschrank neben der Tür und nahm seine Jacke heraus. »Laß die Mäuse in unseren Nebenraum bringen. Das wird uns die Arbeit erleichtern.«

Ellen sah, wie sich die Tür hinter Charles schloß. Wie vernünftig sie auch außerhalb des Büros über alles nachdenken konnte, wann immer sie ihm gegenüberstand, schien es ihr, als ob ihre Gefühle aufs neue verletzt würden. Ellen wußte, daß der Gedanke absurd war, aber sie konnte sich nicht gegen ihn wehren. Und jetzt fühlte sie ein solches Durcheinander von Ärger und Zorn in sich, daß sie am liebsten geweint hätte. Sie hatte sich von der Vorstellung, nachts mit ihm zusammenzuarbeiten, fortreißen lassen. Aber das war dumm, die Schwärmerei eines kleinen Mädchens. Tief in ihrem Herzen wußte sie, daß es zu nichts führen konnte und sie am Ende nur noch mehr leiden würde.

Froh, sich mit der Arbeit ablenken zu können, beugte sich Ellen über den Tisch, auf dem die sterilen Flaschen mit dem Canceran stehen geblieben waren. Es war ein weißes Pulver, das wie gewöhnlicher Zucker aussah und nur noch mit sterilem Wasser versetzt zu werden brauchte. Gelöst war es nicht so haltbar wie in fester Form, und deshalb mußte es vor jeder Anwendung erst gebrauchsfertig gemacht werden. Sie nahm den Behälter mit dem sterilen Wasser aus dem Schrank, dann setzte sie sich an den Tischcomputer, um das optimale Lösungsverhältnis auszurechnen.

Als sie gerade die Spritzen herausholte, betrat Dr. Morrison das Labor.

»Dr. Martel ist nicht hier«, sagte Ellen.

»Das weiß ich«, antwortete Morrison. »Ich habe gesehen, wie er aus dem Institut gegangen ist. Ich habe auch nicht ihn gesucht, ich wollte Sie für einen Moment sprechen.«

Ellen legte die Spritze zurück auf den Tisch, steckte die Hände in ihre Kitteltaschen und ging um das hintere Ende ihres Arbeitstischs herum Dr. Morrison entgegen. Es war ungewöhnlich, daß der Leiter der Abteilung Physiologie sie sprechen wollte, noch dazu hinter Charles' Rücken. Aber nach allem, was an diesem Morgen schon passiert war, konnte sie auch das nicht mehr besonders überraschen. Außerdem hatte Morrisons Gesicht einen so machiavellistischen Ausdruck, daß eine Intrige gut dazu paßte.

Als Ellen vor ihm stand, zog Morrison ein flaches goldenes Zigarettenetui aus der Tasche, ließ es aufspringen und hielt es ihr entgegen. Als sie ablehnend den Kopf schüttelte, zog er sich selbst eine Zigarette heraus. »Darf ich hier rauchen?« fragte er.

Ellen zuckte die Schultern. Charles erlaubte es nie. Nicht,

weil es gefährlich gewesen wäre, aber er haßte den Geruch. Ellen durchfuhr eine Welle heimlicher Freude, als sie es schweigend duldete.

Morrison angelte jetzt ein goldenes Feuerzeug aus seiner Westentasche, das im Stil zu dem Etui paßte, und zündete mit langsamer Sorgfalt seine Zigarette an. Es war eine einstudierte Geste, dazu gedacht, Ellen warten zu lassen.

»Ich nehme an, Sie wissen, was heute bezüglich des Falles Brighton alles geschehen ist«, begann er schließlich.

»Ein bißchen davon«, antwortete Ellen.

»Und Sie wissen, daß Charles ausgewählt wurde, die Canceran-Studie fortzusetzen?« Ellen nickte.

Morrison schwieg einen Moment und blies eine Kette von Rauchringen in die Luft. »Es ist von eminenter Wichtigkeit für das Institut, daß diese Studie zu Ende geführt wird... erfolgreich.«

»Dr. Martel hat bereits mit der Arbeit begonnen«, sagte Ellen.

»Gut, gut«, sagte Morrison.

Wieder Schweigen.

»Ich weiß nicht, wie ich mich ausdrücken soll«, fuhr Morrison fort. »Aber ich mache mir Sorgen, daß Charles das Experiment verpfuschen könnte.«

»Ich glaube nicht, daß Sie sich über irgend etwas sorgen müssen«, erwiderte Ellen. »Wenn es etwas gibt, worauf Sie sich bei Charles verlassen können, dann ist es seine wissenschaftliche Integrität.«

»Es sind ja auch nicht seine intellektuellen Fähigkeiten, die mir Sorgen machen«, sagte Morrison. »Es ist sein emotionaler Zustand. Ganz offen gesagt, scheint er mir ein wenig impulsiv zu sein. Er ist überkritisch mit den Arbeiten von allen anderen und scheint zu glauben, daß nur er allein die wahre Methode kennt.«

Impulsiv? Das Wort schlug eine empfindliche Saite in Ellens Erinnerungen an. Als ob es erst gestern gewesen wäre, konnte sie sich an den letzten gemeinsamen Abend mit Charles erinnern. Sie hatten im Harvest-Restaurant gegessen, waren dann zu ihrem Apartment zurückgekehrt und hatten einander geliebt. Es war eine laue und zarte Nacht gewesen, aber Charles war wie immer nicht geblieben. Er hatte gesagt, daß er zu Hause sein müßte, wenn die Kinder aufwachten. Am nächsten Morgen im Institut hatte er sich wie gewöhnlich verhalten, aber sie waren nie wieder zusammen ausgegangen, und Charles hatte auch nie ein erklärendes Wort an sie gerichtet. Dann hatte er die Aushilfssekretärin geheiratet. Es schien Ellen, als hätte sie an einem Tag erst gehört, daß er sie kennengelernt hätte, und am nächsten waren sie schon verheiratet. Ellen mußte zugeben, daß impulsiv eine gute Beschreibung für Charles war.

»Was wollen Sie von mir hören?« fragte Ellen. Sie hatte Mühe, zurück in die Gegenwart zu finden.

»Ich möchte, daß Sie meine Zweifel ausräumen und mich beruhigen«, sagte Morrison.

»Also schön«, sagte Ellen. »ich gebe Ihnen darin recht, daß Charles leicht erregbar und eigenwillig ist, aber ich glaube nicht, daß das seine Arbeit beeinflussen wird. Bestimmt können Sie sich darauf verlassen, daß er die Canceran-Studien weiterführen wird.«

Morrison entspannte sich und lächelte, so daß seine kleinen Zähne hinter den schmalen Lippen zu sehen waren. »Ich danke Ihnen, Miß Sheldon. Das war genau das, was ich hören wollte.« Er beugte sich zum Waschbecken und löschte die Glut seiner halbgerauchten Zigarette, dann warf er sie in den Abfalleimer. »Eine Sache wäre da noch. Ich habe mich gefragt, ob Sie mir und dem Institut vielleicht einen großen Gefallen tun können. Ich möchte Sie bitten, mir jedes ungewöhnliche Verhalten von Charles zu melden, soweit es das Canceran-Projekt angeht. Ich weiß, das ist eine unangenehme Bitte, aber sämtliche Direktoren wären für Ihre Mitarbeit außerordentlich dankbar.«

»Ja, ist in Ordnung«, sagte Ellen schnell, ohne sicher zu sein, was sie wirklich davon halten sollte. Aber im selben Moment dachte sie, daß Charles es verdient hatte. Sie hatte soviel Kraft und Mühe für ihn aufgewendet, und er hatte es nicht gewürdigt. »Ich tue es unter der Voraussetzung, daß alles, was ich sage, anonym bleibt.«

»Das ist doch selbstverständlich. Und natürlich berichten Sie nur mir persönlich.«

An der Tür blieb Morrison noch einmal stehen. »Es war nett, mit Ihnen zu sprechen, Miß Sheldon. Ich habe es schon lange einmal tun wollen. Wenn Sie irgend etwas brauchen, meine Tür steht Ihnen immer offen.«

»Vielen Dank«, sagte Ellen.

»Vielleicht können wir einmal zusammen essen gehen.«

»Vielleicht«, sagte Ellen.

Dann schloß sich die Tür. Er sah etwas sonderbar aus, aber er war ein einflußreicher Mann.

5. Kapitel

Als Charles auf der Havard Bridge den Fluß überquerte, mühte er sich noch immer mit der widerspenstigen Wagenheizung ab. Der Regler ließ sich nicht mehr in die Heizposition rücken. Als Folge seiner Anstrengungen brach der Wagen zur Seite aus, was die erschreckten Fahrer auf der Nebenspur sofort mit einem Hupkonzert quittierten. Verzweifelt schlug Charles mit der Handkante auf den Regler. Doch die Strafe folgte auf dem Fuß, der Plastikhebel brach ab und fiel auf den Wagenboden.

Resigniert fand sich Charles mit der frostigen Kälte in seinem Wagen ab und konzentrierte sich wieder auf die Straße vor ihm. Bei der nächsten Abfahrt verließ er die Massachusetts Avenue und umfuhr die Back Bay Fens, einen vergessenen, müllübersäten Park, der im Zentrum eines ehemals reizvollen Wohnviertels lag. Dann passierte er das Bostoner Museum der Schönen Künste und das Gardner Museum. Als der Verkehr schwächer wurde, ließ er wieder seine Gedanken wandern. Charles empfand es als grausam von Cathryn, daß sie ihn so im Unsicheren gelassen hatte, als Gefangenen seiner eigenen Fantasien. Hatte vielleicht Michelles Nasenbluten von neuem begonnen? Nein, das wäre zu einfach. Vielleicht mußte Dr. Wiley einen Test vornehmen, und Cathryn wollte dazu nicht die Einwilligung geben, ohne vorher mit ihm gesprochen zu haben. Nein, es gab keinen Grund, daß sie ihm das nicht am Telefon erklärt hätte. Es mußte irgendein medizinisches Problem aufgetaucht sein. Vielleicht hatte Michelle eine Blinddarmentzündung. Charles erinnerte sich an die empfindliche Reaktion ihres Abdomen und an das niedrige Fieber. Vielleicht war es eine subakute Appendizitis, und Dr. Wiley wollte sofort operieren. Und Charles wußte, wie sehr Krankenhäuser Cathryn aufregen konnten. Sie machten sie einfach verrückt.

Als Charles die Abteilung von Dr. Wiley betrat, war er sofort von einem Schwarm ängstlicher Mütter und schreiender Kinder umgeben. Das überfüllte Wartezimmer... das gehörte zu jenen Erlebnissen aus der Zeit, als er noch selbst praktiziert hatte, die er nicht vermißte. Wie bei allen Ärzten hatten ebenso seine Helferinnen die lästige Neigung geht, auch jene Zeitlükken, die nur für Nachuntersuchungen reserviert waren, mit Terminen für neue Patienten zu füllen. Das Ergebnis war ein hoffnungslos überfülltes Wartezimmer. Charles hatte sagen können, was er wollte, es änderte nichts. Er war nie mit der Arbeit nachgekommen und hatte sich immer bei seinen Patienten entschuldigen müssen.

Charles suchte in dem Gedränge von Frauen und Kindern nach Cathryn, aber er konnte sie nicht entdecken. Mühsam bahnte er sich einen Weg hinüber zu der Schwester, die von einer Gruppe aufgeregter Mütter belagert wurde. Alle wollten endlich wissen, wann sie nun zum Doktor hinein könnten. Charles versuchte, das Fragengewirr zu unterbrechen, aber sehr bald sah er ein, daß er warten mußte, bis er an der Reihe war. Schließlich gelang es ihm doch, die Frau auf sich aufmerksam zu machen. Er war beeindruckt von ihrer Gelassenheit. Wenn das Chaos um sie herum an ihren Nerven zerren sollte, so gelang es ihr zumindest perfekt, das nicht zu zeigen.

»Ich suche nach meiner Frau«, sagte Charles. Er mußte sehr laut sprechen, um sich überhaupt verständlich machen zu können.

»Wie ist der Name?« fragte die Schwester. Ihre Hände lagen gefaltet auf einem Berg Krankenblätter.

»Martel. Cathryn Martel.«

»Einen Moment, bitte.« Sie ließ ihren Stuhl zurückrollen und stand auf. Ihr Gesicht war ernst geworden. Die Frauen, die um den Tisch herumstanden, sahen Charles mit einer Mischung aus Ehrfurcht und Verärgerung an. Sie waren sichtlich neidisch auf die schnelle Reaktion, die er bewirkt hatte.

Schon im nächsten Augenblick kehrte die Schwester zurück, gefolgt von einer Frau von beeindruckender Körperfülle, die Charles sich sofort als geeignete Partnerin für das Reifenmännchen von Michelin vorstellen konnte. Er bemerkte ihr Namensschild: Miß A. Hammersmith. Sie winkte ihn heran, und gehorsam trat er um den Tisch herum.

»Folgen Sie mir bitte«, sagte die Schwester. Der Mund zwischen den zwei faltigen Wangen war das einzige, was sich in ihrem Gesicht bewegte, als sie sprach.

Charles tat, wie ihm geheißen, und so eilte er einen Flur hinunter, immer auf den Fersen von Miß Hammersmith, deren massiger Körper ihm jede Sicht versperrte. Sie kamen an einer Reihe von Räumen vorbei, von denen Charles annahm, daß es die Behandlungszimmer waren. Am Ende des Flurs öffnete sie eine Tür und trat zur Seite, um Charles hineinzulassen.

»Entschuldigen Sie«, sagte Charles, als er sich an ihr vorbeidrängte.

»Ich glaube, wir sollten beide ein paar Pfunde verlieren«, sagte Miß Hammersmith.

Als Charles in das Zimmer getreten war, schloß Miß Hammersmith, die im Flur stehenblieb, hinter ihm die Tür. Sein Blick fiel zuerst auf eine Wand mit Bücherregalen, die vollgestellt waren mit Stapeln medizinischer Fachzeitschriften und Bücher. In der Mitte des Raumes stand ein heller Eichentisch, um den ein halbes Dutzend Sessel gruppiert war. Einer von ihnen wurde plötzlich zurückgeschoben. Cathryn stand auf und drehte sich zu ihm herum. Sie atmete heftig. Deutlich hörte Charles, wie sie die Luft durch die Nase einsog und wieder ausstieß. Es war kein regelmäßiger Rhythmus. Ihr Atem zitterte.

»Was...« begann Charles.

Doch bevor er noch anfangen konnte zu sprechen, kam Cathryn zu ihm gelaufen und schlang ihre Arme um seinen Hals. Charles legte seine Hände auf ihre Hüften und ließ sich ein paar Augenblicke von ihr festhalten, damit sie ihre innere Ruhe wiederfinden konnte.

»Cathryn«, sagte er schließlich. Ein bitterer Geschmack von Furcht lag plötzlich in seinem Mund. Cathryns Verhalten untergrub seine Gedanken an eine Blinddarmentzündung, eine Operation, an irgend etwas Gewöhnliches.

Eine erschreckende, unerwünschte Erinnerung schob sich mit Macht in sein Bewußtsein: Der Tag, an dem er von Elisabeths Lymphknotengeschwulst erfahren hatte. »Cathryn.« Seine Stimme klang eine Spur schärfer. »Cathryn! Was geht hier vor? Was ist mit dir?«

»Es ist meine Schuld«, sagte Cathryn. Mit dem ersten Wort waren ihr die Tränen in die Augen getreten. Charles spürte, wie ihr Körper sich unter dem Schluchzen schüttelte. Er wartete, seine Augen wanderten durch den Raum. Sein Blick fiel auf das Bild von Hippokrates an der Wand gegenüber den Bücherregalen, auf den kostbaren Parkettboden, auf Nelsons Handbuch der Kindermedizin auf dem Tisch.

»Cathryn«, sagte Charles. »Bitte sag mir, was hier vorgeht. Was ist deine Schuld?«

»Ich hätte früher mit Michelle zum Arzt gehen müssen. Ja, das hätte ich.« Ihre Stimme versagte unter den Tränen.

»Was ist mit Michelle?« fragte Charles. Panische Angst legte sich wie ein Ring um seine Brust. Er hatte das Gefühl, das alles schon einmal erlebt zu haben...

Cathryn klammerte sich noch fester an seinen Hals, als ob er ihre einzige Hoffnung wäre. Die ganze Beherrschung, die sie sich vor seiner Ankunft aufgezwungen hatte, war verschwunden.

Charles brauchte seine letzte Kraft, um ihre Arme von seinem Hals zu lösen. Als sie plötzlich ohne Halt stand, schien Cathryn zusammenzubrechen. Charles brachte sie zu einem Stuhl, in den sie sich kraftlos hineinsinken ließ. Dann setzte er sich neben sie.

»Cathryn, du mußt mir erzählen, was passiert ist.«

Mühselig hob Cathryn den Kopf, ihre blauen Augen waren voller Tränen. Sie öffnete den Mund, doch bevor sie noch einen Ton herausbringen konnte, hörte Charles ein Geräusch an der Tür. Dr. Jordan Wiley betrat den Raum.

Charles, der Cathryn noch immer an den Schultern festhielt, hatte sich herumgedreht. Als Dr. Wiley die Tür hinter sich schloß, erhob sich Charles. Sein unruhiger Blick versuchte die Antwort auf seine Fragen aus dem Gesicht des Arztes zu lesen. Charles kannte Dr. Wiley seit fast zwanzig Jahren. Es war mehr eine berufliche Beziehung als eine private, deren Anfang in die Zeit fiel, als Charles noch Medizin studierte. Wiley war sein Lehrer für Kleinkindermedizin gewesen, und sein großes Wissen hatte Charles tief beeindruckt. Als Charles später für seine Familie einen Kinderarzt brauchte, hatte er Dr. Wiley angerufen.

»Ich freue mich, Sie wiederzusehen, Charles«, begrüßte ihn Dr. Wiley und griff nach seiner Hand. »Trotz der unglücklichen Umstände.«

»Vielleicht können Sie mir erst einmal erzählen, was die unglücklichen Umstände sind«, sagte Charles. Ein verärgerter Ton in der Stimme überdeckte seine Furcht.

»Sie wissen es noch nicht?« fragte Dr. Wiley. Cathryn schüttelte den Kopf.

»Vielleicht sollte ich noch einen Moment vor die Tür gehen«, sagte Dr. Wiley.

Er wollte sich zur Tür wenden, aber Charles legte seine Hand auf seinen Arm. »Ich glaube, Sie sagen mir besser, was hier eigentlich vorgeht«, sagte er.

Dr. Wiley warf einen Blick zu Cathryn hinüber, die zustimmend nickte. Ihr Weinkrampf hatte sich zwar gelegt, doch sie wußte, daß es ihr Mühe bereiten würde, zu sprechen.

»Also gut«, sagte Dr. Wiley. Sein Blick kehrte zurück zu Charles. »Es geht um Michelle.«

»Das habe ich schon verstanden«, sagte Charles.

»Warum setzen Sie sich nicht?« fragte Dr. Wiley.

»Warum sagen Sie mir nicht einfach, was los ist«, entgegnete Charles.

Dr. Wiley sah forschend in Charles' verängstigtes Gesicht. Charles war seit seinen Studententagen sichtlich gealtert, und Dr. Wiley bedauerte es, jetzt der Vorbote von noch mehr Qual und Leid sein zu müssen. Das war eine seiner Pflichten als Arzt, die er haßte. »Michelle hat Leukämie«, sagte Dr. Wiley.

Langsam öffnete sich Charles' Mund. Sein Blick trübte sich wie in Trance. Es war, als ob Dr. Wileys Mitteilung eine Flut sorgsam unterdrückter Erinnerungen entfesselt hätte. Wieder und wieder hörte Charles den Satz: »Dr. Martel, es tut mir leid, Ihnen mitteilen zu müssen, daß Ihre Frau Elisabeth an einer bösartigen Lymphknotengeschwulst leidet... Es tut mir außerordentlich leid, Ihnen mitteilen zu müssen, daß Ihre Frau nicht auf die Behandlung anspricht... Dr. Martel, ich bedaure, Ihnen sagen zu müssen, daß die Leukämie Ihrer Frau in ihr Endstadium getreten ist... Dr. Martel, es tut mir schrecklich leid, Ihnen eröffnen zu müssen, daß Ihre Frau vor wenigen Augenblicken verstorben ist.«

»Nein! Das ist nicht wahr. Das ist unmöglich.« Charles schrie so laut, daß Dr. Wiley und Cathryn erschrocken zusammenfuhren.

»Charles.« Dr. Wiley legte mitfühlend seine Hand auf Charles' Schulter.

Mit einer heftigen Bewegung befreite sich Charles von ihr. »Was fällt Ihnen ein, mich so gönnerhaft zu behandeln!«

Trotz ihrer Tränen sprang Cathryn auf und griff nach Charles' Arm. Überrascht war Dr. Wiley zurückgewichen.

»Soll das alles vielleicht ein schlechter Scherz sein?« schnauzte Charles und schüttelte Cathryns Hand ab.

»Es ist bestimmt kein Scherz«, entgegnete Dr. Wiley mit ruhiger, aber fester Stimme. »Charles, ich weiß, wie schwer das für Sie ist, besonders nach all dem, was mit Elisabeth passiert ist. Aber Sie müssen sich jetzt zusammennehmen. Michelle braucht Sie.«

In Charles' Kopf tobte ein Wirrwarr von Gedanken und Gefühlen. Mühsam versuchte er einen Halt in dem Durcheinander zu finden. »Wie kommen Sie darauf, daß Michelle Leukämie hat?« brachte er langsam und mit Anstrengung hervor. Cathryn ging zurück zu ihrem Platz.

»Die Diagnose ist eindeutig«, sagte Dr. Wiley leise.

»Was für eine Leukämie?« fragte Charles. Seine Hand lief nervös durch sein Haar. Er sah durch das Fenster auf die gegenüberliegende Backsteinmauer. »Lymphozytische?«

»Nein«, antwortete Dr. Wiley. »Es tut mir leid, aber es ist eine akute Myeloblastenleukämie.«

Es tut mir leid... Es tut mir leid... ein Standardsatz, zu dem die Ärzte immer dann Zuflucht suchen, wenn sie nicht wissen, was sie sonst tun sollen. Sein unangenehmes Echo hallte in Charles' Kopf nach. Es tut mir leid, Ihre Frau ist verstorben... Als ob einem ein Messer ins Herz gestoßen wurde.

»Zirkulierende Leukämiezellen?« fragte Charles. Er wollte die Erinnerungen mit kühler Vernunft verdrängen.

»Es tut mir leid, aber so ist es«, antwortete Dr. Wiley. »Ihr Blutbild zeigt über fünfzigtausend weiße Blutkörperchen.«

Totenstille senkte sich über den Raum.

Plötzlich begann Charles im Zimmer auf und ab zu gehen. Seine Schritte waren schnell, seine Hände rangen miteinander wie zwei Feinde.

»Leukämie ist nicht sicher zu diagnostizieren, ohne daß eine Untersuchung des Knochenmarks vorgenommen wird«, sagte er abrupt.

»Wir haben sie gemacht«, antwortete Dr. Wiley.

»Das können Sie gar nicht«, entgegnete Charles heftig. »Ich habe nicht meine Erlaubnis dazu gegeben.«

»Aber ich«, sagte Cathryn zögernd. Sie fürchtete, einen Fehler begangen zu haben.

Ohne auf Cathryn zu achten, starrte Charles weiter Dr. Wiley an.

»Ich will die Abstriche sehen.«

»Ich habe sie bereits von einem Hämatologen überprüfen lassen«, sagte Dr. Wiley.

»Das interessiert mich nicht«, sagte Charles wütend. »Ich will sie selbst sehen.«

»Wie Sie wollen«, antwortete Dr. Wiley. Er erinnerte sich, daß Charles ein eigenwilliger, aber gründlicher Student gewesen war. Offensichtlich hatte er sich nicht geändert. Obwohl Dr. Wiley wußte, wie wichtig es für Charles war, die Diagnose selbst erhärten zu können, hätte er jetzt doch lieber über Michelles weitere Behandlung gesprochen.

»Folgen Sie mir«, sagte er schließlich und führte Charles aus dem Konferenzzimmer. Als die Tür sich öffnete, schlug ihnen aus der Entfernung lautes Babygeschrei entgegen. Sie gingen den Flur hinunter. Cathryn war sich anfangs nicht sicher, was sie tun sollte. Dann eilte sie den beiden Männern nach.

Am Ende des Korridors betraten sie einen engen Raum, in dem ein kleines Labor eingerichtet war. Der Platz hatte gerade für einen Arbeitstisch und eine Reihe Hocker gereicht. Die vielen Urinproben auf den Regalen hatten die Luft in dem kleinen Zimmer mit einem fischigen Geruch durchsetzt. Eine pickelige junge Frau machte rücksichtsvoll den ersten Hocker frei.

»Kommen Sie hierher«, sagte Dr. Wiley und winkte Charles

zu einem abgedeckten Mikroskop. Er zog die Schutzhülle hoch, es war ein Zeiss mit Doppeltubus. Charles setzte sich, stellte die Okulare ein und schaltete das Licht an. Dr. Wiley zog eine Schublade auf und nahm einen Karton mit Objektträgern heraus. Vorsichtig hob er einen Objektträger heraus. Als er ihn Charles entgegenhielt, trafen sich ihre Blicke. In Dr. Wileys Augen glich Charles einem eingekesselten Tier. Mit Daumen und Zeigefinger seiner linken Hand griff Charles nach dem Objektträger. In seiner Mitte war ein Abdeckglas, unter dem ein unscheinbarer Schmierfleck zu sein schien. Auf dem unteren Glasträger war ein Kennzeichen angebracht: *Michelle Martel Nr. 882673 Knochenmark*. Charles' Hände zitterten, als er den Träger auf den Objekttisch des Mikroskops legte und einen Öltropfen auf das Abdeckglas fallen ließ. Dann beugte er sich zur Seite und senkte die Ölimmersionslinse ab, bis sie fast den Objektträger berührte und in den Öltropfen eintauchte.

Charles atmete noch einmal tief ein und legte die Augen auf die Okulare. Mit nervöser Spannung regelte er die Sehschärfe ein. Im selben Moment löste sich der Nebel in eine so unüberschaubare Zahl blaßblauer Zellen auf, daß Charles der Atem stockte und das Blut in seinen Schläfen heftig zu pochen begann. Ein angstvolles Zittern durchlief seinen Körper, als ob er sein eigenes Todesurteil lesen müßte. Anstelle der gewöhnlichen Zellpopulation in allen Reifungsstadien war Michelles Markgewebe fast gänzlich von großen unförmigen Zellen durchsetzt mit ebenso großen unnatürlichen Zellkernen, die eine Vielzahl von Zellkörperchen enthielten. Charles wurde von einem unendlichen Entsetzen ergriffen.

»Ich nehme an, Sie stimmen jetzt zu, daß unsere Diagnose schlüssig war«, sagte Dr. Wiley ruhig.

Krachend fiel sein Hocker nach hinten, als Charles plötzlich aufsprang. Blinde Wut, Wut, die sich von den Ereignissen des Vormittags angestaut hatte und jetzt von Michelles Krankheit zur Explosion gebracht wurde, packte ihn. »Warum?« schrie er Dr. Wiley an, als ob der Kinderarzt Teil einer Verschwörung wäre, die ihn einzukreisen drohte. Er griff nach dem Kittel des Arztes und schüttelte Dr. Wiley in wildem Zorn.

Erschreckt über die Veränderung, die in Charles vorgegangen war, sprang Cathryn auf und klammerte sich an ihn.

»Charles, hör auf!« Sie wußte, wie dringend sie seine Hilfe jetzt brauchten. »Es ist nicht Dr. Wileys Fehler. Wenn jemand die Schuld hat, dann sind wir es.«

Als ob er aus einem bösen Traum aufwachte, löste Charles verstört seinen Griff von Dr. Wiley, der gelähmt vor Überraschung stehenblieb. Seine Fliege hatte sich in einen bizarren Winkel verdreht. Charles bückte sich und hob den Stuhl auf, dann schlug er die Hände vors Gesicht.

»Wir haben jetzt nicht über Schuld zu reden«, sagte Dr. Wiley und nestelte an seiner Fliege. »Wir müssen über die weitere Behandlung für das Kind sprechen.«

»Wo ist Michelle?« fragte Charles. Cathryn ließ seinen Arm nicht los.

»Sie ist bereits ins Krankenhaus aufgenommen worden«, sagte Dr. Wiley. »Sie liegt auf Anderson 6. Die Station wird von einer hervorragenden Schwester betreut.«

»Ich möchte sie sehen«, sagte Charles mit schwacher Stimme.

»Das sollen Sie auch«, antwortete Dr. Wiley. »Aber ich glaube, wir müssen vorher über ihre Behandlung sprechen. Hören Sie, Charles.« Dr. Wiley streckte beschwichtigend seine Hand aus, aber dann überlegte er es sich anders. Der Wutausbruch von Charles hatte auch ihm die Nerven geraubt. Er steckte die Hand in die Tasche. »Wir haben hier an der Kinderklinik eine der weltberühmtesten Autoritäten in der Kinderleukämie, Dr. Stephen Keitzman. Und mit Cathryns Erlaubnis habe ich bereits mit ihm gesprochen. Michelle ist ein sehr krankes kleines Mädchen, und je früher der Kinderonkologe in den Fall einbezogen wird, desto besser ist es. Dr. Keitzman hat sich einverstanden erklärt, sich mit uns zusammenzusetzen, sobald Sie es wünschen. Ich glaube, wir sollten jetzt mit ihm sprechen und erst dann zu Michelle gehen.«

Anfangs hatte Cathryn noch ihre Zweifel mit Dr. Stephen Keitzman. Äußerlich war er das gerade Gegenteil von Dr. Wiley. Er war klein, sah noch sehr jung aus und hatte einen großen Kopf mit vollem, dunkelgelocktem Haar. Auf seiner schmalen Nase, deren Poren deutlich zu sehen waren, trug er eine randlose Brille. Sein Benehmen wirkte distanziert, seine Gesten waren nervös, und in den Sprechpausen überfiel ihn ein absonderliches Gesichtszucken. Plötzlich rollte seine Oberlippe zu einem spöttischen Grinsen nach oben, was gleichzeitig seine überkronten Zähne sichtbar werden ließ und seine Nasenlöcher übertrieben dehnte. Aber sein Auftreten war sehr selbstsicher, in seiner Stimme schwang Autorität mit, so daß Cathryn sehr schnell Vertrauen zu ihm faßte.

Da sie fürchtete, wieder zu vergessen, was ihnen erzählt wurde, hatte sie sich einen kleinen Notizblock und einen Filzschreiber geben lassen. Daß Charles nicht einmal zuzuhören schien, verunsicherte sie. Angestrengt starrte er aus dem Fenster, als ob er den Verkehrsstrom auf der Longwood Avenue beobachten wollte. Der Nordostwind hatte arktische Luft nach Boston gebracht, und der wechselhafte Schneeregen hatte sich in ein dichtes Schneetreiben verwandelt. Cathryn war erleichtert, daß sie Charles an ihrer Seite hatte, um die notwendigen Entscheidungen zu treffen. Sie fühlte sich nicht in der Lage dazu. Dennoch blieb sein Verhalten sonderbar: In der einen Minute war er heftig und voller Zorn, in der nächsten stumm und zurückgezogen.

»Mit anderen Worten«, faßte Dr. Keitzman zusammen, »die Diagnose einer akuten myeloischen Leukämie steht außer Zweifel.«

Charles warf den Kopf herum und ließ seinen Blick durch den Raum wandern. Er wußte, daß er seine Gefühle kaum in der Gewalt hatte, und das machte es für ihn so schwer, sich auf Dr. Keitzmans Worte zu konzentrieren. Verärgert dachte er daran, daß er den ganzen Morgen über Leuten zugeschaut hatte, die seine Sicherheit untergraben wollten, die sein Leben erschütterten, seine Familie zerstörten und die ihm sein neugefundenes Glück rauben wollten. Natürlich sagte ihm seine Vernunft, daß es einen riesigen Unterschied gab zwischen Morrison und Ibanez auf der einen Seite und Wiley und Keitzman auf der anderen. Doch im Moment lösten sie alle in ihm dieselbe blinde Wut aus. Nur mit Mühe konnte Charles glauben, daß Michelle wirklich Leukämie hatte, und auch noch die schlimmste von allen, die mit größter Wahrscheinlichkeit zum Tod führte. Er hatte das alles schon einmal mitgemacht, doch jetzt war jemand anderer an der Reihe.

Während er ihm halbherzig zuhörte, musterte Charles Dr.

Stephen Keitzman, der das gönnerhafte Verhalten des verantwortlichen Arztes angenommen hatte und Häppchen für Häppchen sein Wissen ausbreitete, als würde er einen Vortrag halten. Anscheinend hatte Keitzman diese Situation schon öfter erlebt, denn seine Standardsätze wie »Es tut mir leid, Ihnen sagen zu müssen« klangen abgenutzt und unehrlich. Charles hatte das unbehagliche Gefühl, daß Keitzman seine Rolle genoß. Nicht, wie er einen Film oder ein gutes Essen genossen hätte, sondern auf eine subtilere, selbstzufriedenere Weise: Er stand im Mittelpunkt der Aufmerksamkeit inmitten einer Krise. Diese Haltung rieb noch zusätzlich an seinen ohnehin schon dünnen Nerven, besonders weil Charles sich mehr als nur gut in dem Gebiet auskannte, über das Dr. Keitzman sich gerade ausließ. Charles zwang sich still zu bleiben, während seine Gedanken wie ein Kaleidoskop Bilder aus Michelles Kindertagen aneinanderreihten.

»Die unvermeidliche Frage nach einer Schuld möchte ich gleich vorab erledigen«, fuhr Dr. Keitzman fort. Seine obere Zahnreihe wurde für einen Moment bei einer nervösen Grimasse entblößt. »Ich möchte nachdrücklich betonen, daß Ursache und genauer Zeitpunkt des Ausbruchs einer Leukämie, wie Michelle sie hat, unbekannt sind. Die Eltern sollten die Schuld dafür nicht bei irgendeinem besonderen Ereignis suchen. Unser Ziel wird es sein, den gegenwärtigen Zustand der Kranken zu behandeln, um eine Remission, ein Nachlassen der Krankheit zu erreichen. Und ich darf Ihnen sagen, daß wir bereits ausgesprochen günstige Ergebnisse bei einer akuten Myeloblastenleukämie erzielt haben; etwas, was wir vor einigen Jahren noch nicht sagen konnten. Heute erreichen wir eine Remission bei ungefähr achtzig Prozent der Fälle.«

»Das ist großartig«, sagte Charles. Er sprach zum ersten Mal. »Aber einmal abgesehen von den fünfjährigen Heilerfolgen, die Sie bei anderen Formen der Leukämie erreicht haben, können Sie uns auch sagen, wie lange die Remission bei Michelles Art der Erkrankung anhält?« Es war, als ob ein Zwang Charles dazu trieb, Dr. Keitzman sofort zum Eingeständnis des Schlimmsten zu reizen.

Dr. Keitzman rückte seine Brille zurecht und räusperte sich.

»Dr. Martel, ich bin mir bewußt, daß Sie mehr über die

Krankheit Ihrer Tochter wissen als andere Eltern, mit denen ich zu tun habe. Aber da Ihr besonderes Arbeitsfeld nicht das der Kinderleukämie ist, bin ich mir nicht sicher, was genau Sie wissen und was nicht. Deshalb halte ich es für das beste, wenn wir hier fortfahren, als wüßten Sie nichts. Und selbst wenn Ihnen die Fakten schon alle bekannt sein sollten, so können sie vielleicht doch hilfreich für Mrs. Martel sein.«

»Warum beantworten Sie nicht meine Frage?« sagte Charles.

»Ich glaube, es ist viel sinnvoller, danach zu fragen, wie wir eine Remission erzielen können«, entgegnete Dr. Keitzman. Sein nervöses Zucken zeigte sich jetzt häufiger. »Meine Erfahrungen haben mir gezeigt, daß mit den Fortschritten in der Chemotherapie die Leukämie einer täglichen Behandlung unterzogen werden sollte. Wir haben damit in einigen Fällen sensationelle Remissionsergebnisse erreichen können.«

»Aber nicht bei Michelles Form«, stieß Charles wütend hervor. »Also los, sagen Sie uns schon, wie groß die Chance für ein fünfjähriges Überleben bei einer akuten Myeloblastenleukämie ist.«

Dr. Keitzman wich dem herausfordernden Blick von Charles aus und sah in Cathryns erschrecktes Gesicht. Sie hatte aufgehört, sich Notizen zu machen, und starrte Dr. Keitzman mit aufgerissenen Augen an. Er wußte, daß dieses Gespräch nicht gut lief. Hilfesuchend schaute er zu Dr. Wiley, aber Dr. Wiley hatte seinen Kopf gesenkt und sah versunken auf das Spiel seines Daumennagels mit den anderen Fingern. Ohne Charles anzusehen, sagte Keitzman mit leiser Stimme: »Bei akuter Myeloblastenleukämie ist die Wahrscheinlichkeit eines fünfjährigen Überlebens nicht besonders groß, aber sie ist nicht auszuschließen.«

»Jetzt kommen Sie der Wahrheit schon näher«, sagte Charles. Er sprang auf und beugte sich über Dr. Keitzmans Schreibtisch. »Aber um noch genauer zu sein, die mittlere Überlebenszeit beträgt bei einer akuten Myeloblastenleukämie, vorausgesetzt, es kann eine Remission erzielt werden, nur ein oder zwei Jahre. Und in Michelles Fall, mit zirkulierenden Leukämiezellen, liegen die Chancen, eine Remission zu erreichen, weit unter Ihren achtzig Prozent. Würden Sie dem nicht zustimmen, Dr. Keitzman?«

Keitzman nahm seine Brille ab und durchforschte seine Gedanken nach einer geeigneten Formulierung für die Antwort. »Es ist nicht ganz unrichtig, was Sie sagen, aber es ist kein konstruktiver Weg, sich der Krankheit zu nähern. Es gibt eine Menge unberechenbarer Variablen.«

Mit schnellen Schritten ging Charles hinüber zum Fenster und schaute hinaus in den Schnee. »Warum sagen Sie Mrs. Martel nicht, wie hoch die Lebenserwartung ist, wenn Ihre Behandlungsmethode nicht anschlägt... Wenn es nicht gelingt, bei dem Patienten eine Remission einzuleiten.«

»Ich weiß nicht, wozu das gut...« begann Dr. Keitzman.

Charles warf sich herum. »Wozu das gut sein soll? Das wagen Sie zu fragen? Ich will Ihnen sagen, wozu das gut ist. Das Schlimmste an jeder Krankheit ist die Unsicherheit. Die Menschen sind in der Lage, mit allem fertig zu werden, wenn sie es nur rechtzeitig wissen. Es ist die hoffnungslose Ungewißheit, die die Menschen verrückt macht.«

Charles stürzte zurück zu Dr. Keitzmans Schreibtisch. Sein Blick fiel auf Cathryns Notizblock. Er riß ihn ihr aus der Hand und warf ihn in den Papierkorb. »Bei diesem Gespräch brauchst du nicht mitzuschreiben! Hier wird schließlich kein Vortrag gehalten. Außerdem weiß ich selbst genug über Leukämie.« Er wandte sich wieder an Dr. Keitzman, sein Gesicht war rot geworden. »Also los, Keitzman, sagen Sie uns etwas über die Überlebensdauer, wenn keine Remission erzielt wird.«

Keitzman lehnte sich in seinen Stuhl zurück, seine Hände griffen nach der Schreibtischkante, als ob er sich vorbereitete, im nächsten Moment fliehen zu müssen. »Sie ist nicht groß«, sagte er schließlich.

»Das reicht noch nicht«, fuhr Charles ihn an. »Etwas genauer, bitte.«

»Also schön!« sagte Dr. Keitzman. »Wochen, höchstens Monate.«

Charles antwortete nicht. Nachdem es ihm gelungen war, Dr. Keitzman in die Enge zu treiben, war er plötzlich wie abwesend. Langsam ließ er sich in seinen Sessel sinken.

Keitzmans Gesicht erholte sich von einer Serie heftiger Zukkungen. Dr. Wiley tauschte mit ihm einen verstehenden Blick aus. Dann drehte sich Dr. Keitzman zu Cathryn und nahm seinen Faden wieder auf. »Wie ich bereits gesagt habe, ist es das beste, wenn man die Leukämie nicht von vornherein als tödliche Krankheit ansieht, und jeden Tag nimmt, wie er kommt.«

»Genausogut können Sie einem Menschen auf dem Sterbebett empfehlen, nicht an den Tod zu denken«, murmelte Charles.

»Dr. Martel«, sagte Dr. Keitzman scharf. »Als Arzt sollten Sie auf diese Krise deutlich anders reagieren.«

»Das ist leicht gesagt, wenn der Kranke nicht zur eigenen Familie gehört«, antwortete Charles. »Unglücklicherweise habe ich das schon einmal erleben müssen.«

»Ich glaube, wir sollten jetzt über die Therapie sprechen«, schlug Dr. Wiley vor. Es war das erste Mal, daß er sich an dem Gespräch beteiligte.

»Dem kann ich nur zustimmen«, sagte Dr. Keitzman. »Wir müssen die Behandlung sobald wie möglich beginnen. Am liebsten würde ich sie noch heute beginnen, sobald die notwendigen Voruntersuchungen abgeschlossen sind. Aber natürlich brauchen wir Ihre Einwilligung zur Behandlung, angesichts der Wirkungsweise der Medikamente.«

»Trotz der geringen Aussicht auf eine Remission sind Sie sich sicher, daß das Risiko es wert ist, Michelle den Nebenwirkungen auszusetzen?«

Charles sprach jetzt viel ruhiger, aber in seinen Gedanken formte sich das erschreckende Bild von Elisabeth in ihren letzten Monaten, die ständige Übelkeit, der Haarausfall... Er schloß die Augen.

»Ja, ich bin mir absolut sicher«, sagte Dr. Keitzman mit fester Stimme. »Ich denke, es ist eindeutig nachgewiesen, daß wir große Fortschritte in der Behandlung der Kinderleukämie gemacht haben.«

»Das steht außer Zweifel«, bestätigte Dr. Wiley.

»Es hat Fortschritte gegeben«, stimmte Charles zu. »Aber leider nicht bei der Leukämie, die Michelle hat.«

Cathryns Augen flogen von Charles zu Keitzman und dann zu Wiley. Sie hatte sich Einmütigkeit erwartet und erwünscht, auf die sie ihre Hoffnung bauen konnte. Statt dessen erlebte sie nichts als Streit und Erbitterung.

»Ich glaube, für jede Form der Leukämie ist eine aggressive Behandlungsmethode die einzig richtige«, sagte Dr. Keitzman. »Wie groß auch die Chance für eine Remission immer sein mag. Jeder Patient verdient die Chance, zu leben, egal, welcher Preis dafür zu zahlen ist. Jeder Tag, jeder Monat ist kostbar.«

»Sogar dann, wenn der Patient sein Leiden lieber beenden würde«, ergänzte Charles. Er dachte an Elisabeths letzte Tage. »Wenn die Aussichten auf eine Remission unter zwanzig Prozent liegen – von einer Heilung will ich gar nicht sprechen –, dann weiß ich nicht, ob es der Versuch wirklich wert ist, ein Kind noch größeren Qualen auszusetzen.«

Dr. Keitzman schob abrupt seinen Stuhl zurück und stand auf. »Wir beurteilen den Wert des Lebens offensichtlich sehr unterschiedlich. Ich sehe in der Chemotherapie eine wirklich bemerkenswerte Waffe gegen Krebs. Aber natürlich haben Sie das Recht auf Ihre eigene Meinung. Wie auch immer, ich habe den Eindruck, daß Sie lieber einen anderen Onkologen heranziehen möchten oder es vorziehen, die Behandlung Ihrer Tochter selbst durchzuführen. Ich wünsche Ihnen viel Glück.«

»Nein!« Cathryn sprang von ihrem Platz, erschreckt von der Aussicht, von Dr. Keitzman alleingelassen zu werden. Dr. Wiley hatte doch gesagt, daß er der Beste ist. »Wir brauchen Sie, Dr. Keitzman. Michelle braucht Sie.«

»Ich glaube nicht, daß Ihr Mann diese Ansicht teilt, Mrs. Martel«, sagte Dr. Keitzman.

»Sie täuschen sich«, antwortete Cathryn. »Er ist jetzt nur verwirrt. Bitte, Dr. Keitzman.« Cathryn drehte sich zu Charles und legte ihm ihre Hand auf den Nacken. »Charles, bitte! Wir können diesen Kampf nicht alleine führen. Heute morgen hast du noch gesagt, daß du kein Kinderarzt bist. Wir brauchen Dr. Keitzman und Dr. Wiley.«

»Ich glaube, Sie sollten zustimmen«, drängte Dr. Wiley.

Charles sank unter der Last seiner hilflosen Grübeleien zusammen. Er wußte, daß er Michelles Behandlung nicht übernehmen konnte, selbst wenn er überzeugt war, daß die übliche Behandlungsmethode bei Michelles besonderer Krankheit falsch war. Er hatte nichts anderes vorzuschlagen, seine Gedanken kreisten in einem Wirbel widerstreitender Gefühle.

»Charles, bitte!« flehte Cathryn.

»Michelle ist ein krankes kleines Mädchen«, wiederholte Dr. Wiley.

»Also schön«, sagte Charles leise. Zum zweiten Mal war er gezwungen, sich zu unterwerfen.

Cathryn sah zu Dr. Keitzman. »Haben Sie gehört! Er hat zugestimmt.«

»Dr. Martel«, fragte Dr. Keitzman. »Wünschen Sie, daß ich diesen Fall als Onkologe übernehme?«

Zögernd und mit einem Seufzer, der das Atmen als große Anstrengung erscheinen ließ, nickte Charles.

Dr. Keitzman setzte sich wieder und schob einige Papiere auf seinem Schreibtisch zurecht. Dann hob er seinen Kopf und sah Cathryn an. »Bei der Behandlung von myeloischer Leukämie verwenden wir folgende Medikamente: Daunorubicin, Thioguanin und Cytarabin. Nach der Voruntersuchung beginnen wir sofort mit 60 mg/m^3 Daunorubicin, die wir als schnelle Infusion verabreichen.«

Während Dr. Keitzman den Behandlungsplan umriß, wurde Charles von dem Gedanken an die möglichen Nebenwirkungen des Daunorubicin gequält. Wahrscheinlich war der Grund für Michelles Fieber eine Infektion, die ihr geschwächter Körper nicht mehr ausreichend bekämpfen konnte. Das Daunorubicin würde das noch verschlimmern. Und nicht nur, daß es sie fast völlig wehrlos gegen eine Vielzahl von Bakterien und Pilzen machen würde, es würde auch ihr Verdauungssystem zerstören und vielleicht auch ihr Herz... und außerdem... ihr Haar... mein Gott!

»Ich will Michelle sehen«, sagte Charles plötzlich und sprang hoch. Mühsam versuchte er seine Gedanken zu beruhigen. Dann wurde ihm bewußt, daß er Dr. Keitzman mitten im Satz unterbrochen hatte. Alle starrten ihn an, als ob er ein Verbrechen begangen hätte.

»Charles, ich glaube, Sie sollten zuhören«, sagte Dr. Wiley und griff nach Charles' Arm. Die Geste war wie ein Reflex gekommen, und erst als Dr. Wiley Charles berührte, fragte er sich, ob sie auch ratsam war. Aber Charles reagierte gar nicht. Seine Arme hingen schlaff herunter, und schon ein sanftes Ziehen von Dr. Wiley genügte, daß er sich wieder hinsetzte.

»Wie ich gerade sagte«, fuhr Dr. Keitzman fort, »halte ich es für besonders wichtig, die richtige psychologische Behandlung für den Patienten zu finden. Ich richte mich dabei nach dem Alter: unter fünf Jahren; Schulalter; Jugendliche. Unter fünf ist es sehr einfach: eine ständige und liebevolle Stütztherapie. Die Probleme beginnen mit der Schulaltergruppe, in der die Furcht vor der Trennung von den Eltern und das Leiden unter dem Krankenhausalltag dem Kind die größten Schwierigkeiten bereiten.«

Charles krümmte sich in seinem Sessel. Er wollte gar nicht erst versuchen, das Problem mit Michelles Augen zu sehen; es war zu quälend.

Dr. Keitzmans Zähne blitzen auf, als ein Zucken über seine Oberlippe lief, dann fuhr er fort. »Dem Patienten im Schulalter wird nur auf ausdrückliche Fragen zu seiner Krankheit geantwortet. Die psychologische Unterstützung ist besonders auf die Trennungsängste des Kindes gerichtet.«

»Ich glaube, Michelle wird sehr unter der Trennung leiden«, sagte Cathryn. Sie bemühte sich, den Ausführungen von Dr. Keitzman zu folgen, weil sie hoffte, daß ihre Mitarbeit ihn freundlich stimmen könnte.

Ohne Cathryn zu beachten, ging Dr. Keitzman in seinen Erklärungen weiter. »Bei den Jugendlichen nähert sich die Behandlung der für den erwachsenen Patienten an. Die psychologische Betreuung ist darauf ausgerichtet, Verwirrung und Unsicherheit auszuschalten, jedoch ohne die Selbstverleugnung der Krankheit zu zerstören, wenn sie zum Schutzmechanismus des Kranken gehört. In Michelles Fall fällt das Problem leider zwischen Schul- und Jugendalter. Ich bin mir über die richtige Vorgehensweise noch nicht sicher. Vielleicht können Sie als Eltern Ihre Meinung dazu äußern.«

»Meinen Sie, ob wir Michelle sagen sollen, daß sie Leukämie hat?« fragte Cathryn.

»Das fällt auch in diesen Problemkreis«, sagte Dr. Keitzman.

Cathryn sah zu Charles, aber er hatte seine Augen wieder geschlossen. Dr. Wiley erwiderte ihren Blick mit einem freundlichen Lächeln, das sie ein bißchen beruhigte.

»Diese Frage muß gründlich bedacht werden«, sagte Dr. Keitzman. »Wir müssen uns jetzt nicht entscheiden. Bis auf weiteres können wir Michelle sagen, daß wir noch nicht genau wissen, was ihr fehlt. Noch eine letzte Frage, bevor wir gehen. Hat Michelle Geschwister?«

»Ja«, antwortete Cathryn. »Zwei Brüder.«

»Sehr schön«, sagte Dr. Keitzman. »Sie sollten für einen kleinen Test im Krankenhaus vorbeikommen, damit wir feststellen können, ob sie zu Michelles HLA- und ABO-Werten passen. Wahrscheinlich werden wir Blutplättchen brauchen und Granulozyten, und vielleicht sogar Mark. Ich hoffe, daß wenigstens einer von beiden als Spender in Frage kommt.«

Hilfesuchend sah Cathryn zu Charles, aber der saß immer noch mit geschlossenen Augen da. Sie verstand nicht, worüber Dr. Keitzman sprach, aber sie nahm an, daß Charles es tat. Aber Charles schien noch mehr Mühe zu haben als sie, mit der Situation fertig zu werden.

Auf dem Weg zum Fahrstuhl kämpfte Charles, seine innere Ruhe wiederzufinden. Nie zuvor war er so schmerzvoll widerstreitenden Gefühlen ausgeliefert gewesen. Einerseits konnte er es nicht erwarten, seine Tochter zu sehen, sie in den Arm zu nehmen und zu beschützen. Andererseits fürchtete er das Wiedersehen, weil er sich endlich mit ihrer Diagnose abfinden mußte. Und darüber wußte er zuviel. Sie würde es an seinem Gesicht ablesen können.

Der Fahrstuhl hielt. Die Türen öffneten sich. Vor ihnen lag ein blaßblau gestrichener Flur, dessen Wände mit Tierbildern beklebt waren. Kinder verschiedenen Alters, in Pyjamas gekleidet, liefen herum, Schwestern und Eltern und einige Haushandwerker der Klinik standen um eine Trittleiter. Sie wechselten die Neonröhre einer Deckenleuchte aus.

Dr. Wiley führte sie den Flur hinunter, vorbei an dem Stationszentrum der Schwestern und Pfleger und dem Aktenraum. Mit einem Blick durch die Regale voller Krankenakten sah die Oberschwester Dr. Wiley vorübergehen. Rasch erhob sie sich und eilte der kleinen Gruppe hinterher. Charles sah hinunter auf den Boden und beobachtete jeden Schritt seiner Beine. Es war, als ob er einen Fremden ansah. Neben ihm ging Cathryn, sie hatte ihren Arm unter seinen geschoben.

Michelle lag in einem Einzelzimmer, das in demselben pastellblauen Ton gestrichen war wie der Flur. Auf der linken

Wand neben der Tür zur Toilette war ein großes tanzendes Flußpferd. Am anderen Ende des Zimmers war ein Fenster. Rechts hing über einer Kommode ein Wandschrank, daneben stand ein Nachttisch und ein gewöhnliches Krankenbett. Über dem Kopfende des Bettes ragte eine glänzende Metallstange auf, an der ein Plastikbehälter und eine Infusionsflasche befestigt waren. Von der Flasche schlängelte sich ein Schlauch hinunter zum Bett und endete in Michelles Arm. Sie hatte gerade aus dem Fenster gesehen. Als die Tür geöffnet wurde, drehte sie sich herum.

»Hallo, Kleines«, begrüßte Dr. Wiley sie freundlich. »Schau, wen ich dir mitgebracht habe.«

Mit dem ersten Blick auf seine Tochter verschwand Charles' Angst vor dem Wiedersehen in einer Welle sorgenvoller Liebe. Er lief zu ihr, schlang seine Arme um ihren Kopf und preßte ihr Gesicht in seines. Im nächsten Moment hatte auch Michelle ihren freien Arm um seinen Hals geschlungen.

Cathryn ging hinüber zur anderen Seite des Bettes. Sie sah in Charles' Gesicht und spürte, wie er mit den Tränen kämpfte. Nach einigen Minuten öffnete er zögernd die Arme und senkte Michelles Kopf vorsichtig auf das Kissen. Dann strich er sanft ihr volles dunkles Haar auf dem Kissen aus, daß es wie ein Fächer um ihr blasses Gesicht lag. Michelle griff nach Cathryns Hand und klammerte sich fest an sie.

»Wie geht es dir?« fragte Charles. Er fürchtete, daß Michelle seine unsicheren Gefühle erraten könnte.

»Jetzt fühl ich mich wieder gut«, sagte Michelle, die überglücklich war, ihre Eltern zu sehen. Aber dann verdüsterte sich ihr Gesicht und sie sah Charles aufmerksam an. »Ist das wahr, Daddy?« fragte sie.

Charles' Herz setzte für einen Schlag aus. Sie weiß es, dachte er voller Unruhe. Er sah zu Dr. Keitzman und versuchte sich zu erinnern, was er über die richtige psychologische Behandlung gehört hatte.

»Ist was wahr?« fragte Dr. Wiley vorsichtig.

»Daddy?« bettelte Michelle. »Ist das wahr, daß ich heute nacht hierbleiben muß?«

Charles blinzelte. Im ersten Moment wollte er nicht glauben, daß sie nicht nach einer Bestätigung der Diagnose fragte.

Dann, als er sich sicher war, daß sie nichts von ihrer Leukämie ahnte, lächelte er erleichtert. »Nur für ein paar Nächte«, sagte er.

»Aber ich will nicht in der Schule fehlen«, sagte Michelle.

»Mach dir wegen der Schule keine Sorgen«, antwortete er mit einem nervösen Lachen. Er sah für einen Moment zu Cathryn, die ebenso dumpf auflachte. »Es ist sehr wichtig, daß du noch für ein paar Untersuchungen hierbleibst, damit wir herausfinden können, woher dein Fieber kommt.«

»Ich will mich aber nicht mehr untersuchen lassen«, sagte Michelle. Erschreckt schaute sie ihren Vater an. Sie hatte genug Qualen erlitten.

Betroffen sah Charles, wie winzig ihr Körper in dem Krankenhausbett schien. Ihre schmalen Arme, die aus den Ärmeln des Krankenhausnachthemdes hervorragten, sahen unglaublich zart und schwach aus. Ihr Hals, der ihm immer kräftig erschienen war, wirkte jetzt nicht stärker als sein Unterarm. Sie sah aus wie ein zierlicher, verwundbarer Vogel. Charles wußte, daß irgendwo im Innern ihres Knochenmarks eine Gruppe ihrer eigenen Zellen Krieg gegen ihren Körper führte. Und es gab nichts, was er tun konnte, um ihr zu helfen – gar nichts.

»Dr. Wiley und Dr. Keitzman werden nur die Untersuchungen machen, die sie wirklich brauchen«, sagte Cathryn. »Du wirst ein tapferes Mädchen sein.«

Cathryns letzter Satz hatte einen Beschützerinstinkt in Charles geweckt. Auch wenn er eingestehen mußte, daß er Michelle nicht helfen konnte, so konnte er sie aber doch zumindest vor überflüssigen traumatischen Leiden schützen. Er wußte nur allzu gut, daß Patienten mit seltenen Krankheiten sehr oft allen nur erdenklichen körperlichen Qualen ausgeliefert wurden, ganz nach der Laune des behandelnden Arztes. Mit seiner linken Hand griff Charles nach dem Plastikbehälter und drehte ihn so, daß er die Aufschrift lesen konnte. Thrombozyten. Er drehte sich zu Dr. Wiley um.

»Wir waren der Meinung, daß sie sofort Blutplättchen brauchte«, sagte Dr. Wiley. »Ihr Wert lag nur noch bei zwanzigtausend.«

Charles nickte.

»Ich muß jetzt leider gehen«, sagte Dr. Keitzman. Durch die Bettdecke griff er nach einem Fuß von Michelle. »Wir sehen uns dann später, Miß Martel. Es werden im Laufe des Tages auch noch einige andere Ärzte zu dir kommen, um mit dir zu sprechen. Durch den Schlauch da geben wir dir ein bißchen Medizin. Also halte den Arm schön still.«

Charles warf einen schnellen Blick auf die Infusionsflasche: Daunorubicin! Eine Woge der Angst flutete durch seine Brust und das Verlangen, seine kleine Tochter aufzuheben und aus den Klauen des Krankenhauses zu befreien. Ein aberwitziger Gedanke schoß ihm durch den Kopf: Vielleicht mußte er Michelle nur fortbringen von all diesen Leuten, und der ganze Alptraum würde verschwinden.

»Wenn Sie mich sprechen wollen, ich stehe Ihnen jederzeit zur Verfügung«, sagte Dr. Keitzman und ging zur Tür.

Cathryn bedankte sich mit einem Lächeln für das Angebot und nickte. Sie merkte, daß Charles nicht einmal mit einem Blick auf Dr. Keitzmans Freundlichkeit antwortete. Statt dessen hatte er sich zu Michelle hinuntergebeugt und flüsterte ihr etwas ins Ohr. Cathryn hoffte, daß sein Schweigen den Onkologen nicht aufs neue verärgern würde.

»Ich bin draußen vor der Tür«, sagte Dr. Wiley und ging Dr. Keitzman nach. Auch die Oberschwester, die stumm im Hintergrund gestanden hatte, verließ das Zimmer.

Auf dem Flur verlangsamte Dr. Keitzman seinen Schritt, so daß Dr. Wiley zu ihm aufschließen konnte. Gemeinsam gingen sie zur Schwesternstation.

»Ich befürchte, daß Charles Martel aus diesem Fall eine sehr schwierige Angelegenheit machen wird«, sagte Dr. Keitzman.

»Ich muß Ihnen wohl leider zustimmen«, entgegnete Dr. Wiley.

»Wenn da nicht dieses arme Kind wäre, ich hätte Martel gesagt, daß er den Mund halten soll«, sagte Dr. Keitzman. »Hätten Sie diesen Unsinn über die Chemotherapie und daß wir sie nicht anwenden sollen für möglich gehalten? Mein Gott! Man sollte doch annehmen dürfen, daß ein Mann in seiner Position informiert ist über die Fortschritte, die wir mit der Chemotherapie gemacht haben, besonders bei der lymphozytischen Leukämie und der Hodgkinschen Krankheit.«

»Er weiß das alles«, sagte Dr. Wiley. »Nur, seine Verzweiflung macht ihn blind. Das ist auch verständlich, wenn man weiß, daß er das alles schon einmal beim Tod seiner ersten Frau durchgemacht hat.«

»Trotzdem verurteile ich sein Verhalten. Er ist immerhin Arzt.«

»Aber er ist ein reiner Wissenschaftler«, sagte Dr. Wiley. »Seit fast zehn Jahren ist er aus der klinischen Medizin heraus. Er ist ein gutes Beispiel dafür, daß die Forscher zumindest mit einem Bein in der Praxis bleiben sollten, damit sie nicht das richtige Verhältnis zur Wirklichkeit verlieren. Schließlich sind beide Seiten in der Sorge um die Menschen miteinander verbunden.«

Sie erreichten die Schwesternstation. Beide lehnten sich gegen den Auskunftsschalter und sahen mit abwesendem Blick auf das fleißige Durcheinander.

»Für einen Moment hat mich Charles' Zorn erschreckt«, nahm Dr. Wiley das Gespräch wieder auf. »Ich dachte, daß er völlig die Beherrschung verlieren würde.«

»In meinem Zimmer hat er sich auch nicht viel besser benommen«, sagte Dr. Keitzman und schüttelte den Kopf. »Ich habe schon vorher mit wütenden Leuten zu tun gehabt, wie Sie sicher auch, aber so etwas wie heute ist mir noch nicht passiert. Die Leute dürfen über das Schicksal den Kopf verlieren, aber nicht der diagnostizierende Arzt.«

Die zwei Männer beobachteten einen Pfleger, der geschickt eine Krankenbahre mit einem frischoperierten Patienten erst aus dem Fahrstuhl und dann den Flur hinunter manövrierte. Für einen Moment schwiegen sie. Die Bahre mit dem Kind verschwand in einem der Zimmer, und mehrere Schwestern eilten hinterher.

»Denken Sie an das, was ich denke?« fragte Dr. Keitzman.

»Vielleicht. Ich frage mich, wie stabil die Gemütsverfassung von Dr. Charles Martel ist.«

»Dann haben wir an dasselbe gedacht«, antwortete Dr. Keitzman.

»Diese plötzlichen Stimmungsschwankungen in meinem Zimmer.«

Dr. Wiley nickte. »Sogar unter den gegebenen Umständen

erscheinen seine Reaktionen unverhältnismäßig. Aber er ist immer ein Sonderling gewesen. Er lebt in irgendeinem gottverlassenen Winkel von New Hampshire. Er hat immer behauptet, seine erste Frau hätte es so gewollt. Aber nach ihrem Tod ist er auch nicht weggezogen. Und jetzt lebt er mit seiner neuen Frau da draußen. Ich weiß nicht, aber jedem das Seine.«

»Seine neue Frau scheint sehr nett zu sein.«

»Sie ist ein Engel. Sie hat die Kinder adoptiert und behandelt sie, als seien es ihre eigenen. Als die beiden geheiratet haben, habe ich noch befürchtet, daß sie sich vielleicht etwas viel zumutet. Aber sie ist hervorragend zurechtgekommen. Als ich ihr mitgeteilt habe, daß Michelle Leukämie hat, war sie völlig verstört. Aber von Anfang an war ich mir sicher, daß sie besser damit fertig werden würde als Charles. Das war auch der Grund, weshalb ich es ihr zuerst gesagt habe.«

»Vielleicht sollten wir einen Moment mit ihr sprechen«, schlug Dr. Keitzman vor. »Was glauben Sie?«

»Wir sollten es zumindest versuchen.« Dr. Wiley sah hinüber zu den Schwestern. »Miß Shannon! Würden Sie bitte einen Moment herkommen.«

Die Oberschwester ging hinüber zu den zwei Ärzten. Dr. Wiley erklärte ihr, daß sie gerne Mrs. Martel sprechen wollten, aber allein. Er bat die Schwester, zu Michelles Zimmer zu gehen und Mrs. Martel unter irgendeinem Vorwand herauszulocken.

Als sie die Schwester mit eiligen Schritten davongehen sahen, zuckte Dr. Keitzmans Oberlippe wieder nervös nach oben. »Wir müssen ihr nicht unbedingt sagen, daß das Kind hoffnungslos krank ist.«

»Als ich Michelles Blutausstrich gesehen habe, hätte ich das auch noch nicht gedacht«, sagte Dr. Wiley. »Aber als ich dann das Knochenmark sah, war ich mir sicher.«

»Sie kann sehr schnell ins Endstadium kommen, fürchte ich«, sagte Dr. Keitzman. »Ich glaube, daß das zentrale Nervensystem schon angegriffen ist. Und deshalb müssen wir auch noch heute mit der Chemotherapie anfangen. Ich möchte, daß Dr. Nakano und Dr. Sheetman sie umgehend sehen. In einem Punkt hat Martel recht. Ihre Chance auf eine Remission ist sehr klein.«

»Aber wir müssen es trotzdem versuchen«, sagte Dr. Wiley. »Da kommt Mrs. Martel.«

In der Erwartung, vielleicht Marge Schonhauser zu sehen, war Cathryn der Schwester auf den Flur gefolgt. Miß Shannon hatte gesagt, daß jemand sie sprechen wolle. Cathryn war niemand anderer eingefallen, der wußte, daß sie hier im Krankenhaus war. Aber als sie aus dem Zimmer getreten waren, hatte ihr die Schwester anvertraut, daß die beiden Ärzte sie sehen wollten, aber allein. Es hörte sich unheilvoll an.

»Vielen Dank, daß Sie gekommen sind«, sagte Dr. Wiley.

»Das ist doch selbstverständlich«, antwortete Cathryn. »Aber was ist denn?«

»Es geht um Ihren Ehegatten«, begann Dr. Keitzman vorsichtig. Er zögerte einen Moment, um seine Worte mit Bedacht zu wählen.

»Wir machen uns Sorgen, daß er in Michelles Behandlung eingreifen könnte«, beendete Dr. Wiley den Gedanken. »Die Situation ist sehr schwierig für ihn. Erstens weiß er selbst zuviel über die Krankheit. Und dann hat er schon einmal erleben müssen, wie jemand, den er liebte, trotz Chemotherapie gestorben ist.«

»Es ist nicht so, daß wir seine Gefühle nicht verstehen würden. Wir sind nur der Ansicht, daß Michelle jede Chance auf eine Remission haben sollte, ohne Rücksicht auf die Nebenwirkungen.«

Cathryn sah forschend in die schmalen, habichtscharfen Gesichtszüge von Dr. Keitzman und in das breite, runde Gesicht von Dr. Wiley. So unterschiedlich sie auch aussahen, so ähnlich waren sie in ihrer energischen Stärke. »Ich verstehe nicht, was Sie mir sagen wollen.«

»Wir möchten nur, daß Sie uns etwas über den Gemütszustand Ihres Mannes sagen. Wir wüßten gerne, womit wir zu rechnen haben«, sagte Dr. Keitzman.

»Ich glaube, Sie brauchen sich keine Sorgen zu machen«, versicherte Cathryn. »Es fiel ihm schwer, sich mit dem Tod seiner ersten Frau abzufinden, aber er hat nie versucht, in ihre Behandlung einzugreifen.«

»Verliert er oft seine Fassung so wie heute?« fragte Dr. Keitzman.

»Es war ein schrecklicher Schock für ihn«, antwortete Cathryn. »Ich glaube, das ist verständlich. Außerdem hat er sich seit dem Tod seiner Frau ganz der Krebsforschung gewidmet.«

»Das ist eine grausame Ironie des Schicksals«, sagte Dr. Wiley.

»Aber was ist mit dem unkontrollierten Gefühlsausbruch, den er heute hatte?« fragte Dr. Keitzman.

»Er hat ein hitziges Temperament«, antwortete Cathryn. »Aber normalerweise weiß er sich auch zu beherrschen.«

»Nun, das hört sich ermutigend an«, sagte Dr. Keitzman. »Vielleicht wird alles doch nicht so schwierig. Vielen Dank jedenfalls, Mrs. Martel. Sie waren sehr verständnisvoll, besonders nachdem Sie, wie wir wissen, selbst sehr unter den Ereignissen gelitten haben. Wenn wir irgend etwas Unangenehmes sagen mußten, tut mir das sehr leid, aber es geschieht alles zum Besten von Michelle, das kann ich Ihnen ausdrücklich versichern.« Dann wandte er sich an Dr. Wiley. »Ich will jetzt sehen, daß wir heute noch ein Stück vorankommen. Wir können ja später noch miteinander sprechen.« Mit eiligen Schritten, fast lief er, ging er den Gang hinunter und war in wenigen Sekunden verschwunden.

»Er ist ein sonderbarer Mensch«, sagte Dr. Wiley. »Aber Sie hätten keinen besseren Onkologen finden können. Er ist eine der führenden Kapazitäten auf der ganzen Welt in der Kinderleukämie.«

»Als Charles so aufbrauste, habe ich schon befürchtet, daß er uns allein lassen würde«, sagte Cathryn.

»Dafür ist er viel zu sehr Arzt«, antwortete Dr. Wiley. »Das einzige, was ihm Sorgen bereitet, ist Charles' Beurteilung der Chemotherapie. Und um überhaupt eine Chance für eine Remission bei Michelle zu haben, muß sofort mit einer aggressiven Behandlung begonnen werden.«

»Ich bin sicher, daß Charles sich nicht in ihre Behandlung einmischen wird«, sagte Cathryn.

»Das können wir nur hoffen«, sagte Dr. Wiley. »Und dabei werden wir auch auf Sie zählen, Cathryn.«

»Auf mich?« fragte Cathryn entgeistert. »Krankenhäuser und alles, was damit verbunden ist, sind nicht gerade meine stärkste Seite.«

»Ich fürchte, damit werden Sie fertig werden müssen«, sagte Dr. Wiley. »Michelles Behandlung kann sehr, sehr schwierig werden und auch sehr lange andauern.«

Im selben Moment sah Cathryn, wie Charles aus Michelles Zimmer trat. Er entdeckte sie und kam den Flur herunter zur Schwesternstation. Cathryn lief ihm entgegen. Einen Augenblick hielten sie sich in einer schweigenden Umarmung, um sich gegenseitig Kraft zu geben. Als sie zurück zu Dr. Wiley gingen, schien Charles schon ruhiger geworden zu sein.

»Sie ist ein gutes Kind«, sagte er. »Ihre einzige Sorge war, daß sie über Nacht bleiben muß. Sie wollte nach Hause, um morgen früh den Orangensaft machen zu können. Kannst du dir das vorstellen?«

»Sie fühlt sich dafür verantwortlich«, sagte Cathryn. »Bis ich gekommen bin, war sie die Frau im Haus. Sie hat Angst, dich zu verlieren, Charles.«

»Es ist erstaunlich, was man alles nicht weiß über seine eigenen Kinder«, sagte Charles. »Ich habe sie gefragt, ob es ihr was ausmacht, wenn ich ins Labor zurückgehe. Sie hat nichts dagegen, solange du hierbleibst, Cathryn.«

Cathryn war gerührt. »Auf dem Weg zum Krankenhaus hatten wir ein kleines Gespräch. Und zum ersten Mal hatte ich das Gefühl, daß sie mich wirklich akzeptiert.«

»Sie ist glücklich, daß sie dich hat«, sagte Charles mit leiser Stimme. »Und ich bin es auch. Ich hoffe, es macht dir nichts aus, wenn ich dich hier allein lasse. Ich fühle mich so schrecklich machtlos. Ich muß einfach etwas tun.«

»Das verstehe ich«, sagte Cathryn. »Ich glaube, du hast recht. Im Moment kannst du wirklich nichts tun, und dann ist es besser, wenn du dich mit etwas ablenken kannst. Ich bleibe gerne hier. Überhaupt, ich werde meine Mutter anrufen. Sie kann zu uns kommen und sich ein bißchen um den Haushalt kümmern.«

Dr. Wiley sah das Paar den Flur herunterkommen. Die offene Zuneigung der beiden und ihr gegenseitiges Verständnis beruhigten ihn.

Die Art, wie sie sich ihren Kummer eingestanden und miteinander teilten, konnte beiden nur helfen. Es war ein gutes Zeichen, und es gab ihm neuen Mut. Er lächelte, weil ihm ein passendes Wort fehlte, als sie bei ihm ankamen. Er mußte zurück in seine Praxis, in der inzwischen bestimmt das totale Chaos ausgebrochen war. Aber erst wollte er wissen, ob die beiden ihn vielleicht noch brauchten.

»Könnten Sie wohl etwas von Michelles Blutprobe entbehren?« fragte Charles. Seine Stimme klang sachlich kühl.

»Das glaube ich schon«, sagte Dr. Wiley. Charles besaß eine unheimliche Gabe, ihn durcheinanderzubringen.

»Wo kann ich sie bekommen?« fragte Charles.

»Im klinischen Labor«, antwortete Dr. Wiley.

»Schön. Dann lassen Sie uns doch gleich hingehen.« Charles wandte sich zum Fahrstuhl.

»Ich bleibe hier bei Michelle«, sagte Cathryn. »Ich rufe an, wenn es irgend etwas Neues gibt. Sonst sehen wir uns heute abend beim Essen.«

»Ist gut.« Mit entschlossenen Schritten ging er los.

Verwirrt nickte Dr. Wiley Cathryn zum Abschied zu, dann eilte er Charles hinterher. Sein gerade neugewonnenes Vertrauen in Charles war schon wieder untergraben. Offensichtlich hatte sich Charles voller Neugier etwas Neuem zugewandt. Michelles Blut? Warum nicht? Er war Arzt.

6. Kapitel

Die Flasche mit Michelles Blut in der Hand eilte Charles durch die Empfangshalle des Weinburger-Instituts. Er übersah den Gruß der schüchternen Empfangsdame und des Sicherheitsbeamten und eilte den Flur hinunter zu seinem Labor.

»Vielen Dank, daß du überhaupt noch zurückgekommen bist«, sagte Ellen spöttisch. »Vorhin hätte ich deine Hilfe gebraucht, als ich den Mäusen das Canceran injiziert habe.«

Charles beachtete sie gar nicht, sondern trug wortlos das Fläschchen mit Michelles Blut zu dem Gerät, das sie zur Trennung der Zellbestandteile von Blutproben benutzten. Er setzte sich und begann das Instrumentarium für den komplizierten Prozeß herzurichten.

Ellen bückte sich, um unter den Regalen hindurch zu

Charles hinüberzusehen. Einen Augenblick beobachtete sie ihn stumm. »Hallo«, rief sie schließlich. »Ich habe gesagt, daß ich vorhin Hilfe ...«

Charles schaltete die Kreiselpumpe ein.

Ein Handtuch in den feuchten Händen, um sich abzutrocknen, kam Ellen hinter dem Arbeitstisch hervor. Neugierig schaute sie, was Charles' Aufmerksamkeit so gefangengenommen hatte. »Ich habe die erste Gruppe der Mäuse schon injiziert«, wiederholte sie, als sie nahe genug heran war.

»Großartig«, sagte Charles ohne jedes Interesse. Vorsichtig gab er einen Teil von Michelles Blut in die Maschine. Dann schaltete er sie ein.

»Was machst du da?« Ellen verfolgte aufmerksam jede seiner Bewegungen.

»Michelle hat eine myeloische Leukämie«, sagte Charles. Seine Stimme war ausgeglichen, als ob er den Wetterbericht vortrug.

»O nein!« rief Ellen entsetzt. »Charles, das tut mir wirklich leid.« Sie hätte ihn jetzt gern berührt, aber sie widerstand dem Wunsch.

»Ist das nicht erstaunlich?« lachte Charles. »Wenn die Katastrophen dieses Tages auf die Probleme hier am Institut beschränkt geblieben wären, hätte ich vielleicht nur geheult. Aber mit Michelles Krankheit ist alles ein bißchen überwältigend viel geworden. Himmelherrgott!«

Charles' Lachen hatte hohl geklungen, aber dennoch fand Ellen es irgendwie unpassend.

»Fühlst du dich gut?« fragte Ellen.

»Ausgezeichnet«, sagte Charles. Er öffnete den kleinen Kühlschrank mit den Reagenzstoffen.

»Wie geht es Michelle?«

»Im Augenblick ganz gut. Aber sie hat keine Ahnung, was ihr noch alles bevorsteht. Ich fürchte, es wird schlimm werden.«

Ellen fehlten für einen Moment die Worte. Mit leerem Blick sah sie Charles zu, wie er den Bluttest fortsetzte. Aber schließlich hatte sie die Sprache wiedergefunden. »Was tust du da, Charles?«

»Ich habe hier eine kleine Blutprobe von Michelle. Und jetzt will ich herausfinden, ob unsere Methode zur Isolation eines Krebsantigens auch bei ihren Leukämiezellen funktioniert. Damit kann ich mir immerhin selbst vormachen, daß ich etwas tue, um ihr zu helfen.«

»O Charles«, sagte Ellen mitfühlend. Seine Art, die eigene Verletzbarkeit einzugestehen, hatte etwas Mitleiderregendes. Ellen wußte, daß Charles es nicht ertragen konnte, wenn er zur Untätigkeit gezwungen war. Er hatte ihr von dem schrecklichen Gefühl der Machtlosigkeit erzählt, das er empfunden hatte, als Elisabeth erkrankt war. Er hatte nur dasitzen können und zusehen, wie sie starb. Und jetzt war es Michelle!

»Ich habe beschlossen, daß wir unsere eigene Arbeit nicht unterbrechen«, sagte Charles. »Wir machen weiter, während wir an der Canceran-Studie arbeiten. Auch nachts, wenn es sein muß.«

»Aber Morrison drängt sehr darauf, daß wir uns ausschließlich mit dem Canceran beschäftigen«, sagte Ellen. »Während du fort warst, ist er extra noch einmal ins Labor gekommen, um darauf hinzuweisen.«

Einen Moment überlegte Ellen, ob sie Charles den wahren Grund von Morrisons Besuch verraten sollte, aber nach allem anderen, was passiert war, fürchtete sie sich, es zu tun.

»Nichts interessiert mich weniger als das, was Morrison sagt. Jetzt, wo Michelle krank ist, bedeutet Krebs wieder mehr für mich als nur ein metaphysisches Konzept. In unserer Arbeit stecken ganz andere Möglichkeiten als in der Entwicklung eines weiteren chemotherapeutischen Wirkstoffs. Außerdem braucht Morrison ja gar nicht zu wissen, was wir hier machen. Wir werden an dem Canceran-Projekt arbeiten, und damit wird er zufrieden sein.«

»Ich bin mir nicht sicher, ob du dir genau darüber im klaren bist, wie sehr die Verwaltung auf das Canceran hofft«, sagte Ellen. »Ich halte es wirklich nicht für ratsam, sich gegen sie zu stellen, besonders nicht aus persönlichen Gründen.«

Für einen Moment saß Charles wie erstarrt, dann explodierte er. Er schlug mit der flachen Hand so heftig auf den Schieferbelag des Tisches, daß von dem Regal darüber mehrere Bechergläser herunterfielen. »Das reicht«, schrie er. »Ich habe genug von den Leuten, die mir sagen, was ich zu tun habe. Wenn du nicht mit mir arbeiten willst, dann verschwinde aus dem Labor. Sofort.«

Damit wandte er sich abrupt wieder seiner Arbeit zu. Seine Hand fuhr nervös durch sein wirres Haar. Die nächsten Augenblicke arbeitete er schweigend vor sich hin. Dann sagte er, ohne sich umzudrehen: »Was stehst du da rum? Bring mir die radioaktiven Nukleotiden.«

Ellen ging hinüber zu dem besonders geschützten Lagerbereich radioaktiver Stoffe. Als sie das Schloß öffnete, sah sie, daß ihre Hände zitterten. Anscheinend konnte sich Charles kaum noch beherrschen. Sie fragte sich, was sie Dr. Morrison sagen sollte. Sie war sich sicher, daß sie ihm etwas sagen wollte, denn als ihre Furcht allmählich nachließ, wuchs ihr Zorn. Sie war schließlich nicht seine Dienerin.

Sie brachte die Chemikalien und stellte sie auf den Tisch.

»Danke schön«, sagte Charles einfach, als ob nichts geschehen war. »Sobald wir einige B-Lymphozyten haben, möchte ich sie mit den Nukleotiden und einigen der Leukämiezellen im Inkubator kultivieren.«

Ellen nickte. Mit diesen schnellen Stimmungsschwankungen konnte sie nicht mehr mithalten.

»Auf dem Rückweg hierher hatte ich eine Eingebung«, fuhr Charles fort. »Das größte Hindernis in unserer Arbeit ist der Blockierungsfaktor gewesen und unser Unvermögen, in dem krebstragenden Tier die Bildung von Antikörpern durch die Krebsantigene auszulösen. Dazu ist mir folgende Idee gekommen: Ich habe nach Wegen gesucht, die uns Zeit sparen können. Warum injizieren wir die Krebsantigene nicht einem verwandten, aber gesunden Tier, wo wir absolut sicher sein können, daß die Antikörperbildung einsetzt? Was hältst du davon?«

Ellen sah forschend in Charles' Gesicht. Innerhalb von Sekunden hatte er sich aus einem blindwütigen Kind in einen ernsten Wissenschaftler verwandelt. Sie nahm an, daß dies seine Art war, mit Michelles Krankheit fertig zu werden.

Ohne auf ihre Antwort zu warten, sprach Charles weiter: »Sobald bei dem nicht krebstragenden Tier die Immunreaktion auf die Krebsantigene erfolgt ist, isolieren wir die dafür verantwortlichen T-Lymphozyten, aus ihnen filtern wir das Protein

des Übertragungsfaktors heraus und sensibilisieren m.
das krebstragende Tier. Es ist so fundamental einfach,
kann gar nicht glauben, daß ich nicht schon früher darauf g
kommen bin. Also... wie findest du das?«

Ellen zuckte die Schultern. Dabei hatte sie nur Angst, etwas zu sagen. Obwohl sich die zugrunde gelegte Prämisse vielversprechend anhörte, wußte sie auch, daß der mysteriöse Übertragungsfaktor bei den Tieren, mit denen sie arbeiteten, nicht besonders gut wirkte. Tatsächlich sprach er am besten beim Menschen an. Aber diese technischen Fragen beschäftigten sie nicht allzusehr. Sie überlegte, ob es nicht viel zu auffallend war, wenn sie sich jetzt für einen Moment entschuldigte und direkt zu Dr. Morrison ging.

»Kannst du nicht das Polyäthylenglykol holen?« fragte Charles. »Wir müssen alles bereitstellen, um mit Michelles T-Lymphozyten einen Hybrideneffekt zu erzeugen. Ruf auch die Tierabteilung an und sag ihnen, daß wir eine frische Gruppe Mäuse von den gesunden Kontrolltieren brauchen, denen wir das Brustkrebsantigen injizieren werden. Mein Gott, wenn der Tag doch bloß mehr als vierundzwanzig Stunden hätte.«

»Ich hätte gerne den Kartoffelbrei«, sagte Jean Paul, nachdem er minutenlang überlegt hatte, ob er das Schweigen, das sich über den Tisch gelegt hatte, brechen sollte. Niemand hatte ein Wort gesprochen, seit er laut verkündet hatte, daß die Ente, die er am Morgen in die Garage gesperrt hatte, »mausetot war und steif wie ein Brett«. Am Ende hatte sein Hunger die Sache entschieden.

»Ich tausche ihn gegen die Koteletts«, sagte Chuck. Er warf seinen Kopf zurück, um eine Haarsträhne zu bekommen.

Die Brüder tauschten die Platten, Silber schlug klingend gegen Porzellan.

Gina Lorenzo, Cathryns Mutter, ließ ihren Blick über die Familie ihrer Tochter wandern. Cathryn ähnelte ihrer Mutter. Beide hatten dieselbe hervorspringende Nasenwurzel und denselben großen, ausdrucksstarken Mund. Der deutlichste Unterschied zwischen ihnen war, von den zwanzig Jahren Altersunterschied einmal ganz abgesehen, daß sie vielleicht zwanzig Pfund Übergewicht hätte. Tatsächlich waren es eher sechzig. Pasta war Ginas Leidenschaft, und sie gehörte nicht zu den Leuten, die sich wegen der Figur ihre Leidenschaften versagen.

Gina hob die Schüssel mit den Fettuccini und tat, als ob sie noch etwas auf Cathryns unberührten Teller laden wollte. »Du mußt etwas essen.«

Cathryn zwang sich zu einem Lächeln und schüttelte den Kopf.

»Was ist los? Gefällt es dir nicht?« fragte Gina.

»Es ist alles sehr schön. Ich habe nur keinen großen Hunger.«

»Du mußt aber etwas essen«, sagte Gina. »Und du auch, Charles. Zum Nachtisch habe ich extra gefüllte Teigröllchen gemacht.«

»Oh, prima!« sagte Jean Paul.

Pflichtbewußt nahm Charles einen Bissen von den Fettuccini, doch sofort rebellierte sein Magen. Einen Moment behielt er die Pasta im Mund, bevor er versuchte, den Bissen zu schlucken. Die Katastrophen des Tages hatten ihn mit der Kraft eines Hurrikans getroffen, als er die rasende Hektik des Labors verlassen hatte. Die Arbeit hatte seine Gefühle betäubt, und nur widerstrebend hatte er sie aus der Hand gelegt, als es Zeit war, Chuck abzuholen und nach Hause zu fahren. Und Chuck war ihm auch keine Hilfe gewesen. Erst als der Stoßverkehr Bostons hinter ihnen lag, hatte Charles seinem Sohn erzählt, daß seine Schwester eine sehr ernste Leukämie hatte. Chucks Antwort war ein schlichtes »Oh!« gewesen, dann folgte längere Zeit Schweigen. Schließlich hatte er noch gefragt, ob die Krankheit ansteckend sei.

Charles hatte nicht geantwortet. Nur der Griff seiner Hände um das Lenkrad war fester geworden, und mit Staunen hatte er über den unverfrorenen Egoismus seines ältesten Sohnes nachgedacht. Nicht ein einziges Mal hatte Chuck gefragt, wie es seiner Schwester ging. Und jetzt beobachtete Charles, mit welcher Gier Chuck sein Kotelett hinunterschlang. Am liebsten wäre er aufgestanden und hätte den selbstsüchtigen Jungen aus dem Haus geworfen.

Aber Charles rührte sich nicht von seinem Platz. Statt dessen begann er mechanisch die Fettuccini zu kauen, der letzte

Gedanke war ihm selbst unangenehm. Chuck war einfac reif. Wenigstens Jean Paul hatte angemessen auf die trau Eröffnung reagiert. Er hatte geweint und gefragt, wann M chelle nach Hause kommen würde und ob er sie besuchen konnte. Er war ein gutes Kind.

Charles sah zu Cathryn, die ihren Kopf gesenkt hielt und in ihrem Teller herumstocherte, um ihrer Mutter den Eindruck zu geben, daß sie essen würde. Er war dankbar, daß er Cathryn hatte. Allein wäre er mit Michelles Krankheit nicht fertig geworden. Doch zugleich verriet ihm sein Blick, wie sehr Cathryn unter der Situation litt. Aus diesem Grund hatte er ihr auch nichts von dem Ärger am Institut erzählt und von dem, was er plante. Sie hatte genug andere Sorgen.

»Nimm dir doch noch ein Kotelett, Charles«, sagte Gina. Sie hob die Platte und ließ ohne große Umstände noch ein weiteres Stück Fleisch auf seinen gefüllten Teller fallen.

Charles hatte noch nein sagen wollen, aber da war das Kotelett schon in der Luft gewesen. Er wandte den Kopf zur Seite und versuchte ruhig zu bleiben. Schon zu weniger nervenzermürbenden Zeiten hatte Charles seine Schwiegermutter anstrengend gefunden, zumal sie nie ihre ablehnende Haltung zu der Ehe ihrer Tochter mit einem dreizehn Jahre älteren Mann, der auch noch Vater von drei Kindern war, aufgegeben hatte. Charles hörte ein weiteres verräterisches Geräusch von seinem Teller, und als er die Augen öffnete, sah er, daß jetzt auch der Berg Fettuccini angewachsen war.

»Iß«, sagte Gina. »Du brauchst mehr Fleisch auf den Knochen.« Charles konnte sich kaum beherrschen, eine Handvoll der Fettuccini zu nehmen, um sie in die Schüssel zurückzuwerfen.

»Woher wissen die Ärzte, daß Michelle Leukämie hat?« fragte Jean Paul arglos.

Alle Augen richteten sich auf Charles, denn jeder hatte sich nur gefürchtet, die Frage zu stellen.

»Sie haben ihr Blut untersucht und ihr Knochenmark.«

»Ihr Knochenmark?« fragte Chuck, mit Ekel in der Stimme. »Wie sind sie denn an das Knochenmark gekommen, das sie untersucht haben?«

Charles starrte seinen Sohn an, überrascht, wie leicht es

Chuck gelang, ihn zu reizen. Den anderen mochte Chucks Frage unschuldig erscheinen, aber Charles war sicher, daß sich hinter ihr nur morbide Gedanken verbargen und nicht die Sorge um die Schwester.

»Man bekommt das Knochenmark, indem man eine große Punktiernadel in das Brustbein oder den Hüftknochen rammt und dann das Knochenmark heraussaugt«, sagte Charles brutal, in der Hoffnung, daß Chuck vielleicht durch einen Schock zu etwas Mitleid für seine Schwester zu bewegen sei.

»Huh«, sagte Chuck. »Tut das weh?«

»Fürchterlich«, antwortete Charles.

Wie ein Blitz zuckte ein unvorstellbarer Schmerz durch Cathryn und ließ sie erstarren, als ihr einfiel, daß sie ihr Einverständnis zu dem Test gegeben hatte.

»Mein Gott«, sagte Chuck. »Mit mir dürfte das keiner machen!«

»Da wär ich nicht so sicher«, sagte Charles gedankenlos. »Michelles Ärzte möchten bei euch beiden eine Gewebsbestimmung vornehmen. Vielleicht kommt einer von euch als Spender für Blutplättchen, Granulozyten in Frage. Möglicherweise sogar für eine Knochenmarktransplantation.«

»Ich bestimmt nicht!« sagte Chuck und ließ seine Gabel auf den Tisch fallen. »Niemand wird mir eine Nadel in die Knochen stechen. Auf gar keinen Fall.«

Langsam legte Charles seine Ellbogen auf den Tisch und beugte sich hinüber zu Chuck. »Ich habe dich nicht nach deiner Meinung gefragt, Charles junior. Ich habe gesagt, daß du in das Kinderkrankenhaus gehen wirst, um bei dir eine Gewebsbestimmung vornehmen zu lassen. Hast du das verstanden?«

»Darüber muß wohl nicht beim Essen gesprochen werden«, fuhr Cathryn dazwischen.

»Werden die Ärzte mir wirklich eine Nadel in einen Knochen stechen?« fragte Jean Paul.

»Charles, bitte!« sagte Cathryn heftig. »In dieser Weise kannst du nicht mit Chuck über diese Dinge sprechen!«

»Nein? Aber ich bin seine Selbstsucht nun endlich leid«, schrie Charles. »Er hat nicht ein einziges Wort des Mitleids mit Michelle hören lassen.«

»Warum gerade ich?« schrie Chuck gellend. »Warum n. ich der Spender sein? Du bist ihr Vater! Warum kannst d. denn kein Spender sein? Oder ist es den großen Wissenschaftlern nicht gestattet, Knochenmark zu spenden?«

Blind vor Wut sprang Charles auf. Ein bebender Finger fuhr Chuck entgegen. »Deine Selbstsucht wird nur noch von deiner Dummheit übertroffen. Ich denke, du hast in der Schule Biologie gehabt. Du solltest wissen, daß ein Vater nur den halben Chromosomensatz an sein Kind vererbt. Deshalb komme ich nicht als Spender für Michelle in Frage. Wenn ich könnte, würde ich sogar den Platz mit ihr tauschen.«

»Bestimmt! Bestimmt!« reizte Chuck weiter. »Sagen kann man viel.«

Charles lief um den Tisch herum, aber Cathryn sprang auf und hielt ihn fest. »Charles, bitte.« Sie brach in Tränen aus. »Beruhige dich!«

Chuck saß starr auf seinem Stuhl, die Hände fest um die Kanten des Sitzes geklammert. Er wußte, daß nur noch Cathryn zwischen ihm und der drohenden Katastrophe stand.

»Im Namen des Vaters, des Sohnes und des Heiligen Geistes«, sagte Gina und bekreuzigte sich. »Charles! Bitte den Herrn um Vergebung. Tue nicht des Teufels Werk.«

»Oh, mein Gott!« schrie Charles. »Jetzt muß man sich hier auch noch eine Predigt anhören!«

»Versuche nicht den Herrn«, sagte Gina mit tiefer Überzeugung.

»Zum Teufel mit deinem Gott!« brüllte Charles und riß sich von Cathryn los. »Was für ein Gott ist das, der ein hilfloses zwölfjähriges Mädchen an Leukämie erkranken läßt?«

»Du kannst die Wege des Herrn nicht in Frage stellen«, sagte Gina feierlich.

»Mutter!« schrie Cathryn. »Jetzt ist es genug!«

Charles' Gesicht war dunkelrot geworden. Er murmelte einige unverständliche Worte, bevor er sich plötzlich auf dem Absatz herumdrehte, die Hintertür aufriß und in die Nacht hinausstürmte. Die Tür schlug mit einer Endgültigkeit zu, die noch die Gläser im Wohnzimmer aneinanderklirren ließ.

Cathryn versuchte, vor den Kindern ihre Fassung zu bewahren, und räumte mit abgewandtem Gesicht den Tisch ab.

»Was für ein gotteslästerliches Benehmen!« sagte Gina ungläubig.

Sie hielt ihre Hände gegen die Brust gepreßt. »Ich fürchte, daß Charles sich dem Teufel in die Hände gegeben hat.«

»Bekommen wir jetzt die Teigröllchen?« fragte Jean Paul, als er seinen Teller zum Spülbecken trug.

Nachdem sein Vater davongelaufen war, spürte Chuck eine sonderbare Erregung in sich. Er wußte nun, daß er gegen seinen Vater aufbegehren konnte und auch gewinnen. Er sah zu Cathryn, wie sie das Geschirr vom Tisch nahm, und versuchte ihren Blick zu finden. Sie mußte gemerkt haben, wie unerschütterlich sein Auftreten gewesen war, und er hatte nicht übersehen, daß sie ihm zu Hilfe gekommen war. Er schob seinen Stuhl zurück, trug seinen Teller hinüber zum Ausguß und spülte ihn eifrig ab.

Charles war ziellos aus dem Haus gelaufen, er wollte dieser Atmosphäre entkommen, die ihn nur noch weiter reizte. Durch den verharschten Schnee lief er hinunter zum Teich. Wie es sich für Neuengland gehörte, war das Wetter total umgesprungen. Der Nordoststurm war hinaus aufs Meer gewandert, ihm gefolgt war eine arktische Front, die alles in ihrem Einflußbereich gefrieren ließ. Obwohl er gelaufen war, spürte Charles die beißende Kälte. In seinem Zorn hatte er auch noch seine Jacke im Haus vergessen. Ohne besondere Absicht wandte er sich nach links zu Michelles Spielhaus. Gott sei Dank war mit der veränderten Richtung des Windes auch der Gestank von der Recycling-Anlage nicht mehr zu riechen.

Nachdem er sich den Schnee von den Schuhen gestampft hatte, bückte sich Charles und betrat das Miniaturhaus. Der Innenraum war nur drei Meter lang, ein Rundbogen in der Mitte teilte ihn in zwei Räume: der eine, mit einer Bank an der Wand, war das Wohnzimmer, der andere, mit einem kleinen Tisch und einem Spülbecken, die Küche. Das Spielhaus hatte fließendes Wasser (nur im Sommer) und eine Steckdose. Von ihrem sechsten bis zu ihrem neunten Lebensjahr hatte Michelle hier während des Sommers an schönen Sonntagnachmittagen für Charles Tee gekocht. Die Heizplatte, die sie dazu benutzt hatte, funktionierte noch immer. Charles schaltete sie ein, um den Raum etwas anzuwärmen.

Dann setzte er sich auf die Bank, streckte die Beine aus und schlug sie übereinander, um möglichst viel Körperwärme zu sparen. Dennoch begann er nach kurzer Zeit zu frösteln. Das Puppenhaus bot nur vor dem eisigen Wind Schutz, nicht vor der Kälte.

Bald zeigte die Einsamkeit die gewünschte Wirkung, und Charles beruhigte sich wieder. Er mußte sich eingestehen, daß er Chuck grob angefaßt hatte. Charles wußte, daß er sich mit diesem unglückseligen Tag abzufinden hatte. Er wunderte sich nur, wie es dazu gekommen war, daß er diesem falschen Gefühl der Sicherheit in den letzten Jahren so vertraut hatte. Er dachte zurück an den Anfang des Tages... wie er und Cathryn einander geliebt hatten. Zwölf Stunden hatten genügt, das sorgfältig geknüpfte Netz seines Lebens aufzutrennen.

Er beugte sich vor und blickte durch das Fenster an der Stirnseite des Hauses hinauf zum Himmel. Die Wolkenfelder hatten sich aufgelöst, es war eine sternklare Nacht. Er konnte hinaussehen in die Ewigkeiten, zu den fernen Galaxien. Der Anblick war wunderschön, aber ohne Leben, und mit einemmal wurde Charles von einem Gefühl der Nichtigkeit und des Verlassenseins überwältigt. Seine Augen füllten sich mit Tränen. Er lehnte sich zurück, um nicht länger die erschreckende Schönheit des Winterhimmels betrachten zu müssen. Sein Blick wanderte jetzt über die schneebedeckte Winterlandschaft um den gefrorenen Teich. Direkt vor der Tür des Hauses lag die offene Wasserstelle, nach der Jean Paul ihn am Morgen gefragt hatte.

Charles grübelte über die Tiefe seiner Einsamkeit, als ob ihm Michelle schon genommen worden wäre. Er verstand seine Gefühle nicht, aber er ahnte, daß sie etwas mit der Suche nach Schuld zu tun hatten: Wenn er nur aufmerksamer auf Michelles Symptome geachtet hätte; wenn er sich nur mehr um seine Familie gekümmert hätte; wenn er seine Forschungen nur schneller vorangetrieben hätte. Er wünschte sich, alles andere beiseite legen und nur an seinem eigenen Projekt arbeiten zu können. Vielleicht konnte er noch rechtzeitig eine Heilmethode für Michelle finden. Aber Charles wußte, daß das unmöglich war. Außerdem konnte er sich auch nicht so offen gegen Dr. Ibanez stellen. Er konnte es sich nicht leisten, seine Arbeit zu verlieren oder sein Labor. Plötzlich begriff Charles auch, wie hinterlistig klug die Direktoren gehandelt hatten, als ihm das Canceran-Projekt übergeben worden war. Charles war unbeliebt wegen seiner unorthodoxen Methoden, aber geachtet wegen seiner großen Fähigkeiten. So konnte man Charles einerseits als glänzende Zierde benutzen, die dem Projekt die sehnlichst erwünschte Legitimität verlieh, andererseits hatte man aber auch einen passenden Sündenbock, wenn das Projekt fehlschlagen sollte. Die Entscheidung war ein Beispiel administrativer Genialität.

Aus der Entfernung klang Cathryns Stimme herüber. Sie rief nach ihm. Die eisige Luft ließ ihren Ton fast metallisch hart werden. Charles bewegte sich nicht. Einmal hätte er am liebsten geweint, im nächsten Moment fühlte er sich selbst für die kleinste körperliche Anstrengung zu schwach. Was sollte er tun, jetzt, wo Michelle krank war? Wenn die Aussichten für eine Remission schwinden würden, konnte er dann stumm zusehen, wie sie unter der Behandlung litt?

Er ging hinüber zum Fenster und kratzte die dünne Frostschicht auf, in die sein Atem sich verwandelt hatte. Durch den freien Fleck konnte er die silbrig-blaue Schneedecke sehen und die offene Wasserstelle. Die Außentemperatur mußte weit unter zehn Grad minus liegen. Charles begann sich zu fragen, warum der Teich an dieser Stelle nicht zugefroren war. Am Morgen hatte er Jean Paul erklärt, daß die Strömung das verhinderte. Aber das konnte nur stimmen, wenn die Temperatur um den Gefrierpunkt schwankte. Jetzt lag sie bestimmt siebzehn Grad darunter. Und es war noch die Frage, ob die Strömung zu dieser Jahreszeit überhaupt besonders stark war. Im Frühling, wenn im Norden der Schnee von den Bergen schmolz, verwandelte sich der Fluß in ein schäumendes Ungeheuer, und der Wasserspiegel im Teich stieg um fast einen halben Meter. Dann hatte er auch eine starke Strömung, aber nicht jetzt.

Plötzlich hatte Charles einen süßlichen Geruch in der Nase. Sicherlich war er die ganze Zeit dagewesen, aber bis zu diesem Moment hatte Charles ihn nicht wahrgenommen. Der Geruch kam ihm irgendwie vertraut vor, aber nicht in dieser Umgebung. Er hatte dieses Aroma schon einmal gerochen. Aber wo?

Froh über die Ablenkung, begann Charles in dem Spielhaus herumzuschnüffeln. Der Geruch war in beiden Räumen gleich intensiv, aber am stärksten über dem Boden. Immer wieder sog Charles Luft durch die Nase ein und versuchte, zu dem Aroma einen passenden Platz in seiner Vergangenheit zu finden. Plötzlich schoß es ihm durch den Kopf: das Labor für organische Chemie am College! Was er roch, war ein organisches Lösungsmittel wie Benzol, Toluol oder Xylol. Aber wie kam der Geruch hierher in Michelles Spielhaus?

Trotz des eisigen Windes ging Charles hinaus in die messerscharfe Kälte der Nacht. Mit der rechten Hand zog er den Kragen seines Sweaters eng um den Hals. Vor der Tür war der Geruch wegen des Windes nicht so stark. Aber als Charles sich im Windschatten neben dem Haus bückte, stellte er fest, daß der Geruch aus dem halbgefrorenen Schlamm neben und unter dem Spielhaus aufstieg. Charles ging zu der offenen Stelle des Teichs, schöpfte mit der Hand etwas Wasser und hielt es sich unter die Nase. Es gab keinen Zweifel, der Geruch kam aus dem Teich.

Er folgte der geschwungenen Uferlinie des Teiches zu der Stelle, an der der Zulauf hinunter zum Fluß abzweigte. Wieder bückte er sich und schöpfte etwas Wasser. Der Geruch war hier stärker. Jetzt folgte Charles dem schmalen Bach bis zu seiner Mündung in den Pawtomack River. Auch sie war nicht zugefroren. Wieder schöpfte Charles sich eine Wasserprobe. Hier war der Geruch sogar noch intensiver. Er mußte aus dem Fluß kommen. Zitternd vor Kälte sah Charles stromaufwärts. Dort stand das Recycling-Unternehmen. Charles verstand genug von Chemie, um zu wissen, daß Benzol als Lösungsmittel für Plastik und Gummi benutzt wurde.

Benzol!

Ein schrecklicher Gedanke schoß ihm durch den Kopf: Benzol verursacht Leukämie; es verursacht gerade Myeloblastenleukämie! Charles wandte den Kopf herum, seine Augen folgten der Linie des eisfreien Wassers. Sie endete direkt vor Michelles Spielhaus: dem einen Platz, an dem sie mehr Zeit verbracht hatte als alle anderen.

Wie von Wahnsinn getrieben, lief Charles zurück zum Wohnhaus. Nach wenigen Metern glitt er auf dem gefrorenen Schnee aus und fiel mit ausgestreckten Armen auf die Harschfläche. Bis auf einen Schnitt am Kinn war er unverletzt. Mühsam kam er wieder auf die Beine und lief langsam weiter.

Als er das Haus erreicht hatte, stürmte er mit schweren Schritten die Hintertreppe hoch und stieß die Tür auf.

Als Charles atemlos in die Küche stürzte, stieß Cathryn, die ohnehin schon gespannt war wie eine Bogensehne, erschreckt einen spitzen Schrei aus. Der Teller in ihren Händen fiel zu Boden und zersprang.

»Ich brauch einen Behälter«, sagte Charles, nach Luft schnappend, ohne sich um Cathryn zu kümmern.

Mit schreckensbleichem Gesicht erschien Gina in der Tür zum Eßzimmer. Wenig später tauchte Chuck hinter ihr auf, dann schob er sich an ihr vorbei in die Küche hinein. Mit ein paar Schritten war er zwischen Charles und Cathryn. Es kümmerte ihn nicht, daß sein Vater größer war als er.

Charles' Atem ging immer noch heftig. Nach einigen Augenblicken wiederholte er seine Bitte.

»Was für einen Behälter?« fragte Cathryn, die langsam wieder zu sich fand.

»Ein Glas«, sagte Charles. »Ein Glas mit einem festen Verschluß.«

»Wofür?« fragte Cathryn. Sein Wunsch war ihr absurd.

»Für Teichwasser«, sagte Charles.

Jean Paul erschien neben Gina, die sofort ihren Arm ausstreckte, um ihn daran zu hindern, auch in die Küche zu gehen.

»Wofür brauchst du Wasser aus dem Teich?« fragte Cathryn.

»Himmelherrgott!« stieß Charles hervor. »Ist das hier ein Verhör?«

Er ging hinüber zum Kühlschrank.

Chuck versuchte, ihm den Weg zu verstellen, aber Charles schob den Jungen einfach beiseite. Chuck stolperte und wäre gestürzt, wenn Cathryn ihn nicht am Arm festgehalten hätte.

Die Bewegung ließ Charles herumfahren, und er sah, wie

Cathryn seinen Sohn zurückhielt. »Was, zum Teufel, geht hier vor?« fragte er fordernd.

Chuck versuchte von Cathryn loszukommen und starrte auf seinen Vater.

Charles sah von einem Gesicht zum anderen. Gina und Jean Paul sahen erschreckt aus; Chuck war rot vor Wut; Cathryns Gesicht war angsterfüllt. Aber keiner sagte etwas. Die Szene wirkte wie ein Standbild aus einem Film. Charles schüttelte ungläubig den Kopf und wandte seine Aufmerksamkeit wieder dem Kühlschrank zu.

Er nahm ein Glas Apfelsaft heraus und schloß die Tür. Ohne einen Moment zu zögern, schüttete er den Saftrest in den Ausguß und spülte das Glas gründlich aus. Dann nahm er seine Schaffelljacke vom Haken. An der Tür drehte er sich noch einmal um und sah auf seine Familie. Niemand hatte sich bewegt. Charles begriff nicht, was hier vorging, aber weil er wußte, was er tun wollte, trat er aus dem Haus und schloß die Tür hinter der sonderbaren Szene.

Cathryn ließ Chucks Arm los und starrte mit leerem Blick auf die geschlossene Tür. Ihre Gedanken waren wieder bei dem unangenehmen Gespräch, das Dr. Wiley und Dr. Keitzman mit ihr geführt hatten. Sie hatte die Fragen der beiden zu Charles' Gemütszustand als lächerlich empfunden, aber jetzt war sie sich nicht mehr so sicher. Etwas Sonderbareres, als mitten im Winter und auch noch ohne Jacke wutentbrannt aus dem Haus zu laufen, um nur eine halbe Stunde später zurückzukommen und nach einem Glas für Teichwasser zu fragen, konnte man sich kaum vorstellen.

»Niemals werde ich es zulassen, daß er dir etwas tut«, sagte Chuck. Nervös schob er sich das Haar zurück.

»Mir etwas tun?« fragte Cathryn völlig überrascht. »Dein Vater hat ganz bestimmt nicht die Absicht, mir etwas zu tun!«

»Ich fürchte, er hat den Teufel in sein Herz gelassen«, sagte Gina. »Und wenn er das erst einmal getan hat, kannst du nie sagen, was er sonst noch tun wird.«

»Mutter, bitte!« rief Cathryn.

»Bekommt Charles einen Nervenzusammenbruch?« fragte Jean Paul, der noch immer in der Tür stand, mit grinsendem Gesicht.

»Er hat schon einen«, antwortete Chuck.

»Das reicht«, sagte Cathryn streng. »Ich möchte solche Respektlosigkeiten nicht noch einmal hören. Michelles Krankheit hat ihn fürchterlich getroffen.«

Cathryn sah hinunter zum Boden, auf die verstreuten Tellerscherben. Stand Charles kurz vor einem Nervenzusammenbruch? Cathryn beschloß, darüber gleich am nächsten Morgen mit Dr. Wiley zu sprechen.

Behutsam ging Charles über den halbgefrorenen Schlamm hinunter zu der offenen Wasserstelle. Dann füllte er sein Glas. Bevor er sich wieder zum Haus wandte, schraubte er den Verschluß fest zu.

Obwohl seine plötzliche Rückkehr Cathryn überraschte, hatte sie nicht annähernd die Wirkung wie die vorangegangene. Als Charles die Kühlschranktür öffnete, hatte sie sich soweit beruhigt, daß sie wieder sanft nach seinem Arm greifen konnte.

»Charles, bitte sag mir, was du da tust.«

»Im Teich ist Benzol«, knurrte Charles und schüttelte ihre Hand ab. Er stellte das Glas mit dem Teichwasser in den Kühlschrank und schloß die Tür. »Du kannst es in Michelles Spielhaus riechen.«

Mit schnellen Schritten ging Charles zurück zur Tür. Cathryn lief ihm nach und konnte ihn gerade noch an seiner Jacke festhalten.

»Charles, wo gehst du hin? Was ist los mit dir?«

Mit einer unnötig heftigen Drehung riß Charles seine Jacke los. »Ich geh zur Recycle Ltd. Von denen kommt das gottverdammte Benzol. Da bin ich mir ganz sicher.«

7. Kapitel

Charles lenkte seinen roten Pinto von der Main Street und stoppte vor dem Tor in dem Drahtzaun, der die Recycle Ltd. umschloß. Das Tor war offen und ließ sich mühelos aufstoßen. Charles ging zurück zu seinem Wagen und fuhr auf den Parkplatz der Firma.

Zur Nachtschicht konnten nicht viele Angestellte gehören, denn es standen nur noch ein halbes Dutzend anderer Wagen, die meisten alt und rostfleckig, neben dem Eingang zu dem alten Backsteingebäude.

Links neben der Fabrik ragten die schneebedeckten Berge ausrangierter Autoreifen wie ein Miniaturgebirge auf. Zwischen den abgenutzten Reifen und der Fabrikanlage waren kleinere Schutthaufen aus Plastik- und Vinylresten aufgetürmt. Rechts von dem Gebäude war ein müllübersäter freier Platz, den der Drahtzaun, der hinunter zum Pawtomack River lief, in zwei gleichgroße Flächen teilte. Hinter dem Zaun lagen, aufgereiht über einen halben Kilometer, die verlassenen Fabrikgebäude.

Charles war kaum aus seinem Wagen gestiegen, als ihn auch schon der Gestank einhüllte, der am Morgen auch über seinem Haus gelegen hatte. Es erstaunte ihn, daß unmittelbar westlich der Stadt, in der vorherrschenden Windrichtung, überhaupt jemand leben konnte. Er verschloß die Wagentür und ging zum Eingang des Gebäudes, einer schlichten Aluminiumtür. Über der Tür stand in Druckbuchstaben: ›Recycle Ltd. Unbefugten ist der Zutritt verboten.‹ Gegen die Türscheibe war von innen ein Pappschild geklebt, auf dem ›Auskünfte‹ stand, gefolgt von einer Telefonnummer des Ortsnetzes.

Charles versuchte, die Tür zu öffnen; sie war nicht verschlossen. Wenn er den Geruch vor der Tür schon schlimm gefunden hatte, im Gebäude war er noch viel schlimmer. Die Luft in dem kleinen Bürozimmer, in dem er stand, war so mit chemischen Gasen versetzt, daß ihn ein schwerer Hustenanfall befiel. Der Raum war mit Sperrholzplatten vertäfelt, auf der rechten Seite war eine Art Empfangsschalter, auf dessen Resopalfläche ein Drahtkorb für die Briefablage stand und eine blanke Metallglocke, auf die man mit der Handfläche schlagen mußte. Charles tat genau das, doch der Ton wurde von dem Zischen und Rumpeln verschluckt, das aus dem Inneren der Fabrik herausdrang.

Charles entschied sich, sein Glück mit der Innentür zu versuchen. Anfangs rührte sie sich nicht, aber als er etwas heftiger gegen sie drückte, schwang sie auf. Im nächsten Augenblick wußte er auch, warum sie so schwer zu öffnen gewesen war.

Die Kombination von Gestank und Lärm, die auf ihn eindrang, war atemraubend. Es war, als ob sich plötzlich das Tor zur Hölle geöffnet hätte.

Charles betrat eine schwach beleuchtete, doppelstöckige Halle, die von einer Reihe riesiger Druckkocher beherrscht wurde. Metalleitern und Laufstege durchkreuzten in einem verwirrenden Durcheinander den Raum. Breite, rasselnde Förderbänder trugen Berge von Plastik- und Vinylabfall heran, die noch mit widerlichem Müll aller Arten vermischt waren. Die ersten Menschen, die Charles zu sehen bekam, waren zwei Männer in ärmellosen Unterhemden mit schwarzverschmierten Gesichtern wie Bergarbeiter. Sie sortierten Glas, Holz und leere Dosen aus den Plastikabfällen heraus.

»Gibt es hier einen verantwortlichen Leiter?« schrie Charles, um in dem Getöse überhaupt gehört werden zu können.

Einer der Männer sah kurz auf, zeigte auf sein Ohr, daß er nichts verstehen konnte, und begann wieder mit dem Aussortieren. Das Förderband blieb nicht stehen, und die beiden Männer mußten ihre Arbeit seiner Geschwindigkeit anpassen. Am Ende des Fließbandes stand ein großer Ladebehälter, der, nachdem er gefüllt war, automatisch emporsteigen und über einen verfügbaren Druckkocher schwenken würde, um seinen Inhalt in den Ofen zu schütten. Auf einem der Laufstege sah Charles einen Mann, der mit einem langen Messer, das wie ein Krummsäbel aussah, zwei Säcke mit Chemikalien aufschlitzte. Der eine Sack war weiß, der andere schwarz. Mit großer Anstrengung hob der Mann die beiden Säcke und schüttete ihren Inhalt in die Öfen.

Für einen Moment war er in einer riesigen Staubwolke verschwunden. Als Charles ihn wieder sehen konnte, hatte der Mann die Ladeluken bereits wieder geschlossen und öffnete die Dampfzufuhr. Im nächsten Augenblick war die Halle wieder von dem Gemisch aus Rauch, Gestank und Lärm erfüllt.

Zwar gelang es Charles nicht, jemanden auf sich aufmerksam zu machen, aber es kam auch niemand, der ihn aus dem Gebäude gewiesen hätte. Furchtlos ging er an den Förderbändern entlang, die Augen auf dem Boden, um dem herabgefallenen Müll, den Öllachen und Schmierflecken rechtzeitig ausweichen zu können. Dann kam er an einer Trennwand aus

Schlackestein vorbei, in die die automatische Steuerungsanlage eingelassen war, die den Transport der Autoreifen in die Halle und ihre Einschmelzung lenkte. In diesem Teil der Fabrik entstand auch der Geruch, den Charles immer mit der Recycling-Anlage verbunden hatte. Hier, in unmittelbarer Nähe, war er noch um einiges widerwärtiger.

Direkt hinter der Wand entdeckte Charles einen großen Drahtkäfig, der mit einem starken Vorhängeschloß gesichert war. Anscheinend war das der Lagerraum, denn auf den Regalen konnte Charles Ersatzteile, Werkzeuge und Behälter mit Industriechemikalien sehen. Mit den Händen hielt er sich an dem Maschendraht fest, während seine Augen forschend über die Aufschriften der Behälter wanderten. Er fand, was er suchte, direkt vor sich. Zwei Eisenfässer, auf die mit grober Matrizenschrift ›Benzol‹ geschrieben worden war. Darunter war der berüchtigte Totenkopf mit den gekreuzten Knochen gemalt, der vor dem giftigen Inhalt der Tonnen warnte. Als Charles die Fässer entdeckte, durchlief ihn eine neue Welle rasender Wut.

Plötzlich legte sich eine Hand auf seine Schulter. Erschrokken fuhr er herum und preßte sich gegen den Drahtzaun.

»Was kann ich für Sie tun?« schrie ein riesiger Kerl, um den donnernden Lärm der Maschinenanlage zu übertönen. Aber im selben Moment ertönte von einem der Druckkocher, der seinen Arbeitsgang beendet hatte, ein durchdringendes Pfeifsignal, und fürs erste war an eine Fortsetzung des Gesprächs nicht zu denken. Die Verschlußklappen des Kochers flogen auf, und ein breiter Strom aus schwarzem, klebrigem depolymerisiertem Kunststoff floß aus ihm heraus. Die heiße Flüssigkeit wurde in Kühlbottiche gefüllt, von denen Wolken ätzenden Dampfes aufstiegen.

Charles musterte den Mann, der ihm gegenüberstand. Er war einen ganzen Kopf größer als Charles. Sein verschwitztes Gesicht war so aufgeschwemmt, daß die Augen nur noch als schmale Schlitze zu erkennen waren. Bekleidet war er ebenso spärlich wie die anderen beiden Männer, die Charles gesehen hatte. Sein Unterhemd spannte sich über einem enormen bierfetten Bauch. Der Mann stützte sich auf einen Transportkarren, so daß Charles auf seinen Armen die fachkundig tätowierten Hulatänzer erkennen konnte. Auf seinem linken Handrükken hatte er ebenfalls eine Tätowierung, ein Hakenkreuz, das er sich offensichtlich selbst aufgetragen hatte.

Sobald der Lärmpegel wieder auf die normale ohrenbetäubende Höhe gesunken war, versuchte es der Arbeiter zum zweiten Mal. »Überprüfen Sie den Chemikalienvorrat?« Er mußte immer noch schreien.

Charles nickte.

»Ich glaube, wir brauchen mehr Ruß«, schrie der Mann.

Charles begriff, daß der Mann ihn für einen Mitarbeiter hielt. »Und was ist mit Benzol?« schrie Charles.

»Da haben wir genug von. Es kommt in Vierhundert-Liter-Fässern.«

»Und was machen Sie damit, wenn Sie es gebraucht haben?«

»Sie meinen, wenn es durch die Anlage gegangen ist? Kommen Sie mit. Ich zeig' es Ihnen.«

Der Mann lehnte den Transportkarren an den Drahtkäfig und führte Charles quer durch die Haupthalle, zwischen zwei Druckkochern hindurch, die eine unerträgliche Hitze abstrahlten. Sie duckten sich unter Rohre hindurch und gelangten in einen Flur, der zu einem Aufenthaltsraum führte, wo der Lärm nicht ganz so groß war. Der Raum war mit zwei billigen Resopaltischen und Stühlen möbliert, an der Wand standen ein Wasserspender und ein Zigarettenautomat. Zwischen dem Wasserspender und dem Zigarettenautomat war ein Fenster. Dahin führte der Mann Charles und zeigte hinaus. »Sehen Sie die Tanks da draußen?«

Charles legte die Hände um die Augen, um das Licht abzuschirmen, und starrte hinaus. Ungefähr fünfzehn Meter entfernt, fast schon am Flußufer, standen zwei zylinderförmige Tanks. Obwohl der Mond sehr hell schien, konnte er keine Einzelheiten erkennen.

»Gelangt irgend etwas von dem Benzol in den Fluß?« fragte Charles. Er drehte sich wieder zu dem Mann um.

»Das meiste wird Gott weiß wohin gefahren. Aber Sie wissen doch selbst, wie wenig man sich auf diese Firmen zur Giftmüllbeseitigung verlassen kann. Wenn die Tanks am Überlaufen sind, leiten wir einen Teil in den Fluß. Das geht völlig problemlos. Wir machen das nur nachts, und das Zeug wird sofort weggespült. Bis in den Ozean. Um Ihnen die Wahrheit zu sagen ...« Der Mann beugte sich zu Charles, als ob er ihm ein Geheimnis anvertrauen wollte. »Ich glaube, daß die gottverdammte Giftmüllfirma das Zeug auch in den Fluß schüttet. Und das lassen sie sich auch noch teuer bezahlen.«

Charles preßte die Zähne aufeinander. Er sah Michelle in ihrem Krankenbett liegen und den Infusionsschlauch, der zu ihrem Arm hinunterlief.

»Wo ist der verantwortliche Leiter?« fragte Charles, ohne seinen Zorn noch länger zu verbergen.

»Verantwortliche Leiter?« fragte der Arbeiter. Er sah Charles neugierig an.

»Vorarbeiter, Aufseher, irgend jemand muß hier ja die Verantwortung haben«, schnauzte Charles ihn an.

»Zu unserem Aufseher wollen Sie«, sagte der Arbeiter. »Das ist Nat Archer. Der ist in seinem Büro.«

»Zeigen Sie mir, wo das ist«, befahl Charles.

Der Arbeiter musterte ihn mit fragendem Blick. Dann drehte er sich um und ging zurück in die Betriebshalle. Dort zeigte er auf eine Glastür am Ende eines Laufstegs im ersten Stock. »Da oben«, sagte er knapp.

Charles achtete nicht mehr auf den Arbeiter, sondern lief zu der Eisentreppe, die zu dem Laufgang führte. Der Arbeiter sah ihm kurz nach, dann wandte er sich um und nahm den Hörer vom Haustelefon ab.

Vor dem Büro zögerte Charles einen Augenblick, dann drückte er die Türklinke herunter. Die Tür schwang auf, und er trat in das Zimmer. Das Büro war wie ein schallgedämpftes Krähennest. Von seinen Fenstern aus konnte man die gesamte Anlage überblicken. Als Charles die Tür hinter sich schloß, drehte Nat Archer sich in seinem Stuhl herum und stand lächelnd auf. Sein Gesicht zeigte erstaunte Verwirrung.

Charles wollte gerade losbrüllen, doch zu seiner Überraschung stellte er fest, daß er den Mann kannte. Er war der Vater von Steve Archer, einem guten Freund von Jean Paul. Die Archers waren eine der wenigen schwarzen Familien in Shaftesbury.

»Charles Martel!« rief Nat und streckte ihm die Hand entgegen. »Sie hätte ich jetzt als Letzten hier erwartet.« Nat war ein freundlicher, mitteilsamer Mann mit langsamen, beherrschten Bewegungen wie ein ehemaliger Athlet.

Völlig verwirrt, weil er jemandem gegenüberstand, den er kannte, stammelte Charles, daß sein Besuch keinen angenehmen Anlaß hätte.

»Na schön«, sagte Nat und faßte Charles aufmerksamer ins Auge. »Warum setzen Sie sich nicht?«

»Ich stehe lieber«, entgegnete Charles. »Ich möchte wissen, wem die Recycle Ltd. gehört.«

Nat zögerte. Als er schließlich antwortete, klang seine Stimme vorsichtig.

»Die Muttergesellschaft ist Breur Chemicals, New Jersey. Warum fragen Sie?«

»Wer ist hier der verantwortliche Leiter?«

»Harold Dawson, er wohnt in der Covered Bridge Road. Ich glaube, Sie sollten mir erzählen, worum es eigentlich geht, Charles. Vielleicht kann ich Ihnen einigen Ärger ersparen.«

Charles sah den Aufseher prüfend an, der seine Arme vor der Brust verschränkt hatte und, im Gegensatz zu seiner anfänglichen Freundlichkeit, jetzt eine starre, abwehrende Haltung einnahm.

»Bei meiner Tochter ist heute eine Leukämie festgestellt worden.«

»Das tut mir wirklich leid«, sagte Nat. In seine Verwirrung mischte sich Mitgefühl.

»Dazu haben Sie auch allen Grund«, entgegnete Charles schroff. »Sie haben hier Benzol in den Fluß gekippt. Benzol verursacht Leukämie.«

»Was reden Sie da? Wir schütten kein Benzol in den Fluß. Das Zeug wird abtransportiert«, erwiderte Nat mit ruhiger Stimme.

»Erzählen Sie doch keine Märchen«, schnauzte Charles ihn an.

»Ich glaube, es ist besser, Sie verschwinden hier lieber, und zwar schnell.«

»Ich werde Ihnen sagen, was ich tue.« Charles kochte vor Wut. »Ich werde dafür sorgen, daß der Laden hier dichtgemacht wird!«

»Was ist mit Ihnen los? Sind Sie verrückt oder so was? Ich habe Ihnen gesagt, daß wir kein Benzol in den Fluß schütten.«

»Ach! Der Riesenkerl da unten mit den tätowierten Armen hat mir aber ausdrücklich gesagt, daß Sie es doch tun. Also versuchen Sie nicht, es jetzt abzustreiten.«

Nat Archer griff zum Haustelefon. Er befahl Wally Crab, sofort in sein Büro zu kommen. Er ließ den Hörer zurück auf die Gabel fallen und drehte sich wieder zu Charles. »Sie sollten sich Ihren Kopf untersuchen lassen. Kommen hier mitten in der Nacht hereingeplatzt und schwingen große Reden über Benzol. Was ist los? War nichts Vernünftiges in der Flimmerkiste? Das mit Ihrer Tochter tut mir leid. Aber was Sie hier machen, verstößt gegen Recht und Ordnung.«

»Diese Fabrik ist eine Gefahr für die ganze Gemeinde.«

»Tatsächlich? Nun, ich bin mir nicht so sicher, ob die Gemeinde Ihnen darin zustimmen wird.«

Wally Crab stürzte durch die Tür, als ob ein Großfeuer ausgebrochen sei. Nur mit Mühe konnte er seinen schweren Körper abbremsen.

»Wally, dieser Mann behauptet, du hättest ihm erzählt, daß wir Benzol in den Fluß schütten.«

»Zum Teufel, nein!« sagte Wally noch ganz außer Atem. »Ich hab' ihm gesagt, daß das Benzol von einer Giftmüllfirma abgeholt wird.«

»Sie verdammter Lügner!« schrie Charles.

»Niemand nennt mich einen Lügner«, grollte Wally und ging auf Charles los.

»Reg dich ab, Wally!« befahl Nat und stemmte eine Hand gegen Wallys Brust.

»Sie haben mir folgendes erzählt.« Charles hatte Wallys zornrotem Gesicht drohend einen Zeigefinger entgegengestreckt. »Wenn die Tanks übervoll sind, werden sie in den Fluß geleert. Mehr brauche ich nicht. Ich werde dafür sorgen, daß hier Schluß gemacht wird.«

»Lassen Sie es gut sein, Mann!« schrie Nat. Er ließ Wally los und packte statt dessen Charles am Arm. Dann zog er ihn zur Tür.

»Nehmen Sie Ihre Hände weg«, schrie Charles und riß sich los. Dann schob er Nat aus dem Weg.

Im nächsten Moment hatte Nat sein Gleichgewicht wiedergefunden und schleuderte Charles gegen die Wand seines kleinen Büros.

»Fassen Sie mich nie wieder an«, sagte Nat.

Instinktiv blieb Charles stehen.

»Lassen Sie sich einen Rat geben«, fuhr Nat fort. »Machen Sie hier keinen Ärger. Sie sind hier widerrechtlich eingedrungen, und wenn Sie sich hier noch einmal sehen lassen, dann wird Ihnen das sehr leid tun. Und jetzt verschwinden Sie hier, bevor ich Sie hinauswerfe.«

Eine Minute überlegte Charles, ob er loslaufen oder bleiben und kämpfen sollte. Dann, als er begriff, daß er nicht die geringste Chance hatte, drehte er sich um, stieg geräuschvoll die Metalltreppe hinunter und durchquerte den höllischen Irrgarten des Maschinenparks in der Halle. Dann eilte er durch das kleine Empfangsbüro und stürzte ins Freie, dankbar für die einigermaßen saubere Luft auf dem Parkplatz. Er setzte sich in seinen Wagen, ließ erbarmungslos den Motor aufheulen und schoß durch das Eingangstor.

Je weiter er sich von der Recycle Ltd. entfernte, um so weniger Furcht fühlte er. Statt dessen wuchs sein Zorn und das Gefühl, gedemütigt worden zu sein. Wütend schlug er auf das Lenkrad ein und schwor sich, die Fabrik aus Rache für Michelle zu zerstören, ganz gleich, wie hoch der Preis dafür sein sollte. Er versuchte zu überlegen, welchen Weg er gehen konnte, um seinen Schwur in die Tat umzusetzen, doch war er viel zu verwirrt, um einen klaren Gedanken fassen zu können. Aber das Weinburger-Institut arbeitete mit einer Anwaltskanzlei zusammen. Vielleicht war das ein Anfang.

Charles bog von der Straße auf die Zufahrt zu seinem Haus. Er trat das Gaspedal bis auf den Boden hinunter, die Reifen drehten durch und schleuderten im Kies hoch. Der Wagen brach erst nach der einen Seite aus, dann nach der anderen. Aus dem Augenwinkel sah Charles, wie bei einem Wohnzimmerfenster die Spitzengardine zur Seite gezogen wurde. Für einen Moment war Cathryns Gesicht zu sehen gewesen. Erst kurz vor dem Hintereingang bremste er den Wagen scharf ab.

Einen Augenblick blieb er gedankenverloren sitzen, seine Hände umklammerten das Lenkrad. Der Motor kühlte knisternd in der eisigen Luft ab. Die wilde Fahrt hatte seine Gefühle und seine Gedanken beruhigt. Vielleicht war es dumm gewesen, mitten in der Nacht bei Recycle Ltd. hereinzuplatzen. Aber ein Ziel hatte er immerhin damit erreicht: Er wußte jetzt sicher, woher das Benzol im Teich kam. Doch während er noch darüber nachdachte, wurde ihm bewußt, daß es viel wichtiger war, sich um Michelle zu kümmern, und daß endlich die schwere Entscheidung über ihre Behandlung getroffen werden mußte. Als Wissenschaftler wußte er, daß der Nachweis von Benzol im Wasser des Teichs allein noch kein sicherer Beweis dafür war, daß es die Leukämie bei Michelle verursacht hatte. Noch niemandem war es gelungen, Benzol als Erreger für Leukämie beim Menschen zu identifizieren. Nur bei Tieren war der Beweis gelungen. Außerdem mußte Charles zugeben, daß er Recycle Ltd. nur als Blitzableiter für seinen blindwütigen Haß benutzte, den Michelles Krankheit in ihm hatte wachsen lassen.

Langsam stieg er aus dem Wagen. Wieder wünschte er sich, daß er seine eigenen Forschungen in den letzten fünf Jahren schneller vorangetrieben hätte. Vielleicht hätte er ihr dann jetzt mehr helfen können. Erschrocken fuhr er aus seinen Gedanken auf, als Cathryn ihn in der Tür begrüßte. Ihr Gesicht war von neuem tränenüberströmt, ihre Brust bebte, weil sie das Schluchzen zu unterdrücken versuchte.

»Was ist los?« fragte Charles entsetzt. Sein erster Gedanke war, daß Michelle etwas passiert sein mußte.

»Nancy Schonhauser hat angerufen«, brachte Cathryn mühsam hervor. »Der kleine Tad ist heute abend gestorben. Das arme Kind.«

Charles öffnete die Arme, zog seine Frau zu sich heran und strich ihr beruhigend über das Haar. Im ersten Moment hatte er Erleichterung verspürt, als ob Michelle verschont worden war. Aber dann erinnerte er sich, daß der Junge genauso wie sie am Pawtomack River gelebt hatte, nur näher an der Stadt.

»Ich wollte sofort zu Marge fahren«, sagte Cathryn. »Aber die Ärzte haben sie im Krankenhaus behalten. Als ihr die schreckliche Nachricht mitgeteilt wurde, ist sie zusammengebrochen. Glaubst du, daß ich trotzdem hinüberfahren sollte, um nachzusehen, ob ich irgendwie helfen kann?«

Charles hörte ihr schon nicht mehr zu. Benzol verursachte nicht nur Leukämie, es konnte auch eine aplastische Anämie auslösen! Er hatte Tad völlig vergessen gehabt. Michelle war gar nicht der einzige Fall einer Knochenmarkerkrankung. Charles fragte sich, wie viele von den Familien, die am Lauf des Pawtomack River lebten, schon betroffen waren. Wie ein Sturm brach der Zorn in ihm wieder los. Er ließ Cathryn einfach stehen.

»Hörst du mir nicht zu?« fragte Cathryn, die verlassen in der Mitte der Küche stand. Sie sah Charles zum Telefonbuch hinübergehen und eine Nummer nachschlagen, dann wählte er. Er schien völlig vergessen zu haben, daß sie auch noch da war. »Charles«, rief sie. »Ich habe dich etwas gefragt.«

Er sah sie an, scheinbar verstand er den Sinn ihrer Worte nicht, bis der Anschluß zustande kam. Dann wandte er seine Aufmerksamkeit dem Telefon zu. »Ist dort Harold Dawson?« fragte Charles. Seine Stimme hatte einen fordernden Ton.

»Ja, Dawson«, antwortete der Betriebsleiter.

»Hier spricht Dr. Charles Martel«, sagte Charles. »Ich war heute nacht in Ihrem Recycling-Unternehmen.«

»Das weiß ich«, entgegnete Dawson. »Nat Archer hat mich vor einer Weile angerufen. Wenn man Sie unhöflich behandelt haben sollte, würde ich das sehr bedauern. Ich wünschte, Sie hätten uns während der normalen Geschäftszeit aufgesucht, dann hätte ich selbst Sie empfangen können.«

»Unhöflichkeiten stören mich nicht«, sagte Charles scharf. »Aber daß Sie giftige Abfälle wie Benzol in den Fluß schütten, das stört mich.«

»Wir schütten gar nichts in den Fluß«, sagte Dawson mit Nachdruck. »Sämtliche giftigen Chemikalien, die wir verarbeiten, sind der Umweltschutzbehörde bekannt, und ihre Verwendung ist uns von der USB genehmigt worden.«

»Genehmigt«, spottete Charles. »Im Fluß ist Benzol, und einer Ihrer Arbeiter hat gesagt, daß Recycle das Zeug hineingekippt hat. Und Benzol ist ein verfluchtes Gift. Bei meiner Tochter ist heute eine Leukämie diagnostiziert worden, und ein Kind, das ein Stück weiter flußaufwärts gelebt hat, ist an aplastischer Anämie gestorben, ebenfalls heute. Das ist kein Zufall. Ich werde dafür sorgen, daß Ihr Laden zugemacht wird. Und beten Sie zu Gott, daß Sie ausreichend versichert sind.«

»Das sind wilde und unverantwortliche Anschuldigungen«, sagte Dawson ruhig. »Ich sollte Ihnen vielleicht sagen, daß Recycle Ltd. innerhalb des Konzerns von Breur Chemical ein völlig unbedeutender Produktionszweig ist. Und man hat die Anlage nur in Betrieb gehalten, weil sich die Konzernleitung der Gemeinde gegenüber dazu verpflichtet fühlt. Ich kann Ihnen versichern, daß nur diese moralische Verantwortung den Konzern daran hindert, den Betrieb einzustellen.«

»Mein Gott noch mal, dann sollen sie es doch tun«, schrie Charles in den Hörer.

»Einhundertachtzig Arbeiter aus unserer Stadt könnten da anderer Meinung sein«, antwortete Dawson. Allmählich verlor auch er die Geduld. »Wenn Sie uns Schwierigkeiten machen, mein Herr, dann kann ich Ihnen garantieren, daß auch Sie Schwierigkeiten bekommen werden.«

»Ich...« begann Charles, dann merkte er, daß die Leitung tot war. Dawson hatte aufgelegt.

»Himmelherrgott!« schrie Charles und schüttelte wütend den Hörer.

Cathryn nahm ihm den Hörer aus der Hand und legte ihn zurück auf die Gabel. Sie hatte nur gehört, was Charles während des Gesprächs gesagt hatte, aber schon das hatte genügt, sie aus der Fassung zu bringen. Sie führte ihn zum Küchentisch und drückte ihn auf einen Stuhl. Mit einer Handbewegung verscheuchte sie ihre Mutter, als sie in der Küchentür auftauchte. Auf ihrem Gesicht waren noch die Spuren ihrer Tränen zu sehen, aber sie weinte nicht mehr.

»Ich glaube, du erzählst mir jetzt besser auch etwas über das Benzol«, sagte Cathryn.

»Es ist ein Gift«, stieß Charles wütend hervor. »Es verändert irgendwie das Knochenmark.«

»Und man muß es nicht essen, um sich damit zu vergiften?«

»Nein. Man muß es nicht mit der Nahrung aufnehmen. Es reicht schon, wenn man es einatmet. Es geht sofort in den Kreislauf über. Warum mußte ich aus dem alten Schuppen nur ein Spielhaus für Michelle bauen!«

»Und du glaubst, daß es die Leukämie von Michelle verursacht hat?«

»Ich bin mir sicher. Offensichtlich hat sie immer, wenn sie in ihrem Haus gespielt hat, Benzoldämpfe eingeatmet. Benzol verursacht die seltene Form der Leukämie, die sie hat. Das alles kann kein Zufall sein. Vor allem, nachdem Tad an aplastischer Anämie gestorben ist.«

»Das Benzol kann auch schuld daran sein?«

»Absolut.«

»Und du glaubst, daß Recycle Benzol in den Fluß geschüttet hat?«

»Ich weiß, daß sie es getan haben. Das habe ich heute nacht herausgefunden. Und sie werden dafür bezahlen. Ich werde dafür sorgen, daß der Betrieb geschlossen wird.«

»Und wie willst du das tun?«

»Das weiß ich noch nicht. Morgen werde ich darüber mit einigen Leuten reden. Ich werde mich an die Umweltschutzbehörde wenden. Irgend jemand wird sich sicher dafür interessieren.«

Cathryn sah Charles prüfend ins Gesicht. Sie mußte an die Fragen von Dr. Wiley und Dr. Keitzmann denken. »Charles«, begann sie und nahm all ihren Mut zusammen. »Das ist alles sehr interessant und bestimmt auch wichtig, aber findest du nicht selbst, daß es im Moment ein kleines bißchen unangebracht ist?«

»Unangebracht?« wiederholte Charles ungläubig.

»Ja«, sagte Cathryn. »Wir haben gerade erfahren, daß Michelle Leukämie hat. Und ich bin der Meinung, daß wir uns jetzt zuallererst um sie sorgen sollten, und nicht darum, daß die Fabrik geschlossen wird. Dazu wird immer noch Zeit sein, aber Michelle braucht uns jetzt.«

Charles starrte seine junge Frau an. Keine Lebenskrise konnte sie endgültig niederzwingen, mit ihrer unendlichen Kraft bewältigte sie auch die schlimmsten Stunden. Wie sollte er ihr je erklären können, daß der Kern seines Problems seine Hilflosigkeit war, daß er Michelle nichts zu geben hatte außer seiner Liebe? Als Krebsforscher wußte er zuviel über ihre Krankheit; als Arzt konnte ihn der eindrucksvolle Rahmen der modernen Medizin nicht in falscher Hoffnung wiegen; als Vater quälte ihn der Gedanke an das Leiden, das Michelle bevorstand. Er hatte das alles schon einmal erlebt, als seine erste Frau plötzlich erkrankt war. Aber Charles war ein Mann der Tat. Er mußte etwas tun, und Recycle Ltd. war dazu da, ihn von der schrecklichen Wirklichkeit von Michelles Krankheit und von seiner verfahrenen Situation am Weinburger-Institut abzulenken.

Charles hatte längst erkannt, daß er dies alles Cathryn nicht mitteilen konnte, weil sie es ganz sicher nicht verstehen würde; und wenn sie es doch verstand, so würde es nur ihre eigenen Hoffnungen untergraben. Trotz ihrer großen Liebe füreinander akzeptierte Charles es, daß er seine Last und Sorgen allein tragen mußte. Der Gedanke war niederschmetternd, und er fiel in Cathryns Arme.

»Es war ein schrecklicher Tag«, flüsterte Cathryn. Sie hielt Charles so fest wie sie nur konnte. »Laß uns ins Bett gehen, vielleicht finden wir Schlaf.«

Charles nickte, doch in seinem Kopf kehrte immer der eine Gedanke wieder: ›Wenn ich nur schneller gearbeitet hätte...‹

Langsam, als sollte es niemand merken, kam der neue Tag. Michelle merkte, daß es in ihrem Zimmer heller wurde. Der Vorhang vor ihrem Fenster schien jetzt von dunkler Farbe zu sein mit einem weißen Rand und nicht weiß mit einer dunklen Borte. Zugleich mit der allmählich wachsenden Helligkeit kündigten auch die zunehmenden Geräusche draußen auf dem Flur den neuen Tag an. Michelles Tür stand eine Handbreit offen, und ein ebenso breiter Strahl des gelb glühenden Flurlichts fiel in ihr Zimmer. Er war ihr ein kleiner Trost gewesen während der unendlich scheinenden Nacht.

Michelle fragte sich, wann Charles und Cathryn kommen würden. Sie hoffte, daß es bald sein würde, denn mehr als alles andere wünschte sie sich zurück zu können in ihr eigenes Zimmer, in ihr eigenes Haus. Sie konnte nicht verstehen, warum die Ärzte sie im Krankenhaus behalten hatten. Denn nach dem Abendbrot, von dem sie kaum gegessen hatte, war nichts mehr mit ihr gemacht worden, außer daß immer wieder nachgeschaut worden war, ob es ihr auch gutging.

Michelle ließ ihre Beine über die Bettkante gleiten und setzte sich mit einem Ruck auf. Sie schloß die Augen und spannte die Muskeln gegen ein aufsteigendes Schwindelgefühl. Die Bewegung verschlimmerte noch die Übelkeit, die sie die ganze Nacht gequält hatte. Einmal, als sich Speichel unter ihrer Zunge gesammelt hatte, war sie sogar aufgestanden, aus Angst, sie müßte sich übergeben. Sie hatte sich am Rand der Toilette festgeklammert und gewürgt, aber es war nichts gekommen. Danach hatte sie ihre ganze Kraft gebraucht, um den Weg zurück zu ihrem Bett zu schaffen.

Michelle hatte das Gefühl, überhaupt nicht geschlafen zu haben. Außer der Übelkeit, die in immer neuen Wellen gekommen war, hatte sie auch Schmerzen in den Gliedern und im Bauch gehabt. Und gefroren hatte sie manchmal auch. Das Fieber, das am letzten Nachmittag plötzlich verschwunden war, war zurückgekehrt.

Langsam rutschte Michelle zur Bettkannte, bis ihre Füße den Boden berührten. Dann griff sie nach dem Rollgestell, an dem die Infusionsflasche hing. Mit leichten Stößen schob sie das Gestell vor sich her, während sie sich zum Badezimmer schleppte. Der Infusionsschlauch lief noch immer in ihren linken Arm, den sie so wenig wie möglich bewegte. Sie wußte, daß am Ende des Schlauches eine Nadel war, und sie hatte Angst, daß die Nadel sich bei der kleinsten Bewegung in den Arm bohren und irgend etwas verletzen könnte.

Nachdem sie zur Toilette gegangen war, kehrte Michelle zu ihrem Bett zurück und kletterte wieder hinein. Sie konnte sich nicht vorstellen, daß man sich noch einsamer und schlechter fühlen konnte als sie.

»Hallo, hallo«, rief die rothaarige Schwester strahlend, als sie geschäftig zur Tür hereinkam. »Schon wach? Sind wir nicht fleißig hier?« Sie ließ das Rollo hochspringen und enthüllte den neuen Tag.

Michelle sah ihr zu, aber sagte nichts.

Die Schwester kam um das Bett herum und zog ein Thermometer aus einer schmalen Metallhülse. »Was ist los, hat die Katze deine Zunge geholt?« Sie schüttelte das Thermometer mit einer kurzen, schlagenden Bewegung, sah noch einmal prüfend auf die Quecksilbersäule, bückte sich und steckte es Michelle in den Mund. »Ich bin gleich zurück.«

Michelle wartete, bis die Schwester aus der Tür war, dann nahm sie das Thermometer wieder aus dem Mund. Niemand sollte wissen, daß sie noch immer Fieber hatte. Am Ende mußte sie deshalb im Krankenhaus bleiben. Sie hielt das Thermometer mit der rechten Hand dicht an ihr Gesicht, so daß sie es sofort wieder in den Mund stecken konnte, wenn die Schwester zurückkam.

Als die Tür das nächste Mal geöffnet wurde, war es ein falscher Alarm. Michelle hatte sich das Thermometer schnell wieder unter die Zunge gesteckt, aber es war nur ein Mann in einem schmutzigen weißen Kittel, dessen Taschen mit Hunderten von Stiften vollgestopft waren. Der Mann trug einen Drahtkorb mit Reagenzgläsern, von denen jedes mit einem andersfarbigen Korken verschlossen war. Durch die Löcher im Korb hatte er ein Bündel schmaler Gummimanschetten geschlungen. Michelle wußte, was er wollte: Blut.

Ängstlich verfolgte sie, wie der Mann seine Vorbereitungen traf. Er legte ihr die Gummimanschette so fest um den Oberarm, daß ihr die Finger schmerzten. Dann wischte er ihr mit einem alkoholgetränkten Wattebausch die Armbeuge aus, genau an der Stelle, wo ihr schon am Tag zuvor Blut abgenommen worden war. Anschließend biß er die Verschlußkappe einer Nadel auf. Michelle hätte am liebsten geschrien. Doch sie wandte nur ihr Gesicht ab, um ihre Tränen zu verbergen. Die Manschette wurde ihr wieder abgenommen, was nicht weniger weh tat als das Abbinden des Arms. Sie hörte, wie ein Glasröhrchen in den Korb fiel. Dann fühlte sie einen weiteren Stich, als die Nadel ihr mit einem Ruck aus der Armbeuge gezogen wurde. Der Mann legte einen Wattepfropfen auf die Einstichstelle und bog ihren Unterarm nach oben, so daß er gegen die Watte preßte. Dann hob er seinen Korb auf und verließ das Zimmer, ohne auch nur ein Wort gesagt zu haben.

Michelle fühlte sich total gelähmt, in ihrem linken Arm steckte die Infusionsnadel, ihr rechter hielt den Wattebausch. Langsam ließ sie ihren rechten Unterarm zurücksinken. Der Pfropfen rollte zur Seite, und sie konnte einen kleinen roten Einstichpunkt sehen, um den sich die Haut schwarzblau verfärbt hatte.

»Da bin ich wieder«, sagte die rothaarige Schwester, als sie zur Tür hereintrat. »Jetzt wollen wir einmal nachsehen.«

Entsetzt erinnerte sich Michelle, daß sie das Thermometer noch immer im Mund hatte.

Die Schwester nahm ihr das Thermometer aus dem Mund, notierte die Temperatur und ließ es dann in einen Metallbecher auf Michelles Nachttisch fallen. »Jetzt gibt es auch gleich Frühstück«, sagte sie freundlich. Wie hoch das Fieber war, sagte sie nicht. So schnell, wie sie gekommen war, verschwand sie auch wieder.

»O bitte, Daddy, komm und hol mich nach Hause«, sagte Michelle leise vor sich hin. »Bitte, komm schnell.«

Charles spürte, wie jemand an seiner Schulter rüttelte. Er versuchte, einfach nicht darauf zu achten, weil er weiterschlafen wollte. Aber das Rütteln hörte nicht auf. Als er die Augen öffnete, sah er Cathryn, die bereits angezogen neben dem Bett stand und einen Becher mit dampfendem Kaffee in der Hand hielt. Charles stützte sich mit den Ellbogen hoch und nahm den Kaffee.

»Es ist sieben Uhr«, sagte Cathryn lächelnd.

»Sieben?« Charles sah hinüber zum Wecker. Die Zeit zu verschlafen war auch nicht der beste Weg, die eigenen Forschungen voranzutreiben, ging es ihm durch den Kopf.

»Du hat so fest geschlafen«, sagte Cathryn. Sie beugte sich zu ihm und küßte ihn auf die Stirn. »Ich hatte nicht das Herz, dich früher zu wecken. Unten wartet ein großes Frühstück auf dich.«

Charles wußte, daß sie sich alle Mühe gab, fröhlich zu klingen. »Genieß den Kaffee«, sagte Cathryn. »Gina ist sogar noch vor mir aufgestanden, um ihn zu machen.«

Charles sah auf den Becher in seiner Hand. Daß Gina noch immer da war, reizte ihn schon wieder. Er wollte ihr nicht gleich am frühen Morgen dankbar sein müssen. Aber jetzt hielt er den Kaffee einmal in der Hand, und er wußte genau, daß sie sofort fragen würde, wie er geschmeckt hatte, um sich dann daran zu weiden, daß sie schon aufgestanden war, während alle anderen noch geschlafen hatten. Charles schüttelte den Kopf. Mit solch lästigen Gedanken sollte man nicht den

Tag beginnen. Er trank einen Schluck Kaffee. Er war heiß, aromatisch und anregend. Er mußte zugeben, daß er ihn genoß, und er beschloß, Gina das zu sagen, bevor sie noch eine Chance hatte, danach zu fragen, und dann würde er ihr danken, daß sie vor allen anderen aufgestanden war, noch ehe sie selbst davon anfangen konnte.

Mit dem Kaffeebecher in der Hand trottete Charles den Flur hinunter zu Michelles Zimmer. Einen Moment blieb er vor der Tür stehen, dann stieß er sie langsam auf. Im stillen hatte er gehofft, Michelle ruhig schlafend in ihrem Bett zu finden, aber natürlich war ihr Bett ordentlich zurückgeschlagen und leer. Ihre Bücher und ihre Spielsachen standen sauber aufgereiht, alles war sorgsam an seinen Platz gerückt. »Ich weiß es ja«, sagte Charles zu sich selbst, als ob er mit einem allmächtigen Gebieter feilschen würde. »Sie hat eine Myeloblastenleukämie. Aber laß sie auf die normale Behandlung ansprechen. Das ist alles, was ich verlange.«

Das Frühstück war eine anstrengende Angelegenheit. Ginas übertriebene Überschwenglichkeit und Charles' Reserviertheit ergänzten sich vorzüglich; während sie unaufhörlich redete, schwieg er beharrlich. Ab und zu fuhr Cathryn mit ihrer komplizierten Tagesplanung dazwischen, was sie wann machen wollte. Charles hielt sich aus der Haushaltsplanung heraus und versuchte, sich auf den eigenen Tag und seine Arbeit am Institut zu konzentrieren. Als erstes wollte er prüfen, ob die gesunden Mäuse, denen sie das Krebsantigen injiziert hatten, schon eine Immunreaktion zeigten. Aller Wahrscheinlichkeit nach war das nicht anzunehmen, da die gespritzte Dosis nur sehr leicht gewesen war. Er würde deshalb alles vorbereiten, um ihnen am Nachmittag eine stärkere Dosis geben zu können. Dann wollte er sich die Mäuse ansehen, denen sie Canceran injiziert hatten und ihnen eine neue Dosis spritzen. Danach wollte er am Computer eine Simulation der Wirkungsweise des Blockierungsfaktors durchspielen, wie er sie in seinen Gedanken grob vorausberechnet hatte.

»Ist dir das so recht, Charles?« fragte Cathryn.

»Was?« fragte Charles zurück. Er hatte überhaupt nicht zugehört.

»Ich werde heute morgen mit dir nach Boston fahren, und

du setzt mich am Krankenhaus ab. Chuck nimmt den Kombi, bringt Jean Paul zur Schule und fährt dann selbst zur Universität. Gina bleibt heute noch hier und bereitet das Essen vor.«

»Ich werde dein Lieblingsgericht kochen«, sagte Gina begeistert. »Gnocchi.«

Gnocchi! Charles wußte nicht einmal, was Gnocchi waren.

»Wenn ich früher nach Hause will, kann ich zur Universität hinübergehen und den Kombi nehmen«, fuhr Cathryn zu Charles gewandt fort. »Sonst fahr' ich mit dir zurück. Was sagst du dazu?«

Charles konnte sich nicht vorstellen, daß dieser ausgetüftelte Plan irgend etwas leichter machte. Die alte Methode, daß er die Jungen mitnahm und Cathryn den Kombi behielt, schien ihm viel einfacher, aber das kümmerte ihn jetzt nicht. Vielleicht war Cathryns Vorschlag auch gar nicht so schlecht. Wenn er sich entschließen sollte, auch noch nachts zu arbeiten, dann war es sogar ein Vorteil, daß auch Chuck einen Wagen hatte. Cathryn konnte dann am späten Nachmittag mit ihm nach Hause fahren.

»Ich bin einverstanden«, sagte Charles. Er sah hinüber zu Chuck, der wie gewöhnlich zusammengesunken am Tisch saß und angeregt den Text auf der Verpackung seines Getreidemüslis las, als handele es sich um die Heilige Schrift. Der Junge trug dieselben Sachen wie gestern und sah auch genauso schlimm aus.

»Gestern hat mich die Universitätskasse angerufen«, sagte Charles.

»Ich habe ihnen deine Nummer gegeben«, erwiderte Chuck, ohne aufzusehen.

»Ich habe bei der Bank einen Kreditantrag gestellt«, sagte Charles. »In ein paar Tagen müßte ich das Geld bekommen, dann zahle ich sofort die Rechnung.«

»Prima«, sagte Chuck und drehte die Verpackung in seiner Hand, so daß er die Nährwerte der einzelnen Bestandteile des Müslis auf der Seite ablesen konnte.

»Ist das alles, was du dazu zu sagen hast? Prima!« Charles wandte seinen Kopf zu Cathryn. »Kannst du dieses Kind noch verstehen?«

Chuck tat, als hätte er die Frage nicht gehört.

»Ich glaube, wir sollten jetzt gehen«, antwortete Cathryn. Sie stand auf und trug Milch und Butter zum Kühlschrank.

»Laß nur alles stehen«, sagte Gina großmütig. »Ich mach' das schon.«

Charles und Cathryn verließen das Haus als erste. Eine blasse Wintersonne stand bereits im Südosten am Himmel. So kalt es auch in dem alten Pinto war, Cathryn war froh, vor dem schneidenden Wind geschützt zu sein.

»Verdammt«, sagte Charles. Er hatte sich gerade die Finger warmgehaucht. »Jetzt habe ich das Teichwasser vergessen.«

Damit Cathryn wenigstens vom Motor etwas gewärmt wurde, startete Charles den Wagen, was gar nicht so einfach war, bevor er zurück ins Haus lief, um das Glas mit dem Wasser aus dem Kühlschrank zu holen. Dann verstaute er es sorgfältig hinter seinem Sitz, so daß kein Wasser verschüttet werden konnte. Anschließend stieg er selbst in den Wagen und legte den Sicherheitsgurt an.

Cathryn hatte ihn die ganze Zeit mit einigem Mißbehagen beobachtet. Nach ihrem kurzen Gespräch in der vergangenen Nacht hatte sie gehofft, daß Charles sich nun auf Michelle konzentrieren würde. Aber von dem Moment an, als sie ihn an diesem Morgen geweckt hatte, war sein Verhalten sonderbar gewesen. Cathryn hatte das erschreckende Gefühl, daß ihre Familie auseinanderbrechen könnte.

Während sie fuhren, beobachtete Cathryn sein Profil. Mehrmals begann sie ein Gespräch, aber dann gab sie es immer wieder auf, weil sie fürchtete, daß das kleinste falsche Wort Charles' Zorn von neuem entfachen würde.

Als sie auf die Interstate 93 bogen, zwang sie sich schließlich doch, wieder etwas zu sagen: »Wie fühlst du dich heute, Charles?«

»Oh, gut. Ganz gut.«

»Du bist so schweigsam. Das paßt gar nicht zu dir.«

»Ich denke nach.«

»Über Michelle?«

»Ja, und über meine Arbeit.«

»Du denkst doch nicht noch immer über die Recycling-Firma nach, oder?«

Charles sah einen Moment zu Cathryn, dann lenkte er seine

Aufmerksamkeit wieder auf die Straße. »Ein bißchen. Ich halte den Betrieb immer noch für eine Bedrohung. Wenn du das meinst.«

»Charles, du verschweigst mir doch nichts, oder doch?«

»Nein.« Seine Antwort kam viel zu schnell. »Wie kommst du darauf?«

»Ich weiß es nicht«, antwortete Cathryn. »Du wirkst so abwesend, seit wir von Michelles Krankheit wissen. Deine Stimmungen ändern sich so schnell.« Sie hielt ihren Blick auf sein Gesicht geheftet, um seine Reaktion auf ihren letzten Satz zu sehen. Aber Charles fuhr nur stumm weiter, und wenn er auf ihre Bemerkung reagiert hatte, dann war das Cathryn entgangen.

»Ich habe im Moment nur sehr viel um die Ohren«, sagte Charles.

»Deine Sorgen würdest du doch mit mir teilen, nicht wahr, Charles? Ich meine, dazu bin ich doch da. Deshalb habe ich doch die Kinder adoptiert, weil ich alles mit dir teilen will.« Cathryn beugte sich herüber und legte Charles ihre Hand auf den Oberschenkel.

Charles sah unverwandt auf die Straße vor sich. Cathryn hatte etwas ausgesprochen, von dem er bis gestern auch überzeugt gewesen war. Doch heute wußte er, daß er nicht alles mit ihr teilen konnte. Seine Arbeit als Arzt hatte ihn Dinge gelehrt, die Cathryn nicht verstehen konnte. Wenn Charles ihr erzählte, was er über den Verlauf von Michelles Krankheit wußte, würde das ihre letzten Hoffnungen zerstören.

Charles nahm eine Hand vom Lenkrad und legte sie auf Cathryns. »Die Kinder wissen gar nicht, wie glücklich sie sein können, dich zu haben«, sagte er.

Dann schwiegen sie. Cathryn war nicht beruhigt, aber sie wußte auch nicht, was sie noch sagen sollte. Langsam näherten sie sich der Stadt, der Verkehr wurde dichter, und Charles mußte den Wagen auf sechzig Stundenkilometer herunterbremsen.

»Ich weiß nicht das geringste über Gewebetests«, brach Cathryn wieder das Schweigen. »Aber ich glaube nicht, daß wir Chuck zu etwas zwingen sollten, was er nicht will.«

Charles warf Cathryn einen fragenden Blick zu.

»Ich bin sicher, daß er es am Ende doch tun wird«, fuhr sie fort, als Charles nicht antwortete. »Aber er muß es selbst wollen.«

Charles hob seine rechte Hand wieder ans Lenkrad. Es genügte schon, Chuck nur zu erwähnen, um die schwelende Wut in ihm wieder zu schüren. Und trotzdem hatte Cathryn mit dem, was sie sagte, unleugbar recht.

»Du kannst niemanden zur Nächstenliebe zwingen«, sagte Cathryn. »Vor allem nicht Chuck, weil es am Ende nur sein eigenes Selbstwertgefühl wieder verunsichern würde.«

»Er hat doch nichts anderes als Selbstwertgefühl«, sagte Charles. »Nicht ein Wort der Sorge um Michelle hat er hören lassen. Nicht ein einziges Wort.«

»Aber er fühlt es«, entgegnete Cathryn. »Er weiß nur nicht, wie er seine Gefühle richtig ausdrücken soll.«

Charles lachte zynisch. »Ich wünschte, ich könnte das glauben. Aber er ist doch nur selbstsüchtig. Hast du seine überwältigende Dankbarkeit bemerkt, als ich ihm gesagt habe, daß ich einen Kredit beantragt habe, um sein Semestergeld zu bezahlen?«

»Was hast du von ihm erwartet? Soll er vor lauter Begeisterung einen Handstand machen?« fragte Cathryn zurück. »Das Semestergeld hätte schon vor Monaten bezahlt werden müssen.«

Charles biß die Zähne aufeinander. »Schön«, murmelte er vor sich hin. »Du stellst dich also auf die Seite von dem Flegel... Sehr schön!«

Cathryn hatte ihre Worte im Moment, als sie sie gesprochen hatte, schon bedauert, auch wenn sie nur der Wahrheit entsprachen. Sie rückte näher an Charles heran und legte ihm die Hand auf die Schulter. Sie wollte, daß er wieder zugänglicher wurde, und nicht, daß er sich noch weiter verschloß. »Was ich gesagt habe, tut mir leid. Aber du mußt begreifen, Charles, daß Chuck nicht so ist wie du. Er ist nicht so kämpferisch veranlagt und auch nicht der Schönste. Aber im Grunde ist er ein guter Junge. Es ist nur nicht so einfach, in deinem Schatten aufzuwachsen.«

Charles beobachtete seine Frau aus den Augenwinkeln.

»Ob du es wahrhaben willst oder nicht«, fuhr Cathryn fort.

»Es ist sehr schwer, deinem Beispiel zu folgen. Du bist immer erfolgreich gewesen, egal, was du auch angefangen hast.«

Charles war nicht dieser Ansicht. Er hätte ein Dutzend Geschichten runterrasseln können, in denen er fürchterlich versagt hatte. Aber darum ging es jetzt gar nicht: Es ging um Chuck.

»Ich halte ihn für selbstsüchtig und faul, und das will ich mir nicht länger bieten lassen. Seine Reaktion auf Michelles Krankheit war mehr als leicht vorauszusehen.«

»Er hat ein Recht darauf, egoistisch zu sein«, sagte Cathryn. »An der Universität hat er die letzte Gelegenheit dazu.«

»Zumindest die nutzt er weidlich aus.«

Als sie die Zufahrtsstraßen zur Stadt erreicht hatten, wurde der Verkehr immer zäher. Manchmal kamen sie nur noch zentimeterweise voran, und keiner von beiden setzte das Gespräch fort.

»Aber darüber sollten wir uns nun wirklich nicht den Kopf zerbrechen«, sagte Cathryn, wie um einen Abschluß zu finden.

»Da hast du recht«, seufzte Charles. »Und du hast recht, daß wir Chuck nicht zu dem Test zwingen sollten. Aber wenn er nicht freiwillig ins Krankenhaus geht, dann wird er lange warten können, bis ich die nächste Semesterrechnung für ihn bezahle.«

Cathryn sah Charles mißbilligend an. Wenn das kein Zwang war, dann wußte sie nicht, was es sonst sein sollte.

Obwohl zu der frühen Morgenstunde nur wenige Besucher im Krankenhaus waren, herrschte doch auf allen Fluren und Gängen rege Betriebsamkeit. Immer wieder mußten Charles und Cathryn einer Bahre ausweichen, auf der ein bettlägeriger Patient zu einer Untersuchung gefahren wurde oder zurück in sein Zimmer. Mit Charles an ihrer Seite fühlte sich Cathryn unendlich viel ruhiger. Dennoch waren ihre Handflächen feucht geworden, ein sicheres Zeichen dafür, daß ihre Angst nicht verschwunden war.

Als sie an der geschäftigen Schwesternstation der Kinderabteilung Anderson 6 vorüberkamen, sah die Oberschwester kurz auf und winkte ihnen freundlich zur Begrüßung zu. Mit schnellen Schritten trat Charles an den Informationsschalter.

»Entschuldigen Sie bitte, ich bin Dr. Martel«, sagte Charles. »Könnten Sie mir sagen, ob bei meiner Tochter bereits mit der Chemotherapie begonnen wurde?« Voller Absicht hatte er seiner Stimme einen sachlich nüchternen Ton gegeben.

»Ich glaube, ja«, sagte die Schwester. »Aber lassen Sie mich noch einmal nachschauen.«

Ein Pfleger, der an einem Schreibtisch saß, hatte ihr kurzes Gespräch mit angehört und reichte der Schwester Michelles Krankenakte.

»Gestern nachmittag hat sie zum ersten Mal Daunorubicin bekommen«, sagte die Schwester. »Heute morgen wurde ihr oral die erste Dosis Thioguanin verabreicht, und heute nachmittag bekommt sie auch ihr erstes Cytarabin.«

Jeder der Namen ließ Charles zusammenfahren, aber er zwang sich zu einem Lächeln. Er kannte die möglichen Nebenwirkungen der Medikamente nur allzu gut, und wie ein Echo hallten die Worte der Schwester in seinem Kopf nach. »Bitte«, murmelte er in sich hinein, »bitte laß sie eine Remission haben.«

Wenn sie eintreten sollte, das wußte Charles, dann mußte das kurz nach dem Beginn der Behandlung festzustellen sein. Er dankte der Schwester und ging weiter zu Michelles Zimmer. Je näher er kam, um so nervöser wurde er. Er zog seinen Schlips herunter und öffnete den obersten Knopf seines Hemdes.

»Mit der Dekoration haben sie sich wirklich Mühe gegeben, um die Atmosphäre hier etwas freundlicher zu machen«, sagte Cathryn, die zum ersten Mal die Tierbilder an den Wänden bemerkte.

Vor der Tür zu Michelles Zimmer blieb Charles einen Augenblick stehen und versuchte sich zu fassen.

»Hier ist es«, sagte Cathryn. Sie dachte, daß Charles die Zimmernummer vergessen hatte. Dann öffnete sie die Tür, trat ein und zog Charles hinter sich her.

Michelle saß aufrecht in ihrem Bett, mehrere Kissen stützten ihren Rücken. Als sie Charles sah, verzerrte sich ihr Gesicht, und sie brach in Tränen aus. Charles war tief erschrocken über ihr Aussehen. Obwohl er das nicht für möglich gehalten hatte, sah sie noch blasser aus als am vorherigen Tag. Die Augen waren tief in ihre Höhlen gesunken und dunkel umrandet. Fast sah es so aus, als ob sie schwarze Augen hätte. In der Luft hing ein Geruch von frisch Erbrochenem.

Charles wollte loslaufen und sie in seine Arme schließen, aber er stand wie gelähmt. Die Qual seiner Hilflosigkeit hielt ihn gefesselt, obwohl Michelle ihm ihre Arme entgegenstreckte.

Alles war wie vor acht Jahren bei Elisabeth. Ihre Krankheit war übermächtig, und er konnte nichts dagegen tun. Während die schrecklichen Erinnerungen auf ihn einstürmten, sah Charles plötzlich überdeutlich, daß sich Michelles Zustand nicht mehr bessern würde. Auf einmal wußte er ohne den geringsten Zweifel, daß alle lindernden Behandlungsmethoden der Welt den unentrinnbaren Verlauf ihrer Krankheit nicht aufhalten konnten. Das Gewicht dieses Gedankens ließ ihn taumeln, und verwirrt trat er einen Schritt von Michelles Bett zurück.

Obwohl Cathryn nicht begriff, was in Charles vorging, sah sie ihn zurückweichen. Mit wenigen schnellen Schritten eilte sie zu Michelle, die ihre Arme noch immer ausgestreckt hielt, und drückte sie an sich. Über Cathryns Schulter hinweg sah Michelle ihrem Vater in die Augen. Charles lächelte ein wenig, aber Michelle war sich sicher, daß er zornig über sie war.

»Ich bin froh, wieder bei dir zu sein«, sagte Cathryn und sah Michelle ins Gesicht. »Wie geht es dir heute?«

»Es geht mir gut«, brachte Michelle mühsam hervor. Sie versuchte, ihre Tränen hinunterzuschlucken. »Ich möchte nur nach Hause. Darf ich nach Hause, Daddy?«

Charles' Hände zitterten, als er an das Fußende des Bettes trat. Er umklammerte das Eisenrohr, um seine Gefühle nicht nach außen dringen zu lassen.

»Vielleicht«, sagte Charles ausweichend. Vielleicht sollte er sie einfach aus dem Krankenhaus tragen. Vielleicht sollte er sie nach Hause bringen und es ihr so schön wie nur möglich machen: Vielleicht war das das beste.

»Michelle, du mußt so lange hierbleiben, bis du wieder ganz gesund bist«, sagte Cathryn schnell. »Dr. Wiley und Dr. Keitzman tun auch alles, damit es dir bald wieder gutgeht. Ich weiß, wie schlimm das für dich ist, und wir vermissen dich auch alle ganz schrecklich, aber du mußt jetzt ein großes Mädchen sein.«

»Bitte, Daddy«, flehte Michelle.

Charles fühlte sich hilflos und unentschlossen, zwei ungewohnte und zermürbende Gefühle.

»Michelle«, sagte Cathryn. »Es tut mir leid, aber du mußt noch im Krankenhaus bleiben.«

»Warum, Daddy?« sagte Michelle mit klagender Stimme. »Was fehlt mir denn?«

Vergebens sah Charles hilfesuchend zu Cathryn. Sie schwieg. Er war der Arzt.

»Ich weiß es leider nicht«, sagte Charles. Er haßte sich für diese Lüge, aber er hätte ihr auch nicht die Wahrheit sagen können.

»Hab' ich dasselbe, wie meine Mutter gehabt hat?« fragte Michelle.

»Nein«, sagte Charles schnell. »Ganz bestimmt nicht.« Selbst das war eine halbe Lüge. Obwohl Elisabeths Krankheit mit einer Lymphknotengeschwulst begonnen hatte, war sie an einer akuten Leukämie im Endstadium gestorben. Charles fühlte sich in die Enge getrieben. Er mußte weg, um nachdenken zu können.

»Was ist es dann?« fragte Michelle fordernd.

»Ich weiß es wirklich nicht«, sagte Charles und sah schuldbewußt auf die Uhr. »Deshalb mußt du ja hierbleiben. Damit es herausgefunden werden kann. Cathryn bleibt bei dir und leistet dir Gesellschaft. Ich muß jetzt ins Labor. Aber ich komme wieder.«

Ohne ein Vorzeichen begann Michelle plötzlich zu würgen. Ihr schmächtiger Körper krampfte sich mehrmals zusammen, und sie erbrach das bißchen, was sie gerade zum Frühstück gegessen hatte. Cathryn versuchte noch auszuweichen, aber etwas von dem Erbrochenen fiel auf ihren linken Ärmel.

Charles war sofort in den Flur gelaufen und rief nach einer Schwester. Eine Hilfsschwester, die nur zwei Türen weiter stand, kam sofort herbeigeeilt, besorgt, daß eine Krise eingetreten sein könnte, und stellte erleichtert fest, daß es blinder Alarm war.

»Mach dir keine Sorgen, kleine Prinzessin«, sagte die Frau

beruhigend und zog die beschmutzte Decke vom Bett. »Das bringen wir sofort wieder in Ordnung.«

Charles legte seinen Handrücken gegen Michelles Stirn. Sie war feucht und heiß. Sie hatte immer noch Fieber. Charles wußte, was den plötzlichen Brechreiz verursacht hatte: Es waren die Medikamente. Eine Angstwelle durchflutete seinen Körper.

Michelle griff nach seiner Hand und klammerte sich fest, als ob sie am Rande eines Abgrunds ausgeglitten sei und er ihr letzter Halt war. Sie sah in seine blauen Augen, die Spiegel ihrer eigenen zu sein schienen. Aber sie glaubte Strenge statt Zuneigung zu sehen und Verärgerung statt Verständnis. Sie ließ die Hand los und legte sich zurück gegen ihr Kissen.

»Ich komm' später wieder vorbei«, sagte Charles. Er war bestürzt, daß die Medikamente bereits zu einem so frühen Zeitpunkt vielleicht gefährliche Nebenwirkungen verursachten. Fragend wandte er sich an die Hilfsschwester. »Ist ihr etwas gegen die Übelkeit und den Brechreiz verordnet worden?«

»Sicher«, antwortete die Schwester. »Auf ihrem Medikamentenplan steht auch Compazine PRN. Ich bring' es ihr gleich.«

»Ist das eine Spritze?« schrie Michelle.

»Nein, eine Tablette«, sagte die Hilfsschwester. »Vorausgesetzt dein Magen behält sie unten. Wenn nicht, werden wir uns einen anderen Weg überlegen müssen.« Sie zwickte Michelle freundlich in die Wange.

»Ich bringe Charles nur zum Fahrstuhl, Michelle«, sagte Cathryn, als Charles zur Tür ging. Auf dem Flur holte sie ihn ein und griff nach seinem Arm. »Charles, was ist los mit dir?«

Charles ging wortlos weiter.

»Charles!« rief Cathryn. Sie riß ihn herum, so daß sie ihm ins Gesicht sehen konnte. »Was ist los?«

»Ich muß hier raus«, sagte Charles. Seine Hand fuhr nervös durch sein Haar. »Ich kann nicht sehen, wie Michelle leidet. Sie sieht schrecklich aus. Ich weiß nicht, was ich tun soll. Ich bin mir nicht sicher, ob sie wirklich diese Medikamente bekommen sollte.«

»Keine Medikamente?« fragte Cathryn geschockt. Sofort erinnerte sie sich an die Sorgen von Dr. Wiley und Dr. Keitzman, daß Charles in Michelles Behandlung eingreifen könnte.

»Ihr Erbrechen«, sagte Charles voller Zorn. »Das ist erst der Anfang.« Charles hätte ihr fast gestanden, wie sicher er war, daß Michelles Krankheit nicht abklingen würde. Doch er beherrschte sich. Es war noch Zeit genug, Cathryn von den schlechten Aussichten zu erzählen. Im Moment wollte er ihre Hoffnungen nicht zerstörten.

»Aber die Medikamente sind ihre einzige Chance«, sagte Cathryn mit flehender Stimme.

»Ich muß jetzt gehen«, sagte Charles schroff. »Ruf mich an, wenn irgend etwas passiert. Ich bin im Labor.«

Cathryn sah ihm nach, wie er den Flur hinuntereilte und den Leuten auswich, die ihm entgegenkamen. Er wartete nicht auf den Fahrstuhl, statt dessen sah sie ihn im Treppenhaus verschwinden. Als Dr. Wiley ihr gesagt hatte, daß er sich besonders auf sie verlassen würde, hatte sie sich nicht vorstellen können, was er meinte. Doch langsam begann sie ihn zu verstehen.

8. Kapitel

Charles bog auf den Parkplatz des Weinburger-Instituts ein, brachte seinen Wagen zum Stehen und stieg aus. Dann holte er das Glas mit dem Teichwasser hinter seinem Sitz hervor. Er lief über den Platz zum Institutseingang und mußte erst gegen die Glastür klopfen, bevor die Empfangsdame ihm öffnete. Statt wie gewöhnlich links, bog er rechts in den Hauptflur und eilte hinunter zum Analyselabor. Einer der Labortechniker, den Charles besonders schätzte, saß auf seinem Arbeitstisch und hielt seinen Morgenkaffee in der Hand.

»Ich möchte dieses Wasser gern auf Schadstoffe analysiert haben«, sagte Charles außer Atem.

»Eine eilige Sache?« witzelte der Techniker, als er sah, wie aufgeregt Charles war.

»Schon«, sagte Charles. »Besonders interessiert mich, ob organische Lösungsmittel in dem Wasser sind. Aber alles andere, was Sie finden können, würde mir auch helfen.«

Der Techniker schraubte das Glas auf, hielt es sich unter die Nase, sog die Luft ein und kniff angeekelt die Augen zu. »Huh. Ich hoffe, Sie mixen sich mit dem Zeug nicht Ihren Scotch.«

Charles schloß die Tür hinter sich und ging mit schnellen Schritten den Flur zurück zu seinem eigenen Labor, den Kopf voller Gedanken, die wie Blitze in seinem Bewußtsein aufleuchteten und wieder verschwanden.

Er mußte eingestehen, daß er keinen von der Vernunft geleiteten Weg wußte, sein persönliches Dilemma mit Michelles Behandlung zu lösen. Statt dessen hatte er beschlossen, die eigenen Forschungen so schnell wie möglich voranzutreiben, in der vagen Hoffnung, daß er noch rechtzeitig für Michelle irgend etwas Außergewöhnliches erreichen konnte. Und er wollte alles daransetzen, daß die Recycle Ltd. geschlossen wurde. Rache war ein machtvolles Gefühl, und es dämpfte seine Ängste um Michelle. Als er die Tür zu seinem Labor erreichte, waren seine Hände zu Fäusten geballt. Einen Moment zögerte er und dachte wieder an seinen Schwur am Morgen, sich nur noch auf seine Intelligenz zu verlassen und nicht mehr auf seine schwankenden Gefühle. Charles sammelte sich und öffnete ruhig die Tür.

Ellen, die an Charles' Schreibtisch gerade in den Canceran-Protokollen gelesen hatte, legte die Bücher langsam zurück auf den Tisch. Die aufmerksame Besonnenheit in ihren Bewegungen fiel Charles sogar noch in seiner Zerstreutheit störend auf.

»Haben alle Mäuse der Versuchsgruppe das Brustkrebsantigen bekommen?« fragte er fordernd.

»Ja«, antwortete Ellen. »Aber...«

»Gut«, fiel Charles ihr ins Wort. Dann ging er an ihre kleine Wandtafel. Er nahm ein Stück Kreide, wischte alles aus, was auf der Tafel stand, und begann eine graphische Darstellung der Untersuchungsmethode aufzuzeichnen, die sie benutzen würden, um T-Lymphozyten-Reaktion bei den injizierten Mäusen zu prüfen, die ihnen beantworten sollte, wie das Immunsystem der Mäuse auf die Injektion reagiert hatte. Als er die Kreide wieder aus der Hand legte, war die Tafel vollgezeichnet mit einer ausführlichen Darstellung der einzelnen Schritte ihrer Arbeitsmethode. »Wir werden einmal etwas anderes versuchen«, sagte Charles. »Es ist nicht unbedingt wissenschaftlich. Aber die Methode kann uns einen schnellen Überblick liefern. Ich möchte eine große Zahl verschiedener Lösungen von dem Krebsantigen machen und jeweils nur einer Maus eine Lösung injizieren. Ich weiß, daß wir damit keine statistisch signifikanten Ergebnisse erzielen. Es ist nur ein zufälliger Überblick, aber vielleicht ist er ganz hilfreich. Während du jetzt die Mäuse von gestern überprüfst und ihnen eine neue Dosis von dem Krebsantigen injizierst, werde ich ein paar Anrufe erledigen.« Charles klopfte sich den Kreidestaub von der Hose und griff zum Telefon.

»Darf ich jetzt vielleicht auch einmal etwas sagen?« fragte Ellen ungeduldig. Sie hatte ihren Kopf auf die Schulter gelegt und sah Charles mit einer Hab-ich-es-dir-nicht-gesagt-Miene an.

»Natürlich«, sagte Charles. Er hatte den Telefonhörer bereits in der Hand.

»Ich habe die Mäuse überprüft, die gestern die erste Dosis Canceran bekommen haben.« Sie machte eine Pause.

»Und?« sagte Charles, gespannt, was jetzt kommen würde.

»Fast alle sind in der Nacht verendet.«

Charles' Gesicht verdüsterte sich ungläubig. »Was ist passiert?«

Er legte den Hörer zurück auf die Gabel.

»Ich weiß es nicht«, sagte Ellen. »Es gibt nur eine Erklärung. Es muß an dem Canceran gelegen haben.«

»Hast du die Lösung überprüft?«

»Das habe ich«, antwortete Ellen. »Sie stimmte mehr als genau.«

»Gibt es Anzeichen, daß sie an einer Infektion verendet sein können?«

»Nein«, sagte Ellen. »Ich habe einen Tierarzt gebeten, sich die Mäuse anzusehen. Er hat sie zwar nicht seziert, aber er glaubt, daß sie an Herzversagen eingegangen sind.«

»Vergiftet!« sagte Charles und schüttelte den Kopf.

»Das fürchte ich auch.«

»Wo ist das Original der Canceran-Protokolle?« fragte Charles mit wachsender Unruhe.

»Hier auf deinem Schreibtisch. Ich habe gerade darin gelesen, als du gekommen bist.«

Charles nahm das Protokollbuch vom Tisch und blätterte den toxikologischen Teil durch. Dann griff er nach dem vorläufigen Protokoll, das sie gestern zusammengestellt hatten. Er überflog die Zahlen. Dann hob er den Kopf und warf das neue Protokoll und das Original auf seinen Schreibtisch.

»Dieser verdammte Betrüger«, stieß er wütend hervor.

»Das muß die Erklärung sein«, stimmte Ellen zu.

»Brighton hat also auch noch die Angaben über den Giftgehalt gefälscht. Herr im Himmel! Das heißt, daß die ganze Canceran-Studie, an der Brighton zwei Jahre gesessen hat, nichts taugt. Das Canceran muß sehr viel giftiger sein, als Brighton in seinen Protokollen angibt. Was für ein schlechter Witz! Weißt du überhaupt, wieviel Geld das Nationale Krebsinstitut bis heute für diese Versuchsreihe gezahlt hat?«

»Nein, aber ich kann es mir vorstellen.«

»Millionen und Abermillionen!« Charles schlug sich mit der Hand gegen die Stirn.

»Und was machen wir jetzt?«

»Wir? Die Frage ist, was *sie* machen werden. Das gesamte Projekt muß noch einmal begonnen werden, das heißt, es wird noch einmal drei Jahre dauern!«

Charles spürte, daß er seinen Schwur, die Ruhe zu bewahren, nicht mehr lange halten konnte. Die Studie zur Wirksamkeit des Cancerans zu beenden, war eine Sache, aber das Projekt vom ersten Federstrich an von vorne zu beginnen, war eine ganz andere. Das würde er nicht machen. Gerade jetzt nicht, wo Michelles Krankheit verlangte, daß er seine eigene Arbeit vorantrieb.

»Ich habe das Gefühl, die Institutsleitung will immer noch, daß wir das Canceran-Projekt machen«, sagte Ellen.

»Das interessiert mich nicht«, erwiderte Charles heftig. »Wir haben mit dem Canceran nichts mehr zu tun. Wenn Morrison und Ibanez uns Schwierigkeiten machen, werden wir ihnen den Beweis dafür, daß die Studie zum Giftgehalt des Canceran nicht das Papier wert ist, auf dem sie geschrieben steht, um die

Ohren schlagen. Wir werden ihnen drohen, das an die Presse weiterzugeben. Und angesichts so eines Skandals könnte sich sogar das Nationale Krebsinstitut fragen, wo eigentlich sein Geld hinfließt.«

»Ich kann mir nicht vorstellen, daß es so einfach wird«, sagte Ellen. »Ich glaube, wir sollten...«

»Es reicht jetzt, Ellen!« schrie Charles. »Ich wünsche, daß du jetzt die Mäuse unserer ersten Versuchsgruppe auf Antikörper untersuchst und ihnen dann eine neue Injektion gibst. Um die Verwaltungsangelegenheiten bezüglich Canceran kümmere ich mich.«

Zornig wandte Ellen sich um. Wie immer war Charles zu weit gegangen. Sie begann mit ihrer Arbeit und machte dabei mit den Gläsern und Instrumenten soviel Lärm, wie sie nur konnte.

Das Telefon auf seinem Schreibtisch klingelte, und Charles nahm den Hörer ab. Es war der Techniker aus dem Analyselabor.

»Wollen Sie einen Vorbericht hören?« fragte der Chemiker.

»Bitte«, sagte Charles kurz.

»Am stärksten ist das Wasser mit Benzol verseucht, der Anteil ist unglaublich. Es enthält aber auch geringere Bestandteile von Toluol, Trichloräthylen und Tetrachlorkohlenstoff. Scheußliches Zeug! Darin können Sie bei Bedarf Ihre Ölpinsel reinigen. Einen ausführlichen Bericht erhalten Sie heute nachmittag.«

Charles bedankte sich und legte auf. Die Angaben des Chemikers überraschten ihn nicht, aber er war froh, endlich einen schriftlichen Beweis zu haben. Unfreiwillig tauchte in seinen Gedanken wieder das Bild von Michelle auf. Hastig griff er zum Bostoner Telefonbuch auf dem Regal über seinem Schreibtisch, um den Gedanken sofort auszulöschen. Er schlug die Eintragungen unter dem Kennwort Landesverwaltung auf und fand für die Umweltschutzbehörde mehrere Nummern angegeben. Er wählte die Nummer der allgemeinen Auskunftsstelle. Ein Anrufbeantworter teilte ihm mit, daß die USB von neun bis siebzehn Uhr geöffnet war. Es war noch keine neun Uhr.

Dann blätterte Charles zu den Eintragungen der Bundesstaatsbehörden von Massachusetts. Er wollte etwas über das Auftreten von Lymphkrankheiten und Leukämie entlang des Pawtomack River herausfinden. Aber eine Stelle, die Tumore oder Krebsfälle registrierte, war nicht im Telefonbuch eingetragen. Statt dessen blieb sein Auge an dem Eintrag ›Bevölkerungsstatistik‹ hängen. Er wählte die angegebene Nummer, erhielt aber nur dieselbe Auskunft wie bei der USB. Charles sah auf die Uhr und stellte überrascht fest, daß es noch zwanzig Minuten dauern würde, bis auch die Bürokratie zu arbeiten anfing.

Er ging hinüber zu Ellen und begann, ihr beim Aufbau der Analyseapparatur zu helfen, mit der sie überprüfen wollten, ob eine der mit dem Brustkrebsantigen injizierten Mäuse eine höhere Aktivität des Immunsystems zeigte. Ellen schwieg demonstrativ. Charles wußte auch so, daß sie wütend war. Er hatte das Gefühl, daß sie ihre Vertrautheit ausnutzte.

Während er ihr half, dachte er noch einmal über die letzten Schritte in seiner Forschungsarbeit nach. Was wäre, wenn die Mäuse, denen sie das Brustkrebsantigen injiziert hatten, sehr schnell auf das Antigen reagieren würden und ihre Sensibilität gegen die Krankheit mit dem Protein des Übertragungsfaktors auf die krebstragenden Mäuse übertragen werden könnte? Dann würden sich die krebstragenden Mäuse von dieser Zelldeformation selbst heilen können. Es war wunderbar einfach... vielleicht zu einfach, dachte Charles. Wenn es doch funktionieren würde. Wenn er doch die ganze Arbeit schneller vorantreiben könnte, für Michelle...

Als Charles das nächste Mal auf die Uhr sah, war es bereits nach neun. Er überließ Ellen ihrer mürrischen Laune, ging zurück zu seinem Schreibtish und wählte die Nummer der allgemeinen Auskunft bei der USB. Dieses Mal meldete sich eine Frau mit einem gelangweilten Bostoner Akzent in der Stimme.

Charles stellte sich vor und sagte, daß er einen besonders schweren Fall von Giftverseuchung eines Flusses melden wolle.

Die Frau war nicht besonders beeindruckt. Sie forderte ihn auf zu warten und verband weiter.

Wieder meldete sich eine Frauenstimme, die der ersten so

ähnlich war, daß Charles überrascht den Kopf hob, als die Frau ihn bat, sein Anliegen zu wiederholen.

»Sie haben die falsche Nebenstelle«, sagte die Frau. »Hier ist die Abteilung für Gewässerfragen, aber wir befassen uns nicht mit Wasserverschmutzung. Sie müssen sich an die Abteilung für giftige Chemikalien wenden. Einen Moment.«

Wieder mußte er warten. Dann ertönte ein Klicken in der Leitung, dem das Freizeichen folgte. Charles legte auf und zog sich das Telefonbuch heran. Unter den Nummern der USB suchte er sich die der Abteilung für giftige Chemikalien heraus und wählte.

Wieder glich die Frauenstimme, die sich meldete, den ersten beiden auf den Ton. Charles fragte sich verwundert, ob bei der USB Menschen geklont wurden. Er wiederholte seine Eingabe, worauf er sich belehren lassen mußte, daß die Abteilungen für giftige Chemikalien nicht mit Rechtsverletzungen befaßt war. Er sollte statt dessen die Abteilung für Öl- und andere Verschmutzungen mit gefährlichen Stoffen anrufen. Die Frau nannte ihm die Nummer und legte auf, bevor er noch antworten konnte.

Er wählte die neue Nummer und tastete die Zahlen so heftig ein, daß sein Mittelfinger mit einem stechenden Schmerz protestierte.

Wieder eine Frau! Charles wiederholte seine Klage zum vierten Mal, ohne seine Verärgerung noch länger zu verbergen.

»Wann ist das Wasser verseucht worden?« fragte die Frau.

»Das war kein einmaliger Unfall. Es wird dauernd etwas in den Fluß geleitet.«

»Dann tut es mir leid«, sagte die Frau. »Wir befassen uns nur mit einmaligen Verschmutzungen.«

»Könnte ich bitte Ihren Vorgesetzten sprechen«, stieß Charles wütend hervor.

»Einen Moment«, seufzte die Frau.

Charles wartete voller Ungeduld, seine freie Hand rieb nervös über seine Wangen. Er schwitzte.

»Kann ich Ihnen behilflich sein?« meldete sich auch diesmal eine Frauenstimme.

»Das hoffe ich sehr«, sagte Charles. »Ich rufe an, um einen Betrieb anzuzeigen, der regelmäßig Benzol in einen Fluß leitet. Benzol ist ein Gift.«

»Leider befassen wir uns nicht mit derartigen Fällen«, unterbrach ihn die Frau. »Sie müssen sich an die zuständige Bundesbehörde wenden.«

»Was?« schrie Charles. »Womit befaßt sich die USB denn überhaupt?«

»Wir sind eine Verwaltungsbehörde«, sagte die Frau. »Wir sind für die Durchführung der Gesetzesbeschlüsse zum Umweltschutz zuständig.«

»Dann würde ich aber annehmen, daß die Giftverseuchung eines Flusses etwas ist, daß Sie interessieren sollte«, sagte Charles.

»Das könnte durchaus sein«, stimmte die Frau zu. »Aber erst, nachdem die Staatsbehörden den Fall überprüft haben. Darf ich Ihnen die Nummer der zuständigen Dienststelle geben?«

»Tun Sie das«, sagte Charles müde. Als er aufgelegt hatte, hob er kurz den Kopf und merkte, daß Ellen ihn die ganze Zeit ansah. Er warf ihr einen finsteren Blick zu, und sie ging zurück an ihre Arbeit.

Charles wartete auf das Freizeichen, dann wählte er von neuem.

»Das habe ich jetzt alles verstanden«, sagte die Frau, nachdem sie ihm eine Zeitlang zugehört hatte. »Aber von welchem Fluß sprechen Sie?«

»Dem Pawtomack«, erwiderte Charles. »Mein Gott, hab' ich am Ende wirklich die zuständige Behörde gefunden?«

»Sicher doch«, bestätigte ihm die Frau. »Und wo steht der Betrieb, der das Gift in den Fluß leitet?«

»Es ist Recycle in Shaftesbury«, antwortete Charles.

»Shaftesbury?« fragte die Frau. »Das ist in New Hampshire, nicht wahr?«

»Das schon, aber...«

»New Hampshire fällt nicht in unseren Zuständigkeitsbereich.«

»Aber der Fluß verläuft hauptsächlich durch Massachusetts.«

»Das kann schon sein«, sagte die Frau. »Aber seine Quelle liegt in New Hampshire. Dort müssen Sie anrufen.«

»Herr, gib mir Kraft«, murmelte Charles.

»Wie bitte?«

»Haben Sie die Nummer der zuständigen Behörde?«

»Nein. Sie müssen die Auskunft anrufen.«

Dann war die Leitung tot.

Charles rief die Auskunft für New Hampshire an und erhielt die Nummer der allgemeinen Auskunft der Staatsbehörden. Eine Kontrollbehörde für Wasserverschmutzung war nicht eingetragen. Charles wählte die allgemeine Nummer und wurde an die gewünschte Nebenstelle weitervermittelt. Zwar fürchtete er, inzwischen bereits wie eine Schallplatte zu klingen, aber geduldig trug er seine Eingabe noch einmal vor.

»Sollen wir Ihren Bericht anonym behandeln?« fragte die Frau.

Überrascht von der Frage fehlten Charles einen Moment die Worte für eine Antwort. »Nein. Mein Name ist Dr. Charles Martel, R. D. Nr. 1, Shaftesbury.«

»Ja«, sagte die Frau gedehnt, als ob sie seine Angaben mitschrieb. »Und wo wird die angebliche Verschmutzung verursacht?«

»In Shaftesbury. Von einer Firma, die Recycle Ltd. heißt. Sie leiten Benzol in den Pawtomack.«

»Gut«, sagte die Frau. »Vielen Dank für Ihren Anruf.«

»Einen Moment noch!« rief Charles. »Was werden Sie jetzt tun?«

»Ich werde die Sache einem unserer Ingenieure übergeben«, sagte die Frau. »Er wird den Fall überprüfen.«

»Wann?«

»Das kann ich nicht genau sagen.«

»Aber ungefähr doch.«

»Wir haben im Augenblick sehr viel mit einigen Ölverschmutzungen in Portsmouth zu tun. Deshalb wird es wahrscheinlich noch einige Wochen dauern.«

Einige Wochen waren nicht das, was Charles hören wollte.

»Ist irgendeiner Ihrer Ingenieure zufällig im Büro?«

»Nein. Sie sind beide unterwegs. Warten Sie! Einer kommt gerade. Möchten Sie mit ihm sprechen?«

»Bitte.«

Es entstand eine kurze Pause, dann meldete sich eine männliche Stimme: »Larry Spencer.«

Rasch erzählte ihm Charles, warum er angerufen hatte und daß er es für das beste hielt, wenn sich sofort jemand um die Flußvergiftung kümmerte.

»Wir haben in dieser Dienststelle ein großes Personalproblem«, erklärte der Ingenieur.

»Aber der Fall ist sehr ernst. Benzol ist ein gefährliches Gift. Und es leben viele Menschen am Fluß.«

»Jeder Fall ist ernst«, erwiderte der Ingenieur.

»Kann man irgend etwas tun, um die Bearbeitung des Falles zu beschleunigen?«

»Im Grunde nicht«, antwortete der Ingenieur. »Aber Sie könnten vielleicht zur USB gehen und sehen, ob die an der Sache interessiert sind.«

»Da habe ich zuerst angerufen. Aber man hat mich dort an Sie verwiesen.«

»Sehen Sie!« sagte der Ingenieur. »Es ist immer schwer vorauszusagen, welchen Fall sie übernehmen. Nachdem wir erst einmal die Dreckarbeit gemacht haben, unterstützen sie uns für gewöhnlich. Aber manchmal interessiert sie eine Sache auch von Anfang an. Das System ist ziemlich verrückt und umständlich, aber es ist das einzige, was wir haben.«

Charles dankte dem Ingenieur und legte auf. Der Mann hatte vertrauenswürdig geklungen, und immerhin hatte er gesagt, daß man die USB vielleicht doch für den Fall interessieren könnte. Aus den Angaben im Telefonbuch hatte Charles gesehen, daß die USB im John-F.-Kennedy-Gebäude des Verwaltungszentrums von Boston untergebracht war. Er wollte es nicht noch einmal mit einem Anruf versuchen. Statt dessen beschloß er, persönlich bei der Behörde vorzusprechen. Ruhelos stand Charles auf und nahm seine Jacke aus dem Schrank.

»Ich bin gleich wieder da«, rief er Ellen zu.

Ellen antwortete nicht. Sie wartete noch einige Minuten, nachdem sich die Tür hinter Charles geschlossen hatte, dann sah sie vorsichtig den Flur hinunter. Charles war nicht mehr zu sehen. Sie ging zurück zu ihrem Schreibtisch und wählte die Nummer von Dr. Morrison. Sie war jetzt endgültig überzeugt, daß Charles sich verantwortungslos benahm, selbst wenn man die Krankheit seiner Tochter in Betracht zog. Ellen fand es nicht fair von ihm, daß er nicht nur seinen, sondern auch ihren Arbeitsplatz gefährdete. Dr. Morrison hörte ihr ernst und aufmerksam zu, dann sagte er, daß er sofort ins Labor kommen würde. Bevor er auflegte, ließ er noch einfließen, daß ihre Hilfe in dieser schwierigen Angelegenheit nicht unberücksichtigt bleiben würde.

Als Charles das Weinburger-Institut verließ, fühlte er, wie sein Zorn langsam wieder anwuchs. Alles lief anders, als er es sich vorgestellt hatte. Sogar sein Rachefeldzug. Nach der langwierigen Telefoniererei war er sich nicht mehr so sicher, ob er wirklich etwas gegen die Recycle Ltd. tun konnte, außer selbst mit seinem alten Gewehr den Betrieb zu stürmen. Wieder stieg das quälende Bild von Michelle in ihrem Bett in seinen Gedanken auf. Charles konnte nicht sagen, was ihn so sicher sein ließ, daß die Chemotherapie bei ihr nicht wirken würde. Vielleicht brauchte er diese erschreckende Vorstellung nur, um sich selbst dazu zwingen zu können, mit dem Schlimmsten fertig zu werden. Denn andererseits mußte er zugeben, daß die Chemotherapie ihre einzige Hoffnung war. »Wenn sie schon Leukämie haben muß, warum kann es dann nicht eine lymphozythische sein, bei der die Chemotherapie so erfolgreich wirkt«, schrie Charles und riß an dem Lenkrad seines Pinto.

Ohne es zu bemerken, war seine Geschwindigkeit unter sechzig Stundenkilometer gefallen, was die anderen Fahrer auf seiner Spur sofort in Wut versetzte. Ein wildes Hupkonzert brach los, und Fäuste wurden geschüttelt, als die anderen Wagen ihn überholten.

Nachdem er den Wagen im Parkhaus des Verwaltungszentrums abgestellt hatte, ging Charles den schlauchartigen Durchgang zwischen dem JFK-Gebäude und dem Rathaus hinunter. Die engstehenden Mauern wirkten wie ein Windkanal, und Charles mußte sich gegen die Böen stemmen, um vorwärts zu kommen. Die Sonne schien im Moment nur schwach, aber von Westen zog schon wieder eine graue Wolkenbank auf. Die Temperatur lag bei fünf Grad minus.

Charles ging durch die Drehtür und suchte nach einer Hinweistafel. Zu seiner Linken waren Fotografien von John F. Kennedy ausgestellt, geradeaus, direkt neben dem Fahrstuhl, wurden an einem provisorisch aufgestellten Stand Kaffee und Schmalzgebäck verkauft. Während Charles sich von einer Bedienung zeigen ließ, wo die Hinweistafel stand, legte sich auf seine Jacke ein dünner Staubfilm aus Puderzucker. Die Tafel war hinter einer Fotoserie verborgen, die Kennedy als lächelnden Teenager zeigte. Die USB war im dreiundzwanzigsten Stock untergebracht. Charles konnte sich gerade noch in den Fahrstuhl drängen, bevor die Türen sich schlossen. Charles ließ seinen Blick über die anderen Fahrgäste wandern. Verwundert stellte er fest, daß die meisten in grünen Polyesterstoff gekleidet waren.

Im dreiundzwanzigsten Stock stieg Charles aus und folgte dem Hinweis ›Direktor‹. Das schien ein vielversprechender Anfang zu sein.

Unmittelbar hinter der Eingangstür stand ein winkelförmiger Schreibtisch, hinter dem eine füllige Frau thronte, deren Haar in eine dichte Lockenpracht gelegt war. In ihrem Mundwinkel hing eine Zigarettenspitze aus Bergkristall, die eine lange, dünne Zigarette hielt. Aber nicht weniger auffallend war ihr gewaltiger Busen, der die Reißfestigkeit ihres Blusenstoffs auf eine harte Probe stellte. Als Charles sich ihrem Platz näherte, ordnete sie sich mit einem Blick in ihren Taschenspiegel die Locken an ihren Schläfen.

»Entschuldigen Sie bitte«, sagte Charles. Er fragte sich, ob sie vielleicht die Frau war, mit der er telefoniert hatte. »Ich möchte eine Eingabe gegen einen Betrieb machen, der Benzol in einen Fluß leitet. An wen muß ich mich da wenden?«

Während sie weiter ihr Haar ordnete, sah die Frau argwöhnisch zu Charles auf. »Ist Benzol eine gefährliche Substanz?« fragte sie.

»Sehr gefährlich«, antwortete Charles.

»Dann sollten Sie, glaube ich, hinuntergehen in den neunzehnten Stock zur Abteilung für gefährliche Stoffe«, sagte sie in einem Ton, der die Ergänzung ›Sie ignoranter Bauer‹ erwarten ließ.

Nachdem er acht Treppen hinuntergelaufen war, betrat Charles den neunzehnten Stock, auf dem eine ganz andere

Atmosphäre herrschte. Bis auf die tragenden Mauern waren alle anderen herausgerissen worden, so daß man von einer Seite des Gebäudes bis zur anderen sehen konnte. Hüfthohe Metallgitter teilten die Fläche in Ecken und Nischen, und über dem ganzen Labyrinth hing eine Glocke aus Zigarettendunst und dem unverständlichen Gemurmel Hunderter von Stimmen.

Charles betrat den Irrgarten und sah, daß in regelmäßigen Abständen Hinweissäulen wie Straßenschilder aufgestellt waren, die den Besucher zu den verschiedenen Abteilungen lenkten. Die Abteilung für gefährliche Stoffe lag Gott sei Dank nahe dem Treppenhaus, das Charles heruntergekommen war. Während er nach den Hinweisen für die Unterabteilungen Ausschau hielt, passierte er die Nebenstellen Lärm, Luft, Pestizide und die Abteilung für Strahlungsschäden. Hinter der Unterabteilung für feste Abfälle sah er einen Hinweis auf die für Giftmüll. Eilig ging er in die angegebene Richtung.

Als er vom Hauptgang abbog, stand Charles wieder vor einem Schreibtisch, der wie eine Barriere den Zugang ins Innere der Abteilung versperrte. Es war ein kleiner Arbeitstisch, hinter dem ein schlaksiger Schwarzer saß, der sich offensichtlich alle Mühe gegeben hatte, sein krauses Haar glatt zu bekommen. Doch zu seiner Ehre muß gesagt werden, daß er Charles sofort aufmerksam zuhörte. Er war elegant gekleidet und hatte eine so betont deutliche Aussprache, als ob er längere Zeit in England gelebt hätte.

»Ich fürchte, Sie sind hier nicht richtig«, sagte der junge Mann, nachdem Charles sein Anliegen vorgebracht hatte.

»Ihre Abteilung befaßt sich nicht mit Benzol?«

»Wir sind schon für Benzol zuständig«, antwortete der Mann. »Aber wir erteilen nur die Verwendungserlaubnis für gefährliche Stoffe.«

»Was würden Sie mir denn raten, wohin ich mich wenden sollte?« fragte Charles so ruhig wie möglich.

»Hmmm.« Der Mann legte seinen sorgfältig manikürten Zeigefinger an die Nase. »Um ehrlich zu sein, weiß ich das auch nicht. So ein Fall ist mir noch nie begegnet. Aber warten Sie, ich werde einmal nachfragen.«

Mit einer leichten Bewegung stand er auf, ging um den Tisch

herum und verschwand im Inneren des Labyrinths. Auch als Charles ihn schon nicht mehr sehen konnte, hörte er noch das klackende Geräusch seiner Metallabsätze, das deutlich vom Geklapper der Schreibmaschinen zu unterscheiden war. Unruhig wartete Charles. Er befürchtete, daß seine ganzen Anstrengungen am Ende umsonst sein würden.

Dann kam der junge Mann zurück.

»Genau weiß es eigentlich niemand«, sagte er entschuldigend. »Aber die Kollegen meinten, daß Sie es einmal bei der Abteilung für Wasserkontrolle im zweiundzwanzigsten Stock versuchen sollten. Vielleicht kann man Ihnen dort weiterhelfen.«

Charles bedankte sich, der Schwarze hatte immerhin versucht, etwas für ihn zu tun, und ging zurück zum Treppenhaus. Mit gedämpftem Optimismus, aber gewachsenem Zorn stieg Charles die sechs Treppen zum zweiundzwanzigsten Stock hinauf. Im Flurraum des einundzwanzigsten Stocks mußte er sich an drei jungen Männern vorbeischieben, die unbekümmert einen Joint herumgehen ließen. Sie musterten Charles mit unverschämter Arroganz.

Die zweiundzwanzigste Etage war halboffen gestaltet, geschlossene Bürotrakte wechselten mit offenen Flächen, die wieder mit Raumteilern aufgegliedert waren. An einem Wasserspender nahe dem Treppenaufgang fand Charles einen Richtungshinweis zur Abteilung für Wasserkontrolle.

Als Charles bei der Dienststelle ankam, war der Empfangsschalter nicht besetzt. Eine Zigarette, die noch im Aschenbecher glimmte, ließ ihn vermuten, daß jemand in der Nähe sein mußte; aber nachdem er eine Zeitlang gewartet hatte, war noch immer niemand gekommen. Charles trat um den Tisch herum und ging in das Innere des Bürobereichs. In einigen der Arbeitsnischen sah er Leute, die telefonierten oder an ihrer Schreibmaschine saßen. Charles ging weiter, bis er einen Mann traf, der einen Stapel Broschüren trug.

»Entschuldigen Sie bitte«, sagte Charles.

Der Mann setzte den Papierturm auf seinem Schreibtisch ab und wandte sich Charles zu. Fast schon wie ein Sprechautomat wiederholte Charles sein Anliegen. Während der Mann über eine Antwort nachzudenken schien, richtete er seinen

Broschürenstapel ordentlich auf. Dann sah er wieder zu Charles auf.

»Für solche Fälle ist diese Abteilung nicht zuständig.«

»Mein Gott noch einmal«, explodierte Charles. »Dies ist die Abteilung für Wasserkontrolle, und ich möchte einen Fall von Gewässerverunreinigung anzeigen.«

»Jetzt fahren Sie mich doch nicht gleich so an«, verteidigte sich der Mann. »Wir überwachen nur Anlagen zur Wasseraufbereitung und Kanalisationseinrichtungen.«

»Entschuldigen Sie bitte«, sagte Charles. Seine Stimme klang nicht besonders bedauernd. »Sie können sich nicht vorstellen, wie frustrierend das alles ist. Ich habe eine einfache Beschwerde. Ich weiß, daß ein Betrieb Benzol in einen Fluß leitet.«

»Vielleicht sollten Sie es einmal bei der Abteilung für gefährliche Stoffe versuchen.«

»Da war ich bereits.«

»Oh.« Der Mann dachte weiter nach. »Dann gehen Sie doch zur Prüfungsabteilung in den dreiundzwanzigsten Stock. Dort wird die Einhaltung der Erlasse und Gesetze zum Umweltschutz überwacht.«

Einen Moment sah Charles den Mann verblüfft an. »Prüfungsabteilung?« wiederholte er. »Warum hat mir das bis jetzt niemand gesagt?«

»Tut mir leid«, sagte der Mann.

Während Charles diesmal ein anderes Treppenhaus zum dreiundzwanzigsten Stock hinauflief, murmelte er halblaut Flüche vor sich hin. Er ging an der Finanzverwaltung vorbei, an der Personalabteilung, der Planungsabteilung und der Entwicklungsabteilung. Die nächste Tür nach der Herrentoilette war die Prüfungsabteilung. Charles ging hinein.

Eine junge Schwarze, geschmückt mit einer großen, rosagetönten Brille, die gerade den neuesten Sidney-Sheldon-Roman las, sah ihn fragend an. Sie mußte gerade an einer spannenden Stelle gewesen sein, denn sie zeigte deutlich ihre Verärgerung darüber, gestört zu werden.

Charles erzählte ihr, was er wollte.

»Damit kenne ich mich nicht aus«, sagte die junge Frau.

»Mit wem kann ich dann darüber sprechen?« fragte Charles langsam.

»Das weiß ich nicht«, antwortete die Frau und wandte sich wieder dem Roman zu.

Charles stützte sich mit der linken Hand auf ihrem Schreibtisch ab, und mit der Rechten riß er ihr das Taschenbuch aus den Händen. Dann schlug er es so geräuschvoll auf die Tischplatte, daß die junge Frau erschrocken zurückwich.

»Jetzt habe ich leider Ihre Stelle verschlagen«, sagte Charles. »Aber ich möchte gerne mit Ihrem Vorgesetzten sprechen.«

»Miß Stevens?« fragte die Frau. Unsicher wartete sie darauf, was Charles als nächstes machen würde.

»Wenn es Miß Stevens ist, bitte.«

»Sie ist heute nicht hier.«

Charles trommelte nervös mit den Fingern auf die Tischplatte. Nur mühsam widerstand er dem Verlangen, über den Tisch zu greifen und die Frau wild zu schütteln.

»Na schön«, sagte er. »Und wer ist ihre Stellvertreterin?«

»Mrs. Amendola?« fragte die Frau ängstlich.

»Mich interessiert nicht, wie sie heißt.«

Ohne Charles aus den Augen zu lassen, stand die junge Frau auf und verschwand hinter einer Tür.

Als sie zurückkam, fünf Minuten später, wurde sie von einer etwa fünfunddreißigjährigen Frau begleitet, die sorgenvoll zu Charles sah.

»Ich bin Mrs. Amendola, die Stellvertreterin von Miß Stevens. Kann ich Ihnen behilflich sein?«

»Das hoffe ich«, sagte Charles. »Mein Name ist Dr. Charles Martel, und ich versuche hier seit einiger Zeit, eine Eingabe gegen einen Betrieb zu machen, der giftige Chemikalien in einen Fluß leitet. Man hat mich von einer Abteilung zur anderen geschickt, bis jemand auf die Idee kam, mir zu verraten, daß es hier auch eine Prüfungsabteilung gibt. Aber als ich dann hierher kam, war Ihre Empfangsdame wenig kooperativ. Deshalb wollte ich einen Vorgesetzten von ihr sprechen.«

»Ich habe dem Herrn gesagt, daß ich mich damit nicht auskenne«, erklärte die junge Schwarze.

Mrs. Amendola überlegte einen Moment, dann lud sie Charles ein, ihr zu folgen.

Nachdem sie an einem Dutzend kleiner Arbeitszimmer vorbeigekommen waren, betraten sie ein fensterloses Büro, dessen Wände mit Urlaubsplakaten dekoriert waren. Mrs. Amendola wies einladend auf einen freien Sessel; sie selbst zwängte sich hinter ihren Schreibtisch.

»Sie müssen das verstehen«, sagte Mrs. Amendola. »Es kommen hier selten einfach Leute herauf, die so eine Beschwerde wie Sie haben. Aber das entschuldigt natürlich nicht das laxe Auftreten meiner jungen Kollegin.«

»Was, zum Teufel, prüfen Sie denn, wenn nicht Giftstoffe, die die Umwelt verseuchen«, erwiderte Charles mit einem feindlichen Ton in der Stimme. Nachdem sie ihn in ihr Büro gebracht hatte, um ihn zu besänftigen, hatte Charles das Gefühl, daß sie ihn umgehend in eine andere Abteilung schicken würde.

»Unsere Hauptaufgabe besteht darin, zu überprüfen, daß die Firmen, die mit gefährlichen Stoffen oder Müll umgehen, auch die dafür erforderlichen Genehmigungen eingeholt haben«, erklärte Mrs. Amendola. »Das Gesetz verpflichtet sie dazu, und wir kontrollieren die Einhaltung der Gesetze. Manchmal müssen wir einen Fall vor Gericht bringen und mit einer Geldstrafe ahnden lassen.«

Charles legte sein Gesicht in seine Hände und massierte seinen Kopf. Anscheinend war Mrs. Amendola gar nicht bewußt, wie absurd es war, was sie gerade beschrieb.

»Fühlen Sie sich nicht wohl?« Mrs. Amendola beugte sich in ihrem Stuhl vor.

»Lassen Sie mich noch einmal nachfragen, damit ich Sie richtig verstehe«, sagte Charles. »Die erste Pflicht der Prüfungsabteilung der USB ist es, dafür zu sorgen, daß der Papierkram auch richtig erledigt wird. Ihre Aufgabe hat nichts mit der Kontrolle des Wasserreinhaltungsgebotes zu tun oder anderer Bestimmungen?«

»Das ist nicht ganz richtig«, antwortete Mrs. Amendola. »Sie dürfen nicht vergessen, daß die ganze Umweltproblematik noch relativ neu ist. Es gibt noch nicht einmal gesetzliche Regelungen für sämtliche Bereiche. Unser erster Schritt ist, sämtliche Benutzer gefährlicher Materialien und Stoffe zu registrieren und sie über die geltenden Vorschriften zu informieren. Dann, und wirklich erst dann, sind wir in der Lage, gegen Verletzungen der Vorschriften vorzugehen.«

»Dann können im Moment also die Skrupellosen unter den Betriebsleitern machen, was sie wollen«, sagte Charles.

»Das ist wieder nicht ganz richtig«, erwiderte Mrs. Amendola. »Wir haben eine Gutachterabteilung, die Teil unseres Analyselaboratoriums ist. Unter der gegenwärtigen Regierung sind uns zwar die Finanzmittel gekürzt worden, und die Abteilung ist, zugegeben, auch sehr klein, aber dorthin sollte Ihre Eingabe gehen. Wenn die Gutachterabteilung eine Rechtsverletzung eindeutig nachgewiesen hat, wird der Fall uns übergeben, und wir betrauen dann einen der Anwälte der USB mit der Sache. Und jetzt, Mr. Martel, sagen Sie mir, wie das Unternehmen heißt, gegen das sich Ihre Beschwerde richtet.«

»Es ist die Recycle Ltd. in Shaftesbury«, sagte Charles.

»Warum überprüfen wir nicht die Genehmigungsunterlagen der Firma«, sagte Mrs. Amendola und stand hinter ihrem Schreibtisch auf.

Charles folgte ihr aus dem kleinen Büro hinaus und einen langen Gang hinunter. Vor einer besonders gesicherten Tür blieb sie stehen und schob eine Plastikkarte in einen schmalen Schlitz.

»Wir sind an einen sehr klugen Zentralcomputer angeschlossen«, sagte Mrs. Amendola und hielt Charles die Tür auf. »Deshalb müssen wir es mit den Sicherheitsvorschriften so genau nehmen.«

In dem Raum war die Luft sauber und kühl. Nicht die geringste Spur von Zigarettenqualm war zu riechen. Offensichtlich wurde auf das Wohl der Computerterminal mehr geachtet als auf die Gesundheit der Angestellten. Mrs. Amendola setzte sich vor ein freies Bildschirmgerät und tastete den Firmennamen ein: ›Recycle Ltd., Shaftesbury, N. H.‹ Es dauerte zehn Sekunden, bis der erste Kathodenstrahl den Bildschirm erleuchtete. In Computerkurzschrift wurde Recycle Ltd. knapp beschrieben, was der Betrieb herstellte und daß er dem Chemiekonzern Breur in New Jersey gehörte. Dann wurden alle gefährlichen Chemikalien aufgelistet, die zur Wiederaufbereitung der Gummi- und Kunststoffabfälle verwendet wurden. Schließlich folgten die genauen Daten, wann für die einzelnen Chemikalien Genehmigungsanträge gestellt worden waren und das Datum ihrer Zulassung zur Produktion.

»Was interessiert Sie am meisten?« fragte Mrs. Amendola.
»Das Benzol.«
»Lesen Sie die Daten selbst. USB-Registriernummer UO 19. Das scheint alles in Ordnung zu sein. Ich glaube nicht, daß irgendeine Rechtsverletzung vorliegt.«
»Aber sie schütten das Zeug direkt in den Fluß!« rief Charles. »Das kann doch nicht erlaubt sein.«
Die anderen Mitarbeiter sahen bei Charles' heftigem Wutausbruch erschrocken von ihrer Arbeit auf. Es war ein ungeschriebenes Gesetz, daß im Computerraum nur wie in einer Kirche geflüstert wurde.
Sofort senkte Charles seine Stimme. »Können wir in Ihr Büro zurückgehen?«
Mrs. Amendola nickte.
Wieder in dem kleinen Büro, rutschte Charles auf die Kante seines Sessels vor. »Ich werde Ihnen jetzt die ganze Geschichte erzählen, Mrs. Amendola, weil ich glaube, daß Sie mir vielleicht helfen können.«
Charles berichtete von Michelles Leukämie, daß Tad Schonhauser an aplastischer Anämie gestorben war; wie er das Benzol in ihrem kleinen Teich entdeckt hatte und was er bei Recycle erfahren hatte.
»Mein Gott!« rief Mrs. Amendola aus, als er geendet hatte.
»Haben Sie auch Kinder?« fragte Charles.
»Ja!« In ihrer Stimme schwang ehrliche Furcht mit.
»Dann verstehen Sie vielleicht, was ich empfinde«, sagte Charles. »Und vielleicht können Sie dann auch begreifen, warum ich unbedingt etwas gegen den Betrieb unternehmen will. Mit Sicherheit leben noch viele Kinder am Pawtomack. Aber ich brauche jemanden, der mir hilft.«
»Sie wollen, daß ich die USB für den Fall interessiere«, sagte Mrs. Amendola. Es war eine Feststellung, keine Frage.
»Genau«, erwiderte Charles. »Oder sagen Sie mir, wie ich das schaffen kann.«
»Das beste ist es, wenn Sie Ihre Eingabe schriftlich machen. Und adressieren Sie sie an mich!«
»Das ist kein Problem«, sagte Charles.
»Und wie steht es mit Beweisen? Können Sie da auch irgend etwas beibringen?«

»Ich habe bereits eine Analyse des Wassers aus unserem Teich«, sagte Charles.

»Nein, nein«, unterbrach Mrs. Amendola ihn. »Ich meine etwas aus dem Betrieb selbst: die Aussage eines ehemaligen Angestellten, gefälschte Unterlagen, Fotos von der Gifteinleitung, irgend etwas in der Art.«

»Auch das müßte möglich sein«, sagte Charles. Er dachte an einen Fotobeweis. Charles besaß eine Polaroidkamera.

»Wenn Sie mir irgendeinen Beweis liefern, kann ich die Sache unserer Gutachterabteilung zur Prüfung übergeben. Und dann wären wir in der Lage, eine gründliche Untersuchung des Betriebs durchzuführen. Es liegt jetzt also an Ihnen. Sonst muß die Angelegenheit warten, bis sie in der Reihenfolge der Beschwerdeeingänge erledigt wird.«

Als Charles das JFK-Gebäude verließ, hatte er wieder gegen ein Gefühl der Mutlosigkeit anzukämpfen. Seine Hoffnung, irgendeine Behörde überzeugen zu können, etwas gegen den Recyclingbetrieb zu unternehmen, war beträchtlich gesunken. Dafür bereitete ihm die Vorstellung, die Sache selbst in die Hand zu nehmen, immer größeren Genuß.

Je länger er über den Breur-Konzern nachdachte, um so wütender wurde er auf die Handvoll engstirniger Geschäftsleute, die sich in ihren holzgetäfelten Büros in New Jersey langweilten und ihm sein Glück zerstören und das Liebste nehmen konnten. Als er auf den Parkplatz des Weinburger-Instituts bog, beschloß er, bei dem Chemiekonzern anzurufen, um den Herren einmal deutlich seine Meinung zu sagen.

Seit die Medien den Brighton-Skandal aufgegriffen hatten, waren die Sicherheitsbestimmungen am Institut verschärft worden. Charles mußte erst gegen die Glastür klopfen, bevor er eingelassen wurde. Er wurde von Roy, dem Wachmann, begrüßt, der ihn nach seinem Institutsausweis fragte.

»Ich bin es, Roy«, sagte Charles und wedelte mit der Hand vor Roys Gesicht. »Dr. Martel.«

»Vorschriften«, erklärte Roy. Er hielt die Hand noch immer ausgestreckt.

»Verwaltungsunsinn«, murmelte Charles wütend und suchte nach seinem Ausweis. »Was denken die sich als nächstes aus?«

Roy zuckte die Schultern und wartete, bis Charles ihm die Karte unter die Nase hielt. Erst dann trat er einen Schritt zur Seite. Sogar die gewöhnlich so schüchterne Miß Andrews sah heute zur Seite, ohne ihn wie üblich mit einem Lächeln zu einem kurzen Gespräch einzuladen.

Charles schleuderte seine Jacke in den Metallschrank, rief die Auskunft von New Jersey an und wählte die Nummer von Breur Chemicals. Während er auf den Anschluß wartete, ließ er seinen Blick durch das Labor wandern und fragte sich, ob Ellen wohl noch immer beleidigt war. Sie war nicht an ihrem Platz. Charles glaubte, daß sie in dem kleinen Nebenraum bei den Tieren war. In dem Moment meldete sich am anderen Ende der Leitung eine Stimme.

Später mußte Charles selbst zugeben, daß der Anruf unklug gewesen war. Er hatte an dem Morgen schon genug schlechte Erfahrungen gemacht, um wissen zu können, daß ein Riesenkonzern wie Breur seine Beschwerde als lästiges Gezeter abtun würde. Charles wurde an einen unbedeutenden Mitarbeiter der Abteilung für Öffentlichkeitsarbeit weitervermittelt.

Der Mann versuchte auch gar nicht, Charles zu beschwichtigen. Statt dessen beschuldigte er ihn, einer dieser unpatriotischen Dummköpfe zu sein, deren blödsinniges und unbegründetes Umweltgeschwafel die amerikanische Industrie in eine schlechte Wettbewerbslage gegenüber den ausländischen Konzernen brachte. Das Gespräch geriet zu einem lauten Wortwechsel, bei dem Charles immer wieder behauptete, daß Benzol in den Pawtomack geleitet würde, was der Mann jedesmal bestritt.

Wütend warf Charles den Hörer auf die Gabel und wirbelte in seinem Drehstuhl herum auf der Suche nach etwas, an dem er seinen Zorn ablassen konnte.

Die Tür öffnete sich, und Ellen betrat das Labor.

»Hast du es schon bemerkt?« fragte sie sonderbar gleichgültig.

»Was bemerkt?« fuhr Charles sie an.

»Die Protokollbücher von unserer Arbeit«, sagte Ellen, »sie sind weg.«

Charles sprang auf, kontrollierte hastig seinen Schreibtisch, dann die Arbeitstische.

»Du brauchst gar nicht erst nach ihnen zu suchen«, sagte Ellen. »Sie sind oben.«

»Warum, zum Teufel?«

»Nachdem du heute morgen gegangen warst, ist Dr. Morrison hier gewesen, um zu sehen, wie wir mit dem Canceran-Projekt zurechtkommen. Dabei hat er gesehen, wie ich den Mäusen das Brustkrebsantigen injiziert habe. Ich muß dir nicht erklären, wie empört er war, daß wir noch immer unsere eigene Arbeit weitermachen. Man hat mir aufgetragen, dir auszurichten, daß du sobald wie möglich zu Dr. Ibanez ins Büro kommen sollst.«

»Aber warum haben sie die Protokolle an sich genommen?« fragte Charles. Angst legte sich über seinen Zorn. So sehr er die Verwaltung haßte, genauso fürchtete er sie auch. Seit seiner Zeit auf der Universität lebte er mit dieser Furcht, denn dort hatte er begriffen, daß irgendeine willkürliche Entscheidung der Dekane sein ganzes Leben beeinflussen konnte. Und jetzt war die Verwaltung in sein Labor eingedrungen und hatte aus lauter Willkür seine Versuchsprotokolle an sich genommen, was in Charles' Augen einer Geiselnahme gleichkam. Der Inhalt der Protokollbücher war in seinem Bewußtsein untrennbar mit seinem Versuch, Michelle zu helfen, verbunden, wie sehr der in Wirklichkeit auch an den Haaren herbeigezogen sein mochte.

»Die Frage stellst du wohl besser Dr. Morrison und Dr. Ibanez«, sagte Ellen. »Offen gesagt, habe ich es immer gewußt, daß so etwas passieren mußte.«

Ellen seufzte und schüttelte den Kopf. Ihr Verhalten überraschte Charles und steigerte noch sein Gefühl, allein und verlassen zu sein.

Müde stieg Charles die Treppen zum zweiten Stock hinauf, wieder ging er an der nun schon gewohnten Reihe neugieriger Sekretärinnen vorbei und meldete sich zum zweiten Mal innerhalb von zwei Tagen bei Miß Veronica Evans. Obwohl sie offensichtlich nichts zu tun hatte, ließ sie sich geruhsam Zeit, bis sie Charles über den Rand der Brille hinweg zur Kenntnis nahm.

»Ja?« sagte sie, als ob Charles ein Diener wäre. Dann erklärte sie ihm, daß er noch warten müsse und sich so lange auf die kleine Ledercouch setzen solle. Charles war sicher, daß man ihn nur warten ließ, um ihm zu zeigen, was für eine kleine Schachfigur er war.

Zäh verstrich die Zeit. Charles konnte nicht sagen, welches Gefühl ihn am stärksten beherrschte: Wut, Furcht oder panischer Schrecken. Aber der Wille, die Versuchsprotokolle zurückzuholen, hielt ihn an seinem Platz. Er wußte nicht, ob sie eigentlich ihm gehörten oder dem Institut.

Je länger er wartete, um so sicherer war er, daß die Bücher mit seinen letzten Versuchsaufzeichnungen ein gewichtiger Verhandlungsgegenstand werden würden. Er fragte sich, ob Dr. Ibanez ihn jetzt sofort entlassen würde, und versuchte, sich darüber klarzuwerden, was er tun könnte, wenn er nicht gleich wieder eine Forschungsstelle finden würde. Und wenn sie ihn feuern würden, war er dann eigentlich noch versichert? Das war eine wichtige Frage, denn die Krankenhauskosten für Michelle würden astronomische Höhen erreichen.

Die Gegensprechanlage summte, und Miß Evans wandte sich gebieterisch zu Charles. »Der Direktor empfängt Sie jetzt.«

Als Charles das Zimmer betrat, stand Dr. Carlos Ibanez hinter seinem antiken Schreibtisch. Das Licht von dem Fenster in seinem Rücken ließ sein Haar und seinen Spitzbart aufscheinen wie poliertes Silber.

Vor seinem Schreibtisch saßen Joshua Weinburger senior und Joshua Weinburger junior, die Charles bisher nur bei den gelegentlichen Pflichtveranstaltungen des Instituts gesehen hatte. Obwohl er schon fast achtzig Jahre alt war, machte der Senior einen lebendigeren Eindruck als sein Sohn. Seine aufmerksamen blauen Augen musterten Charles mit großem Interesse.

Joshua Weinburger junior glich dem Stereotyp des erfolgreichen Geschäftsmannes. Er war entsprechend gekleidet und gab sich deutlich reserviert. Nur kurz sah er zu Charles. In seinem Blick lag Geringschätzung. Dann wandte er sich sofort wieder zu Dr. Ibanez.

Rechts von dem ausladenden Schreibtisch saß Dr. Morrison, der um keinen Deut weniger sorgfältig gekleidet war als Joshua Weinburger junior. In der Brusttasche seiner Anzugjacke steckte ein Seidentaschentuch, das akkurat gefaltet und an den Spitzen etwas bauschig gezupft worden war.

»Kommen Sie nur herein«, sagte Dr. Ibanez gutgestimmt.

Charles näherte sich dem riesigen Schreibtisch und bemerkte, daß ein fünfter Stuhl fehlte. Also stellte er sich zwischen die beiden Weinburgers und Morrison. Weil er nicht wußte, wo er seine Hände lassen sollte, schob Charles sie in die Taschen seiner Hose. Mit seinem durchgescheuerten Oxfordhemd, dem unmodern breiten Schlips und seiner schlecht gebügelten Hose wirkte er zwischen den Geschäftsleuten fehl am Platz.

»Ich denke, wir sollten sofort zur Sache kommen«, sagte Dr. Ibanez. »Die Herren Weinburger waren so freundlich, als assoziierte Beisitzende des Rats der Direktoren zu uns zu kommen, um uns in der gegenwärtigen Krise zu unterstützen.«

»So ist es«, sagte Weinburger jr. und drehte sich leicht in seinem Sessel, um Charles ansehen zu können. Anscheinend litt er an einem nervösen Kopfzittern, denn sein Kopf bewegte sich in schnellen, kurzen Bewegungen vor und zurück. »Für gewöhnlich ist es nicht die Politik des Direktoriums, Dr. Martel, in den kreativen Forschungsprozeß einzugreifen. Gelegentlich verlangen die Umstände jedoch, daß wir diese Regel verletzen, und im Augenblick befinden wir uns in einer solchen Situation. Ich darf doch davon ausgehen, daß auch Sie wissen, wie wichtig das Medikament Canceran für den Pharmakonzern Lesley ist. Um es ganz offen zu sagen, Lesley Pharmaceuticals befindet sich in einer äußerst prekären Finanzlage. Während der letzten Jahre sind die Patente, die das Unternehmen auf dem Markt der Antibiotika und der Beruhigungsmittel hielt, ausgelaufen, und um so verzweifelter sucht man dort jetzt nach einem Medikament, das die Marktposition des Konzerns halten kann. Deshalb hat man die knappen Geldreserven im Bereich der Chemotherapie investiert, und Canceran ist das Ergebnis dieser Investitionen. Lesley besitzt sämtliche Patente an dem Präparat, aber sie müssen jetzt dringend mit dem Medikament auf den Markt kommen können. Je eher, desto besser.«

Charles sah prüfend von einem zum anderen. Offensichtlich sollte er nicht fristlos entlassen werden. Die Absicht war wohl, ihn weich zu reden und von den finanziellen Realitäten zu überzeugen, damit er dann die Arbeit an dem Canceran-Projekt wieder aufnahm. Er sah einen leisen Hoffnungsschimmer. Die Weinburgers konnten nicht ohne Vernunft und Klugheit an ihre machtvolle Position gelangt sein. In Gedanken begann Charles eine Antwort zu formulieren, die sie davon überzeugen könnte, daß Canceran eine schlechte Investition war, daß es ein hochgiftiges Medikament war, das wahrscheinlich nie auf den Markt gelangen würde.

»Wir wissen bereits, was Sie über den erhöhten Giftgehalt des Canceran herausgefunden haben«, sagte Dr. Ibanez und nahm einen leichten Zug von seiner Zigarre. Ohne es ahnen zu können, untergrub er Charles' unausgesprochene Erwiderung. »Wir wissen, daß Dr. Brightons Schätzungen nicht ganz genau waren.«

»Das ist eine sehr freundliche Art, es auszudrücken«, sagte Charles. Bestürzt stellte er fest, daß man ihm seine Trumpfkarte aus der Hand genommen hatte. »Offensichtlich sind sämtliche Daten, die Dr. Brighton erarbeitet hat, falsch.« Aus dem Augenwinkel beobachtete er die Reaktion der beiden Weinburgers auf seine Feststellung. Er sah nichts.

»Das ist sehr unglücklich«, stimmte Dr. Ibanez zu. »Die Lösung ist, retten, was noch zu retten ist, und sofort weiterarbeiten.«

»Aber nach meinen Schätzungen ist das Medikament extrem giftig«, sagte Charles verzweifelt. »Tatsächlich so giftig, daß es vielleicht nur in homöopathischen Dosen zu verabreichen sein wird.«

»Das ist nicht unsere Sorge«, sagte Joshua Weinburger jr. »Das ist ein Marketing-Problem. Und auf dem Gebiet ist Lesley Pharmaceuticals einfach außergewöhnlich. Die können auch Eis an Eskimos verkaufen.«

Charles war sprachlos. Darin war auch nicht mehr die geringste ethische Wertvorstellung enthalten. Ob das Produkt den Menschen helfen würde, interessierte überhaupt nicht. Es ging ums Geschäft – um das große Geschäft.

»Charles!« Dr. Morrison sprach zum ersten Mal. »Wir wollten Sie fragen, ob Sie die Studie zur Wirksamkeit und die zum Giftgehalt parallel bearbeiten können?«

Charles wandte sich zu Dr. Morrison und starrte ihn voller Verachtung an. »Eine Methode der Art, wie Sie sie vorschlagen, würde die induktive Forschung auf den reinen Empirismus reduzieren.«

»Es ist uns gleich, wie Sie es nennen«, sagte Dr. Ibanez lächelnd. »Wir wollten nur von Ihnen wissen, ob man so vorgehen kann.« Joshua Weinburger senior lachte. Er schätzte aggressive Leute und aggressive Ideen.

»Und es interessiert uns auch nicht, wie viele Versuchstiere Sie dazu brauchen«, sagte Morrison großzügig.

»Sehr richtig«, stimmte Dr. Ibanez zu. »Obwohl wir Sie bitten möchten, Mäuse zu benutzen, da sie wesentlich billiger sind. Aber Sie können so viele für Ihre Versuche verwenden, wie Sie wollen. Wir möchten Ihnen vorschlagen, die Untersuchungen zur Wirksamkeit mit einer breiten Streuung der verschiedensten Dosen durchzuführen. Am Ende der Versuchsreihe können dann neue Giftwerte hochgerechnet und gegen die falschen in der Giftwertstudie von Dr. Brighton ausgetauscht werden. So einfach wäre das, und wir würden eine Menge Zeit sparen! Was sagen Sie dazu, Charles?«

»Bevor Sie antworten«, fuhr Morrison dazwischen, »sollte ich Sie vielleicht darauf hinweisen, daß wir Sie im Falle einer Ablehnung gehen lassen müßten, um uns jemand anderen zu suchen, der dem Canceran-Projekt die Aufmerksamkeit widmet, die es verdient.«

Charles sah von einem Gesicht zum anderen. Seine Furcht und seine panische Angst waren verschwunden. Geblieben waren sein Zorn und seine Verachtung. »Wo sind meine Versuchsprotokolle?« fragte er mit müder Stimme.

»Sicher und behütet in meinem Safe«, antwortete Dr. Ibanez. »Sie sind Eigentum des Instituts, aber Sie werden Sie zurückerhalten, sobald Sie das Canceran-Projekt beendet haben. Wir waren der Meinung, daß ihre eigenen Versuchsprotokolle vielleicht eine zu große Versuchung für Sie sind.«

»Es kann nicht genug betont werden, wie eilig das alles ist«, fügte Joshua Weinburger jr. hinzu. »Aber um Ihnen einen zusätzlichen Ansporn zu geben, setzen wir Ihnen eine Prämie von zehntausend Dollar für den Fall aus, daß Sie in fünf Monaten eine erste Voruntersuchung abschließen können.«

»Ich halte das für sehr großzügig«, sagte Dr. Ibanez. »Aber Sie müssen sich nicht in diesem Moment entscheiden. Sie sollen sich auf keinen Fall zu etwas genötigt fühlen. Ihre Entscheidung hat vierundzwanzig Stunden Zeit. Gleichzeitig, das werden Sie verstehen, werden wir uns bereits nach einem etwaigen Ersatz für Sie umsehen. Bis dann also, Dr. Charles Martel.«

Angewidert machte Charles auf dem Absatz kehrt und ging zur Tür. Als er die Hand schon auf der Klinke hatte, hielt die Stimme von Dr. Ibanez ihn noch einmal zurück. »Da ist noch etwas. Das Direktorium und die Verwaltung möchten Ihnen ihr Bedauern über die tragische Krankheit Ihrer Tochter aussprechen. Wir alle hoffen, daß sie bald wieder gesund wird. Und in dem Zusammenhang möchte ich noch anfügen, daß der Krankenschutz der Institutsversicherung nur für die Dauer Ihrer Beschäftigung gilt. Auf Wiedersehen, Dr. Martel.«

Charles hätte am liebsten aufgeschrien. Statt dessen lief er in wilder Flucht den Flur der Verwaltungsabteilung entlang und hastete die Treppen zu seinem Labor hinunter. Aber dort angekommen, wußte er nicht, ob er überhaupt noch bleiben wollte. Zum ersten Mal empfand er es als Schande, zum Weinburger-Institut zu gehören. Er haßte es, daß sogar sie schon von Michelle wußten. Ja, daß sie sogar versuchten, Michelles Krankheit gegen ihn auszuspielen. Gott, was für eine Schande!

Er ließ seinen Blick durch sein Labor wandern, das während der letzten acht Jahre sein zweites Zuhause gewesen war. Er hatte das Gefühl, jedes Glasgefäß und jedes Instrument zu kennen. Es schien ihm ungerecht zu sein, daß man ihn aus einer Laune heraus aus dieser Umgebung fortjagen konnte. Und gerade jetzt, wo seine Arbeit so große Fortschritte machte.

Sein Blick fiel auf die Zellkultur, die er mit Michelles Leukämiezellen angelegt hatte. Schwerfällig ging er hinüber zu dem Inkubator und sah über die sorgfältig aufgestellten Reihen der Reagenzgläser. Die Kultur schien sich gut zu entwickeln. Ein lang vermißtes Gefühl der Zufriedenheit durchlief ihn. Soweit er es beurteilen konnte, schien die Isolierung und Vermehrung eines Krebsantigens mit menschlichen Zellen genausogut zu funktionieren wie mit tierischen. Und da es bereits Zeit war für den nächsten Schritt, rollte Charles seine Hemdsärmel auf und steckte seinen Schlips zwischen zwei Hemdknöpfe. Arbeit war sein Betäubungsmittel. Immerhin blieben ihm noch vierundzwanzig Stunden, bis er sich den Forderungen der Verwaltung beugen mußte. Er wußte, auch wenn er es sich noch nicht eingestehen wollte, daß er um Michelles willen nachgeben mußte. Er hatte einfach keine andere Wahl.

9. Kapitel

Als Cathryn das Beth-Israel-Hospital verließ, wo sie Marge Schonhauser besucht hatte, waren ihre Nerven bis an die Grenze des Erträglichen gespannt. Sie hatte damit gerechnet, daß Marge in einer schlimmen Verfassung sein mußte; warum hätte man sie sonst in ein Krankenhaus einliefern sollen. Aber auf das, was sie dann zu sehen bekam, war Cathryn doch nicht vorbereitet gewesen. Irgendein Lebensnerv in Marges Gehirn mußte gerissen sein, denn sie war in eine tiefe Apathie gesunken und weigerte sich, zu essen oder zu schlafen. Cathryn hatte sich schweigend zu Marge gesetzt und war bei ihr geblieben, bis ein entsetzlicher, immer stärker anwachsender Druck sie wieder fortgetrieben hatte. Es war, als ob Marges Depression allmählich auf sie übergeflossen war. Cathryn floh zurück ins Kinderkrankenhaus, von dem grauenvollen Ende einer Tragödie zum Beginn einer neuen.

Der Fahrstuhl, der sie hinauf zur Station Anderson 6 brachte, war dicht besetzt. Cathryn dachte darüber nach, ob das, was mit Marge geschehen war, auch sie oder Charles treffen könnte. Charles war Arzt, und Cathryn hatte gedacht, daß er zumindest mit diesen Schattenseiten der Wirklichkeit besser zurechtkommen mußte. Aber sein Verhalten hatte sie in dem Punkt wenig beruhigt. So unerträglich ihr Krankheit und Krankenhaus auch waren, Cathryn versuchte doch, sich gegen die Zukunft zu wappnen.

Als der Fahrstuhl auf der Station 6 hielt, drängte Cathryn sich nach vorn, um die Türen noch zu erreichen, bevor sie sich wieder schlossen. Sie war voller Ungeduld, endlich zu Michelle zurückzukommen, denn das Kind hatte sie nur sehr zögernd gehen lassen. Schließlich war es Cathryn gelungen, Michelle zu überreden, sie nach dem Essen gehen zu lassen. Dafür hatte sie versprochen, in einer halben Stunde zurück zu sein. Und jetzt war schon fast eine Stunde verstrichen.

Am Morgen, nachdem Charles gegangen war, hatte sich Michelle an Cathryn geklammert und immer wieder darauf bestanden, daß ihr Vater zornig auf sie war. Was Cathryn auch dagegen gesagt hatte, es konnte Michelle nicht umstimmen.

In der Hoffnung, daß Michelle vielleicht schlafen würde, öffnete Cathryn die Tür zum Krankenzimmer. Auf den ersten Blick schien es auch so zu sein, denn Michelle bewegte sich nicht. Aber dann entdeckte Cathryn, daß das Kind seine Bettdecke zur Seite getreten hatte und von den Kissen tief ins Bett gerutscht war. Ein Bein lag merkwürdig verkrampft unter dem anderen. Als Cathryn einen Schritt nähergetreten war, sah sie, daß sich Michelles Brust heftig hob und senkte. Am meisten aber erschreckte Michelles Gesicht sie, es hatte einen bläulichen Schimmer angenommen, und die Lippen waren kastanienbraun verfärbt. Cathryn stürzte zum Kopfende des Bettes und griff nach Michelles Schultern.

»Michelle!« rief sie und schüttelte das Kind. »Was ist los?«

Michelles Lippen bewegten sich und ihre Augenlider flatterten hoch, aber es war nur Weißes zu sehen. Die Augen hatten sich in ihren Höhlen krampfartig verdreht.

»Hilfe!« schrie Cathryn. Sie lief zur Flurtür. »Hilfe!«

Die Oberschwester sprang hinter ihrem Schreibtisch hervor und lief zu Cathryn. Eine Stationsschwester folgte ihr. Aus dem Zimmer neben Michelles kam eine Hilfsschwester gelaufen. Sie alle stürzten an Michelles Bett und schoben die vor Entsetzen gelähmte Cathryn beiseite. »Laß einen Notruf durchgeben«, bellte die Oberschwester.

Die Hilfsschwester, die am Fußende des Bettes stehengeblieben war, lief zum Apparat der Haussprechanlage und gab an die Schwesternstation durch, daß ein Notarztteam alarmiert werden sollte.

Inzwischen hatte die Oberschwester Michelles Puls gefunden. Das Herz ging rasend schnell. »Fühlt sich wie eine Rhythmusstörung an; das Herz geht so schnell, daß man kaum die einzelnen Schläge fühlt«, sagte sie.

»Das denke ich auch«, stimmte die Stationsschwester zu. Sie legte die Manschette des Blutdruckmeßgeräts um Michelles Arm.

»Ihre Atmung ist zyanotisch«, sagte die Oberschwester. »Soll ich ihr eine Mund-zu-Mund-Beatmung geben?«

»Ich weiß es nicht«, sagte die Stationsschwester, während sie die Blutdruckmanschette aufpumpte. »Vielleicht hilft es gegen die Zyanose.«

Die Hilfsschwester kam zurück und legte Michelles verkrampftes Bein gerade. Die Oberschwester beugte sich über Michelle, hielt ihr die Nase zu, legte ihren Mund auf Michelles und blies Luft in Michelles Lungen.

»Ich habe ihren Blutdruck«, sagte die Stationsschwester. »Sechzig zu vierzig, aber er schwankt.«

Die Oberschwester setzte die Beatmung fort, aber Michelles hechelnder Atem beruhigte sich nicht. Die Oberschwester richtete sich wieder auf. »Ich glaube, ich behindere sie mehr, als daß ich ihr helfe.«

Cathryn stand an die Wand gepreßt, zu Tode erschrocken von dem, was sich vor ihren Augen abspielte. Sie wagte es nicht, sich zu bewegen, weil sie Angst hatte, im Weg zu sein. Sie verstand nicht, was eigentlich geschehen war. Aber sie fühlte, es war gefährlich. Und wo war Charles?

Dann wurde die Tür aufgerissen, und eine Frau stürmte herein. Sie war mit soviel Schwung in das Zimmer getreten, daß sie auf dem glattgebohnerten Kunststoffboden ausrutschte und sich nur mit einem schnellen Griff an die Türkante auf den Beinen halten konnte.

Es war eine Ärztin, die zum Krankenhaus gehörte. Sie lief sofort zum Bett und griff nach Michelles Handgelenk, um den Puls zu fühlen.

»Ich glaube, sie hat eine Rhythmusstörung«, sagte die Oberschwester. »Sie ist ein Leukämiefall. Myeloisch. Der zweite Tag ihrer Chemotherapie.«

»Irgendwelche Herzkrankheiten in der Vergangenheit?« fragte die Ärztin in forderndem Ton. Sie beugte sich über Michelle und zog ihre Augenlider hoch. »Zumindest sind die Pupillen zu sehen.«

Die drei Schwestern sahen sich gegenseitig an. »Wir glauben

nicht, daß sie schon früher Herzprobleme hatte. In ihrer Krankengeschichte ist nichts vermerkt.«

»Blutdruck?« fragte die Ärztin.

»Zuletzt sechzig zu vierzig, aber schwankend«, sagte die Stationsschwester.

»Akute Rhythmusstörung«, bestätigte die Ärztin. »Treten Sie einen Augenblick vom Bett zurück.«

Die Ärztin ballte ihre Hand zur Faust und schlug sie so heftig auf Michelles Thorax, daß es dumpf im Zimmer widerhallte. Der Ton ließ Cathryn zusammenzucken.

Ein sehr jung aussehender Chefarzt kam in das Zimmer gelaufen, gefolgt von zwei weiteren Ärzten, die einen kleinen Karren schoben, auf dem eine Unzahl medizinischer Instrumente stand und zwei elektronische Geräte.

Die Ärztin gab einen knappen Bericht über Michelles Zustand, während die Schwestern eilig die Leitungen des EKGs an Michelles Armen und Beinen befestigten.

Die Oberschwester beugte sich zu der Hilfsschwester und bat sie, Dr. Keitzman zu suchen.

Eines der Geräte auf dem Karren begann einen schmalen Streifen Papier abzurollen, auf dessen graphischen Linien Cathryn die Zacken eines EKGs erkennen konnte. Die Ärzte versammelten sich um den Karren, als ob sie Michelle für einen Moment vergessen hätten.

»Rhythmusstörung«, sagte der Chefarzt. »Verbunden mit Atemnot und Zyanose ist ihr Kreislauf akut gefährdet. Was heißt das, George?«

Einer der Ärzte sah erschreckt auf. »Wir sollten ihrem Herz sofort einen Stromimpuls geben... denke ich.«

»Du denkst völlig richtig«, pflichtete der Chefarzt bei. »Aber vorher ziehen wir zur Sicherheit eine Spritze Lidocain auf. Wieviel wiegt das Mädchen; fünfzig Kilogramm, oder?«

»Etwas weniger«, sagte die Ärztin.

»Schön, fünfzig Milligramm Lidocain. Und macht auch ein Milligramm Atropin fertig, falls sie hinterher einen zu niedrigen Rhythmus hat.«

Das Team arbeitete Hand in Hand. Während ein Arzt die Spritzen aufzog, holte ein anderer die Kontaktplatten hervor. Der dritte half, Michelle in die richtige Stellung zu bringen.

Eine Kontaktplatte wurde unter ihren Rücken gelegt, die anderen gegenüberliegend auf ihre Brust.

»Alles fertig, bitte zurücktreten«, sagte der Chefarzt. »Für den Anfang versuchen wir es mit einem Fünfzig-Watt-Schock, den wir für eine Sekunde geben. Achtung, jetzt.«

Er drückte einen Knopf, und einen kurzen Augenblick später zuckte Michelles Körper so heftig zusammen, daß ihre Arme und Beine in die Luft flogen.

Schreckensstarr sah Cathryn auf die Ärzte, die nicht auf Michelles heftige Reaktion zu achten schienen, sondern einfach bei ihren Apparaten stehenblieben. Cathryn sah, wie Michelle völlig verwirrt die Augen aufschlug und versuchte, den Kopf zu heben. Gott sei Dank wich der bläuliche Farbton jetzt aus ihrem Gesicht.

»Nicht schlecht!« rief der Chefarzt, nachdem er für einen Augenblick auf den EKG-Streifen gesehen hatte, der jetzt aus dem Gerät kam.

»John, du wirst wirklich immer besser«, stimmte die Ärztin zu. »Du solltest damit dein Geld verdienen, so gut machst du das.«

Die Ärzte lachten und wandten sich zu Michelle.

Atemlos kam Dr. Keitzman ins Zimmer gestürzt, die Hände tief in die Taschen seines Kittels vergraben. Ohne auf jemanden zu achten, trat er sofort an Michelles Bett. Seine Augen überflogen nervös ihren Körper. Dann griff er nach ihrem Handgelenk und fühlte ihren Puls.

»Geht es dir wieder gut, Prinzeßchen?« Er zog sein Stethoskop hervor.

Michelle nickte, aber sagte nichts. Sie sah benommen aus.

Cathryn sah beobachtend zu John, dem Chefarzt, der einen knappen Bericht über das Vorgefallene gab. Aber Cathryn verstand kein Wort der verschlüsselten Medizinersprache.

Dr. Keitzmans Oberlippe zuckte nach oben, als er sich über das Bett beugte und Michelles Brust abhörte. Zufrieden mit dem Ergebnis ließ er sich von John einen Streifen des EKGs reichen, den er prüfend durch die Finger seiner linken Hand zog. In dem Moment entdeckte er Cathryn, die noch immer gegen die Wand gepreßt stand. Keitzman warf der Oberschwester einen fragenden Blick zu. Die Oberschwester folgte seinen Augen zurück zu Cathryn und zuckte dann hilflos die Schultern.

»Wir haben wirklich nicht mehr daran gedacht, daß sie noch im Zimmer ist«, sagte sie wie zu ihrer Verteidigung.

Dr. Keitzman ging zu Cathryn und legte ihr eine Hand auf die Schulter. »Wie fühlen Sie sich, Mrs. Martel?« fragte Dr. Keitzman. »Ist alles in Ordnung?«

Cathryn versuchte zu antworten, aber ihre Stimme gehorchte ihr nicht. Sie nickte nur wie Michelle.

»Es tut mir leid, daß Sie das mit ansehen mußten«, sagte Dr. Keitzman. »Michelle scheint es jetzt wieder gut zu gehen, und sie hat ganz bestimmt nichts gespürt. Aber ich weiß, wie schockierend das alles auf einen Außenstehenden wirken muß. Lassen Sie uns doch einen Augenblick auf den Flur gehen. Ich möchte mit Ihnen sprechen.«

Cathryn versuchte über Dr. Keitzmans Schulter einen Blick auf Michelle zu werfen.

»Sie können sie ruhig einen Moment allein lassen«, versicherte Dr. Keitzman. Dann drehte er sich zu der Oberschwester. »Ich bin draußen vor der Tür. Sorgen Sie bitte dafür, daß ein Herzmonitor in das Zimmer kommt. Außerdem wünsche ich, daß sich ein Kardiologe die Patientin ansieht. Fragen Sie, ob Dr. Brubaker sofort herkommen kann.« Sanft drängte er Cathryn aus dem Zimmer. »Lassen Sie uns zur Schwesternstation hinuntergehen; dort haben wir mehr Ruhe.«

Dr. Keitzman führte Cathryn den Gang hinunter in den Aktenraum der Station. Der Raum war mit einfachen Stühlen und Tischen möbliert. Cathryn sah zwei Telefone, die an Tonbandgeräte angeschlossen waren. Dr. Keitzman zog einen Stuhl heran, auf den sich Cathryn dankbar niedersinken ließ.

»Soll ich Ihnen etwas zu trinken holen?« fragte Dr. Keitzman. »Vielleicht ein Glas Wasser?«

»Nein, danke«, brachte Cathryn mühsam hervor. Dr. Keitzmans ernste Art war eine Quelle neuer Ängste für sie. Angestrengt suchte sie in seinem Gesicht nach einem Fingerzeig. Es war schwer, die Augen hinter den dicken Brillengläsern auszumachen.

Die Oberschwester steckte ihren Kopf zur Tür herein. »Dr. Brubaker fragt, ob die Patientin zur Untersuchung hinübergebracht werden kann.«

Während Dr. Keitzman nachdachte, ging wieder ein Zucken durch sein Gesicht. »Erzählen Sie Dr. Brubaker, was gerade passiert ist, und daß es mir lieber wäre, wenn die Patientin jetzt absolute Ruhe hat. Die Untersuchung sollte nach Möglichkeit in ihrem Zimmer vorgenommen werden.«

»Ich richte es aus«, sagte die Oberschwester und verschwand wieder.

Dr. Keitzman wandte sich Cathryn zu. Er seufzte. »Mrs. Martel, ich glaube, ich muß jetzt offen mit Ihnen reden. Es geht Michelle nicht sehr gut. Und damit meine ich nicht die kleine Episode, die Sie eben miterleben mußten.«

»Aber was hatte Michelle denn gerade?« fragte Cathryn. Der Ton von Dr. Keitzman verunsicherte sie nur noch mehr.

»Ihr Herzschlag hat sich beschleunigt und ist dann außer Kontrolle geraten«, sagte Dr. Keitzman. »Normalerweise löst der obere Teil des Herzens den Schlag aus.« Mit einer unbeholfenen Geste versuchte er seine Worte zu erklären. »Aber aus irgendeinem Grund war bei Michelle dieser Impuls auf den unteren Herzteil übergesprungen. Warum? Das wissen wir noch nicht. Jedenfalls begann ihr Herz so schnell zu schlagen, daß ihm nicht mehr genügend Zeit blieb, seine Kammern richtig zu füllen. Das Blut wurde nicht mehr richtig weitergepumpt. Aber das scheint jetzt wieder unter Kontrolle zu sein. Viel mehr Sorgen macht mir, daß Michelle nicht auf die Chemotherapie anspricht.«

»Aber sie hat doch gerade erst angefangen!« rief Cathryn entsetzt. Das letzte, was sie wollte, war, sich ihre Hoffnungen nehmen zu lassen.

»Das ist schon richtig«, sagte Dr. Keitzman. »Doch Michelles Form der Leukämie reagiert gewöhnlich bereits in den ersten Tagen auf die Behandlung. Und dann ist Michelles Fall auch der aggressivste, den ich je kennengelernt habe. Gestern haben wir ihr ein sehr starkes Medikament gegeben. Es heißt Daunorubicin und ist von mir bereits sehr erfolgreich eingesetzt worden. Als ich heute morgen Michelles Blut untersucht habe, mußte ich schockiert feststellen, daß wir nicht die geringste Wirkung auf ihre Leukämiezellen erzielt haben. Obwohl das gelegentlich vorkommt, ist es doch sehr ungewöhnlich. Deshalb habe ich mich entschlossen, die Behandlung ein kleines bißchen abzuändern. Normalerweise verabreichen wir die zweite Dosis dieses Medikaments erst am fünften Behandlungstag. Ich habe sie Michelle statt dessen bereits heute morgen gegeben, zusammen mit dem Thioguanin und dem Cytarabin.«

»Warum erzählen Sie mir das alles?« fragte Cathryn.

»Ich sage Ihnen das im Hinblick auf das gestrige Verhalten Ihres Mannes«, antwortete Dr. Keitzman. »Und auf das, was Dr. Wiley und ich mit Ihnen besprochen haben. Ich fürchte, daß Ihr Mann sich von seinen Gefühlen hinreißen lassen wird und versuchen könnte, die Behandlung mit den Medikamenten abzubrechen.«

»Aber wenn sie nicht wirken, sollten sie vielleicht wirklich abgesetzt werden«, sagte Cathryn.

»Mrs. Martel, Michelle ist ein sehr krankes Kind. Diese Medikamente sind ihre einzige Chance, die Krankheit vielleicht doch zu überleben. Ja, es ist bedauerlich, daß sie bisher nicht gewirkt haben. Und Ihr Mann hat recht, wenn er sagt, daß Michelles Chancen nur sehr gering sind. Aber ohne Chemotherapie hat sie überhaupt keine.«

Cathryn fühlte ein stechendes Schuldgefühl durch ihren Körper zucken. Sie hätte Michelle schon vor Wochen ins Krankenhaus bringen sollen.

Dr. Keitzman erhob sich. »Ich hoffe, daß Sie meine Worte richtig verstanden haben. Michelle braucht Sie und Ihre ganze Kraft. Und jetzt bitte ich Sie, Ihren Mann anzurufen, damit er hierher kommt. Er muß wissen, was gerade vorgefallen ist.«

Noch bevor der Radioaktivitätszähler anfing, die Elektronen zu registrieren, die von den Reagenzgläsern ausgingen, wußte Charles, daß die Gewebekultur mit Michelles Leukämiezellen die radioaktiven Nukleotiden absorbiert und aufgenommen hatte. Diese war das letzte Stadium seines Versuchs, eine konzentrierte Lösung eines Oberflächenproteins herzustellen, das Michelles Leukämiezellen von ihren normalen Zellen unterschied. Dieses Protein war für Michelles Körper etwas Fremdes, aber der Blockierungsfaktor, von dem Charles wußte, daß er auch in Michelles Immunsystem wirkte, verhinderte, daß dieser Fremdkörper abgestoßen wurde. Diesen Blockierungsfaktor hatte Charles untersuchen wollen. Wenn er nur etwas mehr über die Wirkungsweise des Blockierungsfaktors gewußt hätte, vielleicht wäre es möglich gewesen, ihn zu hemmen oder sogar ganz auszuschalten. Charles war tief enttäuscht, seine Arbeit so nahe vor einer Lösung aller Fragen abbrechen zu müssen. Gleichzeitig mußte er eingestehen, daß ihn sein Projekt durchaus noch weitere fünf Jahre in Anspruch nehmen konnte und daß der Erfolg keinesfalls schon garantiert war.

Charles schloß den Inkubator mit der Gewebekultur und ging zu seinem Schreibtisch. Er wunderte sich, daß Ellen noch nicht ins Labor zurückgekommen war. Charles wollte noch einmal das Canceran-Projekt durchsprechen, und sie war die einzige Person, die genug davon verstand und der er noch vertraute.

Er setzte sich und versuchte, nicht mehr an das demütigende Gespräch mit Dr. Ibanez und den beiden Weinburgers zu denken. Statt dessen erinnerte er sich an seinen frustrierenden Besuch bei der Umweltschutzbehörde, was seine Stimmung auch nicht sonderlich hob. Im Grunde mußte er selbst über seine Naivität lachen, daß er tatsächlich geglaubt hatte, man bräuchte nur zu einer Regierungsbehörde zu gehen, um sofort etwas zu erreichen. Er überlegte, ob es für ihn überhaupt einen Weg gab, an ein Foto zu gelangen, das die Vergiftung des Flußwassers durch Recycle beweisen konnte. So sehr er das bezweifelte, er mußte es versuchen.

Aber wenn er ohnehin selbst den Beweis für den Umweltskandal zu liefern hatte, vielleicht sollte er Recycle dann auch gleich selbst vor Gericht bringen, ohne lange auf die USB zu warten. Charles wußte sehr wenig von Recht und Gesetz, aber es gab eine Informationsquelle, die ihm offenstand. Die Anwaltskanzlei, mit der das Weinburger-Institut zusammenarbeitete.

Die linke untere Schublade seines Schreibtisches benutzte Charles als Ablage für allgemeine Informationsbroschüren. Auf dem Boden des Fachs fand er, was er suchte, ein dünnes Heft mit dem Titel ›Willkommen im Haus: Dies ist Ihr Weinburger-Institut für Krebsforschung‹. Am Ende der Broschüre war eine Liste, die alle wichtigen Adressen verzeichnete, darunter auch die von Hubbert, Hubbert, Garachnik und Pearson. Hinter der Anschrift der Kanzlei waren mehrere Telefonnummern angegeben. Charles wählte die erste.

Nachdem Charles sich vorgestellt hatte, wurde er sofort zu Mr. Garachniks Büro durchgestellt. Auch hier war die Sekretärin außerordentlich herzlich, und innerhalb weniger Minuten war Charles mit Mr. Garachnik verbunden. Offensichtlich war das Weinburger-Institut ein geschätzter Klient.

»Ich hätte gern ein paar Auskünfte«, sagte Charles. »Ich möchte eine Klage gegen einen Betrieb einreichen, der Giftstoffe in einen Fluß leitet, und wüßte nun gern von Ihnen, wie ich dabei am besten vorgehen soll.«

»Das beste wäre es, wenn wir unseren Spezialisten für Umweltrecht mit der Sache betrauen«, sagte Mr. Garachnik. »Aber wenn Ihre Fragen mehr allgemeiner Natur sind, kann ich Ihnen vielleicht auch helfen. Beschäftigt sich das Weinburger-Institut jetzt auch mit Umweltfragen?«

»Nein«, sagte Charles. »Leider nicht. Ich bin persönlich an dem Fall interessiert.«

»Ich verstehe.« Mr. Garachniks Stimme wurde um einige Grade kühler. »Hubbert, Hubbert, Garachnik und Pearson befaßt sich leider nicht mit den Rechtsproblemen der Angestellten des Weinburger-Instituts. Es sei denn, es wird für den Einzelfall eine besondere Vereinbarung getroffen.«

»Dagegen hätte ich nichts einzuwenden«, entgegnete Charles. »Aber wenn ich Sie schon einmal am Apparat habe, könnten Sie mir doch ganz allgemein etwas zur Verfahrensweise sagen.«

Es entstand eine Pause. Mr. Garachnik wollte Charles fühlen lassen, wie weit unter seinem Status als Seniorpartner er diese Bitte empfand. »Das kann als Einzelklage oder als Klage einer Interessengemeinschaft behandelt werden. Wenn Sie eine Einzelklage führen wollen, müssen Sie einen persönlichen Schaden nachweisen können.«

»Ich habe einen persönlichen Schaden erlitten!« unterbrach Charles ihn heftig. »Meine Tochter ist an Leukämie erkrankt!«

»Dr. Martel«, sagte Mr. Garachnik in gereiztem Ton. »Als Arzt sollten Sie wissen, wie schwer ein ursächlicher Zusammenhang zwischen einer Leukämieerkrankung und einer

Wasserverschmutzung nachzuweisen ist. Aber egal, bei einer Gruppenklage mit dem Ziel, eine gerichtliche Verfügung gegen den Betrieb zu erreichen, muß kein persönlicher Schaden entstanden sein. Sie brauchen dazu aber die Unterstützung von dreißig bis vierzig Mitklägern. Wenn Sie die Angelegenheit weiterverfolgen wollen, sollten Sie sich an Thomas Wilson wenden. Er ist einer unserer neuen, jüngeren Anwälte und befaßt sich besonders mit Umweltfragen.«

»Spielt es eine Rolle, daß der Betrieb in New Hampshire liegt?« fragte Charles schnell.

»Nein. Nur muß die Klage dann ebenfalls bei einem Gericht in New Hampshire eingereicht werden«, antwortete Mr. Garachnik, der ihr Gespräch jetzt offensichtlich beenden wollte.

»Und was ist, wenn der Betrieb einem Konzern aus New Jersey gehört?«

»Das könnte zu Schwierigkeiten führen, muß es aber nicht«, sagte Mr. Garachnik plötzlich wieder mehr interessiert. »Von welchem Betrieb in New Hampshire sprechen Sie eigentlich?«

»Von einem Unternehmen in Shaftesbury. Es nennt sich Recycle Ltd.«, sagte Charles.

»Und gehört dem Chemiekonzern Breur in New Jersey«, fügte Mr. Garachnik schnell hinzu.

»Das stimmt«, sagte Charles überrascht. »Woher wissen Sie das?«

»Weil wir gelegentlich auch Breur vertreten. Und falls Ihnen das entgangen sein sollte, dem Breur-Konzern gehört ebenfalls das Weinburger-Institut, auch wenn es als gemeinnützige Institution geführt wird.«

Charles war sprachlos.

Mr. Garachnik fuhr fort. »Breur Chemical hat das Weinburger-Institut gegründet, als sie mit dem Kauf von Lesley Pharmaceuticals ihre Geschäfte auch auf den Pharmamarkt ausgedehnt haben. Ich bin damals dagegen gewesen. Aber der alte Weinburger senior war ganz besessen von der Idee. Ich hatte einen Eingriff der Kartellbehörden befürchtet, aber die gemeinnützige Gesellschaftsform des Instituts hat das verhindert. In jedem Fall, Dr. Martel, heißt Ihr eigentlicher Arbeitgeber Breur. Und unter dem Aspekt sollten Sie noch einmal alles genau überlegen, bevor Sie gegen irgend jemand Klage erheben.«

Langsam ließ Charles den Hörer auf die Gabel zurücksinken. Er konnte einfach nicht glauben, was er gehört hatte. Er hatte sich nie für die geschäftlichen Belange des Weinburger-Instituts interessiert, bis auf den Umstand, daß das Institut in der Lage war, ihm ein geeignetes Labor zur Verfügung zu stellen und ihn ausreichend mit Instrumenten und Material zu versorgen. Und jetzt hatte er erfahren, daß er für ein verschachteltes Unternehmenskonglomerat arbeitete, das einerseits für die Verseuchung eines Flusses mit krebserregenden Giften verantwortlich war und andererseits ein Forschungsinstitut unterhielt, dessen oberstes Ziel die Krebsbekämpfung war. Im Falle des Canceran kontrollierte die Muttergesellschaft nicht nur den Pharmabetrieb, der die Patente an dem Medikament erhielt, sondern auch das Forschungsinstitut, das die Wirksamkeit des Mittels nachweisen sollte.

Kein Wunder, daß das Direktorium des Weinburger-Instituts so großes Interesse an dem Canceran hatte!

Charles hatte seine Hand noch immer auf dem Hörer liegen, als das Telefon enervierend schrill losklingelte. Nach den erschreckenden Eröffnungen, die man ihm gerade gemacht hatte, überlegte er, ob er überhaupt abheben sollte. Bestimmt war es die Verwaltung, die ihn mit noch mehr Tücke weiter unter Druck setzen wollte.

Plötzlich mußte er wieder an Michelle denken. Der Anruf konnte auch etwas mit seiner Tochter zu tun haben. Er riß den Hörer von der Gabel.

Er hatte recht gehabt. Es war Cathryn; ihre Stimme hatte denselben beherrschten Ton wie am Tag zuvor. Die Angst schnürte ihm die Kehle zu.

»Ist alles in Ordnung?«

»Bei Michelle sind Komplikationen eingetreten. Es geht ihr nicht gut. Am besten kommst du gleich her.«

Charles riß seine Jacke aus dem Schrank und stürzte aus dem Labor. Am Ausgang trommelte er ungeduldig gegen die verschlossene Glastür.

»Schon gut, schon gut!« rief Miß Andrews und drückte auf den Türöffner. »Ist der jetzt verrückt geworden?«

Roy nestelte an seinem Revolver herum und zuckte die Schultern. Charles konzentrierte sich auf die Straße, um nicht an Michelle denken zu müssen. Aber nachdem er den Fluß überquert hatte, blieb er im dichten Verkehr auf der Massachusetts Avenue stecken. Nur zentimeterweise schob sich die Autoschlange vorwärts, und seine Gedanken eilten voraus in das Kinderkrankenhaus. Besorgt fragte sich Charles, was ihn dort erwarten würde. Immer wieder hörte er in seinem Kopf das Echo von Cathryns Worten: ›Bei Michelle sind Komplikationen eingetreten. Es geht ihr nicht gut.‹ Charles spürte, wie panische Angst in ihm aufstieg und seinen Magen schmerzhaft zusammenkrampfte.

Als er endlich einen Parkplatz für seinen Wagen gefunden hatte, eilte er in das Krankenhaus und drängte sich in den vollen Fahrstuhl. In jedem Stockwerk stiegen Leute aus und ein. Charles wäre vor Ungeduld fast verrückt geworden. Dann erreichten sie die sechste Etage. Als erster trat Charles auf den Flur und lief hinunter zu Michelles Zimmer. Die Tür war angelehnt. Charles ging ohne anzuklopfen hinein.

Eine elegante Frau mit blonden Haaren beugte sich über das Bett und hörte Michelles Herz ab. Als sie Charles eintreten hörte, richtete sie sich auf. Auf der anderen Seite des Bettes stand ein jung aussehender Arzt in einem weißen Kittel.

Charles warf nur einen flüchtigen Blick auf die Frau und wandte sich dann seiner Tochter zu. Tiefempfundenes Mitleid hatte alle anderen Gefühle in ihm verdrängt. Er hätte Michelle jetzt gerne schützend in seine Arme geschlossen, aber sie sah so erschreckend zart und zerbrechlich aus. Seinen erfahrenen Augen war nicht entgangen, daß sich ihr Zustand seit dem Morgen verschlechtert hatte. Michelles Gesichtsfarbe hatte einen grünlichen Ton angenommen, und Charles hatte während seiner Ausbildung gelernt, diese Veränderung als Zeichen des herannahenden Todes zu deuten. Ihr Gesicht war eingefallen, die Haut spannte sich über den Wangenknochen. Trotz der beiden Infusionsschläuche, von denen jeder in einem Arm Michelles endete, schien sie an Flüssigkeitsmangel zu leiden. Eine Folge des ständigen Erbrechens und des hohen Fiebers.

Michelle lag flach auf dem Rücken und sah ihren Vater mit müden Augen an. Obwohl ihr Leiden so deutlich von ihrem Gesicht abzulesen war, bemühte sie sich zu lächeln. Und für einen kurzen Moment leuchtete der helle Glanz in ihren Augen auf, mit dem sie Charles immer bezaubert hatte.

»Michelle«, sagte Charles sanft und beugte sich tief hinunter zu ihr. »Wie fühlst du dich?« Er wußte nichts anderes zu sagen. Ein dunkler Schatten legte sich auf Michelles Augen, und sie begann zu weinen. »Ich will nach Hause, Daddy.« Sie zögerte, ihm zu sagen, wie schlecht sie sich fühlte.

Verlegen, weil seine Gefühle ihn zu überwältigen drohten, biß Charles sich in die Unterlippe und sah zu der Frau, die neben ihm stand. Dann wandte er seinen Blick wieder zu Michelle, strich ihr volles schwarzes Haar zurück und legte ihr die Hand auf die Stirn. Sie war heiß und feucht. Das Fieber mußte noch gestiegen sein. Michelle griff nach seiner Hand und klammerte sich an ihr fest.

»Darüber reden wir gleich«, sagte Charles. Seine Lippen zitterten.

»Entschuldigen Sie bitte«, sagte die Frau. »Sie sind sicher Dr. Martel. Ich bin Dr. Brubaker. Dr. Keitzman hat mich gebeten, nach Michelle zu sehen. Ich bin Kardiologe. Und darf ich Ihnen auch Dr. John Hershing vorstellen, er ist unser Chefarzt.«

Charles gab sich keine Mühe, auf den freundlichen Ton einzugehen. »Was ist passiert?«

»Sie hatte eine schwere Herzrhythmusstörung«, sagte Dr. Hershing. »Aber ihre Herzfunktion und der Kreislauf sind jetzt wieder stabil.«

Charles sah Dr. Brubaker forschend an. Sie war eine große, schöne Frau mit ausgeprägten Gesichtszügen. Ihr blondes Haar war auf dem Kopf lose zusammengesteckt.

»Was hat die Rhythmusstörung verursacht?« fragte Charles. Michelle klammerte sich immer noch an seine Hand.

»Das können wir noch nicht genau sagen«, erklärte Dr. Brubaker. »Im Moment gehe ich davon aus, daß es entweder eine allgemein empfindliche Reaktion auf die zweite Dosis Daunorubicin war, oder ein Symptom, das zu ihrem Krankheitsbild gehört: eine langsame Erkrankung des Muskels. Aber bevor ich etwas Endgültiges sagen kann, muß ich meine Untersuchung beenden, wenn Sie gestatten. Dr. Keitzman und Ihre Frau sind im Aktenraum der Schwesterstation. Wenn ich es richtig verstanden habe, warten sie dort auf Sie.«

Charles wandte sich zu Michelle. »Ich komme gleich wieder, Liebling.«

»Geh nicht weg, Daddy«, bettelte Michelle. »Bleib bei mir.«

»Ich gehe ja nicht weit«, sagte Charles und löste sanft Michelles Hand von seinen Fingern. Immer wieder ging ihm Dr. Brubakers Bemerkung, daß Michelle eine zweite Dosis Daunorubicin erhalten hatte, durch den Kopf. Das klang äußerst ungewöhnlich.

Cathryn sah Charles den Flur hinunterkommen, noch bevor er sie entdeckt hatte. Sie sprang auf und schlang ihre Arme um seinen Hals.

»Ich bin so froh, daß du da bist, Charles.« Sie drückte ihr Gesicht gegen seine Schulter. »Das ist alles zu schwierig für mich.«

Charles hielt Cathryn im Arm und sah über sie hinweg in den Aktenraum. Dr. Wiley stand an einen Tisch gelehnt, die Augen auf den Boden gerichtet. Dr. Keitzman saß Charles direkt gegenüber auf einem Stuhl. Er hatte die Beine übereinandergeschlagen, seine Hände über dem rechten Knie gefaltet und schien angestrengt die Stoffqualität seiner Hose zu prüfen. Niemand sagte ein Wort, aber Charles spürte die gespannte Atmosphäre. Sein Blick wanderte zwischen den beiden Ärzten hin und her. Die Szene wirkte zu künstlich, zu gestellt. Irgend etwas stand unmittelbar bevor, und Charles haßte diese falsche Theatralik.

»Also gut«, sagte Charles herausfordernd. »Was geht hier vor?«

Wie auf Kommando sprachen Dr. Wiley und Dr. Keitzman gleichzeitig los und brachen ebenso plötzlich mitten in ihrem ersten Satz ab.

»Es geht um Michelle«, sagte Dr. Keitzman schließlich.

»Das habe ich angenommen«, erwiderte Charles. Der schmerzhafte Druck auf seinen Magen wurde noch größer.

»Ihre Reaktion auf die Behandlung ist nicht so, wie wir gehofft haben«, sagte Dr. Keitzman seufzend und sah Charles zum ersten Mal ins Gesicht. »Arztfamilien sind immer die problematischsten. Ich werde das das Keitzman-Gesetz nennen.«

Charles war nicht nach Humor zumute. Er starrte den Onkologen an, dessen Gesicht wieder nervös zusammenzuckte.

»Erklären Sie mir, was es mit dieser doppelten Dosis Daunorubicin auf sich hat.«

Dr. Keitzman schluckte. »Gestern hatten wir Michelle die erste Dosis gegeben, aber sie hat nicht darauf reagiert. Deshalb hat sie heute eine zweite Dosis bekommen. Wir müssen unbedingt die Leukämiezellen in ihrem Kreislauf vernichten.«

»Das entspricht nicht der gewöhnlichen Behandlungsmethode«, fuhr Charles den Onkologen an.

»Nein«, antwortete Dr. Keitzman zögernd. »Aber Michelle ist auch kein gewöhnlicher Fall. Ich wollte versuchen...«

»Versuchen!« schrie Charles. »Hören Sie zu, Dr. Keitzman.« Drohend stieß er seinen rechten Zeigefinger vor. »Meine Tochter ist nicht hier, damit Sie irgend etwas mit ihr versuchen. Was Sie wirklich sagen wollen, ist doch, daß Michelles Chance auf eine Remission so klein ist, daß Sie sogar bereit sind, mit ihr herumzuexperimentieren.«

»Charles!« rief Cathryn. »Das ist ungerecht.«

Aber Charles achtete nicht auf sie. »Tatsache ist doch, Dr. Keitzman, daß Sie längst sicher sind, daß sie die Krankheit nicht überleben wird. Sie sind sich so sicher, daß Sie sogar Ihre orthodoxe Chemotherapie aufgegeben haben. Sehen Sie, und ich bin mir nicht sicher, ob Ihre Experimentiererei Michelles Chancen nicht noch geringer werden läßt. Was ist denn mit ihrem Herz? Michelle hat nie Herzprobleme gehabt. Aber löst nicht Daunorubicin solche Probleme aus?«

»Ja«. gab Dr. Keitzman zu. »Aber gewöhnlich nicht so schnell. Ich weiß nicht, was ich von dem Vorfall zu halten habe. Deshalb ist ja auch ein Kardiologe hinzugezogen worden.«

»Und ich denke, die Medikamente sind schuld«, sagte Charles. »Ich habe der Chemotherapie zugestimmt, aber ich bin davon ausgegangen, daß Sie die Medikamente in normalen Dosen verabreichen. Ich bin mir nicht sicher, ob ich der Verdoppelung der Dosen zustimmen kann.«

»Wenn es so ist, dann sollten Sie vielleicht einen anderen Onkologen bemühen«, meinte Dr. Keitzman müde. Er stand auf und sammelte seine Unterlagen von dem Tisch neben ihm. »Oder führen Sie die Behandlung doch selbst durch.«

»Nein! Bitte!« sagte Cathryn. Sie ließ Charles los und griff nach Dr. Keitzmans Arm. »Bitte, Dr. Keitzman. Charles sorgt sich doch nur um Michelle. Sie dürfen uns nicht allein lassen.« Verzweifelt wandte sie sich an Charles. »Die Medikamente sind Michelles einzige Chance, Charles.« Sie sah wieder zu Dr. Keitzman. »Das stimmt doch, nicht wahr?«

»Ja, das stimmt«, sagte Dr. Keitzman. »Auch wenn es eine ungewöhnliche Methode ist, die Intensivierung der Chemotherapie ist die einzige Hoffnung, noch eine Remission zu erzielen. Und wir müssen sie schnell erzielen, wenn Michelle diese akute Phase überleben soll.«

»Was schlagen Sie vor, Charles«, fragte Dr. Wiley. »Nichts zu tun?«

»Die Krankheit wird nicht nachlassen«, sagte Charles düster.

»Das können Sie nicht sagen«, erwiderte Dr. Wiley.

»Es ist ihre einzige Chance«, sagte Cathryn.

Charles trat einen Schritt zurück. Er sah die anderen an, als ob sie ihn zwingen wollten, sich zu unterwerfen.

»Was denken Sie denn, wie Michelle behandelt werden sollte?« fragte Dr. Wiley wieder.

»Allein können wir ihr doch nicht helfen, Charles«, sagte Cathryn flehend.

Eine Stimme in Charles schrie, daß er einfach davonlaufen sollte. Hier im Krankenhaus, so nahe bei Michelle, konnte er keinen klaren Gedanken fassen. Die Vorstellung, Michelle noch zusätzlichen Leiden auszusetzen, war eine Qual, doch die Entscheidung, sie einfach sterben zu lassen, ohne um sie gekämpft zu haben, war genauso abschreckend. Es blieb ihm keine Wahl. Dr. Keitzman hatte recht, solange noch Hoffnung auf eine Remission bestand. Aber wenn es nicht mehr möglich war, die Krankheit zum Abklingen zu bringen, dann würden sie das sterbende Kind völlig sinnlos quälen. Mein Gott!

Plötzlich drehte Charles sich um und ging mit schnellen Schritten aus dem Zimmer. Cathryn lief ihm sofort hinterher. »Charles! Wo gehst du hin? Bitte, Charles, geh nicht fort! Laß mich nicht allein.«

Erst an der Treppe wandte er sich um und griff nach Cathryns Schultern. »Ich kann hier nicht nachdenken, und ich weiß nicht, was richtig ist. Jede Entscheidung ist schlimmer als die andere. Ich habe das alles schon einmal erlebt. Und die Erfahrung macht es nicht leichter. Ich muß jetzt erst einmal zu mir selbst finden. Es tut mir leid.«

Überwältigt von einem Gefühl der Hilflosigkeit sah Cathryn zu, wie Charles durch die Tür zum Treppenhaus verschwand. Sie stand allein in dem lauten Flur. Wenn es sein mußte, das wußte sie, dann würde sie mit der Situation fertig werden. Selbst wenn Charles es nicht konnte. Um Michelles willen mußte sie es. Langsam ging sie zurück zur Schwesternstation.

»Das merkwürdigste ist«, sagte sie mit zitternder Stimme, »daß Sie beide alles vorausgesehen haben.«

»Es mag ungerecht klingen, aber leider haben wir schon ähnliche Erfahrungen mit Arztfamilien machen müssen«, sagte Dr. Keitzman. »Wir sind der Meinung, daß etwas getan werden muß, um die weitere Behandlung von Michelle sicherzustellen.«

»Wir brauchen eine Art Garantie«, ergänzte Dr. Wiley.

»Hauptsächlich, weil die Zeit jetzt eine entscheidende Rolle spielt«, sagte Dr. Keitzman. »Selbst wenn die Behandlung nur für einen oder zwei Tage unterbrochen wird, kann das den Unterschied ausmachen zwischen Erfolg und Mißerfolg.«

»Wir möchten nicht unterstellen, daß Charles' Sorgen unbegründet sind«, versicherte Dr. Wiley.

»Ganz sicher nicht«, stimmte Dr. Keitzman ihm zu. »In Michelles Fall, mit zirkulierenden Leukämiezellen, die nicht auf die Behandlung ansprechen, sind die Erfolgsaussichten nicht besonders groß. Aber wir sollten auch die kleinste Chance nutzen, egal, um welchen Preis wir sie bekommen. Finden Sie das nicht auch, Mrs. Martel?«

Cathryn sah die beiden Ärzte an. Sie versuchten ihr etwas vorzuschlagen, aber sie verstand nicht, was es sein konnte. »Natürlich«, sagte Cathryn. Wie hätte sie anderer Meinung sein können? Natürlich verdiente Michelle, daß auch die kleinste Chance für sie genutzt wurde.

»Es gibt Mittel, die sicherstellen können, daß Charles nicht eigenmächtig Michelles Behandlung abbrechen kann«, sagte Dr Wiley.

»Natürlich muß man sie nur nutzen, wenn sie wirklich gebraucht werden«, sagte Dr. Keitzman. »Aber es ist gut, wenn man sie für den Fall der Fälle bereit hat.«

Es entstand eine Pause.

Cathryn hatte den Eindruck, daß die beiden Ärzte jetzt eine Antwort von ihr erwarteten, aber sie konnte sich immer noch nicht vorstellen, worauf die beiden die ganze Zeit anspielten.

»Ich will Ihnen ein Beispiel nennen«, sagte Dr. Wiley und beugte sich auf seinem Stuhl vor. »Nehmen wir an, ein Kind braucht dringend eine Bluttransfusion. Wenn es die nicht erhält, muß das Kind sterben. Und nehmen wir weiter an, daß einer der beiden Elternteile Zeuge Jehovas ist. Es kommt zum Streit zwischen den Eltern, wie das Kind behandelt werden soll. Die Ärzte wissen natürlich, daß die Transfusion wirklich nötig ist, um das Kind zu retten. Was tun sie also? Sie sorgen dafür, daß ein Gericht die Vormundschaft für das Kind auf den Elternteil überträgt, der der notwendigen Behandlung zustimmt. Die Gerichte sind zu dieser Maßnahme bereit, um die Rechte des Kindes zu sichern. Sie tun es nicht deshalb, weil sie etwa den Glauben des Elternteils, der nicht mit der Behandlung einverstanden war, mißachten. Sie tun es, weil sie es rechtlich nicht verantworten können, daß ein einzelner einem anderen aus persönlichen Gründen eine lebensrettende Behandlung vorenthält.«

Cathryn starrte Dr. Wiley voller Bestürzung an. »Sie wollen, daß ich hinter Charles' Rücken die Vormundschaft für Michelle übernehme?«

»Nur für diesen einen speziellen Punkt, daß die Behandlung von Michelle fortgeführt wird«, sagte Dr. Keitzman. »Es könnte dem Kind das Leben retten. Bitte, verstehen Sie, Mrs. Martel. Wir könnten das auch ohne Ihre Unterstützung erreichen. Wir könnten das Gericht bitten, einer dritten Person die Vormundschaft zu übertragen. Wir tun das auch in den Fällen, wenn beide Elternteile sich gegen eine normale Behandlungsmethode wenden. Aber es wäre alles viel einfacher, wenn Sie uns helfen.«

»Aber Sie behandeln Michelle doch nicht mehr nach der gewöhnlichen Methode«, erwiderte Cathryn. Sie erinnerte sich genau, was Charles gesagt hatte.

»Nun, so ungewöhnlich ist das, was ich mache, auch wieder nicht«, sagte Dr. Keitzman. »Ich bereite schon seit längerer Zeit eine Arbeit vor über die erhöhte Dosierung chemotherapeutischer Medikamente bei Fällen, die sich als so schwer erweisen wie der Michelles«

»Und Sie müssen zugeben, daß Charles sich äußerst merkwürdig verhalten hat«, fügte Dr. Wiley hinzu. »Vielleicht ist der Druck für ihn einfach zu groß. Es könnte sein, daß er gar nicht mehr in der Lage ist, eine vernünftige Entscheidung zu treffen. In der Tat, ich wäre sehr beruhigt, wenn Charles sich von geeigneter und dazu berufener Seite helfen lassen würde.«

»Sie meinen, er soll zu einem Psychiater gehen?« fragte Cathryn.

»Das hielte ich für sehr vernünftig«, sagte Dr. Wiley.

»Bitte, verstehen Sie uns, Mrs. Martel«, sagte Dr. Keitzman. »Wir versuchen nur, unser Bestes zu tun. Und als Michelles Ärzte gilt ihrem Wohl unsere erste Sorge. Wir glauben, daß wir alles für sie tun müssen, was in unserer Macht steht.«

»Ich bin Ihnen auch dankbar für Ihre Bemühungen«, sagte Cathryn. »Aber...«

»Wir wissen selbst, wie drastisch sich das anhört«, gab Dr. Keitzman zu. »Aber wenn die gesetzlichen Regelungen erst einmal getroffen sind, muß die Vormundschaft ja nicht in Anspruch genommen werden. Es sei denn, die Umstände machen es zwingend notwendig. Aber dann, wenn Charles wirklich versuchen sollte, in Michelles Behandlung einzugreifen oder sie sogar aus dem Krankenhaus zu nehmen, dann wären wir in der Lage, etwas dagegen tun zu können.«

»Ein bißchen Vorsorge ist manchmal die halbe Heilung«, betonte Dr. Wiley.

»Ich fühle mich nicht wohl bei der Vorstellung«, sagte Cathryn. »Aber Charles ist wirklich sehr sonderbar gewesen. Ich hätte nie gedacht, daß er mich einfach so allein lassen würde, wie er es vorhin getan hat.«

»Ich glaube, ich verstehe Ihren Mann«, antwortete Dr. Keitzman. »Ich habe das Gefühl, daß Charles ein Mann der Tat ist. Und dieses Situation, daß er überhaupt nichts für Michelle tun kann, muß ihn einfach verrückt machen, wenn ich so sagen darf. Sein Gemüt ist einer schrecklichen Belastung ausgesetzt, und deshalb glaube ich auch, daß ärztlicher Rat ihm nur helfen könnte.«

»Sie glauben doch nicht, daß er einen Nervenzusammenbruch bekommen kann?« fragte Cathryn mit wachsender Angst.

Dr. Keitzman sah fragend zu Dr. Wiley, ob er antworten wolle. Dann fuhr er selbst fort. »Ich fühle mich nicht berufen, das genau sagen zu können. Aber sicherlich ist die Belastung gegeben. Es ist eine Frage seiner Widerstandskraft, wie groß sie ist.«

»Ich halte es jedenfalls für möglich«, ergänzte Dr. Wiley. »Ich glaube auch, bestimmte Symptome sehen zu können, die dafür sprechen. Er scheint seine Gefühle nicht mehr kontrollieren zu können, und seine Wutausbrüche empfinde ich als völlig unangemessen.«

Cathryns Gefühle waren in wilder Aufruhr. Die Vorstellung, daß sie sich zwischen Charles und seine Tochter stellen sollte, zwischen den Mann, den sie liebte, und Michelle, die ihre Liebe gerade erst angenommen hatte, diese Vorstellung war undenkbar. Aber wenn die Last doch zu groß für ihn war und er Michelles Behandlung unterbrechen würde, dann müßte auch sie einen Teil der Schuld auf sich nehmen, weil ihr der Mut gefehlt hatte, den Ärzten zu helfen.

»Angenommen, ich wäre einverstanden mit dem, was Sie mir vorgeschlagen haben«, sagte Cathryn. »Was müßte ich dann tun?«

»Einen Moment«, erwiderte Dr. Keitzman und griff zum Telefon. »Das kann Ihnen der Hausanwalt hier sicherlich besser erklären als ich.«

Noch bevor Cathryn begriffen hatte, was geschah, war das Treffen mit dem Anwalt des Krankenhauses beendet, und schon folgte sie ihm eilig zum Gerichtsgebäude von Boston. Er hieß Patrick Murphy. Seine Haut war voller Sommersprossen, und das helle Braun seiner Haare war so unbestimmt, daß es auch einmal rot gewesen sein konnte. Das auffallendste an ihm war jedoch seine Ausstrahlung. Er war einer jener seltenen Menschen, die jeder sofort mochte. Auch Cathryn war darin keine Ausnahme. Trotz ihrer Verwirrung hatten sein freundliches und offenes Wesen und sein gewinnendes Lächeln sie entzückt.

Cathryn wußte nicht einmal mehr sicher, wann genau aus dem Gespräch über eine hypothetische Situation eine beschlossene Sache geworden war. Doch war ihr die Entscheidung, hinter Charles' Rücken die Vormundschaft für Michelle zu beantragen, so schwergefallen, daß es ihr nur recht gewesen war, wie unbemerkt alles vonstatten ging. Wie schon Dr. Keitzman hatte auch Patrick versichert, daß von den gesetzlichen Möglichkeiten nur in dem unwahrscheinlichen Fall Gebrauch gemacht werden würde, daß Charles versuchen sollte, die Behandlung von Michelle zu unterbrechen.

Trotzdem war Cathryn die ganze Sache noch immer nicht geheuer. Denn um noch rechtzeitig vor Amtsschluß um 16 Uhr im Gericht sein zu können, hatte sie nicht einmal mehr Zeit gehabt, sich von Michelle zu verabschieden.

»Hier entlang, bitte«, sagte Patrick und zeigte auf eine schmale Eisentreppe. Cathryn war noch nie im Gerichtsgebäude von Boston gewesen. Alles war ganz anders, als sie es sich vorgestellt hatte. Cathryn hatte etwas Großartiges, Symbolisches erwartet, das die Unerschütterlichkeit von Recht und Gesetz repräsentierte. Doch das Gericht, es stand bereits über einhundert Jahre, war nur schmutzig und niederdrückend. Aus Sicherheitsgründen mußte man das Gebäude auch noch durch das Kellergeschoß betreten. Cathryn wollte anfangs nicht glauben, daß die Eisentreppe, die sie hinaufstieg, der einzige öffentliche Zugang zum Gericht war. Dann erreichten sie die alte Haupthalle, und wenigstens hier war noch ein Schatten der ehemaligen Größe zu spüren. Die Halle war zwei Stockwerke hoch und von einer Rundbogendecke gekrönt. Die Stützpfeiler und der Fußboden waren aus Marmor. Doch der Putz an den Wänden war rissig und an vielen Stellen ausgeschlagen, und die kunstvoll gearbeiteten Stuckverzierungen sahen aus, als ob sie jeden Moment losbrechen und in die Halle hinunterfallen könnten.

Cathryn mußte sich beeilen, um Patrick wieder einzuholen, der schon an der Tür zum Vormundschaftsgericht wartete. Es war ein langer, schmaler Raum, der düster und verstaubt wirkte. Die rechte Seitenmauer war von Hunderten alter Holzpfeiler durchbrochen. Links stand ein langer, abgenutzter und zerkratzter Schalter, hinter dem ein Klüngel von Gerichtsangestellten plötzlich aus seinem Tagesschlummer zu erwachen schien, weil das Ende der Dienstzeit unaufhaltsam näher kam.

Cathryn hatte erwartet, daß der Raum vertrauenerweckend und beruhignd auf sie wirken würde. Sie hatte sich getäuscht. Statt dessen hatte sie das Gefühl, in eine morastige Falle der Bürokratie geraten zu sein. Aber Patrick ließ sie gar nicht erst zur Ruhe kommen. Er zog sie zu einem schmalen Schaltertisch am Ende des Raums.

»Ich möchte gerne einen Gerichtssekretär der Vormundschaftsabteilung sprechen«, sagte Patrick zu einer der gelangweilten Angestellten. Sie hatte eine Zigarette im Mundwinkel und ihren Kopf schräg auf die Schulter gelegt, damit ihr der Rauch nicht in die Augen steigen konnte. Die Frau zeigte auf einen Mann, der mit dem Rücken zu ihnen saß.

Der Mann hatte Patricks Bitte dennoch gehört und drehte sich zu ihnen herum. Er telefonierte gerade und machte ihnen ein Zeichen, daß er gleich zur Verfügung stehen würde. Als er schließlich sein Gespräch beendet hatte, stand er auf und kam zu Cathryn und Patrick herüber. Er mußte um die Vierzig sein und litt an unvorstellbarem Übergewicht. Die dicke schlaffe Fettschicht wackelte bei jeder Bewegung, die er machte. Sein Gesicht bestand nur noch aus fetten Wangentaschen, Bartfransen und tiefen Fettfalten.

»Wir haben einen Dringlichkeitsfall«, erklärte Patrick. »Wir möchten sofort mit einem der Richter sprechen.«

»Vormundschaftsübertragung in einem Krankheitsfall, Mr. Murphy?« fragte der Gerichtssekretär mit einem wissenden Ton in der Stimme.

»Sehr richtig«, antwortete Patrick. »Die notwendigen Unterlagen sind bereits alle ausgefüllt.«

»Ich muß zugeben, daß Sie immer besser werden«, sagte der Sekretär. Er sah auf die große Uhr an der gegenüberliegenden Wand. »Mein Gott, diesmal sind Sie wirklich auf die letzte Minute gekommen. Es ist ja schon fast vier. Ich sehe lieber gleich nach, ob Richter Pelligrino überhaupt noch hier ist.«

Er watschelte zu einem Durchgang hinter dem Schalter. Seine Arme schlenkerten steif wie die Pendel einer Uhr hin und her.

»Drüsenkrank«, flüsterte Patrick. Er legte seinen Aktenkoffer auf den Schaltertisch und ließ ihn aufspringen.

Cathryn sah Patrick Murphy von der Seite an. Er trug die typische Anwaltskleidung, einen altmodisch weitgeschnittenen Nadelstreifenanzug, dessen Hosenbeine in den Kniekehlen zerknittert waren und bereits fünf Zentimeter über den Schuhen endeten, so daß man noch die schwarzen Socken über den Fußknöcheln sehen konnte. Mit größter Sorgfalt ordnete er die Dokumente, die Cathryn schon im Krankenhaus alle unterschrieben hatte.

»Glauben Sie, daß es wirklich richtig ist, was ich tue?« fragte Cathryn plötzlich.

»Absolut«, antwortete Patrick. Er lächelte sie warm und freundlich an. »Es ist das beste für das Kind.«

Fünf Minuten später waren sie im Richterzimmer, und zum Umkehren war es damit zu spät.

Genausowenig wie das Gerichtsgebäude Cathryns Vorstellungen entsprochen hatte, tat es auch Richter Louis Pelligrino. Statt einer ältlichen, in Amtstracht gewandeten, sokratischen Persönlichkeit saß sie einem auffallend schönen, jüngeren Mann in einem elegant geschnittenen Maßanzug gegenüber. Nachdem er sich eine moderne Lesebrille aufgesetzt hatte, ließ sich der Richter von Patrick die Schriftstücke reichen. »Mein Gott, Mr. Murphy. Wie kommt es, daß Sie immer erst Punkt vier hier erscheinen?«

»Medizinische Notfälle richten sich eher nach einer biologischen als nach der Gerichtsuhr, Euer Ehren.«

Richter Pelligrino sah Patrick über die Halbgläser seiner Brille hinweg forschend an. Offensichtlich überlegte er, ob die Antwort nur ausgesprochen geistreich oder unverschämt anmaßend gewesen war. Er entschied sich für das erstere und lächelte dünn. »Sehr schön, Mr. Murphy. Diese Erklärung kann ich akzeptieren. Und jetzt erzählen Sie mir bitte etwas zu Ihrem Vormundschaftsersuchen.«

Während Patrick ausführlich die Umstände von Michelles Krankheit und Behandlung beschrieb und nachdrücklich das merkwürdige Verhalten von Charles herausstellte, prüfte Richter Pelligrino die eingereichten Formulare. Man hätte denken können, daß er dem Anwalt überhaupt nicht zuhörte.

Aber als Patrick bei seinen Ausführungen einmal ein grammatikalischer Fehler unterlief, sah der Richter sofort auf und korrigierte ihn.

»Und wo sind die eidesstattlichen Erklärungen von Dr. Wiley und Dr. Keitzman?« fragte Richter Pelligrino, als Patrick geendet hatte.

Der Anwalt beugte sich vor und durchblätterte eilig die Unterlagen, die ihm der Richter entgegenhielt. Besorgt griff er dann nach seiner Aktentasche und entdeckte zu seiner Erleichterung die beiden Dokumente auf den ersten Blick. Mit einer Entschuldigung reichte er sie über den Tisch.

Der Richter las sie mit aller Sorgfalt.

»Ich nehme an, daß Sie die Adoptivmutter sind«, sagte Richter Pelligrino zu Cathryn gewandt.

»So ist es«, antwortete Patrick. »Und sie ist verständlicherweise besorgt, daß die richtige Behandlung für das junge Mädchen beibehalten wird.«

Richter Pelligrino sah Cathryn prüfend an. Ihre Unsicherheit ließ ihr das Blut in die Wangen schießen.

»Ich möchte noch einmal ausdrücklich betonen«, fügte Patrick hinzu, »daß zwischen Cathryn und Charles Martel keine ehelichen Probleme bestehen. Die einzige Absicht unseres Ersuchens ist es, die Beibehaltung einer angemessenen Behandlung, wie sie von der medizinischen Fachwelt anerkannt und befürwortet wird, zu garantieren.«

»Das habe ich bereits verstanden«, sagte Richter Pelligrino. »Was ich nicht verstehe ist, daß der leibliche Vater nicht zur Einvernahme zugegen ist.«

»Aber das ist es doch gerade, weshalb Mrs. Martel die zeitweilige Vormundschaft beantragt«, sagte Patrick. »Erst vor wenigen Stunden hat Mr. Martel ohne erkennbaren Anlaß ein Treffen mit Mrs. Martel und Michelles Ärzten verlassen. Als letztes brachte er noch zum Ausdruck, daß die Behandlung, die Michelles einzige Überlebenschance ist, abgebrochen werden sollte. Und, das werden Sie zwar nicht in den Dokumenten finden, die Ärzte machen sich ernsthafte Sorgen über seinen Gemütszustand.«

»Das hört sich aber so an, als ob es in den Unterlagen festgehalten werden sollte«, sagte der Richter.

»Ich stimme Ihnen zu«, sagte Patrick. »Aber das würde voraussetzen, daß Mr. Martel einen Psychiater aufsucht. Vielleicht kann das bis zur großen Anhörung arrangiert werden.«

»Möchten Sie noch etwas hinzufügen?« fragte der Richter Cathryn. Sie verneinte mit kaum hörbarer Stimme.

Während Richter Pelligrino nachzudenken schien, schob er die Papiere auf seinem Schreibtisch hin und her. Schließlich räusperte er sich geräuschvoll. »Ich werde in diesem Notfall der zeitweiligen Vormundschaft zustimmen für den alleinigen Zweck, die allgemein anerkannte und ärztlich gutgeheißene Behandlung der Patientin sicherzustellen.« Mit einem Schwung aus dem Handgelenk unterzeichnete er den Antrag. »Weiterhin werde ich einen Vormund *ad litim* ernennen, der im Sinne dieses Beschlusses eingesetzt bleibt, bis bei der großen Anhörung die wesentlichen Punkte des Antrags geklärt werden können. Die Anhörung sollte in drei Wochen stattfinden.«

»Das wird schwierig werden«, sagte der Gerichtssekretär, der bisher geschwiegen hatte. »Ihr Terminkalender läßt das nicht zu.«

»Zum Teufel mit dem Terminkalender«, sagte Richter Pelligrino. Er unterschrieb das zweite Dokument.

»Aber drei Wochen sind eine viel zu kurze Zeit für uns zur ausreichenden Vorbereitung auf die Anhörung«, protestierte Patrick. »Wir werden medizinische Gutachten beibringen müssen. Außerdem muß die Rechtslage genau geklärt werden. Dafür brauchen wir mehr Zeit.«

»Das ist Ihr Problem«, sagte der Richter kühl. »Sie werden sich ohnehin schnellstens auf die vorläufige Anhörung vorbereiten müssen. Das Gesetz verlangt, daß sie in drei Tagen anberaumt wird. Am besten machen Sie sich also gleich an die Arbeit. Außerdem wünsche ich, daß der Vater des Kindes schnellstens von diesem Verfahren in Kenntnis gesetzt wird. Ich wünsche, daß ihm morgen entweder im Krankenhaus oder an seinem Arbeitsplatz eine Vorladung zugestellt wird.«

Verblüfft war Cathryn aus ihrem Sessel hochgeschreckt. »Sie wollen Charles über unser Gespräch unterrichten?«

»Aber selbstverständlich«, sagte der Richter und erhob sich. »Es wäre wohl kaum rechtens zu nennen, wenn wir einem Elternteil seine Vormundschaft absprechen, ohne ihm davon etwas zu sagen. Und jetzt entschuldigen Sie mich bitte.«

»Aber...« Cathryn brachte den Satz nicht zu Ende. Patrick bedankte sich bei dem Richter und schob Cathryn aus dem Zimmer.

Cathryn war völlig durcheinander. »Aber Sie haben gesagt, daß wir von dieser Möglichkeit erst Gebrauch machen, wenn Charles wirklich versucht, die Behandlung abzubrechen.«

»Das ist richtig«, sagte Patrick, der Cathryns sonderbare Reaktion nicht verstand.

»Aber jetzt wird Charles erfahren, was ich gemacht habe«, sagte Cathryn weinend. »Das haben Sie mir nie gesagt. Oh, mein Gott!«

10. Kapitel

Obwohl die Sonne pünktlich nach dem Jahreskalender um vier Uhr dreißig untergegangen war, hatte niemand in Neuengland es gesehen. Auch Charles nicht, der zu dieser Zeit am Ende der Main Street in seinem Wagen saß. Von den Great Lakes war ein tiefliegendes Wolkenfeld heraufgezogen. Die Meteorologen versuchten vorauszuberechnen, wann die Wolkendecke mit der Warmluftfront vom Golf von Mexiko zusammenprallen würde. Alle waren sich einig, daß es schneien würde. Aber keiner konnte sagen, wann und wie stark.

Gegen fünf Uhr dreißig saß Charles noch immer hinter dem Lenkrad seines Pinto, den er hinter den verlassenen Fabrikgebäuden geparkt hatte. Von Zeit zu Zeit kratzte er ein kleines Loch in die Eisschicht auf der Innenseite der Windschutzscheibe und sah hinaus. Er wartete, daß auch das letzte Licht vom Himmel verschwand. Um sich warm zu halten, startete er jede Viertelstunde den Motor und ließ ihn fünf Minuten laufen. Kurz nach sechs sah er wieder hinaus. Der Himmel war jetzt eine undurchdringliche schwarze Decke. Charles öffnete die Wagentür und stieg aus.

Das Recycling-Unternehmen lag ungefähr zweihundert Meter entfernt. Nur an der nackten Glühbirne, die neben dem Büroeingang brannte, war es überhaupt auszumachen. Es hatte zu schneien begonnen. Große Flocken taumelten in weiten Schwüngen vom Himmel.

Charles schloß den Kofferraum seines Wagens auf und holte seine Ausrüstung heraus: eine Polaroidkamera, eine Taschenlampe, ein paar Gläser. Dann lief er durch den Schnee zu den verlassenen Fabriken und machte sich im Schutz der Mauern auf den Weg zur Recycle Ltd. Nach seiner Flucht aus dem Krankenhaus hatte er versucht, Ordnung in das Durcheinander seiner Gefühle zu bringen. Trotzdem konnte er einfach zu keiner Entscheidung über Michelles Behandlung finden, obwohl er ahnte, daß sie nicht auf die Medikamente ansprechen würde. Er hatte das Gefühl, in einer Falle zu sitzen. Er wollte sich ihrer Behandlung nicht endgültig widersetzen, aber er wollte auch nicht, daß Michelle mehr leiden mußte, als ohnehin nicht zu verhindern war. Ratlos vor dieser schwierigen Entscheidung war er auf die Idee verfallen, nach Shaftesbury zu fahren, um nach einem eindeutigen Beweis für die Vergiftung des Flusses mit Benzol zu suchen. Zumindest war damit sein Gefühl, endlich etwas tun zu müssen, beruhigt.

Als er das Ende der letzten verlassenen Fabrik erreicht hatte, blieb er stehen und sah vorsichtig um die Ecke. Vor ihm lag nur noch das alte Gebäude, das von Recycle übernommen worden war.

Charles trat aus seiner Deckung hervor und lief parallel zu dem Drahtzaun, der in einiger Entfernung lag, hinunter zum Fluß. Als er das blasse Licht neben dem Fabrikeingang nicht mehr sehen konnte, schlug er einen Haken. Nahe dem Flußufer erreichte er den Zaun. Vorsichtig warf er die Taschenlampe und die Gläser in eine Schneewehe auf der anderen Seite. Die Kamera über die Schulter gelegt, begann er den Zaun hinaufzuklettern. Auf der Spitze des Zauns geriet er leicht ins Wanken, dann ließ er sich einfach zu Boden fallen. Er landete auf den Füßen, aber der Sturz war so heftig, daß er das Gleichgewicht verlor und auf den Rücken fiel. Ängstlich, daß man ihn von dem Gebäude aus sehen könnte, sprang er auf, sammelte seine Ausrüstung zusammen und lief hinüber in den Schutz der Mauern.

Atemlos blieb er einen Moment stehen und lauschte auf das

Echo des Lärms, das aus dem Innern des Betriebes nach draußen drang. Von seinem Platz aus konnte er den Fluß sehen, der nur an wenigen Stellen nicht zugefroren war, und ein paar Bäume am anderen Ufer. Der Fluß war hier fast fünfzig Meter breit. Als er wieder zu Atem gekommen war, schlich er, an die Mauer geduckt, auf das Flußufer zu. Er mußte vorsichtig gehen, denn der Schnee hatte Müll und Schutt, die überall verstreut lagen, unsichtbar gemacht.

Am Ende der Mauer blieb er wieder stehen. Jetzt hatte er sein Ziel schon vor Augen: die beiden Sammeltanks der Recycling-Anlage. Aber um sie zu erreichen, mußte Charles noch die ganze Stirnseite der Fabrik hinunterlaufen, die parallel zum Fluß stand. Nach einer kurzen Pause ging er weiter. Mühselig bahnte er sich einen Weg durch die herumliegenden Schrottteile einer ausgeschlachteten Maschine. Doch schon nach kurzer Zeit sah er sich einem neuen Hindernis gegenüber. Das Granitbecken eines Kanals machte jedes Weiterkommen unmöglich. Der Kanal war ungefähr drei Meter breit und ein Meter fünfzig tief. Er kam aus einem runden Durchbruch in der Fabrikmauer und führte hinunter zum Fluß, wo ein Damm aus ein paar Holzbrettern den Zulauf versperrte. Etwa auf halber Entfernung zum Fluß zweigte in der gegenüberliegenden Kanalmauer ein Zulauf zu einem großen See auf dem Fabrikgelände ab. Der See und der Kanal waren vollkommen eisfrei, und aus dem Granitbecken stieg der ätzende Geruch verbrauchter Industriechemikalien auf.

Unmittelbar vor dem Gebäude entdeckte Charles zwei schwere Holzbohlen, die über den Kanal gelegt worden waren. Vorsichtig ging er zu dieser Behelfsbrücke, legte seine Gläser in den Schnee und kniete sich über die Bretter, um Schnee und Eis von ihnen herunterzuschlagen. Mit der freien Hand gegen die Fabrikmauer gestützt, in der anderen seine Gläser, überquerte er dann, sorgfältig einen Fuß vor den anderen setzend, den Kanal.

Auf der anderen Seite fiel der Boden zu dem künstlichen See hin ab. Die behelfsmäßige Anlage des Ganzen, besonders der völlig untaugliche Damm des Kanals, ließ in Charles keinen Zweifel, daß die verbrauchten Chemikalien regelmäßig in den Fluß gelangen mußten. Er ging zur Kante des Sees, um eine

Probe der sirupzähen Flüssigkeit zu nehmen. Er kniete sich hin, faßte eines seiner Gläser vorsichtig am oberen Rand und tauchte es in den blasenwerfenden Brei. Dann reinigte er das Glas mit einer Handvoll Schnee, schraubte sorgfältig den Dekkel zu und stellte es auf einen Stein, damit er es auf dem Rückweg leicht wiederfinden konnte. Inzwischen wollte er ein Foto von dem Damm machen, der angeblich verhindern sollte, daß diese chemikalische Jauchegrube sich einfach in den Fluß entleerte.

Wally Crabb hatte seine Arbeit an den Gummiöfen an diesem Abend früher unterbrochen, um mit Angelo De-Jesus und Giorgio Brezowski Karten spielen zu können. Sie hatten sich an einem der Campingtische im Aufenthaltsraum gesetzt, spielten Blackjack und aßen nebenbei ihre Sandwiches. Wally hatte an diesem Abend nicht gerade eine Glückssträhne. Halb sieben hatte er bereits dreizehn Dollar verloren, und es sah nicht so aus, als ob sich das Blatt für ihn noch wenden würde. Was alles noch schlimmer machte, war Brezowskis zahnloses Grinsen, das ihn nach jeder Runde anstrahlte, begleitet von dem Spruch: »Nun ade, du liebes Geld.« Brezo hatte seine Vorderzähne vor zwei Jahren bei einer Kneipenschlägerei in Lowell, Massachusetts, verloren.

Brezo hatte Wally gerade mit zwei Karten bedient. Wally verlangte die dritte und hob sie vorsichtig vom Tisch. Wieder war er über einundzwanzig gekommen.

»Mist!« schrie Wally wutentbrannt auf und warf die Karten auf den Tisch zurück. Er stand auf und ging schwerfällig hinüber zum Zigarettenautomat.

»Bist du wieder einmal draußen?« höhnte Brezo und setzte das Spiel mit Angelo fort.

Wally antwortete ihm nicht. Er steckte ein paar Geldmünzen in den Automaten, drückte den Wahlhebel seiner Zigarettenmarke und wartete. Nichts passierte. Zumindest nicht in dem Automaten. In Wallys Kopf aber riß etwas wie eine überdehnte Klavierseite. Rasend holte er mit dem Fuß aus und trat gegen das Gestell, das den Automaten hielt. Scheppernd schlug der Automat gegen die Wand. Wally hatte schon lauernd den Oberkörper zurückgelegt, um dem Tritt eine rechte Gerade auf den Münzrückgabeknopf folgen zu lassen, doch im selben Augenblick sah er draußen in der Dunkelheit ein Licht aufblitzen.

Zur großen Enttäuschung von Brezo und Angelo, die gespannt darauf gehofft hatten, daß er den Automaten zertrümmern würde, ließ Wally seine Faust wieder sinken. Er war an das Fenster getreten und preßte sein Gesicht gegen die Scheibe. »Als ob das Mistwetter nicht reichen würde. Jetzt kommt auch noch ein Gewitter.« Dann sah er wieder einen Blitz, aber diesmal konnte er auch erkennen, woher das Licht kam. Für einen Moment konnte er in der Finsternis die Umrisse eines Körpers ausmachen, Hände, die zum Gesicht gehoben waren, zwei leicht auseinandergestellte Beine.

»Das ist eine Kamera«, sagte Wally überrascht. »Irgend jemand macht da draußen Aufnahmen von unserem Giftsee.«

Wally lief quer durch den Raum zum Haustelefon und wählte Nat Archers Nummer. Dann erzählte er dem Aufseher, was er gesehen hatte.

»Das muß der verrückte Martel sein«, sagte Nat Archer. »Wer ist bei dir, Wally?«

»Nur Brezo und Angelo.«

»Am besten ihr drei geht raus und seht nach, wer sich da herumtreibt. Wenn es Martel ist, verpaßt ihr ihm eine kleine Lehre. Für den Fall, daß er noch einmal hier auftauchen sollte, hat mir Dr. Dawson erklärt, dafür zu sorgen, daß es auch das letzte Mal ist. Denkt daran, der Kerl hat kein Recht, hier herumzuschnüffeln.«

»Wird erledigt«, sagte Wally und hängte auf. Dann wandte er sich grinsend zu seinen Freunden und ließ voller Vorfreude seine Fingerknöchel knacken. »Holt eure Mäntel. Wir werden uns einen kleinen Spaß machen.«

Nachdem Charles von dem Holzdamm genügend Aufnahmen gemacht hatte, ging er hinüber zu den beiden Sammeltanks. Immer wieder ließ er den Strahl seiner Taschenlampe über die Rohre und Ventile gleiten, um die Funktion des verschlungenen Leitungsnetzes zu begreifen. Ein Rohr führte über den Drahtzaun hinweg und endete in der Nähe des Fabrikparkplatzes. Offensichtlich wurden damit beim Abtransport die Tanklastzüge gefüllt. Eine andere Leitung, die ebenfalls von den Tanks wegführte, war mit einem T-Stück an die steil geneigte Dachrinne der Fabrik angeschlossen, die weiter zum Fluß lief. Mit äußerster Vorsicht näherte sich Charles der Uferkante, die hier fast senkrecht zu der sechs Meter tieferen Wasseroberfläche hin abfiel. Die Dachrinne endete genau über dem Steilhang, und ein dünnes Rinnsal lief aus ihr die Uferkante hinunter. An dieser Stelle hing ein starker Benzolgeruch in der Luft, und ein dunkler Fleck markierte in der Tiefe eine kleine, offene Wasserfläche in der dicken, schneebeladenen Eisdecke auf dem Fluß. Charles machte mehrere Fotos von der Rinne. Dann beugte er sich mit einem Glas zum Ende der Rinne hinunter und nahm eine Probe von der Flüssigkeit, die aus ihr herauslief. Befriedigt verschloß er auch dieses Glas und trug es die wenigen Schritte zurück zu dem ersten. Schon jetzt war sein Erfolg größer gewesen, als er zu hoffen gewagt hatte, aber er wollte noch ein paar Aufnahmen von der T-Verbindung zwischen der Tankleitung und der Dachrinne machen und auch die Hauptleitung, die aus der Fabrik zu den zwei Tanks führte, noch fotografieren.

Inzwischen war ein leichter Wind aufgekommen, der ihm die Schneeflocken ins Gesicht trieb. Damit alles deutlich zu erkennen war, wischte Charles noch einmal den Schnee von dem Kopplungsstück. Dann hob er die Kamera und sah durch den Sucher. Er war noch nicht zufrieden. Auf dem Foto sollte beides, das T-Stück und die Sammeltanks, zu sehen sein. Er trat ein paar Schritte zurück und ging in die Hocke. Diesmal stimmte der Blickwinkel, und Charles drückte den Auslöser. Aber nichts passierte. Verwundert sah Charles auf die Kamera und bemerkte, daß er den Blitzwürfel nicht weitergedreht hatte. Ein schneller Handgriff behob den Fehler, und Charles hob die Kamera wieder ans Auge. Er konnte im Sucher die Sammeltanks sehen, die Leitung, die von den Tanks herunterlief, und die T-Verbindung, mit der das Rohr an die Dachrinne angeschlossen war. Das Bild würde perfekt werden. Charles drückte auf den Auslöser.

Im selben Moment, als der Blitz grell aufleuchtete, wurde Charles die Kamera mit einem heftigen Ruck aus den Händen gerissen. Erschrocken sah er aus der Hocke hoch. Gegen den dunklen Himmel konnte er die Umrisse von drei Männern erkennen, die in unförmige Parkas gehüllt waren und ihre Kapuzen tief ins Gesicht gezogen hatten. Sie hatten ihn so geschickt umstellt, daß ihm der letzte Fluchtweg von den Tanks in seinem Rücken abgeschnitten war. Bevor er noch eine Bewegung machen konnte, sah Charles, wie seine Kamera in hohem Bogen in den Giftsee geworfen wurde.

Charles stand auf und versuchte, die Gesichter unter den Kapuzen zu erkennen. Im nächsten Augenblick stürzten die beiden kleineren Männer auf ihn los und packten ihn bei den Armen. Der Angriff war so überraschend gekommen, daß Charles sich nicht einmal wehrte. Der dritte Mann, ein wahrer Riese, trat dicht an ihn heran und begann seine Taschen zu durchsuchen. Es dauerte nicht lange, bis er die Fotos gefunden hatte. Mit einem kräftigen Schwung aus dem Arm folgten sie der Kamera in die breiige Flüssigkeit, auf der sie wie Oblaten herumschwammen.

Die beiden kleineren Männer ließen Charles wieder los und gingen ein paar Schritte zurück. Er konnte ihre Gesichter immer noch nicht erkennen, was sie noch viel furchterregender wirken ließ. Panische Angst erfaßte ihn plötzlich, und er versuchte durch die schmale Gasse zwischen einem der beiden Kleinen und den Tanks zu fliehen. Doch der Mann reagierte sofort und schlug Charles, ohne zu zögern, mit der Faust ins Gesicht. Wie angewurzelt blieb Charles stehen. Blut lief in einem dünnen Rinnsal aus seiner Nase das Gesicht hinunter.

»Gut getroffen, Brezo«, sagte Wally lachend.

Charles erkannte die Stimme.

Die Männer stießen ihn vor sich her auf den Giftsee zu. Da Charles sie nicht aus den Augen lassen wollte, stolperte er immer wieder. Immer wieder trafen Schläge mit der flachen Hand seinen Kopf und besonders seine Ohren. Charles versuchte vergeblich, diesem Schlaghagel zu entgehen.

»Bißchen herumgeschnüffelt, was?« fragte Brezo.

»Ärger gesucht, eh?« lachte Angelo.

»Den hat er gefunden«, sagte Wally trocken.

Sie trieben Charles bis an die Kante des Schlammsees mit den ätzenden Chemikalien. Ein kurzer Schlag wischte ihm die Mütze vom Kopf.

»Wie wär's mit einem kleinen Bad?« fragte Wally ihn grinsend.

Charles hielt schützend den linken Arm vor sein Gesicht. Mit der rechten Hand zog er blitzschnell die Taschenlampe aus seiner Jacke und schlug mit ihr nach seinem nächsten Angreifer.

Brezo wich dem ungeschickten Rundschlag mit einer schnellen Gewichtsverlagerung aus.

Als der Schwung ins Leere ging, rutschte Charles aus und fiel mit Händen und Knien in den fauligen Schlamm an der Seekante. Die Taschenlampe schlug auf einen Stein und zersplitterte.

Aber auch Brezo war durch die schnelle Bewegung aus dem Gleichgewicht gekommen. Einen Moment balancierte er am Rand der schlammigen Flüssigkeit, dann trat er, um nicht ganz hineinzufallen, mit einem Bein in die zähe Brühe. Bis Wally ihn an seinem Parka greifen und herausziehen konnte, war er bis zur halben Wade in dem ätzenden Zeug versunken.

»Mist!« schrie Brezo, als er die scharfe Flüssigkeit auf der Hand brennen spürte. Er mußte jetzt sein Bein so schnell wie möglich gründlich abwaschen, bevor das Gift sich tiefer in die Haut fressen konnte. Angelo zog Brezos Arm über seine Schulter, um das Bein zu entlasten. Dann liefen die beiden zurück zum Eingang der Recycle Ltd.

Charles nutzte die allgemeine Verwirrung. Er sprang auf und flüchtete in Richtung der beiden Holzbohlen, die über dem Abflußkanal lagen. Wally versuchte noch, nach ihm zu greifen, doch er verfehlte ihn und rutschte statt dessen selber aus. Aber schneller als man bei seinem Gewicht erwartet hätte, war er wieder auf den Beinen. Charles sprang über die Holzplanken, ohne noch an seine Angst bei der ersten Überquerung zu denken. Eigentlich wollte er die Bohlen, am anderen Ufer angekommen, in den Kanal schieben, aber Wally war ihm schon wieder zu dicht auf den Fersen.

Die Angst, doch noch in den Giftsee geworfen zu werden, ließ ihn so schnell laufen, wie er nur konnte. Doch das war nicht so leicht. Erst mußte er sich durch die verschrotteten Maschinenteile winden, und dann trennte ihn noch der breite Platz mit den verstreuten Gummi- und Kunststoffabfällen, die wie Fallen unter dem Schnee lagen, von dem rettenden Drahtzaun. Zwar lagen Wally dieselben Hindernisse im Weg, doch kam er viel schneller voran, weil er sich auf dem Betriebsgelände auskannte.

Nach Luft schnappend, erreichte Charles den Zaun und begann sofort, ihn hinaufzuklettern. Doch zu seinem Unglück hatte er diesmal eine Stelle genau zwischen zwei Stützpfeilern erwischt. Je höher er stieg, um so mehr schwankte der Draht, und Charles kam immer langsamer voran.

Als Wally Crabb den Zaun erreichte, war Charles fast an der Spitze angekommen. Wie ein Rasender griff Wally in den Draht und begann ihn wild zu schütteln. Charles brauchte seine letzte Kraft, um sich festhalten zu können. Dann sprang Wally plötzlich hoch und packte Charles am rechten Fußgelenk. Charles versuchte, nach seinem Widersacher zu treten. Aber Wally ließ nicht locker, sondern hängte sich mit seinem ganzen Gewicht an Charles' Bein.

Plötzlich verließen Charles die Kräfte. Seine Finger glitten aus dem Maschenwerk, und im nächsten Augenblick fiel er aus der Höhe hinunter auf seinen Gegner. Verzweifelt suchte Charles unter dem Schnee nach einem Gegenstand, mit dem er sich verteidigen konnte. Das einzige, was er fand, war ein alter Schuh, den er dem verwirrten Wally sofort entgegenschleuderte. Zwar verfehlte das Wurfgeschoß sein Ziel, aber es gab Charles den Bruchteil einer Sekunde Zeit, den er brauchte, um aufzuspringen. Dann lief er am Zaun entlang hinunter zum Fluß. Es kam ihm vor, als hätte man ihn zusammen mit einem wütenden Tier in einen Käfig gesperrt.

Charles kam nur langsam vorwärts. Immer wieder brach er durch die Harschdecke auf dem Schnee, und jedesmal riß es ihn dabei fast um. Seine Füße rutschten über frische Abfälle, blieben in alten Autoreifen hängen oder verfingen sich zwischen irgendwelchen Eisenteilen, die unter dem Schnee verborgen lagen. Jeden Moment rechnete er damit, eingeholt zu werden. Dann wagte er einen kurzen Blick zurück und stellte erleichtert fest, daß Wally noch häufiger in den Schneefallen steckenblieb als er selbst. Als erster erreichte Charles die Uferkante.

Sein Abstieg zur Eisdecke auf dem Fluß war eher ein gelenkter Sturz. Charles breitete die Arme wie Ausleger an einem Kanu aus, dann ließ er sich auf dem Rücken in die Tiefe gleiten.

Mit den Beinen fing er den heftigen Aufprall gegen die hochgetürmten Schollen am Rand der Eisfläche ab. Um nicht in die Nähe der offenen Wasserstelle zu geraten, ging Charles, Schritt für Schritt balancierend, weiter auf den Fluß hinaus. Inzwischen hatte auch Wally die Uferkante erreicht, doch stieg er den Hang viel vorsichtiger herunter. Als er endlich unten an der Eisfläche war, hatte Charles längst das Ende des Drahtzauns, das in den Fluß hineinreichte, umrundet und stieg bereits wieder die Böschung auf der anderen Zaunseite hinauf.

Er hatte die rettende Kante fast erreicht, als plötzlich seine Füße abrutschten. Verzweifelt suchten seine Hände nach einem Halt, und in letzter Sekunde konnte er einen kleinen Strauch packen und seinen Fall aufhalten. Tastend suchten seine Füße nach festem Grund, aber immer wieder glitten sie an dem steilen Hang ab. Auch Wally begann jetzt die Böschung hinaufzuklettern. Mit jedem seiner Schritte verkürzte er seinen Abstand zu Charles.

Wieder versuchte Wally, nach einem Fuß von Charles zu greifen. Er war nur noch Zentimeter von seinem Ziel entfernt, als seine Bewegungen auf einmal nur noch im Zeitlupentempo abzulaufen schienen. Seine Beine erstarrten zu festen Säulen, aber auch das half ihm nicht mehr. Erst langsam, dann immer schneller rutschte er wieder den Hang hinunter.

Mit erneuten Anstrengungen suchte Charles nach einem Weg, der ihm über die letzten anderthalb Meter zur Uferkante hinaufhelfen konnte. Wenn er die Schuhspitzen in die Hangwand schlug, konnte er sich einen groben Halt für seine Füße schaffen. Froh über seine Entdeckung, schob er sich Zentimeter für Zentimeter höher, bis er seinen Oberkörper erschöpft über den Böschungsrand werfen konnte. Er zog seine Beine nach und richtete sich schwer atmend auf Hände und Knie auf. Unter dem Schnee spürte er scharfkantige Steine und zerbröckeltes Mauerwerk. Charles sprang auf und schlug mit der Schuhspitze auf den vereisten Boden ein. Eine Handvoll der Steine, die er gelöst hatte, hob er auf. Wally war nur noch weniger als zwei Meter von der Böschungskante entfernt.

Charles holte weit aus und schleuderte ihm die Steine entgegen. Einer traf ihn mit soviel Wucht an der rechten Schulter, daß Wally vor Schmerz aufstöhnte und seine linke Hand instinktiv an die getroffene Stelle riß. Sofort verlor er wieder den Halt und rutschte den Hang ein zweites Mal hinunter. Charles schlug unterdessen weitere Steine los und warf sie Wally hinterher, der schützend seine Arme hochgenommen hatte und weiter auf den Fluß hinaus in Deckung ging.

Als Charles erkannte, daß er seinen Verfolger abgeschüttelt hatte, wandte er sich um und lief über die vor ihm liegende Platzhälfte auf die Reihe der verlassenen Fabriken zu. Er wollte so schnell wie möglich zu seinem Wagen, der hinter dem letzten Gebäude stand. Doch er war kaum losgelaufen, da strahlten am anderen Ende des Zaunes mehrere Lichtbündel auf. Einen Moment wanderten sie unsicher umher, dann schwenkten sie in seine Richtung und blendeten ihn für einen kurzen Augenblick. Es gab keinen Zweifel, er war entdeckt worden. Kurzentschlossen änderte Charles seine Richtung und lief auf das erste der verlassenen Gebäude zu.

Nur wenige Meter hinter dem torlosen Eingang hatte ihn die undurchdringliche Finsternis in dem alten Gemäuer auch schon verschluckt. Seine Arme wie Fühler in weiten Bögen hin und her schwingend, ging er vorsichtig Schritt für Schritt weiter, bis er an eine Mauer stieß. Als sei er in ein Labyrinth geraten, folgte er jetzt der Mauer. Sie endete an einer Tür. Charles ging in die Hocke und tastete den Boden ab, bis er ein Stück Gummi fand. Dann stieß er die Tür auf und warf das Gummistück durch die Öffnung. Die Tür mußte zu einem Flur führen, denn schneller als Charles erwartet hatte, schlug das Gummistück wieder gegen eine Wand und fiel zu Boden. Die eine Hand fest um den Türpfosten geklammert, lehnte sich Charles in die Dunkelheit. Die Finger seiner freien Hand berührten die gegenüberliegende Wand. Er ließ den Türpfosten los und folgte der neuen Richtung.

Plötzlich hörte Charles hinter sich lautes Rufen. Panische Angst stieg in ihm hoch. Er mußte ein Versteck finden. Er war überzeugt, daß diese brutalen Recycle-Angestellten den Verstand verloren hatten und ihn umbringen wollten. Schließlich hatten sie auch versucht, ihn in die Giftbrühe zu stoßen. Vielleicht in der Hoffnung, daß es wie ein selbstverschuldeter Unfall aussehen würde. Er hatte ja kein Recht, sich auf dem Gelände herumzutreiben, und es war immerhin denkbar, daß er in der Dunkelheit ausgerutscht und in den Chemikaliensee gefallen wäre. Und daß diese Kerle gewissenlos einen Fluß verseuchten, zeigte nur allzu deutlich, wieviel Wert sie auf Moral legten.

Plötzlich endete die Wand, der Charles gefolgt war. Angestrengt sah er um die Ecke, aber er konnte nicht einmal die eigene Hand vor seinen Augen erkennen. Er bückte sich, hob ein paar Kieselsteine auf und warf sie in die Dunkelheit. Gespannt lauschte er, wann die Steine auf die nächste Wand treffen und zu Boden fallen würden. Doch es blieb still. Erst nach einiger Zeit hörte er aus weiter Entfernung ein Geräusch, als ob die Kiesel auf eine Wasserfläche aufgeschlagen waren. Erschrocken wich Charles zurück. Unmittelbar vor ihm mußte ein Loch im Boden sein. Vielleicht ein alter Fahrstuhlschacht.

Charles hob eine neue Handvoll Steine auf und warf sie in die entgegengesetzte Richtung. Sofort trafen sie auf Stein und fielen zu Boden. Er mußte sich tatsächlich in einem Flur befinden. Vorsichtig streckte er eine Hand aus, bis seine Finger die gegenüberliegende Wand berührten.

Er ging ein paar Schritte weiter geradeaus, dann trat er mit dem Fuß in die Richtung der Mauer, der er gefolgt war. Putz bröckelte von der Wand, er hatte den Schacht sicher hinter sich. Mit neuem Selbstvertrauen ging er weiter. Obwohl Charles keinen Anhaltspunkt dafür besaß, wie weit er schon gegangen war, hatte er doch das Gefühl, daß es eine ziemliche Strecke gewesen war. Dann stieß seine rechte Hand wieder gegen einen Türrahmen. Mit der Linken tastete er weiter, bis er eine Tür ausmachen konnte, die eine Handbreit offen stand. Der Türgriff fehlte. Auf der anderen Seite mußten irgendwelche Abfälle im Weg liegen, denn die Tür ließ sich nur langsam aufschieben. Vorsichtig trat Charles mit dem rechten Fuß in den Raum. Ein faulig muffiger Geruch schlug ihm entgegen. Sein Fuß trat gegen einen schweren Ballen. Es mußte ein alter, verrotteter Stoffrest sein.

Plötzlich hörte er wieder lautes Rufen in den Gängen hinter sich. »Charles Martel, wir wollen mit Ihnen sprechen.« Die Stimme hallte in der Finsternis wider. Dann waren schwere Schritte zu hören und ein unverständliches Stimmengewirr. Von Angst überwältigt ließ Charles die Tür los und ging mit umherfahrenden Händen in den Raum hinein. Vielleicht konnte er sich hier verstecken. Nach wenigen Schritten trat er wieder auf einen Stoffrest. Dann stieß er mit dem Knie gegen etwas Kastenförmiges. Er tastete die Oberfläche ab und stellte fest, daß es ein umgestürzter Schrank sein mußte. Schnell ging er um den Schrank herum und duckte sich in einen Haufen übelriechender Lappen. Als er tiefer in den Haufen hineinkroch, fühlte er auf seinen Schuhen kleine Trippelschritte. Er hoffte, daß es nur Mäuse waren, die er aus ihrer Ruhe aufgestört hatte.

Das einzige, was Charles in der Finsternis noch sehen konnte, waren die Leuchtziffern seiner Uhr. Er wartete. Sein Atem schien ihm viel zu laut in der Totenstille um ihn herum. Und sein Herz schlug pochend in seinen Ohren. Er war gefangen. Es gab kein anderes Versteck für ihn. Sie konnten mit ihm machen, was sie wollten. Niemand würde ihn hier finden, lebendig oder tot. Erst recht nicht, wenn sie ihn in den Fahrstuhlschacht hinunterstoßen würden. Noch nie in seinem Leben hatte Charles so grenzenlose Angst verspürt.

Ein Licht flackerte im Flur auf und ließ dünne Strahlen in sein Zimmer fallen. Die Lichter bewegten sich den Flur hinunter auf sein Versteck zu. Für einen Moment schienen sie zu erlöschen, und die Finsternis im Raum war wieder undurchdringlich. Aus weiter Entfernung hörte Charles ein lautes Aufklatschen, als ob ein schwerer Gegenstand in den Fahrstuhlschacht geworfen worden war. Dann drang ein Lachen aus dem Flur herein.

Die Lichtbündel strahlten wieder auf und schwankten suchend im Flur hin und her. Charles' Verfolger kamen näher. Jetzt konnte er schon jeden Schritt hören. Und plötzlich wurde die morsche Holztür mit einem knirschenden Geräusch weit aufgeschoben. Ein starker Lichtstrahl tanzte im Zimmer auf und ab.

Wie eine Schildkröte zog Charles seinen Kopf zwischen die Schultern. Vielleicht würden sich seine Verfolger mit einem oberflächlichen Blick begnügen. Aber seine Hoffnungen erfüllten sich nicht. Charles hörte, wie jemand die alte Stoffrolle mit einem heftigen Tritt aus seinem Weg beförderte. Dann begann der Lichtstrahl jeden Zentimeter des Bodens abzusuchen. Wie ein stechender Blitz durchfuhr ihn der Gedanke, daß er im nächsten Moment entdeckt werden würde.

Charles schoß aus seinem kläglichen Versteck hoch und lief zur Tür. Sein Verfolger riß seine Stablampe herum. Der Lichtstrahl erfaßte Charles, als er die Tür gerade erreicht hatte. »Hier ist er!« schrie der Mann in seinem Rücken.

Um aus dem alten Gemäuer überhaupt wieder herauszufinden, wollte Charles denselben Weg zurücklaufen, den er gekommen war. Doch schon nach wenigen Metern prallte er gegen einen zweiten Verfolger, der ihm auf dem Flur entgegengestürzt kam. Der Mann packte Charles am Arm und verlor dabei seine Stablampe. In blinder Angst schlug und trat Charles um sich und versuchte, sich mit aller Gewalt loszureißen. Dann, noch bevor er den Schmerz spürte, knickten seine Beine unter ihm weg. Der Mann hatte ihn mit einem Schlagstock in die Kniekehlen getroffen.

Charles fiel zu Boden, während sein Angreifer sich nach seiner Lampe bückte. Der andere Mann, der Charles in seinem Versteck aufgestöbert hatte, trat auf den Gang und ließ den Lichtkegel seiner Lampe über die Szene tanzen. Zum ersten Mal sah Charles den Mann, dessen Schlag ihn zu Boden gestreckt hatte. Staunend vor Überraschung blickte Charles in das Gesicht von Frank Nielson, dem Polizeichef von Shaftesbury. Nie zuvor hatte ihn der Anblick der blauen Uniform mit ihren Abzeichen und Auszeichnungen, mit dem Lederholster und dem Revolver mehr erfreut als in diesem Augenblick.

»Also, Martel, das Spielchen ist aus, stehen Sie auf!« sagte Neilson und schob seinen Schlagstock zurück in den Gürtel. Er war von untersetzter Statur, seine blonden Haare glänzten pomadig. Sein Bauch wölbte sich in weitem Bogen von der Brust bis hinunter zur Hosentaille, sein Hals hatte den Umfang von Charles' Oberschenkel.

»Bin ich froh, Sie zu sehen«, sagte Charles. Er fühlte sich trotz des Schlages ehrlich erleichtert.

»Das kann ich mir vorstellen«, entgegnete Frank. Er packte Charles an der Jacke und stellte ihn auf die Beine.

Einen Moment schwankte Charles, weil seine Beinmuskeln brennend schmerzten.

»Handschellen?« fragte der zweite Polizist. Er hieß Bernie

Crawford. Und im Gegensatz zu seinem Chef war er lang und schlaksig wie ein Basketball-Spieler.

»Zum Teufel, nein!« sagte Frank. »Laß uns erst einmal aus dieser Ruine heraus sein.«

Bernie übernahm die Spitze, dann kam Charles und am Ende ging Frank. In dieser Marschordnung machten sich die drei auf den Rückweg durch die verlassene Fabrik. Als sie an dem Fahrstuhlschacht vorbeikamen, überlief Charles bei dem Gedanken, wie nahe er diesem Abgrund schon gekommen war, ein kaltes Schütteln. Während sie weitergingen, kam ihm Bernies Frage nach Handschellen wieder in den Sinn. Offensichtlich hatte irgend jemand bei Recycle die Polizei gerufen.

Stumm trotteten sie in ihrer Marschlinie aus der Fabrik heraus und über den leeren Vorplatz zu dem Polizeiwagen, der verlassen auf dem Platz stand. Charles mußte sich auf die Rückbank setzen, ein dicker Maschendraht trennte ihn von den Vordersitzen. Frank startete den Wagen und lenkte ihn zurück auf die Straße.

»Augenblick mal!« Charles war nach vorne gerutscht, um besser durch das Drahtgitter sprechen zu können. »Mein Wagen steht in der anderen Richtung.«

»Wir wissen, wo Ihr Wagen steht«, antwortete Frank gelassen.

Charles ließ sich in den Sitz zurückfallen und versuchte, sich zu beruhigen. Sein Herz schlug immer noch wie wild, und der Schmerz in seinen Beinen wurde auch immer schlimmer. Er sah aus dem Seitenfenster und fragte sich, ob die beiden ihn zu ihrer Zentrale bringen würden. Aber dann hätten sie nach Norden fahren müssen. Statt dessen fuhren sie nach Süden und bogen auf den Parkplatz von Recycle ein.

Charles rutschte wieder nahe an das Trenngitter heran. »Bitte, hören Sie zu. Sie müssen mir helfen. Ich brauche einen eindeutigen Beweis, daß Recycle Gift in den Pawtomack leitet. Ich hatte ihn schon gefunden, als man mich entdeckt hat. Und deshalb hat man auch meine Kamera zerstört.«

»Jetzt hören Sie mal zu, Mensch«, sagte Frank wütend. »Wir haben einen Anruf erhalten, daß Sie hier unerlaubt eingedrungen sind. Und während Sie auf dem Gelände herumgeschnüffelt haben, haben Sie auch noch einen Arbeiter angegriffen und in irgendeine ätzende Flüssigkeit gestoßen. Und letzte Nacht haben Sie sich mit dem Aufseher Nat Archer angelegt.«

Charles ließ sich wieder zurücksinken. Jetzt war ihm endgültig klar geworden, daß er einfach abwarten mußte, was Frank sich ausgedacht hatte. Wahrscheinlich wollte er ihn von den Recycle-Leuten identifizieren lassen. Ein Gefühl der Erbitterung trübte seine anfängliche Erleichterung. Doch er fand sich damit ab, daß man ihm erst auf der Polizeizentrale zuhören würde.

In einiger Entfernung vor dem Fabrikeingang hielten sie an. Frank drückte dreimal auf die Hupe und wartete dann stumm. Kurz darauf wurde die Aluminiumtür aufgestoßen, und Charles sah Nat Archer aus dem Gebäude kommen. Ihm folgte ein kleinerer Mann, dessen linkes Bein bis zum Knie dick verbunden war.

Frank quälte sich aus dem Wagen heraus, ging um den Wagen herum und zog die Tür an Charles' Seite auf. »Raus«, war das einzige, was er sagte.

Charles gehorchte. Es waren inzwischen vielleicht fünf Zentimeter Neuschnee gefallen, und Charles hatte einen Moment lang Mühe, das Gleichgewicht zu halten. Der Schmerz von dem Schlag in die Kniekehlen war noch schlimmer, wenn er stehen mußte.

Nat Archer und der andere Mann kamen langsam auf Frank und Charles zugetrottet.

»Ist er das?« fragte Frank. Er bog einen Streifen Kaugummi zwischen seinen Fingern zusammen und schob ihn in den Mund.

Nat Archer warf Charles einen kurzen Blick zu. »Das ist er.«

»Wollen Sie Anzeige erstatten?« fragte Frank und kaute schmatzend seinen Kaugummi. Archer drehte sich wortlos um und ging zurück zum Fabrikeingang.

Gelangweilt weiterkauend umrundete Frank den Polizeiwagen und stieg ein.

Verwirrt von der Szene sah Charles zu Brezo. Der Mann war einen Schritt auf ihn zugetreten und grinste ihn zahnlos an. Auf Brezos linker Wange bemerkte Charles eine lange Narbe, die das hämische Lächeln noch zusätzlich verzerrte.

Völlig unterwartet für Charles schlug Brezo plötzlich zu.

Charles sah den Schlag kommen und konnte ihn mit seinem Ellbogen noch leicht ablenken. Trotzdem landete Brezos Faust in seiner Magengrube. Charles krümmte sich zusammen, fiel zu Boden und schnappte verzweifelt nach Luft. In Erwartung eines Gegenangriffs stand Brezo kampfbereit über ihm. Doch dann schaufelte er mit dem rechten Fuß nur noch etwas Schnee auf Charles, drehte sich um und ging mit dem linken Bein leicht humpelnd zurück zur Fabrik.

Charles drückte sich mit den Händen hoch, bis er auf allen vieren hockte. Einen Moment schien ihm der Schmerz die Besinnung zu nehmen. Er hörte, wie sich eine Wagentür öffnete. Bernie Crawford zog ihn am Arm auf die Füße. Er mußte Charles, der seinen rechten Arm in die Magengrube preßte, zum Wagen zurückführen. Schwindelig vor Übelkeit ließ sich Charles in den Sitz fallen. Den Kopf legte er auf die Rückenlehne, um besser atmen zu können.

Er spürte, wie der Wagen schleudernd anfuhr, aber das kümmerte ihn nicht mehr. Er hielt die Augen geschlossen, nur darauf konzentriert, trotz der Schmerzen Luft zu holen. Nach einiger Zeit hielt der Wagen wieder, und die Tür an seiner Seite wurde geöffnet. Charles öffnete die Augen und sah in das Gesicht von Frank Neilson. »Kommen Sie raus, Mann. Sie sollten froh sein, so billig davonzukommen.« Er packte Charles am Arm und zog ihn aus dem Wagen.

Schwankend und immer noch etwas benommen stand Charles am Straßenrand. Frank warf die Tür zu, dann setzte er sich wieder auf den Fahrersitz und kurbelte sein Seitenfenster herunter. »In Zukunft sollten Sie einen großen Bogen um Recycle machen. Es hat sich in der Stadt sehr schnell herumgesprochen, daß Sie Ärger suchen. Ich will Ihnen einen guten Rat geben. Wenn Sie weitersuchen, werden Sie ihn finden. Und zwar mehr Ärger, als Sie erwartet haben. Die Stadt lebt von Recycle. Und wenn Sie das zu ändern versuchen, kann auch die Polizei nicht mehr für Ihre Sicherheit garantieren. Oder für die Ihrer Familie.«

Frank drehte das Fenster wieder hoch und ließ den Wagen mit durchdrehenden Reifen davonschießen. Einen Augenblick blieb Charles regungslos am Straßenrand stehen. Seine Hose war bis zu den Knien mit Schneematsch bespritzt. Der

Pinto stand dreißig Meter weiter, von einer dicken Schneedecke wie mit einem Leichentuch verhüllt. Trotz der starken Schmerzen fühlte Charles eine kalte Wut in sich. Immer, wenn er im Leben Pech gehabt hatte, war das für ihn nur ein Anreiz gewesen, noch verbissener weiterzumachen.

Cathryn und Gina räumten gerade die Küche auf, als sie einen Wagen auf der Zufahrt hörten. Cathryn lief zum Fenster und zog den rotkarierten Vorhang zurück. Sie hoffte inständig, daß es Charles war. Seit er aus dem Krankenhaus geflohen war, hatte sie nichts mehr von ihm gehört. Auch an seinem Telefon im Labor hatte sich niemand gemeldet. Sie mußte ihm unbedingt von dem Verfahren am Vormundschaftsgericht erzählen. Auf keinen Fall wollte sie es zulassen, daß er erst am nächsten Morgen durch die gerichtliche Vorladung davon erfuhr.

Während sie die Lichter die Zufahrt heraufkommen sah, hörte Cathryn sich selbst leise murmeln: »Bitte Charles, du mußt es sein.« Der Wagen fuhr durch die letzte Kurve und schoß an ihrem Fenster vorbei. Es war der Pinto! Erleichtert seufzte Cathryn auf. Sie ließ den Vorhang los, drehte sich um und nahm ihrer überraschten Mutter das Handtuch aus der Hand.

»Es ist Charles, Mutter. Würdest du jetzt bitte ins Wohnzimmer gehen? Ich möchte einen Augenblick mit Charles allein sprechen.«

Gina versuchte zu protestieren, aber Cathryn legte ihrer Mutter einen Zeigefinger auf die Lippen und brachte sie sanft zum Schweigen. »Es ist wichtig.«

»Fühlst du dich auch sicher?«

»Natürlich«, antwortete Cathryn, während sie Gina langsam zur Tür schob. Draußen hörte sie eine Wagentür zuschlagen.

Cathryn ging zum Hintereingang, und als Charles die Treppe heraufkam, öffnete sie die Tür.

Bevor sie noch sein Gesicht sehen konnte, roch sie ihn schon. Es war ein modriger Geruch, als ob man nasse Handtücher im Sommer in einen Schrank verschließt. Dann trat er ins Licht, und sie sah seine blutunterlaufene, geschwollene Nase. Auch auf seiner Unterlippe war eine Kruste getrocknetes Blut, und sein ganzes Gesicht war rußig-schwarz verschmiert. Seine Schaffelljacke war unrettbar eingedreckt, und seine Hose hatte einen Riß über dem rechten Knie. Am erschreckendsten aber war sein Gesichtsausdruck, der die kaum noch zu beherrschende Wut in ihm verriet.

»Charles?« Etwas Fürchterliches mußte geschehen sein. Den ganzen Nachmittag hatte sie sich Sorgen um ihn gemacht, und sein Aussehen zeigte nur, wie berechtigt ihre Sorgen waren.

»Sag überhaupt nichts für einen Augenblick.« Charles' Stimme hatte einen fordernden Ton. Er vermied es, Cathryn zu berühren. Nachdem er seine Jacke ausgezogen hatte, stürzte er sofort zum Telefon und blätterte nervös im Ortsverzeichnis.

Cathryn nahm ein sauberes Handtuch aus dem Wäscheschrank und befeuchtete es an einem Ende. Dann versuchte sie, ihm das Gesicht zu säubern, um zu sehen, woher das Blut kam.

»Herrgott, Cathryn! Kannst du nicht eine Sekunde warten?« fuhr Charles sie an und schob sie beiseite.

Cathryn schreckte zurück. Der Mann vor ihr war ein Fremder. Angstvoll beobachtete sie, wie sein Finger wutentbrannt auf die Wähltasten niederstieß.

»Dawson«, schrie Charles ins Telefon. »Es ist mir völlig gleichgültig, ob Sie die Polizei oder die ganze Stadt in Ihrer Tasche haben. Sie werden mir nicht entkommen!« Charles unterstrich seine Drohung, indem er den Hörer wütend auf die Gabel schlug. Er hatte keine Antwort erwartet und wollte nur schneller als Dawson aufgelegt haben.

Nach dem Anruf ließ die Spannung in ihm etwas nach. Mit langsamen, kreisenden Bewegungen rieb er sich für einen Moment die Schläfen. »Ich hätte nie gedacht, daß unsere kleine idyllische Stadt so korrupt ist.« Seine Stimme klang fast wieder normal.

Auch in Cathryn ließ der Angstdruck nach. »Was ist dir passiert? Du bist verletzt!«

Charles sah sie nachdenklich an. Er schüttelte den Kopf, und dann, zu ihrer Überraschung, lachte er sogar. »Am meisten noch mein Selbstbewußtsein. Es ist nicht einfach, wenn man sämtliche Träume von der eigenen Stärke an einem Abend begraben muß. Nein, verletzt bin ich nicht. Jedenfalls nicht schlimm, wenn man bedenkt, daß ich einmal schon geglaubt hatte, daß alles aus ist. Aber jetzt brauche ich erst einmal etwas zu trinken. Fruchtsaft. Egal, was.

»Ich hab' dir im Ofen etwas zu essen warm gestellt.«

»Himmel! Ich kann doch jetzt nichts essen.« Charles ließ sich langsam auf einen Küchenstuhl sinken. »Aber ich habe einen Durst, als ob ich gerade aus der Hölle komme.« Seine Hände zitterten, als er sie auf den Küchentisch legte. Sein Magen schmerzte noch immer von Brezos Schlag.

Cathryn schenkte Apfelwein in ein Glas und trug es zum Tisch. Aus dem Augenwinkel sah sie Gina mit unschuldiger Miene in der Küchentür stehen. Mit einer zornigen Geste bedeutete sie ihrer Mutter, daß sie zurück ins Wohnzimmer gehen sollte. Cathryn ging weiter zum Tisch, zog sich einen Stuhl heran und setzte sich. Den Gedanken, Charles vom Gericht zu erzählen, hatte sie erst einmal beiseite geschoben.

»Du hast Blut im Gesicht«, sagte sie fürsorglich.

Charles rieb sich mit dem Handrücken unter der Nase und starrte auf die eingetrockneten Grindkrümel. »Mistkerle!«

Während er von seinem Apfelwein trank, wurde es bedrükkend still in der Küche. »Erzählst du mir jetzt, was passiert ist?« fragte Cathryn schließlich.

»Vorher würde ich lieber etwas über Michelle hören«, antwortete Charles. Er setzte das Glas auf den Tisch ab.

»Willst du das wirklich?« fragte Cathryn. Sie streckte ihren Arm aus und legte ihre Hand beruhigend auf seine.

»Was soll das heißen. Wirklich?« fuhr Charles sie an. »Natürlich will ich etwas über sie hören.«

»Es war nicht so gemeint, wie es sich vielleicht angehört hat«, sagte Cathryn. »Ich weiß, wieviel Sorgen du dir machst. Ich mach' mir deshalb ja sogar schon Sorgen über dich. Du hast Michelles Herzkomplikation so schrecklich ernst genommen.«

»Was ist jetzt wieder passiert?« fragte Charles. Aus Furcht, daß Cathryn ihn auf eine neue Unglücksnachricht vorbereiten wollte, hatte seine Stimme bedrohlicher als beabsichtigt geklungen.

»Beruhige dich«, sagte Cathryn sanft.

»Dann sag mir endlich, was mit Michelle los ist.«

»Es ist ihr Fieber«, antwortete Cathryn. »Es ist weiter gestiegen, und die Ärzte sind beunruhigt.«

»Mein Gott!« stieß Charles mühsam hervor.

»Alles andere ist in Ordnung. Ihr Herzrhythmus ist wieder normal.«

Cathryn hatte Angst, irgend etwas über Michelles Haar zu sagen. Es begann auszufallen. Aber Dr. Keitzman hatte ihr erklärt, daß diese Nebenwirkung zu erwarten gewesen war. Und außerdem war der Haarverlust in Michelles Alter wieder aufzuholen.

»Gibt es ein Anzeichen, daß die Krankheit nachläßt?« fragte Charles.

»Ich glaube nicht. Die Ärzte haben nichts gesagt.«

»Wie hoch ist Michelles Fieber?«

»Ziemlich hoch. Als ich weggegangen bin, waren es vierzig Grad.«

»Und warum bist du weggegangen? Warum bist du nicht im Krankenhaus geblieben?«

»Ich wollte es ja, aber die Ärzte haben mir geraten zu gehen. Sie haben mir gesagt, daß die Eltern kranker Kinder darauf achten müssen, daß sie nicht die übrige Familie vernachlässigen. Sie sagten, daß ich ohnehin nichts tun könnte. Hätte ich dableiben sollen? Ich hab' es wirklich nicht gewußt. Ich hab' mir nur gewünscht, daß du dagewesen wärst.«

»Mein Gott«, sagte Charles wieder. »Gerade jetzt sollte jemand bei ihr sein. Das hohe Fieber ist kein gutes Zeichen. Die Medikamente schwächen ihr Abwehrsystem, haben aber anscheinend keine Wirkung auf die Leukämiezellen. Hohes Fieber zu diesem Zeitpunkt kann nur heißen, daß sie eine Infektion hat.«

Plötzlich sprang Charles auf. »Ich fahre ins Krankenhaus.«, sagte er entschlossen. »Und zwar sofort!«

»Aber warum, Charles? Was kannst du denn jetzt tun?« Cathryn fühlte ihre Angst zurückkehren. Sie stand auf.

»Ich will bei ihr sein. Außerdem bin ich zu einem Entschluß gekommen. Die Behandlung muß abgebrochen werden. Zumindest darf sie nur noch die normale Dosis der Medikamente erhalten. Keitzman experimentiert herum, und wenn er damit

Erfolg gehabt hätte, müßte sich die Zahl der Leukämiezellen in ihrem Kreislauf längst verringert haben. Statt dessen sind es mehr geworden.«

»Aber anderen haben die Medikamente doch auch geholfen.« Cathryn wußte, daß sie Charles von seinem Vorhaben, ins Krankenhaus zu fahren, abbringen mußte. Sonst würde es eine Katastrophe geben... wenn die Ärzte ihm eröffneten, was inzwischen geschehen war.

»Ich weiß selbst, daß die Chemotherapie anderen geholfen hat«, erwiderte Charles. »Leider ist das in Michelles Fall nicht so. Die normale Behandlungsmethode hat schon versagt. Und ich werde es nicht zulassen, daß mit meiner Tochter herumexperimentiert wird. Keitzman hat seine Chance gehabt. Michelle soll sich nicht vor meinen Augen in Leiden auflösen, wie Elisabeth das geschehen ist.«

Charles wandte sich zur Tür.

Cathryn griff nach seinem Ärmel. »Charles, bitte. Du kannst jetzt nicht gehen. Nicht so, wie du aussiehst.«

Charles sah an sich herunter und mußte zugeben, daß Cathryn recht hatte. Aber sollte er sich wirklich darum kümmern? Er zögerte, dann lief er zur Treppe hinauf, zog sich um und wusch sich Hände und Gesicht. Als er wieder zurückkam, sah Cathryn auf den ersten Blick, daß sein Entschluß feststand. Er würde noch an diesem Abend ins Krankenhaus fahren und dafür sorgen, daß Michelles Behandlung, ihre einzige Überlebenschance, abgebrochen wurde. Wieder hatten die Ärzte seine Reaktion genau vorhergesehen. Cathryn war klar, daß sie ihm jetzt sofort von ihrem Antrag auf alleinige Vormundschaft erzählen mußte. Noch länger warten konnte sie nicht mehr.

Charles zog seine verschmutzte Jacke an und suchte in den Taschen nach seinen Wagenschlüsseln.

Cathryn lehnte sich mit dem Rücken gegen ihre Anrichte, ihre Hände umklammerten die Kante der Resopalplatte.

»Charles«, begann sie in ruhigem Ton, »du kannst Michelles Behandlung nicht abbrechen.«

Charles fand seine Schlüssel. »Natürlich kann ich das«, sagte er selbstsicher.

»Es sind bestimmte Vorkehrungen getroffen worden, damit du es nicht kannst«, sagte Cathryn.

Die Hand schon auf der Türklinke, blieb Charles wie betäubt stehen. Das Wort ›Vorkehrungen‹ hatte einen bedrohlichen Klang gehabt.

»Was willst du damit sagen?«

»Ich will, daß du wieder zurückkommst, deine Jacke ausziehst und dich an den Tisch setzt«, sagte Cathryn in einem Ton, als ob sie ein widerspenstiges Kind vor sich hätte.

Charles ging langsam auf sie zu. »Ich denke, du erzählst mir jetzt sofort von diesen Vorkehrungen.«

Cathryn hätte es nie für möglich gehalten, aber als Charles sie jetzt aus zusammengekniffenen Augen anstarrte, begann sie sich vor ihm zu fürchten. »Nachdem du heute nachmittag so überhastet aus dem Krankenhaus gelaufen warst, hatte ich eine Unterredung mit Dr. Keitzman und Dr. Wiley. Sie hatten den Eindruck, daß du unter einer sehr großen Belastung stehst und vielleicht nicht mehr ganz in der Lage sein könntest, die richtige Entscheidung über Michelles Behandlung zu treffen.« Cathryn strengte sich an, den Ton der Unterhaltung zu treffen, die Patrick mit dem Richter geführt hatte. Am meisten fürchtete sie Charles' Reaktion auf die Tatsache, daß sie bei allem mitgemacht hatte. Sie wollte unbedingt herausstreichen, daß sie nur zögernd dazu bereit gewesen war. Cathryn sah ihm ins Gesicht. Seine blauen Augen sahen sie kalt an. »Der Anwalt des Krankenhauses sagte, daß für Michelle vorübergehend ein anderer Vormund benannt werden müßte. Die Ärzte haben ihm zugestimmt. Sie haben mir gesagt, daß sie die Angelegenheit auch ohne meine Unterstützung regeln könnten, aber daß mit meiner Hilfe alles viel leichter sein würde. Obwohl mir die Entscheidung schwergefallen ist, hatte ich das Gefühl, das Richtige zu tun. Ich dachte, es ist wichtig, daß wenigstens noch einer von uns an den Entscheidungen beteiligt ist!«

»Und was ist dann passiert?« fragte Charles. Sein Gesicht war dunkelrot geworden.

»Es kam zu einer Dringlichkeitsanhörung vor einem Richter«, antwortete Cathryn. Sie erzählte es schlecht und in einem ungünstigen Moment. Irgendwie hatte sie das Gefühl, alles zu verpfuschen. Trotzdem fuhr sie verbissen fort. »Der Richter stimmte zu, daß Michelle nach der Methode behandelt werden soll, wie Dr. Keitzman sie für ihre Symptome aufgestellt hat.

Mir wurde die zeitweilige Vormundschaft zuerkannt. In drei Tagen soll eine vorläufige Anhörung zu dem Antrag stattfinden und in drei Wochen eine große Anhörung. Das Gericht wird noch einen zweiten Vormund benennen, und Charles, bitte glaub' mir, ich hab' das alles nur für Michelle getan. Das ist nicht gegen dich gerichtet. Und ich will mich bestimmt nicht zwischen dich und Michelle stellen.«

Cathryn suchte in Charles' Gesicht nach einem Zeichen für ein bißchen Verständnis. Das einzige, was sie entdecken konnte, war wilder Zorn.

»Charles!« rief Cathryn. »Bitte glaub mir. Die Ärzte haben mich überzeugt, daß du unter einer großen Belastung stehst. Du bist doch auch gar nicht mehr du selbst. Sieh dich doch an! Dr. Keitzman ist als Therapeut für Kinderleukämie weltberühmt. Ich hab' es doch nur für Michelle getan. Es ist doch auch nur vorübergehend. Bitte.« Cathryn brach in Tränen aus.

Im nächsten Moment erschien Gina in der Küchentür. »Ist alles in Ordnung?« fragte sie mit furchtsamer Stimme.

Charles sprach sehr langsam, seine Augen waren auf Cathryns Gesicht geheftet. »Ich hoffe bei Gott, daß das alles nicht wahr ist. Ich hoffe, du hast dir das nur ausgedacht.«

»Aber es ist die Wahrheit«, brachte Cathryn mühsam hervor. »Es ist die Wahrheit. Du bist davongelaufen. Ich habe nur mein Bestes getan. Morgen früh bekommst du eine Vorladung.«

Charles' Wut explodierte mit einer Gewalt, die er nie in sich vermutet hätte. Das einzig Greifbare in seiner Nähe war ein Stapel Unterteller auf der Anrichte. Er riß sie an sich, hob sie über den Kopf und schleuderte sie auf den Küchenboden. Im nächsten Augenblick waren sie in tausend Scherben zersprungen, die nach allen Seiten in die Luft spritzten. »Ich halte das nicht mehr aus. Alle seid ihr gegen mich. Alle!«

Cathryn duckte sich über dem Spülbecken zusammen. Starr vor Angst wagte sie nicht, sich zu bewegen. Gina stand wie an den Türrahmen genagelt. Sie wäre am liebsten davongelaufen, aber sie wollte ihre Tochter nicht allein lassen.

»Michelle ist mein eigen Fleisch und Blut!« schrie Charles. »Niemand wird sie mir wegnehmen!«

»Sie ist meine Adoptivtochter«, schluchzte Cathryn. »Ich

fühle für sie genauso wie du.« Sie überwand ihre Angst und klammerte sich an die Aufschläge von Charles' Jacke. Dann schüttelte sie ihn, so heftig sie konnte. »Bitte beruhige dich. Bitte!« rief sie verzweifelt.

Was Charles jetzt am wenigsten vertragen konnte, war, festgehalten zu werden. Wie im Reflex schoß sein Arm nach oben und schlug Cathryns Hände unnötig heftig in die Luft. Der Schlag war so kräftig, daß Charles den Schwung seines Armes nicht mehr abbremsen konnte und Cathryn ungewollt mit dem Handrücken ins Gesicht traf. Sie taumelte zurück, bis sie sich am Küchentisch fangen konnte.

Ein Küchenstuhl, der ihr im Weg gewesen war, fiel lautstark um. Gina stieß einen spitzen Schrei aus und lief in die Küche, um ihren mächtigen Leib zwischen Charles und ihre benommene Tochter zu schieben. Sie bekreuzigte sich und begann zu beten.

Charles schob Gina grob zur Seite. Er packte Cathryn bei den Schultern und begann sie wie eine Puppe zu schütteln. »Ich will, daß du zum Telefon gehst und das Verfahren sofort rückgängig machst. Hast du mich verstanden?«

Als Chuck den Lärm in der Küche hörte, sprang er von seinem Bett und stürzte die Treppe hinunter. Ein Blick auf die Szene genügte ihm, dann sprang er in die Küche zu seinem Vater und umklammerte ihn von hinten. Charles versuchte den Griff um seine Oberarme abzuschütteln, aber es gelang ihm nicht. Er ließ Cathryns Schultern los und stieß seinen rechten Ellbogen mit ganzer Kraft nach hinten. Der Stoß traf Chuck genau in die Magengrube. Mit einem keuchenden Pfeifton entwich die Luft aus seinen Lungen. Charles warf sich herum und drückte seinen Sohn heftig von sich. Chuck stolperte rückwärts und schlug mit dem Kopf zuerst auf den Küchenboden.

Entsetzt schrie Cathryn auf. Alles schien sich wie in einer unentrinnbaren Kettenreaktion zu ereignen. Sie warf sich über Chuck, um ihn vor seinem Vater zu schützen. Erst in diesem Augenblick begriff Charles, daß er gerade seinen eigenen Sohn angreifen wollte.

Er machte einen Schritt vorwärts, aber wieder schrie Cathryn auf und breitete abwehrend ihre Arme über dem zusammengekrümmt am Boden liegenden Chuck aus. Gina drängte sich zwischen Charles und die beiden. Dabei murmelte sie etwas von Besessenheit und Teufel.

Charles hob den Kopf. In der Tür stand Jean Paul, der ihn völlig verwirrt ansah. Als der Junge den Blick seines Vaters bemerkte, wich er sofort zurück. Wieder sah Charles auf die Szene vor sich. Ein merkwürdiges Gefühl der Fremdheit beschlich ihn. Im nächsten Moment wandte er sich um und lief aus dem Haus.

Gina ging, um die Tür zu schließen, während Cathryn ihrem ältesten Adoptivsohn auf einen Küchenstuhl half. Sie hörten den Pinto die Zufahrt hinunterschleudern.

»Ich hasse ihn! Ich hasse ihn!« schrie Chuck wütend. Er hielt sich mit beiden Armen den Magen.

»Ruhig, ruhig«, versuchte Cathryn ihn zu besänftigen. »Das ist alles nur ein gräßlicher Alptraum. Du wirst sehen, wir wachen wieder auf und alles ist vorbei.«

»Dein Auge!« rief Gina erschrocken. Sie kam zu Cathryn gelaufen und bog ihr den Kopf leicht in den Nacken.

»Es ist nichts«, sagte Cathryn.

»Nichts? Das Auge ist schon blau und schwarz unterlaufen. Am besten legst du sofort etwas Eis darauf.«

Cathryn ging in den Flur und betrachtete ihr Gesicht in dem kleinen Wandspiegel. In ihrer rechten Augenbraue war ein winziger Riß, und sie bekam tatsächlich ein blaues Auge. Als sie wieder in die Küche kam, hatte Gina bereits die Eiswürfel aus dem Kühlschrank geholt.

Auch Jean Paul erschien wieder in der Küchentür.

»Wenn er dich noch einmal schlägt, dann bring' ich ihn um«, sagte Chuck.

»Charles junior«, fuhr Cathryn ihn an. »Ich möchte so etwas nicht mehr hören. Charles ist im Moment nicht er selbst. Er steht unter einem fürchterlichen inneren Druck. Außerdem wollte er mich gar nicht schlagen. Er wollte sich nur von meinem Händen befreien.«

»Und ich glaube, er hat sich dem Teufel in die Hände gegeben«, sagte Gina.

»Das reicht jetzt, ein für allemal«, erwiderte Cathryn heftig.

»Und ich denke, daß er verrückt geworden ist«, beharrte Chuck.

Cathryn holte tief Luft, um Chuck zurechtzuweisen, aber dann zögerte sie. Chucks Worte hatten sie nachdenklich gemacht. War es möglich, daß Charles einen Nervenzusammenbruch erlitten hatte? Die Ärzte hatten die Möglichkeit dazu angedeutet, und bisher hatten sie auch mit allem anderen recht behalten. Cathryn fragte sich verzweifelt, woher sie die Kraft nehmen sollte, um die Familie zusammenzuhalten.

Ihr erster Gedanke galt der Sicherheit ihrer Kinder. Cathryn hatte Charles noch nie so unbeherrscht erlebt. Sie brauchte jetzt den Rat eines Spezialisten. In der Hoffnung, daß Dr. Keitzman ihr helfen könnte, rief sie in der Telefonzentrale des Krankenhauses an. Fünf Minuten später rief Dr. Keitzman zurück.

Cathryn erzählte ihm, was sich alles ereignet hatte, daß Charles gegen Michelles Chemotherapie war, daß er mit dem Wagen davongefahren und wahrscheinlich auf dem Weg ins Krankenhaus war.

»Das klingt ja, als hätten wir die Vormundschaft gerade noch rechtzeitig beantragt«, sagte Dr. Keitzman.

Cathryn war nicht nach solcher Selbstbestätigung zumute. »Das mag schon sein, aber ich mache mir Sorgen um Charles. Ich weiß nicht, was ich als Nächstes von ihm zu erwarten habe.«

»Das ist genau das Problem«, erwiderte Dr. Keitzman. Er könnte Ihnen und der Familie gefährlich werden.«

»Das kann ich nicht glauben«, sagte Cathryn.

»Man kann sich da nicht sicher sein, bis er einen Spezialisten aufgesucht hat. Aber glauben Sie mir, dieMöglichkeit besteht durchaus. Vielleicht sollten Sie das Haus für ein, zwei Tage verlassen. Sie müssen auch an Ihre Familie denken.«

»Wir könnten solange zu meiner Mutter ziehen«, sagte Cathryn nachdenklich. Es stimmte, sie durfte jetzt nicht nur an sich selbst denken.

»Das wäre sicherlich das beste. Sie müssen ja nur abwarten, bis Charles sich wieder beruhigt hat.«

»Und was ist, wenn Charles heute nacht ins Krankenhaus kommt?«

»Machen Sie sich darüber keine Sorgen. Ich werde die Station verständigen und der Oberschwester mitteilen lassen, daß Sie im Augenblick die alleinige Vormundschaft haben.«

Cathryn bedankte sich und legte auf. Sie wünschte sich, ebenso optimistisch wie Dr. Keitzman sein zu können. Aber das Gefühl, daß alles nur noch schlimmer wurde, hatte er ihr nicht nehmen können.

Eine halbe Stunde später hatte jeder das Notwendigste für ein paar Tage eingepackt. Noch immer voller Zweifel verließ Cathryn zusammen mit Gina und den beiden Jungen das Haus. Durch den neugefallenen Schnee trugen sie ihre Taschen zu dem alten Kombi und verstauten sie auf der Ladefläche. Jean Paul stieg am Haus eines Freundes, der ihn eingeladen hatte, aus. Die anderen drei fuhren weiter nach Boston. Keiner sprach ein Wort.

11. Kapitel

Kurz nach neun erreichte Charles das Kinderkrankenaus. Im Gegensatz zu dem dichten Verkehr, der tagsüber vor dem Krankenhaus herrschte, waren die Straßen jetzt leer. Charles fand einen Parkplatz vor der Buchhandlung, die zu dem Klinikzentrum gehörte. Dann ging er durch den Haupteingang in das Krankenhaus. Ein leerer Fahrstuhl brachte ihn zu Station Anderson 6.

Jemand grüßte ihn, als er an der Schwesternstation vorbeikam. Aber Charles hob nicht einmal den Kopf in die Richtung, aus der die Stimme gekommen war. Die Tür zu Michelles Zimmer stand einen Spalt weit offen. Charles schlüpfte leise hinein.

In Michelles Zimmer war es dunkler als auf dem Flur. Nur das kleine Nachtlicht, das kurz über dem Boden an der Mauer angebracht war, brannte noch. Charles blieb einen Moment stehen, um seine Augen an die Dunkelheit zu gewöhnen. Auf der anderen Seite des Bettes stand der Herzmonitor. Der Signalton war leise gedreht worden, aber eine grün leuchtende Kurve zuckte mit regelmäßigen Ausschlägen über den kleinen Bildschirm. Zwei Infusionsschläuche schlängelten sich von einem Gestell hinter dem Kopfende des Bettes zu Michelle hinunter. Jeder endete in einem ihrer Arme. Durch die Kanüle im linken Arm wurden ihr die chemotherapeutischen Medikamente zugeleitet.

Vorsichtig ging Charles weiter in das Zimmer hinein. Seine Augen waren fest auf das unbewegte Gesicht seiner Tochter gerichtet. Sie schien zu schlafen. Doch nach ein paar Schritten sah Charles zu seiner Überraschung, daß Michelles Augen gar nicht geschlossen waren. Sie verfolgten gespannt jede seiner Bewegungen.

»Michelle?« flüsterte Charles.

»Daddy?« fragte sie ebenso leise zurück. Sie hatte befürchtet, daß trotz der Nacht ein weiterer Pfleger zu ihr ins Zimmer geschlichen wäre, um ihr noch mehr Blut abzunehmen.

Charles hob seine Tochter zärtlich in seine Arme. Er hatte das Gefühl, daß sie viel leichter geworden war. Auch Michelle versuchte ihn zu umarmen. Doch fehlte ihr die Kraft dazu. Charles preßte seine Wange gegen ihr Gesicht und wiegte sie langsam hin und her. Er spürte die Hitze ihres Fiebers auf seiner Haut.

Dann sah er Michelle ins Gesicht und entdeckte, daß ihre Lippen vereitert waren.

Eine Verzweiflung, die sogar seine Tränen erstickte, durchflutete ihn. Das Leben war nicht fair. Es war eine einzige grausame Erfahrung, in der Hoffnung und Glück nur flüchtige Illusionen waren, die einzig dazu dienten, die unausweichliche Tragödie noch bitterer erscheinen zu lassen.

Während er Michelle in den Armen hielt, mußte er an seinen kläglichen Rachefeldzug gegen Recycle denken. Er kam sich jetzt selbst albern vor. Noch immer empfand er sein Verlangen nach Rache als gerecht, aber wie es stand, gab es wichtigere Dinge für ihn zu tun. Zweifellos war den Verantwortlichen bei Recycle das Schicksal eines zwölfjährigen Mädchens vollkommen gleichgültig, und bequem stellten sie sich blind gegen jedes Verantwortungsgefühl. Aber wie war es denn mit den sogenannten führenden Persönlichkeiten in der Krebsbekämpfung? Machten sie sich denn viele Gedanken? Charles bezweifelte das, wenn er an das verworrene Beziehungsgeflecht dachte, das an seinem eigenen Institut herrschte. Dabei wollte es die Ironie des Schicksals, daß für die Leute, die den gigantischen Apparat der Krebsbekämpfung lenkten, am Ende dasselbe Risiko bestand, der Krankheit zu erliegen, wie für den größten Teil der übrigen Menschen.

»Daddy, warum ist deine Nase so geschwollen?« fragte Michelle auf einmal.

Charles lächelte. Obwohl sie selbst so krank war, machte Michelle sich noch immer Sorgen um ihn! Es war einfach unglaublich!

Rasch erfand Charles eine Geschichte, wie er im Schnee ausgerutscht und ausgerechnet auf die Nase gefallen war. Michelle lachte, aber dann wurde ihr Gesicht wieder ernst. »Daddy, werde ich wieder gesund?«

Ungewollt zögerte Charles einen Augenblick. Die Frage war zu unerwartet gekommen. »Natürlich«, sagte er mit einem Lachen, das sein kurzes Schweigen vergessen machen sollte. »Ich glaube sogar, daß du diese Medizin hier gar nicht mehr brauchst.« Charles stand auf und zeigte auf den Schlauch für die Chemotherapie. »Warum nehmen wir ihn nicht einfach aus deinem Arm?«

Michelles Gesicht verdüsterte sich sorgenvoll. Sie haßte jede Berührung an der Kanüle in ihrem Arm.

»Es tut ganz bestimmt nicht weh«, sagte Charles.

Mit einem kurzen Ruck zog er die Nadel aus Michelles Arm und drückte seinen Daumen auf den Einstichpunkt. »Den anderen Infusionsschlauch mußt du noch etwas im Arm behalten, damit dein kleines Uhrwerk nicht wieder schneller läuft.« Er klopfte ihr gegen die Brust.

Plötzlich wurde das Licht angeschaltet, und mit einem Schlag war das Zimmer grell erleuchtet.

Eine Schwester, der zwei Wachmänner folgten, kam herein.

»Es tut mir leid, Mr. Martel, aber Sie müssen jetzt gehen.« Sie bemerkte den lose über dem Bett hängenden Infusionsschlauch und schüttelte verärgert den Kopf.

Charles reagierte nicht auf ihre Aufforderung. Er setzte sich wieder auf die Bettkante und nahm Michelle in den Arm.

Die Schwester machte den Wachmännern ein Zeichen, daß sie ihr helfen sollten. Sie gingen langsam zu Charles, und einer der beiden legte ihm eine Hand auf die Schulter.

»Wir können Sie auch festnehmen lassen, wenn Sie es nicht

anders wollen«, sagte die Schwester. »Aber das möchte ich gerne vermeiden.«

Widerstandslos ließ Charles es zu, daß die beiden Wachmänner seine Arme griffen und sie von Michelle lösten.

Erstaunt sah Michelle erst auf die beiden Männer und dann wieder zu ihrem Vater. »Warum wollen sie dich festnehmen?«

»Das weiß ich auch nicht«, sagte Charles lächelnd. »Wahrscheinlich, weil jetzt keine Besuchszeit ist.«

Charles stand auf, beugte sich noch einmal zurück und gab Michelle einen Kuß. »Versuch ein tapferes Mädchen zu sein. Ich komme bald wieder.«

Die Schwester schaltete die Deckenbeleuchtung wieder aus. Von der Tür winkte Charles noch einmal, Michelle winkte zurück.

»Sie hätten ihr die Kanüle nicht aus dem Arm nehmen sollen«, sagte die Schwester auf dem Weg zur Stationszentrale.

Charles antwortete nicht.

»Wenn Sie Ihre Tochter künftig besuchen möchten«, fuhr die Schwester fort, »dann müssen Sie zu den regulären Besuchszeiten kommen und, bitte, in Begleitung.«

»Ich möchte Michelles Krankenakte sehen«, sagte Charles freundlich, ohne auf die anderen Bemerkungen einzugehen.

Die Schwester ging schweigend weiter. Offensichtlich gefiel ihr der Gedanke nicht besonders.

»Es ist mein Recht«, sagte Charles knapp. »Außerdem bin ich selbst Arzt.«

Zögernd willigte die Schwester ein. Charles folgte ihr in den Aktenraum der Station. Michelles Unterlagen standen unschuldig an ihrem Platz. Die Schwester zog den Ordner heraus und legte ihn vor Charles auf den Tisch. Am Nachmittag war ein Blutabstrich gemacht worden. Charles' Herz setzte für einen Augenblick aus. Obwohl er nichts anderes erwartet hatte, traf es ihn wie ein Schock. Die Zahl der Leukämiezellen in Michelles Blut war nicht gesunken. Im Gegenteil, der Wert war noch leicht gestiegen. Es gab keinen Zweifel, die Chemotherapie hatte Michelle nicht im mindesten geholfen.

Charles zog sich das Telefon heran und bat die Zentrale, auszurichten, daß Dr. Keitzman ihn im Aktenraum von Station 6 anrufen möchte. Während er wartete, sah er die übrigen Unterlagen in der Akte durch. Am erschreckendsten war Michelles Fieberkurve. Bis zu diesem Nachmittag hatte das Fieber immer um die achtunddreißig Grad gelegen, jetzt war es auf vierzig Grad gestiegen. Dann las Charles den kardiologischen Bericht. Als wahrscheinliche Ursache der Herzrhythmusstörung wurde die schnelle Infusion der zweiten Dosis Daunorubicin angenommen oder eine Infiltration des Herzmuskels durch Michelles Leukämiezellen; möglich war aber auch eine Kombination von beidem. In diesem Moment klingelte das Telefon. Es war Dr. Keitzman. Beide, Dr. Keitzman und Charles, bemühten sich, freundlich zu sein.

»Als Arzt werden Sie mir zustimmen«, sagte Dr. Keitzman, »daß wir uns oft vor die Entscheidung gestellt sehen, entweder an den bewährten Prinzipien der Medizin festzuhalten oder aber den Wünschen von Patienten und ihrer Angehörigen nachzugeben. Ich persönlich halte ersteres für das einzig Richtige. Und sobald man beginnt, Ausnahmen davon zu machen, ist es, als hätte man die Büchse der Pandora geöffnet. Leider müssen wir uns deshalb auch mehr und mehr auf die Gerichte verlassen.«

»Aber es ist doch ganz eindeutig, daß die Chemotherapie Michelle nicht hilft«, entgegnete Charles beherrscht.

»Im Augenblick noch nicht«, gab Dr. Keitzman zu. »Aber für ein endgültiges Urteil ist es noch zu früh. Es besteht noch eine kleine Chance. Und außerdem haben wir nichts anderes, mit dem wir ihr helfen könnten.«

»Ich glaube, Sie belügen sich selbst«, sagte Charles heftig. Dr. Keitzman antwortete nicht. Es war ein Körnchen Wahrheit in dem, was Charles gesagt hatte. Die Vorstellung, einen Fall aufzugeben und nichts mehr zu tun, kam für Dr. Keitzman nicht in Frage, besonders nicht bei einem Kind.

»Eine ganz andere Sache wollte ich Sie noch fragen«, fuhr Charles fort. »Halten Sie es für möglich, daß Benzol Michelles Leukämie ausgelöst hat?«

»Das ist schon möglich«, antwortete Dr. Keitzman. »Zumindest würde das Krankheitsbild ihrer Leukämie dazu passen. Ist sie denn mit Benzol in Berührung gekommen?«

»Über einen längeren Zeitraum«, antwortete Charles. »Ein Betrieb hat Benzol in den Fluß geleitet, der auch unseren Teich speist. Wären Sie bereit, in einem Gutachten festzuhalten, daß Michelles Leukämie von Benzol verursacht wurde?«

»Das kann ich nicht tun«, sagte Dr. Keitzman. »Es tut mir leid, aber das wäre ein reiner Indizienschluß. Außerdem ist der eindeutige Nachweis, daß Benzol Leukämie verursacht, bisher nur in Laborversuchen und nur bei Tieren gelungen.«

»Und Sie und ich wissen genau, daß es damit auch als Krebserreger beim Menschen anzusehen ist.«

»Das mag durchaus richtig sein. Aber ein ordentliches Gericht wird Ihnen diesen Schluß nicht als Beweis abnehmen. Es bleibt ein Rest an Zweifel, wie klein er auch sein mag.«

»Sie wollen mir also nicht helfen?« fragte Charles.

»Es tut mir leid, aber ich kann nicht«, antwortete Dr. Keitzman. »Aber etwas anderes kann ich tun, und ich fühle mich verantwortlich dafür. Ich möchte Sie bitten und ermutigen, einen Psychiater aufzusuchen. Sie haben einen schrecklichen Schock erlitten.«

Einen Moment überlegte Charles, ob dieser Vorschlag nicht Grund genug war, Dr. Keitzman einmal gehörig die Meinung zu sagen. Aber dann entschied er sich anders und legte einfach auf. Während er zur Tür ging, spielte er in Gedanken mit der Möglichkeit, zurück in Michelles Zimmer zu schleichen. Aber die Oberschwester beobachtete ihn wie ein Falke, und einer der Wachmänner stand noch immer an der Schwesternstation und blätterte uninteressiert in einer Illustrierten. Charles ging zum Fahrstuhl und drückte den Knopf. Während er wartete, begann er darüber nachzudenken, welche Wege ihm jetzt noch offenstanden. Er war nur noch auf sich selbst gestellt, und morgen, nach seinem Treffen mit Dr. Ibanez, würde das um so mehr gelten.

Ellen Sheldon kam später als gewöhnlich am Weinburger-Institut an. Dennoch ließ sie sich Zeit, denn der Weg über den Parkplatz war tückisch. In der vorangegangenen Nacht war das Wetter in Boston wieder einmal typisch wechselhaft gewesen. Angefangen hatte es mit Regen, darauf hatte es geschneit und gegen Morgen schließlich wieder geregnet. Dann war der Matsch auf den Straßen hart gefroren. Als Ellen endlich den Institutseingang erreicht hatte, war es acht Uhr dreißig.

Für ihre Verspätung gab es zwei Gründe. Erstens wußte sie gar nicht, ob Charles überhaupt ins Labor kommen würde. Also hatte sie auch nichts vorzubereiten. Und zum anderen war sie in der letzten Nacht erst sehr spät nach Hause gekommen. Sie hatte eines ihrer Grundprinzipien verletzt: Verabrede dich nie aus einer Augenblicksstimmung heraus. Aber nachdem sie Dr. Morrison berichtet hatte, daß Charles nicht länger am Canceran-Projekt arbeiten wollte, hatte er sie überzeugt, den Rest des Tages freizunehmen. Außerdem hatte er sich noch ihre Privatnummer geben lassen, um sie davon zu unterrichten, was bei dem Gespräch mit Charles und den Weinburgers herausgekommen war. Ellen hatte nicht erwartet, daß er wirklich anrufen würde, aber er hatte es getan und ihr erzählt, daß Charles eine letzte Frist eingeräumt worden war. Innerhalb der nächsten vierundzwanzig Stunden müßte er sich entscheiden, ob er nun mitspielen wollte oder nicht. Dann hatte Dr. Morrison sie zum Essen eingeladen. Ellen hatte sich entschieden, es als Arbeitsbesprechung aufzufassen, und die Einladung angenommen. Und sie war froh, daß sie es getan hatte. Dr. Peter Morrison war vielleicht nicht so schön wie Paul Newman, aber er war dennoch ein faszinierender Mann, der großen Einfluß auf die Forschung im ganzen Land hatte.

Ellen versuchte, die Labortür aufzuschließen und stellte überrascht fest, daß das Schloß nicht verriegelt war. Vorsichtig öffnete sie die Tür. Charles saß bereits mitten in seiner Arbeit.

»Ich dachte schon, du kommst heute nicht mehr«, begrüßte er sie und lächelte freundlich. Ellen zog ihren Mantel aus und kämpfte gegen ein leichtes Schuldgefühl an. »Ich hatte nicht erwartet, daß du hier wärst.«

»So?« sagte Charles. »Ich habe die ganze Nacht gearbeitet.«

Ellen kam an seinen Schreibtisch. Charles hatte ein neues Protokollbuch vor sich liegen, und mehrere Seiten waren bereits mit seiner präzisen Handschrift gefüllt. Er sah schrecklich aus. Das Haar hing ihm in Strähnen herunter, so daß die lichtere Stelle auf seinem Kopf noch deutlicher als sonst zu sehen war. Seine Augen sahen übermüdet aus, und er hätte dringend eine Rasur gebraucht.

»Woran arbeitest du?« fragte Ellen. Sie wollte erst einmal seine Stimmung erkunden.

»Ich bin fleißig gewesen«, antwortete Charles und hielt ein Glasfläschchen in die Höhe. »Und ich habe ein paar gute Nachrichten. Unsere Methode, bei den Krebszellen der Mäuse ein Antigenprotein herauszuisolieren, funktioniert auch mit Krebszellen vom Menschen. Der Hybrideneffekt, den ich mit Michelles Leukämiezellen versucht habe, hat über die Zeit hinaus gewirkt.«

Ellen nickte. Allmählich empfand sie Mitleid mit Charles Martel.

»Und dann habe ich die Mäuse untersucht, denen wir das Brustkrebsantigen injiziert haben«, fuhr Charles begeistert fort. »Zwei von ihnen zeigen eine leichte, aber eindeutige Antikörperreaktion. Das ist doch ermutigend. Findest du nicht auch? Deshalb möchte ich dich bitten, den Mäusen heute eine weitere Dosis von dem Antigen zu geben. Und einer frischen Gruppe könntest du dann schon Michelles Leukämieantigen injizieren.«

»Aber Charles«, sagte Ellen mitfühlend, »wir haben doch gar keine Erlaubnis, das zu tun.«

Vorsichtig, als ob es mit Nitroglyzerin gefüllt wäre, setzte Charles das Fläschchen in seiner Hand auf dem Schreibtisch ab. Dann sah er Ellen selbstsicher ins Gesicht. »Noch bestimme ich hier.« Seine Stimme war ruhig und beherrscht, zu beherrscht vielleicht.

Ellen nickte scheinbar zustimmend. Doch die Wahrheit war, daß sie begonnen hatte, sich vor Charles ein bißchen zu fürchten. Ohne noch etwas zu sagen, ging sie an ihren Arbeitstisch, um die Injektionslösung für die Mäuse vorzubereiten. Aus dem Augenwinkel beobachtete sie, wie Charles einen Umschlag vom Schreibtisch nahm, mehrere Papiere herauszog und in ihnen zu lesen begann. Sie sah auf die Uhr über der Eingangstür. Kurz nach neun Uhr würde sie unter irgendeinem Vorwand das Labor verlassen und zu Peter gehen.

Noch bevor Ellen gekommen war, hatte Charles die Vorladung zur Anhörung vor dem Vormundschaftsrichter erhalten. Ein Bote des zuständigen Polizeireviers hatte sie ihm wortlos überreicht. Bis zu diesem Augenblick hatte Charles den Umschlag nicht beachtet. Schon immer hatte ihn das vertrackte Juristengeschwätz nervös gemacht, und deshalb überflog er das

Schriftstück auch nur kurz. Er wurde aufgefordert, zu einer Anhörung zu kommen, die in drei Tagen stattfinden sollte. Er würde einen Rechtsbeistand brauchen.

Charles sah auf seine Armbanduhr und griff zum Telefon. Als erstes rief er John Randolph an, den Leiter der Stadtverwaltung von Shaftesbury, New Hampshire. Er kannte Randolph, denn ihm gehörte das größte Geschäft für elektrotechnische Geräte in der Stadt.

»Ich möchte mich beschweren«, sagte Charles nach den üblichen Begrüßungsfloskeln, »über die Polizei von Shaftesbury.«

»Ich hoffe, du meinst nicht den Vorfall gestern abend bei der Fabrik«, erwiderte John.

»Doch, genau den«, sagte Charles.

»Davon haben wir bereits erfahren«, sagte John. »Frank Neilson hat sich mit den drei Stadträten zum Frühstück getroffen. Sie haben mir alles erzählt. Das hörte sich aber so an, als ob du noch Glück gehabt hast, daß Frank gerade Dienst hatte.«

»Das hab' ich am Anfang auch gedacht«, antwortete Charles. »Aber dann hat er mich zu Recycle zurückgebracht, nur damit mich so ein Halbverrückter zusammenschlagen konnte.«

»Davon hab' ich nichts gehört«, gab John zu. »Aber sie haben mir erzählt, daß du unbefugt auf dem Betriebsgelände herumgelaufen bist und dann jemanden in eine Art Säure gestoßen hast. Warum, in Gottes Namen, mußt du dich mit dem Betrieb anlegen? Ich denke, du bist Arzt? Dazu paßt dein Verhalten aber überhaupt nicht.«

Obwohl er sich vorgenommen hatte, ruhig zu bleiben, brach die Wut wieder aus Charles hervor. In einer leidenschaftlichen Anklage erzählte er John Randolph, daß Recycle Benzol und andere Gifte in den Pawtomack leitete, und daß er, Charles, dafür sorgen würde, daß der Betrieb stillgelegt wird, schon um die Gemeinde zu schützen.

»Ich glaube nicht, daß die Gemeinde deinem Vorhaben freundlich zusehen wird«, sagte John, als Charles seine flammende Rede schließlich beendet hatte. »Bevor der Betrieb sich hier angesiedelt hat, hat es hier viele Arbeitslose gegeben. Das Wohl der Stadt hängt unmittelbar von Recycle ab.«

»Ich nehme an, du mißt den Wohlstand an der Zahl der verkauften Waschmaschinen«, entgegnete Charles bissig.

»Zumindest gehören sie dazu«, sagte John trocken.

»Herrgott noch mal!« schrie Charles. »Wenn Kinder dafür so entsetzliche Krankheiten wie Leukämie und aplastische Anämie bekommen, ist das ein hoher Preis, den wir für den Wohlstand zahlen. Findest du nicht auch?«

»Auch davon weiß ich nichts«, sagte John ruhig.

»Ich habe das Gefühl, du willst auch nichts davon wissen.«

»Willst du mir damit irgend etwas vorwerfen?«

»Sehr richtig. Ich werfe dir deine Verantwortungslosigkeit vor. Selbst wenn nur ein leiser Verdacht bestünde, daß Recycle giftige Chemikalien in den Fluß leitet, müßte der Betrieb sofort geschlossen werden, bis die Sache geklärt ist. Ein paar drekkige Arbeitsplätze sind das Risiko nicht wert.«

»Du als Arzt, der sich nicht um sein Geld zu sorgen braucht, kannst das leicht sagen. Aber für die Stadt und für die Menschen, die bei Recycle arbeiten, sind die Arbeitsplätze wichtig. Und was deine Beschwerde über die Polizei angeht, warum hältst du dich nicht einfach aus unseren Angelegenheiten heraus? Das haben die Stadträte heute morgen auch gesagt. Wir brauchen euch Stadtleute mit euren Titeln von Harvard nicht, um uns erklären zu lassen, wie wir hier leben sollen!«

Charles hörte das unzweideutige Klicken in der Leitung, als am anderen Ende aufgelegt wurde. Dieser Weg war also eine Sackgasse, dachte er.

Da Charles selbst nur allzu genau wußte, daß seine blinde Wut ihm nicht weiterhelfen würde, wählte er als nächstes die Nummer der USB. Er bat die Zentrale, ihn mit Mrs. Amendola zu verbinden. Zu seiner eigenen Überraschung hörte er schon Sekunden später Mrs. Amendolas leicht nasale Stimme. Charles nannte seinen Namen und berichtete, was er bei der Recycle Ltd. herausgefunden hatte.

»Der Tank mit dem Benzol ist über eine Rohrleitung direkt mit der Dachrinne verbunden«, sagte Charles.

»Das ist wirklich nicht besonders feinfühlig«, erwiderte Mrs. Amendola.

»Einen schreienderen Beweis kann man wohl nicht finden«,

sagte Charles. »Und dann gibt es auf dem Gelände noch einen See mit Chemikalien, die ständig in den Fluß einsickern.«

»Haben Sie auch ein paar Fotos gemacht?« fragte Mrs. Amendola.

»Ich habe es versucht, aber es ging nicht«, antwortete Charles. »Aber vielleicht haben Ihre Leute mehr Glück.« Charles sah keinen Grund, warum die Umweltschutzbehörde wissen mußte, daß man seine Kamera zerstört hatte. Wenn es ihm genutzt hätte, die USB für seinen Fall zu interessieren, hätte er es auch erzählt. Aber wie die Dinge standen, fürchtete er, daß sein eigensinniges Vorgehen vielleicht genau entgegengesetzt wirken könnte.

»Ich werde ein paar Anrufe machen«, sagte Mrs. Amendola. »Aber versprechen kann ich Ihnen nichts. Die Aussichten wären besser, wenn Sie mir, wie versprochen, eine schriftliche Beschwerde geschickt hätten und auch ein paar Fotos, egal wie schlecht sie gewesen wären.«

Charles sagte, daß er sich sobald wie möglich darum kümmern wollte, aber daß sie doch inzwischen aufgrund der Information, die er ihr gegeben hatte, vielleicht schon etwas unternehmen könnte. Als er den Hörer auf die Gabel legte, hatte er keine großen Hoffnungen, daß überhaupt etwas geschehen würde.

Charles kam hinter seinem Schreibtisch hervor und ging an den großen Experimentiertisch. Einen Moment beobachtet er Ellen bei ihrer Arbeit. Seine Hilfe bot er ihr gar nicht erst an, denn Ellen war viel geschickter als er. Statt dessen bereitete er die verdünnte Lösung von Michelles Leukämieantigen vor, die später den Mäusen injiziert werden sollte. Da das Fläschchen steril verschlossen war, benutzte Charles auch eine sterile Spritze, um eine genau berechnete Menge der Lösung aus der Phiole zu entnehmen. Um die Konzentration zu bekommen, die er haben wollte, gab er diesen Teil dann zu einer bestimmten Menge einer sterilen Salzlösung. Das Fläschchen mit dem restlichen Antigen stellte er in den Kühlschrank.

Die fertige Lösung brachte Charles zu Ellen und bat sie, alles wie besprochen weiterzumachen, während er sich auf die Suche nach einem Anwalt begeben wollte. Gegen Mittag würde er auf jeden Fall zurück sein.

Nachdem die Labortür ins Schloß gefallen war, wartete Ellen fünf Minuten lang, den Blick auf den Sekundenzeiger der Uhr gerichtet. Als Charles dann immer noch nicht zurückgekommen war, rief sie die Empfangsdame an und ließ sich bestätigen, daß er das Institut verlassen hatte. Erst danach wählte sie die Nummer von Dr. Morrison. Sobald er sich gemeldet hatte, erzählte sie ihm, daß Charles immer noch an seinem eigenen Forschungsprojekt arbeitete, ja, daß er es sogar noch ausweitete und sich auch immer noch sonderbar benahm.

»Jetzt reicht es«, sagte Dr. Morrison. »Das hat uns gerade noch gefehlt. Niemand kann uns vorwerfen, daß wir es nicht versucht hätten. Aber damit ist Charles Martel für das Weinburger-Institut erledigt.«

Die Suche nach einem Rechtsbeistand war nicht so einfach, wie Charles sich das vorgestellt hatte. Da sich für ihn Fachkenntnis und Verstand aus unerklärlichen Gründen mit einer repräsentativen Äußerlichkeit verbanden, fuhr er in das Zentrum von Boston und stellte seinen Wagen in das Parkhaus des Verwaltungszentrums. Das erste beeindruckende Bürohochhaus fand er in der State Street. In der weiten Eingangshalle stand ein Brunnen, überall war polierter Marmor zu sehen, und die Fensterflächen waren aus getöntem Glas. Die Hinweistafel verzeichnete unzählige Anwaltskanzleien. Charles wählte sich die Kanzlei im letzten Stock aus : Begelman, Canneletto und O'Malley. Charles hoffte, daß ihre hohe Lage im Haus vielleicht auch etwas über ihre fachliche Geschicklichkeit aussagte. Es stellte sich jedoch heraus, daß sie nur in Beziehung zu den Honorarvorstellungen stand.

Offensichtlich war die Kanzlei nicht auf unangemeldeten Besuch eingestellt, denn Charles mußte sich erst einmal auf ein unbequemes Zweiersofa in Chippendale setzen und warten. Angeblich waren diese harten Sitzmöbel im England des achtzehnten Jahrhunderts beliebte Turtelplätze für Verliebte gewesen. Schon nach fünf Minuten bezweifelte Charles das, er hatte den Eindruck, daß das Sofa für die Liebe so geeignet war wie eine Parkbank aus Marmor. Schließlich wurde er doch noch von einem Anwalt empfangen. Es mußte der jüngste der Kanzlei sein. Charles fand, daß er wie fünfzehn aussah.

Anfangs verlief ihr Gespräch recht vielversprechend. Der junge Anwalt schien ehrlich überrascht zu sein, daß Charles als leiblichem Vater die Vormundschaft vorübergehend entzogen worden war und der Richter sie einem nur nach dem Gesetz verwandten Elternteil übertragen hatte. Als der Anwalt jedoch erfuhr, daß Charles die ärztliche Behandlung seiner Tochter abbrechen wollte, obwohl ein Spezialist sie durchführte, wurde er merklich kühler. Er hätte den Fall wahrscheinlich trotzdem übernommen, wäre Charles nicht in eine wütende Anklage gegen Recycle und die Stadt Shaftesbury ausgebrochen. Als der Anwalt Charles zu fragen begann, was er denn eigentlich zuerst wolle, gerieten sie in Streit. Während des Wortwechsels bezichtigte der junge Mann Charles der Baratterie, worauf Charles nur noch zorniger wurde, weil er nicht wußte, was das Wort bedeutete. Er fand es auch nie heraus.

Als Charles die Kanzlei verließ, war er noch immer ohne Rechtsbeistand. Er probierte es auch gar nicht erst in einer anderen Kanzlei in dem Bürohaus, sondern suchte sich das nächste öffentliche Telefon und schlug das Branchenverzeichnis auf. Er überging die großen Kanzleien und strich sich nur solche Anwälte an, die allein arbeiteten. Als er ein halbes Dutzend Adressen beisammen hatte, begann er zu telefonieren. Sobald sich jemand meldete, fragte er ohne lange Erklärungen, ob das Büro Zeit habe, einen Fall zu übernehmen. Es genügte ein kurzes Zögern, und er hängte sofort wieder ein. Als er das fünfte Mal gewählt hatte, meldete sich der Anwalt persönlich. Charles gefiel das. Auf seine Frage antwortete ihm der Anwalt, daß er kurz vorm Verhungern sei. Charles sagte, daß er sofort kommen würde. Dann schrieb er sich die genaue Adresse auf: Wayne Thomas, 13 Brattle Street, Cambridge.

In der Straße gab es keinen Brunnen, keinen Marmor und auch kein Rauchglas. Die Nummer 13 gehörte zu einem Hinterhaus, das nur durch eine enge Gasse zu erreichen war. Hinter einer Eisentür führte eine ausgetretene Holztreppe zu zwei Türen. Die eine gehörte einem Wahrsager und Handleser, die andere Wayne Thomas, Rechtsanwalt. Charles klopfte und trat ein.

»Setzen Sie sich und erzählen Sie mir einfach, worum es geht«, sagte Wayne Thomas und schob Charles einen Stuhl hin. Während Wayne sich einen gelben Notizblock und einen Stift zurechtlegte, sah Charles sich in dem Zimmer um. Es war schmucklos bis auf ein einziges Bild, das Abraham Lincoln zeigte. Aber die Wände waren in frischem Weiß gestrichen. Durch ein kleines Fenster konnte Charles einen schmalen Ausschnitt des Harvard Square sehen. Der Raum hatte einen Holzfußboden, der offensichtlich erst vor kurzem abgeschliffen und lackiert worden war. Alles strahlte eine sachliche und nüchterne Atmosphäre aus.

»Ich habe das Büro zusammen mit meiner Frau selbst hergerichtet«, sagte der Anwalt, als er merkte, daß Charles sich erst einmal umsah. »Wie finden Sie es?«

»Es gefällt mir«, antwortete Charles. Wayne Thomas sah nicht gerade aus, als ob er am Verhungern wäre. Er war über einsneunzig groß, muskulös und trug einen Bart. Sein Alter schätzte Charles auf Anfang Dreißig. Er trug einen dunkelblauen Nadelstreifenanzug mit passender Weste, der seine energische Ausstrahlung noch unterstrich.

Charles reichte ihm die Vorladung und erzählte seine Geschichte. Wayne Thomas hörte aufmerksam zu und machte sich kurze Notizen, aber er unterbrach Charles nicht wie der junge Anwalt von Begelman, Canneletto und O'Malley. Als Charles geendet hatte, stellte Thomas zu einigen Punkten noch ein paar Fragen. Dann sah er Charles eine Zeitlang nachdenklich an. »Bis zu der Anhörung werden wir gegen den vorläufigen Entzug der Vormundschaft nicht viel machen können«, sagte er schließlich. »Die Ernennung eines Vormundes *ad litim* hat dem Richter die endgültige Entscheidung noch offengehalten. Aber ich hätte die Zeit ohnehin gebraucht, um mich in den Fall einzuarbeiten. Doch was die Recycle Ltd. angeht und die Stadtverwaltung von Shaftesbury, da kann ich sofort etwas unternehmen. Wir müssen uns nur noch über das Honorar einig werden.«

»In wenigen Tagen steht mir ein 3000-Dollar-Kredit von meiner Bank zur Verfügung«, sagte Charles.

Wayne stieß einen anerkennenden Pfiff aus. »An eine derartige Summe habe ich gar nicht gedacht. Wären Sie mit fünfhundert Dollar Vorauszahlung einverstanden?«

Charles erklärte, daß er das Geld sofort vorbeibringen

würde, wenn ihm der Kredit ausgezahlt worden war. Als er dem Anwalt zum Abschied die Hand schüttelte, sah er zum ersten Mal, daß Wayne Thomas einen schmalen Goldring im rechten Ohr trug.

Auf der Rückfahrt zum Weinburger-Institut fühlte Charles sich schon wieder etwas zufriedener. Zumindest hatt er die notwendigen juristischen Schritte eingeleitet, und selbst wenn Wayne Thomas nicht in allem Erfolg haben sollte, dann würde er Charles' Widersachern doch wenigstens einigen Ärger bereiten. Ungeduldig wartete Charles vor der verspiegelten Eingangstür zum Institut. Miß Andrews, die ihn natürlich längst gesehen hatte, vermittelte erst noch ein Gespräch, bevor sie den Türöffner drückte. Als Charles an ihr vorbeiging, griff sie wieder zum Telefon. Das war kein besonders vielversprechendes Zeichen.

Das Labor war leer. Charles rief nach Ellen, aber er erhielt keine Antwort. Er suchte sie auch noch in dem kleinen Nebenraum, doch bei den Versuchstieren war sie auch nicht. Als er auf die Uhr über der Eingangstür sah, wußte er auch den Grund dafür. Er war länger unterwegs gewesen, als er selbst vermutet hatte. Ellen mußte zum Essen gegangen sein. Er ging zu ihrem Arbeitsplatz und entdeckte, daß die Lösung mit Michelles Leukämieantigen unberührt an ihrem Platz stand.

Charles ging an seinen Schreibtisch, rief die USB an und ließ sich mit Mrs. Amendola verbinden, um zu erfahren, ob sie irgend etwas erreicht hatte. Mit kaum zurückgehaltener Ungeduld in der Stimme erklärte sie Charles, daß sein Fall nicht der einzige sei, den sie zu bearbeiten habe, und daß künftig sie lieber ihn anrufen wolle als umgekehrt.

Nachdem sie aufgelegt hatte, versuchte Charles den Regionalleiter der USB anzurufen, um sich über die schlechte Organisation der Behörde zu beschweren. Aber der war nicht zu sprechen, da er an einer Informationsrunde in Washington teilnahm, auf der die Regierung neue Vorschriften zum Umgang mit Giftmüll vorstellte.

Um nicht auch noch das letzte Vertrauen in die repräsentative Regierungsform seines Landes zu verlieren, rief Charles den Gouverneur von New Hampshire und den Gouverneur von Massachusetts an. In beiden Fällen mit demselben Ergebnis: die Vorzimmerdamen verbanden ihn einfach nicht weiter, sondern verwiesen ihn an den Staatlichen Kontrollrat für Gewässerschutzfragen. Was er auch dagegen einwandte, einschließlich der Tatsache, daß er bereits mit sämtlichen Dienststellen telefoniert hatte, die Sekretärinnen blieben unerbittlich, bis er es schließlich aufgab. Dann rief er den Senator von Massachusetts an, der zur Demokratischen Partei gehörte.

Die erste Reaktion in Washington hörte sich auch recht vielversprechend an. Aber dann wurde er von einem Untergebenen zum nächsten gereicht, bis er endlich an jemanden geriet, der sich in der Umweltmaterie auskannte. Obwohl Charles immer wieder auf seinen persönlichen Fall zu sprechen kam, versuchte der Mitarbeiter des Senators, das Gespräch allgemein zu halten. Was er Charles zu sagen hatte, klang wie ein auswendig gelernter Vortrag. Zehn Minuten lang reihte er Beispiel an Beispiel, wie sehr sich der Senator für eine bessere Umweltpolitik eingesetzt habe. Während Charles noch auf die nächste Gelegenheit zu einer Antwort wartete, sah er Peter Morrison in das Labor kommen. Er legte auf, ohne den Redeschwall des anderen unterbrochen zu haben.

Abschätzend sahen sich die beiden Männer aus ein paar Metern Entfernung an; die Unterschiede in ihrer äußeren Erscheinung waren in diesem Augenblick deutlicher als sonst zu sehen. Morrison schien sich an diesem Tag mit besonderer Sorgfalt zurechtgemacht zu haben, während es Charles auf den ersten Blick anzusehen war, daß er die Nacht in seinen Sachen im Labor geschlafen hatte.

Morrison war mit einem siegesbewußten Lächeln eingetreten. Aber als Charles sich zu ihm umdrehte und ihn ebenso zuversichtlich anlächelte, wurde seine Miene merklich unsicherer.

Charles hatte das Gefühl, Morrison nach allem, was passiert war, zu verstehen. Er war ein abgehalfterter Forscher, der sich an seine Verwaltungskarriere klammerte, um das eigene Ego zu retten. Aber trotz seiner aalglatten Schale wußte er genau, daß die Forschung der eigentliche Motor des Instituts war, und diese Abhängigkeit von Charles' Fähigkeiten und Arbeit konnte er nicht ertragen.

»Sie sollen sofort in das Büro des Direktors kommen«, sagte

Morrison barsch. »Es braucht Sie nicht zu kümmern, daß Sie unrasiert sind.«

Charles lachte laut auf, denn er wußte, daß der letzte Satz eine schreckliche Beleidigung sein sollte.

»Sie sind unmöglich, Martel«, schnauzte Morrison ihn an. Dann verließ er eilig das Labor.

Bevor er zu Dr. Ibanez ging, versuchte Charles einen Moment, seine Gedanken zu ordnen. Er wußte genau, was jetzt geschehen würde, und dennoch fürchtete er diese Begegnung. Der Weg zum Direktionsbüro war fast schon ein tägliches Ritual geworden. Als Charles an den düsteren Ölbildern der ehemaligen Direktoren vorüberging, nickte er einigen von ihnen freundlich zu. Mit derselben Höflichkeit lächelte er Miß Evans an und ging an ihrem Schreibtisch vorbei, ohne sich um ihre wütende Aufforderung, stehenzubleiben, zu kümmern. Charles klopfte auch nicht, bevor er die Tür zu Dr. Ibanez' Büro aufriß.

Dr. Morrison, der sich gerade angestrengt über Dr. Ibanez' Schulter gebeugt hatte, richtete sich erschrocken auf. Beide hatten gerade irgendwelche Unterlagen studiert. Verstört starrte Dr. Ibanez Charles an.

»Also?« sagte Charles mit aggressivem Ton in der Stimme.

Dr. Ibanez warf Morrison einen Blick zu, der hilflos die Schultern zuckte. Dann räusperte sich Dr. Ibanez. Zweifellos hätte er sich lieber einen Moment auf die Begegnung vorbereitet.

»Sie sehen müde aus«, sagte Dr. Ibanez unsicher.

»Danke schön, daß Sie sich noch um mich sorgen«, antwortete Charles zynisch.

»Ich fürchte, Sie haben uns keine andere Wahl gelassen, Dr. Martel«, sagte Dr. Ibanez und versuchte Ordnung in seine Gedanken zu bringen.

»Ja?«, Charles fragte so, als ob er nicht wüßte, was damit gemeint war.

»Ja«,sagte Dr. Ibanez. »Wie ich Ihnen gestern bereits warnend angekündigt habe und gemäß den Wünschen des Rates der Direktoren sind Sie ab sofort aus den Diensten des Weinburger-Instituts entlassen.«

Ein Gefühl aus Wut und Angst durchfuhr Charles. Die quälende Vorstellung, den Platz im Labor zu verlieren, war nicht länger Fantasie, sondern Wirklichkeit geworden. Charles strengte sich an, seine Gefühle nicht nach außen dringen zu lassen. Er nickte zum Zeichen, daß er verstanden hatte, dann wandte er sich zur Tür.

»Einen Moment noch, Dr. Martel!« rief Dr. Ibanez. Er war hinter seinem Schreibtisch aufgestanden.

Charles drehte sich zu ihm.

»Ich bin noch nicht fertig«, sagte Dr. Ibanez.

Charles sah die beiden Männer an und überlegte, ob er bleiben sollte oder nicht. Niemand hier konnte ihm noch etwas befehlen.

»Es wäre nur zu Ihrem eigenen Besten, Charles«, fuhr Dr. Ibanez fort. »Wenn Sie in Zukunft zur Kenntnis nehmen würden, daß Sie bestimmte Verpflichtungen gegenüber der Institution haben, die Sie beschäftigt. Wir haben Ihnen nahezu unumschränkte Freiheit gewährt, Ihre eigenen wissenschaftlichen Interessen zu verfolgen. Und Sie sollten anerkennen, daß auch Sie uns dafür etwas schulden.«

»Vielleicht«, antwortete Charles. Er glaubte nicht, daß Dr. Ibanez dieselben schlechten Absichten hatte wie Dr. Morrison.

»So ist uns zum Beispiel zur Kenntnis gekommen, daß Sie sich bei verschiedenen Stellen über die Recycle Ltd. beklagt haben.«

Charles war sofort hellwach.

»Sie sollten sich daran erinnern«, fuhr Dr. Ibanez fort, »daß Recycle und das Weinburger-Institut zur selben Muttergesellschaft gehören, Breur Chemical. In Anbetracht dieser engen Beziehung möchte ich doch hoffen, daß Sie Ihre Beschwerde nicht in die Öffentlichkeit tragen. Falls es wirklich ein Problem gibt, dann sollte es intern und in aller Ruhe gelöst werden. Wie es sich unter Geschäftsfreunden gehört.«

»Recycle hat Benzol in einen Fluß geleitet, der an meinem Haus vorbeiläuft«, stieß Charles wütend hervor. »Und als Folge davon hat meine Tochter eine schwere Leukämie bekommen.«

»So ein Vorwurf ist unbeweisbar und unverantwortlich«, sagte Dr. Morrison.

Für einen Moment war Charles von seinem wilden Zorn geblendet, und er machte einen schnellen Schritt auf Morrison zu. Aber dann besann er sich. Außerdem war es nicht seine Art, andere zu schlagen.

»Charles«, sagte Dr. Ibanez eindringlich, »ich appelliere doch nur an Ihr Verantwortungsbewußtsein und bitte Sie dringend, Ihre eigene Arbeit beiseite zu legen, bis die Canceran-Studie abgeschlossen ist.«

Überrascht, daß Charles vielleicht eine zweite Chance eingeräumt werden würde, wandte Dr. Morrison sich von den beiden ab und sah hinaus auf den Charles River.

»Das ist unmöglich«, antwortete Charles heftig. »So, wie es um meine Tochter steht, fühle ich mich schon ihretwegen verpflichtet, meine Arbeit fortzusetzen.«

Zufrieden drehte Dr. Morrison sich wieder um. Die Miene, mit der er Dr. Ibanez ansah, verriet deutlich seine Gedanken: Habe ich es nicht immer gesagt?

»Soll das heißen, Sie glauben, daß Sie noch rechtzeitig für Ihre Tochter einen entscheidenden Durchbruch erzielen können?« fragte Dr. Ibanez ungläubig.

»Das wäre immerhin möglich«, antwortete Charles.

Dr. Ibanez und Dr. Morrison tauschten einen vielsagenden Blick aus.

Dann wandte sich Dr. Morrison wieder zum Fenster. Für ihn war die Angelegenheit erledigt.

»Das hört sich für mein Gefühl ein bißchen größenwahnsinnig an«, sagte Dr. Ibanez. »Sie lassen mir also doch keine Wahl. Aber als Zeichen unseres guten Willens werden wir Ihnen eine Abfindung von zwei Monatsgehältern zahlen, und ich werde außerdem dafür sorgen, daß unsere Krankenversicherung noch einen weiteren Monat für Ihre Kosten aufkommt. Ihr Labor müssen Sie allerdings in zwei Tagen geräumt haben. Wir stehen bereits in Verbindung mit jemandem, der Sie ersetzen wird und auch bereit ist, das Canceran-Projekt in unserem Interesse fortzuführen.«

Charles sah die beiden Männer mit funkelnden Augen an. »Bevor ich gehe, möchte ich Ihnen noch etwas sagen: Ich halte die Tatsache, daß ein Pharmakonzern und ein Krebsforschungsinstitut von ein und derselben Gesellschaft kontrolliert werden, für kriminell. Noch dazu, wenn die Präsidenten beider Konzerne im Vorstand des Nationalen Krebsinstituts sitzen und sich selbst finanzielle Zuschüsse gewähren. Canceran ist ein ausgezeichnetes Beispiel für diesen Finanz-Inzest. Das Medikament ist wahrscheinlich so giftig, daß seine Verwendung niemals erlaubt werden wird, es sei denn, die Untersuchungsergebnisse werden auch weiterhin gefälscht. Und damit das nicht länger möglich ist, habe ich die Absicht, gewisse Tatsachen der Öffentlichkeit bekanntzumachen.«

»Das reicht!« rief Dr. Ibanez. Wütend schlug er auf seinen Schreibtisch, so daß einige Papiere in die Luft flogen. »Wenn Sie jetzt auch noch die Integrität dieses Instituts in Frage stellen wollen oder die großen Aussichten, die uns mit dem Canceran an die Hand gegeben sind, dann gehen Sie lieber, bevor ich die Ihnen versprochenen Unterstützungen wieder zurücknehme.«

Charles wandte sich zur Tür.

»Ich denke, Sie sollten sich bei einem Psychiater Rat holen«, sagte Morrison kühl.

Charles konnte ein jugendlich-unreifes Verlangen nicht unterdrücken und machte eine unzweideutige Geste in Morrisons Richtung. Dann verließ er das Zimmer.

»Mein Gott!« rief Dr. Ibanez, als sich die Tür geschlossen hatte. »Was ist bloß in diesen Mann gefahren?«

»Ich wiederhole es nicht gerne«, sagte Dr. Morrison, »aber ich habe Ihnen das alles vorausgesagt.«

Dr. Ibanez ließ sich schwer in seinen Schreibtischsessel fallen, soweit das bei seiner schmächtigen Figur überhaupt möglich war.

»Früher wäre ich nie auf den Gedanken gekommen, aber jetzt fürchte ich, daß Charles gefährlich werden könnte.«

»Was, glauben Sie, hat er damit gemeint: Bestimmte Tatsachen bekanntzumachen?« Dr. Morrison setzte sich und zog die Bügelfalten seiner Hose gerade.

»Ich wünschte, ich würde es wissen«, sagte Dr. Ibanez. »Das hat mir ja gerade den Schrecken eingejagt. Ich glaube, daß er dem Canceran-Projekt nicht wiedergutzumachenden Schaden zufügen könnte. Vom Institut einmal ganz abgesehen.«

»Ich weiß nicht, was wir tun sollten«, sagte Dr. Morrison nun etwas kläglich.

»Ich meine, wir müssen abwarten, was er tut. Wir können nur darauf reagieren«, sagte Dr. Ibanez. »Um die Presse möglichst von ihm fernzuhalten, sollten wir besser nicht bekanntgeben, daß er entlassen worden ist. Falls dennoch jemand nachfragt, könnten wir sagen, daß ihm angesichts der schweren Krankheit seiner Tochter ein unbefristeter Urlaub gewährt worden ist.«

»Ich halte es für falsch, seine Tochter zu erwähnen«, sagte Dr. Morrison. »Gerade solche Geschichten lieben die Zeitungen. Damit könnten wir die Presse ungewollt erst auf ihn aufmerksam machen.«

»Sie haben recht«, stimmte Dr. Ibanez zu. »Wir werden nur von einem unbefristeten Urlaub sprechen.«

»Und was ist, wenn Charles selbst zu den Zeitungen geht?« fragte Dr. Morrison. »Es ist immerhin denkbar, daß sie ihm glauben.«

»Aber ich glaube nicht, daß er von sich aus zur Presse gehen wird«, sagte Dr. Ibanez. »Er kann Journalisten nicht ausstehen. Wenn er es trotzdem tun sollte, müßten wir rasch etwas zur Hand haben, das ihn diskrediert. Wir könnten seine Zurechnungsfähigkeit in Zweifel ziehen. Ja, wir könnten sogar sagen, daß sein angegriffener Gemütszustand der Grund für die Entlassung war. Es wäre nicht einmal gelogen!«

Dr. Morrison ließ ein dünnes Lächeln erkennen. »Das ist eine ausgezeichnete Idee. Ein Freund von mir ist Psychiater, und ich glaube, daß er uns eine überzeugende Fallgeschichte zusammenstellen könnte. Was würden Sie davon halten, wenn wir bereits alles so weit vorbereiten, daß wir im Fall des Falles sofort reagieren können?«

»Manchmal habe ich den Eindruck, daß der falsche Mann hinter diesem Schreibtisch sitzt, Peter. Sie lassen sich in Ihrer Arbeit wirklich nicht von menschlichen Regungen beeinflussen.«

Morrison lächelte krampfhaft. Er war nicht sicher, ob das tatsächlich als Kompliment gemeint war.

Charles stieg langsam die Treppen hinunter. Wut und Verzweiflung hielten seine Gedanken gefangen. Was für eine Welt war das, der das Geschäft mehr bedeutete als die Moral?

Sogar wenn es um Fragen der Medizin ging. Was für eine Welt war das, die einfach in die andere Richtung sah, wenn ein zwölfjähriges Mädchen an einer tödlichen Leukämie erkrankte?

Charles öffnete die Tür zu seinem Labor. Ellen saß auf einem Hocker vor ihrem Arbeitstisch und blätterte in einer Illustrierten. Als sie Charles eintreten sah, richtete sie sich auf und strich ihren Kittel glatt.

»Es tut mir schrecklich leid, Charles«, sagte sie mit traurigem Gesicht.

»Was denn?« fragte Charles mit gleichgültiger Stimme.

»Deine Entlassung«, antwortete Ellen.

Charles sah sie forschend an. Er wußte, daß jedes Gerücht außerordentlich schnell am Institut verbreitet war. Aber das war nun doch etwas zu schnell. Er erinnerte sich, daß man ihr von seiner Entscheidungsfrist erzählt hatte. Und wahrscheinlich hatte sie nur ihre Schlüsse gezogen. Aber trotzdem...

Verwundert über diesen absurden Verfolgungswahn schüttelte er den Kopf.

»Es mußte so kommen«, sagte Charles. »Ich habe nur ein paar Tage gebraucht, bis ich mir selbst darüber im klaren war, daß ich die Canceran-Studie nicht weitermachen konnte. Gerade jetzt nicht, wo Michelle so krank ist.«

»Und was wirst du nun tun?« fragte Ellen. Nachdem Charles seine Stellung und seine Macht über sie verloren hatte, begann sie ihre Motive in Frage zu stellen.

»Ich habe eine Menge zu tun. Zuerst...« Charles verstummte. Einen Moment überlegte er, ob er Ellen in sein Vertrauen ziehen sollte. Dann entschied er sich, es nicht zu tun. In den letzten vierundzwanzig Stunden war ihm schmerzlich bewußt geworden, daß er allein war. Seine Familie, die Kollegen und die Regierungsbehörden konnten ihm nicht helfen oder legten ihm Hindernisse in den Weg oder waren sogar gegen ihn. Und wer auf sich selbst gestellt war, mußte besonders mutig und vorsichtig sein.

»Zuerst, was?« fragte Ellen. Einen Augenblick hoffte sie, Charles könnte eingestehen, daß er sie brauchte. Ellen war zu allem bereit, wenn er nur ein Wort sagte.

»Zuerst...« sagte Charles und ging an seinen Schreibtisch,

»möchte ich dich bitten, zur Verwaltungsleitung zu gehen und meine Laborprotokolle zurückzuholen. Ich möchte mit keinem von denen mehr sprechen. Nachdem sich nun gezeigt hat, daß der Diebstahl meiner Forschungsunterlagen nicht die gewünschte Wirkung hatte, hoffe ich, daß sie froh sind, die Bücher wieder loszuwerden.«

Enttäuscht ließ sich Ellen von ihrem Hocker gleiten und ging zur Tür. Sie kam sich selbst dumm vor, weil sie noch immer seinen Launen gehorchte.

»Was ich noch fragen wollte«, rief Charles ihr hinterher, bevor sie die erreicht hatte, »wie weit bist du mit der Arbeit gekommen, über die wir heute morgen gesprochen haben?«

»Nicht besonders weit«, erklärte Ellen. »Als du das Institut heute verlassen hast, habe ich gewußt, daß man dich rausschmeißen würde. Warum sollte ich also noch etwas tun? Ich gehe dir jetzt deine Protokollbücher holen, aber dann will ich mit deinen Sachen nichts mehr zu tun haben. Für den Rest des Tages nehme ich mir frei.«

Charles sah und hörte, wie die Tür heftig zugezogen wurde. Also hatte er doch keine Wahnvorstellungen gehabt. Ellen mußte mit der Verwaltung zusammengearbeitet haben. Sie wußte zuviel und das zu schnell. Er war froh, daß er sie nicht ins Vertrauen gezogen hatte.

Charles verschloß die Labortür von innen und machte sich an die Arbeit. Die meisten Chemikalien und Reagenzien waren in Industriemengen abgepackt. Charles begann sie in kleinere Behälter umzufüllen. Jeder Behälter wurde sorgfältig beschriftet und dann zu einem kleinen, verschließbaren Schrank kurz vor dem Eingang zum Nebenraum getragen. Er war fast eine Stunde damit beschäftigt. Dann machte er sich über seinen Schreibtisch her und suchte nach den Notizen, die er sich während seiner letzten Versuche gemacht hatte. Mit diesen Aufzeichnungen konnte er den Verlauf und die Ergebnisse seiner Experimente selbst dann rekonstruieren, wenn Dr. Ibanez die ausführlicheren Protokollbücher nicht herausgeben sollte.

Charles arbeitete so fieberhaft, daß er beinahe das Klingeln des Telefons überhört hätte. Rasch legte er sich eine Antwort zurecht, falls ihn die Verwaltung sprechen wollte. Doch zu seiner Erleichterung war der Anrufer ein Angestellter der Kreditabteilung der First National Bank. Der Mann erklärte Charles, daß die 3000 Dollar für ihn bereitlagen und fragte, ob Charles das Geld auf sein Girokonto gutgeschrieben haben wollte. Charles antwortete, daß er am Nachmittag persönlich vorbeikommen würde, um das Geld abzuholen. Dann drückte er nur kurz auf die Telefongabel und wählte sofort die Nummer von Wayne Thomas. Während Charles auf den Anschluß wartete, dachte er schmunzelnd darüber nach, wie die Kreditabteilung wohl reagiert hätte, wenn dort bekannt gewesen wäre, daß man ihn gerade gefeuert hatte.

Wie bei ihrem ersten Gespräch war Wayne Thomas selbst am Apparat. Charles erzählte seinem Anwalt, daß der Kredit bewilligt worden war und daß er die fünfhundert Dollar noch am Nachmittag in die Brattle Street bringen würde.

»Sie haben es wirklich eilig«, sagte Thomas. »Aber ich habe auch schon ohne den Vorschuß mit der Arbeit begonnen. Ich habe eine Unterlassungsverfügung gegen Recycle beantragt. Den Anhörungstermin dafür werde ich in Kürze erfahren.«

»Das hört sich gut an«, sagte Charles. Wenigstens etwas war auf seine Initative hin in Gang gekommen.

Charles hatte die Unterlagen auf seinem Schreibtisch fast alle durchgesehen, als er hörte, wie jemand die Tür zu öffnen versuchte. Dann wurde ein Schlüssel in das Schloß geschoben und aufgeschlossen.

Charles drehte sich herum und sah Ellen durch die Tür treten. Ein untersetzter junger Mann in einem Tweedjackett folgte ihr. Befriedigt sah Charles, daß Ellen einen Teil der Laborbücher trug. Der Fremde hatte den zweiten Stapel in den Armen.

»Hast du die Tür abgeschlossen?« fragte Ellen verwundert. Charles nickte.

Ellen drehte sich zu dem Fremden um und verdrehte die Augen. »Ich bin Ihnen wirklich dankbar, daß Sie mir geholfen haben. Legen Sie die Bücher einfach irgendwo ab.«

»Wenn es Ihnen nichts ausmacht, bringen Sie sie doch bitte da hinten hin, zu der Ablage«, fuhr Charles dazwischen und zeigte in die Richtung des kleinen Schränkchens, in dem er die Chemikalien verschlossen hatte.

»Darf ich dir Dr. Michael Kittinger vorstellen«, sagte Ellen.

»Ich habe ihn oben in der Verwaltung kennengelernt. Er wird die Canceran-Studie fortführen, und ich nehme an, daß ich ihm dabei helfen werde.«

Dr. Kittinger streckte ihm eine kleine Hand mit kurzen Wurstfingern entgegen. Ein freundliches Lächeln legte sein gummiglattes Gesicht in kleine Fältchen. »Ich freue mich, Sie kennenzulernen, Dr. Martel. Ich habe schon viel von Ihnen gehört.«

»Das kann ich mir vorstellen«, murmelte Charles.

»Was für ein fantastisches Labor«, rief Dr. Kittinger aus und ließ Charles' Hand aus seinen Fingern gleiten. Dann wanderte sein Blick über die umfangreiche Laborausrüstung. Sein Gesicht bekam das weihnachtliche Strahlen eines Fünfjährigen. »Mein Gott! Eine Pearson-Ultrazentrifuge. Und da, das kann gar nicht wahr sein... ein Dixon-Elektronenmikroskop! Wie konnten Sie dieses Paradies je verlassen?«

»Man hat mir dabei geholfen«, sagte Charles und sah zu Ellen.

Sie wich seinem Blick aus.

»Hätten Sie etwas dagegen, wenn ich mich ein bißchen umsehe?« fragte Dr. Kittinger begeistert.

»Ja!« antwortete Charles. »Das hätte ich.«

»Charles!« rief Ellen erstaunt. »Dr. Kittinger versucht doch nur, freundlich zu sein. Dr. Morrison hatte die Idee, daß er mit herunterkommt.«

»Das interessiert mich nicht im geringsten«, sagte Charles. »Für die nächsten zwei Tage ist das immer noch mein Labor. Und ich will niemanden hier sehen. Niemand!« Seine Stimme war lauter geworden.

Ellen wich erschrocken zurück und verschwand mit Dr. Kittinger auf den Flur.

Charles griff die Tür und warf sie mit aller Kraft zu. Knallend schlug sie ins Schloß. Einen Moment starrte er auf die Tür, die Hände zu Fäusten geballt. Er wußte, daß er jetzt endgültig allein war. Und daß er Ellen und seinen Nachfolger so erschreckt hatte, war völlig überflüssig gewesen. Was ihm Sorgen machte war, daß sein unvernünftiges Benehmen zweifellos der Verwaltung gemeldet werden würde. Und als Antwort könnte man ihm die Frist verkürzen, für die er noch in seinem Labor bleiben durfte. Er entschloß sich, noch schneller zu arbeiten. Noch in dieser Nacht mußte er seine Sachen in Sicherheit bringen.

Mit neuem Elan machte er sich an die Arbeit. Nach einer weiteren Stunde hatte er alles, was er noch brauchte, in dem kleinen Schrank verstaut.

Charles zog seine verschmutzte Felljacke an, trat auf den Flur und verschloß die Labortür hinter sich. In der Empfangshalle blieb er kurz bei Miß Andrews stehen und sagte ihr, daß er nur kurz außer Haus sei. Falls sie inzwischen auch regelmäßig an Dr. Ibanez Bericht erstattete, sollte sie nicht den Eindruck haben, daß er länger fortbleiben wollte.

Es war bereits nach drei, und der Verkehr auf den Straßen von Boston war hektisch wie jeden Tag vor der Rush-hour. Charles sah sich von unzähligen Geschäftsleuten umgeben, die fast ihr Leben riskierten, um die Interstate 93 noch zu erreichen, bevor die Wagenkolonnen auf dem Memorial und dem Storrow Drive endgültig zum Stehen kamen.

Sein erstes Ziel war die Zweigstelle der First National Bank am Charles River Park Plaza. Da der Vizepräsident, mit dem Charles entfernt bekannt war, einen Termin hatte, wurde er von einer jungen Frau bedient, die anscheinend neu in der Filiale war. Er merkte, wie sie mißtrauisch auf seine verschmutzte Jacke und seinen fast zwei Tage alten Bart sah.

Charles versuchte sie zu beruhigen. »Ich bin Wissenschaftler. Und wir sind immer etwas...« Er zuckte lächelnd die Schultern und ließ den Satz unvollendet in der Luft hängen.

Die Bankangestellte nickte verständnisvoll, aber dann brauchte sie doch einige Zeit, bis der Vergleich mit dem Foto in seinem Führerschein zu seinen Gunsten ausgefallen war. Zufrieden fragte sie ihn, ob er einen Scheck wolle. Charles bat darum, den Kredit in bar zu bekommen.

»Bargeld?« Etwas verwirrt entschuldigte sie sich für einen Moment und verschwand in einem der Büros, um den stellvertretenden Direktor der Zweigstelle anzurufen. Als sie zurückkehrte, trug sie ein Bündel frischer Hundert-Dollar-Noten in der Hand.

Charles eilte zu seinem Wagen und fädelte sich in den Verkehr Richtung Innenstadt ein. Vor einem Sportgeschäft, in dem man ihn kannte, parkte er den Wagen in der zweiten Reihe und schaltete die Warnblinkanlage ein. Dann lief er in das Geschäft. Er verlangte hundert Schrotpatronen Kaliber zwölf mit Acht-Millimeter-Schroten.

»Auf was wollen sie Jagen?« fragte der Verkäufer freundlich.

»Enten«, sagte Charles in einem Ton, von dem er hoffte, daß er jedes weitere Gespräch im Keim ersticken würde.

»Dann würde ich Ihnen aber raten, Drei- oder Dreieinhalb-Millimeter-Schrote zu nehmen«, meinte der Verkäufer.

»Ich möchte acht Millimeter«, sagte Charles kühl.

»Sie wissen, daß noch keine Entensaison ist«, erwiderte der Verkäufer.

»Ja, das weiß ich«, antwortete Charles.

Er zahlte die Patronen mit einer neuen Hundert-Dollar-Note.

Dann lenkte er den alten Pinto durch die engen Straßen des Bostoner Einkaufsviertels. Er fuhr den Weg zurück, den er gekommen war, bis zur Ecke Charles und Cambridge Street. Ohne weiter an die möglichen Folgen zu denken, parkte er den Wagen auf einer Verkehrsinsel mitten auf der Kreuzung. Wieder schaltete er die Warnblinkanlage ein.

Er lief zu einem großen Drugstore, der nicht nur verkaufsfördernd direkt neben dem Massachusetts-Klinikzentrum gelegen war, sondern auch rund um die Uhr geöffnet hatte. Charles war in diesem Geschäft Stammkunde gewesen, als er noch seine eigene Praxis hatte. Und obwohl das nun schon einige Jahre zurück lag, kannte man ihn noch und begrüßte ihn mit seinem Namen.

»Ich muß meine schwarze Tasche auffüllen«, sagte Charles und ließ sich einen Rezeptblock geben. Er schrieb Rezepte für Morphium, Demerol, Compazin, Xylocain, Spritzen, Infusionsschläuche, Infusionslösungen, Benadryl, Epinephrin, Prednison, Percodan und Valiumampullen aus. Der Apotheker nahm die Rezepte entgegen und stieß vor Überraschung einen Pfiff aus. »Mein Gott! Schleppen Sie einen Überseekoffer mit sich herum?«

Charles lachte höflich, als ob ihm der Witz gefallen hätte, und zahlte mit einer Hundert-Dollar-Note.

Als Charles zu seinem Wagen zurückkehrte, klemmte hinter

einem Scheibenwischer ein Strafzettel. Er zog ihn hervor, stieg in den Pinto und lenkte den Wagen auf die Straße. Er überquerte wieder den Charles River und bog in westlicher Richtung auf den Memorial Drive. Er folgte der Straße am Weinburger-Institut vorbei, bis zum Harvard Square, wo er den Wagen in Sichtweite des Wächterhäuschens auf einem Parkplatz abstellte. Dann lief er in die Brattle Street 13. Er sprang die Stufen hinauf und klopfte an die Tür des Büros von Wayne Thomas.

Die Augen des jungen Anwalts strahlten auf, als Charles ihm fünf knisternde Hundert-Dollar-Noten überreichte.

»Dafür werden Sie den besten Rechtsschutz bekommen, den Sie für Geld kaufen können«, sagte Thomas.

Dann erzählte er Charles, daß er für die Unterlassungsverfügung gegen Recycle eine Dringlichkeitsanhörung für den folgenden Tag erwirkt hatte.

Charles verließ das Anwaltsbüro und ging einen Block nach Süden zu einer Niederlassung von Hertz Rent-a-car. Er mietete den größten Transporter, der im Augenblick zur Verfügung stand. Ein Angestellter brachte den Wagen vor das Büro, und Charles setzte sich hinter das Steuer. Langsam fuhr er zurück zu dem Parkplatz, auf dem der Pinto stand. Nachdem er die Gewehrmunition und die Kartons mit den Medikamenten im Laderaum des Transporters sicher untergebracht hatte, fuhr er mit dem Wagen zum Weinburger-Institut. Als er auf seine Armbanduhr sah, war es halb fünf. Er überlegte, wie lange er noch warten müßte. Bald würde es dunkel werden.

12. Kapitel

Cathryn stand mit schmerzenden Gliedern auf und streckte sich. Leise ging sie durch Michelles Krankenzimmer zu der offenstehenden Badezimmertür und sah in den Spiegel an der gegenüberliegenden Wand. Nicht einmal das schwächer werdende Nachmittagslicht konnte verbergen, wie mitgenommen sie aussah. Der Bluterguß, den Charles' unkontrollierter Schlag ihr am Auge eingetragen hatte, schimmerte jetzt auch auf ihrem unteren Augenlid dunkelblau.

Cathryn nahm einen Kamm, ihr Rouge und einen kleinen Lippenstift aus ihrer Handtasche, ging in das Badezimmer und schloß vorsichtig die Tür hinter sich. Ein bißchen Schminke würde vielleicht auch ihre Stimmung etwas heben. Sie schaltete die Deckenbeleuchtung ein und sah wieder in den Spiegel. Ihr eigener Anblick ließ sie erschrocken zusammenfahren. Das harte künstliche Licht verlieh ihrer Haut eine kränkliche Blässe und betonte noch ihr dunkel schimmerndes Auge. Aber schlimmer noch als die blasse Farbe war der ängstliche Ausdruck in ihrem Gesicht. In ihren Mundwinkeln hatten sich tiefe Linien eingegraben, die sie vorher nie gesehen hatte.

Nachdem sie sich ihr Haar zurechtgestrichen hatte, schaltete sie das Licht wieder aus. Einen Augenblick blieb sie in der Dunkelheit stehen. Nicht einen Moment länger hätte sie ihren Anblick in dem Spiegel ertragen können. Und selbst die Vorstellung, sich zu schminken, machte alles nur schlimmer, statt ihre Stimmung zu verbessern.

Die Flucht zu der Wohnung ihrer Mutter im Bostoner North End hatte ihr nur die Angst vor Charles nehmen können. Aber die quälende Unsicherheit, daß sie mit dem Gang zum Vormundschaftsrichter vielleicht die falsche Entscheidung getroffen hatte, war geblieben. Cathryn fürchtete, daß dieser Schritt ihr die Liebe von Charles nehmen könnte, wenn der ganze Alptraum erst einmal vorüber war.

So leise, wie es nur ging, öffnete sie die Badezimmertür und sah hinüber zu Michelles Bett. Michelle war vor Stunden in einen unruhigen Schlaf gesunken, und selbst jetzt noch sah Cathryn, wie das Gesicht des Kindes unter den Schmerzen immer wieder zusammenzuckte und zitterte. Seit Cathryn am Morgen in das Krankenhaus gekommen war, hatte sich Michelles Zustand von Stunde zu Stunde verschlechtert. Am Ende war sie so schwach, daß sie den Kopf und ihre Arme nur noch mit Mühe heben konnte. Die Eiterbläschen auf ihren Lippen waren zu einem einzigen Geschwür verschmolzen, dessen rissige Oberfläche so empfindlich war, daß die Lippen bei der kleinsten Bewegung schmerzten. Michelles Haar fiel inzwischen in dicken Büscheln aus, und ihr Kopf war von kahlen, blassen Stellen übersät. Am schlimmsten jedoch war ihr hohes Fieber, das ihre Wachphasen immer kürzer werden ließ.

Cathryn ging wieder zu dem Stuhl neben Michelles Bett und setzte sich. »Warum hat Charles nur nichts von sich hören lassen?« sagte sie sich leise in verzweifeltem Ton. Mehrmals hatte sie daran gedacht, ihn im Labor anzurufen. Aber jedesmal, wenn sie schon seine Nummer wählen wollte, hatte sie sich doch wieder anders entschieden.

Auch Gina war ihr keine große Hilfe gewesen. Statt ihre Tochter verständnisvoll zu unterstützen, hatte sie die Familienkrise dazu genutzt, Cathryn mehrfach darüber zu belehren, wie dumm sie gewesen war, einen dreizehn Jahre älteren Mann zu heiraten, der noch dazu drei Kinder hatte. Gina behauptete, daß sie die Probleme habe kommen sehen, weil Charles immer so getan hätte, als ob die Kinder ihm allein gehörten. Und das, obwohl Cathryn sie doch voller Güte adoptiert hatte.

Plötzlich öffnete Michelle die Augen. Vor Schmerzen verzog sie das Gesicht.

»Was ist?« fragte Cathryn und beugte sich ängstlich vor.

Michelle gab keine Antwort. Ihr Kopf fiel zur Seite, und ihr zarter Körper krümmte sich zusammen.

Ohne auch nur einen Augenblick zu zögern, lief Cathryn auf den Flur und rief nach einer Schwester. Die Oberschwester warf nur einen kurzen Blick auf Michelle, dann eilte sie zum Haustelefon und ließ Dr. Keitzman ausrufen.

Cathryn war neben dem Bett stehengeblieben und rang verzweifelt die Hände, weil sie Michelle nicht helfen konnte. Es war eine entsetzliche Qual, die geliebte Tochter so leiden sehen zu müssen. Ohne einen klaren Gedanken zu haben, warum sie es eigentlich tat, lief Cathryn ins Badezimmer und befeuchtete ein Handtuch an einem Ende. Dann eilte sie zurück zu Michelle und tupfte ihr mit dem kühlen Stoff die Stirn ab. Ob sie Michelle damit half, wußte Cathryn nicht, aber es erleichterte sie, überhaupt etwas zu tun.

Dr. Keitzman mußte in der Nähe gewesen sein, denn schon nach wenigen Minuten betrat er Michelles Zimmer. Und sofort begann er, sie zu untersuchen. Der regelmäßige Piepston des Herzmonitors sagte ihm, daß ihr Kreislauf noch immer stabil war. Sie atmete unbehindert, und ihre Lungen waren frei. Dann setzte er sein Stethoskop auf ihren Bauch. Ein wildes

Durcheinander ächzender Geräusche drang an sein Ohr. Er nahm das Stethoskop ab, legte seine Hand auf ihren Abdomen und tastete Michelle vorsichtig ab. Als er sich wieder aufgerichtet hatte, flüsterte er einer Schwester etwas zu, die daraufhin eilig aus dem Zimmer lief.

»Magen- und Darmkrämpfe«, sagte Dr. Keitzman zu Cathryn. Seine Stimme klang erleichtert. »Es müssen sich Gase in ihrem Körper angesammelt haben. Die Schwester holt jetzt eine Spritze, und dann wird es Michelle sofort besser gehen.«

Cathryn nickte und sank auf ihrem Stuhl zusammen.

Dr. Keitzman waren Cathryns niedergeschlagene Verfassung und ihr gequälter Gesichtsausdruck nicht entgangen. Mitfühlend legte er ihr eine Hand auf die Schulter. »Kommen Sie doch bitte für einen Moment mit vor die Tür, Cathryn.«

Cathryn sah noch einmal zu Michelle, die nach der Untersuchung wie durch ein Wunder in einen ruhigen Schlaf gefallen war. Dann stand sie leise auf und folgte dem Onkologen auf den Flur. Dr. Keitzman führte sie hinunter zum Aktenraum der Schwesternstation.

»Ich mache mir Sorgen um Sie, Cathryn. Auch Sie stehen unter einer großen Belastung.«

Cathryn nickte. Sie wollte nicht sprechen, weil sie fürchtete, daß sie ihre mühsam aufrechterhaltene Beherrschung verlieren könnte und von ihren Gefühlen überwältigt werden würde.

»Hat Charles angerufen?«

Cathryn schüttelte den Kopf. Sie richtete sich gerade auf und holte tief Luft.

»Es tut mir leid, wie alles gekommen ist. Aber Sie haben das einzig Richtige getan.«

Cathryn war sich da nicht so sicher, aber sie schwieg.

»Leider ist das Schlimmste noch nicht vorbei. Ich muß Ihnen nicht extra sagen, was Sie selbst sehen können: es geht Michelle sehr schlecht. Bis jetzt haben unsere Medikamente noch keine Wirkung auf ihre Leukämiezellen gezeigt. Und es gibt auch keinen Hinweis darauf, daß die Krankheit nachgelassen hat. Sie hat die aggressivste Form von Myeloblastenleukämie, die mir bisher in meiner Praxis begegnet ist. Aber wir werden nicht aufgeben. Im Gegenteil, noch heute werden wir ihr ein weiteres Medikament geben, das ich und einige andere Onkologen bereits im Experiment erprobt haben. Und zwar mit vielversprechenden Ergebnissen. Bis dahin wollte ich Sie fragen, ob Michelles Brüder morgen für ein paar Gewebe- und Bluttests hierher ins Krankenhaus kommen könnten, damit wir sehen, ob einer von beiden als Spender für Michelle in Frage kommt. Ich fürchte, daß wir schon bald gezwungen sein werden, mit der Bestrahlung zu beginnen. Und vielleicht braucht Michelle dann auch eine Knochenmarktransplantation. Glauben Sie, daß Ihre Söhne kommen werden?«

»Ich hoffe es«, brachte Cathryn mühsam hervor. »Ich werde mit ihnen sprechen.«

»Sehr gut«, sagte Dr. Keitzman. Er sah Cathryn forschend ins Gesicht, aber sie wich seinem Blick aus.

»Da haben Sie aber ein schönes Ding abbekommen«, sagte Dr. Keitzman.

»Charles hat es nicht mit Absicht getan«, antwortete Cathryn schnell. »Es war ein Mißgeschick.«

»Charles hat mich letzte Nacht angerufen«, sagte Dr. Keitzman.

»Das hat er getan? Woher hat er angerufen?«

»Von hier aus dem Krankenhaus.«

»Was hat er gewollt?«

»Er hat mich gefragt, ob ich bereit wäre, zu bestätigen, daß Michelles Leukämie durch Benzol verursacht worden ist. Ich habe ihm gesagt, daß das zwar möglich sein könnte, aber daß ich es nicht mit letzter Sicherheit bestätigen kann. Leider gibt es keine Möglichkeit, es zu beweisen. Wie auch immer, am Ende unseres Gesprächs habe ich ihm geraten, einen Psychiater zu konsultieren.«

»Und wie hat er darauf reagiert?«

»Er schien nicht gerade begeistert zu sein von der Idee. Ich wünschte, es gäbe einen Weg, ihn von der Richtigkeit dieses Schrittes zu überzeugen. Nach allem, was er durchgemacht hat, sorge ich mich ernsthaft um ihn. Ich möchte Sie weiß Gott nicht erschrecken, aber wir haben ähnliche Fälle erlebt, wo der Betreffende gewalttätig geworden ist. Wenn Sie eine Möglichkeit sehen, ihn überreden zu können, daß er einen Psychiater aufsucht, dann sollten Sie es unbedingt versuchen.«

Eilig verließ Cathryn den Aktenraum, um zu Michelle zurückzukehren. Aber als sie an der Schwesternstation vorüberging und in der kleinen Halle gegenüber einen öffentlichen Fernsprecher sah, blieb sie zögernd stehen. Es gab viele Gründe für sie, Charles nicht anzurufen. Aber energisch schob sie ihre Bedenken beiseite. Sie ging zu dem Telefon, warf ein paar Münzen ein und rief das Weinburger-Institut an. Die Frau in der Zentrale verband sie mit Charles' Labor. Es klingelte zehnmal, aber niemand meldete sich. Dann schaltete sich wieder die Zentrale ein. Die Frau sagte Cathryn, sie wüßte, daß die Mitarbeiterin von Charles in der Bibliothek sei. Ob Cathryn vielleicht mit ihr sprechen wolle. Cathryn war inzwischen froh, wenn sie überhaupt etwas über Charles erfahren konnte, und ließ sich gleich verbinden.

»Er ist nicht in seinem Labor?« fragte Ellen.

»Es geht jedenfalls niemand ans Telefon«, sagte Cathryn.

»Vielleicht hebt er einfach nicht ab«, erwiderte Ellen. »Er hat sich in letzter Zeit etwas sonderbar verhalten. Um ehrlich zu sein, fürchte ich mich sogar ein wenig, zu ihm ins Labor zu gehen. Sie wissen doch, daß Charles entlassen worden ist.«

»Davon hatte ich keine Ahnung«, rief Cathryn erschrocken. »Was ist denn passiert?«

»Das ist eine lange Geschichte«, sagte Ellen. »Und ich glaube, daß nicht ich sie Ihnen erzählen sollte, sondern Charles.«

»Er hat in letzter Zeit viel durchgemacht«, sagte Cathryn unsicher.

»Das weiß ich«, antwortete Ellen.

»Wenn Sie ihn sehen sollten, sagen Sie ihm dann bitte, daß er mich anrufen möchte? Ich bin bei unserer Tochter im Krankenhaus.«

Ellen versicherte, daß sie es ausrichten würde, aber sie sagte Cathryn auch, daß sie nicht glaube, Charles noch einmal zu sehen.

Langsam hängte Cathryn den Hörer ein. Einen Moment überlegte sie, dann rief sie Gina an und fragte, ob Charles sich gemeldet hätte. Niemand habe angerufen, erklärte Gina ihr unwirsch. Anschließend versuchte Cathryn es zu Hause, aber es war so, wie sie erwartet hatte; niemand meldete sich. Wo war Charles geblieben? Was ging hier eigentlich vor?

Gedankenversunken setzte Cathryn ihren Weg zu Michelles Zimmer fort. Wie schnell die einmal so sichere Welt um sie herum zusammengebrochen war. Warum hatte man Charles entlassen? Während ihrer kurzen Zeit als Aushilfe am Weinburger-Institut hatte sie erfahren, daß Charles einer der angesehensten Mitarbeiter war. Was konnte nur geschehen sein? Cathryn fand nur eine Erklärung. Vielleicht hatte Dr. Keitzman recht. Vielleicht hatte Charles einen Nervenzusammenbruch erlitten und irrte jetzt ziellos und allein umher, abgeschnitten von seiner Familie und seiner Arbeit. O Gott!

Sie schlüpfte in Michelles Zimmer und strengte ihre Augen an, um das Gesicht des Kindes in dem Dämmerlicht erkennen zu können. Sie hoffte, Michelle würde noch immer schlafen. Doch als sich ihre Augen an die Dunkelheit gewöhnt hatten, sah sie, daß ihre Tochter sie die ganze Zeit aufmerksam beobachtet hatte. Nur schien sie schon zu schwach zu sein, um ihren Kopf noch heben zu können. Cathryn war mit einigen schnellen Schritten an ihrer Seite und griff nach Michelles heißer Hand.

»Wo ist mein Daddy?« fragte Michelle. Sie bemühte sich, ihre aufgesprungenen Lippen so wenig wie möglich zu bewegen.

Cathryn zögerte und überlegte, was sie am besten antworten sollte. »Charles fühlt sich nicht gut, weil er sich so sehr um dich sorgt.«

»Aber gestern nacht hat er mir versprochen, daß er heute wiederkommen würde«, sagte Michelle mit bittender Stimme.

»Dann wird er auch kommen, wenn er kann«, antwortete Cathryn mit leiser Stimme.

»Dann wird er sicherlich kommen.«

Eine einzelne Träne lief Michelles Gesicht hinunter. »Am besten wäre ich tot.«

Für einen Augenblick war Cathryn wie gelähmt. Dann beugte sie sich über das Bett, schloß ihr Kind in die Arme und versuchte nicht länger, die eigenen Tränen zurückzuhalten. »Nein! Nein! Michelle. So etwas darfst du nie wieder sagen.«

Dankbar hatte Charles entdeckt, daß man ihm bei der Hertz-Niederlassung mit den Wagenpapieren auch einen Eiskratzer in das Handschuhfach des Transporters gelegt hatte. In regelmäßigen Abständen nahm Charles ihn zur Hand, um die Innenseite der Winschutzscheibe freizukratzen. Sein Atem legte sich als feuchter Film auf die Scheibe und gefror zu einer undurchsichtigen Schicht, die Charles die Sicht auf den Eingang des Weinburger-Instituts nahm. Als Charles um halb sechs auf die Uhr gesehen hatte, war es draußen bereits stockfinster gewesen. Nur der Memorial Drive war noch in das helle Licht der Straßenlampen getaucht. Viertel nach sechs hatten alle Mitarbeiter bis auf Dr. Ibanez das Institut verlassen. Erst nach einer weiteren Viertelstunde öffnete sich die Tür wieder, und Dr. Ibanez trat heraus. Er war in einen knöchellangen Pelzmantel gehüllt. Tief gegen den eisigen Wind gebeugt, eilte er zu seinem Mercedes.

Um ganz sicherzugehen, wartete Charles noch zehn Minuten, bis er den Motor des Transporters anspringen ließ. Er schaltete die Scheinwerfer ein und fuhr zur Rückseite des Instituts. Dort bog er in die Abfahrt, die zur Laderampe führte. Dann fuhr er rückwärts an die Plattform heran. Er stellte den Motor ab, stieg aus und lief eine kleine Treppe hinauf. Neben der verschlossenen Schwingtür war eine Klingel. Charles drückte sie. Während er wartete, wurde er von Zweifeln über das, was er tat, befallen. Er wußte, daß die nächsten fünf Minuten alles entscheiden würden. Und zum ersten Mal in seinem Leben verließ er sich auf die Ahnungslosigkeit und Nachlässigkeit anderer.

Ein kleiner Lautsprecher neben der Klingel knackte, und ein winziges rotes Lämpchen auf der Fernsehkamera über der Schwingtür leuchtete auf.

»Ja?« fragte eine Stimme.

»Hier ist Dr. Martel!« sagte Charles und winkte in die Kamera. »Ich muß Labormaterial verladen.«

Ein paar Minuten später knirschte die Eisentür in ihren Angeln, dann schwenkte sie langsam hoch. Hinter der Tür lag eine kahle Lagerhalle. Links sah Charles eine Reihe angelieferter Pakete auf dem nackten Zementfußboden stehen. Eine Tür in der Rückwand der Halle wurde geöffnet, und Chester Willis, einer der beiden Nachtwächter, trat heraus. Er war ein Schwarzer, zweiundsiebzig Jahre alt und hatte Charles einmal erklärt, daß er zwar auch zu Hause fernsehen könnte, im Weinburger-Institut aber noch dafür bezahlt werden würde. In Wirklichkeit, das wußte Charles, ging der Alte arbeiten, damit sein Enkel Medizin studieren konnte.

Bevor Chuck an die Universität gekommen war, hatte Charles regelmäßig bis in den späten Abend gearbeitet. Dadurch war er auch mit dem Wachpersonal der Spätschicht bekannt geworden.

»Arbeiten Sie jetzt auch wieder abends?« fragte Chester Willis.

»Es muß leider sein«, sagte Charles. »Wir arbeiten mit einer Gruppe am M.I.T. zusammen. Und ich muß einen Teil meiner Sachen rüberbringen. Ich will das lieber selbst machen.«

»Sie haben uns doch nicht gestört«, sagte Chester.

Charles atmete erleichtert auf. Das Wachpersonal wußte also noch nicht, daß er entlassen worden war.

Charles nahm einen der größeren Transportkarren und ging zu seinem Labor. Beruhigt stellte er fest, daß seit dem Nachmittag niemand mehr hier unten gewesen sein konnte. Auch das verschlossene Schränkchen mit seinen Protokollbüchern und den Chemikalien war unberührt. In fieberhafter Eile begann er, die Geräte aus ihren Verankerungen zu lösen und auf den Karren zu laden. Obwohl Chester und Giovanni ihm halfen, mußte er neunmal gehen, bis er alles, was er aus dem Labor brauchte, in der Mitte der Lagerhalle zusammengetragen hatte.

Als letztes holte er das Glasfläschchen mit Michelles Antigen, das er in den Kühlschrank gestellt hatte. Vorsichtig verpackte er es in einen eisgefüllten Isolierbehälter, weil er nicht im mindesten wußte, wie stabil die Lösung war. Keinesfalls wollte er ein Risiko eingehen.

Es war bereits nach neun Uhr, als sie endlich damit beginnen konnten, die Chemikalien und die Geräte in den Transporter zu verladen.

Aber vor seiner Abfahrt blieb noch etwas zu tun. Noch einmal kehrte Charles in sein Labor zurück und holte sich ein Seziermesser und ein Stück Seife. Dann ging er in den Waschraum und rasierte sich die unansehnlichen Bartstoppeln aus dem Gesicht. Anschließend kämmte er sich das Haar, band seinen Schlips neu und steckte sich das Hemd ordentlich in die Hose. Vor einem großen Wandspiegel sah er sich noch einmal prüfend an. Zu seiner eigenen Überraschung sah er eigentlich ziemlich normal aus. Auf dem Rückweg zur Lagerhalle ging er rasch noch in die Wäschekammer und nahm sich einen neuen Kittel.

Auf der Laderampe drückte er noch einmal die Klingel und bedankte sich über die Gegensprechanlage bei den beiden Wachmännern für ihre Hilfe. Als er in den Transporter kletterte, empfand er ein leises Schuldgefühl, daß er seine beiden alten Bekannten so ausgenutzt hatte.

Die Fahrt zum Kinderkrankenhaus verlief ohne Zwischenfälle. Auf den Straßen herrschte praktisch kein Verkehr, und das frostige Wetter hatte auch die meisten Fußgänger von der Straße getrieben. Als er vor dem Krankenhaus ankam, sah Charles sich einem neuen Dilemma gegenüber. Wenn er an den Wert der hinten eingeschlossenen Ladung dachte, konnte er den Wagen eigentlich nicht einfach auf der Straße abstellen. Aber wenn er den Transporter in das Parkhaus fuhr, würde eine schnelle Flucht nicht mehr möglich sein. Er überlegte einen Moment und entschied sich dann doch für das Parkhaus. Ein Verlust der Geräte würde seinen ganzen Plan mit einem Schlag zunichte machen. Er mußte eben so vorsichtig vorgehen, daß er nicht zu fliehen brauchte.

Charles parkte den Transporter in Sichtweite des Wächterhäuschens und kontrollierte noch einmal alle Türen, ob sie auch verschlossen waren. Dann zog er sich den neuen weißen Kittel über. Seine Felljacke hatte er im Fahrerhaus gelassen. Zitternd vor Kälte, weil der dünne Kittel ihn nur wenig schützte, betrat Charles das Krankenhaus durch die nahe gelegene Notfallaufnahme.

Er durchquerte den überfüllten Raum und ging direkt zum Anmeldeschalter. Charles unterbrach den Mann hinter dem Schalter in seiner Arbeit und fragte, auf welchem Stock die radiologische Abteilung sei. »Im zweiten«, antwortete der Mann, ohne den Blick zu heben. Charles stieß eine doppelte Schwingtür auf und betrat den inneren Teil der Klinik. Als er an einem Wachmann vorbeikam, nickte er grüßend. Der Wachmann lächelte zurück.

Die radiologische Abteilung war fast menschenleer. Charles sah nur eine Frau, die auf einem von unten beleuchteten Glastisch Berge von Röntgenaufnahmen sortierte, die alle verstauchte Handgelenke und gequetschte oder gebrochene Rippen zeigten. Wahrscheinlich gehörten sie zu den vielen Leuten in der Notaufnahme. Charles ging in das Büro der Abteilung, setzte sich an einen Schreibtisch und nahm ein Anmeldeformular für dringende Röntgenaufnahmen zur Hand und einen Briefbogen, auf dem alle Ärzte der Station verzeichnet waren. Dann füllte er das Anmeldeformular aus: Michelle Martel, Alter: 12; Diagnose: Leukämie; erforderliche Aufnahme: Abdomen. Von dem Briefkopf suchte er sich den Namen eines Radiologen aus und setzte ihn als Unterschrift an das untere Ende des Formulars.

Anschließend ging Charles zurück auf den Flur, löste bei einer der Bahren, die an der Wand aufgereiht standen, die Radbremsen und schob sie in einen Nebengang. Am Ende des Ganges entdeckte er einen Wäscheschrank, aus dem er sich zwei frische Laken und eine Kopfkissenhülle besorgte. Mit fliegenden Händen richtete er die Bahre her, dann schob er sie, vorbei an dem Zimmer der Frau, zurück in den Hauptflur. Ungeduldig wartete er vor dem Patientenfahrstuhl. Als die Türen endlich aufglitten, schob er die Bahre in den Fahrstuhl und drückte den Knopf für Station 6.

Während Charles den Stockwerksanzeiger langsam höherklettern sah, befielen ihn wieder Zweifel. Bis jetzt war zwar alles genau nach Plan verlaufen, aber es war auch der ungefährliche Teil gewesen. Der schwierige Teil lag noch vor ihm, wenn er die Station Anderson 6 erreicht hatte.

Der Fahrstuhl hielt, und die Türen glitten wieder auf. Charles holte noch einmal tief Luft und schob die Bahre hinaus auf den stillen Flur. Die Besuchszeit war lange vorüber, und für die Patienten hatte die Nachtruhe begonnen. Das erste Hindernis war die Schwesternstation. Im Augenblick schien sie nur mit einer Schwester besetzt zu sein, denn Charles konnte nur eine Haube über dem hohen Schaltertisch aufragen sehen. Charles ging langsam weiter und hörte zum ersten Mal ein leises Quietschen von den Rädern der Bahre. Er versuchte, mit einer veränderten Schrittgeschwindigkeit das durchdringende

Geräusch abzustellen, aber es half nicht. Aus dem Augenwinkel beobachtete er die Schwester. Sie schien ihn nicht zu beachten. Als er an der Station vorüber war und wieder in den engeren Flur eintauchte, war auch das Licht nicht mehr so gleißend.

»Entschuldigen Sie bitte«, rief die Schwester. Ihre Stimme zerbrach die Stille wie splitterndes Glas.

Charles fühlte das Adrenalin in seinen Kreislauf schießen. Seine Fingerkuppen durchfuhr ein Kribbeln. Er drehte sich um. Die Schwester war aufgestanden und lehnte sich über den Schaltertisch.

»Kann ich Ihnen helfen?« fragte die Schwester.

Charles nestelte das Röntgenformular aus seiner Kitteltasche.

»Ich will nur einen Patienten für eine Röntgenaufnahme abholen«, sagte er und zwang sich mit letzter Kraft zur Ruhe.

»Es ist aber keine Röntgenuntersuchung angeordnet worden«, erwiderte die Schwester verwundert.

Charles bemerkte, daß sie den Blick auf den Tisch gesenkt hatte. Dann hörte er sie in einem Buch blättern.

»Es ist eine eilige Aufnahme«, sagte Charles. Er fühlte eine panische Angst in sich aufsteigen.

»Aber es ist nicht im Stationsbuch vermerkt, und in der Diensteinweisung ist mir auch nichts gesagt worden.«

»Hier ist die Anforderung«, sagte Charles. Er ließ die Bahre stehen und ging auf die Schwester zu. »Dr. Keitzman hat sie telefonisch an Dr. Larainen durchgegeben.«

Die Schwester nahm ihm das Formular aus der Hand und überflog es flüchtig. Dann schüttelte sie verwirrt ihren Kopf. »Irgend jemand hätte uns doch Bescheid sagen können.«

»Das stimmt«, sagte Charles. »Aber Sie wissen ja selbst, wie es immer zugeht.«

»Ich werde das trotzdem nicht auf sich beruhen lassen. Ich werde bei der Einweisung des Tagdienstes fragen, wie das passieren konnte.«

»Tun Sie das«, erwiderte Charles und ging zurück zu der Bahre. Seine Hände waren feucht geworden. Er hatte in diesen Dingen keine Erfahrung.

Eilig schob Charles die Bahre weiter den Flur hinunter. Er konnte nur hoffen, daß die Schwester sich nicht verpflichtet fühlte, in der radiologischen Abteilung und bei Dr. Keitzman anzurufen, um sich die Röntgenanforderung bestätigen zu lassen.

Als er Michelles Zimmer erreicht hatte, ging er um die Bahre herum und drückte langsam die Tür auf. Im nächsten Moment sah er jemanden, der auf einem Stuhl neben dem Bett saß und seinen Kopf auf die Bettdecke gelegt hatte. Es war Cathryn.

Hastig wandte Charles sein Gesicht ab und trat zurück auf den Flur. Dann zog er vorsichtig die Tür wieder in ihre ursprüngliche Stellung. So schnell er konnte, schob er die Bahre weiter den Flur hinunter. Jeden Moment rechnete er damit, daß Cathryn hinter ihm auftauchte. Er war nicht sicher, ob sie ihn gesehen hatte oder nicht.

Nie hatte er damit gerechnet, daß Cathryn um diese Zeit noch bei Michelle sein könnte. Er versuchte seine Gedanken zu ordnen. Irgendwie mußte er Cathryn aus dem Zimmer herausbekommen. In der Not des Augenblicks fiel ihm nur eine Möglichkeit dazu ein. Aber die verlangte, daß alles sehr schnell gehen würde.

Nachdem er ein paar Minuten gewartet hatte, um sicher zu sein, daß Cathryn ihn nicht bemerkt hatte, lief Charles den Weg, den er gekommen war, zurück bis zu dem Behandlungszimmer kurz vor der Schwesternstation. Im nächsten Moment war er in dem Zimmer verschwunden. Neben einem Handwaschbecken entdeckte er einen Stapel frischer Gesichtsmasken und Kopfhauben. Rasch zog er sich beides an und steckte noch eine zweite Haube in seine Kitteltasche.

Wieder auf dem Flur, warf er einen kurzen Blick zur Schwesternstation. Mit wenigen Schritten durchquerte er den Flur und verschwand durch eine Glastür in die kleine dunkle Halle gegenüber. In der hinteren Ecke war ein öffentlicher Fernsprecher. Er rief die Krankenhauszentrale an und ließ sich mit der Station Anderson 6 verbinden. Kurz darauf hörte er das Telefon an der Schwesternstation klingeln.

Es meldete sich eine Frauenstimme. Charles verlangte Mrs. Martel und fügte noch hinzu, daß es dringend sei. Die Schwester bat ihn, einen Moment zu warten. Sofort ließ er den Hörer fallen und lief zurück zur Tür. Er sah, wie die Schwester mit einer Hilfsschwester hinter dem Stationsschalter hervortrat und zu Michelles Zimmer zeigte. Sobald die Schwester wieder hinter dem hohen Schaltertisch verschwunden war, öffnete Charles die Glastür einen Spaltbreit und folgte der Hilfsschwester den Flur hinunter. Kurz vor Michelles Zimmer überholte er sie mit eiligen Schritten, das Gesicht abgewandt und betont gedankenverloren. Als die Dunkelheit am Ende des Flures ihn verschluckt hatte, blieb er schwer atmend stehen und wartete. Es dauerte keine zehn Sekunden, bis die Schwester wieder auf den Flur trat. Cathryn, die sich noch die Augen rieb, folgte ihr mit unsicheren Schritten. Die beiden Frauen waren kaum zur Schwesternstation abgebogen, als Charles auch schon die Bahre hastig zu Michelles Zimmer schob und durch die halboffene Tür in dem Raum verschwand.

Er schaltete das Licht ein und lenkte die Bahre neben das Bett. Erst dann sah er hinunter zu seiner Tochter. Seit er das letzte Mal bei ihr gewesen war, hatte sich ihr Zustand sichtbar verschlechtert. Sanft rüttelte er sie an den Schultern. Sie reagierte nicht. Er rüttelte sie wieder, aber das Kind tat nicht eine Bewegung. Was sollte er machen, wenn sie in eine tiefe Bewußtlosigkeit gefallen war?

»Michelle!« rief Charles.

Langsam öffnete sie die Augen.

»Ich bin es! Bitte wach auf!« Charles rüttelte sie wieder. Es blieb ihm nicht mehr viel Zeit.

Dann kam Michelle zu sich. Mühevoll hob sie ihre Arme und legte sie ihrem Vater um den Hals. »Ich habe gewußt, daß du kommst.«

»Hör mir zu«, sagte Charles ängstlich. Er legte seine Lippen ganz nahe an ihr Ohr. »Ich möchte dich etwas fragen. Ich weiß, daß du sehr krank bist und daß alle hier im Krankenhaus dir helfen wollen. Aber sie können dir nicht helfen. Deine Krankheit ist stärker als ihre stärksten Medikamente. Ich möchte dich mitnehmen. Deinen Ärzten würde das bestimmt nicht gefallen. Deshalb müssen wir uns jetzt beeilen, wenn du mitkommen willst. Du mußt es mir sofort sagen.«

Die Frage überraschte Michelle. Nie hätte sie damit gerechnet, daß ihr Vater sie aus dem Krankenhaus holen würde. Aufmerksam sah Michelle ihm ins Gesicht. »Cathryn sagt, daß es dir nicht gutgeht.«

»Es geht mir sehr gut«, sagte Charles. »Besonders, wenn du bei mir bist. Aber wir haben nicht mehr viel Zeit. Willst du mitkommen?«

Michelle sah ihrem Vater in die Augen. Es gab nichts, was sie sich mehr wünschte. »Bitte nimm mich mit, Daddy. Bitte!«

Einen Augenblick drückte Charles seine Tochter an sich, dann machte er sich an die Arbeit. Er schaltete den Herzmonitor aus und nahm die Kontakte von Michelles Brust. Anschließend zog er die Kanülen aus ihren Armen und schlug die Bettdecke zurück. Vorsichtig schob er seinen linken Arm unter ihre Schultern und den rechten unter die Oberschenkel, dann hob er sie aus dem Bett. Charles war erstaunt, wie leicht Michelle geworden war. Vorsichtig legte er sie auf die Bahre und deckte sie zu. Aus dem Schrank neben der Tür holte er ihre Kleider und versteckte sie unter der Decke. Zuletzt zog er noch die zweite Haube aus seiner Kitteltasche, setzte sie ihr auf den Kopf und verbarg das wenige Haar, das Michelle noch geblieben war, darunter. Dann schob er die Bahre hinaus auf den Flur.

Je näher sie der Schwesternstation kamen, um so größer wurde die Angst in Charles, daß Cathryn plötzlich auftauchen könnte. Das Risiko war groß, aber unter den gegebenen Umständen wußte er keinen Ausweg, der sicherer war.

Cathryn hatte fest geschlafen, als die Hilfsschwester sie behutsam wachgerüttelt hatte. Alles, was sie verstanden hatte, war, daß sie am Telefon verlangt wurde und daß es dringend sei. Im ersten Moment hatte sie gedacht, daß Charles etwas passiert war.

Als sie zur Schwesternstation kam, war die Hilfsschwester bereits wieder verschwunden. Da sie nicht wußte, auf welchen Apparat der Anruf gelegt worden war, fragte sie die Oberschwester. Die Frau sah von ihrem Schreibtisch auf, überlegte kurz und schickte Cathryn in den Aktenraum.

Dreimal hatte Cathryn sich gemeldet, und jedesmal hatte sie lauter in die Sprechmuschel gerufen. Aber niemand hatte ihr geantwortet. Dann hatte sie einen Augenblick gewartet und sich anschließend wieder gemeldet. Das Ergebnis blieb dasselbe. Verzweifelt hatte sie mehrmals auf die Gabel geschlagen, auch das half nicht. Erst als sie die Gabel eine Zeitlang niedergedrückt hatte und dann wieder losließ, meldete sich die Zentrale.

Die Frau in der Vermittlung wußte nichts von einem Gespräch für Mrs. Martel auf Station Anderson 6. Cathryn legte den Hörer auf und ging zurück zur Schwesternstation. Die Oberschwester saß immer noch an ihrem Schreibtisch und war in eine Krankenakte vertieft. Cathryn wollte sie gerade ansprechen, als sie eine ganz in Weiß gehüllte Person vorbeigehen sah, die eine Bahre mit einem nur undeutlich zu erkennenden Patienten zum Fahrstuhl schob. Cathryn tat das arme Kind leid, das so spät noch in den Operationssaal gebracht wurde. Es mußte ein Notfall sein.

Die Schwester schien mit einer wichtigen Arbeit beschäftigt zu sein. Cathryn zögerte einen Moment, bevor sie die Frau ansprach.

»Es hat sich niemand gemeldet«, erklärte Cathryn.

»Das ist merkwürdig«, antwortete die Schwester. »Ich dachte, der Anruf sei dringend. Die Stimme hörte sich sehr besorgt an.«

»War es ein Mann oder eine Frau?« fragte Cathryn.

»Ein Mann«, sagte die Schwester.

Cathryn fragte sich, ob es Charles gewesen sein konnte. Vielleicht war er zu Gina gefahren. »Darf ich von dem Apparat im Aktenraum ein Ortsgespräch führen?« fragte Cathryn.

»Eigentlich erlauben wir das nicht«, sagte die Schwester. »Aber wenn Sie es kurz machen... Wählen Sie zuerst eine Neun.«

Sie eilte zurück zu dem Telefon und wählte hastig die Nummer ihrer Mutter. Als Gina sich gemeldet hatte, war Cathryn sofort beruhigt. Die Stimme ihrer Mutter klang wie immer.

»Was hast du heute gegessen?« fragte Gina.

»Nichts. Ich habe keinen Hunger«, antwortete Cathryn.

»Aber du mußt etwas essen!« kommandierte Gina, als ob das die Lösung für alle Probleme wäre.

Cathryn ging nicht weiter auf ihre Mutter ein. »Hat Charles angerufen?« fragte sie.

»Nichts hat er von sich hören lassen. Ein schöner Vater!« Gina schnalzte mißbilligend mit der Zunge.

»Und wie geht es Chuck?«

»Er ist hier. Willst du ihn sprechen?«

Cathryn überlegte, ob sie Chuck sofort erzählen sollte, daß Michelle wahrscheinlich eine Knochenmarktransplantation brauchte. Aber dann mußte sie daran denken, wie er das erste Mal darauf reagiert hatte, und sie beschloß, es ihm erst zu sagen, wenn sie bei ihm war. »Nein. Ich komme jetzt auch bald. Ich will nur noch nachschauen, ob Michelle fest schläft.«

»Ich habe Spaghetti für dich im Ofen«, sagte Gina.

Cathryn legte auf. Irgendwie war sie davon überzeugt, daß der mysteriöse Anruf von Charles gekommen war. Aber was konnte so dringend gewesen sein? Und warum war er nicht am Apparat geblieben? Als Cathryn bei der Schwester vorbeikam, bedankte sie sich noch einmal für ihre Freundlichkeit.

Eilig ging sie den Flur hinunter, vorbei an den halboffenen Türen der Krankenzimmer. Plötzlich hatte sie wieder den strengen Krankenhausgeruch in der Nase, und manchmal hörte sie ein Kind weinen.

Als sie Michelles Zimmer erreichte, stellte sie überrascht fest, daß sie die Tür sperrangelweit aufgelassen hatte. Sie machte einen Schritt in das Zimmer und hoffte, daß das Flurlicht Michelle nicht gestört hatte. Leise lehnte sie die Tür wieder an. Dann ging sie vorsichtig durch den dunklen Raum zu ihrem Stuhl. Cathryn wollte sich gerade setzen, als sie entdeckte, daß das Bett leer war. Voller Angst, daß Michelle auf den Boden gefallen sein könnte, ließ sie sich auf die Knie nieder und tastete vor dem Bett herum. Das kleine Nachtlicht spiegelte sich in dem blankgewischten Bodenbelag. Cathryn genügte ein Blick, um zu sehen, daß Michelle nicht auf dem Boden lag. In panischer Angst sprang sie auf und lief zum Badezimmer. Sie riß die Tür auf und schaltete das Licht ein. Auch hier war Michelle nicht. Cathryn lief zur Eingangstür und schaltete das Deckenlicht ein. Michelle war nicht in ihrem Zimmer!

Cathryn stürzte auf den Flur hinaus und lief zur Schwesternstation. Außer Atem hielt sie sich an dem Schaltertisch fest. »Schwester! Meine Tochter ist nicht in ihrem Zimmer! Sie ist verschwunden!«

Die Schwester sah von ihrem Schreibtisch auf, dann warf sie

einen kurzen Blick auf die Stationsliste. »Sie meinen Michelle Martel?«

»Ja! Ja! Als ich ans Telefon gerufen worden bin, hat sie noch fest geschlafen!«

»Im Bericht des Tagdienstes ist vermerkt, daß sie sehr schwach war?« sagte die Schwester in fragendem Ton.

»Das stimmt auch«, antwortete Cathryn. »Vielleicht ist sie irgendwo hingefallen und hat sich verletzt.«

Als ob sie Cathryn nicht glauben wollte, bestand die Schwester darauf, noch einmal zu Michelles Zimmer zu gehen. Sie sah sich kurz in dem Raum um und warf auch noch einen Blick in das Badezimmer. »Sie haben recht, sie ist nicht hier.«

Cathryn mußte sich beherrschen, darauf nicht mit einer pampigen Bemerkung zu antworten. Zurück in der Stationszentrale rief die Schwester als erstes die Leitstelle des Wachdienstes an und erklärte, daß ein zwölfjähriges Mädchen von der Station Anderson 6 verschwunden war. Dann schaltete sie eine Reihe kleiner Signallämpchen ein, die die Pfleger und Schwestern der Station zusammenriefen. Nachdem alle versammelt waren, berichtete sie von Michelles Verschwinden und bat das Stationspersonal, sämtliche Räume gründlich zu durchsuchen.

»Martel«, sagte die Oberschwester, nachdem die anderen gegangen waren. »Bei dem Namen fällt mir etwas ein. Wie heißt das Kind, das für eine dringende Aufnahme zum Röntgen gebracht worden ist?«

Cathryn sah verwirrt auf die beiden Frauen. Im ersten Moment glaubte sie, die Frage sei an sie gerichtet.

»Das wird es sein«, sagte die Schwester. Sie griff zum Telefon und wählte die Nummer der Röntgenabteilung. Sie mußte es fast zwanzigmal klingeln lassen, bis sich schließlich eine Frauenstimme meldete.

»Bei Ihnen ist eine Patientin von Anderson 6«, sagte die Schwester. »Sagen Sie mir bitte, wie das Kind heißt?«

»Bei mir ist niemand«, antwortete die Frau. »Aber wenn es eine eilige Aufnahme war, dann hat George sie vielleicht gemacht. Er ist im Moment im Röntgenraum, aber er muß gleich wieder hier sein. Ich werde ihm sagen, daß er Sie anrufen soll.« Noch bevor die Schwester antworten konnte, hatte die Frau aufgelegt.

Ohne auch nur durch ein winzigstes Zögern zu verraten, daß er nicht hierher gehörte, rollte Charles die Bahre mit Michelle in die Notaufnahme und weiter in den langgestreckten Untersuchungsraum. Vor einer leeren Nische hielt er an und zog den Plastikvorhang zur Seite. Dann lenkte er die Bahre neben den Untersuchungstisch, schloß wieder den Vorhang und holte Michelles Kleider unter der Decke hervor.

Die Aufregungen ihres kleinen Abenteuers hatten Michelle wieder hellwach werden lassen. Als ihr Vater sie anzuziehen begann, versuchte sie ihm trotz ihrer Schwäche zu helfen. Charles kam sich mit Michelles Kleidern in den Händen ungeschickt vor. Und je mehr er sich beeilte, um so ungeschickter wurde er. Am Ende mußte sich Michelle das Kleid alleine zuknöpfen und auch ihre Schuhe selbst zubinden.

Nachdem Michelle angezogen war, ließ Charles sie für einen Augenblick allein, um nach Verbandsmaterial zu suchen. Er hatte Glück und mußte nicht weit gehen. Als er wieder bei ihr war, setzte er Michelle aufrecht auf den Untersuchungstisch und sah sie nachdenklich an.

»Es muß so aussehen, als ob du einen Unfall gehabt hast«, sagte er. »Ich weiß, was wir machen.«

Er riß eine Verbandspackung auf und wickelte ihr die Binde so um den Kopf, daß es aussah, als hätte sie eine Platzwunde. Dann trat er einen Schritt zurück und betrachtete sein Werk mit kritischen Augen. »Ausgezeichnet!« Um die Täuschung perfektzumachen, klebte er ihr noch ein Pflaster über die Nase. Michelle mußte lachen. Charles sagte ihr, daß sie jetzt aussähe wie ein Motorradfahrer, der von seiner Maschine gefallen war.

Er hob Michelle hoch und trug sie schwankend aus der Behandlungskabine, als ob sie auf einmal zwei Zentner wiegen würde. Doch auf dem Flur wurde er schnell wieder ernst. Erleichtert bemerkte Charles, daß es in der Notaufnahme inzwischen sogar noch geschäftiger zuging als bei seiner Ankunft. Weinende Kinder mit allen nur denkbaren Schnittwunden und Quetschungen warteten darauf, behandelt zu werden. Und vor der Anmeldung hatte sich eine Schlange von Müttern gebildet, die ihre hustenden Kinder an der Hand hielten. In dem Durcheinander blieb Charles völlig unbemerkt. Nur eine

Schwester wandte sich ihm zu, als er mit Michelle auf den Armen an ihr vorbeiging. Charles spürte ihren Blick, lächelte ihr zu und sagte freundlich »Danke schön«. Die Schwester winkte unsicher. Sie dachte wohl, daß sie ihn eigentlich wiedererkennen müßte, aber sie tat es nicht.

Als Charles sich schon dem Ausgang näherte, sah er plötzlich einen uniformierten Wachmann von seinem Stuhl aufspringen. Charles fühlte einen stechenden Schmerz in der Brust, und sein Herz begann wie wild zu schlagen. Aber der Mann sah ihn nur kurz an, dann lief er zum Ausgang und hielt die Tür auf. »Hoffentlich geht es Ihrer Kleinen bald besser. Kommen Sie gut nach Hause.«

Mit den letzten Schritten aus dem Krankenhaus spürte Charles, wie sich ein angenehmes Gefühl der wiedergewonnenen Freiheit in seinem Körper ausbreitete. Eilig trug er Michelle zum Parkhaus und setzte sie in das Führerhaus des Transporters. Dann zahlte er die Parkgebühr und fuhr davon.

13. Kapitel

Cathryn gab sich alle Mühe, geduldig und verständnisvoll zu sein. Aber je weiter die Zeit voranschritt, um so nervöser wurde sie. Sie machte sich Vorwürfe, daß sie Michelle alleingelassen hatte, um den Anruf zu beantworten. Sie hätte sich das Gespräch direkt auf Michelles Zimmer legen lassen sollen.

Während sie unruhig in der kleinen Halle auf und ab ging, mußte sie immer wieder an den einen Satz von Michelle denken: ›Am besten wäre ich tot.‹ Sie hatte die verzweifelten Worte schon vergessen gehabt, aber jetzt, da Michelle auf einmal spurlos verschwunden war, kamen sie ihr immer wieder quälend in den Sinn. Cathryn wußte nicht, ob Michelle sich wirklich etwas antun konnte. Aber sie hatte so viele abscheuliche Geschichten gehört, daß sie ihre Furcht vor einem Unglück nicht mehr vertreiben konnte.

Cathryn warf einen Blick auf ihre Armbanduhr, dann ging sie aus der Halle hinüber zur Schwesternstation. Wie konnte in einem Krankenhaus ein zwölfjähriges Mädchen verlorengehen, das so geschwächt war, daß es sich kaum auf den Beinen halten konnte?

»Gibt es etwas Neues?« fragte Cathryn die Oberschwester des Nachtdienstes. Verteilt an mehreren Tischen saßen noch sechs weitere Schwestern in der Zentrale und unterhielten sich angeregt. Die Oberschwester unterbrach ihr Gespräch mit einer Kollegin.

»Noch nicht. Der Wachdienst hat alle Treppenaufgänge kontrolliert. Ich warte noch auf den Anruf der Röntgenabteilung. Ich bin mir sicher, daß das Kind, das hier abgeholt worden ist, Martel hieß.«

»Das ist jetzt schon fast eine halbe Stunde her«, sagte Cathryn. »Ich mache mir ernste Sorgen. Können Sie nicht noch einmal in der Abteilung nachfragen?«

Ohne zu verbergen, wie sehr es ihr mißfiel, rief die Oberschwester noch einmal die Röntgenabteilung an und sagte Cathryn dann, daß der technische Assistent noch nicht zurück war, aber bei seiner Rückkehr sofort ausgerichtet bekommen würde, die Station Anderson 6 anzurufen.

Wieder einmal mußte sich Cathryn eingestehen, wie sehr sie sich von dem Krankenhauspersonal einschüchtern ließ. Sie fühlte eine unbändige Wut auf den Krankenhausbetrieb in sich, aber sie war nicht in der Lage, ihren Zorn auch zu zeigen, so berechtigt sie ihn fand. Statt dessen bedankte sie sich noch bei der Oberschwester und ging langsam zu Michelles Zimmer. Gedankenverloren schaute sie noch einmal in Michelles Badezimmer, wobei sie es vermied, in den Spiegel zu sehen. Anschließend warf sie einen Blick in den Schrank mit Michelles Kleidern. Sie hatte die Schranktür schon fast wieder geschlossen, als es sie wie ein Blitz durchfuhr. Hastig riß sie die Tür wieder auf und starrte verblüfft auf die leeren Kleiderbügel.

In wilder Aufregung lief Cathryn zurück zur Schwesternstation und versuchte verzweifelt, die Oberschwester auf sich aufmerksam zu machen. Die Schwestern der Abendschicht, die jetzt Dienstschluß hatten, und die Nachtschwestern, die gerade gekommen waren, hatten sich in der Mitte der Station zu dem heiligen Ritual der Dienstübergabe versammelt. Während dieser Zeit waren Notfälle verboten, medizinische und andere. Cathryn mußte laut rufen, bevor man sie zur Kenntnis nahm.

»Ich habe gerade entdeckt, daß die Kleider meiner Tochter verschwunden sind«, rief sie angsterfüllt.

Für einen Moment trat bedrückende Stille ein.

Dann räusperte sich die Oberschwester. »Mrs. Martel, wir sind hier in wenigen Augenblicken fertig.«

Zornig wandte sich Cathryn ab. Die Dienstroutine war offensichtlich wichtiger als ihr Notfall. Aber wenn Michelles Kleider aus dem Schrank verschwunden waren, dann war sie selbst wahrscheinlich längst nicht mehr im Krankenhaus.

Der Anruf mußte von Charles gewesen sein, und er hatte nur den einen Zweck, sie aus Michelles Zimmer zu locken. In der nächsten Sekunde hatte Cathryn wieder das Bild der verhüllten Gestalt, die eine Bahre zum Fahrstuhl schiebt, vor Augen. Der Mann hatte die richtige Größe gehabt und die richtige Figur. Es mußte Charles gewesen sein! Cathryn eilte zurück zur Schwesternstation. Jetzt war sie sich sicher, daß Michelle entführt worden war.

»Damit ich Sie richtig verstehe«, sagte der stämmige Bostoner Polizist. Cathryn hatte ein schmales Namensschild auf seiner Brust entdeckt. Er hieß William Kerney. »Sie haben also fest geschlafen, als die Schwester in das Zimmer kam, um Sie ans Telefon zu rufen.«

»Ja! Ja!« rief Cathryn ungeduldig. Das langsame Tempo der Untersuchung brachte sie zur Verzweiflung. Dabei hatte sie gehofft, daß mit Hilfe der Polizei alles schneller vorangehen würde. »Ich habe Ihnen schon zehnmal genauestens gesagt, was geschehen ist. Können Sie nicht irgend etwas unternehmen, um das Kind zu finden?«

»Erst müssen wir unseren Bericht fertigstellen«, erklärte William Kerney. In der Beuge seines linken Armes hielt er ein zerschabtes Schreibbrett, und die Finger seiner rechten Hand krampften sich um einen Bleistiftstummel, den er regelmäßig anleckte.

Eine kleine Personengruppe hatte sich in Michelles Zimmer versammelt. Es waren Cathryn, zwei Bostoner Polizisten, die Oberschwester der Abendschicht und der Verwaltungsassistent des Krankenhauses. Der Assistent war ein großer, gutaussehender Mann. Er trug einen eleganten grauen Anzug. Doch das Auffallendste an ihm war seine sonderbare Angewohnheit, nach jedem Satz ein Lächeln aufzusetzen, wobei er jedesmal die Augen zu schmalen Schlitzen zusammenkniff. Sein Gesicht war dunkel gebräunt, als ob er gerade von einem Urlaub auf den Karibischen Inseln zurückgekehrt wäre.

»Wie lange haben Sie dann das Zimmer verlassen?« fragte Kerney.

»Das habe ich Ihnen auch schon gesagt«, fuhr Cathryn ihn an. »Für fünf oder zehn Minuten. Ich weiß es nicht genau.«

»Huh, huh«, seufzte Kerney in sich hinein und schrieb die Antwort auf.

Michael Grady, der zweite Polizist, überflog die Unterlagen des Vormundschaftsantrages. Als er sie durchgelesen hatte, reichte er sie dem Verwaltungsassistenten. »Es ist eine Kindesentführung. Daran gibt es keinen Zweifel.«

»Huh, huh«, ließ Kerney sich wieder hören. Seine Hand mit dem Bleistift fuhr zu einem leeren Feld im oberen Teil des Formblattes und schrieb ›Kindesentführung‹. Er hatte die Kennziffer für das Delikt nicht im Kopf und merkte sich, die Nummer nachzuschlagen, wenn sie wieder auf dem Revier waren.

Verzweifelt wandte sich Cathryn an den Verwaltungsassistenten. »Können Sie denn nichts tun? Es tut mir leid, ich habe Ihren Namen vergessen.«

»Paul Mansford«, sagte der Assistent, dann verzog sich sein Gesicht zu einem kurzen Lächeln. »Aber Sie brauchen sich doch nicht zu entschuldigen. Außerdem tun wir doch schon etwas. Die Polizei ist hier.«

»Aber ich fürchte, daß dem Kind inzwischen etwas passiert«, erwiderte Cathryn.

»Also, Sie haben einen Mann gesehen, der auf einer Bahre ein Kind zum Operationssaal gebracht hat?« fragte Kerney.

»Ja!« rief Cathryn.

»Aber es ist doch gar kein Kind mehr operiert worden«, warf die Oberschwester ein.

Kerney wandte sich zu ihr. »Und was war mit dem Mann mit der Röntgenanforderung? Können Sie ihn beschreiben?«

Die Oberschwester sah zur Zimmerdecke. »Mittelgroß, durchschnittliche Statur, braunes Haar...«

»Das ist nicht besonders genau«, sagte Kerney.

»Hatte er blaue Augen?« fragte Cathryn.

»Seine Augen habe ich nicht gesehen«, antwortete die Oberschwester.

»Und was hatte er an?« fragte Kerney.

»Oh, mein Gott!« stöhnte Cathryn auf. »Bitte tun Sie etwas.«

»Einen langen weißen Kittel«, antwortete die Oberschwester.

»Also schön«, sagte Kerney. »Jemand ruft hier an, lockt Mrs. Martel aus dem Zimmer des Kindes, legt eine gefälschte Röntgenanforderung vor und schiebt das Kind auf einer Bahre von der Station, als ob er es zum Operationssaal bringen wollte. Stimmt das so?«

Alle nickten. Nur Cathryn nicht, die sich die Hände vor das Gesicht schlug, um nicht endgültig die Beherrschung zu verlieren.

»Wie lange hat es dann noch gedauert, bis der Wachdienst eingeschaltet wurde?« fragte Kerney.

»Nur ein paar Minuten«, antwortete die Oberschwester.

»Deshalb glauben wir ja auch, daß die beiden noch im Krankenhaus sein müssen«, ergänzte der Verwaltungsassistent.

»Aber ihre Kleider sind verschwunden«, fuhr Cathryn dazwischen. »Sie haben das Krankenhaus längst verlassen. Deshalb müssen Sie jetzt etwas unternehmen, bevor es zu spät ist. Bitte!«

Alle sahen Cathryn mitleidig an, als ob sie ein kleines Kind wäre. Cathryn erwiderte die Blicke und warf erbittert ihre Hände in die Luft. »Herr im Himmel!«

Kerney wandte sich an den Verwaltungsassistenten. »Besteht die Möglichkeit, ein Kind hier im Krankenhaus zu verstecken?«

»Es gibt viele leere Zimmer, in denen sich die beiden eine Zeitlang verstecken könnten«, erklärte der Verwaltungsassistent. »Aber keinen Platz, an dem wir sie nicht finden würden.«

»Sehr gut«, sagte Kerney. »Angenommen, es war der Vater,

der das Kind aus dem Zimmer geholt hat. Warum sollte er das tun?«

»Weil er gegen Michelles Behandlung war«, antwortete Cathryn. »Aus dem Grund ist mir ja auch die alleinige Vormundschaft übertragen worden. Damit Michelle weiterbehandelt werden konnte. Mein Mann hat in letzter Zeit sehr viel durchmachen müssen, nicht nur mit dem Kind, auch auf seiner Arbeitsstelle.«

Kerney stieß überrascht einen Pfiff aus. »Wenn ihm die Behandlung hier nicht zugesagt hat, womit wollte er sie dann behandeln? Mit Laetrile oder etwas in der Art?«

»Das hat er mir nicht gesagt«, antwortete Cathryn. »Aber ich weiß, daß er nicht an Laetrile glaubt.«

»Wir hatten schon einige dieser Laetrile-Fälle«, fuhr Kerney fort, ohne auf Cathryns letzten Satz einzugehen. Er drehte sich zu seinem Kollegen Michael Grady. »Kannst du dich noch an das Kind erinnern, das nach Mexiko gebracht worden ist?«

»Natürlich«, antwortete Grady.

Kerney wandte sich wieder den anderen zu. »Wir haben es schon öfter erlebt, daß Eltern nach unorthodoxen Behandlungsmethoden suchen. Ich denke, wir sollten den Flughafen alarmieren. Vielleicht versuchen die beiden, außer Landes zu kommen.«

Aufgeregt, daß man ihm seine Nervosität deutlich ansah, betrat Dr. Keitzman Michelles Zimmer. Cathryn war unendlich erleichtert, ihn zu sehen. Sofort beherrschte er die kleine Versammlung und verlangte ungeduldig, von allem unterrichtet zu werden. Paul Mansford und die Oberschwester wechselten sich im Bericht über das Vorgefallene ab.

»Das ist ja schrecklich!« sagte Dr. Keitzman und nestelte an seiner Brille. »Das Ganze hört sich an, als ob Dr. Charles Martel tatsächlich eine Art Zusammenbruch erlitten hat.«

»Wie lange kann das kleine Mädchen ohne Medikamente überleben?« fragte Kerney.

»Das ist schwer zu sagen. Tage, Wochen, höchstens einen Monat. Uns stehen noch einige Medikamente zur Verfügung, mit denen wir versuchen können, dem Kind zu helfen. Aber das muß möglichst bald geschehen. Es besteht immer noch die Chance, daß wir die Krankheit zurückdrängen können.«

»Es wird sofort nach dem Mädchen gesucht werden«, sagte Kerney. »Ich werde rasch den Bericht beenden und im Revier abgeben.«

Eine halbe Stunde später verließen die beiden Polizisten das Krankenhaus. »Was für eine grausame Geschichte«, sagte Michael Grady zu seinem Kollegen. »Es wird einem richtig mulmig dabei. Ein Kind mit Leukämie, und dann auch noch die Sache mit dem Vater.«

»Du hast schon recht«, erwiderte Kerney. »Am Ende ist man dankbar, wenn die eigenen Kinder wenigstens gesund sind.«

»Glaubst du wirklich, daß die Fahndung den Fall sofort übernimmt?«

»Jetzt sofort? Machst du einen Witz? Diese Sorgerechtsstreitereien sind das Unangenehmste, was du kriegen kannst. Gott sei Dank klären sie sich meistens innerhalb von vierundzwanzig Stunden von selbst. Wie auch immer, bis morgen früh wird die Fahndung keinen Blick in die Akte werfen.«

Sie stiegen in ihren Streifenwagen, meldeten sich über Funk zurück und fädelten sich wieder in den Verkehr ein.

Cathryn schlug die Augen auf und sah sich verwirrt um. Sie erkannte die gelben Vorhänge, die weiße Kommode mit der Häkeldecke, auf der die kleine Andenkensammlung stand, den rosafarbenen Frisiertisch, an dem sie während ihrer High-School-Zeit die Hausaufgaben gemacht hatte, und das Kruzifix aus Plastik, das sie zur Firmung bekommen hatte. Sie war in ihrem Jugendzimmer, und ihre Mutter hatte alles an seinem Platz gelassen, seit sie aus dem Haus gegangen war, um zu studieren. Was sie verwirrte, war die Frage, warum sie eigentlich hier war.

Cathryn schüttelte ihren Kopf, um die betäubende Wirkung der Schlaftabletten, die Dr. Keitzman ihr aufgedrängt hatte, endgültig zu vertreiben. Sie beugte sich aus dem Bett und nahm ihre Armbanduhr von der Kommode. Dann versuchte sie, den Sinn der Zahlen und Zeiger zu deuten. Sie konnte es nicht glauben. Es war Viertel vor zwölf. Cathryn kniff die Augen zusammen und sah dann ein zweites Mal auf das Zifferblatt. Nein, es war neun. Aber nicht einmal so lange hatte sie schlafen wollen.

Sie warf sich ihren alten Bademantel aus buntkariertem Flanellstoff über und lief die Treppe hinunter zur Küche. Schon auf halbem Weg schlug ihr der Geruch von frischgebackenen Brötchen und Speck entgegen. Als Cathryn in die Küche trat, sah Gina zufrieden zu ihr auf. Was auch der Grund sein mochte, sie war froh, ihre Tochter wieder im Haus zu haben.

»Hat Charles angerufen?« fragte Cathryn.

»Nein. Aber ich habe dir ein Frühstück vorbereitet.«

»Hat sonst jemand angerufen? Das Krankenhaus? Die Polizei?«

»Nein, niemand. Du kannst dich also beruhigt hinsetzen. Ich habe dir frische Brötchen gebacken. Das hast du doch immer so gerne gegessen.«

»Ich kann jetzt nichts essen«, sagte Cathryn. Die Gedanken drehten sich in ihrem Kopf. Aber sie war nicht abgelenkt genug, um nicht sofort zu sehen, daß sich das Gesicht ihrer Mutter mit einem Schlag verdüstert hatte. »Vielleicht esse ich doch ein Brötchen.«

Gina stand munter auf und holte einen Teller für Cathryn.

»Ich muß erst einmal Chuck wecken«, sagte Cathryn und wandte sich wieder zum Flur.

»Er ist aufgestanden, hat gefrühstückt und ist bereits gegangen«, sagte Gina triumphierend. »Er mag frische Brötchen genauso gern wie du. Er mußte schon um neun an der Universität sein.«

Cathryn ging zurück an den Küchentisch und setzte sich. Gina schenkte ihr Kaffee ein. Cathryn fühlte sich nutzlos. Sie hatte sich solche Mühe gegeben, Charles eine gute Frau und den Kindern eine gute Mutter zu sein. Aber jetzt hatte sie das Gefühl, alles verpfuscht zu haben. Daß sie ihren Adoptivsohn nicht rechtzeitig geweckt hatte, bewies sicher noch lange nicht, daß sie eine schlechte Mutter war. Doch daß sie es nicht getan hatte, kam ihr wie ein Zeichen für ihre ganze Unfähigkeit vor.

Während sie noch mit ihren Gefühlen kämpfte, hob Cathryn die Tasse an ihren Mund, ohne daran zu denken, wie heiß der Kaffee noch war. Schon der erste Schluck verbrühte ihr die Lippen, und mit einer heftigen Bewegung zog sie die Tasse von ihrem Mund. Der Kaffee schwappte über und verbrannte ihr die Hand. Erschrocken ließ Cathryn die Tasse los. Sie fiel auf den Tisch und ging mitsamt dem Teller zu Scherben. Cathryn brach in Tränen aus.

Mit wenigen Handgriffen hatte Gina alles wieder in Ordnung gebracht. Und immer wieder bat sie Cathryn, doch mit dem Weinen aufzuhören, denn ihre Mutter würde sich doch nicht um eine alte Tasse scheren, die sie sich von ihrer einzigen Reise in die wunderschöne Stadt Venedig, die sie über aller liebte, als Andenken mitgebracht hatte.

Allmählich gewann Cathryn ihre Beherrschung zurück. Sie wußte, daß die Tasse aus Venedig zu den Schätzen ihrer Mutter gehörte, und es tat ihr schrecklich leid, daß sie sie zerbrochen hatte. Aber das übertriebene Getue von Gina half ihr, sich wieder zu beruhigen.

»Ich werde heute nach Shaftesbury fahren«, sagte Cathryn. »Ich werde noch ein paar Sachen für Chuck holen und einmal nach Jean Paul sehen.«

»Chuck hat doch alles, was er braucht«, entgegnete Gina. »Für das Geld, das dich die Fahrt kostet, kannst du ihn in Filenes Kellerladen neu einkleiden.«

»Das stimmt allerdings«, mußte Cathryn zugeben. »Ich glaube, daß ich auch nur zu Hause sein will, falls Charles anruft.«

»Wenn er bei euch anruft und es meldet sich niemand, dann wird er es von selbst hier versuchen«, sagte Gina. »Schließlich ist er nicht dumm. Wo, denkst du denn, hat er sich mit Michelle versteckt?«

»Das weiß ich nicht«, antwortete Cathryn. »Die beiden Polizisten letzte Nacht im Krankenhaus haben etwas von Mexiko gesagt. Anscheinend fahren viele Leute, die ein ungebräuchliches Mittel gegen Krebs suchen, nach Mexiko. Aber Charles würde das nicht tun. Dazu kenne ich ihn zu gut.«

»Ich halte es dir bestimmt nicht gerne vor«, sagte Gina. »Aber ich habe dich oft genug gewarnt, einen älteren Mann zu heiraten, der schon drei Kinder hat. Das muß einfach zu Schwierigkeiten führen. Immer!«

Cathryn mühte sich, ihre aufwallende Wut zu beherrschen, die nur ihre Mutter in ihr auslösen konnte. Dann klingelte das Telefon.

Als Gina sich meldete, hielt Cathryn den Atem an.

»Es ist für dich«, sagte Gina. »Ein Kriminalbeamter. Er heißt Patrick O'Sullivan.«

Die Mutter gab ihr den Hörer. Cathryn war auf das Schlimmste gefaßt. Doch Patrick O'Sullivan versicherte ihr als erstes, daß es keine Neuigkeiten über Charles und Michelle gab. Er sagte nur, daß in dem Fall eine interessante Entwicklung eingetreten sei, und fragte, ob Cathryn ihn am Weinburger-Institut treffen könnte. Sie war sofort einverstanden.

Eine Viertelstunde später war Cathryn soweit, daß sie fahren konnte. Sie erklärte Gina, daß sie nach ihrem Abstecher zum Weinburger-Institut nach New Hampshire fahren würde. Gina versuchte, noch ein paar Einwände dagegen vorzubringen, aber Cathryn ließ sich nicht mehr umstimmen. Sie sagte nur, daß sie etwas Zeit brauchte, um allein zu sein, und daß sie rechtzeitig zum Abendessen mit Chuck zurück sein würde.

Die Fahrt durch Boston und über den Memorial Drive verlief ohne Zwischenfälle. Als sie den alten Dodge auf den Parkplatz vor dem Weinburger-Institut lenkte, mußte Cathryn an den Sommer vor zwei Jahren denken. Damals hatte sie Charles kennengelernt. Aber waren seitdem wirklich erst zwei Jahre vergangen?

Zwei Polizeiwagen standen direkt neben dem Institutseingang. Je mehr Cathryn sich ihnen näherte, um so deutlicher konnte sie die knackenden Geräusche ihrer Funksprechanlagen hören. Die Polizeiwagen schienen ihr kein günstiges Vorzeichen zu sein, aber sie zwang sich, nicht weiter herumzuspekulieren. Die verspiegelte Eingangstür öffnete sich, und Cathryn ging den Gang zu Charles' Labor hinunter.

Die Labortür stand weit offen. Cathryn trat ein. Als erstes bemerkte sie, daß die technischen Einrichtungen bereits abgebaut worden waren. Sie hatte Charles ein paarmal hier besucht und wußte daher, wie das Labor früher ausgesehen hatte. Jetzt waren die vielen Geräte und Versuchsanordnungen, die sie immer an einen Science-fiction-Film erinnert hatten, verschwunden. Die Tische waren leergefegt, wie bei einem Geschäft, das Pleite gemacht hatte.

Cathryn zählte sechs Personen in dem großen Raum. Ellen, die Cathryn während ihrer kurzen Aushilfszeit am Institut kennengelernt hatte, sprach mit zwei Polizisten in Uniform, die sorgfältig ihre Berichtsbögen ausfüllten. Das Bild erinnerte sie an die Vorfälle während der letzten Nacht. Dr. Ibanez und Dr. Morrison standen in der Nähe von Charles' Schreibtisch und unterhielten sich mit einem Mann in einer blauen Windjacke, dessen Gesicht mit Sommersprossen übersät war. Als der Mann sie bemerkte, kam er sofort auf Cathryn zu.

»Mrs. Martel?« fragte der Mann.

Cathryn nickte und ergriff die ausgestreckte Hand.

»Ich bin Patrick O'Sullivan. Mir ist Ihr Fall übertragen worden. Vielen Dank, daß Sie gekommen sind.«

Über O'Sullivans Schulter hinweg sah Cathryn, wie Ellen auf eine leere Stelle auf dem Arbeitstisch zeigte und dann weitersprach. Cathryn konnte nicht genau verstehen, was Ellen sagte, aber es hatte etwas mit den Laborgeräten zu tun. Dann sah sie kurz zu Dr. Ibanez und Dr. Morrison. Die beiden Männer waren in eine hitzige Diskussion vertieft. Zwar konnte Cathryn ihre leisen Stimmen kaum hören, aber Dr. Morrison gestikulierte wild mit der rechten Hand. Er war anscheinend sehr erregt.

»Was geht hier vor?« fragte Cathryn. Sie sah dem Kriminalbeamten in seine hellgrünen Augen.

»Es sieht so aus, als ob Ihr Ehemann, nachdem er seine Forschungsstelle hier am Institut verlor, die meisten der Laborgeräte gestohlen hat.«

Cathryn riß ungläubig die Augen auf. »Das kann ich nicht glauben.«

»Die Beweise sind nicht zu widerlegen. Anscheinend haben die beiden Wachmänner der Nachtschicht Ihrem Mann auch noch geholfen, das Labor auszuräumen und alles in einen Transporter zu verladen.«

»Aber warum?« fragte Cathryn.

»Ich hatte gehofft, daß Sie mir diese Frage beantworten könnten«, sagte der Kriminalbeamte.

Cathryn ließ ihren Blick durch den Raum wandern und versuchte, das Ausmaß von Charles' unsinniger Tat zu begreifen.

»Ich habe nicht die leiseste Ahnung«, erwiderte Cathryn. »Es ist einfach absurd.«

Der Kriminalbeamte zog die Augenbrauen hoch und legte

seine Stirn in Falten, während seine Augen Cathryns abschätzendem Blick durch das Labor folgten. »Es mag durchaus absurd sein, Mrs. Martel. Aber es ist auch schwerer Diebstahl.«

Cathryn sah wieder zu O'Sullivan.

Der Kriminalbeamte wich ihrem Blick aus und sah hinunter auf seine Schuhspitzen. »Das hier wirft ein ganz neues Licht auf das Verschwinden Ihres Ehemannes. Wenn ein Vater seine eigene Tochter entführt, ist das eine Sache, und um ehrlich zu sein, lassen wir uns von so etwas nicht besonders aufregen. Aber bei schwerem Diebstahl liegt die Sache schon anders. Wir werden die Einzelheiten der Tat und eine Fahndungsmeldung nach Ihrem Mann über Fernschreiber im ganzen Land verbreiten müssen.«

Cathryn zuckte zusammen. Immer, wenn sie schon geglaubt hatte, diesen schrecklichen Alptraum ganz begriffen zu haben, wurde er nur noch schlimmer. Jetzt wurde nach Charles steckbrieflich gesucht. »Ich weiß nicht, was ich dazu sagen soll.«

»Das tut uns alles außerordentlich leid, Mrs. Martel«, sagte Dr. Ibanez, der hinter Cathryn getreten war. Sie wandte sich um. Der Institutsdirektor sah sie mitfühlend an.

»Es ist eine Tragödie«, stimmte Dr. Morrison zu. Er hatte die gleiche Miene aufgesetzt. »Und wenn man bedenkt, was für ein vielversprechender Wissenschaftler Charles einmal war.«

Es entstand eine unangenehme Pause. Morrisons letzte Bemerkung ärgerte Cathryn, aber ihr fehlten die Worte für eine passende Antwort.

»Aus welchem Grund ist Dr. Martel eigentlich entlassen worden«, unterbrach Patrick O'Sullivan das Schweigen.

Cathryn sah den Kriminalbeamten mit dankbaren Augen an. Dieselbe Frage hätte sie auch stellen wollen, wenn ihr nicht der Mut dazu gefehlt hätte.

»In erster Linie, weil Dr. Martels Verhalten so unberechenbar geworden war. Wir haben uns ernsthafte Sorgen um seinen Gemütszustand gemacht.« Dr. Ibanez schwieg einen Moment. »Er war auch nicht gerade das, was man einen Teamarbeiter nennen könnte. Im Gegenteil, er war ein ausgesprochener Einzelgänger, und in letzter Zeit hat er sich den Bedürfnissen des Instituts immer heftiger entzogen.«

»Worüber hat er denn gearbeitet?« fragte O'Sullivan.

»Das ist einem Laien schwer zu erklären«, sagte Morrison. »Man kann sagen, daß Charles versuchte, über die Beeinflussung des menschlichen Immunsystems einen Weg zur Krebsbekämpfung zu finden. Leider ist diese Methode etwas veraltet. Vor zehn Jahren hat man noch große Hoffnungen in diesen Weg gesetzt. Aber die weiteren Entwicklungen konnten die vielversprechenden Anfänge dann nicht bestätigen. Charles konnte oder wollte sich den Veränderungen nicht anpassen. Und, wie Sie sich denken können, die Wissenschaft schreitet voran, ohne auf irgend jemanden zu warten.« Morrison lächelte, nachdem er den letzten Satz beendet hatte.

»Und warum, glauben Sie, hat Dr. Martel die ganze Laborausrüstung gestohlen?« fragte O'Sullivan mit einer weit ausholenden Armbewegung.

Dr. Ibanez zuckte die Schultern. »Da fragen Sie mich zuviel.«

»Ich denke, es war reiner Trotz«, sagte Dr. Morrison. »Wie bei einem Kind, das seinen Ball nimmt und nach Hause läuft, wenn die anderen nicht nach seinen Regeln spielen wollen.«

»Könnte Dr. Martel die Geräte entwendet haben, um seine Forschungen fortzusetzen?« fragte O'Sullivan.

»Nein«, antwortete Morrison entschieden. »Das ist unmöglich! Sämtliche Forschungsarbeit, die an diesem Institut geleistet wird, basiert auf der Verwendung sorgfältig herausgezüchteter Versuchstiere. Ohne diese Tiere ist jede Arbeit unmöglich, und Charles hat nicht eine einzige seiner Mäuse gestohlen. Und jetzt, wo nach ihm gefahndet wird, dürfte es ihm sehr schwerfallen, die entsprechenden Tiere zu bekommen.«

»Ich nehme an, Sie können mir eine Liste Ihrer Lieferanten geben«, sagte O'Sullivan.

»Natürlich«, erwiderte Dr. Morrison. Im Hintergrund klingelte ein Telefon. Eigentlich gab es keinen Grund dafür, aber Cathryn zuckte erschreckt zusammen. Ellen meldete sich und rief dann nach O'Sullivan.

»Das muß jetzt eine schwere Zeit für Sie sein«, sagte Dr. Ibanez zu Cathryn.

»Sie können es sich gar nicht vorstellen«, entgegnete Cathryn.

»Wenn wir Ihnen irgendwie helfen können«, sagte Dr. Morrison. Cathryn versuchte zu lächeln.

Patrick O'Sullivan kehrte zu der kleinen Gruppe zurück. »Wir haben den Wagen Ihres Mannes gefunden. Er hat ihn auf einem Parkplatz am Harvard Square stehen lassen.

Mit jedem Kilometer, den Cathryn auf der Interstate 301 zurücklegte, fühlte sie sich unglücklicher. Cathryn war von diesem unerklärlichen Gefühl irritiert, denn schließlich war die vage Hoffnung, daß Charles anrufen könnte, nur ein Grund gewesen, nach Hause in ihr Farmhaus zu fahren. Sie hatte sich auch von ihrer gedrückten Stimmung befreien wollen. Natürlich war Cathryn dankbar für die Hilfe ihrer Mutter, aber gleichzeitig ärgerten sie Ginas herabsetzende Bemerkungen über Charles und ihre ungezügelte Selbstgerechtigkeit. Nur weil sie selbst von ihrem Ehemann verlassen worden war, ließ Gina auch an keinem anderen Mann ein gutes Haar, besonders wenn er so wenig religiös war wie Charles. Sie hatte sich nie mit Cathryns Heirat abgefunden und ihre Tochter das auch immer deutlich spüren lassen.

Also hatte Cathryn sich darauf gefreut, in ihr eigenes Haus zurückzukehren, auch wenn sie wußte, daß es nicht mehr das glückliche Heim vergangener Tage war. Als Cathryn sich der Auffahrt zu dem Farmhaus näherte, bremste sie den alten Kombi langsam ab. Als erstes sah sie den Briefkasten. Er war mit dem Pfahl, auf dem er stand, umgeworfen und zerstört worden. Langsam fuhr Cathryn den geschwungenen Weg zwischen den Baumreihen hinauf, deren dichtes Laubwerk die Auffahrt im Sommer in eine schattige Allee verwandelte. Jetzt konnte Cathryn durch das kahle Geäst das Haus sehen. Es stand strahlendweiß gegen den dunklen Schatten des Immergrüns hinter der Scheune.

In der Nähe des Hintereingangs brachte Cathryn den Wagen zum Stehen. Sie sah zum Haus hinüber und mußte daran denken, wie grausam das Leben sein konnte. Es schien, daß ein kleines Ereignis eine unaufhaltsame Kettenreaktion auslösen konnte, wie in einer Reihe von Dominosteinen jeder Stein unausweichlich den nächsten umwarf, wenn der erste zu Fall gebracht worden war. Cathryn stieg aus dem Wagen und hörte, wie der Wind die Tür von Michelles Spielhaus bei jeder Böe gegen die Holzwand des kleinen Hauses schlug. Als sie genauer hinsah, entdeckte sie, daß die meisten der kleinen Glasscheiben aus den Sprossenfenstern eingeschlagen worden waren. Nachdenklich stapfte sie durch den Schnee zur Hintertür des Farmhauses. Auf der Treppe holte sie ihren Schlüsselbund aus der Tasche, öffnete die Tür und trat in die Küche.

Entsetzt schrie Cathryn auf, als sie im Augenwinkel eine schnelle Bewegung wahrnahm. Jemand kam hinter der Tür hervor und stürzte sich auf sie.

Im nächsten Augenblick wurde sie gegen die Küchenwand gepreßt. Die Hintertür wurde mit solchem Schwung zugeworfen, daß sogar die Wände erzitterten.

Cathryns Schrei stockte und erstarb in ihrer Kehle. Es war Charles! Sprachlos sah sie ihm nach, als er eilig von Fenster zu Fenster lief und unruhig hinaussah. Seine rechte Hand hielt ein Schrotgewehr umklammert. Charles hatte die Fenster von innen notdürftig mit Brettern vernagelt. Er mühte sich, durch die verbliebenen Spalten und Ritzen etwas erkennen zu können. Bevor Cathryn sich noch beruhigen konnte, packte Charles sie am Arm und zog sie eilig aus der Küche durch den Flur in das Wohnzimmer. Dort ließ er sie los und lief wieder von einem Fenster zum anderen, um hinauszusehen.

Cathryn stand vor Angst und Überraschung wie gelähmt.

Als Charles sich schließlich wieder zu ihr wandte, sah sie, wie erschöpft er war.

»Bist du allein gekommen?« fragte er mit drohendem Unterton.

»Ja«, antwortete Cathryn. Sie fürchtete sich, auch nur ein Wort mehr zu sagen.

»Gott sei Dank«, sagte Charles. Sein ernstes Gesicht entspannte sich sichtbar.

»Was tust du hier?« fragte Cathryn.

»Dies ist mein Haus«, antwortete Charles. Er atmete tief ein und stieß die Luft durch seine Lippen pfeifend wieder aus.

»Ich verstehe dich nicht«, sagte Cathryn. »Ich habe gedacht, daß du Michelle geholt hast und mit ihr fortgelaufen bist. Hier wird man dich doch finden!«

Zum ersten Mal wandte Cathryn ihren Blick von Charles und sah sich in ihrem Wohnzimmer um. Es hatte sich völlig verändert. Die chromglänzenden technischen Geräte aus dem Weinburger-Institut waren längs der Wände aufgestellt. In der Mitte des Raumes stand ein provisorisch hergerichtetes Krankenbett, in dem Michelle schlief.

»Michelle«, rief Cathryn überrascht. Mit wenigen Schritten war sie an dem Bett und griff nach der Hand ihres Kindes. Charles war ihr langsam gefolgt.

Für einen kurzen Moment öffnete Michelle die Augen. Ein schnelles Aufflackern in ihrem Blick verriet, daß sie Cathryn erkannt hatte, dann schlossen sich ihre Lider wieder. Cathryn wandte sich zu Charles.

»Charles, was, um Himmels willen, tust du hier?«

»Ich werde es dir gleich sagen«, antwortete Charles. Er nahm Cathryn bei der Hand und bedeutete ihr, ihm in die Küche zu folgen.

»Kaffee?« fragte er.

Cathryn schüttelte den Kopf. Ihr Blick blieb fest auf Charles geheftet, während er sich selbst eine Tasse einschenkte. Dann setzte er sich Cathryn gegenüber an den Küchentisch.

»Erst will ich dir noch etwas anderes sagen«, begann er und sah sie offen dabei an. »Ich habe Zeit gehabt nachzudenken, und ich glaube, ich verstehe jetzt, in was für einer schwierigen Situation du im Krankenhaus warst. Es tut mir leid, daß du die Folgen meiner Unentschlossenheit darüber, wie Michelle behandelt werden sollte, zu ertragen hattest. Und ich weiß besser als ein Laie, wie sehr die Ärzte einen Patienten und seine Familie unter Druck setzen können, um ihren Willen durchzusetzen. Wie auch immer, ich habe begriffen, wie es zu dieser Vormundschaftsgeschichte kommen konnte. Ich weiß, daß niemand etwas Unrechtes wollte oder gar in böser Absicht gehandelt hat. Am wenigsten du, Cathryn. Mein Verhalten im Krankenhaus tut mir leid, aber ich konnte nicht anders. Ich hoffe, du wirst mir verzeihen. Ich weiß, daß du immer nur das Beste für Michelle gewollt hast.«

Cathryn saß völlig reglos. Sie wollte aufspringen, um den Tisch laufen und ihre Arme um Charles schlingen, weil sich plötzlich alles, was er sagte, wieder so vernünftig anhörte.

Aber sie konnte sich nicht bewegen. Zuviel war geschehen, und es gab immer noch viele Fragen ohne Antwort.

Charles hob die Kaffeetasse an seine Lippen. Seine rechte Hand zitterte so heftig, daß er sie mit der linken stützen mußte.

»Die Entscheidung darüber, was nun wirklich mit Michelle zu tun war, ist mir sehr schwergefallen«, fuhr Charles fort. »Wie du, habe ich eine Zeitlang gehofft, daß ihr die orthodoxen Behandlungsmethoden und Medikamente helfen könnten. Aber es kam der Punkt, an dem ich wußte, daß sich diese Hoffnung nicht erfüllen würde und daß ich etwas tun mußte.«

Cathryn spürte, daß Charles es in allem sehr ernst meinte. Was sie nicht sagen konnte war, ob es auch vernünftig war. War er unter dem starken Druck zusammengebrochen, wie alle gesagt hatten? Cathryn fühlte sich nicht in der Lage, das entscheiden zu können.

»Alle ihre Ärzte haben darin übereingestimmt, daß die Medikamente Michelles einzige Chance waren, die Krankheit zurückzudrängen«, sagte Cathryn. »Dr. Keitzman hat mir das immer wieder versichert.«

»Und ich bin überzeugt, daß er das auch geglaubt hat.«

»Stimmt es denn nicht?«

»Natürlich muß die Krankheit zurückgedrängt werden«, stimmte Charles zu. »Aber weder die Chemotherapie und noch nicht einmal die Versuche mit den überhöhten Dosen der Medikamente hatten irgendeine Wirkung auf Michelles Leukämiezellen. Zur selben Zeit jedoch haben die Medikamente Michelles normale Zellen angegriffen, und vor allem ihr Immunsystem.«

Cathryn war sich nicht sicher, ob sie alles verstand, was Charles sagte. Aber es hörte sich zumindest logisch an und nicht wie die Ausgeburt eines verwirrten Gemüts.

»Ich bin mir sicher«, fuhr Charles fort, »daß Michelle nur dann eine Chance zu überleben hat, wenn ihr Immunsystem funktionsfähig bleibt.«

»Willst du damit sagen, daß du eine andere Behandlungsmethode für sie hast?« fragte Cathryn.

Charles seufzte. »Ich glaube es. Ich hoffe es!«

»Aber alle anderen Ärzte haben gesagt, daß nur die Chemotherapie ihr helfen kann.«

»Natürlich haben sie das gesagt«, erwiderte Charles. »Genauso wie ein Chirurg an die Chirurgie glaubt. Die Menschen lassen sich von dem leiten, was sie wissen. Das ist nur menschlich. Aber die Krebsforschung ist für die letzten neun Jahre mein Leben gewesen. Und ich glaube, es gibt eine Chance, daß ich etwas für Michelle tun kann.« Charles schwieg.

Offensichtlich glaubte er an das, was er sagte. Aber waren seine Worte auch auf Vernunft gegründet oder nur Selbsttäuschung? Cathryn wünschte sich verzweifelt, ihm glauben zu können. Aber nach allem, was sie durchgemacht hatte, was das sehr schwer. »Willst du sagen, es gibt eine Chance, daß du sie heilen kannst?«

»Ich will dir nicht übertrieben große Hoffnungen machen«, antwortete Charles. »Aber ich glaube, daß zumindest die Möglichkeit besteht. Sie mag gering sein, aber es gibt sie. Und, was viel wichtiger ist, meine Behandlungsmethode wird Michelle keine Schmerzen bereiten.«

»Hast du denn schon eines von deinen Versuchstieren, die Krebs haben, heilen können?« fragte Cathryn.

»Nein, das habe ich nicht«, gestand Charles. Aber dann fügte er rasch hinzu: »Ich weiß, daß sich dadurch alles sehr unrealistisch anhört. Doch ich glaube, daß ich bei den Versuchstieren bisher nur deshalb noch keinen Heilerfolg hatte, weil ich so langsam und sorgfältig vorgegangen bin. Es war reine Forschungsarbeit. Aber ich war gerade dabei, eine neue Technik zu versuchen, bei der ich die kranken Mäuse mit Hilfe von gesunden heilen wollte.«

»Aber du hast hier doch gar keine Versuchstiere«, sagte Cathryn. Ihr waren die Fragen von Patrick O'Sullivan eingefallen.

»Falsch«, sagte Charles. »Ich habe ein großes Versuchstier. Mich!«

Cathryn schluckte. Zum ersten Mal während des Gesprächs mit Charles schlug es in ihrem Kopf Alarm, und sie fragte sich, ob er wirklich wußte, was er gerade gesagt hatte.

»Die Vorstellung überrascht dich«, sagte er. »Aber das sollte sie nicht. Die meisten großen Forscher in der Geschichte der Medizin haben an sich selbst Versuche durchgeführt. Laß mich versuchen zu erklären, was ich tue. Zuerst einmal mußt du wissen, daß ich mit meiner Forschungsarbeit so weit vorangekommen bin, daß ich von einer Krebszelle irgendeines Lebewesens ein Oberflächenprotein isolieren kann, das die kranke Zelle von den gesunden unterscheidet. Selbst das, die Herausisolierung dieses Antigens, ist schon ein großer Fortschritt. Mein Problem bestand nun darin, das Immunsystem eines Organismus dazu zu bringen, auf dieses Antigen zu reagieren und sich so selbst von den abnormen Krebszellen zu befreien. Ich glaube, daß Krebs sehr häufig auftritt, aber daß das Immunsystem des Körpers seine Ausbreitung verhindert. Erst wenn das Immunsystem versagt, ist der Moment gekommen, daß sich der Krebs ausbreiten und wachsen kann. Hast du mich soweit verstanden?«

Cathryn nickte.

»Als ich dann versucht habe, krebskranke Tiere dahin zu bringen, daß sie auf das Antigenprotein reagieren, blieb der Erfolg aus. Ich glaube, daß es im Immunsystem eine Art blokkierenden Mechanismus gibt. An diesem Punkt war ich, als Michelle krank wurde. Aber dann hatte ich die Idee, das isolierte Oberflächenprotein gesunden Mäusen zu injizieren, um sie gegen dieses Antigen immun zu machen. Leider blieb mir nicht mehr die Zeit, die Versuche durchzuführen, aber ich bin sicher, daß sie die von mir erwarteten Ergebnisse gehabt hätten. Denn das Immunsystem eines gesunden Tieres wird das Antigen sofort als Fremdkörper erkennen, während es sich bei einem kranken Tier eben nur wenig von den normalen Proteinen unterscheidet und deshalb nicht erkannt wird.«

Zwar versuchte Cathryn zu lächeln, aber alles hatte sie nicht mehr verstanden.

Charles spürte ihr Zögern. Er beugte sich über den Tisch und packte Cathryn an den Schultern. »Du mußt versuchen zu verstehen, was ich sage, Cathryn. Ich will, daß du an das, was ich tue, glaubst. Du mußt mir dabei helfen.«

Cathryn fühlte, wie sich eine Fessel in ihr löste und abfiel. Charles war ihr Ehemann, und daß er sie brauchte und es ihr auch eingestand, war ein großer Ansporn für sie.

»Kannst du dich erinnern, daß man einmal Pferde als Zwischenträger benutzt hat, um Serum gegen Diphtherie zu gewinnen?« fragte Charles.

»Ja, so ungefähr«, antwortete Cathryn.

»Was ich dir erklären will, funktioniert ganz ähnlich. Ich habe das Oberflächenantigen von Michelles Krebszellen herausisoliert, das ihre kranken Zellen von den normalen unterscheidet. Und dann habe ich dieses Antigen mir selbst injiziert.«

»Damit dein Körper Abwehrstoffe gegen Michelles Krebszellen produziert?« fragte Cathryn. Sie bemühte sich, Charles zu verstehen.

»Genau!« rief Charles aufgeregt.

»Und anschließend injizierst du deine Antikörper Michelle?« fragte Cathryn weiter.

»Nein, das geht leider nicht«, antwortete Charles. »Michelles Immunsystem würde meine Antikörper abstoßen. Aber zum Glück hat die moderne Forschung einen Weg gefunden, das, was man zelluläre Immunität oder Sensibilität nennt, von einem Organismus auf einen anderen zu übertragen. Wenn meine T-Lymphozyten erst einmal auf Michelles Antigen reagiert haben, kann ich von meinen weißen Blutkörperchen etwas isolieren, das man den Übertragungsfaktor nennt. Diesen Übertragungsfaktor werde ich Michelle injizieren. Und dadurch hoffe ich, ihr Immunsystem anregen zu können, gegen die Krebszellen in ihrem Körper zu reagieren. Michelles Körper würde dann die kranken Zellen, die bereits in ihrem Organismus vorhanden sind, zerstören und auch alle anderen, die später noch auftauchen könnten.«

»Und damit wäre sie geheilt?« fragte Cathryn vorsichtig.

»Und damit wäre sie geheilt«, bestätigte Charles.

Cathryn war sich nicht sicher, ob sie jedes von Charles' Worten richtig verstanden hatte, aber sein Plan hörte sich durchdacht an. Daß er ihn nach einem Nervenzusammenbruch ausgearbeitet haben könnte, schien ihr jetzt völlig unmöglich. Cathryn mußte auch zugeben, daß Charles, von seinem Standpunkt aus betrachtet, die ganze Zeit über vernünftig gehandelt hatte.

»Und wie lange wird das alles dauern?« fragte Cathryn.

»Ich weiß nicht einmal sicher, ob es überhaupt funktionieren wird«, sagte Charles. »Aber nach der Reaktion meines Körpers auf das Antigen zu urteilen, wird es in wenigen Tagen entschieden sein. Deshalb habe ich ja auch das Haus verbarrikadiert. Ich werde jeden Versuch, Michelle zurück ins Krankenhaus zu bringen, abwehren. Wenn es sein muß, mit Gewalt.«

Cathryn sah auf die vernagelten Fenster, dann wandte sie sich wieder zu Charles. »Ich nehme an, du weißt schon, daß die Bostoner Polizei dich sucht. Sie glauben, du seist auf dem Weg nach Mexiko, um Michelle mit Laetrile behandeln zu lassen.«

Charles lachte. »Das ist ein Witz. Und allzu gründlich können sie auch gar nicht nach mir suchen, denn unsere Polizei hier weiß sehr genau, wo ich bin. Hast du nicht unseren Briefkasten und Michelles Spielhaus gesehen?«

»Doch, das habe ich. Der Briefkasten ist umgestürzt worden, und beim Spielhaus waren fast alle Fenster eingeschlagen.«

»Das haben wir unseren lieben Ortsgewaltigen zu verdanken. Gestern nacht kam eine Horde Männer von der Recycle Ltd. hierher, um ihren Vandalismus auszutoben. Ich habe sofort die Polizei angerufen. Eine Zeitlang habe ich schon gedacht, daß sie einfach nicht kommen würde, aber dann habe ich unten an der Straße einen Streifenwagen stehen sehen. Offensichtlich haben sie die Zerstörungen geduldet.«

»Warum?« fragte Cathryn entsetzt.

»Ich habe mir einen jungen aggressiven Anwalt genommen. Offensichtlich ist es ihm gelungen, Recycle einige Unannehmlichkeiten zu bereiten. Und jetzt glauben die Recycle-Leute wohl, mir soviel Angst einjagen zu können, daß ich den Anwalt zurückziehe.«

»Oh, mein Gott!« rief Cathryn. Allmählich erkannte sie, wie einsam und allein Charles gewesen war.

»Und wo sind unsere Jungen?« fragte Charles.

»Chuck ist bei Mutter und Jean Paul bei einem Schulkameraden in Shaftesbury.«

»Sehr gut«, sagte Charles. »Denn wahrscheinlich wird es hier bald etwas stürmischer zugehen.«

Beide, Mann und Frau, hatten die Grenze des eben noch Erträglichen erreicht. Schweigend sahen sie sich über den Küchentisch hinweg in die Augen. Eine Welle der Liebe erfaßte sie. Sie sprangen auf, fielen sich in die Arme und hielten sich verzweifelt fest, als ob sie fürchteten, daß irgend etwas sie wieder trennen könnte. Sie wußten beide, daß noch keines ihrer Probleme gelöst war. Aber das wiedererwachte Vertrauen in ihre Liebe gab ihnen neue Kraft.

»Bitte vertraue mir und meiner Liebe zu dir«, sagte Charles leise.

»Ich liebe dich«, sagte Cathryn. Tränen liefen über ihre Wangen. »Aber das war auch nie in Frage gestellt. Es ging mir doch nur um Michelle.«

»Dann glaube mir bitte, daß ich nur das Beste für sie will«, erwiderte Charles. »Du weißt, wie sehr ich sie liebe.«

Cathryn befreite sich aus seinen Armen und sah ihm ins Gesicht. »Alle denken, du hättest einen Nervenzusammenbruch gehabt. Ich wußte einfach nicht, was dein Verhalten zu bedeuten hatte, besonders weil du dich auf einmal soviel mit Recycle abgegeben hast, als es doch nur noch um die richtige Behandlung für Michelle ging.«

»Recycle war nur eine Ablenkung für mich, ich konnte wenigstens etwas tun. Das Schlimmste für mich an Michelles Krankheit war, daß ich überhaupt nichts tun konnte. Genauso war es mir ergangen, als Elisabeth plötzlich erkrankte. Damals konnte ich nur zusehen, wie sie starb. Und einen Moment habe ich befürchtet, daß sich jetzt mit Michelle alles wiederholen würde. Ich brauchte irgend etwas, das mich eine Zeitlang ganz gefangennehmen konnte, und Recycle stimulierte noch mein Verlangen, etwas zu tun. Doch meine Empörung über das, was der Betrieb mit seinen giftigen Chemikalien macht, ist ehrlich, ebenso wie mein Wunsch, die Recycling-Anlage stillegen zu lassen. Meine erste Sorge aber gilt natürlich Michelle, sonst wäre ich jetzt auch nicht hier.«

Cathryn hatte das Gefühl, daß eine riesige Last von ihr genommen worden war. Endlich war sie sich sicher, daß Charles nicht einen Augenblick unvernünftig gehandelt hatte.

»Wie geht es Michelle jetzt?« fragte Cathryn.

»Nicht gut«, sagte Charles. »Es ist erstaunlich, wie aggressiv ihre Krankheit ist. Ich mußte ihr Morphium geben, weil sie so schwere Magenkrämpfe hatte.« Charles nahm Cathryn wieder in die Arme und wandte sein Gesicht ab.

»Sie hatte auch Magenkrämpfe, als ich bei ihr war«, sagte

Cathryn. Sie spürte ein Zittern durch Charles' Körper laufen, als er versuchte, gegen seine Tränen anzukämpfen. Cathryn hielt ihn so fest, wie sie nur konnte.

Einige Minuten standen sie eng umschlungen. Sie sprachen nicht, aber auch ohne Worte wuchs ein tiefes Verständnis zwischen ihnen. Schließlich löste sich Charles aus Cathryns Armen. Er sah sie mit ernstem Gesicht an, seine Augen waren gerötet.

»Ich bin froh, daß wir uns aussprechen konnten«, sagte Charles. »Aber ich glaube, du solltest nicht länger hierbleiben. Ohne Zweifel wird es hier bald Ärger geben. Es ist nicht so, daß ich dich nicht bei mir haben will. Im Gegenteil, wenn es nur nach mir ginge, würde ich dich bitten hierzubleiben. Aber ich weiß, es ist vernünftiger, wenn du Jean Paul holst und zurück zu deiner Mutter fährst.« Charles nickte, als ob er sich selbst erst noch überzeugen müßte.

»Ich will aber, daß es nur nach dir geht«, erwiderte Cathryn. Sie fühlte ein neues Selbstvertrauen, daß sie auf dem Platz an seiner Seite bestehen konnte. »Mein Platz ist hier. Jean Paul und Chuck kommen auch ohne mich zurecht.«

»Aber Cathryn...«

»Kein Aber«, sagte Cathryn entschlossen. »Ich bleibe, und ich werde dir helfen.«

Charles sah seiner Frau forschend ins Gesicht. Sie hielt seinem Blick herausfordernd stand.

»Und wenn du glaubst«, fuhr sie so heftig fort, wie er es noch nie bei ihr erlebt hatte, »daß du mich jetzt noch loswerden kannst, nachdem du mich von deinem Plan überzeugt hast, dann bist du *wirklich* verrückt! Du wirst mich mit Gewalt aus dem Haus werfen müssen.«

»Schon gut, schon gut«, gab Charles lächelnd nach. »Ich werde dich nicht hinauswerfen. Aber es könnte hier schwierig für uns werden.«

»Dann betrifft es mich ebenso wie dich«, sagte Cathryn mit fester Stimme. »Dies ist eine Familienangelegenheit, und ich gehöre zu dieser Familie. Darüber waren wir beide uns im klaren, als wir geheiratet haben. Ich bin nicht in dieses Haus gekommen, um nur das Glück mit dir zu teilen.«

Charles wurde von seinen Gefühlen hin und her gerissen.

Doch zuallererst war er stolz. Es war seine Schuld, daß er Cathryn zuwenig zugetraut hatte. Wann immer es möglich gewesen war, hatte er versucht, die Schatten, die auf ihr gemeinsames Leben fielen, von ihr fernzuhalten. Und das war falsch gewesen. Er hätte offener zu ihr sein müssen und ihr mehr vertrauen sollen. Cathryn war seine Frau und nicht sein Kind.

»Wenn du bleiben möchtest, dann tu es«, sagte er.

»Ich will bleiben«, erwiderte Cathryn.

Charles küßte sie sanft auf die Lippen. Dann trat er einen Schritt zurück und sah sie bewundernd an.

»Du kannst mir wirklich helfen«, sagte er nach einem raschen Blick auf seine Armbanduhr. »Gleich muß ich mir eine weitere Dosis von Michelles Antigen injizieren. Wenn ich alles vorbereitet habe, sage ich dir, was du tun kannst. In Ordnung?«

Cathryn nickte. Bevor Charles ins Wohnzimmer zurückging, streichelte er ihr noch einmal zärtlich über die Hand.

Eine leichte Benommenheit ergriff Cathryn. Sie stützte sich auf die Lehne eines Küchenstuhles. Alles, was sich in den letzten Tagen ereignet hatte, war so unerwartet gekommen. Nicht einen Moment hatte sie daran gedacht, daß Charles Michelle in ihr eigenes Haus bringen könnte. Angestrengt überlegte sie, ob es noch einen Weg gab, das Vormundschaftsverfahren rückgängig zu machen. Dann wäre zumindest ein Grund, für den Charles von der Polizei gesucht wurde, aus der Welt geschafft.

Sie ging zum Telefon und wählte die Nummer ihrer Mutter. Während sie noch auf den Anschluß wartete, wurde ihr bewußt, daß es nur einen Streit heraufbeschwören würde, wenn sie ihrer Mutter erzählte, daß Charles bei ihr war. Sie beschloß, nichts zu sagen.

Gina meldete sich nach dem zweiten Klingeln. Cathryn hielt das Gespräch allgemein, und da ihre Mutter nicht nach ihrem Abstecher zum Weinburger-Institut fragte, erwähnte Cathryn ihn auch nicht. So mußte sie Gina wenigstens nicht gestehen, daß Charles wegen schweren Diebstahls gesucht wurde. Dann trat ein kurzes Schweigen ein. Cathryn räusperte sich entschlossen. »Wenn es dir nichts ausmacht, Chuck das Essen zu bereiten und dafür zu sorgen, daß er morgen früh rechtzeitig aufsteht, dann würde ich heute nacht gerne hierbleiben. Ich möchte im Haus sein, falls Charles anrufen sollte.«

»Aber Liebling, du mußt dich doch nicht verpflichtet fühlen, da herumzusitzen und auf diesen Mann zu warten. Außerdem habe ich für uns ein wunderschönes Abendessen geplant. Rate einmal, was ich kochen werde.«

Cathryn seufzte leise. Es erstaunte sie immer wieder, daß ihre Mutter wirklich glaubte, mit einem guten Essen jedes Problem lösen zu können.

»Mutter, ich will jetzt nicht raten, was du kochen willst. Ich will heute nacht hier in meinem eigenen Haus bleiben.«

Cathryn wußte, wie sehr sie ihre Mutter dadurch verletzte. Aber unter den gegebenen Umständen blieb ihr keine andere Wahl. So schnell sie es konnte, ohne dabei grob zu wirken, beendete Cathryn das Gespräch.

Immerhin hatte ihre Mutter sie auf den Gedanken gebracht, nach den Essensvorräten im Haus zu sehen. Cathryn öffnete die Kühlschranktür. Bis auf die geringeren Vorräte an Milch und Eiern waren sie gut versorgt. Schließlich hatten sie noch eine gut gefüllte Speisekammer im Keller. Cathryn schloß die Kühlschranktür und ließ ihren Blick über die vernagelten Küchenfenster wandern. Es kam ihr vor, als sei sie in ihrem eigenen Haus gefangen.

Dann mußte sie an das denken, was Charles ihr über seine Behandlungsmethode für Michelle gesagt hatte. Sie gestand sich freimütig ein, daß sie nicht alles bis ins Kleinste verstanden hatte, aber es hatte überzeugend geklungen. Gleichzeitig wußte sie, daß sie wahrscheinlich auch Dr. Keitzman geglaubt hätte, wenn sie jetzt bei ihm gewesen wäre. Wenn schon die Ärzte sich nicht einig waren, mußte sie als Laie erst recht ratlos sein.

Als Cathryn ins Wohnzimmer kam, hielt Charles gerade eine Spritze in der Hand und schlug mit dem Zeigefinger leicht gegen den Glaskolben, damit sich die Luftblasen von der Innenwand lösten. Eilig setzte sie sich und ließ ihren Blick gedankenverloren umherwandern. Michelle schlief immer noch. Ihr dünnes Haar lag sorgfältig auf dem weißen Kissen ausgebreitet. Durch die Ritzen zwischen den Brettern vor den Fenstern konnte Cathryn erkennen, daß es wieder schneite.

»Ich werde mir jetzt diese Spritze in die Armvene injizieren«, sagte Charles und sah sich nach einer Manschette um, mit der er den Arm abbinden konnte. »Ich nehme nicht an, daß du es für mich tun willst.«

Cathryn spürte, wie ihr Mund austrocknete. »Ich kann es versuchen«, erwiderte sie zögernd. In Wahrheit wollte sie nichts mit der Spritze zu tun haben. Schon ihr Anblick verursachte Cathryn Übelkeit.

»Das würdest du wirklich tun?« fragte Charles. »Es ist nämlich höllisch schwer, sich selbst in die Vene zu stechen, wenn man nicht gerade süchtig ist. Dann muß ich dir noch erklären, wie du mir das Epinephrin geben mußt, falls ich es brauchen sollte. Als ich mir die erste Spritze mit Michelles Antigen gegeben habe, hat sich bei mir eine Anaphylaxie entwickelt. Das ist eine allergische Reaktion auf die Eiweißstoffe, die lähmend auf die Atmung wirkt.«

»O Gott«, murmelte Cathryn. Besorgt sah sie Charles an. »Kannst du das Antigen denn nicht anders nehmen? Zum Beispiel einfach essen?«

Charles schüttelte den Kopf. »Ich habe es versucht, aber meine Magensäure hat die Lösung zerstört. Ich habe sogar versucht, es in Pulverform wie Kokain zu schnupfen, doch dabei sind meine Nasenschleimhäute fürchterlich angeschwollen. Und weil jetzt alles schnell gehen muß, habe ich mich entschlossen, es mir zu injizieren. Das Problem ist, daß mein Körper auf die erste Dosis mit einer einfachen Allergie reagiert hat, die man den Soforttyp nennt. Ich habe versucht, die Reaktion abzuschwächen, indem ich das Protein leicht verändert habe. Ich muß meinen Körper dazu bringen, mit einer Allergie des verzögerten Typs zu reagieren und nicht mit einem Soforttyp.«

Cathryn nickte, als hätte sie ihn verstanden. Doch das einzige, was in ihr Bewußtsein drang, war die Kälte der Spritze in ihrer Hand. Jeden Moment darauf gefaßt, sich selbst verletzen zu können, hielt sie sie vorsichtig zwischen den Fingerspitzen. Charles zog einen Stuhl heran und setzte sich Cathryn gegenüber. Auf eine Kommode legte er in Griffweite zwei kleinere Spritzen.

»Diese beiden Spritzen enthalten das Epinephrin. Wenn

sich mein Gesicht plötzlich verfärbt wie eine rote Rübe und ich nicht mehr atmen kann, dann nimmst du eine, stichst sie mir in irgendeinen Muskel und spritzt mir, so schnell du kannst, das Epinephrin. Wenn die Spritze nicht nach spätestens dreißig Sekunden gewirkt hat, gibst du mir die zweite.«

Cathryn fühlte eine sonderbare Angst in sich aufsteigen, aber Charles schien unbekümmert und fröhlich zu sein. Er knöpfte seine Hemdenmanschette auf und rollte den Ärmel hoch. Während er ein Ende des breiten Gummibandes mit den Zähnen hielt, band er sich mit der rechten Hand den linken Oberarm ab. Im nächsten Moment trat die Vene in seiner Armbeuge deutlich hervor.

»Zieh den Plastikschutz ab«, sagte Charles zu Cathryn. »Und dann stoß mir die Nadel in die Vene.«

Cathryns Hände zitterten, als sie die Schutzkappe von der Nadel nahm. Das Licht der Deckenlampe ließ die Nadelspitze aufblitzen. Charles nahm jetzt eine Zellophanpackung mit alkoholgetränkten Wattebäuschchen zwischen die Zähne und riß sie mit der rechten Hand auf. Dann rieb er sich die Armbeuge ab.

»Jetzt ist es soweit. Du kannst anfangen«, sagte Charles und sah zur Seite.

Cathryn holte tief Luft. Jetzt wußte sie, warum sie nie daran gedacht hatte, Medizin zu studieren. Sie bemühte sich, die Nadel ruhig zu halten, setzte die Spitze vorsichtig auf Charles' Vene und gab der Spritze einen sanften Stoß. Die Haut wurde kaum eingeritzt.

»Du mußt kräftig zustoßen«, forderte Charles sie auf. Er hielt das Gesicht noch immer abgewandt.

Cathryn gab der Spritze einen leichten Stoß. Die Nadel drang etwas tiefer in die Haut ein.

Charles sah auf seinen Arm. Dann holte er mit seiner freien rechten Hand aus und gab der Spritze einen kurzen kräftigen Hieb. Die Nadel durchbrach die Haut und drang in die Vene ein.

»Perfekt«, sagte er. »Jetzt zieh den Kolben noch ein Stück weiter heraus, ohne die Nadelspitze zu bewegen.«

Cathryn tat, was Charles verlangt hatte. Hellrotes Blut schoß in die Spritze.

»Genau getroffen«, lobte Charles und wickelte das Gummiband von seinem Arm. »Jetzt drück den Kolben langsam ein.«

Langsam wanderte der Kolben in die Glasröhre hinein. Als Cathryn ihm schon die Hälfte der Lösung injiziert hatte, rutschten ihr plötzlich die Finger ab. Die Nadel stach tiefer in die Vene, als Cathryn wieder auf den Kolben preßte. Sofort war eine erbsengroße Schwellung in der Armbeuge zu sehen.

»Das macht nichts«, beruhigte Charles sie. »Für das erste Mal war das gar nicht schlecht. Jetzt kannst du die Spritze wieder herausziehen.«

Cathryn zog die Nadel aus seiner Vene, und Charles preßte einen Wattebausch auf die Einstichstelle.

»Es tut mir leid«, sagte Cathryn leise. Sie hatte Angst, ihn verletzt zu haben.

»Es ist wirklich nicht schlimm. Wer weiß, vielleicht hilft es sogar, daß etwas von dem Antigen unter die Haut gegangen ist.« Plötzlich lief sein Gesicht rot an. Er zitterte. »Verdammt«, stieß er mühsam hervor. Cathryn hörte, daß sich seine Stimme verändert hatte. Sie war auf einmal viel heller. »Epinephrin«, sagte er schwach.

Cathryn griff nach einer der kleinen Spritzen. In ihrer Hast, die Schutzkappe abzuziehen, verbog sie die Nadel. Eilig nahm sie die zweite Spritze von der Kommode. Charles, der inzwischen übersät von roten Flecken war, zeigte auf seinen linken Oberarm. Cathryn hielt die Luft an und stieß die Nadel in den Muskel. Diesmal hatte sie genügend Kraft in den Stoß gelegt. Sie drückte den Kolben in die Glasröhre und zog die Spritze wieder heraus. Rasch nahm sie die erste Spritze wieder zur Hand und versuchte, die Nadel geradezubiegen. Als sie Charles gerade die zweite Dosis geben wollte, hob er abwehrend die Hand.

»Es reicht schon«, sagte er leise. Seine Stimme klang noch immer verändert. »Ich kann die Wirkung bereits spüren. Huh! Wie gut, daß du hier warst.«

14. Kapitel

Es war ungefähr halb zehn, als sie sich für die Nacht fertig machten. Vorher hatte Cathryn ein kleines Abendessen bereitet, Charles hatte währenddessen in seinem provisorischen Labor gearbeitet. Er hatte sich etwas Blut abgenommen, die Probe in ihre Zellbestandteile zerlegt und mit Hilfe von roten Schafsblutkörperchen einige T-Lymphozyten herausisoliert. Dann hatte er die T-Lymphozyten mit einigen seiner Gewebsgranulozyten und Michelles Leukämiezellen in den Inkubator gestellt. Als sie sich zum Essen zusammensetzten, hatte er Cathryn gesagt, daß noch kein Anzeichen für eine verzögerte Zwischenzellreaktion zu erkennen war und daß er sich nach Ablauf von vierundzwanzig Stunden eine weitere Spritze mit Michelles Antigen geben müßte.

Michelle war aus ihrem Morphiumschlaf erwacht. Überglücklich hatte sie Cathryn begrüßt. An die Ankunft ihrer Stiefmutter konnte sich Michelle nicht mehr erinnern. Aber sie hatte sich nach dem langen Schlaf wieder besser gefühlt und sogar etwas gegessen.

»Es scheint ihr besser zu gehen«, flüsterte Cathryn, als sie mit Charles das Geschirr in die Küche trug.

»Das ist mehr Schein als Wirklichkeit«, antwortete Charles. »Ihr Körper erholt sich nur wieder von den anderen Medikamenten.«

Charles hatte ein Feuer im Kamin entzündet und die große Matratze aus dem Schlafzimmer heruntergeholt. Er wollte bei Michelle sein, falls sie ihn brauchen sollte.

Als Cathryn sich hingelegt hatte, fühlte sie eine bleischwere Müdigkeit in sich. Da sie Michelle zufrieden und so gut versorgt wie nur möglich wußte, konnte auch sie sich zum ersten Mal seit zwei Tagen entspannen. Sie hörte, wie der Wind den Schnee gegen die Fensterscheiben trieb und rückte nahe an Charles heran. Dann ließ sie sich von ihrer Müdigkeit überwältigen.

Plötzlich splitterte Glas. Verwirrt von dem Geräusch schreckte Cathryn hoch. Charles, der noch wach gelegen hatte, reagierte überlegter. Er rollte sich von der Matratze, und noch während er aufstand, griff er nach seinem Gewehr und legte den Sicherungshebel um.

»Was war das?« fragte Cathryn. Ihr Herz schlug wild.

»Besuch«, antwortete Charles kühl. »Wahrscheinlich unsere Freunde von Recycle.«

Etwas schlug dröhnend gegen die Eingangstür und fiel dumpf zu Boden.

»Steine«, sagte Charles. Er schlich sich zum Lichtschalter, und mit einem Schlag war es stockfinster im Zimmer. Michelle murmelte im Schlaf. Cathryn war mit wenigen Schritten an ihrem Bett und versuchte sie zu beruhigen.

»Wie ich mir gedacht habe«, sagte Charles. Er spähte durch die Ritzen zwischen den Brettern vor den Fenstern nach draußen.

Cathryn stellte sich hinter Charles und sah ihm über die Schulter. Gute dreißig Meter vom Haus entfernt stand eine Gruppe Männer auf dem Zufahrtsweg, die selbstgemachte Fackeln in den Händen hielten. Unten an der Straße waren mehrere Wagen auf dem schmalen Seitenstreifen geparkt.

»Sie sind betrunken«, sagte Charles.

»Und was sollen wir jetzt machen?« flüsterte Cathryn.

»Nichts«, sagte Charles. »Es sei denn, sie versuchen ins Haus einzudringen, oder sie kommen uns mit ihren Fackeln zu nahe.«

»Könntest du denn überhaupt auf jemanden schießen?« fragte Cathryn.

»Ich weiß nicht«, antwortete Charles. »Ich weiß es wirklich nicht.«

»Ich werde die Polizei rufen«, sagte Cathryn.

»Das brauchst du gar nicht erst zu versuchen«, entgegnete Charles. »Ich bin sicher, daß sie genau wissen, was hier passiert.«

»Ich versuche es trotzdem«, sagte Cathryn.

Während Charles am Fenster stehenblieb, lief sie in die Küche und wählte die Nummer der Vermittlung. Dann ließ sie sich mit dem Polizeirevier von Shaftesbury verbinden. Erst nach dem neunten Klingeln meldete sich eine müde Stimme. Sie gehörte Bernie Crawford.

Hastig berichtete Cathryn, daß ihr Haus von einer Gruppe Betrunkener belagert wurde und daß sie sofort Hilfe brauchten.

»Einen Moment«, sagte Crawford.

Cathryn hörte, wie eine Schublade aufgezogen wurde und Crawford in ihr herumsuchte.

»Einen kleinen Moment. Ich muß nur eben einen Stift finden«, sagte Crawford. Noch bevor Cathryn etwas antworten konnte, hatte er den Hörer aus der Hand gelegt. Von draußen war ein Schrei zu hören, dann kam Charles in die Küche gelaufen. Er ging zum Nordfenster, das zu dem kleinen Teich zeigte.

»Ich bin soweit«, meldete sich Crawford wieder. »Wie lautet Ihre Adresse?«

Cathryn nannte ihm die Anschrift.

»Postleitzahl?« fragte Crawford.

»Postleitzahl?« fragte Cathryn zurück. »Wir brauchen sofort Hilfe!«

»Meine liebe Dame, alles muß seine Ordnung haben. Bevor ich einen Wagen schicken kann, muß ich hier erst ein Formular ausfüllen.« Cathryn nannte die Postleitzahl.

»Wie groß ist die Gruppe?«

»Ich bin nicht sicher. Es sind mindestens sechs.«

»Sind es Kinder?« fragte Crawford.

»Cathryn!« rief Charles. »Du mußt jetzt sofort ins Wohnzimmer gehen und vorne Ausschau halten. Sie stecken das Spielhaus in Brand. Aber vielleicht wollen sie uns damit nur ablenken. Jemand muß die Eingangstür im Auge behalten.«

»Hören Sie zu«, schrie Cathryn in die Sprechmuschel. »Ich kann jetzt nicht länger reden. Schicken Sie endlich einen Wagen.«

Sie warf den Hörer auf die Gabel und lief zurück ins Wohnzimmer. Durch das schmale Fenster neben dem Kamin konnte sie einen flackernden Feuerschein aus der Richtung des Spielhauses sehen. Dann ließ sie ihren Blick über die Wiese vor dem Haus wandern. Die Männer mit den Fackeln waren verschwunden, aber sie entdeckte, daß unten an der Straße jemand etwas aus dem Kofferraum eines Autos hob. In der Dunkelheit sah es aus wie ein Kanister. »O Gott, laß es kein Benzin sein«, sagte Cathryn.

Von der Rückseite des Hauses hörte Cathryn Glas splittern. »Ist dir etwas passiert?« rief sie.

»Nein. Die Kerle schlagen die Scheiben von deinem Wagen ein.«

Charles schien die Hintertür aufzuschließen. Dann hörte Cathryn einen Schuß krachen. Das Echo hallte im ganzen Haus nach. Die Tür fiel laut wieder ins Schloß.

»Was ist passiert?« rief Cathryn.

Charles kam ins Wohnzimmer gelaufen. »Ich habe in die Luft geschossen. Anscheinend ist das das einzige, was die Kerle beeindruckt. Sie sind weggelaufen.«

Cathryn sah aus dem Fenster. Die Gruppe hatte sich um den Mann versammelt, der von dem Wagen an der Straße gekommen war. Im Schein der Fackeln konnte Cathryn erkennen, daß der Mann einen großen runden Behälter vor seinen Füßen abgestellt hatte. Er bückte sich, anscheinend um die Blechdose zu öffnen.

»Es sieht aus wie ein Farbeimer«, sagte Cathryn.

»Das ist auch einer«, erwiderte Charles.

Während sie nach draußen spähten, fingen die Männer einen Sprechchor an. »Kommunist!« riefen sie wieder und wieder. Der Mann mit dem Farbeimer näherte sich dem Haus. Sein Vorgehen schien auch die anderen mutiger werden zu lassen. Als sie näherkamen, sah Cathryn, daß die Männer Holzknüppel mit sich trugen. Ihr Rufen wurde immer lauter. Charles erkannte in der Gruppe Wally Crab und den Mann, der ihn zu Boden geschlagen hatte.

Ungefähr fünfzehn Meter vor dem Haus blieb die Gruppe erneut stehen. Von den anderen angestachelt, ging der Mann mit dem Farbeimer allein weiter. Charles zog Cathryn vom Fenster weg und schob sie hinter seinen Rücken. Angespannt hielt er den Vordereingang im Auge, sein rechter Zeigefinger legte sich um den Abzug des Gewehrs.

Erst waren Schritte zu hören, dann begann ein Pinsel über die Tür zu wischen. Fünf Minuten später klatschte noch einmal ein Schwall Farbe gegen den Eingang, dann fiel der Blecheimer scheppernd auf die Veranda.

Charles lief zurück zum Fenster und sah, wie sich die Männer laut lachend gegenseitig auf die Schultern schlugen. Dann gingen sie langsam die Auffahrt hinunter, wobei sie sich ausgelassen anstießen und in den Schnee zu schubsen versuchten. Unten an der Straße lärmten die Männer noch eine Weile, dann stiegen sie in ihre Wagen. Laut hupend fuhren sie Richtung Norden nach Shaftesbury davon. Sekunden später waren sie in der Nacht verschwunden.

So plötzlich wie die Winterstille zerstört worden war, kehrte sie jetzt wieder zurück. Erleichtert holte Charles einmal tief Luft. Er lehnte sein Gewehr gegen die Wand und zog Cathryn an ihren Händen zu sich. »Nachdem du nun gesehen hast, wie ungemütlich es hier werden kann, ist es vielleicht doch besser, wenn du wieder zu deiner Mutter gehst, bis alles vorüber ist.«

»Auf keinen Fall«, antwortete Cathryn und schüttelte energisch den Kopf. Dann machte sie sich los und ging zu Michelle.

Eine Viertelstunde später kam ein Streifenwagen des Reviers von Shaftesbury schleudernd die Auffahrt heraufgefahren. Mit quietschenden Bremsen stoppte der Wagen hinter Cathryns Kombi. Eilig, als sei er zu einem Noteinsatz gerufen worden, lief Frank Neilson auf das Haus zu.

Charles schloß den vorderen Eingang auf und trat einen Schritt vor die Tür. »Sie können sofort wieder kehrtmachen und sich hinter ihr Steuerrad klemmen.«

Frank Neilson blieb breitbeinig stehen und stützte herausfordernd die Hände in die Hüften. »Na schön, wenn Sie mich nicht brauchen.«

»Verschwinden Sie von meinem Grundstück!« stieß Charles wütend hervor.

»Merkwürdige Leute leben hier«, sagte Neilson betont laut, als er zu seinem Partner in den Wagen stieg.

Langsam zog der Morgen über dem frostkalten Land herauf, doch das Licht wurde noch von einer zinngrauen Wolkendecke zurückgehalten. Charles und Cathryn hatten abwechselnd Wache gehalten, aber die Randalierer waren nicht wiedergekommen. Als die Dämmerung anbrach, fühlte Charles sich wieder so sicher, daß er zu ihrem Bett, das sie sich vor dem Kamin aufgeschlagen hatten, zurückkehrte und sich noch für einige Zeit zu Cathryn schlafen legte.

Ein paar Stunden später spielte Charles ausgelassen für seine Tochter den Kellner. Michelle ging es schon viel besser, und obwohl sie immer noch sehr schwach war, konnte sie sich wieder aufsetzen und brachte sogar ein Lächeln zustande, als Charles ihr mit großen Gesten das Frühstück servierte.

Dann setzte er sich an seine Laborgeräte. Zum zweiten Mal nahm sich Charles eine Blutprobe ab und prüfte, ob seine T-Lymphozyten mit einer verzögerten Allergie auf Michelles Antigen reagiert hatten. Unterdessen bemühte sich Cathryn, das Durcheinander im Haus in einen wohnlicheren Zustand zu bringen. Das Wohnzimmer mit Charles' provisorischer Laboreinrichtung, der großen Matratze vor dem Kamin und Michelles Bett in der Mitte glich einem Irrgarten, in den Cathryn nur wenig Ordnung bringen konnte. Aber in der Küche lag bald wieder alles an seinem gewohnten Platz.

»Noch kein Anzeichen für eine Reaktion bei meinen Lymphozyten«, sagte Charles, als er in die Küche kam, um sich noch etwas Kaffee zu holen. »Du wirst mir heute nachmittag noch eine Spritze mit Michelles Antigen geben müssen.«

»Natürlich«, sagte Cathryn mit fester Stimme, die Charles' und ihrer eigenen Zuversicht Auftrieb geben sollte. Dabei war sie sich überhaupt nicht sicher, ob sie es noch einmal tun konnte. Schon der Gedanke verursachte bei ihr eine Gänsehaut.

»Ich muß mir etwas einfallen lassen, um das Haus noch sicherer zu machen«, sagte Charles. »Ich weiß nicht, was ich getan hätte, wenn die Kerle letzte Nacht betrunken genug gewesen wären, um die Hintertür zu stürmen.«

»Randalierer sind eine Sache«, erwiderte Cathryn. »Aber was willst du machen, wenn die Polizei kommt, um dich festzunehmen?«

Charles sah Cathryn nachdenklich an.

»Bevor ich das, was ich für Michelle tun kann, nicht zu Ende gebracht habe, werde ich niemanden ins Haus lassen.«

»Es kann doch nur noch eine Frage der Zeit sein, bis die Polizei auftaucht«, sagte Cathryn. »Und es wird bestimmt nicht so leicht sein, sie daran zu hindern, hier hereinzukommen. Schon bei dem geringsten Widerstand brichst du die Gesetze. Und vielleicht fühlen sie sich dann berechtigt, Gewalt anzuwenden.«

»Das glaube ich nicht«, erwiderte Charles. »Sie haben viel mehr zu verlieren als zu gewinnen.«

»Michelle könnte ein triftiger Grund für sie sein. Sie könnten sich verpflichtet fühlen, dafür zu sorgen, daß die Chemotherapie bei ihr fortgesetzt werden kann.«

Charles nickte langsam. »Du könntest sogar recht haben. Aber selbst dann gibt es für uns keinen anderen Ausweg.«

»Ich glaube doch«, sagte Cathryn. »Vielleicht kann ich die Polizei dazu bringen, nicht mehr nach dir zu suchen. Ich habe den Kriminalbeamten kennengelernt, der für den Fall zuständig ist. Ich könnte zu ihm gehen und ihm sagen, daß ich kein Interesse an einer Klage habe. Wenn es keinen Kläger gibt, müßten sie die Suche nach dir einstellen.«

Charles trank einen großen Schluck von seinem Kaffee. Was Cathryn sagte, klang vernünftig. Er wußte, daß die Polizei ihn aus dem Haus herausbekommen konnte, wenn sie es mit Gewalt versuchte. Tränengas war einer der Gründe gewesen, weshalb er die Fenster so sorgfältig vernagelt hatte. Aber ihm war klar, daß die Polizei auch noch andere Mittel und Möglichkeiten besaß, an die er gar nicht erst denken wollte. Cathryn hatte recht. Die Polizei konnte ihm wirklich gefährlich werden.

»Also schön«, sagte Charles, »aber du mußt mit dem Transporter fahren, den ich gemietet habe. Er steht in der Garage. Ich glaube nicht, daß dein Kombi noch eine Windschutzscheibe hat.«

Sie zogen ihre Mäntel an und gingen durch den unberührten Neuschnee zu der verschlossenen Scheune. Beide sahen sie die verkohlten Überreste von Michelles Spielhaus unten am Teich, aber keiner von beiden erwähnte sie auch nur mit einem Wort. Zu sehr erinnerte die noch schwelende Asche an die Schrecknisse der vergangenen Nacht.

Cathryn lenkte den Transporter rückwärts aus der Garage. Nur ungern fuhr sie jetzt weg. Cathryn hatte die wiedergewonnene Nähe zu Charles genossen, gerade weil es auch Michelle besserging und trotz der Randalierer. Da sie noch nie einen Transporter gefahren hatte, bereitete es ihr Mühe, den großen Wagen zu wenden. Dann winkte sie Charles zum Abschied und fuhr langsam die eisglatte Auffahrt hinunter.

Am Fuß des Hügels wandte sie sich noch einmal zum Haus um. Das harte Winterlicht ließ es zwischen den kahlen Bäumen noch verlassener aussehen. Quer über die Eingangstür war in großen zerlaufenen Buchstaben das Wort ›Kommunist‹ geschrieben. Der Rest der Farbe war gegen das Haus geschüttet worden und in dünnen Streifen an der Wand heruntergelaufen. Aus der Entfernung sah es aus wie Blut.

Während der Fahrt zur Bostoner Polizeizentrale in der Berkeley Street überlegte Cathryn, was sie Patrick O'Sullivan sagen sollte. Sie beschloß, sich möglichst kurz zu fassen und war sicher, alles innerhalb weniger Minuten durchgestanden zu haben.

Als Cathryn schließlich vor der Polizeizentrale ankam, konnte sie keinen Parkplatz für den Transporter finden. Am Ende stellte sie ihn einfach in eine gelbe Halteverbotszone. Ein Fahrstuhl brachte sie in den sechsten Stock, wo sie O'Sullivans Büro ohne Mühe fand. Sie klopfte kurz und trat ein. O'Sullivan stand auf und kam hinter seinem Schreibtisch hervor. Er trug denselben Anzug, den er schon vor vierundzwanzig Stunden angehabt hatte, als Cathryn ihm zum ersten Mal begegnet war. Auch das Hemd war dasselbe, denn Cathryn erinnerte sich an den kleinen Kaffeefleck rechts neben dem dunkelblauen Schlips. Nur schwer konnte sie sich vorstellen, wie dieser so sanft wirkende Mann zu der Gewalt fähig sein sollte, die ihm sein Beruf mit Sicherheit gelegentlich abverlangte.

»Möchten Sie sich nicht setzen?« fragte O'Sullivan. »Ich nehme Ihnen den Mantel ab.«

»Danke, bemühen Sie sich nicht«, erwiderte Cathryn. »Ich werde Ihre Zeit nur kurz in Anspruch nehmen.«

O'Sullivans Büro sah aus wie die Kulisse für ein Fernsehmelodram. An den rissigen Wänden hingen die obligatorischen Fotos von einigen ernst blickenden Männern aus der Polizeihierarchie. Neben der Tür hing eine große Pinwand, an die unzählige Fahndungsplakate und Fotos geheftet waren. Auf dem Schreibtisch lagen Stöße von Briefen und Umschlägen, dazwischen standen leere Suppendosen, in denen O'Sullivan seine Stifte und Filzschreiber verwahrte, eine alte Schreibmaschine und das Bild einer pausbäckigen, rothaarigen Frau mit fünf rothaarigen kleinen Mädchen.

O'Sullivan setzte sich wieder hinter seinen Schreibtisch und verschränkte die Hände über dem Bauch. Mit ausdruckslosem

Blick sah er Cathryn an. Cathryn hätte gerne gewußt, was in dem Kopf des Mannes vorging.

»Um es kurz zu machen«, begann sie unsicher. Ihr Selbstvertrauen war bereits merklich gesunken. »Ich bin gekommen, um Ihnen mitzuteilen, daß ich die Klage gegen meinen Mann zurückziehe.«

In O'Sullivans Miene war nicht die kleinste Veränderung zu erkennen.

Cathryn sah einen Moment zur Seite. Das Gespräch verlief schon nicht mehr so, wie sie es geplant hatte. »Mit anderen Worten«, fügte sie hinzu, »ich möchte die Vormundschaft für das Kind nicht mehr.«

O'Sullivan sah sie immer noch schweigend an, was Cathryns Angst noch größer werden ließ.

»Es ist nicht so, daß ich mich nicht um meine Stieftochter sorgen würde«, fuhr Cathryn rasch fort. »Aber mein Mann ist ihr leiblicher Vater und außerdem ist er Arzt. Deshalb glaube ich, daß er selbst am besten in der Lage ist, über die richtige Behandlung für das Kind zu entscheiden.«

»Wo ist Ihr Mann?« fragte O'Sullivan.

Cathryn blinzelte nervös. Die Frage hatte geklungen, als ob O'Sullivan ihr bis jetzt gar nicht zugehört hatte. Dann wurde ihr siedendheiß bewußt, daß sie nicht so lange mit der Antwort zögern durfte. »Das weiß ich nicht«, sagte sie schnell. Cathryn hatte das Gefühl, daß sie alles andere als überzeugend geklungen hatte.

Plötzlich stieß sich O'Sullivan von der Stuhllehne ab und beugte sich über den Schreibtisch. »Ich denke, es ist an der Zeit, daß ich Sie von einigen Dingen in Kenntnis setze, Mrs. Martel. Auch wenn das Vormundschaftsverfahren von Ihnen persönlich in Gang gesetzt worden ist, können Sie es nicht einseitig vor der Anhörung außer Vollzug setzen. Der Richter, der Ihnen vorübergehend die alleinige Vormundschaft übertragen hat, hat gleichzeitig einen Vormund *ad litim* benannt. Er heißt Robert Taber. Wie denkt denn Mr. Taber über die Klage gegen Ihren Mann, um Michelle Martel sobald wie möglich ins Krankenhaus zurückzubringen?«

»Das weiß ich nicht«, antwortete Cathryn kläglich. Mit diesen Komplikationen hatte sie nicht gerechnet.

»Bis jetzt mußte ich davon ausgehen«, fuhr O'Sullivan fort, »daß das Leben des Kindes in Gefahr ist, wenn es nicht so schnell wie möglich wieder seine besondere Behandlung im Krankenhaus bekommt.«

Cathryn schwieg.

»Es scheint mir offensichtlich, daß Sie mit Ihrem Mann gesprochen haben.«

»Ich habe mit ihm gesprochen«, gab Cathryn zu, »und dem Kind geht es gut.«

»Und wie steht es mit der medizinischen Versorgung Ihrer Tochter?«

»Mein Mann ist Arzt«, sagte Cathryn, als ob der Hinweis auf Charles' Beruf die Frage O'Sullivans beantwortete.

»Das mag sein, Mrs. Martel, aber das Gericht wird nur mit einer allgemein anerkannten Behandlungsmethode einverstanden sein.«

Cathryn nahm ihren ganzen Mut zusammen und stand auf. »Ich glaube, ich gehe jetzt besser.«

»Vielleicht sollten Sie mir besser sagen, wo Ihr Mann ist, Mrs. Martel.«

»Das möchte ich Ihnen lieber nicht sagen«, antwortete Cathryn. Sie versuchte erst gar nicht so zu tun, als ob sie nicht wüßte, wo Charles sich versteckt hatte.

»Sicher erinnern Sie sich, daß ich einen Haftbefehl für Ihren Mann habe. Die Verantwortlichen des Weinburger-Instituts drängen sehr auf eine Klage.«

»Das Institut wird sämtliche Laborgeräte zurückerhalten«, erwiderte Cathryn.

»Sie sollten es nicht soweit kommen lassen, daß Sie sich der Mittäterschaft schuldig machen«, sagte O'Sullivan.

»Vielen Dank, daß Sie sich Zeit für mich genommen haben«, sagte Cathryn und wandte sich zur Tür.

»Wir wissen bereits, wo Ihr Mann ist«, rief O'Sullivan ihr hinterher.

Cathryn blieb wie angewurzelt stehen und drehte sich langsam wieder um.

»Warum kommen Sie nicht zurück und setzen sich wieder?«

Einen Moment starrte Cathryn den Kriminalbeamten regungslos an. Zuerst dachte sie daran, doch zu gehen. Aber dann erkannte sie, daß es klüger war zu bleiben und herauszufinden, was die Polizei schon wußte und vor allem, was sie zu tun gedachte. Zögernd ging Cathryn zu ihrem Stuhl zurück.

»Ich muß Ihnen wohl noch etwas erklären«, sagte O'Sullivan. »Bis heute morgen habe ich die Fahndungsmeldung nach Ihrem Mann zurückgehalten. Ich hatte das Gefühl, daß dies kein gewöhnlicher Fall ist, und trotz der Aussagen der Leute vom Weinburger-Institut hatte ich nicht den Eindruck, daß Ihr Mann die Laborausrüstung gestohlen hat. Natürlich hatte er sie an sich genommen, aber eben nicht gestohlen. Meine Hoffnung war, daß sich der Fall irgendwie von selbst lösen würde. Ich hatte mir vorgestellt, daß Ihr Mann vielleicht irgend jemanden anruft und sagt: ›Es tut mir leid, hier sind die Laborgeräte und das Kind; ich habe mich fortreißen lassen...‹ und so weiter. Wenn das geschehen wäre, dann, glaube ich, hätten wir eine Anklage vermeiden können. Aber das Weinburger-Institut und das Krankenhaus haben keine Ruhe gegeben. Also habe ich die Fahndung nach Ihrem Mann heute morgen über den Fernschreiber laufen lassen. Wir haben sofort eine Rückmeldung bekommen. Die Polizei von Shaftesbury hat angerufen und uns mitgeteilt, daß sich Charles Martel in seinem eigenen Haus versteckt hält und daß es ihnen eine Freude ist, ihn für uns festzunehmen. Darauf habe ich gesagt...«

»O Gott, nein!« rief Cathryn. Ihr Gesicht wurde kreidebleich.

O'Sullivan ließ seinen letzten Satz unvollendet und sah Cathryn erstaunt an. »Fühlen Sie sich nicht gut, Mrs. Martel?«

Cathryn schloß die Augen und schlug sich die Hände vors Gesicht. Nach einer Minute ließ sie ihre Hände in den Schoß sinken und sah O'Sullivan niedergeschlagen an. »Dieser Alptraum hört einfach nicht auf.«

»Wovon sprechen Sie?« fragte O'Sullivan.

Cathryn erzählte ihm von Charles' verzweifeltem Kreuzzug gegen die Recycle Ltd., von den Ereignissen in der vergangenen Nacht vor ihrem Haus und wie sich die Polizei von Shaftesbury in beiden Fällen verhalten hatte.

»Sie schienen wirklich ein bißchen übereifrig zu sein«, gab O'Sullivan zu. Er mußte wieder an sein Telefongespräch mit Frank Neilson denken.

»Können Sie nicht in Shaftesbury anrufen, und den Leuten sagen, daß sie noch warten sollen?« fragte Cathryn.

»Dazu ist es bereits zu spät«, antwortete O'Sullivan.

»Können Sie dann nicht wenigstens mit den Leuten sprechen, damit sie nicht denken, sie könnten tun, was sie wollen«, sagte Cathryn mit bittender Stimme.

O'Sullivan griff zu seinem Telefon und bat die Zentrale, ihn mit dem Polizeirevier in Shaftesbury zu verbinden.

Cathryn fragte, ob er bereit sei, mit ihr nach New Hampshire zu fahren, um den Polizeieinsatz persönlich zu überwachen.

»Ich habe dort keine Befehlsgewalt«, antwortete O'Sullivan. Dann hörte er ein Rufzeichen in der Leitung und wartete schweigend auf den Anschluß.

»Wir haben ihn umstellt«, schrie Bernie Crawford so laut, daß O'Sullivan den Hörer vom Ohr nahm und selbst Cathryn noch jedes Wort verstand. »Aber dieser Martel ist verrückt. Er hat sein Haus wie eine Festung verbarrikadiert. Außerdem besitzt er ein Gewehr, mit dem er anscheinend ganz gut umgehen kann, und dann hat er noch sein Kind als Geisel.«

»Hört sich an, als ob die Situation sehr schwierig für Sie ist«, sagte O'Sullivan. »Ich nehme an, Sie haben Unterstützung von der Staatspolizei angefordert.«

»Das haben wir natürlich nicht getan«, rief Bernie Crawford. »Wir kümmern uns schon selbst um ihn. Wir haben eine Handvoll Freiwillige angeworben. Sobald wir Charles Martel ins Revier gebracht haben, rufen wir Sie sofort an, damit Sie alles Nötige für seinen Transport nach Boston in die Wege leiten können.«

O'Sullivan bedankte sich bei Crawford, der gleich erwiderte, daß die Polizei von Shaftesbury jederzeit bereit sei zu helfen.

O'Sullivan legte auf und sah Cathryn nachdenklich an. Das Gespräch mit Crawford hatte bewiesen, wie sehr sie mit ihren Behauptungen im Recht war. Der Mann schien alles andere als ein vernünftiger Polizeibeamter zu sein. Und was die Anwerbung von Freiwilligen betraf, so hatte sich das angehört wie eine Szene aus einem Clint-Eastwood-Western.

»Das wird schlimm werden«, sagte Cathryn und schüttelte verzweifelt den Kopf. »Es wird zu Auseinandersetzungen kommen. Und Charles ist wegen Michelle zu allem entschlossen. Ich fürchte, er wird sich mit allen Mitteln zur Wehr setzen.«

»Herrgott!« rief O'Sullivan. Er sprang auf und holte seinen Mantel von dem Kleiderständer neben der Tür. »Wie ich diese Sorgerechtsfälle hasse. Kommen Sie, ich werde mit Ihnen fahren. Aber vergessen Sie nicht, ich habe in New Hampshire keine Befehlsgewalt.«

Cathryn fuhr so schnell, wie sie sich mit dem großen Transporter getraute. O'Sullivan folgte ihr in einem blauen Chevy Nova. Je näher sie Shaftesbury kamen, um so heftiger schlug Cathryns Herz. Als sie um die letzte Kurve vor ihrem Haus bog, hatten sich die anfänglichen Sorgen zu einer panischen Angst gesteigert. Schon von weitem entdeckte sie eine große Menschenmenge unten an der Straße. Auf beiden Seitenstreifen der Interstate 301 standen dicht an dicht Autos geparkt. Die Zufahrt zu ihrem Haus war von zwei Polizeiwagen versperrt.

Cathryn fuhr so weit es ging an die Auffahrt heran, parkte den Wagen, stieg aus und wartete auf O'Sullivan, der wenig später hinter dem Transporter hielt. Trotz der Kälte wirkte die Szene wie eine Karnevalsversammlung. Auf der gegenüberliegenden Straßenseite hatte ein geschäftstüchtiger Bürger bereits einen Holzkohlengrill aufgebaut. Für zwei Dollar fünfzig verkaufte er italienische Würstchen in einem aufgeschnittenen Sandwich. Das Geschäft ging ausgezeichnet. Neben dem Grill stand eine eisgefüllte Tonne mit Budweiser Bier. Hinter dem Verkaufsstand bauten Kinder eifrig an zwei Schneeburgen, die es bei der kommenden Schneeballschlacht zu erobern galt.

O'Sullivan ging zu Cathryn. »Das sieht ja aus, als sei hier ein Schulfest.«

»Nur die Gewehre passen nicht dazu«, erwiderte Cathryn.

Hinter den beiden Polizeiwagen stand eine Gruppe von Männern, die von Armeekleidung bis zu Skianoraks alles angezogen hatten, was sie vor der Kälte schützen konnte, und die alle mit Jagdgewehren bewaffnet waren. Manche hielten in der einen Hand ihr Gewehr und in der anderen eine Bierdose. Die Gruppe hatte sich um Frank Neilson versammelt, der einen Fuß auf die Stoßstange seines Streifenwagens gestellt hatte und ein Walkie-talkie an sein Ohr preßte. Offensichtlich dirigierte er weitere bewaffnete Männer, die, von der Straße aus nicht zu sehen, den Belagerungsring um das Haus engerzogen.

O'Sullivan ging zu Frank Neilson und stellte sich vor.

Zwar konnte Cathryn von ihrem Platz aus nicht verstehen, was gesprochen wurde, aber die Miene des Polizisten aus Shaftesbury verriet, daß er den Kriminalbeamten aus Boston als Eindringling ansah. Mit großer Anstrengung nahm Neilson seinen Fuß von der Stoßstange und richtete sich zu seiner vollen Größe auf. Er überragte O'Sullivan um eine Kopflänge. Verglich man die beiden Männer, hätte man nicht vermutet, daß sie einen ähnlichen Beruf ausübten. Neilson trug seine blaue Polizeiuniform und einen schweren Ledergürtel, an dem sein Dienstrevolver hing. Auf dem Kopf hatte er eine Webpelzmütze, die nur schwach an ihr russisches Vorbild erinnerte. O'Sullivan trug einen ausgebleichten, gefütterten Trenchcoat. Sein zerzaustes Haar war unbedeckt.

»Wie kommen Sie voran?« fragte O'Sullivan in gleichgültigem Ton.

»Sehr gut«, antwortete Neilson. »Wir haben alles unter Kontrolle.« Er rieb sich mit dem Handrücken über seine etwas zu kurz geratene Nase.

Das Walkie-talkie knackte, und Neilson entschuldigte sich für einen Moment. Er hielt sich die Sprechmuschel dicht vor den Mund und sagte, daß die Gruppe ›Kater‹ bis auf hundert Meter gegen das Haus vorrücken und dort warten sollte. Dann wandte er sich wieder an O'Sullivan. »Wir müssen dafür sorgen, daß der Verdächtige nicht durch den Hinterausgang verschwinden kann.«

O'Sullivan warf einen kurzen Blick auf die Männer mit ihren Gewehren. »Halten Sie es wirklich für ratsam, so viele bewaffnete Leute hierzuhaben?«

»Wollen Sie mir etwa erzählen, wie ich in dieser Sache vorzugehen habe?« fragte Neilson sarkastisch zurück. »Hören Sie gut zu, wir sind hier in New Hampshire, nicht in Boston. Sie haben hier keine Befehlsgewalt. Und um ganz offen zu sein, es gefällt mir überhaupt nicht, wenn jetzt die großartige Stadtkripo auftaucht, um uns Ratschläge zu erteilen. Hier habe ich die Verantwortung. Ich weiß selbst, wie bei einer Geiselnahme vorzugehen ist. Erst das Gelände sichern, dann verhandeln. Wenn Sie mich jetzt bitte entschuldigen, ich habe zu tun.«

Frank Neilson wandte O'Sullivan den Rücken zu.

»Entschuldigen Sie bitte.« Ein großer hagerer Mann tippte O'Sullivan auf die Schulter. »Mein Name ist Harry Barker, ich bin vom *Boston Globe*. Sie sind O'Sullivan aus der Bostoner Polizeizentrale, richtig?«

»Ihr Reporter kommt auch nie eine Sekunde zu spät, oder?« erwiderte O'Sullivan.

»Die Kollegen vom *Sentinel* in Shaftesbury waren so nett, uns einen Tip zu geben. Diese kleinen Alltagstragödien interessieren die Leute. Können Sie mir ein paar Hintergrundinformationen geben?«

O'Sullivan zeigte auf Frank Neilson. »Da ist der Mann, der hier das Sagen hat. Fragen Sie ihn.«

O'Sullivan sah, wie Neilson ein Megafon in die Hand nahm und es schon an die Lippen setzte, als der Reporter ihn ansprach. Die beiden Männer sprachen kurz miteinander, dann trat Harry Barker zur Seite. Neilson drückte den Lautsprecherknopf des Megafons, und im nächsten Augenblick dröhnte seine heisere Stimme über die winterliche Landschaft. Die Freiwilligen hinter den Polizeiwagen hörten auf herumzualbern, und selbst die Kinder verstummten.

»Hören Sie, Martel, Ihr Haus ist umstellt. Ich fordere Sie auf, mit erhobenen Händen herauszukommen.«

Schweigend wartete die Menge ab. Das einzige, was sich noch bewegte, waren die Schneeflocken, die zwischen den Baumkronen herabfielen. Doch aus der Richtung des viktorianischen Farmhauses war keine Antwort zu hören. Neilson versuchte es noch einmal, das Ergebnis blieb dasselbe. Das einzige Geräusch, das von dem Haus auf dem Hügel herüberwehte, war das Rauschen des Windes in den Fichten hinter der Scheune.

»Ich gehe jetzt näher heran«, sagte Neilson, ohne jemanden im besonderen anzusprechen.

»Ich halte das nicht für eine besonders gute Idee«, sagte O'Sullivan so laut, daß jeder in der Nähe der Polizeiwagen es hören konnte.

Neilson warf ihm einen wütenden Blick zu. Dann nahm er das Megafon in die rechte Hand und trat übertrieben vorsichtig aus dem Schutz der Streifenwagen. Als er an O'Sullivan vorbeiging, lachte er ihn an. »Der Tag, an dem Frank Neilson nicht mehr mit so einem miesen kleinen Doktor fertig wird, ist auch der Tag, an dem er seine Dienstmarke zurückgibt.«

Während die Menge aufgeregt durcheinanderflüsterte, ging Neilson etwa fünfzehn Meter die Auffahrt hinauf. Der Schnee fiel jetzt dichter, und seine Pelzmütze hatte sich in eine weiße Haube verwandelt.

»Martel«, hallte die Stimme des Polizeichefs durch das Megafon, »ich warne Sie. Wenn Sie nicht freiwillig das Haus verlassen, werden wir Sie holen kommen.«

Als das letzte Wort verklungen war, legte sich wieder Stille über die Szene. Neilson drehte sich zu der Menge um und machte eine verzweifelte Geste, als ob er es mit einem Gartenschädling zu tun hätte. Dann ging er weiter auf das Haus zu.

Nicht einer der Zuschauer bewegte sich oder sprach ein Wort. Es lag eine erregte Spannung in der Luft, denn alle hofften, daß endlich etwas geschehen möge. Neilson war jetzt noch ungefähr dreißig Meter vom Haus entfernt.

Plötzlich wurde die rote besudelte Eingangstür aufgerissen, und Charles Martel trat mit seinem Gewehr im Arm heraus. Im nächsten Moment fielen kurz nacheinander zwei Schüsse.

Neilson stürzte sich kopfüber in den Schneewall neben der Auffahrt, während die Zuschauer in wilder Flucht davonstürmten oder hinter Bäumen und ihren geparkten Wagen Deckung suchten. Als Charles die Tür wieder krachend ins Schloß fallen ließ, ging über dem Gelände ein harmloser Schrotregen nieder.

Erst war nur vereinzeltes Gemurmel aus der Menge zu hören, aber als sich Frank Neilson wieder mühsam hochrappelte, verwandelte es sich in einen begeisterten Aufschrei. So schnell seine Füße den übergewichtigen Körper tragen konnten, lief Neilson die Zufahrt herunter. Er hatte die Streifenwagen fast erreicht und wollte sein Tempo bremsen, da verlor er den Halt unter den Füßen. Er fiel auf den Hintern und rutschte die letzten Meter der Auffahrt hinunter, bis er mit den Füßen gegen das Hinterrad eines Polizeiwagens prallte. Ein paar Freiwillige stürzten heran und halfen ihm auf die Beine.

»Dieser verdammte Scheißkerl!« schrie Neilson. »Jetzt reicht es! Jetzt bekommt er, was er verdient!«

Jemand fragte Neilson, ob er von der Schrotladung etwas abbekommen hätte, aber der Polizeichef schüttelte den Kopf. »Ich war viel zu schnell für ihn.«

Ein Wagen der lokalen TV-Nachrichtenredaktion stoppte nahe der Auffahrt, und ein Kamerateam stieg aus. Mit einer jungen strahlenden Reporterin in Nerzhut und knöchellangem pelzgefüttertem Mantel an der Spitze drängelte sich das Team eilig zu Frank Neilson durch. Nach einer kurzen Vorbesprechung wurden die Filmlampen eingeschaltet. Die Lichtkegel tauchten ein kleines Schneefeld in grelles Weiß. Die junge Reporterin leitete den Bericht mit ein paar schnellen Worten ein, dann hielt sie das Mikrofon dicht unter Neilsons stumpfe Nase.

Frank Neilsons selbstherrliches Auftreten verwandelte sich ins genaue Gegenteil. Schüchtern und verlegen nestelte er an seiner Uniform herum. »Ich tue hier nur, so gut ich kann, meine Pflicht.«

Als die Filmlampen aufleuchteten, tauchte auf einmal auch John Randolph, der Leiter der Stadtverwaltung, aus der Menge auf. Er schob sich in das gleißende Licht und legte einen Arm um Neilsons Schulter. »Und wir glauben, daß er das ausgezeichnet macht. Was denkt ihr, Leute?« Er wandte sich den neugierigen Zuschauern zu und begann zu klatschen. Die Menge fiel in den Beifall ein.

Die Reporterin bat Neilson, dem Fernsehpublikum kurz zu erzählen, was hier eigentlich vorging.

Neilson beugte sich dicht an das Mikrofon. »Da oben in dem Haus hält sich ein verrückter Wissenschaftler versteckt.« Er zeigte unbeholfen mit dem Daumen über die Schulter. »Er hat ein krankes Kind bei sich, das er nicht behandeln lassen will. Der Mann ist schwer bewaffnet und gefährlich. Es liegt ein Haftbefehl gegen ihn vor wegen Kindesentführung und schwerem Diebstahl. Aber es gibt keinen Grund zur Beunruhigung, wir haben alles unter Kontrolle.«

O'Sullivan schlängelte sich aus dem Gedränge heraus und

suchte nach Cathryn. Er entdeckte sie in der Nähe des Transporters. Sie hielt die Hände vor den Mund gepreßt. Das Spektakel machte ihr angst.

»Wenn Sie nicht eingreifen, wird die Sache noch ein schreckliches Ende nehmen«, sagte Cathryn.

»Ich kann aber nicht eingreifen«, erwiderte O'Sullivan. »Das habe ich Ihnen bereits gesagt, bevor wir hierhergefahren sind. Aber ich glaube, daß nichts Schwerwiegendes passieren kann, solange die Presse und das Fernsehen hier sind. Schon ihre Anwesenheit wird den Polizeichef davon abhalten, irgend etwas Verrücktes zu unternehmen.«

»Ich möchte zu unserem Haus gehen, um bei Charles sein zu können«, sagte Cathryn. »Ich fürchte, daß er sonst noch glaubt, ich hätte die Polizei geholt.«

»Sind jetzt Sie verrückt geworden?« fragte O'Sullivan. »Hier laufen mindestens vierzig bewaffnete Männer herum. Schon das ist gefährlich genug. Außerdem würde man Sie auch nicht zum Haus lassen. Das hieße nur, daß Ihr Mann eine Geisel mehr hat. Seien Sie ein bißchen geduldiger. Ich werde noch einmal mit Frank Neilson sprechen. Vielleicht kann ich ihn doch noch davon überzeugen, die Staatspolizei einzuschalten.«

O'Sullivan ging zurück zu den Streifenwagen. Er verfluchte sich dafür, daß er nicht in Boston geblieben war, wo er hingehörte.

Als er sich der provisorischen Einsatzzentrale näherte, hörte er wieder Neilsons Stimme durch das Megaphon dröhnen. Der Schnee fiel jetzt noch dichter, und einer der Freiwilligen fragte den Polizeichef, ob man ihn überhaupt noch oben am Haus hören konnte. Neilson wußte darauf keine Antwort. Aber wie dem auch war, Charles antwortete ohnehin nicht.

O'Sullivan ging zu Neilson und schlug ihm vor, es vielleicht einmal mit dem tragbaren Funktelefon zu versuchen und Charles einfach anzurufen. Der Polizeichef dachte einen Moment mit ernster Miene über den Vorschlag nach, und obwohl er O'Sullivan eine Antwort schuldig blieb, kletterte er in seinen Streifenwagen und ließ sich die Nummer der Martels geben. Dann wählte er. Charles meldete sich sofort.

»Hören Sie, Martel. Welche Bedingungen stellen Sie für die Freilassung des Kindes?«

Charles' Antwort war kurz. »Scheren Sie sich zum Teufel, Neilson!« Die Leitung war wieder tot.

»Ein wundervoller Vorschlag war das«, sagte Neilson zu O'Sullivan und schlug wütend den Hörer auf die Gabel. Dann sah er mit leerem Blick auf die Männer, die sich vor der offenen Wagentür versammelt hatten. »Wie, zum Teufel, soll ich mit jemandem verhandeln können, der keine Forderungen stellt? Hah? Kann mir das vielleicht jemand verraten?«

»Chef«, rief eine Stimme. »Wie wär's, wenn meine Freunde und ich das Haus einfach stürmen?«

Der Vorschlag ließ O'Sullivan erschrocken zusammenzukken. Angestrengt suchte er nach einem Weg, wie er Neilson dazu bringen konnte, die Staatspolizei zu Hilfe zu rufen.

Der Polizeichef war wieder aus dem Wagen gestiegen und stand mit drei Männern zusammen, die ganz in Weiß gekleidet waren. Ihre Parkas und Kälteschutzhosen erinnerten O'Sullivan an militärische Tarnkleidung.

»Wir würden das schaffen«, sagte einer der beiden kleineren Männer. Er nuschelte stark, weil ihm sämtliche Vorderzähne fehlten. »Wir haben uns das Haus angeguckt. Von hinten würde es leicht gehen. Man müßte von der Scheune her rüberlaufen, die Hintertür aufsprengen, und alles wäre vorbei.«

Neilson erinnerte sich an die Männer. Sie arbeiteten bei Recycle. »Ich habe noch nicht entschieden, wie wir vorgehen werden«, sagte er.

»Und warum versuchen Sie es nicht mit Tränengas?« schlug O'Sullivan vor. »Damit könnten Sie Martel aus dem Haus treiben.«

Neilson sah O'Sullivan mit finsterer Miene an. »Passen Sie auf, wenn ich Ihre Meinung hören will, werde ich Sie schon danach fragen. Das Problem ist, daß wir nicht so raffiniert ausgerüstet sind wie ihr in Boston. Ich müßte also die Staatspolizei um Hilfe bitten. Das will ich aber nicht. Wir werden die Sache allein lösen.«

Ein Aufschrei gellte durch die Nachmittagsstille, dann war aus der Menge wildes Rufen zu hören. O'Sullivan und Neilson warfen sich gleichzeitig herum. Im nächsten Moment sahen beide, wie Cathryn schräg über das Schneefeld vor den Streifenwagen auf die Auffahrt zulief.

»Was, zum Teufel, soll das?« rief Neilson.

»Das ist Martels Frau«, sagte O'Sullivan.

»Herrgott noch mal!« schrie Neilson. Dann wandte er sich an die nächsten Freiwilligen. »Fangt sie ein. Sie darf nicht zum Haus kommen!«

Je schneller Cathryn zu laufen versuchte, um so schwerer kam sie vorwärts, weil sie immer wieder durch die Harschdecke auf dem Schnee brach. Sie hatte die Zufahrt fast erreicht, aber der Schneewall, der durch das häufige Räumen an den Seiten des Weges hochgewachsen war, lag wie ein Hindernis vor ihr. Sie mußte auf allen vieren die naßkalte Barriere hinaufkriechen. Auf der anderen Seite ließ sie sich einfach hinuntergleiten. Im nächsten Moment stand sie wieder auf den Beinen.

Froh, endlich etwas tun zu können, stürzte ein halbes Dutzend Freiwilliger mit aufgeregtem Geschrei los und kämpfte sich um die quergestellten Polizeiwagen herum. Es war wie ein Wettlauf um den ersten Preis. Doch der neugefallene Schnee machte das Laufen schwierig. Ohne es zu wollen, behinderten die Männer sich gegenseitig. Schließlich hatten zwei von ihnen die Auffahrt erreicht, und so schnell sie konnten, eilten sie den Weg hinauf. Aus der Menge war erregtes Gemurmel zu hören. O'Sullivan dagegen hatte beide Hände zu Fäusten geballt, als ob er Cathryn damit mehr Kraft geben konnte. Dabei wußte er genau, daß alles nur noch komplizierter werden würde, wenn sie es bis zum Haus schaffte.

Cathryn schnappte keuchend nach Luft. Sie hörte schon das schwere Atmen ihrer Verfolger. Die Männer mußten sie bald eingeholt haben. Verzweifelt suchte sie nach einem Ablenkungsmanöver, aber das immer heftigere Seitenstechen machte jedes überlegte Nachdenken unmöglich.

Dann sah sie, wie die farbbespritzte Eingangstür des Hauses aufgerissen wurde. Ein orangener Blitz zuckte auf, und im selben Moment dröhnte ein Schuß. Cathryn blieb erschöpft stehen. Ihr Atem ging wild und sie erwartete, im nächsten Augenblick einen Schmerz zu spüren. Rasch warf sie einen Blick hinter sich und sah, daß ihre Verfolger sich auf der Suche nach Deckung in den Schnee geworfen hatten. Sie versuchte weiterzulaufen, aber ihr fehlte die Kraft. Mühsam schleppte sie sich die letzten Meter bis zur Veranda und kroch auf Händen und Füßen die Eingangsstufen hinauf. Charles legte das Gewehr in seinen rechten Arm und zog sie mit der linken Hand zu sich hinauf und ins Haus.

Ausgepumpt ließ Cathryn sich zu Boden fallen. Ihre Brust ging heftig auf und nieder. Sie hörte, daß Michelle nach ihr rief, aber sie konnte sich nicht bewegen. Charles lief aufgeregt von Fenster zu Fenster. Nach einer Minute war Cathryn wieder so weit zu Kräften gekommen, daß sie aufstehen konnte. Sie ging sofort zu Michelle.

»Ich habe dich vermißt, Mommy«, sagte Michelle und schlang ihre Arme um Cathryns Hals.

Cathryn wußte, daß sie das Richtige getan hatte.

Charles kehrte ins Wohnzimmer zurück und sah noch einmal prüfend die Auffahrt hinunter. Zufrieden legte er sein Gewehr aus der Hand. Dann kam er zu Cathryn und Michelle und schloß sie beide in seine Arme. »Endlich habe ich wieder meine beiden Frauen bei mir«, sagte er mit einem Augenzwinkern.

Cathryn begann sofort zu erklären, was geschehen war, und wiederholte dabei immer wieder, daß sie nichts mit der Ankunft der Polizei zu tun hatte.

»Das habe ich auch nicht eine Sekunde lang gedacht«, sagte Charles. »Ich bin froh, daß du wieder hier bist. Es ist nämlich äußerst schwierig, die Augen gleichzeitig nach zwei Richtungen hin offenzuhalten.«

»Jetzt habe ich auch mein letztes Vertrauen in unsere Polizei verloren«, erwiderte Cathryn. »Ich glaube, Neilson ist ein Psychopath.«

»Da kann ich dir nur recht geben«, sagte Charles.

»Ich frage mich, ob es nicht besser für uns wäre, wenn wir uns gleich ergeben würden. Neilson und seine sogenannten Freiwilligen haben mir angst gemacht.«

Charles schüttelte den Kopf und sagte leise: »Nein.«

»... aber glaub mir doch ... Ich bin sicher, sie warten nur darauf, Gewalt anwenden zu können.«

»Das tun sie ganz sicher«, sagte Charles nachdenklich.

»Wenn du dich jetzt stellst und dem Weinburger-Institut die

Geräte zurückgibst und Dr. Keitzman erklärst, wie du Michelle behandeln willst, vielleicht kannst du deinen Versuch dann im Krankenhaus fortsetzen.«

»Ganz bestimmt nicht«, erwiderte Charles. »Die vereinte Macht von etablierter Forschung und Medizin würde das auf jeden Fall zu verhindern wissen. Sie würden einfach meinen Geisteszustand in Zweifel ziehen. Wenn ich jetzt von Michelle getrennt werde, wird man mich nie wieder in ihre Nähe lassen. Und das wäre überhaupt nicht gut, nicht wahr?« Charles strich seiner Tochter über das spärlich gewordene Haar. Michelle nickte zustimmend. »Außerdem«, fuhr Charles fort, »habe ich das Gefühl, daß mein Körper allmählich eine verzögerte Allergie gegen Michelles Antigen entwickelt.«

»Wirklich?« sagte Cathryn. Nach den Erlebnissen mit der unberechenbaren Menschenmenge vor dem Haus fiel es ihr schwer, mehr Begeisterung zu zeigen. Daß Charles bei alldem so ruhig bleiben konnte, erstaunte sie.

»Nach der letzten Blutabnahme haben meine T-Lymphozyten im Inkubator eine leichte Reaktion gegen Michelles Leukämiezellen entwickelt. Die Reaktion war eindeutig festzustellen, wenn auch nur sehr schwach. Trotzdem glaube ich, daß ich mir noch eine Dosis des Antigens injizieren sollte. Aber erst einmal müssen sich die Dinge draußen etwas beruhigen.«

Cathryn hörte das dumpfe Dröhnen des Megaphons, aber in dem schweren Schneefall blieben die Worte unverständlich. Am liebsten hätte sie die Zeit angehalten. Denn im Moment fühlte sie sich geborgen, obwohl sie die Bedrohung von draußen spüren konnte.

Der andauernde Schneefall ließ es frühzeitig dunkel werden. Kurz vor dem Abendessen bereitete Charles alles für die nächste Injektion vor. Doch dieses Mal benutzte er eine andere Technik. Er ermutigte Cathryn, ihm an seiner Armvene eine Kanüle anzulegen. Cathryn brauchte zwar mehrere Versuche, aber zu ihrer eigenen Verwunderung schaffte sie es, die Nadel richtig in die Vene zu stechen. Dann erklärte Charles ihr ausführlich, was sie bei der zu erwartenden anaphylaktischen Reaktion seines Körpers zu tun hatte. Sie gab ihm das Epinephrin unmittelbar nach der Injektion der Antigenlösung über die Kanüle direkt in den Kreislauf. Die schweren Atembeschwerden ließen sich so fast völlig unterdrücken.

Während Cathryn anschließend das Essen zubereitete, machte sich Charles daran, das Haus noch besser zu sichern. Er vernagelte jetzt auch die Fenster im zweiten Stock und verstärkte die Barrikaden hinter den Eingängen. Am meisten sorgte er sich jedoch über einen möglichen Einsatz von Tränengas. Er löschte das Feuer im Kamin und verstopfte den Schornstein, damit man ihnen nicht durch den Abzug einen Gaskanister direkt ins Wohnzimmer werfen konnte.

Als langsam die Nacht heraufzog, sahen Cathryn und Charles, daß sich die Menge unten an der Straße allmählich verlief. Die Leute waren verärgert und wütend, daß es nicht zu heftigeren Auseinandersetzungen gekommen war. Ein paar ganz Neugierige harrten noch aus, aber gegen halb zehn verschwanden auch die letzten Zuschauer. Das Thermometer war inzwischen auf minus fünfzehn Grad gefallen. Abwechselnd hielten Cathryn und Charles Wache, oder sie lasen Michelle vor. Es ging Michelle wieder schlechter, sie war schwächer geworden. Von Zeit zu Zeit hatte sie leichte Magenkrämpfe, aber die Anfälle verschwanden so plötzlich wie sie kamen. Um zehn schlief Michelle ein.

Es war still im Haus geworden. Nur gelegentlich war aus dem Keller das Anspringen der Ölheizung zu hören. Charles, der die erste Nachtwache übernommen hatte, konnte sich nur mit Mühe wachhalten. Die Benommenheit, die er nach der Dosis Epinephrin verspürt hatte, war zwar längst verschwunden, aber jetzt breitete sich ein Gefühl unendlicher Erschöpfung in seinem Körper aus. Er ging in die Küche und goß sich eine Tasse lauwarmen Kaffee ein. Den Weg zurück ins Wohnzimmer mußte er sich ertasten, denn er hatte alle Lichter im Haus gelöscht. Er setzte sich vor eines der Fenster und versuchte durch die Ritzen zwischen den Brettern die Streifenwagen unten an der Straße auszumachen. Aber es war zu dunkel. Dann legte er seinen Kopf für einen Moment auf die Fensterbank. Und genau in diesem Augenblick fiel er auch schon in einen tiefen, traumlosen Schlaf.

15. Kapitel

Punkt zwei Uhr nachts schob Bernie Crawford behutsam seinen Arm über die Lehne seines Vordersitzes, um seinen Chef, der auf der Rückbank des Polizeiwagens schnarchend schlief, zu wecken. Der Chef hatte ihm das zwar aufgetragen, aber das Problem war, daß Neilson es haßte, im Schlaf gestört zu werden. Als Crawford seinen Chef das letzte Mal bei einem Nachteinsatz wecken mußte, hatte Neilson wie von Sinnen auf ihn eingeprügelt. Nachdem er endlich wach geworden war, hatte sich Neilson natürlich bei ihm entschuldigt. Aber davon waren die heftigen Schmerzen nicht weggegangen. Crawford zog seinen Arm wieder zurück und dachte sich eine andere List aus. Er stieg aus dem Wagen. Inzwischen waren fast acht Zentimeter Neuschnee gefallen. Dann öffnete er leise die hintere Wagentür und gab seinem Chef einen kräftigen Stoß.

Neilson riß den Kopf hoch und versuchte den Störenfried zu packen. Aber Crawford wich geschickt zurück. Trotz seines massigen Körpers war der Polizeichef in Sekundenschnelle aus dem Wagen gesprungen, um seinen Untergebenen doch noch zu fassen. Crawford machte sich schon zur Flucht bereit, als die eiskalte Luft Neilson mit einem Schlag zur Besinnung brachte. Er blieb stehen und sah sich verwirrt um.

»Ist alles in Ordnung, Chef?« rief Crawford aus sicherer Entfernung.

»Natürlich«, knurrte Neilson. »Wie spät ist es denn?«

Nachdem er sich wieder hinter das Steuer seines Wagens gesetzt hatte, hustete Neilson fast drei Minuten lang, was ihn daran hinderte, endlich seine erste Zigarette anzünden zu können. Als er schließlich mehrere Züge geraucht hatte, griff er nach seinem Walkie-talkie und rief Wally Crab. Neilson war zwar nicht restlos glücklich mit dem Plan, aber er mußte zugeben, daß er auch keinen besseren hatte. Am späten Abend, als auch der letzte seiner Freiwilligen die Geduld zu verlieren begann, hatte er sich verpflichtet gefühlt, etwas zu unternehmen, wenn er es nicht riskieren wollte, daß seine Leute den Respekt vor ihm verloren. Also hatte er Wally Crabs Plan zugestimmt.

Wally hatte bei den Marines gedient und war lange Zeit in

Vietnam gewesen. Er hatte Frank Neilson erklärt, daß nur alles schnell ablaufen müßte, dann hätten die Leute im Haus keine Chance, Widerstand zu leisten. So einfach war das. Dann hatte er noch gesagt, daß Neilson den Verdächtigen und das Kind persönlich nach Boston bringen könnte. In der Polizeizentrale und im Krankenhaus würde man ihn wie einen Held feiern.

»Und was ist mit der Waffe, die der Kerl hat?« hatte Neilson gefragt.

»Glauben Sie etwa, er sitzt in seinem Sessel und hat das Ding schußbereit in den Händen? Nee. Nachdem wir die Haustür weggeblasen haben, segeln wir einfach ins Haus und greifen ihn uns. Die da drin werden so überrascht sein, daß sie nicht einen Finger rühren. Sie können mir ruhig glauben, oder denken Sie etwa, ich würde die Sache machen, wenn ich nicht genau wüßte, wie sie funktioniert? Ich bin vielleicht dumm, aber ich bin nicht verrückt.«

Neilson war schließlich weich geworden. Die Vorstellung, ein Held zu sein, gefiel ihm. Sie hatten beschlossen, daß Wally Crab, Giorgio Brezowski und Angelo DeJesus das Haus um zwei Uhr nachts von der Rückseite her angreifen sollten. Neilson kannte die anderen beiden nicht, aber Wally Crab hatte ihm versichert, daß sie mit ihm in Vietnam gekämpft hatten und *wirklich* erfahren waren. Außerdem hatten sie sich freiwillig zu dem Einsatz gemeldet.

Das Walkie-talkie in Neilsons Hand knackte, und Wally Crabs Stimme füllte den Streifenwagen. »Wir hören Sie. Hier ist alles bereit. Sobald wir die vordere Eingangstür aufmachen, können Sie kommen.«

»Und Sie sind sicher, daß es klappt?« fragte Neilson.

»Beruhigen Sie sich, ja? Herrgott noch mal!«

»Also gut, wir bleiben auf Beobachtung.«

Neilson schaltete das Walkie-talkie aus und warf es auf den Rücksitz. Jetzt konnte er nichts mehr tun, bis sich die vordere Tür öffnete.

Wally schob das kleine Walkie-talkie in seinen Parka und zog den Reißverschluß hoch. Sein riesiger Körper zitterte vor gespannter Erregung. Gewalt war für Wally mindestens so gut wie Sex, vielleicht sogar noch besser, weil sie nicht so kompliziert war.

»Seid ihr fertig?« fragte er die beiden verhüllten Gestalten in seinem Rücken. Die beiden Männer nickten. Die drei näherten sich dem Haus der Martels von Süden. Auf dem Weg zur Scheune hielten sie sich in der Deckung der Fichten. Dank der weißen Kleidung, die ihnen die Verwaltung der Recycle Ltd. zur Verfügung gestellt hatte, waren sie bei dem leichten Schneefall fast unsichtbar.

Sie umgingen die Scheune vom östlichen Ende her, bis Wally, der die Gruppe anführte, von der Ecke aus das Haus sehen konnte. Nur über der hinteren Veranda brannte noch ein Licht, sonst lag das Haus im Dunkeln. Zwischen ihrem Standort und der Tür lagen noch dreißig Meter.

»Ausrüstung überprüfen«, sagte Wally. »Wo ist das Gewehr?« Angelo reichte es Brezo, der es Wally gab. Es war ein Remington-Gewehr, Kaliber 12 mit Zwillingslauf. Die Waffe reichte aus, um ein Loch in eine Autotür zu schießen. Wally legte den Sicherungshebel um. Jeder der drei hatte zusätzlich einen 38er Polizeirevolver erhalten.

»Weiß jeder noch, was er zu tun hat?« fragte Wally. Der Plan verlangte, daß Wally vorging, das Schloß des Hintereingangs wegschoß und die Tür aufstieß, damit Brezo und Angelo das Haus stürmen konnten. Wally fand den Plan ausgezeichnet. Dieselbe Taktik hatte ihn während seiner fünf Jahre in Vietnam am Leben erhalten. Er hatte es sich zur Gewohnheit gemacht, sich nur für den absolut sicheren Teil eines Angriffs freiwillig zu melden.

Angelo und Brezo nickten gespannt vor Erregung. Sie hatten eine Wette abgeschlossen. Wer Martel als erster erwischte, sollte hinterher um hundert Dollar reicher sein.

»Dann bin ich jetzt weg«, sagte Wally. »Ich werde Angelo ein Zeichen geben.«

Nachdem er einen letzten Blick auf das verdunkelte Haus geworfen hatte, schob Wally sich um die Ecke der Scheune und lief tief gebückt los. Schnell und völlig geräuschlos legte er die dreißig Meter zurück. Im Haus blieb es still. Er winkte Angelo. Angelo und Brezo schlossen zu ihm auf. Beide hielten eine Taschenlampe und ihren Revolver in den Händen.

Wally sah die beiden Männer kurz an. »Denkt daran, die Kugeln müssen ihn von vorne treffen, nicht in den Rücken!«

Dann stürzte er mit Riesensätzen die hintere Treppe hoch und legte das Gewehr auf das Türschloß an. Ein Donnerschlag zerriß die nächtliche Stille. Die Schrotladung schlug das Schloß aus der Tür. Wally griff in den Spalt und stieß die Tür weit auf. Im nächsten Moment kam Brezo die Treppe heraufgelaufen und stürzte an Wally vorbei in das Haus. Angelo war ihm dicht auf den Fersen.

Aber als die Tür von Wally aufgestoßen worden war, hatte sie im Zurückschwingen auch Charles' Falle ausgelöst. Eine Schnur zog einen kleinen Pflock aus einem einfachen Mechanismus, der zwei Zentnersäcke Idaho-Kartoffeln gehalten hatte. Ein festes Seil lief von den Säcken zu einem Haken direkt über dem Eingang. Als der Sicherungspflock herausgerissen wurde, fielen die Zentnerlasten in einem weiten Schwung auf die Tür zu.

Brezo hatte gerade seine Taschenlampe eingeschaltet, da sah er die Säcke auch schon auf sich zufliegen. Er riß die Arme hoch, um sein Gesicht zu schützen, und im selben Moment prallte Angelo gegen seinen Rücken. Die Zentnersäcke trafen Brezo mit voller Wucht. Er wurde über die Veranda zurück in den Schnee geschleudert. Unwillkürlich drückte er noch im Fallen seine Pistole ab. Die Kugel riß Angelos Wade auf und schlug dann in den Verandaboden ein. Auch Angelo wurde noch von den Säcken getroffen. Doch stürzte er seitlich über die Veranda und brach dabei ein Stück aus der zierlichen Holzbalustrade heraus. Wally, der von den Ereignissen völlig überrascht war, setzte mit einem Sprung über die Verandabrüstung und lief zurück zur Scheune. Erst als Angelo aufspringen wollte, um zu fliehen, merkte er, daß er angeschossen war. Sein linkes Bein ließ sich nicht mehr bewegen. Aber Brezo hatte sich inzwischen soweit von seinem Schrecken erholt, daß er zu Angelo lief, um ihn zu stützen.

Charles und Cathryn waren bei dem ohrenbetäubenden Knall des ersten Schusses hochgeschreckt. Als Charles seine Orientierung wiedergefunden hatte, griff er rasend vor Wut nach seinem Gewehr und stürzte in die Küche. Voller Sorge eilte Cathryn zu Michelle, aber das Kind war nicht einmal aufgewacht.

Das erste, was Charles sehen konnte, waren die zwei Kartoffelsäcke, die noch immer durch die Tür hin und her pendelten. Er trat auf die Veranda hinaus, doch konnte er kaum weiter als über den Lichtkegel der kleinen Lampe hinaus sehen. Trotzdem glaubte Charles, in der Dunkelheit zwei Gestalten ausmachen zu können, die hinüber zur Scheune liefen. Als er das Licht ausgeschaltet hatte, sah er die beiden Männer besser. Einer schien den anderen zu stützen. Dann waren sie hinter der Scheune verschwunden.

Charles ging zurück in die Küche, schloß die kaputte Tür und sicherte sie mit einem dicken Seil. In das Loch, das die Schrotladung in das Holz gerissen hatte, stopfte er das Sitzkissen von einem Küchenstuhl. Dann hob er die Kartoffelsäcke mit aller Kraft wieder auf ihren Haltemechanismus. Er wußte, daß die Sache nur knapp zu seinen Gunsten ausgegangen war. Aus der Ferne hörte er den Heulton eines Krankenwagens näherkommen. Er fragte sich, ob der Mann, den die Säcke getroffen hatten, schwer verletzt sein konnte.

Charles ging zurück ins Wohnzimmer und erzählte Cathryn, was geschehen war. Er beugte sich über Michelles Bett und legte seine Hand auf ihre Stirn. Das Fieber war mit aller Macht zurückgekommen. Erst nur sanft, dann mit immer heftigeren Stößen versuchte er Michelle zu wecken. Schließlich öffnete sie die Augen, lächelte kurz und fiel sofort wieder in einen tiefen Schlaf.

»Das ist kein gutes Zeichen«, sagte Charles.

»Was denn?« fragte Cathryn.

»Vielleicht sind ihre Leukämiezellen nun schon in ihr zentrales Nervensystem eingedrungen«, antwortete Charles. »Wenn das passiert, braucht sie sofort eine Bestrahlung.«

»Soll das heißen, sie muß zurück ins Krankenhaus?« fragte Cathryn.

»Ja.«

Der Rest der Nacht verlief ereignislos. Beide, Cathryn und Charles, hielten noch einmal für drei Stunden Wache. Als die Dämmerung anbrach, warf Cathryn durch das Fenster neben dem Kamin einen Blick nach draußen. Es waren fünfzehn Zentimeter Neuschnee gefallen. Unten an der Straße war nur noch ein Polizeiwagen zu erkennen.

Ohne Charles zu wecken, ging Cathryn in die Küche und

bereitete ein großes Landfrühstück vor. Sie wollte alles um sich herum vergessen, und das konnte sie am besten, wenn sie arbeitete. Sie brühte Kaffee auf, rührte Brötchenteig, holte Schinken aus dem Kühlschrank und schlug Eier in die Pfanne. Als sie alles fertig hatte, lud sie es auf ein Tablett, bedeckte es mit einem frischen Handtuch und trug es ins Wohnzimmer. Dann weckte sie Charles und enthüllte das Festmahl. Auch Michelle erwachte. Es schien ihr besserzugehen als während der Nacht. Aber sie hatte keinen Appetit. Charles kontrollierte sofort ihre Temperatur. Das Thermometer zeigte vierzig Grad Fieber.

Als sie das Geschirr wieder in die Küche trugen, sagte Charles, daß er sich wegen Michelles hohem Fieber Sorgen mache. Er fürchtete, daß sie eine schwere Infektion bekommen könnte. Wenn das Fieber mit Aspirin nicht mehr zurückzudrängen sei, müßte er Michelle ein Antibiotikum geben.

Später nahm er sich wieder etwas Blut ab, isolierte eine Anzahl T-Lymphozyten heraus und mischte sie unter seine eigenen Freßzellen und Michelles Leukämiezellen. Dann beobachtete er die Lösung geduldig unter dem Phasenkontrastmikroskop. Es war deutlich eine Reaktion zu erkennen. Sie war sogar stärker als die vom vorigen Tag, aber sie war immer noch nicht ausreichend. Trotzdem stieß Charles angesichts des wachsenden Erfolges einen begeisterten Ruf aus. Ausgelassen wirbelte er Cathryn im Zimmer herum. Als er sich wieder beruhigt hatte, erklärte er Cathryn, daß seine verzögerte Allergie am nächsten Tag wahrscheinlich stark genug sein würde.

»Müssen wir dir dann heute keine Injektion geben?« fragte Cathryn hoffnungsvoll.

»Das wäre mir auch lieber«, antwortete Charles. »Aber ich glaube, wir sollten das Glück nicht herausfordern. Es ist besser, wenn du mir trotzdem eine weitere Dosis von Michelles Antigen gibst.«

Frank Neilson lenkte seinen Streifenwagen in die Zufahrt zum Haus der Martels. Auf dem schneeglatten Weg geriet der Wagen ins Schleudern und rammte die Front des zweiten Polizeiwagens, der während der Nacht am Fuß der Auffahrt stehengeblieben war. Mit einem dumpfen Ton rutschte ein Teil der

Schneedecke von dem geparkten Wagen, und Bernie Crawford kam verschlafen hinter dem Fahrersitz hervor.

Auch Neilson stieg aus, gefolgt von Wally Crab, der mit ihm gekommen war. »Du hast doch nicht etwa geschlafen, oder?« fragte Neilson.

»Nein«, antwortete Crawford. »Ich habe die ganze Nacht Wache gehalten. Aber es war nichts zu sehen.«

Neilson sah zu dem Farmhaus hinauf. Unter der frischen weißen Schneedecke machte es einen besonders friedlichen Eindruck.

»Und wie geht es dem Verletzten?« fragte Crawford.

»Schon besser. Er liegt im Bezirkskrankenhaus. Aber Martel steckt jetzt bis über beide Ohren in Schwierigkeiten, nachdem er auf ihn geschossen hat.«

»Aber das hat er doch gar nicht.«

»Das ist doch völlig egal. Wenn Martel nicht gewesen wäre, hätte auch niemand geschossen. Daß er eine Menschenfalle aufgestellt hat, ist selbst schon ein Verbrechen.«

»Das erinnert mich an Vietnam«, knurrte Wally Crab. »Wir sollten das Haus einfach in die Luft jagen.«

»Nun mal langsam«, sagte Neilson. »Wir müssen auch an das kranke Kind und die Frau denken. Ich hab' ein paar Spezialgewehre für Scharfschützen mitgebracht. Wir müssen versuchen, Martel von den anderen zu trennen.«

Bis zum Mittag war nur wenig geschehen. Neugierige aus der Stadt kamen angefahren, und obwohl es weniger waren als am vorangegangenen Tag, stand doch wieder eine ansehnliche Menschenmenge beisammen. Der Polizeichef hatte die Spezialgewehre ausgegeben und die Männer auf verschiedene Posten um das Haus verteilt. Dann hatte er über das Megaphon nach Charles gerufen und ihn aufgefordert, vor das Haus zu kommen und seine Forderungen zu nennen. Aber Charles hatte sich nicht ein einziges Mal sehen lassen. Und jedesmal, wenn Neilson ihn über das tragbare Funktelefon anrief, legte Charles einfach sofort wieder auf. Frank Neilson wußte, daß er die Sache sehr schnell zu einem erfolgreichen Ende bringen mußte, sonst würde die Staatspolizei eingreifen und ihm den Fall aus der Hand nehmen. Und das wollte er unter allen Umständen verhindern. Er wollte den Ruhm für die

Bereinigung der Angelegenheit selbst einstreichen, denn es war der größte und aufsehenerregendste Fall, seit im Jahre 1862 das Kind eines Fabrikbesitzers entführt worden war.

Wütend warf Neilson das Megaphon auf den Rücksitz seines Streifenwagens und ging über die Straße, um sich ein italienisches Würstchen zu kaufen. Er wollte gerade in das Sandwich beißen, als eine lange schwarze Limousine in die Auffahrt bog und hielt. Vier Männer stiegen aus dem Wagen. Zwei von ihnen waren wie elegante Großstadtbewohner gekleidet. Der eine, er hatte weißes Haar, trug einen knöchellangen Pelzmantel, der andere, er hatte nur noch spärliches Haar, war in einen glänzenden Ledermantel gehüllt, der in der Taille mit einem Gürtel zusammengehalten war. Die anderen beiden Männer trugen dunkelblaue Anzüge, die aussahen, als ob sie eine Nummer zu klein wären. Was er von den letzten beiden zu halten hatte, sah Neilson auf den ersten Blick: Es waren Sicherheitsleute.

Als er die Männer auf sich zukommen sah, biß er noch einmal kräftig in sein Sandwich.

»Sie müssen Frank Neilson sein. Ich bin Dr. Carlos Ibanez. Es freut mich, Sie kennenzulernen.«

Frank Neilson schüttelte Dr. Ibanez die Hand.

»Und dies ist Dr. Morrison«, sagte Ibanez und zog seinen Kollegen heran.

Neilson schüttelte Morrison die Hand und biß wieder in sein Sandwich.

»Wenn wir richtig informiert sind, stehen Sie hier vor einem ziemlich großen Problem«, sagte Dr. Ibanez und sah den Hügel zum Haus der Martels hinauf.

Neilson zuckte die Schultern. Es war immer verkehrt, wenn man Schwierigkeiten zugab.

Dr. Ibanez wandte sich wieder dem Polizeichef zu. »Wir sind die Besitzer der teuren Laborgeräte, die der Verdächtige in sein Haus gebracht hat. Und wir sind äußerst besorgt um unser Eigentum.«

Neilson nickte.

»Wir sind zu Ihnen gekommen, um Ihnen unsere Hilfe anzubieten«, sagte Dr. Ibanez in großmütigem Ton.

Neilson sah von einem Gesicht zum anderen. Die Sache wurde von Minute zu Minute verrückter.

»Sozusagen vorausschauend haben wir bereits zwei Sicherheitsfachleute von Breur Chemical mitgebracht. Darf ich vorstellen, Mr. Eliot Hoyt und Mr. Anthony Ferrullo.«

Neilson schüttelte auch noch diesen beiden Männern die Hände.

»Natürlich wissen wir, daß die Angelegenheit bei Ihnen in den besten Händen liegt«, sagte Dr. Morrison. »Aber wir haben uns gedacht, daß Ihnen die beiden Herren vielleicht doch ganz hilfreich sein könnten. Und sie haben ein paar Ausrüstungsgegenstände dabei, die Sie sicherlich interessieren würden.«

Mr. Hoyt und Mr. Ferrullo lächelten breit.

»Aber die Entscheidung liegt natürlich bei Ihnen«, sagte Dr. Morrison.

»Voll und ganz«, ergänzte Dr. Ibanez.

»Ich glaube, ich habe im Moment genug Männer«, sagte Frank Neilson mit vollem Mund.

»Aber Sie sollten sich bei Gelegenheit an uns erinnern«, erwiderte Dr. Ibanez.

Neilson entschuldigte sich und ging zurück zu seiner provisorischen Einsatzzentrale. Das Gespräch mit Dr. Ibanez und Dr. Morrison hatte ihn verwirrt. Er wies Bernie Crawford an, den Männern mit den Spezialgewehren auszurichten, daß bis auf weiteres nicht geschossen werden sollte, dann stieg er in seinen Streifenwagen. Vielleicht war das gar keine so schlechte Idee, wenn er sich von den Leuten des Chemiekonzerns helfen ließ. Das einzige, was sie interessierte, waren die Laborgeräte und nicht der Ruhm.

Ibanez und Morrison sahen Neilson hinterher, wie er über die Straße ging, kurz mit einem Polizeibeamten sprach und dann in seinen Wagen stieg. Morrison rückte seine zierliche Hornbrille zurecht. »Es ist erschreckend, mit ansehen zu müssen, daß so ein Mann einen derart verantwortungsvollen Posten innehat.«

»Das ist hier alles eine schlechte Karikatur«, erwiderte Dr. Ibanez. »Gehen wir zum Wagen zurück.«

»Mir gefällt das alles nicht«, sagte Dr. Ibanez auf dem Weg zu ihrer Limousine. »Am Ende wecken die vielen Reporter noch Sympathie für Martel: Der gute Amerikaner verteidigt sein Haus gegen äußere Feinde. Wenn das hier noch lange dauert, wird die Szene bald im ganzen Land auf dem Bildschirm zu sehen sein.«

»Sie haben völlig recht«, entgegnete Dr. Morrison. »Und die Sache hat sogar noch eine ironische Seite, wenn man bedenkt, daß Charles Martel die Presse im Grunde verachtet. Dabei hätte er keinen besseren Verbündeten für sich finden können. So wie die Affäre jetzt steht, kann sie den Interessenverbänden der Krebsforschung beträchtlichen Schaden zufügen.«

»Und besonders dem Canceran und dem Weinburger-Institut«, fügte Dr. Ibanez hinzu. »Wir müssen diesen dümmlichen Polizeichef dazu bringen, unsere Leute einzusetzen.«

»Wir haben ihm immerhin schon die Idee eingeflüstert«, sagte Morrison. »Ich glaube nicht, daß wir im Augenblick mehr tun können. Es muß aussehen, als ob es seine Entscheidung ist.«

Ein Klopfen gegen die frostüberzogene Scheibe der Wagentür weckte Neilson aus seinem Mittagsschläfchen. Er wollte schon aus dem Wagen springen, doch besann er sich noch rechtzeitig. Nachdem er die Seitenscheibe heruntergekurbelt hatte, sah er in ein grinsendes Gesicht, dessen Augen hinter dicken Brillengläsern verborgen lagen. Der Mann vor der Wagentür hatte lockiges Haar, das ihm wie ein schneebedeckter Busch vom Kopf stand. Neilson hielt ihn für einen weiteren Neugierigen aus der Großstadt.

»Sind Sie Polizeichef Neilson?« fragte der Mann.

»Und wen interessiert das?«

»Mich. Mein Name ist Dr. Stephen Keitzman, und der Mann hinter mir ist Dr. Jordan Wiley.«

Der Polizeichef sah über Dr. Keitzmans Schulter auf den zweiten Fremden und fragte sich, was nun diese beiden eleganten Herren von ihm wollen konnten.

»Hätten Sie wohl einen Augenblick Zeit für uns?« fragte Dr. Keitzman. Mit der rechten Hand versuchte er sein Gesicht vor den Schneeflocken zu schützen.

Umständlich stieg Neilson aus seinem Wagen, um deutlich zu machen, daß man ihm eine außergewöhnliche Anstrengung abverlangt hatte.

»Wir sind die Ärzte des kleinen Mädchens, das in dem Haus

festgehalten wird«, erklärte Dr. Wiley. »Wir hielten es für unsere Pflicht, hierherzukommen für den Fall, daß wir Ihnen irgendwie helfen könnten.«

»Glauben Sie, daß Martel mit Ihnen reden würde?« fragte Neilson.

Dr. Keitzman und Dr. Wiley sahen sich kurz an. »Das wage ich zu bezweifeln«, antwortete Dr. Keitzman zögernd. »Ich glaube nicht, daß er überhaupt mit jemandem sprechen wird. Er ist zu feindselig. Wir glauben, daß er einen psychischen Schock erlitten hat.«

»Einen was?« fragte Neilson.

»Einen Nervenzusammenbruch«, ergänzte Dr. Wiley.

»Benehmen tut er sich so«, sagte der Polizeichef.

»Aber das ist im Moment nicht so wichtig«, sagte Dr. Keitzman. »Wir machen uns große Sorgen um das Mädchen. Ich bin mir nicht sicher, ob Sie überhaupt wissen, wie krank das Kind ist. Jede Stunde, die die Kleine länger ohne Behandlung bleibt, läßt ihren Tod gewisser werden.«

»So schlimm steht es?« fragte Neilson. Er sah hinauf zum Haus der Martels.

»Ohne Zweifel«, versicherte Dr. Keitzman. »Wenn Sie zu lange zögern, werden Sie wahrscheinlich nur noch eine Tote retten können.«

»Außerdem befürchten wir, daß Dr. Martel mit dem Kind herumexperimentiert«, sagte Dr. Wiley.

»Das auch noch!« rief Neilson wütend. »Dieser verdammte Kerl. Vielen Dank, daß Sie mir das mitgeteilt haben. Ich werde das sofort meinen Freiwilligen durchgeben.« Neilson rief Bernie Crawford zu sich, sprach kurz mit ihm und griff dann nach seinem Walkie-talkie.

Gegen Nachmittag war die Menge der Schaulustigen unten an der Straße noch größer geworden als am vorangegangenen Tag. In Shaftesbury hatte sich das Gerücht verbreitet, daß bald etwas Entscheidendes geschehen würde. Deshalb hatten sogar die Schulen den Unterricht früher als gewöhnlich beendet. Joshua Wittenburger, der Schulrat, hatte entschieden, daß die Kinder die Lektion in zivilem Recht, die an dem Vorfall praktisch zu erleben war, nicht versäumen sollten. Außerdem hielt er das Ereignis für den größten Skandal in Shaftesbury, seit die

Katze der Witwe Watson steifgefroren in Tom Brachmans Eisschrank gefunden worden war.

Jean Paul lief ziellos am Rand der Menge auf und ab. Niemals zuvor war er so dem allgemeinen Spott ausgesetzt gewesen, und die Erfahrung war alles andere als angenehm. Zwar hatte er seinen Vater immer für etwas absonderlich gehalten, aber nicht für verrückt. Jetzt behaupteten die Leute, daß sein Vater geisteskrank sei. Jean Paul war bestürzt. Auch konnte er nicht verstehen, weshalb sich seine Eltern nicht bei ihm gemeldet hatten. Die Eltern seines Freundes, bei dem er die letzten Nächte verbracht hatte, hatten zwar versucht, ihn zu beruhigen, aber er hatte deutlich gespürt, daß auch sie das Verhalten seines Vaters in Zweifel zogen.

Am liebsten wäre Jean Paul zum Haus hinaufgegangen, aber er traute sich nicht an den Streifenwagen vorbei, und man konnte leicht erkennen, daß das Farmhaus von allen Seiten umstellt war.

Er sprang zur Seite, um einem Schneeball auszuweichen, den einer seiner ehemaligen Freunde geworfen hatte. Dann, ein paar Minuten später, glaubte er eine vertraute Gestalt neben der Menge zu entdecken. Es war Chuck, der tief in seinen abgerissenen Armeeparka vermummt war und sich die Kapuze mit dem Fellrand weit ins Gesicht gezogen hatte.

»Chuck!« rief Jean Paul erfreut.

Chuck warf einen kurzen Blick in Jean Pauls Richtung, dann wandte er sich um und lief, als ob er flüchten wollte, zu einer kleinen Baumgruppe.

»Himmelherrgott!« zischte Chuck, als Jean Paul atemlos bei ihm ankam. »Warum schreiest du nicht gleich so laut, daß dich auch wirklich jeder hören kann!«

»Wie meinst du das?« fragte Jean Paul verwirrt.

»Ich bemühe mich, möglichst unerkannt zu bleiben, um erst einmal herauszufinden, was hier eigentlich vorgeht, und du brüllst meinen Namen durch die Gegend!«

Jean Paul war nie auf den Gedanken gekommen, sich verborgen zu halten.

»Ich weiß, was los ist«, sagte Jean Paul. »Die Stadt ist hinter Dad her, weil er will, daß Recycle geschlossen wird. Alle sagen, er ist verrückt geworden.«

»Es geht nicht nur um Recycle«, erwiderte Chuck. »Gestern abend haben sie es in Boston in den Nachrichten gebracht, Dad hat Michelle aus dem Krankenhaus gekidnappt.«

»Wirklich?« rief Jean Paul überrascht.

»Ist das alles, was du dazu sagen kannst? ›Wirklich?‹ Mir kommt es vor, als ob ein Wunder geschehen ist, und du hast nichts zu sagen als ›wirklich‹. Dad hat diesen ganzen selbsternannten Göttern des Establishments die Faust gezeigt. Ich finde das einfach prima!«

Jean Paul sah seinem Bruder forschend ins Gesicht. Alles, was ihn selbst so verunsicherte, schien Chuck zu begeistern.

»Wenn wir jetzt zusammenhalten, können wir Dad vielleicht sogar helfen«, sagte Chuck.

»Wirklich?« erwiderte Jean Paul. Es kam ausgesprochen selten vor, daß Chuck einem anderen anbot, mit ihm zusammenzuarbeiten.

»Mein Gott. Das nächste Mal sag bitte etwas Intelligenteres.«

»Aber wie können wir denn helfen?« fragte Jean Paul.

Fünf Minuten später hatten die beiden beschlossen, wie sie vorgehen wollten. Sie überquerten die Straße und näherten sich den Streifenwagen. Chuck hatte sich zu ihrem Sprecher ernannt. Ohne zu zögern, ging er zu Frank Neilson.

Der Polizeichef war überglücklich, daß die beiden Jungen zu ihm gekommen waren. Ihren Wunsch, zum Haus zu gehen, um mit ihrem Vater zu sprechen, lehnte er zwar ab, doch ließen sich die beiden überzeugen, daß sie genausogut über das Megaphon mit Charles verhandeln konnten. Während der nächsten dreißig Minuten erklärte Neilson den beiden genau, was sie sagen sollten. Er hoffte, daß Charles wenigstens mit seinen Söhnen sprechen und ihnen seine Bedingungen nennen würde, damit die verfahrene Situation endlich gelöst werden konnte. Es freute Neilson, daß die beiden Jungen so bereitwillig auf seine Vorschläge eingingen.

Nachdem alles besprochen war, nahm Neilson das Megaphon, winkte grüßend den Zuschauern zu und wandte sich dann zum Haus der Martels. Dröhnend hallte seine Stimme über das Gelände. Er forderte Charles auf, vor die Tür zu kommen und mit seinen Söhnen zu sprechen.

Neilson ließ das Megaphon sinken und wartete. Aber es war keine Bewegung im Haus zu sehen, und es war auch nichts zu hören. Der Polizeichef wiederholte seine Aufforderung, wartete wieder, doch das Ergebnis blieb dasselbe. Neilson fluchte leise, dann gab er Chuck das Megaphon und forderte ihn auf, es selbst zu versuchen.

Chucks Hände zitterten, als er den Lautsprecherknopf drückte und zu sprechen begann. »Dad, ich bin's, Chuck. Jean Paul ist auch hier. Kannst du mich hören?«

Einen Augenblick später wurde die rot beschmierte Tür eine Handbreit geöffnet. »Ich kann dich hören, Chuck«, rief Charles.

Im selben Moment kletterte Chuck über die vorderen Stoßstangen der beiden Streifenwagen und warf das Megaphon in den Schnee. Jean Paul sprang ihm sofort hinterher. Die Neugierigen in der Menge und auch Neilson und seine Freiwilligen starrten so gebannt zum Farmhaus, daß zuerst niemand die Flucht der beiden bemerkte. Sie waren die Auffahrt schon ein Stück hinaufgelaufen, als ihre Absicht entdeckt wurde.

»Fangt sie, verdammt noch mal! Fangt sie!« schrie Neilson.

Aus der Menge war ein erregtes Gemurmel zu hören. Mehrere der Freiwilligen stürzten, angeführt von Bernie Crawford, um die beiden Polizeiwagen herum.

Obwohl er jünger war als Chuck, war Jean Paul der sportlichere von beiden. Schon nach wenigen Metern überholte er seinen älteren Bruder, der nur mit Mühe auf dem glatten Weg vorankam. Chuck war ungefähr fünfzehn Meter gelaufen, als er ausrutschte und hart auf den gefrorenen Boden schlug. Nach Luft schnappend sprang er wieder hoch, aber da hatte Bernie Crawford ihn schon eingeholt und klammerte sich an Chucks alten Parka. Chuck versuchte sich mit einer heftigen Bewegung loszureißen. Zwar gelang ihm das nicht, doch der schnelle Ruck brachte Crawford von den Beinen. Er fiel rückwärts zu Boden und zog Chuck mit sich. Chuck fiel mit seinem ganzen Gewicht auf den Polizisten, dem von der Last die Luft aus den Lungen gepreßt wurde. Ineinander verknäult rutschten die beiden die Auffahrt ein paar Meter hinunter und warfen dabei zwei der Verfolger in den Schnee, die Crawford zu Hilfe kommen wollten. Verzweifelt in die Luft greifend stürzten die beiden um. Die Szene glich einem Ausschnitt aus einem alten Stummfilm. Chuck nutzte die allgemeine Verwirrung, um sich von Crawfords Griff zu befreien. Dann lief er, so schnell er konnte, hinter Jean Paul her.

Auch wenn Bernie Crawford nur noch röchelnd nach Luft schnappte und liegenblieb, so waren die beiden Freiwilligen schnell wieder auf den Beinen, um die Verfolgung aufzunehmen. Vielleicht hätten sie Chuck sogar erwischt, wenn Charles nicht eingegriffen hätte. Er schob den Gewehrlauf durch den Türspalt und schoß warnend in die Luft. Die beiden Männer verloren sofort ihren Heldenmut und gingen hinter einer der Eichen, die die Auffahrt säumten, in Deckung.

Als die beiden Jungen die Eingangsstufen erreicht hatten, öffnete Charles die Tür, und die Brüder verschwanden im Haus. Sie waren kaum über die Schwelle getreten, als Charles die Tür auch schon wieder zuwarf und verschloß. Dann lief er eilig von Fenster zu Fenster und prüfte, ob sich auch niemand dem Haus genähert hatte. Beruhigt wandte er sich anschließend seinen Söhnen zu.

Schwer atmend, aber stolz waren die beiden Jungen im Flur stehengeblieben. Mit großen Augen starrten sie ins Wohnzimmer, das sich während ihrer Abwesenheit in ein utopisches Laboratorium verwandelt hatte. Chuck bemerkte die vernagelten Fenster und fühlte sich als alter Filmkenner sofort an einen Frankenstein-Film erinnert. Beide begannen sie zu lächeln. Aber als sie Charles' mürrischen Gesichtsausdruck sahen, wurden sie wieder ernst.

»Das einzige, was ich nun wirklich geglaubt hatte, war, daß ich mich um euch zwei nicht zu sorgen bräuchte«, sagte Charles mit finsterer Miene. »Was, um alles in der Welt, wollt ihr hier?«

»Wir dachten, daß wir dir helfen könnten«, antwortete Chuck. »Die anderen sind alle gegen dich.«

»Ich konnte es schon nicht mehr hören, was die Leute über dich gesagt haben«, verteidigte sich Jean Paul.

»Hier ist unser Zuhause«, sagte Chuck. »Also müssen wir bei unserer Familie sein, besonders wenn wir Michelle helfen können.«

»Wie geht es ihr, Dad?« fragte Jean Paul.

Charles antwortete nicht. Sein Zorn auf die Jungen war mit einem Schlag verschwunden. Chucks Worte hatten ihn nicht nur überrascht, er mußte seinem Sohn auch recht geben. Sie waren alle eine Familie, und dann durften die Jungen nicht kurzerhand von allem ausgeschlossen werden. Außerdem war dies das erste Mal, daß Chuck etwas Uneigennütziges getan hatte. Jedenfalls konnte sich Charles an nichts Ähnliches erinnern.

»Ihr kleinen Halunken!« sagte Charles mit einem breiten Grinsen.

Für einen Moment waren die Jungen von dem plötzlichen Stimmungswechsel ihres Vaters verwirrt. Sie zögerten kurz, dann liefen sie zu ihm und umarmten ihn.

Charles wurde sich mit einemmal bewußt, daß er sich nicht erinnern konnte, wann er seine Söhne das letzte Mal im Arm gehalten hatte.

Cathryn, die stumm zugeschaut hatte, seit die Jungen zur Tür hereingekommen waren, lief zu ihnen und küßte beide auf die Wange.

Dann gingen sie alle zu Michelles Krankenbett, und Charles weckte Michelle sanft. Sie lächelte, als sie ihre Brüder entdeckte, und Chuck und Jean Paul beugten sich über ihr Bett und nahmen Michelle in ihre Arme.

16. Kapitel

Frank Neilson hatte noch nie in seinem Leben in einer Luxuslimousine gesessen, und er war sich nicht einmal sicher, ob es ihm überhaupt gefallen würde. Aber er hatte sich kaum durch die Wagentür gebückt und in den Plüschsitz sinken lassen, da fühlte er sich bereits wie zu Hause: In den Wagen war eine kleine Bar eingebaut. Einen Cocktail lehnte er ab, weil er im Dienst keinen Alkohol trinken durfte, den Cognac nahm er dankend an wegen seiner medizinischen Wirkung gegen die Kälte.

Nachdem die beiden Jungen es auch noch geschafft hatten, in dem belagerten Haus zu verschwinden, hatte Neilson zugeben müssen, daß sich die Situation immer mehr verschlimmerte. Anstatt die erste Geisel zu befreien, hatte er es zugelassen, daß es noch mehr geworden waren. Jetzt stand er nicht mehr nur einem Verrückten mit seinem kranken Kind gegenüber, sondern einer ganzen Familie, die sich in ihrem Haus verbarrikadiert hatte. Jemand hatte vorgeschlagen, Hilfe von der Staatspolizei anzufordern. Aber gerade das wollte Neilson immer noch vermeiden. Er wußte jedoch, daß er auf den Vorschlag eingehen mußte, wenn es ihm nicht innerhalb der nächsten vierundzwanzig Stunden gelang, den Fall zu lösen. Nur dieser Zeitdruck hatte ihn veranlaßt, noch einmal mit den beiden Männern vom Weinburger-Institut zu sprechen.

»Nachdem ich erfahren habe, wie krank das kleine Mädchen ist, hatte ich das Gefühl, Ihr Angebot, uns zu helfen, nicht länger ausschlagen zu können«, sagte Neilson.

»Aber wir helfen Ihnen doch gern«, erwiderte Dr. Ibanez. »Mr. Hoyt und Mr. Ferrullo sind bereit, jede Anweisung von Ihnen auszuführen.«

Die beiden Sicherheitsmänner, die links und rechts neben der kleinen Bar saßen, nickten zustimmend.

»Das finde ich ausgesprochen nett von Ihnen«, sagte Neilson. Sein einziges Problem war, daß er nicht wußte, was er den beiden eigentlich befehlen sollte. Seine Gedanken drehten sich wie wild im Kreis, bis ihm eine Bemerkung von Dr. Ibanez wieder in den Sinn kam. »Sie haben etwas von einer besonderen Ausrüstung erwähnt.«

»Ja, das habe ich«, sagte Dr. Ibanez. »Mr. Hoyt, vielleicht können Sie uns einmal etwas zeigen.«

Mr. Hoyt war ein attraktiv aussehender Mann, schlank, aber muskulös. Neilson bemerkte die Beule, die Hoyts Schulterhalfter in die Anzugjacke drückte.

»Mit Vergnügen«, erwiderte Hoyt. Er beugte sich zu Frank Neilson.

»Was, glauben Sie, ist das hier, Mr. Neilson?« Er reichte dem Polizeichef einen schweren Gegenstand, der wie eine Blechdose geformt war, die an einem Ende einen Handgriff hat.

Neilson drehte das merkwürdige Ding in seinen Händen und zuckte die Schultern. »Weiß ich nicht. Vielleicht Tränengas? Oder etwas Ähnliches?«

Mr. Hoyt schüttelte den Kopf. »Falsch. Es ist eine Granate.«

»Eine Granate?« rief Neilson erschrocken und steckte die Hand mit der schweren Blechdose von sich.

»Man nennt sie Erschütterungsgranate. Sie wird von Antiterroreinheiten bei der Befreiung von Geiseln eingesetzt. Man wirft sie in einen Raum oder in ein Flugzeug, und wenn sie explodiert, wird zwar niemand verletzt – vielleicht platzen einigen Leuten die Trommelfelle –, aber jeder, der in der Nähe der Granate steht, ist für zehn, zwanzig, manchmal sogar dreißig Sekunden wie von einem Schock gelähmt. Bestimmt könnte man sie mit einigem Erfolg gegen Martel einsetzen.«

»Da gebe ich Ihnen sofort recht«, sagte Neilson. »Aber dazu müssen wir erst einmal in das Haus kommen. Und der Kerl hat sämtliche Fenster vernagelt.«

»Nicht alle«, erwiderte Mr. Hoyt. »Uns ist aufgefallen, daß die zwei Mansardenfenster, die man über das Dach leicht erreichen kann, nicht geschützt sind.« Hoyt zog einen Bauplan des Hauses der Martels hervor und bemerkte den überraschten Blick des Polizeichefs. »Es ist wirklich erstaunlich, was man alles finden kann, wenn man ein bißchen danach sucht. Sehen Sie sich an, wie die Treppe von der Mansarde zum Flur im zweiten Stock führt. Für jemanden wie Tony Ferrullo, der ein Fachmann auf diesem Gebiet ist, ist es eine Kleinigkeit, von der Treppe aus eine Granate ins Wohnzimmer des Hauses zu werfen. Und da hält sich der Verdächtige doch offensichtlich auf. Nach der Explosion der Granate ist es nicht mehr schwer, die beiden Eingangstüren des Hauses zu stürmen und die Geiseln zu befreien.«

»Wann könnten wir das versuchen?« fragte Frank Neilson.

»Sie befehlen hier«, antwortete Mr. Hoyt.

»Heute nacht?« fragte Neilson.

»Wenn Sie es sagen, dann machen wir es heute nacht«, erwiderte Mr. Hoyt.

Als er wieder aus der Limousine ausstieg, konnte Neilson seine Erregung kaum noch unterdrücken. Dr. Morrison beugte sich über die Rücklehne seines Sitzes und zog die Wagentür zu.

Hoyt lachte. »Ich kam mir vor, als ob ich einem Kind seine Bonbons abschwatzen muß.«

»Können Sie es so machen, deß es wie Notwehr aussieht?« fragte Dr. Ibanez.

Ferrullo richtete sich in seinem Sitz auf. »Es kann aussehen, wie immer Sie wünschen.«

Es war genau zehn Uhr abends, als Charles den Dialyseapparat ausschaltete. Vorsichtig, als hielte er das kostbarste Gut der Welt in Händen, hob Charles die Phiole mit der kristallklaren Lösung aus dem Apparat. Mit zitternden Fingern trug er die Flüssigkeit zum Sterilisator. Charles hatte keine Vorstellung von der Struktur des Moleküls, das in dem Glasfläschchen enthalten war. Er wußte nur, daß es dialysierbar war, wie der letzte Schritt des Isolierungsverfahrens bewiesen hatte, und daß es resistent war gegen Enzyme, die die DNA und RNA und auch Peptidketten von Proteinen zerstören konnten. Und in diesem Moment kam es Charles auch nicht darauf an, die Struktur des Moleküls zu kennen, viel wichtiger war ihm, daß er wußte, welche Wirkung das Molekül hatte. Die Lösung in der Phiole enthielt den mysteriösen Übertragungsfaktor, und Charles hoffte, mit ihm die verzögerte Hypersensibilität, die sein Körper gegen Michelles Antigen entwickelt hatte, auf Michelle übertragen zu können.

Am Nachmittag hatte Charles wieder die Reaktion seines T-Lymphozyten auf Michelles Leukämiezellen getestet. Das Ergebnis war dramatisch gewesen. Die T-Lymphozyten hatten die Leukämiezellen sofort aufgelöst und zerstört. Ungläubig hatte Charles die Reaktion unter dem Phasenkontrastmikroskop beobachtet. Sie verlief so schnell, daß er es anfangs gar nicht fassen konnte. Nachdem er seine T-Lymphozyten gegen ein Oberflächenprotein auf den Leukämiezellen sensibilisiert hatte, konnten sie jetzt offenbar die Membranen der Leukämiezellen durchdringen. Charles hatte vor Freude laut aufgejauchzt, als er die Reaktion sah.

Nach diesen erfolgreichen Testergebnissen hatte er auf die Injektion einer weiteren Dosis des Antigens verzichtet. Cathryn war darüber mehr als froh gewesen. Sie hatte die Prozedur von Mal zu Mal unangenehmer gefunden. Aber dann hatte Charles angekündigt, daß er sich einen Liter Blut abzapfen müßte, um mit Michelles Behandlung beginnen zu können.

Cathryn war bei seinen Worten grün im Gesicht geworden. Doch Chuck hatte seine Abneigung gegen fremdes Blut überwunden, und gemeinsam mit Jean Paul hatte er Charles bei der Blutabnahme geholfen.

In einem der Laborgeräte aus dem Weinburger-Institut hatte Charles noch vor dem Essen langsam die weißen Blutkörperchen aus seinem Blut isoliert. Am frühen Abend hatte er sich dann an die schwierige Aufgabe gemacht, aus den weißen Blutzellen das Molekül zu gewinnen, das jetzt im Sterilisator stand.

Charles wußte genau, daß er bei seinem ganzen Versuch blind auf das Glück vertraute. Unter normalen Laborbedingungen hätte das, was er in den letzten Tagen erreicht hatte, Jahre in Anspruch genommen. Denn jeder einzelne Schritt des Experiments wäre dann kritisch untersucht und Hunderte von Malen wiederholt worden. Dennoch hatte er mit seinem Versuch auch kein Neuland in der Wissenschaft betreten. Andere Forscher hatten mit anderen Antigenen wie dem Tuberkulosebazillus lange vor ihm dieselben Experimente durchgeführt. Aber etwas unterschied Charles von den großen Forschern der Vergangenheit: Er kannte nicht die Struktur des Moleküls in der Lösung, die er erhalten hatte, er wußte nicht, in welcher Konzentration es vorhanden war, und er kannte auch nicht die Wirkungsstärke des Moleküls. Ihm blieb nicht einmal lange Zeit zu überlegen, wie er es Michelle am besten geben sollte. Alles, was er hatte, war Theorie: daß es in Michelles Körper einen Blockierungsfaktor gab, der ihr Immunsystem daran hinderte, auf das Antigen ihrer Leukämiezellen zu reagieren. Charles glaubte und hoffte, daß der Übertragungsfaktor dieses Blockierungs- oder Sperrsystem überwinden würde, so daß Michelles Körper eine Abwehrreaktion gegen die Leukämiezellen entwickeln konnte. Aber wieviel von der Lösung mit dem Übertragungsfaktor sollte er ihr verabreichen? Und wie? Ihm blieb nichts anderes übrig als zu improvisieren und zu beten.

Michelle war erst nicht sonderlich begeistert von der Idee, aber dann ließ sie sich von Charles doch wieder eine Kanüle anlegen. Cathryn hatte sich zu ihnen ans Bett gesetzt. Sie hielt Michelles Hand und versuchte, ihre Tochter abzulenken. Die beiden Jungen waren in den ersten Stock gegangen, um bei der kleinsten verdächtigen Bewegung vor der Tür sofort Alarm geben zu können.

Ohne Cathryn oder Michelle ein Wort davon zu sagen, hatte Charles sich alles bereitgelegt, um bei jeder nur erdenklichen Reaktion, die eintreten konnte, wenn er Michelle die erste Dosis von dem Übertragungsfaktor gab, sofort eingreifen zu können. Denn obwohl er die Lösung mit sterilem Wasser verdünnt hatte, machte er sich immer noch Sorgen um mögliche Nebenwirkungen. Nachdem er Michelle eine kleine Dosis der Lösung gegeben hatte, prüfte er ihren Puls und ihren Blutdruck. Charles atmete erleichtert auf, als er keine Gegenreaktion feststellen konnte.

Um Mitternacht versammelte sich die Familie wieder im Wohnzimmer. Charles hatte Michelle annähernd ein Sechzehntel der Lösung mit dem Übertragungsfaktor verabreicht. Die einzige Reaktion ihres Körpers war ein leichtes Ansteigen des Fiebers gewesen, und Michelle war plötzlich in einen tiefen Schlaf gefallen.

Sie beschlossen, daß während der Nacht jeder für zwei Stunden Wache halten sollte. Sie waren alle müde und erschöpft, aber Chuck bestand darauf, die erste Wache zu übernehmen. Er ging in den ersten Stock, um einen besseren Blick zur Straße zu haben. Charles und Cathryn waren sofort eingeschlafen. Jean Paul lag noch eine Zeitlang wach und lauschte auf die Schritte seines Bruders, der oben von Zimmer zu Zimmer ging.

Das nächste, was Jean Paul spürte, war, daß Chuck ihn sanft anstieß. Jean Paul hatte das Gefühl, gerade erst eingeschlafen zu sein, aber Chuck sagte, daß es schon zwei Uhr sei und Jean Paul jetzt aufstehen müsse. »Draußen ist alles ruhig gewesen. Nur vor einer Stunde ist ein Lieferwagen gekommen und hat bei den Streifenwagen gehalten. Aber ich habe niemanden gesehen.«

Jean Paul nickte. Dann ging er in das Badezimmer im Parterre und wusch sich das Gesicht kalt ab. Wieder im Wohnzimmer, überlegte er, ob er unten bleiben oder auch nach oben gehen sollte. Weil es in dem stockfinsteren Wohnzimmer kaum möglich war, sich zu bewegen, ging er in den ersten Stock in sein eigenes Zimmer. Das Bett sah verführerisch einladend aus, doch er widerstand der Versuchung. Er ging zum Fenster und starrte durch die Ritzen zwischen den Brettern nach draußen. Er konnte nicht viel erkennen, nicht einmal, ob es wirklich schneite oder ob nur der Sturm den Schnee durch die Luft wirbelte.

Langsam ging er von Zimmer zu Zimmer, wie er es vorher bei Chuck gehört hatte. Es war totenstill. Nur manchmal rüttelte ein Windstoß an den Fensterläden. Jean Paul war in das Schlafzimmer seiner Eltern gegangen, dessen Fenster zur Straße zeigte, und versuchte den Lieferwagen auszumachen. Aber es war nichts zu erkennen. Dann hörte er ein Geräusch. Als ob Metall gegen Stein schlug. Er sah in die Richtung, aus der das Geräusch gekommen war, und blickte in den Ofen, der an den Schornstein des Kamins im Wohnzimmer angeschlossen war. Dann hörte er das Geräusch zum zweiten Mal.

Ohne noch länger zu zögern, lief er die Treppe zum Wohnzimmer hinunter.

»Dad«, flüsterte Jean Paul. »Wach auf.«

Charles öffnete blinzelnd die Augen und setzte sich auf.

»Ist es schon vier?« fragte Charles.

»Nein«, flüsterte Jean Paul. »Ich habe oben in eurem Schlafzimmer ein Geräusch gehört. Ich glaube, es kam vom Schornstein.«

Charles sprang hoch und weckte Cathryn und Chuck.

»Jean Paul glaubt, daß er ein Geräusch gehört hat«, flüsterte Charles.

»Ich weiß sicher, daß da ein Geräusch gewesen ist«, erwiderte Jean Paul beleidigt.

»Schon gut! Schon gut!« sagte Charles. »Hört zu, wir müssen zumindest noch einen Tag durchhalten. Wenn sie versuchen, jetzt in das Haus einzudringen, müssen wir sie unter allen Umständen aufhalten.«

Charles gab Cathryn das Gewehr und schickte sie zum Hintereingang. Die beiden Jungen wies er an, zur vorderen Tür zu gehen. Sie hatten Jean Pauls Baseballschläger bei sich. Er selbst nahm sich den Feuerhaken und ging in den ersten Stock zum Elternschlafzimmer. Als er neben dem Schornstein stand, beglückwünschte er sich selbst dafür, den Abzug verstopft zu haben. Doch so angestrengt er auch lauschte, er konnte nichts hören bis auf den Wind, der in heulenden Böen unter die Dachkante fuhr.

Nach ein paar Minuten ging Charles über den Flur zu Michelles Zimmer. Durch das Fenster konnte er die Scheune sehen, von der der Angriff in der vorangegangenen Nacht ausgegangen war. Aber das einzige, was er in der Dunkelheit erkennen konnte, waren die Kiefern, die der Wind hin und her schüttelte.

Anthony Ferrullo lehnte die Aluminiumleiter gegen den Schornstein und kletterte auf das Dach. Geschickt wie eine Katze balancierte er über den schmalen Dachfirst, bis er auf der Höhe eines der Mansardenfenster war. Dann stieg er, gesichert durch ein Seil, die Dachschräge hinunter. Mit einem Glasschneider brach er ein handgroßes Stück aus der Scheibe und öffnete vorsichtig das Fenster. Ein modriger Geruch stieg aus der Kammer zu ihm herauf. Ferrullo schaltete seine Taschenlampe ein. Er sah eingestaubte Koffer und Kartons, und erleichtert bemerkte er, daß der Raum einen festen Fußboden hatte und nicht nur einen Holzboden. Ohne dabei das kleinste Geräusch zu machen, ließ er sich in die Kammer gleiten.

Gespannt blieb Ferrullo stehen und lauschte, ob irgend etwas im Haus zu hören war. Er hatte es nicht eilig. Hoyt war jetzt sicher schon unter der vorderen Veranda in Deckung gegangen und wartete darauf, die Eingangstür stürmen zu können. Neilson hatte darauf bestanden, daß zwei von seinen Freiwilligen an der Aktion beteiligt wurden. Sie sollten nach der Explosion den hinteren Eingang stürmen. Aber wenn alles so ablaufen würde, wie Ferrullo es sich vorstellte, dann war alles bereits erledigt, noch bevor jemand das Haus betreten hatte.

Beruhigt, weil er nichts gehört hatte, schlich Ferrullo langsam weiter. Tastend schob er jedesmal erst den Fuß vor, bevor er sein Gewicht verlagerte. Er war direkt über Charles.

Charles hatte für einige Minuten aufmerksam die Scheune beobachtet, bis er überzeugt war, daß sich dort niemand versteckte. Verwundert fragte er sich, was Jean Paul gehört haben konnte. Dann wandte er sich wieder zum Flur. Plötzlich knarrten leise die Deckenbalken über seinem Kopf. Charles lauschte in die Stille und hoffte, daß er sich das Geräusch nur eingebildet hätte. Aber kurz darauf hörte er das Knarren zum zweiten Mal.

Ein Zittern lief durch seinen erschöpften Körper. Jemand war in die Dachkammer eingestiegen!

Charles faßte den Feuerhaken noch fester und fühlte den Schweißfilm auf seinen Handflächen. Schritt für Schritt folgte er den Geräuschen in der Bodenkammer, bis er vor der Wand in Michelles Zimmer stand, hinter der die Bodentreppe lag. Leise ging er zur Zimmertür. Am Ende des Flurs konnte er in der Dunkelheit die Tür erkennen, die den Aufgang zur Dachkammer versperrte. Sie war nicht abgeschlossen. Der Schlüssel ragte verlockend aus dem Schloß. Als Charles den ersten Schritt auf der Treppe hörte, begann sein Herz wie wild zu schlagen. Nie zuvor hatte er solchen Schrecken erlebt. Krampfhaft versuchte er zu überlegen, ob er die Tür abschließen oder einfach darauf warten sollte, daß der Eindringling im Flur erschien. Wer immer auch die Treppen herunterkam, er tat es quälend langsam. Charles packte den Feuerhaken mit aller Kraft, die er noch aufbringen konnte. Plötzlich war nichts mehr hinter der Tür zu hören. Eine bedrückende Stille breitete sich aus. Charles wartete mit wachsender Angst.

Aus dem Wohnzimmer hörte er Michelle im Schlaf stöhnen. Erschrocken krümmte er sich zusammen. Er hoffte verzweifelt, daß niemand ihn rufen oder, noch schlimmer, zu ihm heraufkommen würde. Sekunden später hörte er, wie Jean Paul seinem Bruder etwas zuflüsterte.

Das Geräusch aus dem Wohnzimmer hatte die Bewegung auf der Bodentreppe wieder in Gang gebracht. Charles hörte noch einen Schritt, dann sah er mit Schrecken, wie sich der Türknauf langsam zu drehen begann. Er faßte den Feuerhaken mit beiden Händen und hob ihn über den Kopf.

Vorsichtig öffnete Anthony Ferrullo die Tür eine Handbreit. Schräg gegenüber konnte er eine kleine Holzbalustrade erkennen, an die sich das Geländer der Treppe zum Parterre anschloß. Von der Balustrade aus konnte er die Granate direkt in das Wohnzimmer werfen. Er prüfte noch einmal den Sitz seines Revolverholsters, dann löste er die Erschütterungsgranate von seinem Gürtel und riß den Sicherungsbolzen aus dem Zeitzünder.

Charles hielt das zermürbende Warten nicht eine Sekunde länger aus. Außerdem war ihm klargeworden, daß er es nicht über sich bringen würde, mit dem Eisenhaken auf den Eindringling einzuschlagen. Er hob den Fuß und trat gegen die Bodentür. Charles spürte einen leichten Widerstand, doch war er nicht groß genug, um die Tür am Zuschlagen zu hindern. Charles sprang aus seiner Deckung hervor, um den Schlüssel herumzudrehen.

Er erreichte die Tür nicht mehr. Eine gewaltige Explosion erschütterte das Haus. Die Treppentür flog wieder auf und schleuderte Charles zurück in Michelles Zimmer. Seine Ohren waren sekundenlang taub. Als er benommen auf allen vieren wieder aus dem Zimmer kroch, sah er einen Mann die Bodentreppe herunterstürzen. Bewußtlos blieb der Fremde auf der letzten Stufe liegen.

Angst und gespannte Erregung hatte Cathryn und die Jungen ergriffen, als die Explosion durch das Haus hallte. Kurz darauf waren auf der hinteren und der vorderen Veranda eilige Schritte zu hören. Im nächsten Moment schlug krachend ein Vorschlaghammer durch das schmale Zierglas neben der Vordertür. Der Hammer verfehlte Chucks Kopf nur um Zentimeter. Dann schob sich eine Hand durch die Öffnung und griff nach dem Türknauf. Chuck reagierte sofort. Er packte die Hand und zog so fest er konnte. Jean Paul ließ seinen Baseballschläger fallen und sprang seinem Bruder zu Hilfe. Mit vereinten Kräften zerrten sie den sich heftig wehrenden Arm bis zur Schulter durch das zersplitterte Glas und drückten ihn dabei gegen die Scherben. Der Fremde schrie vor Schmerz. Dann fiel ein Pistolenschuß, und Holzsplitter flogen von der Tür. Sofort ließen die Jungen den blutenden Arm los.

Als Cathryn hörte, wie sich zwei Männer an der beschädigten Tür zur Küche zu schaffen machten, nahm sie das Gewehr fest in beide Hände. Als die Männer die Tür einen Spaltbreit aufgedrückt hatten, schnitten sie das Sicherungsseil durch und stießen die Tür endgültig auf. Die Kartoffelsäcke schwangen gefährlich durch den Türrahmen, doch diesmal duckten sich die Männer einfach unter ihnen weg. Dann packte Wally Crab die beiden Säcke, so daß Brezo in die Küche stürmen konnte.

Cathryn hielt den Gewehrlauf schräg auf den Boden und drückte ab. Die Schrotkugeln schlugen in den Linoleumbelag und spritzten wieder hoch. Im nächsten Moment stand Brezo in einem Hagel von Querschlägern. Brezo warf sich sofort herum und floh mit Wally über die Veranda. Cathryn hatte inzwischen eine zweite Patrone in den Gewehrlauf geschoben und schoß durch die leere Türöffnung.

So plötzlich, wie der Aufruhr begonnen hatte, war er auch wieder vorüber. Jean Paul lief in die Küche und fand Cathryn starr vor Schreck. Er schloß die Tür und sicherte sie wieder. Dann nahm er seiner Mutter das Gewehr aus ihren zitternden Händen. Chuck stürmte die Treppe in den ersten Stock hinauf, um zu sehen, ob Charles etwas passiert war. Zu seiner Überraschung sah er, wie sein Vater sich über einen bewußtlosen Mann beugte, der im Gesicht und an den Händen Brandverletzungen hatte.

Mit Chucks Hilfe brachte Charles den Mann nach unten und band ihn auf einen Stuhl im Wohnzimmer. Dann kamen Cathryn und Jean Paul aus der Küche, und jeder versuchte den anderen nach dem nervenzermürbenden Erlebnis zu beruhigen. An Schlaf dachte von ihnen keiner mehr. Nur Michelle war nicht einmal von dem lauten Getöse, das für Minuten das Haus erfüllt hatte, aufgewacht. Nach ein paar Minuten stiegen die Jungen freiwillig wieder in den ersten Stock hinauf, um Wache zu halten. Cathryn ging in die Küche und brühte für alle einen starken Kaffee.

Charles setzte sich wieder in sein provisorisches Labor. Sein Herz schlug immer noch heftig. Über die intravenöse Kanüle gab er Michelle eine weitere Dosis von der Lösung mit dem Übertragungsfaktor. Auch dieses Mal zeigte ihr Körper keine Gegenreaktion. Charles war jetzt überzeugt, daß das Molekül nicht giftig sein konnte. Er füllte auch noch den Rest der Lösung in die halbleere Infusionsflasche und stellte das Kanülenventil so ein, daß die Lösung während der nächsten fünf Stunden in Michelles Blutkreislauf einfloß.

Nachdem er damit fertig war, ging Charles zu seinem Gefangenen, der inzwischen wieder zu sich gekommen war. Trotz der leichten Brandverletzungen konnte man auf den ersten Blick erkennen, daß der Fremde ein gutaussehender Mann war. Er hatte kluge Augen. Mit den Schlägern aus Shaftesbury, die Charles erwartet hatte, war er überhaupt nicht zu vergleichen. Der Mann schien ein Profi zu sein, und das bereitete Charles die meisten Sorgen. Als Charles ihn durchsucht hatte, war das erste, was ihm in die Hände fiel, eine Smith and Wesson gewesen. Eine 38er Spezial. Das war nicht irgendeine beliebige Waffe.

»Wer sind Sie?« fragte Charles.

Anthony Ferrullo blieb stunmm und unbewegt wie eine Steinskulptur.

»Was wollten Sie hier?«

Schweigen.

Selbstbewußt griff Charles dem Mann in die innere Jackentasche. Er fand eine lederne Brieftasche und zog sie heraus. Mr. Ferrullo bewegte sich nicht. Charles ließ die Brieftasche aufspringen und sah betroffen und erstaunt zugleich auf ein Bündel von Hundert-Dollar-Noten. Dann fand er ein paar Kreditkarten und einen Führerschein. Charles zog die eingeschweißte Plastikkarte heraus und hielt sie gegen das Licht. Anthony L. Ferrullo, Leonia, New Jersey. New Jersey? Er durchsuchte die anderen Fächer der Brieftasche und fand eine Visitenkarte. Anthony L. Ferrullo, Breur Chemical, Sicherheitsabteilung. – Breur Chemical!

Charles fühlte ein Zittern durch seinen Körper laufen. Bis zu diesem Moment hatte er geglaubt, daß jede Gefahr, die er bei seinem Kampf gegen die medizinischen und industriellen Interessenverbände auf sich genommen hatte, von einem ordentlichen Gericht gebannt werden konnte. Mr. Anthony Ferrullos Anwesenheit ließ ihn einsehen, daß sein Wagnis auch eine tödliche Gefahr enthalten hatte. Und am meisten erschreckte Charles, daß diese Gefahr für seine ganze Familie bestand. In Mr. Ferrullos Beruf war ›Sicherheit‹ anscheinend eine Umschreibung für Zwang und Gewaltanwendung. Für einen Moment wurde Ferrullo in Charles' Augen zu einem Symbol alles Bösen, und er mußte sich beherrschen, nicht in blinder Wut auf den Gefangenen einzuschlagen. Dann begann er alle Lichter einzuschalten. Er wollte keine Finsternis mehr um sich, die Heimlichkeiten mußten ein Ende haben.

Er rief die Jungen aus dem ersten Stock herunter. Die Familie versammelte sich in der Küche.

»Morgen ist Schluß«, sagte Charles. »Wir werden das Haus verlassen und uns ergeben.«

Cathryn war froh über seine Entscheidung, aber die Jungen sahen sich betroffen an. »Warum?« fragte Chuck.

»Ich habe alles für Michelle getan, was ich tun konnte. Und es sieht so aus, als ob sie eine Bestrahlungstherapie braucht. Dafür muß sie zurück ins Krankenhaus.«

»Wird sich ihr Zustand denn jetzt bessern?« fragte Cathryn.

»Das kann ich nicht sicher sagen«, mußte Charles zugeben. »Theoretisch gibt es keinen Grund, der dagegen spricht, aber ich mußte bei meinem Experiment unzählige Fragen unbeantwortet lassen. Meine Behandlungstechnik steht außerhalb aller anerkannten Methoden der Schulmedizin. Das einzige, was uns jetzt noch zu tun bleibt, ist hoffen.«

Charles ging zum Telefon und rief alle Zeitungen und Fernsehstationen an, deren Namen ihm einfielen. Jedem, der bereit war, ihm zuzuhören, erklärte er, daß er und seine Familie am nächsten Mittag das Haus verlassen würden.

Anschließend rief er das Polizeirevier von Shaftesbury an und sagte dem Mann in der Zentrale, daß er Frank Neilson sprechen wolle. Es dauerte fünf Minuten, bis der Polizeichef sich meldete. Charles teilte Neilson kurz mit, daß er bis nach Boston sämtliche Nachrichtenredaktionen darüber informiert habe, daß er und seine Familie sich morgen mittag der Polizei stellen würden. Dann legte er auf. Charles hoffte, daß die Gegenwart von vielen Zeitungsleuten und Fernsehreportern jede Gewalt gegen seine Familie verhindern würde.

Es war Punkt zwölf Uhr, als Charles die vordere Eingangstür aufschloß und ins Freie trat. Es war ein wunderschöner Tag. An dem klaren, blauen Himmel hing eine blasse Wintersonne. Am Fuß der Auffahrt hatte sich eine große Menschenmenge versammelt, vor der ein Krankenwagen, die zwei Streifenwagen und die Übertragungswagen mehrerer TV-Stationen standen.

Charles wandte sich zurück zu seiner Familie. Ein Gefühl aus Stolz und Liebe durchströmte ihn. Sie hatten entschlossener hinter ihm gestanden, als er zu hoffen gewagt hatte. Er ging zurück ins Wohnzimmer und hob Michelle aus ihrem Krankenbett. Michelles Lider flatterten kurz, ihre Augen blieben geschlossen.

»Also los, Mr. Ferrullo, nach Ihnen«, sagte Charles.

Ferrullo trat auf die Veranda hinaus, die Brandwunden in seinem Gesicht glänzten in der Sonne. Dann traten die beiden Jungen vor die Tür, gefolgt von Cathryn. Als letzter kam Charles mit Michelle auf den Armen. Eng beieinander ging die kleine Gruppe die Auffahrt hinunter.

Zu seiner Überraschung entdeckte Charles am hinteren Ende des Krankenwagens Dr. Ibanez, Dr. Morrison, Dr. Keitzman und Dr. Wiley. Je weiter sie sich der Menge näherten, um so deutlicher wurde den Neugierigen, daß es zu keinen Ausschreitungen kommen würde. Einige Männer begannen zu rufen. Die meisten von ihnen kamen von der Recycle Ltd. Nur einer in der Menge klatschte spontan Beifall. Es war Patrick O'Sullivan, der sich unendlich erleichtert fühlte, daß die Sache noch ein friedliches Ende genommen hatte.

Wally Crab stand schweigend im Schutz einer Baumgruppe. Er legte seinen rechten Zeigefinger vorsichtig um den Abzug seines Lieblingsgewehrs und drückte seine Wange gegen den hölzernen Kolben. Er versuchte zu zielen, doch der Alkohol in seinem Blut von den vielen Bourbons, die er am Morgen getrunken hatte, ließ seine Hände zittern. Erst als er das Jagdgewehr auf einen dicken Ast auflegte, konnte er es einigermaßen ruhig halten. Aber Brezos Drängelei machte ihn nervös.

Der durchdringende Knall eines Gewehrschusses zerriß die Winterstille. Die Menge drängte nach vorn, als sie Charles Martel taumeln sah. Doch er stürzte nicht, sondern sank auf die Knie und vorsichtig, als hätte er ein neugeborenes Kind auf den Armen, legte er seine Tochter in den Schnee. Dann fiel er vornüber neben sie. Cathryn drehte sich erschrocken um und schrie entsetzt auf. Dann warf sie sich neben Charles auf die Knie, um zu sehen, wie schwer verletzt er war.

Patrick O'Sullivan reagierte als erster. In einem Reflex fuhr seine rechte Hand um den Kolben seiner Dienstwaffe. Er zog den Revolver nicht, aber er hielt ihn schußbereit, als er ein paar Neugierige aus dem Weg stieß und die Auffahrt hinauflief. Schützend wie ein Adler, der sein Nest bewacht, beugte er sich über Cathryn und Charles. Seine Augen hielt er fest auf die Menschenmenge geheftet, um jede verdächtige Bewegung schon im Ansatz erkennen zu können.

17. Kapitel

Charles hatte noch nie in seinem Leben in einem Krankenhaus gelegen. Die Erfahrungen der letzten Tage hatten ihn zutiefst erschreckt. Zwar hatte er in der Vergangenheit ein paar Zeitungsartikel über die Probleme gelesen, die mit dem Eindringen der Technik in die Medizin verbunden waren, aber niemals hätte er sich vorgestellt, daß er sich so unsicher und machtlos fühlen würde. Vor drei Tagen war er in das Krankenhaus eingeliefert und sofort operiert worden. Als er wieder aus der Narkose aufgewacht war und das Durcheinander von Schläuchen und Infusionsflaschen, Monitoren und Aufzeichnungsgeräten um sich gesehen hatte, war er sich wie eines seiner Versuchstiere vorgekommen. Zum Glück war er am zweiten Tag von den enervierenden Schrecknissen der Intensivstation erlöst worden. Man hatte ihn wie ein fühlloses Stück Fleisch in ein Einzelzimmer der Privatstation des Hauses gekarrt.

Als Charles versuchte, in eine etwas bequemere Lage zu rücken, fühlte er einen brennenden Schmerz, der sich wie ein Feuerband um seine Brust legte. Er hielt seinen Atem an und fragte sich erschrocken, ob er vielleicht seine Narbe wieder aufgerissen hatte. Ängstlich wartete er, daß das Brennen zurückkehrte, doch der Schmerz blieb aus. Erleichtert bemühte sich Charles, völlig regungslos zu liegen. Auf der linken Seite seines Brustkorbes ragte zwischen den Rippen ein Gummischlauch heraus, der zu einer Flasche auf dem Boden neben dem Bett lief. Sein linker Arm war mit einem wirren Netz von Drähten und Zuggewichten starr fixiert worden. Charles war völlig bewegungsunfähig und noch für die einfachsten Bedürfnisse auf die Gnade des Pflegepersonals angewiesen.

Ein sanftes Klopfen riß ihn aus seinen Gedanken. Bevor er antworten konnte, wurde die Tür leise geöffnet. Charles fürchtete schon, daß es wieder der Pfleger war, der alle vier Stunden kam, um ihn mit einem Höllengerät Luft in die Lungen zu pumpen. Charles war sicher, daß seit der Inquisition keine schmerzvollere Prozedur erfunden worden war. Doch dann steckte Dr. Keitzman seinen Kopf zur Tür herein.

»Können Sie schon einen kurzen Besuch vertragen?« fragte er.

Charles nickte, obwohl ihm nicht nach einem Gespräch zumute war. Doch er wollte unbedingt wissen, wie es Michelle ging. Cathryn hatte ihm bei ihrem Besuch nur sagen können, daß sich Michelles Zustand nicht weiter verschlechtert hatte.

Dr. Keitzman trat selbstsicher ins Zimmer und schob einen vinylbespannten Stuhl neben Charles' Bett. Dann zuckte plötzlich Dr. Keitzmans Oberlippe hoch, was für gewöhnlich seine innere Anspannung verriet, und nervös nestelte er an seiner Brille.

»Wie geht es Ihnen, Charles?« fragte er.

»Es könnte nicht besser sein«, antwortete Charles. Er bemühte sich gar nicht erst, den Sarkasmus zu unterdrücken. Für ihn war jedes Wort, ja sogar jeder Atemzug ein riskantes Unternehmen, und jeden Moment erwartete er, daß der stechende Schmerz wiederkehrte.

»Ich habe ein paar gute Nachrichten für Sie. Es ist vielleicht noch ein bißchen zu früh, um endgültige Schlüsse ziehen zu können, aber ich wollte sie Ihnen dennoch nicht vorenthalten.«

Charles antwortete nicht. In der Furcht, seine Hoffnungen bloß nicht in den Himmel wachsen zu lassen, sah er dem Onkologen forschend ins Gesicht.

»Erstens«, fuhr Dr. Keitzman fort, »hat Michelle auf die Bestrahlung hervorragend angesprochen. Schon eine einzige Behandlung scheint die Infiltration ihres zentralen Nervensystems gestoppt zu haben. Sie ist wach und wieder bei vollem Bewußtsein.«

Charles nickte in der Hoffnung, daß dies nicht das einzige war, was Dr. Keitzman ihm zu sagen hatte.

Für einen Augenblick war es im Zimmer still geworden.

Dann wurde plötzlich die Zimmertür heftig aufgestoßen, und der Pfleger mit dem verhaßten Behandlungsgerät stürmte in den Raum. »Es ist wieder Zeit für Ihre Behandlung, Dr. Martel«, sagte er strahlend, als ob er ein außergewöhnliches Vergnügen ankündigen wollte. Als er Dr. Keitzman erblickte, blieb er respektvoll stehen. »Entschuldigen Sie, Doktor.«

»Sie brauchen sich nicht zu entschuldigen«, antwortete Dr. Keitzman. Anscheinend war er froh über die Störung. »Ich wollte ohnehin gerade gehen.« Dann sah er wieder zu Charles. »Das zweite, was ich Ihnen sagen wollte, war, daß Michelles Leukämiezellen alle verschwunden sind. Ich denke, daß wir die Krankheit eingedämmt haben.«

Charles fühlte eine warme Woge durch seinen Körper fluten. »Mein Gott! Das ist ja großartig«, sagte er begeistert. Dann zuckte ein stechender Schmerz durch seinen Brustkorb und erinnerte ihn daran, wo er war.

»Ja, das ist es«, erwiderte Dr. Keitzman. »Wir sind alle sehr froh darüber. Aber sagen Sie mir, Charles, was haben Sie mit Michelle gemacht, als sie bei Ihnen im Haus war?«

Charles konnte seine Freude kaum beherrschen. Vielleicht war Michelle geheilt. Vielleicht wirkte die Lösung mit dem Übertragungsfaktor, wie er angenommen hatte. Charles sah Dr. Keitzman ins Gesicht und dachte einen Moment nach. Er wollte ihr Gespräch jetzt nicht in eine Fachsimpelei über Einzelheiten ausufern lassen. »Ich habe nur versucht, Michelles Immunsystem anzuregen.«

»Heißt das, Sie haben ihr ein unterstützendes Mittel wie BCG gegeben?« fragte Dr. Keitzman.

»Ja, etwas in der Art«, erwiderte Charles. Ihm fehlte noch die Kraft für eine wissenschaftliche Diskussion.

Dr. Keitzman wandte sich zur Tür. »Darüber müssen wir noch einmal sprechen. Was immer Sie auch getan haben, es hat der Wirkung der Chemotherapie, die wir ihr im Krankenhaus gegeben haben, zum Durchbruch verholfen. Aber ich verstehe den zeitlichen Ablauf noch nicht. Wir müssen darüber sprechen, wenn Sie sich wieder besser fühlen.«

»Ja, wenn ich mich besser fühle«, stimmte Charles zu.

»Und daß das Vormundschaftsverfahren eingestellt worden ist, wissen Sie sicherlich bereits.« Dr. Keitzman rückte seine

Brille zurecht, nickte dem Pfleger zu und verließ das Zimmer.

Die Begeisterung, in die Dr. Keitzmans Neuigkeiten Charles versetzt hatten, dämpfte die Schmerzen, mit der die anschließende Behandlung verbunden war, besser als Morphium. Während der ganzen Zeit, in der das Druckgerät ihm Luft in die Lungen preßte, blieb der Pfleger neben Charales' Bett stehen. Kein Patient hätte die Qualen freiwillig ertragen. Die Behandlung dauerte zwanzig Minuten, und als der Pfleger endlich wieder aus dem Zimmer ging, war Charles völlig erschöpft. Die anhaltenden Schmerzen ließen ihn in einen unruhigen Schlaf fallen.

Als ein Geräusch im Zimmer ihn wieder weckte, war Charles nicht sicher, wieviel Zeit inzwischen verstrichen war. Er drehte seinen Kopf zur Tür und stellte erschrocken fest, daß er nicht allein war. Nicht weiter als einen Meter von seinem Bett entfernt saß Dr. Carlos Ibanez. Seine knochigen Hände, die gefaltet in seinem Schoß lagen, und sein zerzaustes silbergraues Haar ließen Dr. Ibanez alt und gebrechlich aussehen.

»Ich hoffe, ich störe Sie nicht«, sagte Dr. Ibanez leise.

Charles fühlte Zorn in sich aufsteigen. Aber die Erinnerung an Dr. Keitzmans Neuigkeiten ließ das bittere Gefühl wieder abebben. Er setzte eine gleichgültige Miene auf.

»Es freut mich, daß Sie sich schon wieder so gut erholt haben«, sagte Dr. Ibanez. »Ihre Ärzte haben mir erzählt, daß Sie sehr viel Glück gehabt haben.«

Glück! Ein sonderbarer Ausdruck für das, was geschehen war, dachte Charles. »Sie glauben also, daß man bei einem Brustschuß von Glück sprechen kann?« fragte er.

»Das habe ich damit nicht gemeint«, erwiderte Dr. Ibanez lächelnd. »Aber Ihr linker Arm hat die Kugel noch abgebremst, so daß sie nicht Ihr Herz getroffen hat, als sie in Ihren Brustkorb eindrang. Das war Glück.«

Charles fühlte einen stechenden Schmerz. Obwohl er sich nicht besonders glücklich fühlte, war ihm nicht nach einem Streit zumute. Deshalb schüttelte er auch nur leicht den Kopf als Antwort auf Dr. Ibanez' letzte Worte. Verwundert fragte er sich, aus welchem Grund der alte Mann wohl gekommen war.

»Charles!« begann Dr. Ibanez mit fester Stimme. »Ich bin hier, um mit Ihnen zu verhandeln.«

Verhandeln? dachte Charles verwirrt. Wovon, zum Teufel, spricht er jetzt wieder?

»Ich habe lange über alles nachgedacht«, sagte Dr. Ibanez, »und ich bekenne freimütig, daß ich viele Fehler gemacht habe. Wenn Sie bereit sind, mit mir zusammenzuarbeiten, möchte ich sie gerne wieder ungeschehen machen.«

Charles ließ seinen Kopf zur Mitte seines Kopfkissens rollen und blickte hinauf zu den Infusionsflaschen an dem Metallgestell. Er sah, wie die Infusionslösungen durch die Mikrofilter tropften. Nur mit Mühe konnte er sich beherrschen, Ibanez zur Hölle zu wünschen.

Eine Zeitlang wartete der Institutsdirektor auf eine Antwort von Charles, dann räusperte er sich. »Lassen Sie mich offen sein, Charles. Ich weiß, daß Sie uns jetzt, wo Sie eine Art Berühmtheit geworden sind, eine Menge Schwierigkeiten machen könnten. Aber es würde für niemanden etwas dabei herauskommen. Ich habe den Direktionsrat davon überzeugen können, keine Anklage gegen Sie zu erheben und Ihnen Ihr Labor zurückzugeben...«

»Ich will Ihr verdammtes Labor nicht«, antwortete Charles scharf. Seine Schmerzen ließen ihn zusammenzucken.

»Schon gut«, sagte Dr. Ibanez besänftigend. »Ich kann verstehen, daß Sie nicht ans Weinburger-Institut zurückkehren möchten. Aber es gibt noch andere Institute, und wir könnten Ihnen helfen, an einem von ihnen die Arbeit zu finden, die Sie wollen. In einer Stellung, die es Ihnen erlauben würde, Ihre Forschungen ungehindert fortzuführen.«

Charles mußte an Michelle denken und an das, was er getan hatte, um ihr zu helfen. War ihm wirklich schon der entscheidende Durchbruch bei seinen Forschungen gelungen? Er wußte es nicht, aber er mußte es herausfinden. Und dafür benötigte er ein gut ausgerüstetes Labor.

Er sah Dr. Ibanez prüfend ins Gesicht. Charles hatte nie eine Abneigung gegen Dr. Ibanez verspürt wie gegen Morrison. »Ich muß Sie warnen«, sagte er. »Wenn ich mich auf eine Verhandlung mit Ihnen einlasse, werde ich eine Menge Forderungen stellen.« In Wahrheit hatte Charles bisher nicht eine Sekunde lang daran gedacht, was er eigentlich tun sollte, wenn er das Krankenhaus wieder verlassen konnte. Doch jetzt spielte er in Gedanken alle erdenklichen Möglichkeiten durch.

»Ich bin bereit, auf jede Ihrer Forderungen einzugehen, solange sie annehmbar sind«, sagte Dr. Ibanez.

»Und was verlangen Sie als Gegenleistung?« fragte les.

»Das Sie das Weinburger-Insstitut nicht in eine weitere Verlegenheit bringen. Wir hatten jetzt genug Skandale.«

Einen Moment war Charles nicht sicher, wie Dr. Ibanez das gemeint hatte. Denn wenn ihm während der Ereignisse der letzten Woche etwas klargeworden war, dann seine eigene Machtlosigkeit und Verletzlichkeit. Von der Außenwelt abgeschlossen, erst in seinem Haus, dann auf der Intensivstation des Krankenhauses, hatte er gar nicht mitbekommen, wie berühmt ihn die Medien inzwischen gemacht hatten, den angesehenen Wissenschaftler, der sein Leben aufs Spiel gesetzt hatte, um seine Tochter zu retten. Die Presse würde noch die leiseste kritische Bemerkung von ihm über das Weinburger-Institut dankbar aufgreifen, und das erst recht, nachdem das Institut bereits für einige schlechte Nachrichten gesorgt hatte.

Allmählich wurde sich Charles bewußt, wie stark seine Verhandlungsposition war. »Also gut«, sagte er langsam. »Ich verlange eine Forschungsstelle, an der ich mein eigener Herr bin.«

»Das wird sich arrangieren lassen. Ich habe bereits mit einem Freund in Berkeley gesprochen.«

»Und dann zur Canceran-Auswertung«, fuhr Charles fort. »Alle vorliegenden Versuchsergebnisse müssen in den Reißwolf geworfen werden. Das Medikament muß untersucht werden, als ob Sie es gerade erst ans Institut bekommen hätten.«

»Darüber sind wir uns im klaren«, antwortete Dr. Ibanez. »Wir haben auch schon eine neue toxikologische Versuchsreihe begonnen.«

Von Charles' Gesicht war sein Erstaunen über das, was Dr. Ibanez gesagt hatte, deutlich abzulesen. »Und schließlich die Recycle Ltd. Die Einleitung von Chemikalien in den Fluß muß gestoppt werden.«

Dr. Ibanez nickte. »Nach den ersten Schritten Ihres Anwalts

hat die USB den Fall aufgegriffen. Wenn ich richtig informiert bin, wird das Problem in Kürze beseitig sein.«

»Und«, sagte Charles. Er fragte sich, wie weit er gehen konnte. »Ich verlange, daß Breur Chemical den Schonhausers eine Entschädigung zahlt. Das muß ja nicht an die große Glocke gehängt werden.«

»Ich glaube, das wird sich einrichten lassen, wenn die Sache anonym bleiben kann.«

Eine Pause entstand. »Noch etwas?« fragte Dr. Ibanez.

Charles war erstaunt, wieviel er schon durchgesetzt hatte. Angestrengt überlegte er weiter, doch es fiel ihm nichts mehr ein. »Ich glaube, das war alles.«

Dr. Ibanez stand auf und schob seinen Stuhl zurück zur Wand. »Ich bedauere, daß wir Sie verlieren werden, Charles. Ich bedauere es wirklich.«

Charles sah Dr. Ibanez nach, als er langsam aus dem Zimmer ging und leise die Tür hinter sich schloß.

Eines wußte Charles ganz sicher, wenn er das nächste Mal quer durch das Land reisen mußte, dann würde er es nur ohne die Kinder tun und nur mit einer Klimaanlage im Wagen. Und wenn er sich zwischen beidem entscheiden mußte, dann würde er die Klimaanlage wählen. Seit sie New Hampshire verlassen hatten, waren die drei Kinder in einen dauernden Streit verwickelt gewesen. Erst an diesem Morgen war es etwas ruhiger im Wagen geworden, als ob die ehrfurchteinflößende Wüstenlandschaft Utahs die drei zum Schweigen gebracht hätte. Charles warf einen Blick in den Rückspiegel. Jean Paul saß direkt hinter ihm und sah aus dem Seitenfenster. Michelle saß neben ihrem Bruder, gelangweilt und zappelig. Ganz hinten in dem aufpolierten Kombi hatte sich Chuck ein Nest gebaut. Er hatte fast während der ganzen Fahrt gelesen – und ausgerechnet ein Chemiebuch. Charles schüttelte den Kopf, er würde den Jungen wohl nie ganz verstehen. Chuck hatte angekündigt, daß er sogar in der vorlesungsfreien Zeit einen Ferienkurs an der Universität besuchen wollte. Auch wenn es vielleicht nur eine vorübergehende Laune war, es hatte Charles doch gefreut, als sein ältester Sohn ihm erklärte, daß er Arzt werden wolle.

Während sie durch die Bonneville Salt Flats westlich von Salt Lake City fuhren, sah Charles zu Cathryn, die neben ihm saß. Sie hatte zu Beginn der Fahrt eine Stickerei begonnen und schien ganz versunken zu sein in den monotonen Rhythmus der Handbewegungen. Aber sie mußte Charles' Kopfbewegung bemerkt haben. Sie sah auf, und ihre Blicke trafen sich. Trotz der Streitereien der Kinder war zwischen ihnen beiden von Tag zu Tag ein Gefühl der Freude gewachsen, denn mit jedem Kilometer, den sie zurücklegten, versanken die qualvollen Erinnerungen an Michelles Krankheit und an den Gewaltausbruch am letzten Tag der Belagerung ihres Hauses tiefer in die Vergangenheit.

Cathryn beugte sich herüber und legte Charles ihre linke Hand auf den Oberschenkel. Charles hatte im Krankenhaus viel an Gewicht verloren, aber Cathryn fand, daß er lange nicht mehr so gut ausgesehen hatte. Auch der Druck, der für gewöhnlich die Haut um seine Augen in kleine Falten gelegt hatte, schien verschwunden zu sein. Erleichtert registrierte Cathryn, daß Charles zumindest so entspannt war, als ob ihn das ewige Asphaltband der Straße und die betäubende Eintönigkeit der Landschaft hypnotisiert hatten.

»Je mehr ich über alles, was geschehen ist, nachdenke, um so weniger verstehe ich es«, sagte Cathryn.

Charles rückte in seinem Sitz hin und her und versuchte eine Position zu finden, in der ihn der Gipsverband um seinen linken Arm am wenigsten störte. Wenn er sich auch noch nicht über alle Gefühle, die die Affäre in ihm ausgelöst hatte, klargeworden war, so wußte er doch eines ganz sicher, daß er in Cathryn eine Vertraute gefunden hatte, die wirklich alles mit ihm teilte. Allein das war die schlimmen Erfahrungen wert gewesen.

»Du hast also über alles nachgedacht?« sagte Charles unbestimmt.

Cathryn sollte das Gespräch fortsetzen können, wo immer sie wollte. Cathryns Hände zogen unermüdlich die Nadel mit dem Garn durch das Leinen. »Bei dem Durcheinander mit dem Packen und der Abreise bin ich nie dazu gekommen, darüber nachzudenken, was eigentlich alles passiert ist.«

»Was verstehst du denn nicht?« fragte Charles.

»Dad!« rief Jean Paul von seinem Rücksitz dazwischen. »Wird in Berkeley auch Hockey gespielt? Ich meine, gibt es da auch Eisbahnen und so?«

Charles drehte seinen Kopf nach hinten, um Jean Paul ins Gesicht sehen zu können. »Ich glaube nicht. In Berkeley ist das Wetter eigentlich immer so, als ob dauernd Frühling wäre.«

»Was du auch für blöde Fragen stellst« sagte Chuck und schlug Jean Paul sein Buch auf den Kopf.

»Laß mich«, erwiderte Jean Paul gereizt. Er warf sich in seinem Sitz herum und versuchte, Chuck das Buch aus der Hand zu schlagen.

»Ich hab' ja nicht dich gefragt.«

»Jetzt beruhigt euch wieder«, befahl Charles schroff. Dann fuhr er mit ruhigerer Stimme fort. »Vielleicht kannst du aber Surfen lernen, Jean Paul.«

»Wirklich?« erwiderte Jean Paul mit strahlendem Gesicht.

»Surfen kann man nur in Südkalifornien«, warf Chuck ein. »Wo die ganz Verrückten sind.«

»Das mußt gerade du sagen«, entgegnete Jean Paul.

»Das reicht!« rief Charles und schüttelte den Kopf.

»Es ist schon gut«, sagte Cathryn. »Wenn die Kinder sich zanken, weiß ich wenigstens, daß wieder alles normal ist.«

»Normal?« sagte Charles in spöttischem Ton.

»Ist ja auch egal«, erwiderte Cathryn. Sie sah Charles aufmerksam an. »Das eine, was ich nicht verstehe, ist, warum sich das Weinburger-Institut auf einmal so um uns bemüht hat. Sie hätten nicht hilfreicher sein können.«

»Das habe ich auch nicht verstanden«, erwiderte Charles, »bis ich mich erinnert habe, was für ein kluger Taktiker Dr. Ibanez ist. Er hatte Angst, daß die Medien die ganze Geschichte aufgreifen würden. Die vielen Reporter haben ihn fürchten lassen, daß ich versucht sein könnte zu erzählen, wie am Weinburger-Institut Krebsforschung betrieben wird.«

»Mein Gott. Wenn die Öffentlichkeit wüßte, was wirklich passiert«, sagte Cathryn.

»Ich glaube, wenn ich geschickter verhandelt hätte, dann säßen wir jetzt in einem neuen Wagen«, sagte Charles lachend.

Michelle, die dem Gespräch ihrer Eltern nur unaufmerksam zugehört hatte, griff in ihren Leinenbeutel und zog ihre Perücke hervor. Sie hatte lange gesucht, bis sie ein ähnliches Braun wie Cathryns Haar gefunden hatte. Charles und Cathryn hatten sie gedrängt, eine schwarze Perücke zu nehmen, die zu ihrem eigenen Haar gepaßt hätte, aber Michelle war unnachgiebig geblieben. Sie hatte so aussehen wollen wie Cathryn, aber jetzt war sie nicht mehr sicher, ob sie wirklich die richtige Wahl getroffen hatte. Schon der Gedanke, in eine neue Schule zu müssen, war erschreckend genug. Daß sie auch noch eine Perücke tragen mußte, daran durfte sie gar nicht denken. Schließlich war ihr klargeworden, daß sie nicht ein paar Monate mit braunem Haar in die Schule kommen konnte, und dann mit schwarzem. »Ich will erst wieder zur Schule gehen, wenn mein Haar nachgewachsen ist.«

Charles sah zur Rückbank. Michelle nestelte an ihrer braunen Perücke herum. Er konnte sich vorstellen, was in ihrem Kopf vorging. Er wollte sie schon für ihre Dummheit, auf der falschen Haarfarbe bestanden zu haben, schelten, doch dann unterbrach er sich in seinen Gedanken. »Warum kaufen wir dir nicht einfach eine neue Perücke? Diesmal vielleicht eine schwarze?«

»Aber was ist denn mit dieser nicht in Ordnung«, reizte Jean Paul seine Schwester. Er riß ihr die Perücke aus der Hand und setzte sie sich auf den Kopf.

»Daddy«, rief Michelle. »Sag Jean Paul, daß er mir meine Perücke wiedergeben soll.«

»Du hättest als Mädchen zur Welt kommen sollen, Jean Paul«, sagte Chuck. »Mit der Perücke siehst du zehnmal besser aus.«

»Jean Paul!« rief Cathryn und griff nach hinten, um ihrer Tochter zu helfen. »Gib deiner Schwester die Perücke zurück.«

»Also gut, Glatzkopf«, sagte Jean Paul lachend. Er warf die Perücke in Michelles Richtung und hob schützend die Arme, um Michelles kraftlose Schläge abzuwehren.

Cathryn und Charles sahen sich kurz an. Sie waren viel zu erleichtert darüber, daß es Michelle wieder besserging, um sie jetzt tadeln zu können. Beide hatten sie die qualvollen Tage noch nicht vergessen, als sie nur machtlos warten konnten, ob Charles' Experiment Erfolg haben und Michelles Krankheit nachlassen würde. Und als Michelles Leukämie dann besiegt war, mußten sie sich mit der Tatsache abfinden, daß sie nie erfahren würden, was ihre Tochter geheilt hatte, die Injektionen, die Charles ihr gegeben, oder die Chemotherapie, die sie im Krankenhaus erhalten hatte, bevor sie von Charles entführt worden war.

»Selbst wenn sie sicher wären, daß deine Injektionen die Heilung eingeleitet haben, sie würden es niemals zugeben«, sagte Cathryn.

Charles zuckte die Schultern. »Niemand kann irgend etwas stichhaltig beweisen, auch ich nicht. Vielleicht schon in einem Jahr werde ich die Antwort wissen. Das Institut in Berke ist bereit, mich meinen eigenen Forschungsansatz weiterverfolgen zu lassen. Mit etwas Glück werde ich einmal beweisen können, daß Michelles Fall das erste Beispiel dafür war, wie der Körper sich selbst von einer Leukämie heilen kann. Wenn das...«

»Dad!« rief Jean Paul. »Kannst du bitte an der nächsten Tankstelle anhalten?«

Charles trommelte mit den Fingern auf das Lenkrad, aber Cathryn beugte sich zu ihm und kniff ihn freundlich in den Arm. Charles nahm den Fuß vom Gaspedal. »Bis zur nächsten Stadt sind es noch achtzig Kilometer. Ich halte dann wohl besser sofort. Außerdem können wir alle eine kleine Pause gebrauchen.«

Charles lenkte den Wagen auf den staubigen Seitenstreifen der Straße und stoppte. »Also raus mit euch.«

»Hier ist es ja heißer als in einem Ofen«, sagte Jean Paul entsetzt und suchte nach einer Kopfbedeckung.

Charles führte Cathryn auf eine kleine Anhöhe, von der aus sich der Blick nach Westen öffnete, über eine trockene kahle Wüstenlandschaft hinweg bis an ein schroffes Gebirge. Hinter sich, im Wagen, hörten sie Chuck und Michelle streiten. Ja, dachte Charles, es ist wirklich wieder alles normal geworden.

»Ich habe nie gewußt, daß die Wüste so schön ist«, sagte Cathryn, fasziniert von der Landschaft.

Charles atmete tief ein. »Und riech einmal die Luft, dann kommt es dir vor, als ob Shaftesbury auf einem anderen Planeten liegt.«

Charles legte seinen rechten Arm um Cathryn. »Weißt du, was mich am meisten erschreckt?« fragte er.

»Nein, was denn?«

»Das ich schon wieder anfange, mich zufrieden zu fühlen.«

»Darüber brauchst du dir keine Sorgen zu machen«, sagte Cathryn lachend. »Warte erst einmal ab, bis wir in Berkeley sind. Dort haben wir kein Haus, kein Geld, aber drei hungrige Kinder.«

Charles lächelte. »Du hast recht. Da bleiben uns noch genügend Möglichkeiten für die nächste Katastrophe.«

Epilog

Als der Schnee auf den erhabenen White Mountains in New Hampshire schmolz, strömten Hunderte kleiner Wasserläufe in den Pawtomack River. In nur zwei Tagen stieg der Wasserspiegel des Flusses um fast einen Meter. Der träge zum Meer fließende Strom verwandelte sich in ein reißendes Gewässer. Auf ihrem Weg durch Shaftesbury schlugen die klaren Wogen schäumend gegen die alten granitenen Ufermauern der verlassenen Fabriken und füllten die kristallene Luft mit Gischtwolken und kleinen Regenbogen.

Dann wurde das Wetter wärmer, und dichtes Grün begann das Flußbett zu überziehen. Es wuchs sogar in jenen Gebieten, die einmal so giftig gewesen waren, daß die Pflanzen in ihnen nicht überleben konnten. Zum ersten Mal seit Jahren tauchten auch im Schatten der Recycle Ltd. wieder Kaulquappen auf und jagten die ausgelassenen Wasserspinnen. Forellen wanderten durch das einst so giftige Wasser nach Süden.

Die Nächte wurden kürzer, und der Sommer zog ins Land. Etwa zu dieser Zeit tauchte an der Nahtstelle eines Abflußrohres der neuen Chemikalientanks ein einzelner Benzoltropfen auf. Keiner der Männer, die die Installation des neuen Leitungssystems überwacht hatten, war sich wirklich über die heimtückische Wirkung des Benzols im klaren gewesen. Von dem Moment an, als die ersten Giftmoleküle in das Rohrnetz einflossen, hatten sie begonnen, das Gummi der Dichtungsringe, mit denen die Leitungen versiegelt waren, aufzulösen.

Zwei Monate hatte die ätzende Flüssigkeit gebraucht, um sich durch das Gummi zu fressen, und der erste Tropfen fiel auf die Granitblöcke unter den Sammeltanks. Dann fielen die Tropfen in immer schnellerem Tempo.

Die Giftmoleküle folgten dem Weg des geringsten Widerstands. Sie drangen in das vermörtelte Ufermauerwerk ein und sickerten durch das brüchige Gestein, bis sie den Fluß erreicht hatten. Nur ein leichter, fast süßlicher Geruch verriet das Gift.

Als erste starben die Frösche, dann die Fische. Als die Sommersonne stärker wurde und der Wasserspiegel sank, stieg die Giftkonzentration im Fluß weiter an.